国家社科基金
后期资助项目

中国当代文学中的"陕西经验"研究

杨辉 著

陕西新华出版
陕西人民出版社

图书在版编目（CIP）数据

中国当代文学中的"陕西经验"研究 / 杨辉著.
西安：陕西人民出版社，2025. -- ISBN 978-7-224
-15458-0

Ⅰ. I206.7-3

中国国家版本馆 CIP 数据核字第 2024UB3199 号

责任编辑：张　现
整体设计：徐媛媛

中国当代文学中的"陕西经验"研究
ZHONGGUO DANGDAI WENXUE ZHONG DE "SHAANXI JINGYAN" YANJIU

作　　者	杨　辉
出版发行	陕西人民出版社
	（西安市北大街 147 号　邮编：710003）
印　　刷	陕西隆昌印刷有限公司
开　　本	787 毫米×1092 毫米　1/16
印　　张	29.25
字　　数	500 千字
版　　次	2025 年 2 月第 1 版
印　　次	2025 年 2 月第 1 次印刷
书　　号	ISBN 978-7-224-15458-0
定　　价	98.00 元

如有印装质量问题，请与本社联系调换。电话：029-87205094

国家社科基金后期资助项目出版说明

后期资助项目是国家社科基金设立的一类重要项目,旨在鼓励广大社科研究者潜心治学,支持基础研究多出优秀成果。它是经过严格评审,从接近完成的科研成果中遴选立项的。为扩大后期资助项目的影响,更好地推动学术发展,促进成果转化,全国哲学社会科学工作办公室按照"统一设计、统一标识、统一版式、形成系列"的总体要求,组织出版国家社科基金后期资助项目成果。

全国哲学社会科学工作办公室

目 录

绪论 "陕西经验"与当代文学的"通三统" ……………………… 1
  第一节 "陕西经验"的基本面向 ……………………………… 1
  第二节 现实主义传统的连续性及其观念和美学内涵 ……… 3
    一、"总体性"与现实主义精神 …………………………… 6
    二、"新人"的谱系及其现实意涵 ………………………… 16
    三、"劳动"与文学的实践品格和伦理目的 ……………… 22
  第三节 古典传统的接续与转化 ……………………………… 27
  第四节 当代文学的"通三统" ……………………………… 42

第一章 现实主义与古典传统：文学观念融通的两种资源 ……… 52
  第一节 《讲话》传统、人民伦理与现实主义 ……………… 52
    一、文学史视域及其评价"限度" ………………………… 52
    二、文学观的现实源起及其意义 ………………………… 53
    三、现实主义的理想读者和未竟的可能 ………………… 58
  第二节 本土经验、现代意识和中国气派 …………………… 62
    一、执古之道：文艺观念的古今融通 …………………… 62
    二、融合本土经验与现代意识的文学自觉 ……………… 72
    三、超越"古今中西之争"的文化认同 …………………… 77
    四、以中国式审美方式表达中国经验 …………………… 80
  第三节 "中年变法"的两种路径及其意义 ………………… 83
    一、接续"柳青传统"的多种可能 ………………………… 85
    二、从"当代中国"到"历史中国" ………………………… 91

第二章 现实主义思想的深化和审美的拓展 ……………………… 97
  第一节 路遥文学的"常"与"变" …………………………… 97
    一、延川《山花》与路遥文学的"起源" ………………… 98
    二、路遥"《山花》时期"作品的主题与风格 …………… 104

三、转型期文学观念的"常"与"变" …………………………… 109
第二节　现实主义观念和审美的双重拓展 ……………………… 115
　　一、"总体性"与建构的现实主义 ………………………………… 117
　　二、"新世界"与"新人"的双重可能 …………………………… 124
　　三、思想和审美资源的多样化 …………………………………… 130
第三节　作为方法的"边地"和精神超越之境 ………………… 137
　　一、"回应"孙少平的"情感难题" ……………………………… 137
　　二、民胞物与和世界的"返魅" ………………………………… 141

第三章　古典传统接续与转化的多重路径（一） ………………… 146

第一节　古典思想与审美的多种可能 …………………………… 146
　　一、《周易》思维与循环史观 …………………………………… 148
　　二、古典美学的柔性精神 ………………………………………… 153
　　三、世情小说的境界与笔法 ……………………………………… 161
第二节　自然美学及其世界展开 ………………………………… 168
　　一、"自然"及其美学意涵 ……………………………………… 168
　　二、文法"自然"观的现代流变 ………………………………… 175
第三节　历史、"有情"与自然之镜 ……………………………… 182
　　一、"有情"的"历史" …………………………………………… 183
　　二、"事功"与"有情"的交织 ………………………………… 187
　　三、"历史"的"自然"之镜 ……………………………………… 195
　　四、"天人之际"的世界观察 …………………………………… 202

第四章　古典传统接续与转化的多重路径（二） ………………… 210

第一节　"浑沌"之德与"感通之象" …………………………… 210
　　一、"浑沌"之德与小说观念和章法 …………………………… 210
　　二、"感通之象"与"巫史传统" ………………………………… 224
第二节　君子慎独：儒家修身问题的现代境遇 ………………… 242
　　一、"慎独"工夫之有无：《蓝袍先生》中的情、理、欲 …… 243
　　二、修身的式微：《白鹿原》与儒家"内圣"观的存续 …… 247
第三节　寓意、梦境与小说美学的古典特征 …………………… 250
　　一、"循环"观念与寓意笔法 …………………………………… 251
　　二、"梦"之镜鉴意涵 …………………………………………… 258
　　三、精进之途与超越之境 ………………………………………… 264
第四节　"寓意小说"的三重义理 ………………………………… 267

一、"道"之多重意蕴及其意义 ……………………………… 270
　　二、"艺"之要妙及进阶之法 ……………………………… 275
　　三、处世之道与"修养工夫" ……………………………… 279

第五章　文学与艺术的融汇与互通 …………………………… 288
第一节　与天为徒：文学与书画艺术的融汇 ……………… 288
　　一、"虚实"之辨与小说笔法 ……………………………… 289
　　二、"团块思维"与"任意所之" ………………………… 292
第二节　"道""技"之辩：小说和戏曲艺术的融通 ……… 294
　　一、"道"与"技"的辩证 ………………………………… 295
　　二、技艺之道与修养工夫 ………………………………… 298
　　三、修养的次第与进路 …………………………………… 301

第六章　再"历史化"与"经典"重评的视域与方法 ……… 307
第一节　再"历史化"：《创业史》的评价问题及其意义 … 307
　　一、文学史观念的"限度" ………………………………… 309
　　二、《创业史》的内在逻辑及其观念和审美意涵 ………… 312
　　三、文学史视域敞开的可能 ……………………………… 317
第二节　陈忠实小说的"前史"及其意义 ………………… 319
　　一、"集外文"的基本状况 ………………………………… 320
　　二、观念、笔法的现实主义特征 ………………………… 321
　　三、小说"前史"的整体意义 …………………………… 323
第三节　路遥"重评"的路径和方法 ……………………… 325
　　一、《早晨从中午开始》写作的缘起 …………………… 325
　　二、路遥的"批评"意识和美学观念 …………………… 328
　　三、"反潮流"的潮流化：现实主义的连续性及其文学史意义
　　　　……………………………………………………… 335
第四节　"大文学史观"与贾平凹的评价问题 …………… 345
　　一、超越"现代性"视域 ………………………………… 346
　　二、融通"大传统"与"小传统" ……………………… 351
第五节　陈彦与作为方法的"寓意小说" ………………… 355
　　一、何为"寓意小说"？ ………………………………… 355
　　二、"舞台三部曲"的"寓意"及其观念渊源 ………… 359
　　三、"舞台三部曲"的"寓意笔法" …………………… 362
　　四、"寓意小说"与古典传统的赓续问题 ……………… 367

第七章 "未竟"的创造:"风景"叙述及其思想和艺术意涵
　　——一种"通三统"的实验 ……………………………… 370
　　第一节 "社会主义风景"的开启 ……………………………… 370
　　第二节 "靠天吃饭"和"人定胜天":两种观念的"风景"意涵 … 372
　　第三节 "风景的政治"及其现实意涵 ………………………… 383
　　第四节 "风景"的"古""今"之辨及其观念史意义 …………… 394
　　第五节 "天人和合",抑或正在展开的"风景"创造 …………… 410

结语 作为方法的"陕西经验"与当代文学史"重构"的可能 ………… 415
参考文献 ……………………………………………………………… 424
后　记 ………………………………………………………………… 451

绪论 "陕西经验"与当代文学的"通三统"

第一节 "陕西经验"的基本面向

中国当代文学中的"陕西经验",是指以1942年《在延安文艺座谈会上的讲话》(以下简称《讲话》)首开其端的延安文艺传统为起点,经以柳青、杜鹏程、李若冰、王汶石为代表的作家的进一步实践,渐次在路遥、陈忠实、贾平凹、陈彦、红柯等作家笔下发扬光大并渐成基本格局的陕西文学的重要传统。大略言之,要义有五:一为在《讲话》精神的指导下,扎根于具体的现实语境,充分感应时代精神,在总体性意义上全景式地处理复杂紧迫的现实问题的努力,此种努力所敞开的乃是以具有质的规定性的现实主义为核心,因应宏阔的现实潮流,有基于不同时代观念之新变的"上出"之境;二为充分感应陕西底蕴深厚的历史和文化积淀,且不在"古""今"分裂的文学和文化观念成规中处理"传统"与"现代"融通问题,遂开当代文学更为开阔也更具时代意义的新的境界;三为打通"文学"与"艺术"的分界,在吸纳书法、绘画、音乐等他种艺术经验的基础上所开启的多元会通之境,此境不独在艺术上有更为深入的掘进,在文化和思想观念上,亦有境界更为开阔的抉发;四为以多元会通的精神,打开关中文化与"异域文化"的界限,显发更为广阔的文化、文学和艺术空间;五为充分吸纳复杂多样的民间艺术传统,深化文学的现实感和生活气息,进而敞开极具时代和地域文化内涵的艺术空间。如上五种,虽属不同的阐释文本的进路,却在更高的意义上融汇互通,共同成就着"陕西经验"的时代感、包容性和概括力,以及整体性呈现"中国经验"之多样可能。

自晚近七十年中国当代文学的整体进程观之,由于极为复杂的历史和现实原因,"陕西经验"虽发源、流变、壮大于陕西,却是当代文学极为重要的一维,包含着远超地域文化空间的广泛意义。其所呈示之经验及其进一步壮阔的可能,既属《讲话》以降之社会主义文学传统在新的时代语境下与时推移的自然延续,亦属赓续中国古典思想和审美传统所开出之文本新的境界,其间亦蕴含着会通域外文化和文学经验、涵容复杂多样之地域文化,甚或融通"文学"与"艺术"的多维度的尝试。是为当代文学"通三统"①之要义。故此,"陕西经验"不唯关涉到文学观念的新旧之变,亦包含文化观念返本开新之义,其要在超克自晚清开启、至"五四"强化的文化的"古今中西之争"的观念困局,打开更具时代感和现实意义的新的思想和艺术空间②。其间,多元会通的文学和文化观念颇为紧要,非此则难以开出有破除成规意义的阔大视野,亦难有思想和艺术双重意义上的新的创化。柳青融通中国古典及域外经验,开启了《创业史》新的艺术境界;路遥承接"十七年"甚或延安文艺基本传统,并借鉴苏俄文艺经验,打开深具社会主义文艺经典面向的《平凡的世界》的观念和艺术空间;陈忠实就表象而言,似在"剥离"柳青传统,实则完成了该传统于20世纪80年代新的历史和文化语境的内在承续;贾平凹四十余年间写作的屡次"变法",亦以柳青传统及其时代新变为核心,融通中国古典思想、艺术及世界文学经验,打开古典传统现代可能的艺术新境;陈彦以古典戏曲为借径,融通中国古典传统的艺术实践背后,亦有柳青以降之现实主义传统的基本精神;等等。陕西作家七十余年的多样探索,皆可在"陕西经验"的视域中得到进一步的阐发。

以此为视域,可以打开理解陕西当代文学的开阔视野。置身百年未有之大变局及陕西文艺的多元传统之中,不同作家因观念、心性及才情的差异,思想和艺术取径并不全然同一。但扎根陕西文学的基本传统,充分感应时代的观念之变,开启深具时代意义的文本世界,却有内在的相通之处。限于篇幅,本书着重论述"陕西经验"的前三种(并将"文学与艺术的融通"归入"古典传统的接续与转化"路径之一种进行讨论),重点亦在柳青、路遥、陈忠实、贾平凹、陈彦作品之于当代文学观念拓展的可能上。故而再思考"重写文学史"(甚或"五四"和晚清)以降之文学史观念问题,是进一步展开论证的先决条件。

---

① 参见杨辉:《总体性与社会主义文学传统》,《中国现代文学研究丛刊》2019年第10期。
② 对此问题,杨辉《贾平凹与"大文学史"》(《文艺争鸣》2017年第6期)、《"大文学史观"与贾平凹的评价问题》(《小说评论》2015年第6期)有较为细致的分析,可作参考。

第二节 现实主义传统的连续性及其观念和美学内涵

"五四"迄今,文学与中国作为现代民族国家的历史性建构的双向互动,是理解文学与历史、思想和现实复杂关系不可或缺的重要一维。其间"20世纪中国革命"以及因之形成"现代中国"的内在规定性,为具有总括意义的奠基性话语的核心。而在重新理解"人民"与"革命"这一20世纪中国最大的"政治"①的基础上,历史性地考察20世纪80年代以降文学观念及其所依托之思想和审美传统的流变,可知现今盛行之文学史叙述"成规",兴起于80年代,至90年代后期形成基本格局。坊间流行之文学史,均不脱此一时期划定之基本范围。无论具体展开路径有何细微差别,其核心要义均在于由"一体"到"多元"、由"共名"到"无名"的转换。文学史秩序的重组,也在反思"前三十年"(尤其是后十年)文学"弊端"的基础上展开。"去政治化""去意识形态化",以回归"纯文学"或文学的"审美"传统,为其殊途之同归。而自90年代迄今,诸家对柳青、赵树理②、路遥在文学史评价上的"两难"③(既难以忽视其作品在特定时期的巨大影响力,又无法将其合理地编入现有的文学史序列),即为此种文学史观念"症候"之重要表征。究其根本,乃文学史观念的变革以及由之延伸出的文学评价标准的变化使然。此种变化,无疑与近三十年来社会历史核心主题之转换密不可分。历史地看,其仍属80年代兴起之"重写文学史"思潮的自然后果。此种思潮之基本思想范式经由90年代"再解读"的强化之后,一种以"去

---

① 如罗岗所论:"'20世纪中国革命'以及'革命'建立的独立自主的'国家'既为'现代中国'创造了内在规定性('人民共和国'),也规划了与这一规定性相匹配的政治形式('宪政国家'),即使其屡遭挫败,还不完善,但作为'现代中国'的基石,无论是中国传统文明的继承,还是全球化时代的融合,都必须以此为基础而展开。"是为中国最大的"政治"。明乎此,方能"真正发现中国,认识中国!"(罗岗:《人民至上:从"人民当家做主"到"社会共同富裕"》,上海人民出版社2012年版,第30页。)

② 对赵树理的文学史评价及其所关涉之复杂问题,贺桂梅有系统、深入、细致的分析。参见贺桂梅:《赵树理文学与乡土中国现代性》,北岳文艺出版社2016年版。

③ 以洪子诚《中国当代文学史》为例,可以充分说明此一问题。受制于20世纪90年代以降之"再解读"研究理路的逻辑限制,该书虽肯定《创业史》在表现生活的深广度等方面的价值,但并不"认可"被柳青视为"重大原则问题"的"新人"塑造及其内在逻辑。该书初版虽提及路遥的《人生》,但并无详述。而对彼时在读者群中影响甚大且获得茅盾文学奖的《平凡的世界》不置一词,已从另一侧面说明其文学史观念的价值偏好。

政治化""去意识形态化"为核心的想象文学史的方法渐成蔚然之势①。由此建构之文学史,几乎全盘否定20世纪50年代至70年代文学之"独立"价值,而罔顾其背后所依托之思想和现实逻辑之历史合理性②。如此简单化地处理原本复杂的文学及历史问题,几乎无可避免地遮蔽了问题的复杂状态及其表征历史和指向当下的多重寓意,从而难以在更为恰切的思想理路中,对此一时段文学与历史的关系做确切评价③,亦不能在更为宽广之思想和文学史视域中历史性地理解当代文学七十年核心观念的流变问题。自更为宽广之视域观之,则上述文学史观所依托之思想资源,亦不乏某种意识形态偏好(即去政治化的政治)。有论者在梳理"纯文学"的知识谱系与意识形态时,即敏锐地发现,强调文学史家个人对于文学史料之独立审查,并形成"完全是自己的对某一时期的文学的看法",从而以之作为文学史建构之核心的夏志清的文学观念,仍"内在地被文学/政治(非文学)的二元结构所支撑",而被其视为"他者"的,"既是'重写文学史'意欲颠覆的革命文学史范式,也是社会—历史批评的文学评价标准",亦即从思想观念和研究范式双重意义上"改写"既有的文学史。而"冷战"氛围所构造出的"文学/政治(非文学)二元结构的历史语境",以及"新批评"以"内部研究"取代"外部研究"的基本理路④,成为夏志清《中国现代小说史》新史观建构之核心。此亦为"重写文学史"思潮之基本理路,"无论这些个体(文学史家)的差异有多大,都有一个大概一致的诉求,那就是企图通过'新知

---

① 如对"再解读"研究理路做更为深入细致的理论辨析,则可知其与"重写文学史"非此即彼式二元对立思维不尽相同,"'再解读'思路并不希望'仅用一种叙事去取代或是补充另一种叙事'",而是希望"追问诸多文学问题的基本前提,考察文学运作的编码过程及其裂隙"。(贺桂梅:《"再解读"——文本分析和历史解构》,见唐小兵编:《再解读:大众文艺与意识形态(增订版)》,北京大学出版社2007年版,第276页)其所依凭之理论资源(结构主义—后结构主义、精神分析、后殖民理论、后现代主义等)已与20世纪40年代至70年代"主导叙述"的"奠基性话语"存在着质的差别。进而言之,其对20世纪40年代至70年代主导叙述的"编码策略"以及"其中隐藏的深层文化逻辑"的"拆解"和"暴露",较之"重写文学史"审美/政治的单向度调适,更为深入地触及"主导叙述"的合法性。正是在这一意义上,本文将二者视为具有某种连续和同一性的脉络合并处理。
② 在《实践叙事学与中国当代文学研究》(《文艺争鸣》2016年第12期)一文中,张均尝试"将以讲述故事为主要特征的文学行为看成一种参与社会历史变迁的话语实践活动",从而努力在"纯文学"之外找到更切近文学史事实的研究方法。其所提倡之"实践叙事学",即内含着重建文学与社会历史关系的用心。而作为改造世界最为重要之思想,政治意识形态在特定时期的价值非他种观念所能比拟。与此密切相关之文学想象,自然亦有其历史合理性。
③ 对此问题,李杨早在1990年代初即有系统分析。参见李杨:《抗争宿命之路——"社会主义现实主义"(1942—1976)研究》,时代文艺出版社1993年版。
④ 贺桂梅:《"新启蒙"知识档案:80年代中国文化研究》,北京大学出版社2010年版,第353-354页。

识'来更新'旧'的知识构成"。"这种急于摆脱'革命话语/知识'的控制的趋势一方面来自对'文革'的不满,另一方面也来自对1949年以来形成的高度统一的'意识形态话语'的背离"①。其所援引之"新的知识"和思想资源,无疑与"革命话语"存在着背反关系②。兴起于1942年,在1949—1966年间逐渐确立的思想和文学话语,因之面临严峻挑战。而如何在1942年《讲话》以降之社会主义思想和文学的历史脉络中重新处理两个"六十年"③之复杂关系,关涉到若干重要问题的历史判断,至今仍属一"未思的领域"。此亦为当下文学接续社会主义文学传统的困难所在④。如不能超克此种文学史观念和批评理路,则关于柳青、路遥以及与其同属一脉之作家作品的文学史意义,仍无从避免被遮蔽的历史命运。而赓续社会主义文学遗产的种种努力,亦会因文学史视域的偏狭而难竟全功。

时值百年中国历史巨变的"合题"阶段,在历史连续性的意义上重新处理"五四"开启之文化的古今中西问题,以建构更具包容性和概括力,有着内在的质的规定性的思想和文化视域已成必然之势。而超克非此即彼式的单向度思维,在更具统合意义的思想视域中以历史化的方式,重返20世纪50年代迄今之文学史现场,在悬置"重写文学史"和"再解读"研究理路的基础上重新梳理柳青、路遥、贾平凹、陈彦与社会主义文学传统之内在关联,不唯可以重构其创作所属之思想和美学谱系,亦可适度敞开社会主义文学传统未被充分意识到的形塑当下文学的叙事效力。沿此思路,则重

---

① 杨庆祥:《"重写"的限度:"重写文学史"的想象和实践》,北京大学出版社2011年版,第76页。

② "再解读"之核心人物唐小兵在20世纪90年代末指出"资本主义现实主义"与"社会主义现实主义"在思想运作方式上的同构性,已能说明此问题。而对其知识谱系稍作"先验批判",可知西方后现代主义理论构成其"再解读"思想及运思方式的核心。而后者与社会主义现实主义所依凭之思想资源的关系几乎不言自明。参见李凤亮、唐小兵:《"再解读"的再解读——唐小兵教授访谈录》,《小说评论》2010年第4期。而李杨对丁玲及王实味延安时期数部"争议"作品批评史之内在肌理的辨析,亦从根本上涉及评价标准之内在分歧及其意识形态意味,深层义理亦与此同。参见李杨:《"右"与"左"的辩证:再谈打开"延安文艺"的正确方式》,《中国现代文学研究丛刊》2017年第8期。

③ 参见张旭东:《试谈人民共和国的根基——写在国庆六十年前夕》,《文化政治与中国道路》,上海人民出版社2015年版。

④ 在论及贾平凹长篇小说《带灯》中作为社会主义新人形象的带灯的意义时,陈晓明如是表达他内心的犹疑:"带灯这个人物在我们现当代文学的人物谱系中意味着什么",这是很难绕过的重要问题。"这个很难的问题其实困扰我很长时间,包括我写《中国当代文学主潮》那本书的时候,我觉得也是面对一个非常难解决的问题,就是我们怎么去评价我们曾经有过的一段叫做社会主义文学,这个东西我们把它完全地遗忘,完全地放到一边也很难。但是怎么去解释它却是个很困难的东西。"参见丁帆、陈思和、陆建德等:《贾平凹长篇小说〈带灯〉学术研讨会纪要》,《当代作家评论》2013年第6期。

申文学作为"劳动"之一种的社会实践品格,努力以现实主义精神构建基于历史总体性的宏大叙事,从而促进"新时代"和"新人"的双向互动,乃彼此深度关联的重要问题。如上种种,需在文学史观念"通三统"(1942年以降之社会主义文学传统、"五四"新文学传统和中国古典传统)的意义上重新处理。借此,方能在深度感应于时代生活世界敞开之重要问题的基础上融通多种传统,进而完成对新的时代风貌具有精神总括意义的审美表达。

一、"总体性"与现实主义精神

"总体性"之于思想和社会实践的重要意义在于,只有"把社会生活中的孤立事实作为历史发展的环节并把它们归结为一个总体的情况下,对事实的认识才能成为对现实的认识"[1]。在特定历史阶段的现实语境中,此种总体性的认识无疑内在地关联着一定的价值立场和思想方式。如卢卡奇所论,阶级意识乃是与历史密切相关之重要范畴,包含着与具体的社会实践互为表里的重要内容。"这种阶级意识是无产阶级的'伦理学',是无产阶级的理论和实践的统一",以及"无产阶级解放斗争的经济必然性辩证地变为自由的地方"[2]。作为无产阶级社会实践的表征,社会主义文学自然包含着与无产阶级意识形态密切相关之重要历史内容。即便在"一个民族和一个阶级的斗争史变成了生活史"的历史常态之中,文艺仍然是特定民族和阶级历史及生活经验的表达和"自我建构","是对一个社会共同体价值基础和精神实质的自我确认和自我实现"[3]。此亦为马克思主义核心性命题之一,无论以经济基础/上层建筑,还是以社会存在/社会意识的观念来表达,写作"同其他实践一样,从根本上讲都总是有立场(alignment)的",也"总是以各种方式隐含着或明示着某种出自特定观点、经过专门选择的经验"。以之为参照,则所谓的"客观""中立""忠于事实",不过是"那些总想把自己的感觉和做法说成普遍真理的人们惯用的套路而已"。"立场"也并非"各种政治观念和词句或互不相关的道德说教的单纯拼凑",而是具有"深刻的社会和历史的批判与剖析"的内容。其间"审美的

---

[1] 卢卡奇:《历史与阶级意识:关于马克思主义辩证法的研究》,杜章智、任立、燕宏远译,商务印书馆1999年版,第58页。因本书作者存在卢卡奇、卢卡契两种译名,为论述方便,正文中统一使用"卢卡奇",脚注中则遵循原译名。

[2] 卢卡奇:《历史与阶级意识:关于马克思主义辩证法的研究》,杜章智、任立、燕宏远译,商务印书馆1999年版,第98页。

[3] 张旭东:《"革命机器"与"普遍的启蒙"——〈在延安文艺座谈会上的讲话〉的历史语境及政治哲学内涵再思考》,《中国现代文学研究丛刊》2018年第4期。

理解同社会的和历史的(也包括政治的)理解有着根本的联系"①。如是思想理路,亦属《讲话》申论"立场"之于"革命机器"及政治和战争逻辑的意义的用心所在。"文艺是小政治,政治是大文艺,这是《讲话》对文艺所做的一个政治哲学的界定,结论是文艺彻底的政治性。"此种政治性的重点并非在"文艺应该有多少政治含量",而是强调"哪怕纯粹审美意义上的文艺也必然已经是彻头彻尾的政治"。因是之故,"文艺必须是整个党的革命工作整体中一个不可或缺的部分"。而"只有在确立了政治本体论的总体性之后,谈论文艺范畴的特殊规律或'自律性'才有意义"②。是为"在政治内部思考文艺"③与"在文艺内部思考政治"之根本性分野所在。1942年以降,"民国机制"与"延安道路"、"人的文学"与"人民文艺",以及"重写文学史""再解读"与基于"人民文艺"的文学史观念之"分歧"之所以难以"弥合",根本"症结"即在此处。诸种文学史观念的复杂博弈表明,"在一种'去政治化'的总体氛围中人们越来越难以凭借自身经验去把握权力机制的总体轮廓的时代",重建一种"总体性视野"尤为必要。经由对人们"社会学的想象力"的拓展,这种总体性的视野,亦应包含再"政治化"的可能,从而使人们可以在"广阔的历史—社会视野中理解自身的存在,并将这种理解转化为创造历史的动力"④。

作为社会实践之重要一种,"通过革命文化战线的工作,完成新人的自我生产",并"在自己的历史的基础上,自己把自己作为高于自己的东西创造出来"⑤,即属社会主义文艺题中应有之义,亦包含着内在的关于无产阶级作为历史主体自我认同和创化之核心问题。进而言之,社会主义文学必然秉有形塑具有社会主义的质的规定性的"新世界"和"新人"的双重功能。而具有"新世界"和"新人"想象意义的文学,也必然与基于总体性的宏大叙事颇多关联。如论者所言,"主体""自由"以及"新时期"对"文化大革命"意识形态极端化的诸种"反应",仍有其意识形态性(就该词本意

---

① 雷蒙德·威廉斯:《马克思主义与文学》,王尔勃、周莉译,河南大学出版社2008年版,第211-212页。
② 张旭东:《"革命机器"与"普遍的启蒙"——〈在延安文艺座谈会上的讲话〉的历史语境及政治哲学内涵再思考》,《中国现代文学研究丛刊》2018年第4期。
③ 即如李杨所论,"《讲话》并不是一本单纯的'文艺学'或'美学'文献。它关注的问题,与其说是'文艺'的'政治化',不如说是一种以'文艺'为名的文化政治实践"。《"赵树理方向"与〈讲话〉的历史辩证法》,《文学评论》2015年第4期。
④ 贺桂梅:《作为方法与政治的整体观——解读汪晖的"中国问题"论》,何吉贤、张翔编:《理解中国的视野:汪晖学术思想评论集(二)》,东方出版社2014年版,第320-321页。
⑤ 张旭东:《"革命机器"与"普遍的启蒙"——〈在延安文艺座谈会上的讲话〉的历史语境及政治哲学内涵再思考》,《中国现代文学研究丛刊》2018年第4期。

而言)。是故,作为新的民族国家想象之重要一维的政治意识形态成为作家思想的依托并不特出,亦有其历史合理性,且属文艺发挥其经世功能和实践意义的重要方式。此亦为作为社会象征行为的文学叙事题中应有之义①。本乎此,为回应论者关于《创业史》人物及评价的"批评"②,柳青如是表达《创业史》的写作"内容"和根本目的:"《创业史》这部小说要向读者回答的是:中国农村为什么会发生社会主义革命和这次革命是怎样进行的。回答要通过一个村庄的各阶级人物在合作化运动中的行动、思想和心理的变化过程表现出来。这个主题思想和这个题材范围的统一,构成了这部小说的具体内容。"③此一主题的设定和具体展开方式,与柳青对《讲话》的悉心阅读和倾力实践密不可分④。20世纪40年代至50年代初,柳青以《讲话》为指导,完成了个人立场、观念、情感等的自我"改造",藉此充分意识到"从事人们新的思想、意识、心理、感情、意志、性格……建设工作",从而"用新品质和新道德教育人民群众"的重要意义。因为,"社会意识的建设"将与"社会经济建设"同时展开。随着祖国面貌迅速变化的,还有"我们人民的灵魂"⑤。是故,作为20世纪50年代政治意识形态对"新世界"和"新人"双重询唤之呼应的代表性作品,《创业史》的主题及"内容"内在于其时意识形态的基本诉求之中。其间虽不乏个人经验与集体经验、部分与整体之间的"对话"甚或"修正",但并无"隐微"之义,其核心仍在彼时意识形态的总体性脉络之中。也因此,"题叙"与"正文"的"对照"包含着重要的历史和现实判断——在"旧""新"世界的鼎革之际,新的正在行进中的现实具有前所未有的重要意涵:梁生宝和他的生活世界既蕴含着已被历史化的"过去",也包含着行进中的"现实",更为重要的是,它还"预设"了历史的希望愿景。"虚拟"的下堡村的故事被牢固地嵌入1929年至20世纪50年代初历史的总体性氛围之中,历经"新""旧"世界易代之际的"新

---

① 詹姆逊因此以《政治无意识》的写作"论证对文学文本进行政治阐释的优越性",并申明此种阐释并非其他阐释方法(精神分析、神话批评、文体的、伦理的、结构的方法)的选择性辅助,而是"作为一切阅读和一切阐释的绝对视域"。参见詹姆逊:《政治无意识:作为社会象征行为的叙事》,王逢振、陈永国译,中国社会科学出版社1999年版,第7页。
② 对此问题的详细申论,可参见拙文《再"历史化":〈创业史〉的评价问题——以洪子诚〈中国当代文学史〉为中心》,《西北大学学报》(哲学社会科学版)2016年第1期。
③ 柳青:《提出几个问题来讨论》,蒙万夫等编:《柳青写作生涯》,百花文艺出版社1985年版,第195页。
④ 参见柳青:《和人民一道前进——纪念毛泽东同志〈在延安文艺座谈会上的讲话〉十周年(节录)》,蒙万夫等编:《柳青写作生涯》,百花文艺出版社1985年版,第29页。
⑤ 柳青:《和人民一道前进——纪念毛泽东同志〈在延安文艺座谈会上的讲话〉十周年(节录)》,蒙万夫等编:《柳青写作生涯》,百花文艺出版社1985年版,第29-31页。

的人民"创造与其相应之"新世界"的亘古未有的伟大实践成就了《创业史》作为人民文艺的典范的雄浑磅礴的"诗史"性质。"新世界"与"新人"互为表里、相互成就,共同表征着20世纪50年代社会主义实践的重要历史内容。柳青藉此亦完成了以"文学"的方式,在与政治同一性的意义上对现实的重要问题的深层思考①。时至今日,对《创业史》所涉之历史实践之意义的评价路径或有不同,但此种实践作为社会主义探索之一种所包含的历史经验和阶段性"试错"的意义,却不能因对历史的后设观念的单向度而被简化处理②。历史地看,虽有"时代"及作家个人的诸种"局限",柳青仍以其对时代总体性问题的敏锐把握和倾心书写,完成了20世纪50年代的"自我"表达,从而成就了作为彼时历史全景式写照的重要文本不容忽视的独特意义。其要非在对"一种新的文学形式"的期待,而是在"明确期待一个'新世界'"③。进而言之,"史诗可以从自身出发去塑造完整生活总体的形态,小说则试图以塑造的方式揭示并构建隐蔽的生活总体",一种足以容纳"历史情况自身所承载的一切破裂和险境"的"生活总体"④。具有时代总括意义的史诗性作品因之蕴涵着包容载重的巨大的历史容量,论"精微"则关涉到日常生活世界中个体命运之兴衰际遇,而其"广大"处则关联着"本质的生活过程的史诗总体"。是为柳青基于总体性宏大叙事的时代史诗的艺术创造之核心要义。对柳青的文学遗产的此种品质,路遥有着深入、透彻的理解:"作为一个深刻的思想家和不同凡响的小说艺术家",柳青的主要才华就是能把生活世界中之诸多细流,"千方百计地疏引和汇集到他作品整体结构的宽阔的河床上",使得这些"看起来似乎平常的生活顿时充满了一种巨大而澎湃的思想和历史的容量"。柳青"用他的全部创作活动说明,他并不仅仅满足于对周围生活的熟稔而透彻的了解;他同时还把自己的眼光投向更广阔的世界和整个人类的发展历史中去,以便将自己所获得的那些生活的细碎的切片,投放到一个广阔的社会和深远

---

① 如贺桂梅所论,在柳青的观念中,"文学与政治的关系并不是用文学作品去解释确定的政治理念或条例",而是文学"以元叙事的方式,与国家政策处于同一理论平台上对政治理念的具体实践"。《柳青的"三所学校"》,《读书》2017年第12期。

② 即如蔡翔所论,"今天我们来讨论历史,往往是从历史已经形成的结果来讨论,比如合作化带来的问题"。但是,历史地看,"如果当时不搞合作化的话,当年在土改中间获得相当多的资源的这些干部中间,就有可能形成一个新的压迫阶级"。[《革命/叙述:中国社会主义文学—文化想象(1949—1966)》,北京大学出版社2010年版,第368页]也就是说,"合作化"的目的,在于从根本上超克"穷人"(底层)、"富人"(精英)的结构性的历史循环。

③ 卢卡奇:《小说理论》,燕宏远、李怀涛译,商务印书馆2012年版,第11页。

④ 卢卡奇:《小说理论》,燕宏远、李怀涛译,商务印书馆2012年版,第53页。

的历史大幕上去检查其真正的价值和意义"。作为一位"严肃的现实主义作家",因兼具"精微"(皇甫村及其周围生活,具体的、个人的经验)与"广大"(终南山以外的地方,世界,历史总体性)的双重视域,柳青的作品"不仅显示了生活细部的逼真精细,同时在总体上又体现出了诗史式的宏大雄伟"①。其所敞开的视域,乃是由"下堡乡—中国—世界"构成的广阔的历史和现实眼光。藉此有效完成了个人经验与集体经验、部分(地方)与整体(全局)在更高意义上的辩证统一。《创业史》也因之成为20世纪50年代最具代表性和症候意义的重要作品。

柳青的宏阔视域及其基于总体性的现实关切,在路遥文学中得到了更具历史症候意义的延续。虽身处"总体"与"个人"被叙述为"分裂"的时代,但因有"延川时期"文学与个人命运高度历史性的契合所形塑之文学和世界观念做底子②,以深沉的历史感总体性地观照现实,并"居高临下"地认识、分析和研究所要表现的具体生活内容,从而探索"新人"在新的历史时期的命运遭际及其现实可能,成为路遥20世纪80年代创作的重要特征。"作为一个作家,如何认识我们这个时代,并能对这个时代作比较准确、深刻、广泛的反映和概括",对路遥而言,是"非常重要的问题"③。他的作品所容纳的极为广阔的生活形态,以及各色人物等于历史和现实的背景中命运的变化,由此"广大"与"精微"共筑的"史诗性"的气魄,无不与此种追求密切相关。以此宏大之历史和现实为基本视域,路遥力图总体性、全景式地展现一个时代的整体风貌,书写正在行进中的、蕴含独特的历史意味的"当代"生活。《平凡的世界》初步拟定"三部,六卷,一百万字。作品的时间跨度从一九七五年初到一九八五年初,为求全景式反映中国近十年间城乡社会生活的巨大历史性变迁。人物可能近百人左右"④。而在最初的构想中,路遥曾设计以一两位国家中枢领导人为作品的重要人物,后虽因种种现实原因未能实现,但从陕北偏僻的双水村到黄原城,再到省城,一个可以多层面多角度全景式展现变革时代社会历史总体面貌的虚拟的社会网络已然形成。其间个人命运与时代主题的变化互为表里,共同完成着20世纪80年代"新世界"与"新人"的相互定义和互相成就。虽未能构筑

---

① 路遥:《早晨从中午开始》,北京十月文艺出版社2012年版,第137页。
② 参见杨辉:《路遥文学的"常"与"变"——从〈山花〉时期而来》,《中国现代文学研究丛刊》2018年第2期。
③ 路遥:《东拉西扯谈创作(一)》,《早晨从中午开始》,北京十月文艺出版社2012年版,第113页。
④ 路遥:《早晨从中午开始》,北京十月文艺出版社2012年版,第11页。

"地方(双水村)—中央(国家)"宏阔明晰的总体性世界①。田福军与孙氏兄妹两条主线的交织仍然呈现了个人命运与宏大历史之间内在关联的根本形态——即便不能如《创业史》中梁生宝一般可以获致自上而下的制度性的精神支撑,孙氏兄妹的命运变化仍不能脱离时代根本性的"成就"力量。其不同于《人生》中高加林的多样化的人生选择仍然是高度历史性的,属1980年代新时期总体观念及其所形塑之现实境遇的自然后果,而非自外于时代的"个人""独立"选择使然。但"总体"与"个人"根本性的内在关联并不能自行"表达",需要依赖基于总体性的文学书写。因是之故,在被文学史叙述为"'总体性'所要求的理论与实践、主体与客体的统一必然借重的社会体制形态"②发生变化之际,路遥的"总体性书写"及其对与前者密不可分之具有内在的质的规定性的现实主义传统的赓续,均内含着极具历史症候意义,且须重新辨明的重要问题。

作为柳青文学遗产的"继承人",在历经了"新时期"以"无名"取代"共名"("一体化"的解体)之后,未被此一潮流挟裹而去的路遥的创作既面临"不合时宜"(其所谓之"反潮流")的困境③,同时还要面对宏大叙事之思想资源的阙如问题——即前述"社会体制形态"和"文学叙述"的"脱节"。他和他笔下的人物都将面临根本性依托渐次式微的"被抛"的历史命运,如不愿舍弃其所遵循之文学观念,路遥就必须依靠自我的力量接续已然"断裂"的传统——以文学的方式,(与其导师柳青一般)在与国家政策同一的意义上总体和肯定性地回应复杂的现实疑难。此亦为其反复申论现实主义精神之要义所在。此种现实主义精神,包含着对人与社会关系的深刻揭示,以及对"现有的历史范畴"的连续性的深刻洞察。路遥所谓之"反潮流",也便包含着内在的、对更为宽广的历史范畴及其意义的再"潮流化"④。20世纪80年代初中期,路遥对"文化大革命"文学模式以及其时现实主义作品的"限度"的思考,均以其对"历史范畴"的连续性及其意义的充分认识为基础。如同《山花》当年刊发歌颂老干部的作品,以"不合时宜""修正"主流意识形态一时的"偏颇"一般,诸种努力,均在既往的现实主义及其所依托之思想的根本脉络之中,而非改弦更张另起炉灶。在

---

① 路遥:《早晨从中午开始》,北京十月文艺出版社2012年版,第21页。
② 贺桂梅:《"总体性世界"的文学书写:重读〈创业史〉》,《文艺争鸣》2018年第1期。
③ 周昌义对其当年"拒绝"《平凡的世界》所作的回顾性反思最具代表性。《记得当年毁路遥》,《文艺理论与批评》2007年第6期。
④ 参见杨辉:《路遥文学的"常"与"变"——从"〈山花〉时期"而来》,《中国现代文学研究丛刊》2018年第2期。

诸多阶段性的"变动"之中,路遥努力辨析"不变"的部分,以作为其对现实及个人未来的可能性洞察的思想基础。其理路近乎别尔金的如下观点:别林斯基所谓之"有时代的观念,才有时代的形式"足以说明契诃夫的现实主义艺术的基本特征。扎根于自己的时代的宏阔复杂的社会现实,且能宏观把握时代精神的主潮和前进的方向,路遥具有总体性意义的文学书写因之别具意味:他不但要描述已经发生的事情,还要描述依照必然律和可然律可能发生的事情。因为"对于一个严肃地从事艺术劳动的人来说,创作自由和社会责任感同时都是重要的"①。严肃的现实主义作家的写作理应担荷复杂紧迫的现实问题并探索可能的解决方式。

意图总体性地观照时代及个人命运的写作,也几乎天然地与现实主义精神以及与之相应之创作方法关联甚深。即如论者所言,捍卫现实主义原则,非关马克思主义奠基者的个人喜好和美学趣味,乃是因此种原则"是同马克思和恩格斯的革命世界观的基本特征,同马克思主义理论的实践本身紧紧地联系在一起"②。一定形式的意识形态,必然深度关联着与之相应的"现实",亦召唤与之具有同样品质的审美表达。而坚信"深入到人民群众的实际生活和斗争中去,深入到他们的心灵中去,永远和人民群众的心一起搏动,永远做普通劳动者中间的一员,书写他们可歌可敬的历史——这是我们艺术生命的根"③的路遥,对1942年以降具有质的规定性的现实主义传统的坚守,也需要在同样的意义上得到理解。

基于对历史连续性的世界(文学)观察,路遥并不赞同20世纪80年代文学界关于"现实主义终结",现代主义必将取而代之的潮流化观点。这既与他对托尔斯泰、巴尔扎克、司汤达、曹雪芹等现实主义大师作品更多的内在精神交感密不可分,亦与其对彼时流行之"新潮"作品水准的洞见颇多关联。经由对现实主义之外的各种流派的悉心阅读,路遥以为彼时流行之"新潮流作品",均未摆脱"直接借鉴甚至刻意模仿"的较低水平,既无"成熟之作",也便算不上"标新立异"。其流行虽有历史合理性,但未必是中国文学发展之唯一途径。置身文学思潮风起云涌、变幻不定的20世纪80年代,路遥对此无疑有极为清醒且深入的思考,"只有在我们民族伟大

---

① 路遥:《关注建筑中的新生活大厦》,《早晨从中午开始》,北京十月文艺出版社2012年版,第166页。
② 乔·米·弗里德连杰尔:《马克思恩格斯和文学问题》,郭值京等译,上海译文出版社1984年版,第192页。
③ 路遥:《在茅盾文学奖颁奖仪式上的致词》,《早晨从中午开始》,北京十月文艺出版社2012年版,第91页。

历史文化的土壤上产生出真正具有我们自己特性的新文学成果,并让全世界感到耳目一新的时候,我们的现代表现形式的作品也许才会趋向成熟"。为了更为准确地说明这一问题,路遥以拉美文学为参照,表达其对民族文学发展的进一步思考:"正如拉丁美洲当代大师们所作的那样,他们当年也受欧美作家的影响(比如福克纳对马尔克斯的影响),但他们并没有一直跟踪而行,反过来重新立足于本土的历史文化,在此基础上产生了真正属于自己民族的创造性文学成果,从而才赢得了欧美文学的尊敬。"①更何况"任何一种新文学流派和样式的产生,根本不可能脱离特定的人文历史和社会环境"。20世纪80年代中国最为重要的问题,仍然是作为社会主义国家的政治、经济,以及与之相应之文化的建设。不同于柳青时代高度统一的思想氛围,身处20世纪80年代的路遥需要面对"总体"与"个人""分裂"的思想和现实问题。此亦为路遥20世纪80年代中后期赓续社会主义文学传统的原因和困难所在。而努力以友爱和同情的政治学提升并化解现实的苦难,从而为挣扎在底层的人们指出一条精神的"上出"之路,是路遥弥合"总体"与"个人"、"政治"与"文学"脱节的重要方式。即便身处无从超克的现实困境,路遥仍然能够如契诃夫一般,"不但能够揭示在优雅、漂亮的仪表下所隐藏的内心丑恶和庸俗,而反过来,他也善于从平凡、丑陋的外表下揭露其内在的优美和高尚"②。是为契诃夫的现实主义的特征之一,亦属路遥建构的现实主义的核心要义。即便身处最极端困苦的生存境况中,路遥也能使笔下的世界流露出温暖和光亮。在超越历史的阶段性主题的更为根本的总体视域(即以"反潮流"方式呈现的再"潮流化")中,他力图让理想之光照亮世界和生活在世界中的人们。他们的世界立足于当下的现实的困境,却努力指向未来的希望之域。或者,从根本上路遥认同文学的"乌托邦功能",在超越当下的视域中,为现实的困境开出向上一路。是为诸多论者所指认的路遥文学道德理想主义的表征之一。但路遥也并非无视现实自身强大的规训力量及其常常难以抗拒的逻辑的冰冷,在《人生》中他让高加林重返乡里并再度面临命运的选择问题,而非在理想主义的感召之下轻易为其安排一个"团圆"的结局。同样,社会身份的巨大反差使得孙少平和田晓霞的结合必得面临难以克服的困难。孙少安砖厂的起起落落亦在表明路遥对现实冷峻一面的深刻体察。有极强的政治

---

① 路遥:《早晨从中午开始——〈平凡的世界〉创作随笔》,《早晨从中午开始》,北京十月文艺出版社2012年版,第14页。
② 别尔金:《契诃夫的现实主义》,徐亚倩译,新文艺出版社1954年版,第14—15页。

敏锐性,且对现实人生体会极深的路遥,也以此表明其笔下所敞开的看似完美的世界,仍难免诸多裂隙。但与执着于表现裂隙的作家不同,路遥仍然渴望在世界的淤泥中开出莲花。在最根本也最为深入的意义上,路遥建构的现实主义切近布洛赫对乌托邦的如下评说:乌托邦的功能可以敞开一种新的可能,"这种可能性无非是意识形态上真实的、关于人类希望内容的展望"①。基于同样原因,在"总体性"式微的20世纪80年代,《平凡的世界》的写作表明总体性的连续的可能及其超越时代局限的更为深远的历史意义。"在一个'同一性'的制度、文化开始分裂的特殊历史期",路遥坚持着一种"'同一性'的想象,并把它转化为现实的文学行为"②。此种基于"同一性"的文学想象无疑具有时代精神的症候意义:"借用威廉斯的理论来看,路遥的文学姿态与20世纪80年代主流文学的疏离关系,似乎业已证明作为抵抗的'残余文化'其实在拒绝'主导文化'的收编。"③如越过"重写文学史"以来之文学史"成规",从"五四"新文学迄今之视域观之,则不难发掘"左翼文学"之兴起至延安文艺传统的确立,再到"十七年"文学基本格局的形成,其间"意识形态"与"美学趣味"两种文学史想象之间的博弈与路遥20世纪80年代所面临的"守正"与"创新"的"两难"境地具有同构性。历史的吊诡即在此处,当年通过极为艰难的"斗争"从而获致"主导"地位的革命现实主义传统,多年后却成为"残余文化"需要被重新"收编"入新的文学史序列④。其中历史之"反复",可谓寓意深远。而在路遥文学中"终结"的传统,也难保不会成为另一个新的可能的起点。拥有更为宏阔之历史观念的路遥,未必对此缺乏定见。然而如《创业史》所依托之总体的、制度性思想的缺席,使得平凡的世界上空总难免投下价值虚无的阴影。凡此种种最终仍将归结为"总体性"与现实的关系问题。唯有依托"社会体制形态","总体性"方能转化为一定的社会实践,从而发挥其与现实的联动功能。当"这种联动机制本身发生变化乃至断裂时",文学就逐渐开始显露其作用于现实的"有限性"⑤。当此之际,路遥的道德理想主义,他以友爱和同情的政治学重续已然"断裂"的社会主义文学的价值根

---

① 布洛赫:《希望的原理》(第一卷),梦海译,上海译文出版社2012年版,第179页。
② 杨庆祥:《路遥的自我意识和写作姿态——兼及1985年前后"文学场"的历史分析》,《南方文坛》2007年第6期。
③ 徐刚:《"十七年文学"脉络中的路遥小说创作》,程光炜、杨庆祥编:《重读路遥》,北京大学出版社2013年版,第142页。
④ 对此问题的深层寓意,何浩有较为深入之反思。参见何浩:《历史如何进入文学?——以作为〈保卫延安〉前史的〈战争日记〉为例》,《文学评论》2015年第6期。
⑤ 贺桂梅:《"总体性世界"的文学书写:重读〈创业史〉》,《文艺争鸣》2018年第1期。

基和精神传统,"恢复"隐匿的"人民文艺"的思想史意义遂逐渐显豁。其作品亦成为柳青传统("十七年"文学)与新世纪文学内在"连续"的重要表征。

相较于路遥在20世纪80年代弥合"总体"与"个人"之分裂时所面临的困难,身处新世纪第二个十年中的贾平凹与陈彦的总体性书写则包含着更具历史症候性的重要意义。延续"人民文艺"的思想理路和价值关切,贾平凹尝试以长篇小说《高兴》及《带灯》的写作重续其20世纪80年代以《腊月·正月》《鸡窝洼的人家》为代表的思想及审美路向——此种路向无疑与柳青传统有着内在的连续性,亦属贾平凹20世纪70年代写作的重要资源。同为底层的劳动者,置身新的历史和现实语境之中,刘高兴、五福们已无可能如梁生宝、高增福一般获致自上而下的思想及制度性支撑,从而完成个人精神和生活形态的历史性建构。以小说《高兴》为底本改编之同名电影似以对主人公命运的喜剧化处理"夷平"了现实矛盾的尖锐性,却从另一侧面说明现实逻辑的强大与冰冷,以及身处底层的人们超克此种困境的难度。同样,《带灯》中作为民族和社会的脊梁,努力在总体的、肯定性意义上维持现实秩序的带灯也被迫面临难以解决的种种矛盾。诸种现实矛盾的层层累积以薛、元两家的一场伤亡惨重的械斗而告终,也同时宣告带灯个人努力在应对现实问题之时根本性的无奈和无力。作为"江山社稷的脊梁"和"民族的精英",意图在总体意义上化解现实矛盾的带灯最终被"幽灵化"的命运,无疑别有所指。《高兴》和《带灯》所敞开的世界,表征的乃是总体性的制度实践的式微。如是处理,包含着贾平凹对现实问题复杂性的深入洞悉。樱镇的困境因之也不能被简单地视为地方性经验,而是内蕴着作者对于总体性世界及其问题的深层关切[①]。

在以《西京故事》的总体性书写回应新世纪第二个十年底层青年所面临的"孙少平难题"之后,陈彦转而强化底层生命价值与尊严的"自我说明",亦表明现实世界的问题性以及重申总体性希望愿景的重要意义。《装台》中刁顺子们生命内在的价值和尊严无疑关联着更为悠远的精神传统,境界庶几近乎沈从文1934年返乡途中对底层生活意义的价值说明。忆秦娥(《主角》)个人命运的起落沉浮则足以指称更具普遍性的人之命运问题。其以儒家式的精进融通佛老的思想态度暗合"儒家社会主义共和

[①] 依贾平凹之见,樱镇世界的种种困境牵涉到"体制的问题,道德的问题,法治的问题,信仰的问题,政治生态问题和环境生态问题"的复杂状态,而如何直面此类问题并尝试解决,为该书写作之用心所在。贾平凹:《带灯》,人民文学出版社2012年版,第357页。

国"之内在要求,亦属中国古典传统与现代传统多元融通所开启之新境界。凡此种种,均说明重建"个人"与"总体"的制度性关联的紧迫性和现实意义。基于人民伦理的底层关切,为其要义之一。而问题似乎最终仍将归结为论者的如下判断:"无视'社会最低需要'这一社会主义原则",是晚近社会大众的不安产生的根源,社会主义在不同语境之表现形式或有差别,但其"保护大多数普通劳动者的权利和利益"[①]这一基本理念和价值观念不容缺失。若非如此,则如带灯、刘高兴、罗甲成、刁顺子们的生存困境难以获得根本性的解决。此亦为重申总体性的希望愿景以及人民伦理的思想意涵的重点所在,亦属社会主义文学及其实践价值的内在规定性使然。其意义并不止于文学资源和表达方式的个人选择,而是关涉到世界观念、价值立场等重要问题,并最终表现为"新人"(人民)与"共和国"的相互定义和互动共生。

二、"新人"的谱系及其现实意涵

作为具有极为浓重的20世纪印记的重要概念,"人民"一词曾数度因所指难于定义而被质疑其合法性。但在社会主义思想和文学传统中,该词却获得了与广阔的生活世界、无穷的远方以及无数的人们血肉相关的"具体性"。以"人民"为国家的主体,为共和国之文化和政治根基。是为共和国所完成之"三千年未有之大变局"的紧要处。而文学写作,对应于新的意识形态对与之相应之主体的生产[②],亦属"人民"获得自我表达的"弱者的武器"。1942年之后,"人民"不仅作为重要书写对象进入"文学",还逐渐成为文学创作的主体,深度改变了当代文学前三十年的基本格局。在社会主义思想视域中,与"人民"生产生活密切相关之"劳动"随之被赋予神圣性价值和复杂的政治和文化含义。就其大者而言,经由"劳动"创造新的世界,乃是社会主义实践题中应有之义。此亦为《创业史》所述之"创业"之历史根基——以梁生宝为代表的社会主义新人在互助组、初级社到高级社的"新世界"的次第创造的同时,不断完成作为国家主体的新人的自我创造,二者互为表里,可以相互定义。艺术的召唤性,正体现在它关联着"人的内在生活",扩展了"人的生活经验",最终塑造了"人的自己形象

---

① 甘阳:《社会主义、保守主义、自由主义:关于中国的软实力》,《文明·国家·大学》,生活·读书·新知三联书店2018年版,第23页。
② 对此一问题的详细申论,可参见钱理群为谢保杰《主体、想象与表达:1949—1966年工农兵写作的历史考察》一书所作序言《业已消失的文化、文学图景》,北京大学出版社2015年版。

和人在其中生活的世界的形象"①。即如《红岩》《英雄儿女》等作中塑造之"新人",亦是在"通过劳动来生产、创造新中国的过程中形成的",而"没有新中国就没有新人"。进而言之,"新人和新的国家以及新的生产关系"创造出了与"新中国"相应之"新文化"②。作为秉有"新的人民的文艺"之本质特征的文学艺术文本参与"新世界"和"新人"的创造,即属其内在规定性使然。"因为在文化生产和思想斗争的最高意义上,文艺仍然是一个民族和一个阶级历史经验和生活经验的表达和自我建构,是集体人的再造或再生产",其根本还在于,它是对"一个社会共同体价值基础和精神实质的自我确认和自我实践"③。书写"人民"在创造"人民共和国"过程中的历史性实践及其意义,也成为"人民的文艺"的根本性质的客观要求。质言之,"'新人'和国家都是现实中的政治存在,都在给定的历史条件下不断地创造自己的历史"。"新人"也并不拥有"某种固有的属性","而是在历史实践的过程中建构起来的实体和主体。这个新人在寻找属于自己的新世界的途中成了新人"④。历史和社会实践主题与时推移的自然调适,必然呼唤与之相应的"新人"的思想和审美表达重点的"迁移"。此种思想及审美表达同样具有历史具体性,并非僵化的教条式的固定概念、范畴所能简单概括。在不放弃内在的质的规定性的前提下,无论思想还是审美方式,均在现实"新""旧"辩证的意义上存在着与时俱进的可能。也因此,自《创业史》到《平凡的世界》,再到《高兴》《带灯》《西京故事》及《主角》,社会主义文学之"新人"塑造无论思想还是审美资源均有不同程度之更新与转换,但内在品质却一以贯之。

与人民共和国的历史性创造相呼应的基于人民伦理的现实关切,为社会主义文学"新人"塑造的要义之一。此种"新人"与时代的阶段性主题密切相关,秉有可与时代互证的重要意义。梁生宝与20世纪50年代之核心主题之间的内在关联即属此理。如对《创业史》人物本事细加考辨,可知"非虚构"作品《皇甫村的三年》与前者的对照包含着"历史学家的技艺"的复杂寓意。梁生宝的原型王家斌在互助组草创时期的诸种表现与《创业

---

① 佛克马、易布思:《二十世纪文学理论》,林书武等译,生活·读书·新知三联书店1988年版,第141—142页。
② 张旭东:《两个"六十年"座谈会整理稿》,《文化政治与中国道路》,上海人民出版社2015年版,第51页。
③ 张旭东:《"革命机器"与"普遍的启蒙"——〈在延安文艺座谈会上的讲话〉的历史语境及政治哲学内涵再思考》,《中国现代文学研究丛刊》2018年第4期。
④ 张旭东:《试谈人民共和国的根基——写在国庆六十周年前夕》,《文化政治与中国道路》,上海人民出版社2015年版,第15页。

史》的描述之间的"差别",恰属柳青塑造此一形象的真正用心处,亦包含着其对生活、政治与文学关系富有历史意味的独特理解①。"生活是经验、现实,政治是理论和理想,而文学则以艺术形式赋予两者更高形态的综合和具象再现"②。梁生宝对党的事业的忠诚及其在处理"集体创业"与"个人发家致富"间之矛盾冲突时的选择,无疑包含着20世纪50年代社会主义建设过程中所面临的重要现实难题。历史地看,如不能从根本上解决私有制的弊端,克服自古及今穷人(底层)与富人(精英)的单向度的"转换"的逻辑,则彼时正在进行中的新的世界的建设难保不落入既往模式的历史性循环之中。而从根本意义上超克此种循环,互助合作或为选择之一。正因对彼时宏大之现实问题的深层含义的总体性理解,梁生宝成为20世纪50年代之时代"新人",且秉有与梁三、郭振山等人完全不同的重要品质和现实意涵。梁生宝并非"传统意义上的农民英雄",其所具有的"现代性意义体现在他不是在非时间的传统伦理价值中获得个人的实现,而是在对'党''国家'这些'想象的共同体'的认同中实现对日常生活与个人生活的超越"③。藉此,作为"真正具有社会主义品质"的"新人",梁生宝的想象"喻示着历尽艰辛的中国农民终于找到了自己的现代本质"。此种本质亦与新的世界的创造互为表里,属20世纪50年代时代思想总体性之表征。

相较于柳青在"新人"塑造过程中所可依托之思想总体的稳定性,路遥则面临思想和文学观念转变之际更为复杂的问题。20世纪80年代初,基于对"十七年文学"的系统阅读,路遥力图打破此前形成之人物塑造的成规。难于以"好人"或"坏人"为标准简单归类的高加林人物形象的产生,即属此一思考的重要成果。以此,路遥试图突破此前文学在人物塑造上的简单化(以"好人""坏人"来区分人物),以及"大团圆"结局的惯常模式,从而写出人物及其所置身其中的生活世界的复杂和多元。与"十七年文学"人物塑造较为普遍的单向度相比,《人生》中高加林"结局"的"未定开放性"既属作家生活思考之自然结果,亦是时代精神之复杂多元使然。置身20世纪80年代初之历史氛围中的高加林已然无法如石大伯(《优胜红旗》),或更远一些的狠透铁(《狠透铁》)那般在单一的思想格局中完成其对现实问题的索解。高加林空怀鸿鹄之志,在一个错位的时代里必然因精神的无所依托而有壮志难酬的人生慨叹。也"正是在对个人、社会与国

---

① 参见张均:《〈创业史〉"新人"梁生宝考论》,《武汉大学学报》(哲学社会科学版)2019年第1期。
② 贺桂梅:《柳青的"三所学校"》,《读书》2017年第12期。
③ 李杨:《50—70年代中国文学经典再解读》,山东教育出版社2002年版,第157页。

家层面不同诉求的契合与冲突中,高加林开放的人生结局预示了一种路遥式个人主义的'新人'构想"①。此种构想既意味着个人命运的"不确定性",同时也表征着人物所依托之制度性"思想"的匮乏。是为路遥"把人生新人的探求放置在相当艰苦的磨炼之中",从而探索20世纪80年代初"社会主义新人的道路"的用心②。而作为高加林的命运在20世纪80年代中期的"延续",孙少平、孙少安、孙兰香兄妹分别代表着前者不同的可能。但路遥显然不再将人物未来的可能性复杂化,他们分别在几乎"预定"的人生轨道中砥砺前行并终有所得。在价值多元的时代,意图在总体的肯定性意义上书写底层人奋斗历程的路遥,不得已再度"简单化"地处理原本可以复杂化的人物的命运遭际。在他的笔下,孙少平、孙少安、田润叶、惠英嫂等人的命运似乎是在一种道德理想主义的超验氛围中展开。他们不曾面对20世纪80年代社会转型期的重要矛盾,他们的"人生"因而带有极强的理想化的特点,因疏离于彼时的时代问题而显得"概念化"。置身20世纪80年代"去政治化"为一时之盛,且被认作"意识形态终结"的语境中,路遥依靠文学世界的创造,力图在社会主义文学传统的当下延续中回应时代的精神疑难。其以建构的姿态,接续隐匿的传统,并证明其仍然有着无法取代的巨大的能量,且足以应对变动时代的历史及现实问题。其对底层普通人之时代命运的深层关切,即属此种理路的自然延伸。是为路遥文学遗产的核心所在,亦是其与"重写文学史"以降之文学史叙述成规的根本分野。其在文学史评价上的沉浮,深层原因即在此处。

路遥和他的人物所面临的评价上的困难,某种意义上可视为柳青和他笔下的人物遭际的"翻版"。20世纪60年代初围绕《创业史》人物的评价问题所引发的争论,足以说明两种文学观念之间难以调和的内在"矛盾"。严家炎对梁三老汉这一"中间人物"的高度肯定与其对作为社会主义新人形象的梁生宝的"保留"意见互为表里。而柳青对此一说法的"不能容忍"同样包含着其自身写作所依托的精神逻辑的历史合理性。作为书写20世纪50年代合作化运动的重要作品,《创业史》所面临的评价问题既关涉到20世纪80年代之后新的文学规范的确立,亦与对20世纪50至70年代文学路线的历史评价问题密切相关。饶有意味的是,20世纪50年代的"时代英雄"和"新人"梁生宝的原型王家斌在与高加林、孙少平几乎相同的历史时段,再度面临着人生的重要选择。"集体"已成历史陈迹,可以作为

---

① 杨晓帆:《怎么办?——〈人生〉与80年代"新人"故事》,《文艺争鸣》2015年第4期。
② 阎纲:《阎纲致路遥》,《早晨从中午开始》,北京十月文艺出版社2012年版,第592—593页。

"新人"在20世纪50年代的思想依托的政治想象已有另一番历史评价。时代的主题已悄然置换,代替王家斌成为新的时代英雄的,已是富农姚世杰、富裕中农郭世富们。"十七年"至"文化大革命"时期关于农村的社会主义实践已有另一番历史评价①,梁生宝(王家斌)和他的时代一起被抛在现实之后。而作为20世纪80年代的"社会主义新人"的高加林、孙少平们所要面对的是全新的历史情境和完全不同的命运选择,其间似乎并不存在内在的延续性。但自更长的历史观之,他们同样在"意识形态"所预设之希望愿景中象征性地处理复杂的现实难题,同样或显或隐地表征着政治意识形态对"新世界"和"新人"的双重询唤。20世纪80年代在这一点上与20世纪50年代遥相呼应:在社会主义初级阶段的不同时期,"新人"不断创生且秉有新的内涵,并代表一个时代的历史想象与现实难题完成其作为"历史中间物"的重要使命。

唯其如此,贾平凹及陈彦在21世纪的第二个十年尝试重启总体性范畴,接续已然隐匿的社会主义新人的传统所面临的困难,再度说明赓续社会主义文学传统基本精神的重要意义。身处《秦腔》所述之乡土世界的颓然之境,"到城里去"再度成为一代人的普遍性选择。但此种选择却并未促进其所怀有的美好生活的希望愿景的现实化。如刘高兴般的人物身处城市的"边缘",或仍为求温饱苦苦挣扎于底层,或在对冷峻现实问题的想象性解决中获致精神暂时的慰藉,舍此无他。而作为乡土现实"非虚构"书写极具症候意义的典范,相较于同时期的叙事虚构作品,梁鸿的作品似乎容纳了更多的"真实"。从《中国在梁庄》到《出梁庄记》,颓然的乡土世界已然无法容纳新一代青年人的光荣与梦想,他们纷纷去往城市,却在如刘高兴、五富一般的艰难处境中连梦想也无力编织。而秉有社会责任感和担当意识,作为"社会脊梁"的带灯在危机四伏的樱镇世界被迫"幽灵化",她和她所坚守的原则的崩溃暗含着贾平凹对现时代核心问题更为深入的思考。自社会主义文学的内在连续性观之,带灯可被视为"社会主义革命文学一直幻想的引领历史前进的新人形象",她"扎根于体制中",她的"现实行动要推进和发挥体制的优越性,向着体制的乌托邦未来挺进"。贾平凹藉由这一形象的塑造力图接续20世纪五六十年代的社会主义文学的命脉,并重建"'社会主义新人'这个漫长的政治/美学想象的谱系"②。但新

---

① 参见杨庆祥:《社会互动和文学想象——路遥的"方法"》,《南方文坛》2015年第4期。
② 陈晓明:《萤火虫、幽灵化或如佛一样——评贾平凹新作〈带灯〉》,《当代作家评论》2013年第3期。

世纪的社会主义新人带灯已无力如梁生宝般引领一时代的精神潮流,被边缘化的现实命运唯有在"萤火虫阵"这一虚拟的意象中方能得到想象性的暂时超克。颓败的樱镇世界在作品末尾处的"贞下起元"亦属现实逻辑的自然延伸,而非在带灯努力的方向上发生质的变化。樱镇的"再生"也不过是此前境况的结构性反复,并不包含深层次掘进的意义。时代"新人"由内在于时代而至于与时代"疏离",无疑包含着极为复杂的历史和现实寓意,属新中国前三十年(1949—1979)和后三十年(1979—2009,亦可涵容2009年至今之现实问题)复杂思想论争未定状态的现实例证,亦从另一侧面说明,随着时代核心主题的转换,作为时代精神潮流之代表的"社会主义新人"亦随之调整且秉有新的内涵。

作为回应"孙少平难题"的重要作品,《西京故事》中罗天福一家的命运无疑有着极强的历史症候性意义。生活遭际并非偶然的相似性使得罗天福在多重意义上可被视为孙少平的同路人,而作为他们的下一代,在变化了的历史语境中,罗甲秀、罗甲成们仍需面对与孙少平大致相通的生之艰难。他们与孙兰香有着相同的人生道路,却无后者被"悬置"种种现实困境之后生活的美好和"单纯"。陈彦努力以与新世纪初总体性密切相关之世界想象化解罗甲秀姐弟所面临之现实难题,却更为深入地意识到此种解决方式似乎并无多少普遍性。"新人"罗甲秀、罗甲成表征的仍然是"孙少平难题"的结构性循环。20世纪80年代与新世纪初生存情境的历史性反复,再度说明重申关注"社会最低需要"这一社会主义原则,并将"社会大众的不安"化解在总体性范畴的内部的重要意义。是为社会主义"危机"的生产和克服的题中之义,亦属社会主义文学所面临的严峻挑战:"它需要从新的下层和下层新的真实中再造'人的文学'的内涵",以克服"'革命的第二天'所发生的'无产阶级资产阶级化'的问题"[①]。此种"再造"无疑属广义的"文化"思想的不断调适,以面对和化解来自社会实践中的种种矛盾。因为,"只有在文化的基础上","一种关于人和事的总体才是可能的"。这种"从所有可能的实体和关系中形成"的"新的和完善的总体","远远胜过我们已经分裂的现实"。也因此,在托尔斯泰的文学世界里,有着显而易见的"对突入一个新的世界时代的预感"。具体表现为"诸重要人物对其周围的文化世界所能提供给他们的一切东西的不满,和从他们的摒弃中产生的对自然界其他更为本质的现实的寻求和发展"[②]。"分裂的

---

① 张均:《重估社会主义文学"遗产"》,《文学评论》2016年第5期。
② 卢卡奇:《小说理论》,燕宏远、李怀涛译,商务印书馆2012年版,第135-140页。

现实"因其更为本质的"总体"与"个人"在更高意义上的辩证统一而得以朝向新的完整世界的可能。"新人"与时代的互证因之包含着社会思想现实化的重要问题,并非单纯文学典型塑造问题所能概括。也因此,继《西京故事》之后,陈彦以《装台》的写作一改对底层生存困境想象性解决的既定模式,努力发掘普通人的生之意义及其价值和尊严所能依托之更为悠远的传统。此种近乎沈从文20世纪30年代对湘西底层人生命价值思考的理路无疑包含着更为复杂的历史寓意——在体制尚未一劳永逸地解决底层人的生存问题的"过渡阶段",如何为其生存赋予意义远比哀其不幸、怒其不争的简单批判更为紧要。虽非出自农村,但与大历史"脱节"的刁顺子分享的是与刘高兴、高加林共通的时代"艰难",也唯有在新的"人的文学"更具历史意味的再造中方能得到根本性的解决。基于更为深入的现实观察,陈彦以《主角》中的"新人"忆秦娥来表征与时代奋进精神同频共振的更具代表性的人物形象,从而肯定性地回应现实的精神疑难。跨越改革开放四十年宏大历史之沧桑巨变,与大历史密不可分之"主角"忆秦娥的个人命运因之具有指称不同时代不同群体的解释效力。即便面临内忧外患、身心俱疲之境,忆秦娥仍以正精进的姿态朝向未来的新的可能。是为民族精神赓续千年生生不息之精义。陈彦藉此表达了他对时代及其所关涉之历史问题的深刻洞察。而以1942年以降具有内在连续性之历史总体性为核心,融通中国古典传统的思想和审美路径,无疑可以赋予"新人"全新的内涵,是为新的时代总体性思想的重要表征,亦再度说明"新人"与时代相互成就之现实意义和重点所在。

三、"劳动"与文学的实践品格和伦理目的

"新世界"和"新人"具有社会主义实践意味的交互创造,"劳动"为其中不可或缺的重要一环,且被赋予全新的政治和现实涵义。"对'劳动'的高度肯定","蕴含了一种强大的解放力量",藉此,"中国下层社会的主体性"及其"尊严"才可能被有效地确定。"劳动"既意味着"一种既是民族的,也是世界的政治—政权的想象和实践活动"[①],同时亦可有效确立"劳动者"作为国家主体的重要地位。沿此思路,则作为社会象征行为的文艺创作亦属劳动之一种,可与普通劳动之品质和现实意义互通。在更高的意义上,艺术创作与社会实践有着内在的同一性:"真正的进步作家,在每个

[①] 蔡翔:《革命·叙述:中国社会主义文学—文化想象(1949—1966)》,北京大学出版社2010年版,第224页。

时代里,都是为推动社会前进而拿起笔来的","他们的光荣任务是努力通过尽可能生动、尽可能美好、尽可能感人的形象,把他经过社会实践获得的知识和理想传达给人民,帮助人民和祖国达到更高的境界"①。是故,作家并非是外在于"现实"的旁观者,而是本身即在现实中,充分参与社会实践的"具体的人"。他们与时代和人民一同前进,并最大限度地发挥文学作为社会象征行为的重要理论价值和现实意义。以此为基础,才能从"'推进社会进步'的总体意识和全局视野来规划自己的社会实践和文学创作"②。柳青的如上认识,无疑包含着对文学与现实、创作主体与外部世界等等重要理论问题极具历史意味的独特理解。"文艺"并非吟风弄月式的个人感怀的简单表达,并非"填闲"或"帮闲",而是蕴含着"改造世界"的实践价值和创造"新人"的伦理目的。因为"现实就是历史,是人们活动的结果"③。而"同人民生活保持活跃的联系,使群众自己的生活实践朝着进步的方向继续发展",乃"文学的伟大社会使命"④。置身20世纪50年代总体性的历史和现实氛围之中,社会主义的伟大实践及其所依托之宏阔之世界构想和伦理承担具有作用于大多数人的重要意义。而以《创业史》的创作充分参与彼时的社会实践,从而推动社会前进的步伐,乃柳青写作的要义所在。其扎根皇甫十四年,"与人民一道前进"的思想和文学选择的根本意义即在此处。

延续柳青传统的核心精神、认同"新的人民文艺"的根本性质及其重要品格的路遥几乎自然地认同如下写作伦理:文学创作就其根本而言具有无可置疑的"劳动"性质,与其他"劳动"仅存在着形式上的差别。只有"不丧失普通劳动者的感觉",作家"才有可能把握社会历史进程的主流",从而"创造出真正有价值的艺术品"⑤。而在《不丧失普通劳动者的感觉》中,路遥更是明确表示:"写小说,这也是一种劳动,并不比农民在土地上耕作就高贵多少,它需要的仍然是劳动者的赤诚而质朴的品质和苦熬苦累的精神。"从路遥对文学创作的劳动性质的持续强调中,我们自然不难联想到西蒙诺夫谈作家的劳动本领的文章。通过援引高尔基"天才就是劳动,人的

---

① 柳青:《关于理想人物及其他》,《柳青写作生涯》,百花文艺出版社1985年版,第98页。
② 贺桂梅:《柳青的"三所学校"》,《读书》2017年第12期。
③ 弗雷德里克·詹姆逊:《马克思主义与形式》,李自修译,百花洲文艺出版社1995年版,第154页。
④ 卢卡契:《现实主义辩(1938)》,《卢卡契文论论文集(二)》,中国社会科学出版社1981年版,第33页。
⑤ 路遥:《在茅盾文学奖颁奖仪式上的致词》,《早晨从中午开始》,北京十月文艺出版社2012年版,第91页。

天赋就像火花,它既可能熄灭,也可能燃烧起来,而逼使它燃烧成熊熊大火的方法只有一个,就是:劳动、再劳动"的说法,西蒙诺夫申明作家创作本身所具有的劳动的性质。这种性质决定了他的写作的技艺不过是劳动本领的体现。而只有持续不断地劳动,作家才能"等同于"那些在工作的第一线的"人民",并因之无愧于其所置身其中的正在建设的社会主义的伟大时代。

"劳动"本身的"无差别",使得知识人与普通劳动者在几乎同一的意义上从事着共同的工作(建设社会主义),而非如新文学"启蒙"传统所预设的那样自外于"劳动人民",此亦为《讲话》申论知识分子与人民群众"结合"的根本用意。文学创作既属劳动之一种,身处社会主义建设的具体的历史性的境况之中,其"劳动"自然不可避免地带有与普通劳动同样的社会主义实践性质。是为此种论述之核心旨趣,亦属丁玲20世纪40年代中后期处理"知识分子"与"人民大众"的"相对的、辩证的关系",从而完成自我"改造"之重点的延续①。其所关涉之更为复杂的问题,在法捷耶夫的相关论述中得到了更为准确的表达。以《论作家的劳动》为题,法捷耶夫同样强调艺术创作的劳动性质:"艺术创作——这是一种人的劳动,是一种特别的劳动,但仍然是劳动之一种。"依此逻辑,则作家对文学技巧的研习,一如普通劳动者对劳动能力的提升,其间并无质性的差别。此说与西蒙诺夫分享的是同一种逻辑:一种无差别的劳动,将作家与劳动人民紧密地联系在一起。文学创作既属于与人民的社会主义实践具有同一性意义的"劳动",也便自然与一定的"目的"和"使命"密不可分。即如法捷耶夫所言,除需要修习现实知识外,艺术家最为重要的任务和使命,"是要预见许多事物——从新的种子中能够看出这新的东西就是胜利的东西"。"努力使新的东西胜利"背后的质的规定性,即是"用一个总的概念、即共产主义这一概念来包括的——是苏维埃艺术家的创作所服从的目的"②。是说无疑对应于苏联作家协会章程所规定的社会主义现实主义方法的理论基础和实际意义③。其根本精神类同于卢卡奇对现实主义作家与"客观的社会总联系"内在关系的论述:"每一个真正的现实主义作家的文学实践,都表明了

---

① 何吉贤:《"流动"的主体和知识分子改造的"典型"——1940—1950年代转变之际的丁玲》,《中国现代文学研究丛刊》2018年第4期。
② 法捷耶夫等著:《论作家的劳动》,中国人民解放军华北军区政治部出版,1951年版,第1-4页。
③ "社会主义的现实主义是苏维埃文艺和文学批评的基本方法,它要求艺术家真实地、历史地、具体地把现实在其革命的发展中刻画出来。而且,真实地、历史地、具体地以艺术手法刻画现实,必须与劳动人民的思想改造和以社会主义精神教育劳动人民的任务结合起来。"转引自缅斯尼柯夫:《论社会主义现实主义的基本特征》,新文艺出版社1953年版,第2页。

客观的社会总联系的重要性和为掌握这种联系所必需的'全面性要求'"。因是之故,"作品的深度,一个现实主义作家影响的广度和持久性,主要取决于他(在写作方面)在多大程度上明了他所描写的现象实际上表现的是什么"。亦如列宁所指出的,"非本质的、现象的、浮在表面的东西往往要消失",远非"本质"那样坚固。因此,根本问题在于"认识现象和本质之间的真正的辩证统一"①。一个时代具有社会实践意义的文学必然与其时代总体性观念存在着内在的关联。此种关联即便包含着若干"意识形态离心结构"所彰显的"辩难"的意味,其意义却非在"解构",而是努力在总体观念的内部化解可能存在的现实难题,从而朝向开放的总体性的未来②。而依托于时代意识形态的宏大叙事,文学艺术文本得以以现在的逻辑重构虚拟世界的总体图景,从而在理想化、先进性的意义上作用于日常现实。

暂且悬置社会主义现实主义的规定性在特定历史年代因极端化而造成的问题,仅以"意识形态"的根本意义而言,认信政治意识形态与信奉他种思想体系之间并无"源初"意义上的差别。"再解读"的代表人物唐小兵早在20世纪90年代中后期即意识到资本主义现实主义与社会主义现实主义就其话语运作逻辑而言具有形式上的相似性,差别在于根本性的价值立场。"再解读"研究理路所援引之西方现代主义、后现代主义理论,背后亦有不同于社会主义现实主义的意识形态倾向。"统治阶级意识形态将探讨使自身权力立场合法化的各种策略,而对立文化或意识形态则往往采取隐蔽和伪装的策略力图对抗和破坏主导'价值体系'"③,是为曼海姆所谓的"意识形态"与"乌托邦"辩证关系之基本逻辑。柏拉图将诗人逐出理想国,根本原因即在于后者的作品所内含的虚拟的可能(诗性正义)存在着瓦解前者的力量。质言之,自"五四"以降即被定义为现代民族国家想象之重要载体的文学文本,承担生产"新世界"及"新人"的"意识形态"功能,属其内在价值的自然延续,而非越界之举。沿此思路,则柳青努力与"思想家、政治家站在同一高度的理论平台上理解世界和改造世界",从而构建文学与政治及现实具有内在同一性的新的关系,也便有着值得深入反思的重要意义。经由文学世界对新的思想以及与之相应之新的世界感觉的独特

---

① 卢卡契:《现实主义辩(1938年)》,《卢卡契文学论文集》(二),中国社会科学出版社1981年版,第6—7页。

② 如黄平所论:"反思总体性,但并不否定真实与意义的存在;而且,真实与意义并不是以否定总体性的方式居于总体的外部,而是通过对于总体性的否定之否定来把握。"也就是说,"总体性"包含着内在的、与时推移的自然调适的可能,并因之具有面向未来的开放性特征。《"总体性"难题——以李敬泽〈会饮记〉为中心》,《文学评论》2019年第2期。

③ 詹姆逊:《政治无意识》,王逢振、陈永国译,中国社会科学出版社1999年版,第72页。

创造,一种"对现实世界的总体性认识"得以转化为"个人的行动实践"①。此种文学观念与"纯文学"之思想理路之根本分歧亦在此处。在路遥为《平凡的世界》做写作的准备时,数十年的"工农兵写作"的历史性实践已因"新时期"的开启而难以为继。在受容西方现代主义、后现代主义文学及思想之基础上兴起之先锋写作逐渐成为文学的主潮。此类写作在形式上实验的热情远甚于对生活世界"原初"经验的关切,后来被命名为"纯文学"的一脉逐步确立②。"纯文学"的兴起自然有其阶段性的历史合理性,但沿此思路创作之作品,已难于对身处底层的普通人产生如路遥作品这般持久而深入的影响力。那些至今仍挣扎在生活的困苦中的年轻人,无论身处何地,都能从孙少平身上看到自身命运的投射,而从后者不断奋进的姿态中,亦可获致前进的力量。惜乎此类"及物"的写作,在路遥人生的后期,已非文学的主潮,且几乎处于被压抑和排斥之列。《平凡的世界》在发表初期面临的困难以及此后多年遭遇文学史的持续冷落,无不与20世纪80年代以来文学史叙述语法的偏狭关联甚深③。诸种观念分歧的核心,仍在马克思如下论断所包含的洞见之中:"哲学家只是用不同方式解释世界,问题在于改变世界。"如仍坚持这样一种理念:"将劳动和劳动阶级从某种异化的状态中解放出来",那么"世界应该怎样"即属不容回避之重要问题。想象之重要亦在"应该怎样"中得以凸显。"如果我们不完全满足于当下的秩序安排",便必然需要重新面对"世界应该怎样"的历史的想象主题。"而我们一旦企图重新面临这一世界秩序","我们就会重新走向政治。"也因此,"在文学性的背后,总是隐藏着政治,或者说政治性本身就构成了文学性"④。作为社会实践之一种,优秀的现实主义作品所具有的包容载重的巨大能量足以完成一时代基于总体性的丰富表达,并在"新世界"和"新人"交互创造的意义上,实现其经世功能和实践意义。

　　以柳青、路遥建构的现实主义策略及其与时代的互动共生为参照,那

---

① 贺桂梅:《柳青的"三个学校"》,《读书》2017年第12期。
② 此一脉络之"影响源",多在20世纪80年代后被大量译介之西方现代主义、后现代主义文学、艺术及理论文本。但饶有意味的是,就在文学界纪念"先锋文学三十年"之际(2015年),关于路遥及其作品文学史意义的"重评"亦成"潮流"。对"先锋文学""意义"的反思之中不乏"批评"的意见,而对路遥的"重评"则几乎构成对既定文学史"成规"的挑战。不应遗忘的是,《平凡的世界》当年所遭受的"冷遇",即与"先锋文学"及其所形塑之文学史评价标准密不可分。历史再次体现出其"反复"之特征。而20世纪80年代先锋文学代表作家格非对现代主义文学所作的反思,其中之一,便是其无视读者,和"大众阅读脱离"。
③ 参见赵学勇:《"路遥现象"与中国当代文坛》,《小说评论》2008年第6期。
④ 蔡翔:《革命·叙述:中国社会主义文学—文化想象(1949—1966)》,北京大学出版社2018年版,第392—393页。

些以"正面强攻现实"为名的写作的粗疏和简单几乎不言自明。同样在作为一种概念体系的意识形态的意义上,他们将现实设想为一个弊端丛生的对象物,自身则充任手持长矛的堂吉诃德,勇猛且一往无前地冲向想象的客体,并由之体会否定性的宣泄的快感。从他们的作品中,我们几乎看不到这世界的建构之物,看不到友爱和同情以及"上出"的力量。他们和他们的世界注定将一颓到底,却无法设想尚有未被充分意会的"希望"的可能性。小说也并非不可以描述表象的、碎片化的、破缺的、流动的,甚或"无意义"的现实,然而其作为"赋予外部世界和人类经验以意义的尝试",却不能止步于对现实"裂隙"与"病症"的简单描述,而需要将现实的阶段性的不完美融入具有总体性意义的世界构想之中。因为"总体"意味着某种完整的东西的"完美",其完美之处在于"一切都发生在它的内部,没有什么东西被排除在外,也没有什么东西指向一种更高级的外部事物"。复杂世界所蕴含之种种无不朝向"自身的完美"而趋于"成熟"。在此过程中,"存在的总体"因"美使世界的意义变得显而易见的地方"的生成而成为可能①。进而言之,小说的意义在于朝向"人类生活最终的伦理目的",亦即"意义与生活再次不可分割,人与世界相一致的世界"。而在乌托邦的构建不再归于文学,而是"归于实践和政治行动自身"的时代,以叙事虚构作品总体性世界的营构完成与政治在同一性意义上的世界想象,即具有处理文学与外部世界关系的典范意义。其间总体性世界的问题性包含着一种更具现实意味的召唤结构——呼唤自上而下的整体的、制度性的改革,以克服社会内部的"危机"。一言以蔽之,置身朝向未来的希望愿景的"过渡"阶段,"伟大的小说家以自己的文体和情节本身的形式组织",对"乌托邦的问题提供一种具体展示"②。此"乌托邦"近乎布洛赫所论之"希望",乃可指称总体性的终极愿景,包含着社会(文学)实践的伦理目的——一种更为美好的生活形态。

第三节 古典传统的接续与转化

细论《史记·太史公自序》,至"在赵者,以传剑论显,蒯聩其后也",张文江援引荆轲刺秦之事,说明未能得到"刺剑之术的教授","单凭胆气还

---

① 卢卡奇:《小说理论》,燕宏远、李怀涛译,商务印书馆2012年版,第25页。
② 詹姆逊:《马克思主义与形式》,李自修译,中国人民大学出版社2018年版,第150-151页。

远远不够",古来读书人向往"书剑飘零","研究剑术而形成'论',武学依然脱不了文"之后,忽然荡开一笔,证以今人武侠作品:"在武侠小说《笑傲江湖》中,我最喜欢的是第十回《传剑》,真是神来之笔,几乎句句都是对的。文学上这些大天才,完完全全忠实于自己的感觉,写起来出神入化,也不知道感通了什么。《传剑》中风清扬教令狐冲的这套剑术,完全是思想的境界。独孤九剑就是剑术中的《易经》,其中的内容就是判教,剑术的精要就是学术的精要,分析下来一个字都不错。"①

所谓"对""错",非关是非判断,而是在说此节所述,暗通中国古典思想之精深义理,乃"合"与"不合"之意。其时令狐冲被罚困入华山后山,需时时应对功夫远高于己的田伯光的纠缠,他虽为华山派掌门君子剑岳不群座下大弟子,日常也精心修习华山派剑法,无奈一遇田伯光这般"高手",却还敌他不过,处境日困之际,幸得华山派前辈高人风清扬指点,遂窥功夫向上一路,有境界大开之感。风清扬初时所教,也并非别开一路,而是以其所学之华山派剑法为基础,但须破除招式"拘泥",领悟"行云流水,任意所之"之意,其要在"变通"。那令狐冲也有些灵性,先前修习岳不群所教剑术时,已感约束,然一则为讨师妹欢心,二则不知剑术更为高深之精义,以为乃师所教,即属进阶之不二法门。此番得太师叔风清扬点拨,不独有得窥剑术高妙之境的欢喜,亦有自家向被压抑之飞扬跳脱心性得以舒展的快慰。由是一"我"字渐次朗现,若要"自出机杼""不拘格套",如何脱得了"我"?!领悟至此,美则美矣,却未尽善,还得"忘"②字当头。"活学活使,只是第一步。要做到出手无招,那才真是踏入了高手的境界。你说'各招浑成连绵,敌人便没法可破',这句话只说对了一小半。不是'浑成',而是根本无招。"任你的剑使得再"浑成",只要"有迹可循","敌人便有隙可乘。但如你根本无招式,敌人如何来破你的招式?"③是说几乎可以直接拿来阐发文章之道。贾平凹早年曾论读书方法,以为喜欢某一作家单篇作品了,便去读他全集,庶几可得其观念、文法之要。然此法仅可作用于部分作家,对自出机杼、不拘格套之天才人物,便无作用。其理近乎风清扬所论。此说亦教令狐冲大为心动:"根本无招,如何可破?根本无招,如何可破?"陡然之间,令狐冲深觉"眼前出现了一个生平所未见、连做梦也想不到的新天

---

① 张文江:《〈史记·太史公自序〉讲记·外一篇》(修订本),上海文艺出版社2021年版,第19页。
② 庄书所论之"坐忘",其意亦在于此。郑峰明对此间义理有透辟阐发,可参见郑峰明:《庄子思想及艺术精神之研究》,文史哲出版社1987年版,第117—120页。
③ 金庸:《笑傲江湖》(一),明河社出版有限公司2018年版,第406页。

地"①。

领悟及此,可谓境界大开,然仍未窥得堂奥。令狐冲还需再将华山派三四十招剑术融会贯通之后,全然忘掉。其要在"一切须当顺其自然。行乎其不得不行,止乎其不得不止",即便偶有招数不能串起,也不必强求,得随意挥洒之妙,仍最为紧要。"行""止"由我,一任自然之说,通于苏东坡以"水"喻文之义,为任性自在之境。依此法练去,"剑"便是"我","我"便是"剑",进而"剑术"与"我"融合无间。几乎无需"动念",便可见招拆招,应对自如。果然令狐冲去"形"存"意",有招如无招,原本变化莫测、似鬼似魅之恒山派绝招,被他用得神乎其技,"更无丝毫痕迹可寻"②。此后再学独孤九剑,遂得武学"抱一为天下式"之至境。书中所述门派繁多,高手亦复不少,然以进境论,无人能出其右——此为后话。

有得于此,也便不去管他门派、招数之成规,一任自然、随意发招。"倘若顺手,便将本门剑法以及石壁上种种招数掺杂其中,顿觉乐趣无穷。但五岳剑派的剑法固然各不相同,魔教十长老更似出自六七个不同门派,要将这许多不同路子的武学融为一体,几乎绝无可能。他练了良久,始终无法融合,忽想:'融不成一起,那又如何?又何必强求?'"③纵观全书,可知此"传剑"一节所述极为紧要,前推可知令狐冲剑术之不及处——领悟风清扬所教"人使剑法,不是剑法使人","人是活的,剑法是死的,活人不可给死剑法所拘"之义理后,令狐冲一度心下狐疑,觉得这一番道理如此明朗,缘何其师岳不群从不言及?若自全书看去,岳不群非不言也,乃不见也。识见不能及此,教他如何言说?后推则可知令狐冲功夫巨大进境之"法门",实在是理解全书之大关节所在,类乎中国小说"悟境"之意义开显。此悟境堪称"小说中一幅如天外飞来的奇景",足以使原本平淡无奇的人事物事,因一个"新意义"的切入,"一切就变得光华无比",一如"一片极光射进了暗黑云空",其霞辉因四围之暗淡而"分外绚烂妩媚"。当是时也,身在此境之人物"内心刹那间的蔽障尽去的脱然顿悟",不独困境解除,于此灵光闪现之下,其生命得以更新,举目四望,"一切事物都充满了活泼泼的灵机","再也没有任何障蔽阻遏,世界甚至宇宙都向他开敞"④。令狐冲窥得独孤九剑所开之全新境界后的大欢喜,情形庶几

---

① 金庸:《笑傲江湖》(一),明河社出版有限公司2018年版,第406页。
② 金庸:《笑傲江湖》(一),明河社出版有限公司2018年版,第409页。
③ 金庸:《笑傲江湖》(一),明河社出版有限公司2018年版,第426页。
④ 乐蘅军:《意志与命运:中国古典小说世界观综论》,台湾大学出版中心2021年版,第469页。

近之。
　　不拘武学,以观念、技艺等共论,可知此"悟境"所"破"所"开"之于个人精神及技艺革故鼎新之价值,近乎"衰(中)年变法"①,或为重要人物精神调适必经之途②,属"技进乎道"甚或"道""技"互成互证层层上出之重要法门。故而不独金庸《笑傲江湖》,陈彦《主角》亦感通此境。九岩沟放羊姑娘忆秦娥③因偶然机缘得入宁州剧团学戏,也历经了一番常人所不及的坎坷,终得良师苟存忠青睐而暗自教她戏曲技艺,尤其是独门绝活"吹火"。此前她已从绝活"耍棍花"的修习中体悟"技艺"与"我"互成互证之要妙,也便可以理解乃师苟存忠临终前所教"吹火"绝技之要妙及"戏"与"我"更进一层的互成互证。那真是自我精神觉醒的重要时刻,忆秦娥得以将此前修习之技艺及苟存忠临终前之嘱托浑然合一。其此后数十年间技艺的精进无不以此时之了悟为基础。若对忆秦娥个人修养之工夫进路详加分析,可知其技艺修习虽然无意,读者却不妨有心。在古典思想艺术义理中阐发其奥妙,可知忆秦娥技艺修习之次第与进路,精神两番重要觉悟所蕴含之法则,无不暗合于庄书所阐发之艺术精神④。其两番"开悟",向"内"足以显发个人技艺之阔大境界,向"外"则可以融通戏曲传统,得类乎令狐冲会通各派成就自家功夫之多元融通之境。还如张文江先生所论,如是境界,亦是读解《红楼梦》之重要进路。《红楼梦》中所开之人事物事,皆意义独具,其变化"纷繁复杂","令人眼花缭乱,却一个字也不错"⑤。太平闲人张新之以《易》解《红楼》,说出许多自家见识,乃是《红楼梦》阐释史上不可或缺之重要一维。其他如李劼以中国古典思想"全息"之境阐发《红楼》奥义等等,皆说明《红楼梦》意义之纬度多端,及其与古典思想精深义理之内在交通,非破除种种"理障"而不能知。类乎《笑傲江湖》传剑章之"悟境",当代文学中亦复不少。如《棋王》中王一生之痴迷棋局,不遑他顾,且偶遇世间高人,得窥棋学至境,技艺大进,亦非寻常人物可敌。书中

---

　　① 参见黄德海:《知识结构变更或衰年变法——从这个角度看周作人、孙犁、汪曾祺的"晚期风格"》,《南方文坛》2015年第6期。
　　② 参见张文江:《生命自觉之始》,《文汇报》笔会编:《每次醒来,你都不在》,文汇出版社2006年版。
　　③ 忆秦娥原名易招弟,后胡三元为其改名为易青娥,再后剧作家秦八娃又为其更名为忆秦娥。为行文方便,皆称忆秦娥。
　　④ 参见杨辉:《"道""技"之辩:陈彦〈主角〉别解——以〈说秦腔〉为参照》,《文艺争鸣》2019年第3期及《陈彦〈主角〉对"传统"的融通与再造》,《中国现代文学研究丛刊》2019年第11期。
　　⑤ 张文江:《〈史记·太史公自序〉讲记:外一篇》(修订本),上海文艺出版社2021年版,第20页。

对此叙述虽略,细辨则其内蕴之精深义理约略可见。若有心考辨作者于书中阐发之义理究竟何以得之,却发觉渺然不可以察知,张文江先生将之归为"不知感通了什么",便是洞见于此。既不知所述何来,自然后之来者也难以效法其道,做境界再生的工夫。艺术精深义理之微妙难知,不可以简单授受,此或为重要原因之一。然若能于虚拟人物所处之虚拟情境参证悟入,不独可窥前贤所体证抉发之艺术义理,亦可得显发自家技艺之次第与进路。"悟境"在古今中西作品中之常变常新①,莫不以自悟悟他为鹄的,乃作品之精要所在。当代文本所开之"悟境",多与古典思想持存开显之境界相通,既属古典传统现代创化之必要尝试,亦说明同一精神情境之历史性反复及古典思想解释效力之无远弗届。令狐冲、王一生、忆秦娥身份不同,所学技艺也异,然皆能下学而上达,得"道"与"技"互成互证之圆融无碍之境。此足以说明古典思想虽经现代之变,仍具作用于现实之精神效力,为观念之向上一路。

或曰:前述数种皆虚拟人物,其精神及艺术进境,自然不难合乎文本内在义理。此种义理虽然难得,却并非遥不可及,故而将之证验于具体人事,或更为紧要。如金庸《笑傲江湖》及阿城《棋王》中一流人物似乎并无本事可循,但陈彦《主角》中的忆秦娥,却是杂取种种,合成一个,其行状其精神其技艺甚至其命运之沉浮起落,皆有所本。陈彦在详述秦腔之起源、风格、重要艺术人物的作品《说秦腔》中,颇多叙述秦腔前辈艺术家之生活际遇及技艺修习之道,可为忆秦娥之先在基础。由此亦可知历代艺术家所习技艺虽有不同,个人禀赋亦颇多分野,然而一旦依法修炼,且能下得苦功夫,再有天缘巧合,假以时日,自然进境异于常人。还有贾平凹《古炉》中的那个善人。善人先为出家人,后时代剧变,遂还俗到古炉村,也恰逢古炉村龙蛇起陆,天翻地覆之大变局。他屡屡被批判,但仍怀济世救民之心,不惧威权,也不畏牺牲,不厌其烦地为村中人叙说伦常道。这为普通人所述之伦常道似乎并不稀奇,也无须太多高深义理,似乎不过俗世人间为人处世、待人接物之常理常道。然正是此常理常道,若要落实于具体之生活实践,戛戛乎其难哉!善人因"病"施"治",病之不同,说法自然也异,但不脱志、意、身、心四字,乃是教人明天地节律,知人伦秩序,做行道之人。道无处不在,但躬行实难。古炉村人多患病,或病在身体发肤,或病在精神心理。照善人所说去行道,既可医心,亦能治身。遭逢混乱,善人或无力挽狂澜于将

---

① 参见乐蘅军:《小说中神悟情节之境趣》,《意志与命运:中国古典小说世界观综论》,台湾大学出版中心2021年版。

颓，但古炉村的日常人伦秩序，却因善人所说之伦常道而得以部分恢复。这如同《山本》中与善人颇多相似的那个陈先生，治病有医术，亦说伦常道。他也有用世的无奈和无力，即便窥破天机玄奥，却不可说也不能说，遂与世沉浮，不作他想。其行其思看似无补于世，实则勉力维持混乱年代普通人之身心安妥。这二人的原型，皆是清末民初的民间思想家王凤仪。王凤仪并无漫长的学习过程，却因机缘巧合，窥破天机玄奥，能说伦常道。其所说伦常道不仅包括日常"俗务"，对宏阔历史之变亦有说明。其以四时观念为核心阐发之历史之道，不独暗合《易》理，亦与古今思想循环史观内里相通。其"开悟"过程，颇似禅家六祖慧能大师，一闻说经，立时悟道，且开修道之独特法门。天生万物，物各有性，各秉其理，然总有一二跳脱人物，洞悉微茫天道，知晓人间法度，能感应天地消息。此诚"巫史传统"之余绪也。这一类人物，无论从事何种职业，皆属出类拔萃，为不同行业承古开新之重要典范。风清扬、令狐冲如是，王一生、忆秦娥如是，秦腔大家李正敏、阎振俗亦复如是。

无论有无本事可循，前述种种出奇人物，均能在"物""我"互成互证上做工夫，故有不同时流之境界开显。如金庸书中所写的特出之士，颇多观念行状可辨，循其事迹心迹一一考校，则精神修养工夫之次第与进路渐次朗现[1]，此亦属中国古典思想之重要一维。前贤着墨极多，此不赘述，单以今人文章为例，来说明修养工夫如何落实证验于个人精神的具体实践，以及其所能开出之文章境界。20世纪90年代初，贾平凹即申明作为体认世界之法门的文章之要妙，在以此为"业"，体证天地万物，且以自家为基础，开出因应现实、传统、大化等等之阔大之境。此境不独开阔，亦得"生生"[2]妙处。以此为核心，贾平凹四十余年创作生生不息之上出之境，缘由约略可见。沈从文每遇现实难解之事，常做自省的工夫，藉梳理自家精神"来路"，去觅可能的"去处"[3]。此间道理，亦属修养工夫之一种，为中国古典思想之重要一脉。惜乎此道历经"五四"现代性之变后，渐次式微。但考诸当代文学，总有一二文章家窥破此道，也有相当的自觉觉他的心理，故而有一二文章可共参证。贾平凹《我们的小说还有多少中国或东方的意韵》《关于"山水三层次说"的认识》二文即属此类。前者遗憾于当代文学与中

---

[1] 黄德海《金庸小说里的成长》对此有细致深入的梳理。参见黄德海：《书到今生读已迟》，作家出版社2017年版。

[2] 参见丁耘：《〈易传〉与"生生"——回应吴飞先生》，《哲学研究》2018年第1期。

[3] 参见张新颖：《〈从文自传〉：得其"自"而为将来准备好一个自我》，《文艺争鸣》2005年第4期。

国古典观念及审美相去已远,已难于开显古典思想之超迈境界,然"天布五行,以运万物,阴阳会通,玄冥幽微,自有才高识妙者能探其理致"①。古典审美之虚实、气韵、境界、神韵等等,也仍流布天下,精义流脉不曾断绝,总有二三文人会心于此,而有同样境界之展开。然受制于文化"古今中西之争"之观念藩篱,不能有奠基于时代感应的新的创化,乃是古典传统虽流脉不绝,却迄今未有合乎观念及审美之"道"的合理解释之根源所在②。此间问题颇多,也颇为复杂,如一言以蔽之,则在超克古今、中西二元对立之单向度思维,做"返本"以"开新"的工夫。其间至为紧要者,仍是观念的自我调适。此间道理,贾平凹藉对"山水三层次说"之认识,已有极为细致深入之阐发。依其所见,古人所论之"看山是山,看水是水;看山不是山,看水不是水;看山还是山,看水还是水"虽为禅家见道语,却可以用以解释文章境界及其进阶之法。要义有三:其初阶为"看山是山,看水是水",重心在感应"我们面对的尘世的万物万象"。举凡山川草木、鸟兽虫鱼,乃至人间万象,皆可纳入笔端。而由日常生活渐次推演,即可延伸出民族家国之宏阔境界。外部世界之信息万变,却自有其规则,要去写作了,感悟和了解规则,知晓万物蕴含之阴阳、悲喜、升降、起落种种平衡和维持平衡的重要性,便能写出"人类的困境和新呈现的人性"。此境虽好,却因过于拘泥外部世界之诸般法则,而难有更具超脱性的洞见。故而其进境颇为紧要,乃以前者为基础所开之另一境界。"因为在万物万象中,人类因竞争、贪婪、嫉妒、自私而产生的仇恨、悲伤、烦恼和恐惧,又无法摆脱,意识到了这些,就创造出了思想、主义、哲学、宗教,用这些东西来阐释,从而制造了一种幻象。"此际所创生的关于外部世界的"知识",各有所本,也几乎各行其道,均具言说和命名"世界"的理论效力。论者每执其一端,而不及其余,以为自家所习所论,乃解释世界之不二法门,其他种种,皆妄言妄论。"山水三层次说"之第二境,强调"我",生出我思我想我见我闻我说种种执念。"老子提出天人合一,那是哲学命题,庄子提出天我合一,那是文学的观点。天与我,我的存在,就是个性,风格,刻意,象征。'我'的观察,'我'观察对象,'我'的见解等等",由此,似乎自然衍生出了"怀疑,否定,颠覆,批判,矫枉过正,形成了观念和思想"。人皆讲究"我",万事皆要"分别"。此观

---

① 贾平凹:《我们的小说还有多少中国或东方的意韵》,《当代》2020年第5期。
② 对此问题的进一步申论,可参见杨辉:《"大文学史观"与贾平凹的评价问题》,《小说评论》2015年第6期;《中国当代文学研究中的"古典转向"》,《文艺争鸣》2020年第10期。

念情境,已具"判教"①之义。诸种思想纷然杂陈,各具解释世界之不同效力,各有其"洞见"与"不见"。再因观念一旦成型,后之来者多将其视为圭臬,为不刊之论、不易之道。故不去做前贤所论之因革损益的转化功夫,执古之道,以御今之有,其间"古""今"自有连续,时或不乏龃龉,仅执"常"而不知"变",所言之"常"便未必"常道",不过为"分别"之法,其观念解放义远逊其拘泥义。故而此一境界所依托之观念虽分外紧要,无此则无以观照并阐发"世界"之"意义",然其所托思想,也需在大化流衍之中与时俱化,否则将因无力应对现实具体问题而成为需要超克的对象②。因是之故,"看山还是山,看水还是水"的第三层次,乃是"'无我'而'无我不在'",由此所创造之作品的意义,"不是思想、观念加进去的东西,是所写的东西自性的力量在滋生、成长。它大实大虚,它圆融,它是作为'道'的形象的生活本身,是自然万物万象的天意运行"。其要在"让生活回到生活,一切都是本来面目"。这便有些接近现象学所论之既有观念"悬置"之后"回到事实本身"的精神路径。但此境之归返,就表象论似乎接近第一层级,然经过第二层的磨砺之后,所开之境已全然不同。故此三境或三层次,缺一不可,后者皆以前者为基础且包含前者所做之功夫,如此层层上出,可开类乎中国古典思想之阔大境界。"'看山是山,看水是水;看山不是山,看水不是水;看山还是山,看水还是水',这句话讲了单纯—复杂—单纯的过程,讲了视角的提升扩大的过程。这是世间从事任何行当成功的真谛。可以说,是神的旨意。什么是神,是你对大自然的一种反应,你有了这样的认识,自觉,听从了这种反应,它会对你引导,产生力量……"③

个人禀赋、心性和才情不同,所见所感之外部世界也异。苟有机缘,也具识见做自我开拓的功夫,或可感应天地消息,洞悉世间万象之变。贾平凹关于"山水三层次说"的认识,既属对外部世界、文化和文学传统及精神诸种路径观察之结果,亦可开理解其创作的方便之门④。其创作发端于20

---

① 如张文江所论,"佛教传入中国以后,学者根据传承的经论,按照各自体悟的境界,把佛教内容分为若干时或若干类,在其中安立自宗的位置,并提供修行的进路",此即"判教"。《史记·太史公自序》分判其时各种思想,其义亦近乎此。张文江:《〈史记·太史公自序〉讲记:外一篇》(修订本),上海文艺出版社2021年版,第4页。
② 此间义理,可参见尤西林:《学术的源与流——当代中国学术现时代定位的根本意义》,《中国高校社会科学》2019年第6期。
③ 贾平凹:《关于"山水三层次说"的认识——在陕西文学院培训班讲话》,《当代》2020年第5期。
④ 书画家马河声论书画层级时有言,书画创作进境有二:一曰由生到熟,一曰由熟返生。细察其义理,亦与贾平凹所论之三层次相通,可参照理解。

世纪70年代初,《兵娃》《山地笔记》诸作无疑有其时潮流化观念及笔法的浓重印记,此后十余年间,沿此思路再做宏阔之现实观照,遂有《小月前本》《腊月·正月》等作之创生,此一写作路径,在《浮躁》中得到了极为充分的发挥,既属贾平凹此前创作之"集大成",亦开此后写作之新境界。约略得自施蛰存早年作品的启发,贾平凹20世纪80年代末至20世纪90年代初诸部中篇,如《五魁》《美穴地》《白朗》等悉皆朝向人之繁复多重之"内面"世界,由此累积而成"中年变法"之作《废都》。此后又有若干新变之尝试,亦开个人写作与古典境界多元会通之阔大境界①。《秦腔》《古炉》《老生》《山本》诸作虽不乏内在之精神连续性,重心、旨趣与笔意却也颇多分野。其间细致幽微之处,非有长期于天人宇宙仰观俯察,且自前人典籍悉心涵咏而生之慧心妙悟而不能得②。

由参详废名、沈从文等现代大家笔意,至师法明清世情小说传统,再至以《周易》所开显之义理理解历史人事之变,贾平凹四十余年的写作亦不乏融通"抒情"与"史诗"两大传统的独特用心,且得刚柔相替、水火既济之妙。若论当代作家与古典传统赓续之境界,此可谓备矣至矣。20世纪初迄今,有心于古典传统现代创化之写作,约略可以归入上述路径之中,做意义和价值的说明。有醉心于笔记小说之意趣与笔法,亦有雅好明清世情小说传统,而以史传传统为参照,做当代文本新境界之开拓者,亦代不乏人。然若自"我"与"物"(举凡传统观念审美等等,外部世界之万千气象,皆可纳入物之范畴)交相互动之境界看,似乎前述观念仍有未到之处。《废都》而后,贾平凹作品中常有神奇人物,或洞悉往古来今,或知晓前世今生,还有那些发乎民间的自为思想、自有规矩、自成法度,亦能为现实人事排忧解纷,深具具体之解释效力。此一类人物,并不迂阔,亦非虚设,乃有虚拟世界经天纬地之才,护持有情众生之志,无此则人间世为之黯然,为之漂浮动荡不已,精神莫有规矩,心理殊乏秩序。这一类人物究竟如何生成,又缘何感通天地,做出这些个普通观念难解之事,似乎并不紧要。紧要处在于,他们究竟接通了怎样一种传统,开出了怎样一种境界?这一种传统及其所持存开显之境界,究竟有无现实意义?沿此思路细加考辨,或可再开理解古典传统的另一番境界。

不妨以贾平凹新作《秦岭记》为例,说明此境所蕴含之复杂现实义。

---

① 参见吴义勤:《"传统"何为?——〈暂坐〉与贾平凹的小说美学及其脉络》,《南方文坛》2021年第2期。亦可参见季进:《刹那的众生相——贾平凹〈暂坐〉读札》,《中国当代文学研究》2021年第4期。
② 参见杨辉:《贾平凹与"大文学史"》,《文艺争鸣》2017年第6期。

《秦岭记》所写为"秦岭",与贾平凹此前作品所涉之文学地理全然相同。从《兵娃》到《商州初录》《腊月·正月》《浮躁》,再到《废都》《白夜》《秦腔》《古炉》,以至于《老生》《山本》,无论小说、散文,贾平凹所写故事,皆发生于文学地理意义上之秦岭南北。而中国大历史之重要事件,亦泰半发生于此,故而文学意义上之"秦岭",不独包含地理规划义,亦具文化精神之象征义。《秦岭记》"主体"内容为五十五则"故事",乃是以近乎古人笔记笔法,写史事、人事、物事等等,境界开阔,笔法摇曳,初读或觉妙趣横生、韵味无穷,细思却知其寓意深远,甚至微茫难知。以寻常眼光看去,明确可"解"者不过十之一二,大多诡异奇谲,不知所为何来。"主体"内容写作于2021年,尚有外编一、二附于其后,三者时间却有数十年之间隔。这数十年间,与书中所开之人境物境相近之细节,在《古炉》《老生》《山本》中皆有。但作为前述三部作品之"闲笔"的内容,此番集中出现于《秦岭记》,自然包含着贾平凹理解秦岭世界的别样思虑。秦岭山深如海,万物蕴藏其间,无论如何言说,也不过是管中窥豹,以有涯窥无涯而已,索性不去实写,远望秦岭,秦岭混沌着,所以以僧人进入秦岭深处起笔,再以仓颉造字影响后之来者做文章功夫作结,其间物事人事、天文地理、鸟兽虫鱼、花草树木,可见与不可见,可闻与不可闻,可知与不可知,可得与不可得纷然杂陈,莫有秩序。秦岭最好的形容词就是秦岭。一入其中,深感山高水远,其形如海,难觅津逮,近处或许清晰,远处则浑然茫然,故而便逸笔草草,得其神而弃其形,以实写虚,也以虚印实,虚实之间大开大阖莫有规矩。论时间不拘古今,论空间则莫有东西,神事人事物事,自由来去;天道地道人道,纷然杂陈。不似小说,亦非散文,论大体似近乎古人笔记,究观念笔法则超乎中古。若试论试言之,约略近乎中国古典之"巫史传统",其思其境在"绝地天通"之前。"人与神、人世与神界、人的事功与神的业绩常直接相连、休戚相关和浑然一体","生与死、人与神的界限始终没有截然划开,而毋宁是连贯一气,相互作用着"①。人既能通天通神,如何不教书中世界神鬼杂处、魔道并存?有不可知不能知,有不可言不能言,人之生死荣辱、出入进退、离合往还亦殊乏规矩,颇多偶然。"绝地天通"后形成且流播之古今观念,于此悉皆失语。若干人事物事,神矣奇矣,亦不能在今人逻辑视域中清晰阐发。《秦岭记》所开之世界一如秦岭,山形地貌虽能描画,流云山风却无从测知,其实处或可见可言,虚处却不可见不可言。虚虚实实,实实虚虚,五十五篇故事也便不必连贯,亦无须所谓章法规矩,不过随物赋形,自

---

① 李泽厚:《说巫史传统》,上海译文出版社2012年版,第8页。

由来去,一如泰山出云,莫有规矩;恰似山风过耳,何论章法。还如东坡论文言:"大略如行云流水,初无定质,但常行于所当行,常止于不可不止,文理自然,姿态横生。"如是而已。

　　观念既已有"变",所见自然不同。此不同,不仅为作品所开显之"世界"之差异,亦呈现于表现世界的方法的分野。金庸对陈世骧论《天龙八部》时所言之境大为激赏,不独因后者陈义甚高,更在心有戚戚焉。《天龙八部》缘何"离奇",又如何"结构松散",陈世骧皆有论说:"(《天龙八部》)然实一悲天悯人之作也……盖读武侠小说者亦易养成一种泛泛的习惯,可说读流了,如听京戏者之听流了,此习惯一成,所求者狭而有限,则所得者亦狭而有限,此为读一般的书听一般的戏则可,但金庸小说非一般者也。读天龙八部必须不流读,牢记住楔子一章,就可见'冤孽与超度'都发挥尽致。书中的人物情节,可谓无人不冤,有情皆孽,要写到尽致非把常人常情都写成离奇不可:书中的世界是朗朗世界到处藏着魍魉与鬼蜮,随时予以惊奇的揭发与讽刺,要供出这样一个可怜芸芸众生的世界,如何不教结构松散?这样的人物情节和世界,背后笼罩着佛法的无边大超脱,时而透露出来。而在每逢动人处,我们会感到希腊悲剧理论中所谓恐怖与怜悯。"①

　　故而所谓"离奇与松散",大概可叫做"形式与内容的统一"②。《天龙八部》为鸿篇巨制,既有若干史事为背景,其间人事物理之变,在在繁复,世情人情及笼罩其上之无边大佛法,亦皆具深刻意涵,乃金庸世界观念之集中呈现。如简单拘泥于常理常道、文章"固定"做法,如何有宏阔之境界开拓?陈世骧所论,蕴涵文学观念及笔法"破""立"之辩,依此亦可论文法之古今问题。如前所述,《秦岭记》不拘古今,无论中西,旨趣、文体、文法皆不在近世文学成规中,故能开"绝地天通"之前境界,唯"巫史传统"足以说明之。其义其理,另有他文详细申论,此不赘述。单说观念之变所引发之文章视野的转换。如李洱《应物兄》,洋洋洒洒八十万言,貌似旁逸斜出之细节极多且"乱",实则有内在规矩、自家章法,如"万丝迎风不乱"。就表象论,似乎反讽、批评之意甚浓,细察则可知其为一大"抒情"之作。其以百余则小标题表明事情人情物理之"片段",类乎《论语》,实则虚实相应,以实写虚,以虚明实,以假乱真,以真说假之笔随处可见。其中有留白,有取舍,有浓墨重彩,有草蛇灰线,有寓言重言卮言。论寓意则丰富复杂,言

---

① 《陈世骧先生书函》,见金庸:《天龙八部》(五),明河社出版有限公司2017年版,第2218页。
② 《陈世骧先生书函》,见金庸:《天龙八部》(五),明河社出版有限公司2017年版,第2218页。

文法则独出机杼。若强命名,则唯《檀弓》笔法足以当之。其笔墨重心虽在晚近三十年之儒林事变,但读解其义,须在古今融通之大传统中细加辨析①。由此可开出当代文章学之全新境界。李敬泽对此既有理论阐发,亦有文本实践,此处且以《会饮记》为例稍作说明。

述及《会饮记》之所作,李敬泽有如下说法,颇可玩味:"《会饮记》中,我想做一个实验,一开始不是那么清晰,后来就是有意的了。那就是把'我'对象化,把'我'变成'他'。这是为了避免'我'的自恋,相应的,也是为了避免'我'的主观和独断。当然不是说只要用'我'就一定会自恋、主观、独断,我只是想强调,在这个时代,不存在一个自足的自我,我们的'我'都是喧闹的客厅或旅店,我们的身体里蜂房一样来来往往着大群的人:古人、今人、新闻里的人、朋友圈里的人,我们都是'社会人'啊,不仅在社会学意义上是这样,在自我的、心理的日常状态中也是这样,甚至更是这样,燕山雪花大如席,'我'是由大量的碎片堆积而成。"②

书写如是碎片化的生活、场景抑或心象,自属《会饮记》用心之重要一种。其文真如"天女散花",无那古与今、中与西、感性和理性、时间和空间等先在规约③,那些"纷至沓来的各种念头、兴致、情绪、话语"如潮涌动,如云翻滚,作者的功能,只是使"渐渐浮现的、涌动着的节奏、形式和某种感受力理解力说服力达至完成"。那种种念头、情绪、话语若如滔滔江水、乱云飞渡,《会饮记》诸篇,便是在为其"赋形",让原本无形的存在变得有形,无规矩的思绪变得有规矩,思接千载,视通万里,吟咏之间吐纳珠玉之声,眉睫之前舒卷风云之色。我才之多少,将与风云而并趋矣。此为该书层次之一。另一方面,"我想探讨的是这种碎片化的经验的内在性,看看有没有可能在这一地鸡毛漫天飞雪中找到某种线条、某种形式、某种律动,或者说,我们如何在日常经验的层面建立起与历史、与社会和精神总体运动的联系,一种整体性或拟整体性的自我意识,一种细微与宏大兼而有之的叙事"④。此即"致广大"而"尽精微"之意。身在细碎琐屑之日常经验中,却自觉此日常之后之上尚有宏阔之总体性,堪为个体一己之经验赋形,教他在宏阔广大的背景中觅得自身位置,并进而以"我"去承接和想像至大无

---

① 可参见杨辉:《〈应物兄〉与晚近三十年的文学、思想和文化问题》,《中国现代文学研究丛刊》2020 年第 10 期。
② 李敬泽:《很多个可能的"我"》,《当代作家评论》2019 年第 1 期。
③ 对李敬泽文学批评"文法"的总括,可参见李蔚超:《李敬泽文学批评论》,《南方文坛》2017 年第 4 期。
④ 李敬泽:《很多个可能的"我"》,《当代作家评论》2019 年第 1 期。

外,至小无内之"世界"的历史、传统、文化、思想、文学种种。此处虽隐含"破我执"的功夫,却并非重点所在。再如贾平凹"山水三层次说"所言,"我"之观念如不满于第二级,则自然欲自我超克希图第三级。此既属思想观念境界之自我拓展,亦必有不同的文章之道与之相应。虽并非不能在既有的文人传统中指点江山、驰骋才情,却自知此为小道,乃自设藩篱。读古人文章,法前贤观念,目的并非怡情悦性,做文学的"自了汉",而是有自悟悟他的目的。"一种现代的创造精神",使得"古"与"今"的关系重心不在"返本",而在"开新"。是"周虽旧邦,其命维新"意义上的"新",是儒家所论之因革损益意义上的"新"。这"新"并不自明,也难以自然生成,须得做些古今融通的功夫。

《会饮记》或属"散文",可以散文文体古今之变论之。其命意作法,不在"五四"以降之现代散文成规中,约略可以鲁迅所论之"杂的文学"说明之。如若自鲁迅先生文章之整体状态观之,则可知"当初鲁迅对现代散文的建构是有自己的想法和路径的,和周作人他们的路径很不一样,周作人、林语堂他们走到晚明,鲁迅不以为然,他走到两汉魏晋,他所开辟的这种可能性我们还远远没有领会和探索"①。循此思路,可知今人所能师法之"传统",并不单一,而是纬度多端。学习"五四"是一种;师法明清是一种;尊崇唐宋是一种;返归先秦两汉,亦是一种。且任何一种,路径亦可细分,维度同样多端,故而个人识见、才情不同,所见所得所开之境界自然也异。差不多仍可以金庸小说义理说明之。《侠客行》中七十二路雪山剑法内容不易,但白自在在机缘巧合下,得食巨蛇胆而内力大增,功夫远较他人为高,堪称不世出之天才人物。其子白万剑剑术可谓精熟甚至出神入化,但因无乃父机缘,功夫自然稍逊一筹。其他雪山派弟子,修习剑术不可谓不勤,白自在、白万剑所教,也绝无偏私,但因天赋所限,成就虽略有不同,但较之白万剑更是等而下之,却是无疑。文章之道亦复如是。故而洞悉文章观念之古今之分,并非是要在古今之间做简单的选择,而是重构一种更具包容性和概括力的"文章观",以融贯古今,会通中西。李敬泽对此亦有论说,"所以,我还是比较倾向于在当下语境中回到'文章'的传统,回到先秦、两汉、魏晋,这不是复古,而是维新,是在一种更有包容性、更具活力的视野里建立这个时代的文章观"②。进而言之,"我们现在需要一种广义的文章理论,把庞杂的万物生长的常态书写活动都容纳进来"。"文与章,这是中国

---

① 李敬泽:《很多个可能的"我"》,《当代作家评论》2019年第1期。
② 李敬泽:《很多个可能的"我"》,《当代作家评论》2019年第1期。

文化和中国传统的根本发意,我们需要在更广大的视野里对现代中国之文做深入的理论思考,也只有经历这样的思考,作为文学的散文才能获得它的艺术自觉。"①不独散文,小说亦是如此。如何真正超克西方现代以降之小说观念的结构性影响,而更为深刻地理解中国小说之观念和笔法与中国文化间之内在关联及其意义,无疑是赓续中国古典小说传统之先决条件。故而重论小说观念之"古""今"、"中""西"问题,用意非在二元对立式的简单选择,而是扎根于具体的现实语境,于貌似冲突的诸种可能中,创造与时俱化、包罗万象的全新可能。

如金庸小说中的一流人物,常能统合"阴""阳","刚""柔",且能转益多师,融通各门各派而成就自家功夫。文章观念亦有次第,有进阶,如前述贾平凹所论之诸层级。得门径,有师承,守法度,如岳不群所教之华山派弟子,为一种;在乃师所教之上,融会自家体悟,能因个人禀赋、才具之不同,达至他人所不及之状态,如岳不群之君子剑,为一种;在前两者的基础上,因缘际会,习得更为精妙之技法,悟得更为高深之义理,如令狐冲得风清扬点拨,并学成独孤九剑这一剑法中之《易经》,可抱一为天下式,为最高境界。文章之道亦然。学"五四",学明清,学唐宋,学两汉,学先秦,虽各有所得,亦有格局、气象、境界之别,却不若去"形"存"神",在自家修养上做功夫。而一旦论及主体修养工夫,须得以"我"为基础。我思我见我得我闻,我与物与世间万象与往古来今与天人宇宙感通发挥至大无外至小无内,莫有"定"局。我如不"器",不自设藩篱,不存"我执",能向内做自我拓展的无尽工夫,向外朝向致广大而尽精微之处,则可开自我精神生生不息之上出之境。仍以贾平凹为例,说明此间义理。贾平凹在20世纪80年代即意识到自身心性与才情,近乎明清世情小说所开显之"抒情传统",为柔婉、细腻一路,也以《废都》等作之泼墨挥洒,将此一路之现代可能尽致发挥,却仍存着对自我风格及技巧之自省,故时时努力用以《史记》为典范之两汉史家笔法之刚健、粗犷拓展文章境界,如此类如文章观念之"左右互搏",看似抵牾,实则开出文章写作更为阔大自如之境。其论文以"水""火"、"刚""柔"区分文章体式,既通于古典文章学观念之重要一维,亦近乎《周易》思维之才性划分。如他有意弃贾岛气与孟郊气,不走苦吟一路,遂开转益多师、多元会通之自如境界。如以物象喻文,文可以如山势形胜,法度森然;亦可如风如水,以无法胜有法,或法在无法之中。刘熙载《艺

---

① 李敬泽、李蔚超:《杂的文学,及向现在与未来敞开的文学史》,《小说评论》2018年第4期。

概》有言:"文之神妙,莫过于能飞。《庄子》之言鹏曰:'怒而飞。'今观其文,无端而来,无端而去,殆得'飞'之机者。乌知非鹏之学周耶?"①有宋一代文章观念之变,要妙或在此处。由"制作之文"到"自然成文",既开文章新境,亦为"我"之敞开。贾平凹《古炉》后之大块文章,作得行云流水,大有风行水上、自然成文之趣,对"水德"之观照领悟似乎颇为紧要。此间义理远矣大矣,此不赘述,但细读贾氏诸作,不做陈世骧论《天龙八部》"读法"时所言之"流"看,则不难得其要旨。如前述金庸论及剑法化境,约略已有借苏东坡《文说》之义点明剑法精要的意思。不拘格套,随意挥洒的自如之境,亦可证验于李敬泽近年作品。此理还如王国维所论,"文学上之习惯,杀许多之天才"。一般人为文,能知晓既定法则,做到娴熟运用,已属不易,如何有才气、魄力创设自家法度。周济论苏东坡词,有如下一句:"东坡每事,俱不十分用力。"②后人亦以此为凭,数说东坡词不合"词法"之处。此诚黄庭坚《山谷题跋》所讽批评东坡书画不合规矩者,乃是以宫廷画师之法度东坡之弊。苏东坡自言其文章得《檀弓》启发甚多,并教门人弟子熟读《檀弓》,以为自然成文之要妙,尽在其中。然而读其门下文人文章,似乎并未有如《檀弓》笔法者,足见此间奥妙,与修习剑术之义理相通。得宝典固然紧要,但自家根器也不可或缺,否则以下等材质学上乘功夫,不仅难有进境,甚易走火入魔,有性命之忧。《侠客行》那持"赏善罚恶令"之使者二人,一习刚猛之道,一习阴柔一路,偶遇石破天此等天纵之才,与他拼"酒"(实是功力之比),险些断送自家性命。道理大约也在于此。

　　文章气类古犹今,若破除"古""今"、"中""西"先在的规约,以自家心性与才情为根基,或可以学究天人、视通古今,多元融通而开出全新一路。《应物兄》之精神关切及独特章法,《会饮记》文法之开阖自如,《秦岭记》之明暗、断续,可知可论与不可知不可论,似乎皆有和古人文章之道交互印证之处。或在明清,或在两汉,或在先秦,其间亦有上超"绝地天通",而近乎"巫史传统"之境界展开。然深具多元融通之境之文章,可印证于古今文章之处并不单一,也不能以其中一种做简单的统摄性论断。比如《会饮记》虽开挥洒自如之境,庶几近乎"《檀弓》笔法",但仍然是当代文章。其中古今、物我、正反、隐微与显白、实写与虚写、出发点与落脚点,也全是当

---

① 刘熙载著、袁津琥笺释:《艺概笺释》,中华书局2019年版,第47页。
② 在第二十一条"东坡每事,俱不十分用力,古文、书、画皆尔,词亦尔"前,还有一条:"人赏东坡粗豪,吾赏东坡韶秀;韶秀是东坡佳处,粗豪则病也。"如以"韶秀"论东坡,不知东坡自家法度何在? 此亦属以宫廷画师度东坡作品也。周济:《介存斋词论杂著》,顾学颉校点,人民文学出版社1998年版,第8页。

下情境。《秦岭记》不拘泥于成规,以自家感悟作自家文章,故有超乎当下观念之世界展开,也仍是当下文章之重要一种。故而,此文所述当代文学的"古典境界",所取不过大海之一瓢,难免管中窥豹之嫌,亦多"未见"之处。其理还如胡文英《读庄针度》所言,"小叩则小鸣,大叩则大鸣"。"古典传统"一如秦岭自在,浑然天成,有山势形貌,连绵不绝,其状如海;有奇花异木,千载以下,也未见得全然知之;有鸟兽虫鱼,有名虽多,仍有无名;还有山间清风,山上流云,更是诡谲万变,莫有秩序。今人不见古时月,今月曾经照古人。山川地貌,远比人长久,人生代代无穷已,江月年年望相似。然江山留胜迹,我辈复登临。如是文章与文化创造,一代有一代之进境,未必今不如古,中不胜西。天生万物,其性不同,总有一二人物,能感通天地,明了变化,发而为文,开一代新风,乃自设法度之出类人物,为文化传统承上启下之关键所在。于此古今融通、中西交汇、观念转型之重要节点,"新变"自然可期,"代雄"正逢其时。苟能返归"传统",且于自家修养上做功夫,进而转益多师,得挥洒自如、任意所之之境界,则不独当代文章学再有观念鼎革之变,亦可开复返民族精神大传统之向上一路①。中国古典传统的接续与转化,此亦为重要路径之一种。

第四节　当代文学的"通三统"

重申"总体性"以及作为社会实践之一种的文学的伦理义并将其转化为具体的实践所面临的问题,在于现今盛行之文学和文学史观念(亦关涉到思想史)的"单向度"。"当代文学应暂缓写史"的根本原因即在此处②。历史地看,无论20世纪80年代之"文化热""重写文学史",20世纪90年代之"再解读""人文精神大讨论"等思潮与路向存在何种变化,究其根本,均未能走出自晚清萌芽、至"五四"强化的文化的"古今中西之争"所开启之思想模式。在非此即彼的二元对立式的思维[古/今、中/西、政治/文学、民国机制/延安道路、"人民文艺"/"人的文学"、一体/多元、庙堂(广场)/民间、共名/无名,等等]中简单化地处理了原本复杂的历史与现实问题。文学史"重写"的"反复"无疑也与此有关。如上所述之二元对立范畴虽在

---

① 对于复返传统开出新境问题,胡河清、李劼皆有论说,二人具体取径虽有不同,然皆有洞悉古典思想之超迈之处,可参照理解。
② 参见张均:《当代文学应暂缓写史》,《当代文坛》2019年第1期。

特定时段中有其历史合理性,但在百年历史巨变的"合题"阶段,其内在的局限性已日益凸显。新思想的创生并不简单地呈现为对过去之物在否定性意义上的全盘取代,而是"现在"携裹着既往的遗产而朝向未来。然足以超克二元对立式的思维模式,有更为宽广的包容度的文学与历史观念尚待确立。诸种观念非此即彼式的置换甚或翻转,致使多年间思想的变化难脱"你方唱罢我登场"的根本处境。立足于"中国",对文化思想的"中国道路"的反思与建构百年来几乎仍属一"未思的领域",亦属当下文化思想的难题之一。"在这个新时代建构以中国为中心的总体性视野",是对"这个时代文学的根本考验"①。如今思想界对中国人文化身份的反思即属此一问题的自然延伸②。要言之,"重新认识二十世纪的中国,重新解释这一时代的'人民'与'革命',需要一场认识论上的变革"③。此一问题亦自然延伸至当下。如不能从根本意义上建构基于中国语境、中国问题的文化思想的"中国立场",则前文所述之观念纷争仍会继续。其所造成之思想和文学问题,亦难以在文学的内部妥当解决,而会关涉到更为复杂的思想观念及社会实践问题。

　　深度感应并扎根于时代,为充分发挥文学的经世功能和实践意义的先决条件。其要亦在于重建"文学与政治的联动机制",进而重构"总体性"与"个人"写作的关系。如路遥在20世纪90年代初所论,总体性的历史范畴仍在延续,但在有效转化为具体的文学实践的过程中却面临重重困难。是为其以"反潮流"的方式完成更具历史意义的再"潮流化"的根本原因。其根源仍需追溯至20世纪80年代文学和文学史观易代之际诸种思想理路的起源阶段。如论者所言,"情感信服力的不足""社会反思能力的欠缺",以及"肯定性地描述时代的无力"乃是当下长篇小说写作的普遍性困境。20世纪80年代受容西方现代主义后现代主义思潮的负面影响,以及新时期以降作家因思想和审美观念的局限所致之宏观把握并处理现实问题的无能和无力,乃是造成此种困境的重要原因。宏大叙事及其所依托之思想("总体性")的"缺席",乃问题之根源。曾经构成社会主义新人梁生宝精神依托的制度性思想渐次"调整"甚或"消隐",使得作家和他们笔下

---

① 李敬泽、李蔚超:《历史之维中的文学,及现实的历史内涵——对话李敬泽》,《小说评论》2018年第3期。
② 张志扬:《中国人问题与犹太人问题(代前言)》,《"中国人问题"与"犹太人问题"》,生活·读书·新知三联书店2011年版,第3—4页。
③ 此系汪晖为罗岗著作所作之推荐语,见罗岗:《人民至上:从"人民当家做主"到"社会共同富裕"》,上海人民出版社2012年版封底。

的人物似乎只能面对永恒和没有永恒的局面。日渐破碎的生活经验无法在总体性的整一的思想中得到重组。"无法庄严,无法宏阔,无法秩序井然"成为一代作家的处境和命运。① 时至今日,总体性希望愿景及其现实化过程的欠缺,仍属意图在同样的历史逻辑中完成对时代和人物之现实困境的象征性解决的写作面临的难题。陈彦的长篇小说《西京故事》初版于2014年。而作为其"前身"的同名秦腔现代戏早已在数年前即引发广泛关注。这一部延续路遥《平凡的世界》所开启之精神脉络,肯定性回应当下社会之精神疑难,力图在新的时代环境下思考底层青年的人生选择问题的作品,仍然面临着诸多难解的现实问题。其主人公罗甲成、罗甲秀依靠诚实劳动安身立命并最终改变生活道路的选择,在当下现实中无疑会遭遇重重困境。同样可以被视为回应"路遥传统"的,是与《西京故事》几乎同时出现的方方的《涂自强的个人悲伤》。该作无疑是对"孙少平模式"的"反向"书写——怀揣个人的光荣与梦想,从乡间走向城市的农家子弟涂自强内心的乐观和向上的坚强意志并不能克服接踵而来且愈演愈烈的现实困境的重重逼迫,其最终在极度悲惨的境遇中凄凉而逝的极端处境,暗含着方方对时代另一面向的冷峻观察,亦从另一侧面说明既有的底层关切的局限所在。罗甲成、罗甲秀与涂自强很有可能是孙少平、孙少安们的下一代。他们意图接续如梁生宝甚至孙少平般个人与大时代的历史性关联,却一再面临"否定性的创伤"和"未完成的痛苦"以及被边缘化且难于超克的现实命运。阶层固化、介入的无力以及与历史虚无主义的遭遇等等,皆是造成这一代人精神与现实困境的原因②。与此相同,20世纪50年代的时代英雄王家斌在变化了的时代语境中被边缘化的命运,以及21世纪第二个十年的新人带灯因无力挽狂澜于将颓而被迫"幽灵化"的现实遭际,包含着有待深入反思的重要历史和现实命题,亦说明赓续社会主义总体性的思想和审美传统所面临的现实和美学的双重难题——既需推进意识形态总体性在文学意义上的现实化,亦需重构超克文学史观念单向度的新的思想和审美视域,从而重申并赓续"未完成"的社会主义文学遗产的若干重要历史经验及观念和审美传统。

毋庸讳言,身处底层的普通人所面临的现实难题,远非文学内部所能解决的。梁生宝与其时代的内在关联也并非文学自身的意义使然,而是与

---

① 参见艾伟:《中国当下的精神疑难》,《当代作家评论》2009年第2期;《对当前长篇小说创作的反思》,《当代作家评论》2006年第2期。
② 对此问题的详细分析,可参见杨庆祥:《80后,怎么办?》,北京十月文艺出版社,2015年版。

20世纪50年代意识形态对"新世界"和"新人"的双重询唤及其历史意义密不可分。问题最终仍将指向如带灯的根本性困境——在自上而下的制度性支撑阙如的现实处境中,个人努力注定无法超克自身和现实的限度。也因此,个人与生活世界的"问题性",必然呈现为一种召唤和敞开的姿态——向新的未来的可能性敞开,并召唤一种积极的、建构的思想和精神力量,且将其转化为行动性的现实。此亦为1942年以降社会主义文学的内在规定性的要义所在。而"重申"社会主义文学作为"弱者的武器"的根本性的价值关切,呼应关注"社会最低需要"这一社会主义原则的思想和制度的连续性实践,即属当下赓续社会主义文学传统题中应有之义。进而言之,超克"传统的循环"从而走向"共同富裕",乃"恢复与重建'共同体'的理想"①的重要路径,在不同历史阶段有着表现不同但内里相通的意义。就其根本而言,《创业史》《平凡的世界》《高兴》《带灯》《装台》以及延续具有质的规定性的现实主义传统的作品均有其着力解决的现实难题——如何更具历史意味地处理不同时期的"社会最低需要"。其所具有之基于人民伦理的底层关切即源出于此。质言之,社会主义文学的"人民性"及其作为"弱者的武器"的政治和文化意义无疑内含着超克"精英"与"大众"、"富有"与"贫穷"的历史性循环的重要寓意。关于社会主义文化实践的重要传统("十七年文学")的文学史意义的"左""右"之争因之包含着两种想象"人"的方法。其根本分歧乃是"关注'穷苦人'的社会主义文化与今日精英本位的主导文化"②之间的差异。如何在新的时代语境下赓续社会主义文学根本性的价值关切,乃是"解决"刘高兴、带灯的数位"老伙计",罗甲秀、罗甲成、刁顺子等"底层"形象所面临之现实困境的必要前提。非如此,则任何关于"底层"超克自身境遇的限制的文学叙述均难于转化为现实的实践力量。而作为基于人民伦理的底层关切的重要表征,与社会主义文化实践密切关联之"流动"的"意识形态主体"("新人"),必然与现实核心主题的转换互为表里,亦在此一过程中不断成就和丰富自身从而创造属于自己的"新世界"。其所依凭的思想传统的现实意义,需在1942年《讲话》以降之总体性历史氛围和内在精神连续性的意义上得到理解。是为社会主义文学内在的质的规定性的根本意义。对当下现实及文学问题的历史性理解,亦不可脱离此种规定性所划定之基本范围。

---

① 参见罗岗:《人民至上:从"人民当家作主"到"社会共同富裕"》,上海人民出版社2012年版,第144-145页,第192页。
② 张均:《"十七年文学"研究的分歧、陷阱与重建》,《文艺争鸣》2015年第2期。

基于对"总体性"及其思想和现实意义的深度观察,甘阳并不赞同"前三十年"与"后三十年"相互否定的单向度视域,以为"对于共和国六十年来的整体历史,必须寻求一种新的整体性视野和整体性论述"①。此种整体性视域体现为将孔夫子传统、毛泽东传统、邓小平传统视为"同一个中国历史文明连续统"。在新的历史条件下,既要"重新认识中国改革成功与毛泽东时代的联系和连续性",亦需"重新认识整个传统中国历史文明对现代中国的奠基性"②。如是"通三统"的思想路径,可以超克前三十年与后三十年非此即彼式的思维的单向度及其限制。就文学史观念而言,如果放宽历史的视域,不在20世纪80年代以降之"重写文学史"及其观念流脉所开启之思想框架中理解上世纪五六十年代的"社会主义文学",则不难体会到这一时段中国文学与政治密切关联之深层原因及其历史合理性。作为"人民共和国的根基",政治意识形态对于"新世界"和"新人"的双重询唤自有其历史和逻辑的必然性。以社会主义思想改造"世界"并"生产"社会主义意识形态的主体乃中国社会"三千年未有之大变局"题中应有之义。作为"共和国根基的'人民'"因之包含着"历史和政治的区分",是一种"反过来被'人民共和国'界定、由后者提供具体文化内容和政治内容的中国人"③。因是之故,五六十年代的中国文学并不能简单地被视作"政治的附庸",其"借助政治的动力也试图开创社会主义文学自己的道路。如果说在文学的现代性进向中它有什么独特的开创的话,那就是它要顽强地创建新的历史主体",并以之"作为引领历史前进的主体"④。这种新的历史主体,内在于社会主义的现实及精神实践,其总体性意义和政治及文化思想内涵仍在新的时代氛围中持续展开。而扎根于"中国道路"及其内在规定性,在多元统合的意义上融通诸种传统之不同面向,从而敞开更具包容度的思想及审美视域,或为超克二元对立式思维限度的可能性之一种。即以"人民文艺"与"人的文学"的辩证为例,如超克二元对立思维,则既可"拓展'人民文艺'的'人民'内涵",亦可"避免'人的文学'的'人'的抽象化",从而"召唤出'人民文艺'与'人的文学'在更高层次上的辩证统一",

---

　　① 甘阳:《中国道路:三十年与六十年》,贺桂梅编:《"50-70年代文学"研究读本》,上海书店出版社2018年版,第333页。
　　② 甘阳:《中国道路:三十年与六十年》,贺桂梅编:《"50-70年代文学"研究读本》,上海书店出版社2018年版,第337页。
　　③ 张旭东:《代结语:两个"六十年"与人民共和国的根基》,《现代国家想象与20世纪中国文学》,上海人民出版社2014年版,第524—525页。
　　④ 陈晓明:《萤火虫、幽灵化或如佛一样——评贾平凹新作〈带灯〉》,《当代作家评论》2013年第3期。

尤为重要的是,亦可进而完成"'五四文学'与'延安文艺'在历史叙述上的前后贯通",共和国文学"前三十年"和"后三十年"藉此亦可完成"在转折的意义上的重新统合"①。不仅此也,"重写文学史""再解读""史实化",及重申未完成的"人民文艺"的历史和现实效力等等②诸种研究路线及其所依托之思想和审美传统均可在更高的意义上完成多元统合,从而敞开基于现实、涵容历史,并朝向未来的新的视域。

此种具有多元统合意义的新的文学史视域的开显,以思想和审美资源的结构性转换为基础。概而言之,需要超克如下两种限制:一为文学评价"成规"(既定的文学史观念及思想范式)的偏狭;一为作家自身所依托之思想和审美资源的单向度。前者指向文学史及文学批评,后者则为创作主体的观念问题。二者貌似不同,实则为同一问题之不同面向。就文学史观念论,陈晓明在撰写《中国当代文学主潮》时所面临的对"社会主义文学"评价上的犹疑③,内含着20世纪80年代迄今文学史新成规巨大的规训力量及其自身无从规避的"限度"。如不能超克文学史观念的限度,则任何意图"重述"当代文学的历史的努力,必将因视域的偏狭而难以全功。因是之故,是否应该"接续"或者"重启"1942年《讲话》以降之社会主义文学传统,并以之作为文学史"故事类型"之一种重新结构文学史,仍然是当代文学研究无法绕开的重要问题④。对这一问题的回应,也成为考校当代文学史观宽广度及史家历史和现实感之有无的重要维度。由其指涉并展开的问题论域,无疑仍有进一步深度讨论的必要⑤。具体而言,其要义乃在如何弥合两种文学史观念的分歧。即如论者所言,自"民国机制"与"延安道路"不同之思想及审美谱系中观照20世纪40年代丁玲《我在霞村的时候》《在医院中》等作品,则其"意义""完全不同"。值得深切反思的是,此

---

① 罗岗:《"人民文艺"的历史构成与现实境遇》,《文学评论》2018年第4期。
② 张均以"中国当代文学本事研究(1949—1976)"统合"再解读"与"史实化"两种研究路线的尝试,即属此种思维之表征。沿此思路,则"重写文学史"与"人民文艺"、"再解读"与"史实化"之间,均包含着"方法互补"的可能。张均:《我所接触的1950—1970年代文学研究》,《当代作家评论》2018年第5期。
③ 参见《带灯》学术研讨会上陈晓明的发言及其观点所引发的"争鸣"。丁帆、陈思和、陆建德等:《贾平凹长篇小说〈带灯〉学术研讨会纪要》,《当代作家评论》2013年第6期。
④ 如张均所论,"二十年内,成功兼容'人民文艺'的启蒙史观将会在社会主义文学的'重新发现'方面取得实质性突破",非如此,则"当代文学史编撰不会有实质性进展"。张均:《当代文学应该暂缓写史》,《当代文坛》2019年第1期。
⑤ 对此问题的初步探讨,可参见张均等《"社会主义文学"作为"遗产"是否可能?》,《海南师范大学学报》(社会科学版)2013年第2期。但该文仍然体现出不同之文学史观念之间的内在冲突。就总体而言,论者分享了20世纪80年代以来的文学史观,故而难以在观念"突破"意义上切入"社会主义文学"的内在肌理而有新的洞见。

两种"针锋相对的文学观",却"在共有的知识框架中展开",即"'个人主义'与'集体主义'的二元对立,以及由此派生的'五四'与'延安'、'文学'与'政治'、'右'和'左'的二元对立"。因是之故,"后革命时代的新启蒙批评",与其所反感的"'极左'的'政治批判'"[①]并无根本性的质的差别。所谓的"去政治化""去意识形态化"的"中立"研究,并不能掩盖其内在的"政治"和"意识形态"内容,亦不过是已然"翻转"的"'五四'新文学传统"与1942年以降之"社会主义文学传统"关系的再度"翻转",并无深层次的掘进意义。如不能超克此种视域之局限,则关于总体性、"新人"以及社会主义文学传统的讨论仍无法转换为向广阔的生活世界和多样的思想和审美传统敞开的,具有创造性生成意义的具体的生活和艺术实践。质言之,作为人民的伟大的社会主义实践的重要表征,社会主义文学并不能简单地被局限于1942—1976年间之特定历史氛围之中[②],亦并未"终结"于"新时期",而是始终或隐或显地处于连续性的状态——甚或启蒙史观所指认的当代文学传统,在更高意义上亦属社会主义文学流变之一种,具有阶段性的尝试意义。就此而言,具有内在的质的规定性的社会主义思想及审美流脉即便因种种原因隐而不彰,仍属想象并结构世界的方法之重要一种,有着需要深入探讨的重要历史和现实意义。如前所述,自柳青、路遥,至贾平凹、陈彦[③],甚或刘继明[④]等人的创作实践,已可"重述"在总体性的意义上赓续社会主义文学传统的文学史谱系。此亦为重评柳青以降之革命现实主义传统,并尝试在新的历史语境中以社会主义文学传统为核心,兼容"五四"新文学传统、中国古典传统之"通三统"的文学史视域重新梳理当代文学主潮之要义所在。

"三统"通会之核心,自然奠基于"一种中国之为'中国'的总体性",以及正在进行中的社会主义思想和文化实践。以具有内在的质的规定性的社会主义文学思想和审美传统为基础,既可以涵容"五四"以降新文学传统所开启之思想及审美视域,亦可向赓续千年的中国古典传统敞开,进而完成古、今(亦包括中、西)之会通。此种会通之要义亦在将中华文明视为"同一文明的连续统",亦即无论"五四"新文学传统,还是社会主义文学传

---

① 李杨:《"右"与"左"的辩证:再谈打开"延安文艺"的正确方式》,《中国现代文学研究丛刊》2017年第8期。
② 参见张均:《重估社会主义文学"遗产"》,《文学评论》2016年第5期。
③ 参见杨辉:《现实主义的广阔道路——论陈彦兼及现实主义赓续的若干问题》,《中国现代文学研究丛刊》2018年第10期。
④ 参见李云雷:《"新社会主义文学"的可能性及其探索——读刘继明的〈人境〉》,《当代作家评论》2017年第3期。

统,均需在历史连续性的意义上处理其与中国古典传统间之关系。换言之,前两者乃中国古典传统在20世纪迄今之历史和现实氛围中的"自然"延续,而非别开一路。而在连续性的意义上重新梳理"五四"迄今文化的"古今中西之争",则诸多问题即不再陷入"古""今"、"中""西"之二元对立视域中难有定见①。破除既定观念的局限之后,文学之境界、资源、意义甚或文体、笔法等等亦随之阔大。具体展开路径有二:其一为扎根于正在行进中的现实,并向广阔、丰富而复杂的生活世界敞开,以充分发挥文学作为社会实践之一种的经世功能;其二为向古今中西优秀的文化传统敞开,举凡中国古典传统、"五四"新文学传统、《讲话》以降之社会主义文学传统,甚或域外文学传统,均可融通于同一视域之中,而有新的更具统合力的境界的开显。就文学史观念论,"三统"之通所敞开的视域,既可涵容革命现实主义传统自20世纪50年代迄今之文章流脉,亦可融通汪曾祺、孙犁、贾平凹等偏于古典传统之当代赓续的写作路向,更为重要的是,还可包含启蒙史观(人的文学)所指陈之文学传统。李敬泽以《青鸟故事集》《咏而归》《会饮记》诸作所营构之贯通古今、融汇中西,打通"知识"(诸种"知识类型")、"思想"(多种被叙述为彼此分隔的思想资源)及"文体"(作为现代"发明"且被僵化理解的文体类别)之"界限",向更为广阔之生活世界敞开,却始终指向一种"总体性视野"的意义空间的努力,用心或在于此。亦唯有"通三统"所开显之视域足以充分阐发其所蕴含之微言大义。要言之,"三统"之"通"及其所敞开之复杂意义空间,无疑包含着宏大叙述充沛的能量,以及指涉晚近大历史和思想之变的理论效力,亦属新的时代文学的现实叙述的新的"增长点",包含着有待进一步展开的重要理论和现实意义。

"在中国,历史没有完结,无论文学还是作家这个身份本身都是历史实践的一部分,一个作家在谈论'现实'时,他的分量、他的眼光某种程度上取决于他的世界观、中国观,他的总体性视野是否足够宽阔、复杂和灵敏,以至于'超克'他自身的限制。"而"中国文学本身就是中国现代性进程的一个重要环节甚至是重要动力",是故,"作家与历史与时代的关系是一个不可回避的、不得不在文学的和主体实践的意义上回答的问题"②。而在乌托邦(关于美好生活的希望愿景)的构建不再归于文学,而是"归于实践

---

① 参见杨辉:《"大文学史观"与贾平凹的评价问题》,《小说评论》2015年第6期。
② 李敬泽、李蔚超:《历史之维中的文学,及现实的历史内涵——对话李敬泽》,《小说评论》2018年第3期。

和政治行动自身"的历史语境之中,事关人类福祉之最大也最为重要的问题,乃是政治观念及其现实化。正是基于对此问题的透彻理解,柳青以"和人民一道前进"作为其世界(文学)观之核心,其"三所学校"之说及融汇"实践"与"艺术"双重可能的文学观念的要义亦在此处。此亦属马克思主义文学实践的题中应有之义。坚守现实主义若干重要原则,关乎马克思主义理论的实质,属"唯物主义认识论的要求"①,包含着在更为宏阔的总体视域中把握复杂现实问题的可能。现实主义作品中的典型人物亦不同于其他类型的人物,他们代表着"比他们自己单独的个人命运更大、更富有意义的某种原因。他们是具体的个体存在,而同时又和某种更普遍的或者集体的人类实质保持着一种关系"②。在具体的历史实践之中,他们是在创造"新世界"的过程中完成自我创造并不断推进历史前进的"新人"(人民)。

质言之,"新人"与"新世界"的相互定义和互相成就,属于中华人民共和国文化和政治根基题中应有之义。循此思路,则在"中国道路"内在连续性的意义上"重启"社会主义文学传统,在当下语境中无疑有着复杂的历史和现实意义。作为人民建设社会主义的伟大实践的重要表征,社会主义文学必然包含着社会主义的总体性及其对文学的虚拟的可能的内在要求。因此,20世纪80年代迄今围绕社会主义文学传统的评价问题所展开的复杂论争,并非在文学的"内部"所能"解决",而是关涉《讲话》反复申论之立场和态度的问题。要言之,隐藏于具有质的规定性的社会主义文学叙述背后的"历史学家的技艺",属于"'弱者的反抗'对于叙事的必然要求"③,其人民性表现为对"社会最低需要"的深层价值关切,包含着从根本意义上超克中国历史之结构性循环,将社会"危机"化解在总体性内部的可能。因此"民国机制"与"延安道路"、"人的文学"与"人民文艺"之间即不存在非此即彼式的两难选择。作为中国社会"三千年未有之大变局"之核心,"延安道路"及其所奠定之"中国道路"属于社会主义内在的质的规定性,而非诸多选择之一种。时值百年历史巨变的合题阶段,以1942年《讲话》以降之社会主义文学传统为核心,融通中国古典传统、"五四"新文学传统,乃新时代之思想和审美资源多元统合之要义。此种"通三统"并

---

① 乔·米·弗里德连杰尔:《马克思恩格斯和文学问题》,郭值京等译,上海译文出版社1984年版,第192—193页。
② 詹姆逊:《马克思主义与形式》,李自修译,中国人民大学出版社2018年版,第165页。
③ 张均:《革命、叙事与当代文艺的内在问题——小说〈暴风骤雨〉和记录电影〈暴风骤雨〉对读札记》,《学术研究》2012年第6期。

非仅限于文化及文学资源的多样选择,而是关涉"中国道路"在现时代所面临的若干重要现实问题及其文化应对的思想准备。而在更为宏阔的思想视域中完成"古""今"、"中""西"的融通,从而在千年文明连续统的意义上铸就"中国道路"的文化自信,属新的时代思想与制度所开启的全新的且具有生产性的可能。一时代有一时代之文学,"新时代"与"新人"更具历史性和现实意味的交互创造,也必然催生出更具包容性和概括力的新的时代史诗。

第一章　现实主义与古典传统：文学观念融通的两种资源

第一节　《讲话》传统、人民伦理与现实主义

一、文学史视域及其评价"限度"

自20世纪80年代中后期迄今,围绕路遥作品尤其是《平凡的世界》的文学史意义的论争无疑关涉到"重写文学史"以降文学评价标准的变化。此种变化亦与新时期以来社会核心主题的调整密不可分。以之为视域对两个"三十年"的区分因之包含着极为复杂的思想史问题,其间观念分歧远非文学之问题论域所能囊括,而是关涉社会政治、经济及文化变革的内在理路。文学史关于"前三十年"与"后三十年"(时间至今亦可下延为四十年)、"民国机制"和"延安道路"、"革命"和"改革"①、意识形态的治史标准和审美价值的"重建"等不同观念的论争,亦不脱1942年迄今思想观念转换所涉之基本范围。在"断裂"的意义上建构之两个"三十年"的精神分野亦源出于此。是为路遥及其作品在20世纪80年代必须面对的精神环境。身处诸种新思潮、新观念风起云涌且形塑了彼时文学批评的核心"语法"的文学及文学史观念的易代之际,路遥和《平凡的世界》的遭遇极具症候意义。向以现实主义重镇著称的《当代》"错失"这一20世纪80年代的现实主义力作的原因即在于此。在《当代》编辑周昌义的历史性回顾中,置身以"新"与"变"为核心的80年代,《平凡的世界》叙述之"慢""啰唆",以及故事的无"悬念","实在很难往下看"。时隔近二十年后,周昌义已然意识到"那些平凡少年的平凡生活和平凡追求,就应该那么质朴",此亦为

---

① 参见甘阳:《中国道路:三十年与六十年》,《文明·国家·大学》(增订本),生活·读书·新知三联书店2018年版。

"路遥和《平凡的世界》的价值所在"。然身处80年代的观念氛围之中,个人并不能超越时代的"局限"而有更具前瞻性的理解。"可惜那是1986年春天,伤痕文学过去了,正流行反思文学、寻根文学,正流行现代主义。"①当此之际,即便出身底层,且属矿工子弟,周昌义仍然未能从《平凡的世界》中体会到路遥超越时代局限的真正用心。他对该作的"随意"处理(退稿),不过是80年代如泰山压顶般的文学形势给予路遥写作的巨大"压力"的冰山一角。在"重写文学史"及其所开启之若干核心观念延续性的意义上,《平凡的世界》及路遥至今仍然面临着诸多评价的"困难"。若无更为宏阔之文学史视域,且在历史化的语境中重启《讲话》以降社会主义文学传统及其解释当下文学问题的理论效力,则关于路遥的文学史评价问题,仍会因视域的偏狭而难有质的"突破"。也因此,对路遥的文学观及其所属之思想和审美传统的历史性考察,较之在既定的视域中做评价的"反复",无疑更为紧要。

二、文学观的现实源起及其意义

历史地看,路遥的文学观念,"起源"于20世纪六七十年代之交,与《延安山花》及《山花》文艺小报关联甚深②。在70年代初独特的历史氛围中,《山花》文艺小报与彼时潮流化观念之间内在的关联自不待言,其所刊发之部分作品虽有对若干历史现象的些微"补正",但核心思想仍不脱《讲话》所开启的基本思想范围。其时政治与爱情均遭遇挫败,身处精神与现实双重困境的路遥因偶然的机缘通过文学改变了个人的命运。"文学"与个人命运之间的历史性关联,形塑了路遥此后写作题材及笔法选择过程中一以贯之的现实考量。即如沈从文所论,"把工作贴到国家需要上使用",可得社会重视,甚而"一举成名天下扬"③。路遥早期作品《南湖的船》《老汉一辈子爱唱歌》等因高度契合70年代对于工农兵写作的巨大召唤而为他赢得了最初的声名④。嗣后,在七八十年代写作转型之际,路遥关于题材及笔法的选择几乎很自然地延续了70年代初的根本路向,其间虽不乏与时推移的观念调适,但路遥并不简单认信20世纪80年代作为"新时期"

---

① 周昌义:《记得当年毁路遥》,《文艺理论与批评》2007年第6期。
② 对此问题的进一步申论,可参见杨辉:《路遥文学的"常"与"变"——从"〈山花〉时期"而来》,《中国现代文学研究丛刊》2018年第2期。
③ 转引自谢保杰:《主体、想象与表达:1949—1966年工农兵写作的历史考察》,北京大学出版社2015年版,第232页。
④ 详情可参见海波:《我所认识的路遥》,《十月·长篇小说》2012年第4期。

所被赋予的超克此前"三十年"的意义,而是坚持历史和思想内在的连续性,以及文学的经世功能。以1978—1980年创作的《惊心动魄的一幕》为转型的标志,路遥的写作伦理及其总体考量初步确立:"站在政治家的高度选择主题,首先取得高层认可,然后向民间'倒灌'。"其政治视野和文学才能借《惊心动魄的一幕》的写作得到了具有融汇意义的发挥。沿此思路,《人生》所要配合的是"正在全面展开的农村改革",而《平凡的世界》则"试图展现农村改革的全貌"①。出自农村,"从感情上"视"广大的'农村人'"为"我们的兄弟姐妹",并能"出自真心地理解他们的处境和痛苦"而非"优越而痛快地只顾指责甚至嘲弄丑化他们"②的路遥,显然无须如柳青和丁玲等作家一般③,需在《讲话》所申论之立场、态度和方法问题的指导之下完成个人思想的"改造"与"转变",方能进入《讲话》所敞开之历史及政治的核心情境之中。毛泽东《讲话》等论著关于"农民"动员以及"工农兵"作为"历史主体"的政治构想包含着极为复杂的历史和现实寓意。此种构想及其在20世纪40至70年代的现实化无疑改变了路遥的个人命运。质言之,"作为血统的农民的儿子",路遥个人命运的变化高度关联着20世纪六七十年代的历史想象。其在政治受挫之后对文学的选择必然内含着对时局及个人奋斗之可能性的洞见,即便身处20世纪80年代变化了的历史氛围中,他对《讲话》传统所开启之思想视域以及与之密切关联之人民伦理的价值坚守,因之并非"文革"精神"残留"所能简单论定。他对现实主义及其内在的质的规定性的坚守,也包含着更为复杂的问题,不独技巧的选择这样简单。正是基于对《讲话》所关涉的重要问题的"庄严地思考",路遥并未被20世纪80年代初诸种思潮挟裹而去,以至于对过往历史采取"轻藐的嘲弄态度",而反复申论在历史连续性的意义上思考中国问题的重要性。其所秉有的"深沉的历史观",以及并不简单地在潮流化的意义上对20世纪60年代和20世纪80年代做"断裂"的处理,与其借对柳青传统的延续而接通《讲话》的精神传统密不可分。考虑到工农兵写作作为无产阶级文学想象与建构的重要一种之时代价值和历史意义,以及其所关涉之新的历史主体独特的解放价值④,则路遥延续《讲话》传统的根本

---

① 海波:《我所认识的路遥》,《十月·长篇小说》2012年第4期。
② 路遥:《早晨从中午开始》,北京十月文艺出版社2012年版,第62页。
③ 对丁玲个人思想的"转变"及其意义,何吉贤有极为深入的分析。参见何吉贤:《"流动"的主体和知识分子改造的"典型"——1940—1950年代转变之际的丁玲》,《中国现代文学研究丛刊》2018年第4期。柳青20世纪四五十年代的"转变",核心义理亦与此同。
④ 参见钱理群:《构建"无产阶级文学"的两种想象与实践》,《钱理群讲学录》,广西师范大学出版社2007年版。

用心及其意义遂得以显豁。因是之故,即便在完成进城这一重要的命运转变,且可以知识分子身份重建自我的文学观念盛行之际,路遥仍然反复强调写作作为"劳动"之一种,与普通劳动者基本境遇血肉相关的具体性和经世功能,无疑表明其对《讲话》所包含的人民伦理及其意义的价值坚守。是为"精英"与"大众"两种立场的根本分野①,亦是路遥不同于 20 世纪 80 年代潮流化写作的重点所在。其对柳青传统及其所依托之思想的历史性延续,要义亦在此处。

经由对 20 世纪 50 年代国家创业与个人(集体)创业的总体性描绘,《创业史》成为彼时新的历史主体创造新的世界的伟大历史进程的重要表征。梁生宝作为社会主义新人的意义,无疑包含着《讲话》所开启的重要历史问题。《讲话》之于中国现代文化的重要"创造与影响",乃是"促成了人民文化权力的产生",是为中国社会"三千年未有之大变局"的要义之一。普通劳动者"首次获得了主体性,成为政治经济文化的主导力量,与现代历史发生了前所未有的紧密关系"。是故,"以崭新意义上的'人民'为核心,新民主主义革命同时拒绝并颠覆了几千年中国既有的传统权力谱系"以及"来自西方的现代权力谱系"②。其之于中国现代文化的巨大影响力自不待言。然而身处 20 世纪 80 年代变化了的历史氛围之中,"'人民性'是否可以延续"这一《讲话》留给中国现代文化的历史性难题,成为路遥文学无法绕开的重要论题。作为 20 世纪 50 至 70 年代社会主义建设的"重心",农村和农民无疑承担着重要的历史使命。徐改霞在城与乡之间并不算艰难的选择,与 20 世纪 50 年代的总体性氛围密不可分。乡村在彼时无疑可以容纳一代青年人对未来的希望愿景,他们可以如梁生宝一般体会到作为历史主体的重要价值。他们的个人命运同样是高度历史性的。但 20 世纪 80 年代以降,社会核心主题由"革命"转向"建设",农村原有的优势渐次消失。城乡问题也随之被赋予新的内涵。相较于《创业史》中新的乡村秩序的稳定结构,高加林所面对的高家村已发生极具历史意味的重要变化。高加林需以"离乡"(进城)的方式完成对高明楼所代表的乡村新秩序的超克。其处境如论者所言,"在去除了意识形态崇高客体的虚幻性

---

① 对此问题更为深入的论述,可参见张均:《"十七年文学"研究的分歧、陷阱与重建》,《文艺争鸣》2015 年第 2 期。
② 卢燕娟:《〈在延安文艺座谈会上的讲话〉与人民文化权力的兴起》,刘卓编:《"延安文艺"研究读本》,上海书店出版社 2018 年版,第 261—262 页。

之后,'十七年'文学中的'社会主义新人'也开始蜕变出新的历史面貌"①。"农村"作为"新世界"的想象与实践的象征意义随着历史新问题的产生而被逐渐"祛魅"。依托此种想象获致历史主体性的普通劳动者随之需要面临新的现实问题,并需要重新调整自我与世界的想象性关系的基本模式。

如论者所言,高加林乃是"正在探索社会主义新人的道路"的典型形象。《人生》亦应被视作"在建设'四化'的新时期,在农村和城市交叉地带,为青年人探讨'人生'道路的作品"②。其与"潘晓讨论"所引发的关于理想与现实关系问题的讨论如出一辙,共同表征着转型之际两种世界"规划"之间的观念纷争。由此可知路遥对一代青年人命运选择的探索包含着更为复杂的意义③。如果说《父子俩》《不会作诗的人》以及《在新生活面前》尚有两个时代"过渡"阶段的探索特征,《人生》及此后的《黄叶在秋风中飘落》《你怎么也想不到》则同属探索"新人"在新的语境下的精神和现实难题。此种难题已非既往的思想和理论话语所能解决,须得依赖新语境所敞开的结构性力量,个体方能获致自我的圆满。而在20世纪80年代的语境中,孙少平、孙少安们已无可能如梁生宝、高增福们一般,迅速从历史的宏大进程中找到自我作为历史主体的价值。他们已由"劳动者"沦为"劳动力"④,需要解答新的历史难题。当此之际,"社会主义实践力图压抑的各种社会要素"重新"破茧而出"并成为"新秩序的基础","仿佛从未经历革命时代的冲击与改造一般"⑤。历史的反复与议题的转换使得孙少平们重归"底层",必须面对新一轮的几乎更为艰难的人生选择。

对历史与现实有着极为深刻的洞察的路遥充分意识到,个人无法自外于时代而获致想象中的成功,而必须依赖时代可能存在的成就性的力量。"城乡交叉地带"的独特发现因之具有表征20世纪80年代甚至未来很长一段时间社会总体性面貌的重要价值。作为一时期社会的核心结构,

---

① 徐刚:《"十七年文学"脉络中的路遥小说创作》,程光炜、杨庆祥编:《重读路遥》,北京大学出版社2013年版,第134页。
② 阎纲:《阎纲致路遥》,《早晨从中午开始》,北京十月文艺出版社2012年版,第594页。
③ 阎纲在革命现实主义的连续性意义上,肯定《人生》的价值,并进一步认为"革命现实主义生命长青,现在还不到革革命现实主义的命的时候"。革命现实主义与时俱进的自然调适,《人生》无疑可作参照。参见阎纲:《阎纲致路遥》,《早晨从中午开始》,北京十月文艺出版社2012年版,第595页。
④ 黄平对此种转变及其历史意义有极为精道到分析,参见黄平:《从"劳动"到"奋斗"——"励志型"读法、改革文学与〈平凡的世界〉》,《文艺争鸣》2010年第3期。
⑤ 汪晖:《去政治化的政治:短20世纪的终结与90年代·序言》,生活·读书·新知三联书店2008年版,第2页。

"城"与"乡"内含着指称"中国",乃至于标识"中国"与"世界"关系的理论效力[1]。如柳青以"蛤蟆滩—中国—世界"的视域展开对20世纪50年代农业合作化的历史性观照,路遥亦尝试在总体的世界格局中深度观察20世纪80年代中国的历史性变迁及其意义。其文学世界所展开之问题论域,无疑深度切近1949年以降中国社会的核心。如论者所言,"城乡二元结构"乃是"新中国60年取得成就的最基本的基础"。其意义并不止于前30年,"在改革开放后的30年"以及"将来的相当长一段时间",都发挥过并将继续发挥"建设性作用"。中国特色"政治经济模式"的实践,甚至"中华文明的复兴",无不与此种结构密不可分。是为"中国模式"之"核心"[2]。稳定的农村既为中国的快速发展提供有力的支撑,亦成为"进城失败"的农民的生活"退路"。因是之故,新农村建设便包含着重要的理论和现实意义。建设低消费、高福利的社会主义新农村无疑包含着维系城乡结构模式良性运转的重要意义。此亦为"中国道路"的内在要求[3]。20世纪80年代批评界对《人生》"回归土地"的责难因之涉及更为重要的问题。基于对其时社会历史环境的深刻洞察,路遥并未为高加林"安排"一个理想的结局。《人生》第四十二章以"并非结局"为副标题,无疑表明高加林命运朝向未来的未定的开放性。作为高加林的生活选择在20世纪80年代中后期的延伸,《平凡的世界》中孙少安扎根农村经由个人创业应和大时代的主题的方式,以及孙少平始于揽工历经艰难终于成为煤矿工人的个人选择包含着同样的意义。而在路遥的观念中,人物与土地难以断然决裂并非仅涉及如何面对土地的问题,而是关涉到"如何对待生息在土地上的劳动大众的问题"。即便彻底改变中国广大农村落后的生产方式和生活方式、生活观念和陈旧习俗,并最终"填平城乡之间的沟壑"为具有全人类意义的"伟大目标",但置身城乡转型的漫长历史过程中,对土地的情感及其所蕴含之重要意义并非"进步"与"落后"的单向度的判断所能简单概括。将城乡问题转换为中国与世界的关系问题,路遥的目的仍在历史具体性中总体性地思考中国问题。自整全视域观之,"农村的问题也就是城市的问题,是我们共有的问题"[4]。农村的"落后"与城市的"进步"之间的张力及

---

[1] 参见杨晓帆《路遥论》第四章"城乡之辩、中西之辩与1980年代的现实主义危机",作家出版社2018年版。
[2] 贺雪峰:《城乡二元结构是中国发展模式的核心与基础》,《中国模式:解读人民共和国的60年》,中央编译出版社2009年版,第182页。
[3] 参见贺雪峰:《新农村建设与中国道路》,《乡村的前途:新农村建设与中国道路》,山东人民出版社2007年版。
[4] 路遥:《早晨从中午开始》,北京十月文艺出版社2012年版,第60—63页。

其间劳动人民在特定历史和社会环境中命运的起落沉浮,恰为路遥文学的着力点和用心处,亦是其与柳青传统及《讲话》以降之思想流脉的内在关联的根源。进而言之,其对人民伦理的价值坚守,就其根本而言,乃是基于对关注"社会最低需要"这一社会主义原则的根本认同的自然选择①。

三、现实主义的理想读者和未竟的可能

作为系统"回应"《平凡的世界》出版之后所面临的种种不同意见的重要文本,《早晨从中午开始》追叙了路遥对《平凡的世界》的"理想读者"的自我设定。依路遥之见,《平凡的世界》的"理想读者"显然与"现代派"作品的"理想读者"存在着"差异"。"路遥的'读者'和先锋文学的'读者'不仅代表着两种不同的'读者想象',更重要的是在这种'想象'的背后隐藏着两种完全不同的文学运行机制。"②此种差异因之不仅止于数量的多寡,而且关涉"精英"与"大众"、"人的文学"与"人民文艺"的内在分野。此种分野,某种意义上表现在写作题材和叙述重心的差别。路遥的读者想象及其对"反潮流"的自我设定,无疑包含着对人民伦理的价值坚守。如万斯洛夫援引的别林斯基的说法:"如果对生活的描绘是忠实的,那么,这种描绘也就包含着人民性。"而"人民的生活提供给诗人以内容",这内容的深度、价值、范围与意义"不是直接依赖诗人和他的才能,而是依赖于他的人民的生活的历史意义"③。路遥对农民命运的深度关切,其以城乡交叉地带重新标识出农民身处的历史境遇及其现实难题的种种努力,在20世纪80年代精英文化"主导"文坛的语境中,无疑有着极具历史症候性的重要意义。此亦为深度理解路遥的文学观念及其在20世纪80年代写作的选择时无法绕开的重要前提。

依照罗岗《"骑手"为什么歌唱"母亲"?——关于"张承志难题"的一封通信》的逻辑,较之起笔于"新时期"的张承志,路遥更为符合竹内好"现役文学家"的提法。无论与"'六十年代'的深刻联系",还是在后来的创作中"鲜明执着地保持着这种联系",进而从"这种联系中不断获得进入新的思想与艺术领域的力量和能力",还是作品对当代中国"历史的动荡、曲折

---

① 参见甘阳:《社会主义、保守主义、自由主义:关于中国的软实力》,《文明·国家·大学》,生活·读书·新知三联书店2018年版,第23页。
② 杨庆祥:《路遥的自我意识和写作姿态——兼及1985年前后"文学场"的历史分析》,《重读路遥》,北京大学出版社2013年版,第52页。
③ 转引自万斯洛夫:《艺术的人民性》,刘颂燕译,新文艺出版社1958年版,第6页。

与前行"以及其从历史本身的能量中汲取"将'历史''形式化'的动力"[1]，均属路遥作品意义和价值所在。作为改革年代的重要文本，《平凡的世界》聚集了总体性的历史在 1975—1985 十年间自我革新、不断"试错"和内在调适的能量。其要义还在于，从"六十年代"思想资源中汲取回应 20 世纪 80 年代现实的可能，或者，20 世纪 80 年代原本即属 20 世纪 60 年代的"延续"。本乎此，路遥对现实主义创作手法的选择，便包含着远较"技巧"更为复杂的思想和审美意涵。他感念于批评家蔡葵对《平凡的世界》"大胆的褒词"以及对其努力基于了解之同情的"肯定"，也同时意识到彼时批评界对该书"冷淡"的深层原因，与"现实主义"的评价问题密切相关。即便如此，路遥仍无顺应潮流改弦更张的欲念。如李星所论，从《人生》到《平凡的世界》，几乎是路遥"无法回避的选择"。此种选择自然包含着路遥对文学及其价值不同于 20 世纪 80 年代潮流化观念的独特理解。此种理解无疑扎根于《讲话》所开启之历史的希望愿景之中，并与人民伦理有着内在的根本性的关联，非此，便不能理解路遥在现代主义观念形塑了文学评价标准的 20 世纪 80 年代坚守现实主义的根本原因。

　　循此思路，则路遥在为《平凡的世界》做写作准备的过程中对现实主义的选择的根本思想脉络便不难辨明。即如苏契科夫所论，"围绕现实主义而进行的争论极其鲜明地揭示出争论双方立场和审美观的分歧"，就其根本而言，关涉如何理解文学及其与时代和现实的关系问题，与不同的意识形态及其所开显之世界想象密切相关。也就是说，现实主义与现代主义的分歧，乃是在"理解艺术的社会使命"上存在着根本性的差异[2]。是故，苏契科夫并不赞同弱化甚或消解现实主义的内在的质的规定性，而将其扩展到"无边"的程度的理论构想。路遥对现实主义与现代主义的若干辨析，理路虽略有不同，但根本观念则内里相通。秉有一种更为宏阔的文学观念的路遥，并不在非此即彼式二元对立的框架中思考"现代主义"与"现实主义"的关系问题。他反对将二者简单对立的思路，认为无须因学习新的表现手法而忽略现实主义的价值，何况即便"现代派所表现的生活也应该是现实的"。而无论以何种方式表达，最根本也最紧要的仍然是"对生

---

[1] 罗岗：《"骑手"为什么歌唱"母亲"？——关于"张承志难题"的一封通信》，《文艺争鸣》2016 年第 9 期。

[2] 苏契科夫：《关于现实主义的争论》，收录于罗杰·加洛蒂：《论无边的现实主义》，吴岳添译，百花文艺出版社 1998 年版，第 246 页。

活认识的深度"①。因为,"如何认识我们这个时代,并能对这个时代作比较准确、深刻、广泛的反映和概括",是"非常重要的问题"。此亦为现实主义内在规定性的要义之一。

  要言之,"生活和题材"决定了一部作品所应采用的"表现手法"②。而"把现实主义问题提到最重要的地位",乃是"唯物主义认识论"的客观要求。进而言之,捍卫现实主义这一文艺流派的若干重要原则,并非马克思主义奠基者的个人气质及艺术好恶使然,而是"这些原则渗透着公开地和真诚地为劳动人民的解放服务的愿望"③。延续《讲话》以降,中经柳青实践的现实主义传统,强调文学的经世功能,不为"自己或少数人写作",是把"全心全意全力满足广大人民大众的精神需要"作为写作目的的路遥的必然选择。更何况,如其精神导师柳青所论,文学作品的"经典化",要以六十年为一个单元。作品既要"接受当代眼光的评估",还要"经受历史眼光的审视"④。20世纪80年代社会文化阶段性主题固然重要,但也需要放宽历史的视界,在更为宽广的视域中历史性地观照文学及理论主题之价值和意义。是为路遥为现实主义"申辩"的要义所在。在根本性的历史范畴连续性的意义上,路遥所论之"深沉的历史观"密切关联着"正确对待劳动人民的态度"⑤。文学既非吟风弄月式的个人感怀的自然表达,也便秉有着与无穷的远方和无数的人们血肉相关的具体性。作家的劳动也自然和"全体人民的事业"紧密相连并获致其意义。《平凡的世界》基于人民伦理的崇高风格,无疑与此密切相关。依路遥之见,作家的全部工作都应该"使人和事物变得更美好",从而"让生活的车轮轰隆隆地前进"。也因此,其道德理想主义便包含着从总体的、肯定性意义上回应时代的精神疑难的现实功能。路遥抵御来自20世纪80年代文学形势重重压力的基础,便是其文学观念内在的人民性及其与复杂广阔的生活世界的根本关联。其对柳青传统的赓续、内在的人民性以及对有倾向的现实主义传统的坚守,均关

---

① 路遥:《东拉西扯谈创作(一)》,《早晨从中午开始》,北京十月文艺出版社2012年版,第123页。
② 董墨:《灿烂而短促的闪耀——痛悼路遥》,《星的陨落——关于路遥的回忆》,陕西人民出版社1993年版,第45页。
③ 乔·米·弗里德连杰尔:《马克思恩格斯和文学问题》,郭值京等译,上海译文出版社1984年版,第192页。
④ 路遥:《在茅盾文学奖颁奖仪式上的致词》,《早晨从中午开始》,北京十月文艺出版社2012年版,第91页。
⑤ 路遥:《东拉西扯谈创作(一)》,《早晨从中午开始》,北京十月文艺出版社2012年版,第109页。

涉《讲话》所开启之历史"难题"。作为"弱者的武器"以及"人民文艺"的重要思想资源,《讲话》所包含的历史构想的现实效力并未衰微,而是有着朝向未来的丰富意义。而《平凡的世界》作为20世纪80年代"反潮流"之作的诸多品质,亦需在1942年《讲话》以降更具历史性的思想和审美传统中得到解释。

1988年12月31日,也就是《平凡的世界》创作完成半年后,在写给批评家蔡葵的信中,路遥再度表达了他对彼时文学界的"不满",这种不满中自然也包含着些许无奈。但他仍然"初心"不改,始终拒绝写作的"潮流化":"我们和缺乏现代主义一样缺乏(真正的)现实主义",而《平凡的世界》正是在"这种文学历史的背景下努力的,因此仍然带有摸索前行的性质"。而"反击"文学界观念及视域偏狭的最好方式,便是用"作品来'反潮流'"①。时至今日,路遥关于彼时文学界观念偏狭的洞见及其意义已渐次显豁。而与三十年间文学潮流此起彼伏且大多各领风骚三五年不同的是,《平凡的世界》始终畅销不衰。形成此一现象之根本原因并非自明,亦不能以读者的阅读偏好为由规避其所涉及之重要问题。虽然批评观念有限度的变革仍不能更为深入地阐发《平凡的世界》的全部意义,但该作作为改革年代重要作品的意义却日渐凸显。话题最后或许还要回到路遥的精神导师柳青晚年对于社会及文学观念的判断,"下一个时代,你们会右,也许会右得不能再右了,走不下去的时候,就会回过头来再寻找正确的路"②。关于"民国机制"与"延安道路","人民文艺"与"人的文学"及其所依托之思想和审美传统的历史性"再思",或许也需要在这样的长时段的历史视域中进行更为深入的探讨③。路遥的文学观及其之于当代文学现实主义传统的重要意义,亦会因之得到更为准确深入的阐释④。

---

① 路遥:《致蔡葵》(第二通),《早晨从中午开始》,北京十月文艺出版社2012年版,第602页。
② 转引自刘可风:《柳青传》,人民文学出版社2016年版,第470页。
③ 参见罗岗:《"人民文艺"的历史构成和现实境遇》,《文学评论》2018年第4期。
④ 秉有此种文学观念的写作者代不乏人,且有重要文本的不断创生。可参见杨辉:《现实主义的广阔道路——论陈彦兼及现实主义赓续的若干问题》,《中国现代文学研究丛刊》2018年第10期。

第二节　本土经验、现代意识和中国气派

一、执古之道：文艺观念的古今融通

未有现代学科分界之前,具备统合诸种思想及审美方式之态度的艺术家代不乏人。并不简单地认信某一种思想而执其一端,不及其余,因此有更为复杂的文本境界的开显,为其作品之重要特征。即以诗书画兼通的苏东坡论,其诗与画相互融通合一之创作态度之生成,"乃是以庄子通过经验、斋忘、天工之艺术创作态度,配合儒家升华人生、善化人生观念,两相融通于文人士大夫之胸襟,再经创作者融通吐纳、再创造之态度"①。诗与画表现方式虽有不同,但均属个人心性与才情之外化,最终必然统一于创作者整体性之精神世界。而无论儒、道,皆有其所开显之独特的世界面向,对应于不同之生命情境。而个人身处复杂之现实际遇中,如能有融汇之思想态度,则无往而不适。苏东坡思想自由游走于儒、道、释之间,虽经历世变而常能优游自适,原因或在此处。也因此,论及诗书画之融通及思想之超迈与自由,贾平凹对苏东坡推崇备至,也有心赓续其思想与笔法。无论诗文书画创作,均在精神之统合上着力用心,而有不同时流之境界之生成。贾平凹虽将书画创作视为"余事",也不曾在笔墨上下功夫,但其书画作品仍然抵达独异的境界,而远出普通作品之上。而此种境界之生成,原因颇多。如陈传席所论,"画的最高境界是从性情中流出,显现出一种不同寻常的情趣,而且有一种趣外之趣,味外之味"。贾平凹的画"生拙、古淡、高逸,而且浑厚、朴实、大气,金冬心之后,画界无此格也"。"画人常规必走的很多路,贾平凹都没走,他省却了前面很多境,一超直入至高境界,即古人说的'如来境',多数画家是'积劫方成菩萨',而贾平凹却立地成佛。"此由其悟性所致,亦属天分中本有之才。而其书法"浑厚遒峭,一派西北气象"②,自非寻常作品可比。能抵达此种境界,自然与其过人的悟性和深厚的学养密不可分。贾平凹有意识地进行书画创作,起始于 20 世纪 90 年代初,即其"中年变法"之作《废都》构思与创作前后。彼时其已有多部作品出版,但却意识到传统的现实主义手法已然构成对个人才情的限制,而在

---

① 戴丽珠:《苏东坡诗画合一之研究》,台北:文津出版社 2007 年版,第 39 页。
② 陈传席:《"一超直入如来境"》,《贾平凹语画》,山东友谊出版社 2004 年版,第 115 页。

悄然酝酿着革新之举。经由对中国古典思想及审美方式的悉心实践,其独特之心性与才情始得发挥,而有《废都》新的境界的开拓。《废都》有意识接续的,虽是以《金瓶梅》《红楼梦》为代表的明清世情小说传统,其核心思想亦属《红楼梦》抒情境界之"再生",但由书画创作及理论所获致之了悟,在多重意义上影响到其文学观念及艺术手法。20世纪80年代末至20世纪90年代初,在谋求文学创作的"中年变法"的过程中,贾平凹也以极大的热情投入书画创作之中,并写下了为数不少的书画批评文章。虽无意于建立系统的书画观念,但从这些极富才情的文字中,仍不难辨识出贾平凹对书画艺术整体性的理解与观察。如是种种,与其文学观念融汇而成整体性之文艺观念。而在统合文学与书画的整体性的视域中观察贾平凹的艺术观念,其精神及艺术之独特取径自然得以显豁。

在其20世纪80年代思想与笔法的总括之作《浮躁》的序言中,贾平凹已然领悟到"艺术家最高的目标在于表现他对人间宇宙的感应,发觉最动人的情趣,在存在之上建构他的意象世界"①。此前虽有《商州初录》等作品在现实观察之外对地域文化及精神气象的独特关切,其作品氤氲着一种不同于同时期作品的独特的气韵,而其关注的核心,仍在现实主义的脉络之中。但现实主义及其所持存开启之世界面向和表达方式,已逐渐无法囊括贾平凹从中国古代典籍及个人对于天人宇宙的仰观俯察中获致之重要信息。因是之故,《废都》成为其"中年变法"的标志性作品。该作一改贾平凹此前认信之现实主义传统,而与明清世情小说传统及其世界展开密切相关,于个人对人世之抒情体察中,表达一种更为宏阔的世界感觉。此间已无不断精进的基于现代性思想的世界观念,取而代之的是如《红楼梦》般的"浩大虚无之悲"②。个人及其所置身的"世界",此时已非"五四"以降之现代性理路所能指涉。人无可逃于天地间,必得去面临种种境遇,并由之体验生之烦忧、苦痛、无奈和感伤。如是种种,构成作品的基本情境,并由此种情境生成一种抒情的境界。在《红楼梦》的结尾处,"宝玉的情爱极具深意地为白雪苍茫的大地所代替。在这荒漠背景下……宝玉回返其原始的状态,大观园中同伴的记忆融入过去,复被镌刻石上——此石即真我。宝玉终于从对外在的依赖皈依自足的自我"③。时间的流逝和外部世

---

① 贾平凹:《〈浮躁〉序言二》,《关于小说》,生活·读书·新知三联书店2015年版,第33页。
② 对此种观念的详细申论,可参见李敬泽:《庄之蝶论》(《当代作家评论》2009年第5期)及《〈红楼梦〉影响纵横谈》(《红楼梦学刊》2010年第4期)。
③ 高友工:《中国美典与文学研究论集》,台北:台大出版中心2016年版,第348页。

界的变化使得个人所处之情境变动不居,因缘流转之际,所执之物终将逐渐远去,个人之内在世界亦随之天翻地覆。此亦为沈从文"有情"的历史观念的要义所在。真的历史,并非"另一时代最笨的人相斫相杀"的记录,而是易被忽略的"若干代若干人类的哀乐"。那些被派定平常命运的有情众生,"在他们那份习惯生活里、命运里,也依然是哭、笑、吃、喝,对于寒暑的来临,更感觉到这四时交替的严重"①。众生身在万物之中,俯仰之间,与更为博大宽广的世界相遇,并在此间完成自我与世界的内在交感,从而有不同之心灵境界的创生,发而为文为书为画,自然独出机杼,不拘格套。

个人对于天人宇宙之精神交感及其所开启之世界面向,决定了其作品境界之高下。贾平凹对此无疑默会于心。自20世纪80年代迄今,随着其艺术思想的逐渐成熟,其笔下所展开之世界亦逐渐宽广。20世纪80年代为"寻根"与"改革"所指称的外部世界的单纯,在20世纪90年代《废都》以降而有更为宏阔的视域,至《秦腔》《古炉》以至于《老生》,万事万物皆可以入文法。其作品既可以有现实主义的余绪,去追慕秦汉风骨,走刚健一路,亦可以有抒情的笔意,效法明清世情传统,多柔婉之风。但"刚健"与"柔婉",均无从单向度地诠释贾平凹作品的面向,他还有混同此两者的用心,希望涵容万物、包罗万象,面对复杂之外部世界,并不取其一端而不及其余。他曾说:"漫长的写作从来都是一种修行和觉悟的过程,在这前后三年里,我提醒自己最多的,是写作的背景和来源,也就是说,追问是从哪里来的,要往哪里去。如果背景和来源是大海,就可能风起云涌、波澜壮阔,而背景和来源狭窄,只能是小河或一潭死水。"而"在我磕磕绊绊这几十年写作途中,是曾承接过中国的古典,承接过苏俄的现实主义,承接过欧美的现代派和后现代派,承接过建国十七年的革命现实主义"。凡此种种,均在其不同时段的作品中有不同的表现,但不同于同时期作家依托某一流派某种写作方式而有固定化的表现,贾平凹承续过如此不同之思潮与流派,但任何一种思潮和流派,均无从一劳永逸地对其作品进行阐释。他的写作始终处于"上出"的态势,而不拘泥于单一的面向。"好在我并不单一,土豆烧牛肉,面条同蒸馍,咖啡和大蒜,什么都吃过,但我还是中国种。"②有个人之在世体验逐渐生发演绎而形成的独特的个人风格,此种风格体现为一种包容的状态。如于连所论,中国古典思想的重要特征之一,即是"圣人无意"。"无意"的意思是,并不拘泥于世界的单一的面向,而向更为复杂多

---

① 沈从文:《历史是一条河》,《沈从文全集》卷十一,北岳文艺出版社2009年版,第188页。
② 贾平凹:《〈山本〉后记》,《文艺争鸣》2018年第2期。

元的精神状态敞开。此种复杂与多元,乃为实在界的基本面向。而唯有超克单一的世界观念,方有更为宏阔之精神视域,从而发觉世界多样的可能性。

"虚静"其心,是体会世间万有多样可能的先决条件。如苏东坡所言:"欲令诗语妙,无厌空且静。静故了群动,空故纳万境。""这先于经验,为实现万有之原理,而客观超然存在的真实体,如何得知?如何得显?本来道体既无形无象,离绝言说思辨,又何以得知并指称其如实之存在。这不能不归诸人之具有'虚灵明觉'之心。老子之所以真知有此'先天地生'而'混成''寂寥'之实体,乃在于他透过'致虚极、守静笃'(《老子》十六章)之心灵修养,而体验此实体之存在。庄子也是透过'心斋''坐忘'等虚静的心灵修养工夫,而体验此实体之存在。则此通过虚静之心所体验之道,实为一种境界。此是道之境界义。"①无论"虚静""心斋""坐忘",均属心灵体会万有之方式。贾平凹20世纪80年代为其书斋取名"静虚村",用心即在此处。人身处给定之现实境遇之中,由个人处境生发出一种世界感觉,认信一种与个人心境相契合之世界观念并不特出。由此观念出发,自然也可以理解世界,但受制于单一观念的视觉的局限,而难以对世界有整全的观察。以单一观念为基础,作品也容易视野狭窄。自20世纪80年代初以中国古典美的表现方法超克"十七年"革命现实主义的限制至今四十余年间,贾平凹每一次具有"变法"意义的风格转换,均不在于单纯的非此即彼式的简单取舍,而是呈现为一种涵容的状态,即晚出的思想及风格乃是对此前种种的包容和提升。因是之故,从《老生》《带灯》《极花》《山本》中既可以察觉其"新变"之处,而在"新变"之中,仍然涵容着《废都》及《白夜》,甚或《美穴地》《腊月·正月》诸种不同因素。因此,贾平凹近年反复提及的对个人写作的背景和来源的自省,既包括对自身写作资源和经验的总结,也包括对自我精神及其可能的深度拓展。对一位卓有成就且写作处于不断"上出"的态势的作家而言,后者无疑更为重要。

求经验的统合进而能"万法归一为我所用"之要,在于以"平常心"作文章。即将作文章视为一种"业",同做将军和农夫一样,乃"体证自然宇宙社会人生的'法门'",而"'法门'在质上归一"。文章家的用心,也不必仅在文章之凤头豹尾、起承转合的技法上,更应将"自己生命的重点移到体证,而文章只是体证的一种载体,一旦有悟有感要说,提笔写出,这样的文章自然而然就是好的文章"。古来大文章家,或以抒情的篇章名世,但读其

---

① 颜昆阳:《庄子艺术精神析论》,台北:华正书局1963年版,第84页。

全集,"常吃惊于他的一生仅仅是写了这几篇抒情文,而大量的是谈天说地和评论天下的文章"。而以个人对天人宇宙的独特感应为基础,抒情文亦因有过人之才情和识见而能广为流播,历数世而不废。其要即在于"以生命体证天地自然"①,而有独特境界之展开。明乎此,方能体会贾平凹着力用心于个人对于天人宇宙的仰观俯察而有慧心妙悟的目的所在。他欣赏张爱玲羚羊挂角、无迹可求的笔法,以为文章能抵达此境,乃是张爱玲"贯通了天地",其下笔"看似胡乱说,其实骨子里尽是道教的写法——散文到了大家,往往文体不纯类如杂说"②。如是境界,非有对世间万有之统合心态而不能为。刘熙载亦持此说:"《庄子》文看似胡说乱说,骨子里却尽有分数。彼固自谓'猖狂妄行而蹈乎大方也',学者何不从蹈大方处求之?""蹈大方",意为"从心所欲率性而行却合乎大道"③。即便随意散漫处,亦有内在的章法可循。其之所以看似胡说乱说,乃不同于流俗所论而已。因是之故,"文之神妙,莫过于能飞。《庄子》之言鹏曰'怒而飞',今观其文,无端而来,无端而去,殆得飞之机者。乌知非鹏之学为周耶?"贾平凹无疑对此说多所会心,而有个人独特之发明:"古人讲:'文之神妙,莫过于能飞。'飞在于善断,善续,断续得宜,气则充溢,这便有了诗意"。尤为紧要之处在于,如此"也便弃了艰难劳苦之态"。"读庄文,才知晓:看似胡乱说,骨里才尽分数,需入蹈大方处!"④是说出自1985年为《冰炭》创作用心之说明,包含着贾平凹对于文章之道与个人精神修为内在关系的独特思考。如是思想的层层累积,最终成就着贾平凹对文艺与个人关系之整体性思考,此种思考当然包含着其对古代文艺思想沉潜往复、从容含玩并参证悟入所得之综合性体会,亦属古代文艺思想现代转换方式之一种。

既将创作之重心转移到对天人宇宙之个人体证,自然对由此种体证开显之境界颇多关切。以此眼光观照书画艺术创作,自然也别有所见。无论操持何种笔墨,分属何种流派,"作品的大小高低"仍以其境界为标准,文艺乃文艺家生命意识之表现。对天人宇宙仰观俯察所得之体证不同,其作品所开显之境界也异。张之光仅以个人才情而体悟到"知非诗诗,未为奇奇"之禅境,从而建构起一种很怪的思维,有对世界独特之体悟,既散发着古气,亦不乏现代人的气息。有如此不同之"心迹和灵迹",无论选择何种

---

① 贾平凹:《〈美文〉发刊词》,《关于散文》,生活·读书·新知三联书店2015年版,第117-118页。
② 贾平凹:《读张爱玲》,《关于散文》,生活·读书·新知三联书店2015年版,第127页。
③ 刘熙载:《艺概注稿》,袁津琥校注,中华书局2009年版,第39-40页。
④ 贾平凹:《关于〈冰炭〉》,《贾平凹文集》卷十四,陕西人民出版社2008年版,第57页。

题材,即便随意涂抹,亦可见出个人之灵性,作品自然有独异于他人之处。吴三大书品亦复如是,"若呼名是念咒,写名是画符,这经某一人书写的形而上的画法的符号,是可以透泄出天地宇宙生此一人的精神和此人对天地宇宙的独特体验。人间学书法的甚多,成大家的甚少,正是知其一而不知其二,或两者皆不知,只是死临池"①。"死临池",用心多在技法的娴熟,殊不知境界之开显,要在个人精神之修成,若无此意识,即便临池至死,亦不过书匠而已。通过既为书法家,亦兼善散文的李正峰的作品,贾平凹再度强调个人精神体证之重要:"在当今书法突然很热闹的时候,书写的人实在很多,写得挺好的人也实在是多,但以一种感应自然的、体验人生的法门,进入到一种精神境界中的人委实不多。"李正峰虽致力于书法的艺术实践,但在个人学问之精进上亦用力颇多,此亦为体证世界的法门之一。而以此积累之学养从事书法的艺术创作,自然有独特之境界展开。要言之,"作文不能就事论事,作画亦不能就物论物,否则硬壳不裂,困之小气。古人以人品进入大画境之说,实则也是多与社会接近,多与自然接近,多与哲学接近,通贯人生宇宙之道,那么就有自己的思想、自己的角度。大的艺术家要学技巧,但不是凭技巧成功,而是有他的形而上的意象世界为体系的"②。此种意象世界之形成,自然与个人对于天人宇宙之体悟密切相关。唯有不拘泥于单一之世界观念,而有更为复杂之世界感觉,方能敞开更为博大之意象世界。而如姚鼐所论,文章乃天地之精英。天地之道,不外阴阳刚柔。知其和合变化之道,文章即可翻空出奇。

贾平凹自谓其"血地"商州属"秦头楚尾","品种"中自然兼具两种文化品质交汇融合之可能。其早年作品延续柳青传统,多现实主义的品质。《腊月·正月》《鸡窝洼的人家》等作品紧扣时代之精神脉搏,且有独特之个人发挥,虽已注意到地域文化之气质对现实人事的影响,但此时期作品仍然偏重写实一路,有精神之刚健气象。自《浮躁》序言申论超克单纯现实主义窠臼之后,贾平凹即以明清世情小说传统之抒情方式观照20世纪90年代之人事,作品无论气质还是笔法,均得水性之要妙,而有个人性灵之自由抒发,就中对人世之幽微的细致观察,颇多柔婉之特征,乃古典思想及审美之柔性品质的个人发挥。但不同于将单一之思想及审美品质推向极端的做法,贾平凹始终不曾将自我局限于某一种精神品质之中。其早年从《周易》睽卦"天地睽而其事同也,男女睽而其事通也,万物睽而其事类

---

① 贾平凹:《读吴三大书品》,《朋友:贾平凹写人散文选》,重庆出版社2005年版,第83页。
② 贾平凹:《三人画读感》,《朋友:贾平凹写人散文选》,重庆出版社2005年版,第94页。

也"中意会到阴阳和合、相生相克却生生不已的道理,故有融合两种不同品质之风格的持久努力。在心性偏于明清世情小说传统之"抒情"一路时,则以秦汉风骨之"史诗"气象调整之。因是之故,自《废都》迄今,贾平凹始终在"抒情"与"史诗"之间努力成就着个人统合的精神。此与沈从文等人在史诗时代标举"抒情",从而偏于"抒情传统"并不相同。贾平凹身处的思想与文化语境,与"五四"时期、"十七年"及新时期文学的起源阶段均不相同,而他四十余年的创作贯穿了新时期文学近四十年的复杂历程,诸种思潮与流派,无疑或多或少或隐或现地影响到他的写作。而单就具体作品论,也不难察觉其与不同时期之思潮间之呼应关系。但如是种种,最后均被贾平凹统合在个人的整体性的思想及审美方式之中,既融合了此前所有的实践,又不能简单以某一种观念进行价值评判。贾平凹及其创作的复杂处,及其之于中国传统文学与文化现代转换之意义,也在此种精神之统合上。而因这种统合,个人得以观察世界之整全状态,而有对人事兴废之整体性的思虑。这种思虑无论体现为《红楼梦》抒情境界之再生,还是晚明小品之思想意趣,抑或海风山骨之刚健气象,均属个人对于天人宇宙体证之不同状态之表现。天地生生不息,精神自然也流转不止。由是,写作自然始终朝向"上出"一路,而莫有止境。此为老子"万物负阴以抱阳,冲气以为和"之要旨。而在阴阳、刚柔之间,老子更为偏重阴与柔。此与其思想本喻为"水",且从水之性中悟得总体性之人世观念密不可分。以崇阴尚柔、处下不争等为思想核心,可以开出世间万有。"以天下之至柔,驰骋天下之至坚。无有入于无间。"贾平凹无疑深谙此道。其作品深得中国文化之柔性品质,虽希图秦汉风骨之刚健气象,但仍以柔婉为底色,原因即在此处。即如刘大櫆所论:"文贵参差。天之生物,无一无偶,而无一齐者。故虽排比之文,亦以随势曲注为佳。""夫拙者,巧之至,非真拙也;钝者,利之至,非真钝也。"[1]刚柔相成,万物乃形。天地之道如是,文章之道亦循此理。姚鼐以为"文章之原,本乎天地。天地之道,阴阳刚柔而已。苟得乎阴阳刚柔之精,皆可以为文章之美"[2]。寻常文章家仅得其一端,得其刚者偾强而拂戾,得其柔者颓废而暗幽,皆可有独特之风格。"统二气之会而弗偏"实难,但贾平凹无疑有心于此。其多年间数度反思秦汉风骨与明清传统之合和与交汇的可能,用心即在统合二者而开拓新的境界。由是观察贾

---

[1] 刘大櫆:《论文偶记》,《论文偶记 初月楼古文绪论 春觉斋论文》,人民文学出版社1959年版,第10页。
[2] 姚鼐:《海愚诗钞序》,《桐城派文论选》,中华书局2008年版,第119页。

平凹四十余年创作风格之"常"与"变",诸多问题便不难解释。

"刚"(阳)、"柔"(阴)二气,在贾平凹的观念中,约略可与"火""水"意象对应。以"火""水"意象为本喻,贾平凹曾对其小说诗学之核心特征做过自我说明。就其作为物象之特征论,"火是奔放的,热烈的,它燃烧起来,火焰炙发,色彩夺目。而水是内敛的,柔软的,它流动起来,细波密纹,从容不迫,越流得深沉越显得平静"。"火给我们激情,水给我们幽思。"而以"水""火"之不同特质为参照,形成两种品质之文学。"火与水的两种形态的文学,构成了整个中国文学史",并在不同的时期有不同的表现。但仅就文化品质论,"水"之性更为切近中国文化之核心取向。先秦典籍中,无论儒道,均从"水之性"中获益良多,从而有独特的思想展开,并由此形成中国文化核心精神之柔性品质。此种品质不仅表现为对外部世界想象的精神倾向,还影响到文学作品的文法。后世文章家以"水"喻文,即与此有关。如田锡《贻宋小著书》云:"援毫之际,属思之时,以情合于性,以性合于道。……随其运用而得性,任其方圆而寓理,亦犹微风动水,了无定文,太虚浮云,莫有常态;则文章之有生气也,不亦宜哉!"①贾平凹《"卧虎"说》中论及个人心性与文风及地域文化所赋予的个人气质间之关系,以为如上三者之统一,是文章抵达自由之境之路径。此三者的统一,也即田锡所论之"以情合于性,以性合于道"。汪曾祺也曾援引叶燮论诗的说法,来说明创作之随意性,犹如泰山出云,了无规矩,如此方能开启创作的自由之境。田锡之后,以"水"喻文,首推苏东坡。苏东坡以"行云流水""常行于所当行,止于不可不止""随物赋形而不可知也"来说明文法的自由。此种自由,既关涉文章作法,也与个人之人世观察和世界感觉关联甚深。沈从文、汪曾祺均论及个人从水中悟得之人世观念,如何影响到作品的境界和文体的追求。凡此种种,自然也是贾平凹申论水之性与文章之道的关系的用心所在。自《废都》以降,贾平凹一改此前作品基于理性主义观念的世界展开,而以明清世情小说之笔法,开启新的写作的可能。《废都》中之生活,无序、混沌,也颇多茫然,故无须章节清晰,而以生活的自然流动形成一种生命独特之实感经验。写作之时也无须提纲的明确指引,随兴所至,自然成文。此种文法在《秦腔》与《古炉》中几乎发挥得淋漓尽致。个人之精神如水样将一切挟裹而去,汪洋恣肆,包罗万象,遂有更为阔大之世界展开。其后之《山本》亦复如是,所涉虽为20世纪二三十年代之历史事件,但作者的用心,显然不在如其所是地记录历史,而是将历史放置在更为广阔

---

① 转引自王更生:《苏轼散文研读》,台北:文史哲出版社1979年版,第225页。

的天地视域中,与四季转换、莺飞草长处于同样之背景。因此,人事兴废似乎也不脱自然运行之道,有天地不仁的意思,无所谓进退,也不以优劣做简单划分。一切的一切,无论人事还是自然风物,风流总被雨打风吹去,于循环往复中不断开启新的可能。若以《老生》循环往复之章法作参照,此等用心更为明确,也包含着更为复杂的人世思虑。一切苍茫而来,复又苍茫而逝,唯个人对于天人宇宙之抒情感受始终如一。就中蕴含之深层义理,约略相通于晚明小品之抒情境界。亦是儒道释三家思想融通之后的精神开显。中国古典思想及其审美传统之现代转换,在贾平凹这里并不偏于一种,而有精神统合而生之新的境界。

学者张文江常言学问要走"上出"之路,张新颖对此说亦颇多发挥。"'上出'者是没有成的,因而才能不断'上出'。"[1]"成"当然不是指成绩或者成就,而是指固化的静态的目标,换句话说,也就是不自我设限,而是参天地、赞化育,纵浪大化之中,从而体会到天地生生不息之精义。贾平凹的写作,起步于"文化大革命"后期,至20世纪80年代初即有一变。其努力以中国传统的美的表现方法为依托,超克此前所认信之传统,而有新的境界的开拓,以《废都》最具代表性。此后至《秦腔》又有一变,其对当下农村精神及现实问题的忧虑,包含着极为深广的用心。而以密实流年的方式写出,也希望藉此为行将消失的世界留下丰富的记忆。《老生》则将眼光拓展至一个世纪,其对一个世纪中重要历史时段世道人心之"反复"的观察极为深刻,且以《山海经》所持存之世界想象为参照,说明人性与人心的下滑,已不复原初状态的"本根"与"白心",由此说明人之心性重建之必要性。《山本》再写《老生》中的第一个故事,但切入点已不在"历史"(史)与"文学"(诗)的辩证,而在于描述与天地万物同在的人之根本性生存状态,生死起灭、悲欢离合,无不合于天地自然运行之道,生生不息,流转不止,无论何人何事,无不遵循此理。与其他同类题材作品所涉历史内容虽无区别,但心境却相去甚远。其对古典思想境界之再创造,已与明清世情传统所开显之境界不同,而有晚明文人的意趣。其四十余年的创作,论风格可谓复杂多变,但"变"中有"常",即始终在赓续古典文脉上着力用心,心境不同,则其作品所开显之境界也异。但个人之思想及情感难免随物宛转,情以物牵,辞以情发,要旨在于个人之世界感觉的自由表达。论思想则日渐阔大,虽不能说其有包举宇内、囊括四海之意,但其内心向古典思想所开

---

[1] 张新颖:《见证一个人的成长——金理〈同时代人的见证〉序》,《当代作家评论》2013年第4期。

显之天、地、人意义上的世界敞开,且在此意义上观照人间世的变化,较之单纯人事兴废的社会性思虑,要更为复杂,也更为切近中国古典思想的人世观察。晚清以降,世事沧桑巨变,人之世界观亦随之天翻地覆,现代性之影响无远弗届。但似乎也不能在简单的进化的意义上看待思想与文化的古今之变。如论者所言,思想的变化,或许并非线性,而是包含着"返转回复"的可能。是为天地生生不息之精义所在,亦是万物兴废寂灭之深层义理。

参悟天地有大德曰生的"生生"之精义的"上出"写作,自然不会是对生命的损耗,而是对生命的圆融之境的不断促成。贾平凹为文求"随心所欲",弃劳苦之态,力戒贾岛气和孟郊气。从《吉檀迦利》中,他发觉"泰戈尔之诗文,天地鸿大,不可觅踪寻迹",其才如屈原、李白、苏东坡,能得"天性自在,随物即赋形也"。在20世纪中国文学史中,若论思想及美学谱系,贾平凹与废名可谓同属一脉。二者均有承续古典思想及审美意趣之用心,颇多不同于其时之文学主潮。但相较于废名之"拘紧",贾平凹更喜欢沈从文之"放野"。废名作品之意趣和笔法,自然也颇多可法之处,但如延续其写作理路,则难有阔大之境,写作极容易沉溺于个人之生命感怀而罔顾其他,作品境界也会因之趋于逼仄。贾平凹师法废名,却不局限于废名,承续沈从文文学余脉却不为其所限,作品颇多相通于汪曾祺,却比汪曾祺更为"阔大"。"汪曾祺因为安于小,不动声色的时候居多。贾平凹的气概要大得多,写乡村与都市的合奏,史诗的感觉出来了,由小而渐大。"[①]其作品能涵容不同风格,而形成自我博大的气象。自20世纪90年代以来,其创造力日渐旺盛,或与其参透《文心雕龙·养气》篇之旨要相关。黄季刚以为《养气》篇之旨要,在于"求文思常利之术"。如《文赋》所论,"应感之会,通塞之纪,来不可遏,去不可止,或竭情而多悔,或率意而寡尤,虽兹物之在我,非余力之所戮"。由是观之,"则文思利钝,至无定准,虽有上材,不能自操张弛之术,但心神澄泰,易于会理,精气疲竭,难于用思,为文者欲令文思常赢,惟有弭节安怀,优游自适,虚心静气,则应物无烦,所谓明镜不疲于屡照也"[②]。是说看似简单,但躬行实难。非有上佳之才且在此处着力用心而莫能知莫能行。

"执古之道,以御今之有",此"道"虽非"先于天地的亘古之道",也未

---

① 孙郁:《革命时代的士大夫:汪曾祺闲录》,生活·读书·新知三联书店2014年版,第211页。
② 黄侃:《文心雕龙札记》,商务印书馆2014年版,第192页。

必能够以之"驾驭有形有象的万事万物"①,但其并不拘泥于"五四"以降之现代性理路所开启之思想范围,而有更为宏阔的世界感觉并由之形成个人博大之精神世界,却不难察知。在《山本》后记中,贾平凹再度申明其对老庄思想分野的思考:"老子是天人合一的,天人合一是哲学,庄子是天我合一的,天我合一是文学。"因此,《山本》所写虽为20世纪二三十年代发生于秦岭中的历史,但《山本》却并非对此种历史如其所是的描绘。在个人面对历史之际,历史也在同样的意义上面对个人。"我与历史神遇而迹化",《山本》因之是从"那一堆历史中翻出"的"另一个历史"②。这另一个历史,无疑带有强烈的个人化印记,乃是个人对历史事件呼吸吐纳精神涵容之后的外化,已着我之色彩。更何况,依海登·怀特的看法,并不存在所谓的如其所是的历史,任何历史皆为叙事,均不脱人之印记。但贾平凹如是阐发老庄思想的用意并不在于阐述个人独特的历史观念,而是在表明"我"与世间万有究竟构成何样一种关系。"我"身在万物中,体验种种处境,而生种种情感;万物又何尝不在"我"中?如此,则可以"攻破'纯粹心学'所划定的封闭疆域,让'身体'成为心物交汇场域,天地物我相互开放,彼此参与,挑战严分物我的二元论"③。窃以为,贾平凹自20世纪70年代初开始写作,至今笔力仍不曾衰减,写作亦臻于化境,要妙或在此处。而师法古典,进而促成古今的贯通,在20世纪80年代或属空谷足音而应者寥寥,近年来却渐成潮流。但无论取径如何,都必须面临一个重要的问题,即以何样的眼光来切近古典。如仍在"五四"以降所形成之现代性视域中观照古典思想及文化,仍不可避免地存在着对古典思想核心品质的遮蔽,从而难以登堂入室,虽努力甚多但收效甚微。20世纪90年代迄今,中国古代文论现代转换难有大的成效,原因即在此处。因此,在赓续古典文脉之前,做个人知识谱系的先验批判,仍属必要之举。而以古今贯通的"大文学史观"超克既定之文学史视域,且在此基础上完成古典思想的现代转换,仍属克服上述问题的可能性路径之一,有待论者的进一步阐发④。

二、融合本土经验与现代意识的文学自觉

贾平凹是与中国新时期文学共同成长起来的重要作家,新时期文学的

---

① 任法融:《道德经释义》,北京白云观印赠,第37—38页。
② 贾平凹:《山本·后记》,《文艺争鸣》2018年第2期。
③ 郑毓瑜:《文本风景:自我与空间的相互定义》,台北:麦田出版社2014年版,第443页。
④ 对此问题的详细申论,可参见杨辉《贾平凹与"大文学史"》,《文艺争鸣》2017年第6期;《文学史观、古典资源与批评的文体问题》,《文艺争鸣》2018年第1期。

重要思潮和流派中,几乎都留下了他的身影。他的《商州初录》被视作文化寻根派的重要收获;首部长篇《商州》带有浓重的结构现实主义的探索印记,有意无意地与先锋文学遥相呼应;《浮躁》则因对80年代转型期的社会问题及个人的精神处境的独特把握,被认为是现实主义的翘楚之作而荣获美国美孚飞马文学奖。进入90年代以后,正当人们对他的前途和未来充满期待之时,《废都》的出现却始料未及地引发了一场旷日持久的争论,此次争论是当代文学后三十年中为数不多的纯文学事件,然细加考究,也不难察觉隐于其后的极为复杂的政治—文化背景,这也成为考量当代文学及其精神的症候与限度的典型事件。其文学史意义以及对于贾平凹个人生活和写作的深度影响,有待于在更为宽泛的文学与思想史视域中做出恰如其分的解释。

以《废都》为分水岭,贾平凹四十岁以后的写作步伐更为稳健,在表征当代社会和思想问题及形式探索上,均取得了不俗的成绩。虽说由于《废都》所形成的阴影的笼罩,此后出现的《白夜》《土门》《高老庄》等作品未能受到应有的重视,但贾平凹作为当代文学重镇的地位却愈发稳固。谈论当代文学问题,贾平凹已然是无法绕开的重要话题。《秦腔》问世之后,几乎得到了评论界的一致赞誉,也为他赢得了茅盾文学奖,成为贾平凹写作生涯中的又一个标志性事件。此事件一扫《废都》的阴霾,让贾平凹的世界"天空晴朗"。而他也在不久之后当选为陕西省作协主席,来自评论界和官方的认可或许足以让贾平凹感到"如莲的喜悦",毕竟,有如此成就的作家,在当代文坛上,数量应该不会太多。但贾平凹总还不时流露出与当年沈从文一般的"文学理想的寂寞",他不止一次地表示过对自己的文学理想文学努力不被理解的困惑和忧伤。作为当代文坛备受读者和批评界关注、也是为数不多的"被研究的最为充分"的作家,贾平凹究竟有着何样一种未被充分理解的文学观念?这种观念如何在百年中国文学史中得到较为妥帖的价值定位,是此处讨论的核心论题。对这一问题的价值梳理,不唯有助于我们进一步理解贾平凹的文学成就,亦有助于拓宽当代文学的阐释视域。

2002年1月13日,贾平凹接受了来自南方的胡天夫的采访,话题围绕新作《病相报告》展开。采访结束后,贾平凹明确表示自己"从来没有和一个生人说过这么多的话"。"我要谢谢你,你提的问题使我有兴趣将我长期以来想说而未有机会说的话说了出来!"①仔细翻检这篇名为《关于对贾平凹的阅读》的访谈录,不难发现贾平凹所谓的"长期以来想说而未有机会说的话"的所指究竟为何。在这篇访谈的中间部分,胡天夫说道:"在好多人的印象中你似乎更传统,我读到一些写你的文章,说你是最后一个传统文人,但我更认为,如果真正认真全面地读过了你的作品,能感受到你的骨子里是极其现代。……最近读到一篇文章,好像是著名文学评论家谢有顺先生写的,他说:最令我惊讶的是,贾平凹居然试图在自己的写作中将一些别人很难统一的悖论统一起来:'他是被人公认的当代最具有传统文人意识的作家之一,可他的作品内部的精神指向却不但不传统,而且还深具现代意识,他的作品都有很写实的面貌,都有很丰富的事实、经验和细节,但同时,他又没有停留在事实和经验的层面上,而是由此构筑起了一个广阔的意蕴空间,来伸张自己的写作理想。'"对这一说法,贾平凹有着十分激烈的反应:"我感觉一下子被点中穴了,动弹不得了。"他说:"多少年里,我一直在苦苦追求,就是在进行这样的努力,你们能说破,我感到欣慰。"他进一步对评论界认为他是"最后一个传统文人"的原因做了如下说明:"别人之所以印象我是传统文人,可能是觉得我长得很土,衣着和举止也土,而且行文中古语多,作品的形式是民族化的,又喜欢书法、绘画和收藏呀。"但他同时强调:"其时不知我内心是很现代的。我谈不上传统文化的底子有多浓厚,我只是多浏览了一下这方面的一些东西。而且越是有些了解,你才越是知道传统文化中的弊病在哪里,你才急于想吸收西方的东西。"而对西方的思想的吸收,早在80年代初便有自觉意识:"我在八十年代初,吸收西方的东西主要来自美术理论。"他还认为:"现代意识影响中国,往往先从美术界引起革命,然后才传到了文学界。"最为重要的是:"这么多年,西方现代派的东西给我影响很大。"与新时期以来文学中几乎亦步亦趋地模仿现代派的写作潮流不同的是:"我主张在作品的境界,内涵上一定要借鉴西方现代意识,而形式上又坚持民族的。"②而这种主张,他早在四十岁那年写就的《四十岁说》中已经专门论及,以后的几个长篇的后记中也在进一步申论,"遗憾的是没有多少人去理会,让我很丧气"③。在贾平凹看来,

---

① 胡天夫:《关于对贾平凹的阅读》,《贾平凹文集》(第17卷),陕西人民出版社2004年版,第256页。
② 胡天夫:《关于对贾平凹的阅读》,《贾平凹文集》(第17卷),陕西人民出版社2004年版,第263页。
③ 胡天夫:《关于对贾平凹的阅读》,《贾平凹文集》(第17卷),陕西人民出版社2004年版,第263页。

他的这种既不能被归入"传统派",亦不能被认作为"先锋派"的文学努力所造成的归类的困难,再加上作品多,细加评论太过耗费时间与精力的"阐释"的难度,是他的文学努力一直未被准确理解的症结所在。以此为背景,我们接下来对贾平凹的文学观的形成与演变过程及其所依凭的思想资源的价值梳理,便不会冒无的放矢的危险。

在贾平凹为数众多的文论作品中,作于1982年的《"卧虎"说——文外谈文之二》一文无疑有着十分重要的意义。它所体现出的纲领性和总括性,非得等到《废都》《秦腔》《古炉》以及《带灯》这样的作品依次出现并构成一个或隐或现的线索,相互指涉并互相完成,共同建构起在当代文学中卓然独立的文学世界之后方才凸显。这或许真应了博尔赫斯那句话:前辈作家可以影响后辈作家,而后辈作家同样可以改变其先驱的文学意义。从《废都》到《带灯》的一系列作品,的确让《"卧虎"说》一文大放异彩,成为解读贾平凹的文学观念及其文学努力的方向的最佳也是最为准确的开始。而贾平凹持续多年的文学努力的文学史价值与意义,也只有在这一层次上,才能得到恰如其分的理解。

在《"卧虎"说》中,贾平凹强调:"以中国传统美的表现方法,真实地表达现代中国人的生活和情绪,这是我创作追求的东西。"[1]如若将贾平凹的全部作品视为一个整体,不难理解这一说法作为他的文学观的纲领性和总括性的独特意义,他此后对文学观念的进一步阐述,均未能突破这一说法所划定的范围。而我们要理解贾平凹在《废都》中有意识地对明清小说笔法的接续的内在原因,也可以从该文的如下说法中得到启发:"一个人的文风和性格统一了,才能写得得心应手;一个地方的文风和风尚统一了,才能写得入情入味……'卧虎'重精神,重情感,重整体,重气韵,具体而单一,抽象而丰富,正是我求之而苦不能的啊!"就个人心性而言,在属秦头楚尾的陕西南部的商洛山地中长养起来的贾平凹,"品种里有柔的成分,有秀的因素",自然极易对"明清以至三十年代的文学语言"的"清新、灵动、疏淡、幽默、有韵致"[2]颇感兴味,并能模仿借鉴得像模像样,这样的写作笔法的选择,有着地域文化的浓重底色,也与作者个人的内在心性的审美偏爱融合无间。这样写来,自然可以得心应手,也不难写得入情入味。以《商州初录》为代表的系列作品以其朴拙灵秀,在文坛上独树一帜并广受好评,对此

---

[1] 贾平凹:《"卧虎"说——文外谈文之二》,《贾平凹文集》(第12卷),陕西人民出版社2004年版,第21页。

[2] 贾平凹:《带灯·后记》,人民文学出版社2012年版,第361页。

一写作方式的进一步发挥,便是《鸡窝洼的人家》《天狗》《美穴地》《五魁》这样的作品的创制,从中不难体味到贾平凹营构作为独特的文学地理意义上的"商州"世界的内在用心,也不难捕捉到贾平凹十分看重的作家沈从文、川端康成,或许还得加上拉美作家的文学努力对他的重要影响和启示作用,贾平凹的摆脱文学上的"流寇"状态,由此开始。

衡量一位作家是否成熟的重要标志之一,是他是否通过自己的写作形成了异于他人的独特风格,当然,这其中还应该包含作家对仅属于自己的写作题材的内在发现。多年前,曾有一位年轻作家表达了他对余华的《在细雨中呼喊》及《活着》这样的作品的艳羡之情,他所看重的,便是余华经由这些作品对自己的文学世界的发现和个人化叙写。这种发现和叙写,无疑带有穿越彼时的文学经验和审美品格的独特作用。作为文学地理意义上的"商州"世界的形成及其诗性营构,对贾平凹的写作而言意义非凡。但贾平凹对"商州"世界的精神营构则有着不同于当代文坛上其他作家的文学世界的意义。其与莫言的"高密东北乡"、苏童的"枫杨树故乡"的价值分野在于:"商州"不但与广阔的民间世界紧密相连,还与中国传统精神文化相互交融,而一旦将其置于中国社会文化的大背景之下做通盘考虑,其作为文化与社会精神范本的意义自会瞬间凸显。秦汉盛唐文化所蕴含的万千气象及内在风骨、楚文化的瑰丽想象和清秀隽永的氤氲之气,均足以成为贾平凹接续明清小说传统和20世纪30年代以来的文学风格以及两汉史家笔法的基本资源。

贾平凹这种融合本土经验与现代意识的文学自觉观念的形成,与他对日本作家川端康成作品的阅读体悟密切相关。"川端走的是把西方现代派文学同日本古典传统结合起来的创作之路。"以这一认识为基础,贾平凹意识到:"没有民族特色的文学是站不起来的文学",同样,"没有相通于世界的思想意识的文学同样是站不起来的文学"[①]。因此,"用民族传统的美表现现代人的意识、心境、认识世界的见解,所以,川端成功了"[②]。在三年后的一封致批评家蔡翔的信中,贾平凹对这一观点做了进一步的说明:"川端正是深入地研究和掌握了日本民族的东西,又着眼考察和体验了当时日本的社会变革,因而他的作品初看是日本性的,细品却是极现代的,不管他借用了任何西方的创作手法,那手法无不重新渗透着日本民族的精神,到头来,川

[①] 贾平凹:《读书杂记摘抄》,《贾平凹文集》(第12卷),陕西人民出版社2004年版,第183页。

[②] 贾平凹:《读书杂记摘抄》,《贾平凹文集》(第12卷),陕西人民出版社2004年版,第183—184页。

端仍是东方的,日本的,而因此才赢得了世界的声誉。"①这封信的写作时间是1985年,其时,正值以马原为代表的"先锋小说"或者说是"新潮"小说崭露头角,而文化"寻根派"大有斩获的时期。身处传统与现代之间,为西方现代派文学的"影响的焦虑"所困的贾平凹,经由对川端康成的阅读完成了对"先锋"写作和"寻根"思潮的双重超越。

三、超越"古今中西之争"的文化认同

文学的本土经验包含着双重意指:一方面,它被用来指称在写作中对带有民族性和地域文化特色的生活的关注和书写,对作家所置身其中的生活世界的基本问题及其文化与精神传统的承继与文学表达,侧重写作的题材及内容的民族化选择;另一方面,它还意味着独特的民族化形式的承续。对此,贾平凹有着十分难得的自觉的思考,而他的思考,起始于对"中国特色"的内在意蕴积极捕捉:"邓小平同志不是提出'中国特色'四个字吗?问题正说明了这个民族是有其强大的文化积淀所形成的民族性的特点的,它不仅仅是长期以来那种研究问题总是单单从政治上、经济上作考察的方法。"而突破这种思维的局限的方式,便是对"文化中国"的意义的思考:"中国文化到底是什么?又是如何形成的呢?"贾平凹继续追问:"什么是民族的传统,民族文化浸润、培养的民族精神内容是什么,靠什么构成?"贾平凹首先从哲学的角度,对此一问题做出了解答:"我觉得,首先要从哲学的角度来抓。中国的古典哲学,有三种:儒、佛、道。而儒又是一直被封建王朝尊为政权的灵魂支柱,佛、道两家则为在野哲学。"儒家思想自西汉董仲舒"罢黜百家,独尊儒术"以来两千余年间,的确是政治观念及文教制度的基本思想来源,而佛道二教则在儒家思想所不及处,发挥着其异于儒家的思想价值功能。对此三者做整体考察,方能准确把握传统文化及其所持存之精神世界的基本价值面相。由此三种思想资源所形成之民族文化心理和民族性格,是贾平凹进一步关注的主要内容:"在这三种主要哲学体系的制约和影响下,中国古典文学便出现了各自的流派和风格,产生了独特的中国诗的形式、书画的形式、戏曲的形式。"而这种有着"中国特色"的艺术形式的价值和意义,须得在与"他者"文化及文学形式的比照之下方能凸显:"如果能深入地、详细地把中国的五言、七言诗同外国的诗作一比较,把中国的画同外国的画作一比较,把中国的戏曲同外国的话剧作一比较,

---

① 贾平凹:《四月十七日寄蔡翔书》,《贾平凹文集》(第12卷),陕西人民出版社2004年版,第77页。

足可以看出中国民族的心理结构、风俗习尚、对于整个世界的把握方法和角度,了解到这个民族不同于别的民族之处。"如此就可以深入领会"这种文化培养了民族的性格,民族的性格又反过来制约和扩张了这种文化"①。理解了这一点,也就理解了贾平凹认信中国传统价值观念并在多年间执着书写传统文化的现代价值及其现代命运的用心所在。而他的写作持续多年的被误读、误解甚或批判的内在根由,无疑与不同的立场的内在价值冲突密切相关。

贾平凹并非一个文化的民族主义者,他在文化"寻根"时期所写的系列文章也不可以被简单地划归为重返传统的文化民粹主义阵营。以《商州初录》为代表的系列作品的确有着十分重要的意义,它们不但意味着贾平凹在他的写作中对沈从文及20世纪30年代作家写作倾向及其精神困境的个人回应,还有着矫正"后文革时期"文化问题的价值努力。这一努力,无疑与文化寻根派的价值主张有着暗合之处。"文化大革命"十年中对文化与文学的意识形态规训的重要文化后果有二:民间世界的消隐以及知识分子写作的衰微。而新时期文学由"伤痕""至于""反思"和"寻根",表征的其实是"文革"所造成的民族与个人的精神创痛的情绪化宣泄的激情退却之后的积极反思。以韩少功、李杭育等人为代表的"寻根"派的努力,便是在后"文化大革命"时期的文化的荒漠中重新接续已然断裂的文化传统,他们无一例外地把眼光投向尚且留存着文化因子的偏远地域。而贾平凹此时对文学地理意义上的商州世界的营构,以及对乡土中国的诗意的想象,表明了他的文化努力的自觉意识。近年来,已有不少理论家将寻根文学视为"未完成",因为"寻根"派的作品就整体而言,并未在文化现代化的巨大浪潮的冲击之下完成传统文化与现时代生活的对接,未能恢复传统文化对现时代人们的精神问题发言的能力。也就是说,他们终究未能穿越文化的"古今中西之争"的基本格局。而贾平凹及其写作的意义,就在于他有意识地置身于这一格局之中并做着突破的精神努力。

在一篇作于2009年的题为《我们的文学需要有中国文化的立场》的文章中,贾平凹旗帜鲜明地表示:"不站在中国文化立场上的倾诉,毕竟完成不了我们独立的体系的叙述,最后将丧失我们。现在,当我们要面对全人类,我们要有我们建立在中国文化立场上的独特的制造,这个制造不再只

---

① 贾平凹:《四月十七日寄蔡翔书》,《贾平凹文集》(第12卷),陕西人民出版社2004年版,第76页。

符合中国的需要,而要符合全人类的需要。"①不可否认,在全球化的巨大浪潮的冲击之下,全球经济的一体化或许已是难以逆转的事实。而文化的全球化的进程在强化了民族文化与文化的"他者"的文化的冲突的同时,也不断激发着民族文化身份的认同危机。这一认同危机,始自晚清,历经百年仍无法得到妥善解决。究其原因,或与晚清以来中国知识话语的基本结构未能脱离"古今中西之争"的文化后果及其所确立的知识范式密切相关。

自晚清开显中国社会与文化的现代性问题以来,中国文化的现代性进程因与社会问题关联甚深而呈现出极为复杂的面貌。西方发达国家的坚船利炮在战场上的胜利使得"落后"与"先进"、"传统"与"现代"的冲突成为国人必须面对的重要问题,"师夷长技以制夷"的应对策略以及"中学为体,西学为用"的折中之法的失败,进一步强化了"古今中西之争",而在"古今之争"中现代文化的胜出和"中西之争"中西方文化的胜出,使得"五四"新文化运动以来日益强化"全盘的反传统"的文化策略。依林毓生先生的说法,"全盘的反传统"目的在于促使中国文化的结构性变革,此一变革实为"三千年未有之大变局"。社会达尔文主义的高歌猛进已然使得中国新文化的话语逻辑发生了迥异于传统的结构性变革。其流风所及,古今、中西二元对立的基本格局终成百年中国思想与文化的核心问题论域。其间虽有"甲寅"派固守传统以矫正新文化运动"全盘性反传统"的文化主张,亦有"学衡"派诸公"无偏无党,不激不随"的中正会通的文化态度的良性反拨,仍然无法改变激进现代性所铸就的文化格局的基本面向。此后,"文学革命"向"革命文学"的转变,毛泽东1942年《在延安文艺座谈会上的讲话》发表后,"救亡"最终压倒"启蒙"。再加上"十七年"文学时期历次文学运动的促进以及"文化大革命"时期的极端强化。文化的现代性话语的霸权地位几乎难以动摇。"五四"时期的三种文化倾向的论争在80年代文化热的知识谱系与意识形态中再度显露,充分说明了对文化的现代性话语做结构性调整的必要性和迫切性。以此为基础,我们更容易看清贾平凹超越"古今中西之争"的文化认同的价值,也能进一步明了批评界针对贾平凹作品所展开的多次论争的问题的核心所在。对这一问题,贾平凹并非没有清醒的认识,他曾经对文坛上的批评家做出如下区分:"一部分是文学界的领导,党和政府的文艺政策由他们组织实施。他们决定着文学的评

---

① 贾平凹:《我们的文学需要有中国文化的立场》,《天气》,作家出版社2012年版,第234—235页。

奖,是主流文学的培育者和拥护者。"①这一类批评家,在中华人民共和国成立之后的很长一段时间,的确起着对文学价值的"立法者"的作用,他们居高临下地对文学作品的价值做出评判,而这种评判由于和政治的紧密联系极易影响到作家个人命运的起落沉浮。进入新时期以后,这一类批评家的影响逐渐减弱,另一类批评家则成为文坛的主导力量。他们"是激进的评论家,原本应寄希望于他们,十分遗憾的是他们所持的评论标尺却完全是西方性,他们少于从根本上研究中西文学的异同,更热衷于追逐时髦、贩卖名词和概念"②。这类批评家见识的"偏狭"自然难于避免。

80年代文学批评之所以能够有力地对文学发言,一个重要的原因在于,其时的文学批评是和写作处于同步状态,当文学几乎亦步亦趋地仿制西方现代主义后现代主义作品之时,批评界借用西方文学理论话语对之展开的论说自然能够切中肯綮,甚至还可以激发作家的写作灵感,引导作家的创作走向。90年代面对西方文学理论"影响的焦虑",文论界曾针对中国理论家的"失语"开展过中国古代文论的现代转换的工作,惜乎其时文论的话语逻辑无法突破现代性话语的"语言的牢笼",最终也无果而终。批评家在解释写作技法以及思想内涵均走西方文学一路的作家作品之时,不但不会感到力不从心,反而还有理论过剩的问题。但一当面对贾平凹这样的已然突破了"古今中西之争"的基本格局的作家之时,批评家或许暗地里会感到批评的乏力和理论操作的困难,此时的批评难免如盲人摸象,不过各取一端,难于对贾平凹的作品的价值做通盘考虑,即便偶有评论家注意到贾平凹作品中着意使用的古典技巧,却未必有能力对之作理论说明。有评论家指出,传统的现实主义文论已无法对贾平凹的作品做出合理的解释,倒是极有见识的看法。

四、以中国式审美方式表达中国经验

虽说传统现实主义文论已无法对贾平凹的作品做出合理的解释和准确的价值定位,并不意味着贾平凹的写作完全逸出了现实主义的创作路径。他的作品均有着极为丰富复杂的写实面貌(吴义勤先生将《古炉》视为一部推进了"新写实"写作路向的作品,想必出于同样的考虑),却努力在写实经验的基础之上建立一个形而上的意象世界,以伸张自己的写作理想,这和他将文学视为"是在一个时代一个社会的大背景之下虚构起来的

---

① 贾平凹:《中国当代文学缺乏什么》,《小说评论》2000年第2期。
② 贾平凹:《中国当代文学缺乏什么》,《小说评论》2000年第2期。

独立的世界"①紧密相关。王安忆对文学作为"心灵世界"的意义的感性发挥,曹文轩对文学作为"第二世界"的价值的理论说明,与贾平凹的这一理解并无本质差别。但贾平凹在写作《怀念狼》之时因受到画家贾科梅蒂的启发意识到"以实写虚,体无证有"在建构独立的意象世界时的重要价值。认为"必须具备扎实的写实功力,然后进行现代主义的叙写,才可能写得到位。实与虚的关系,是表面上越写得实而整体上越能表现出虚来"。虚实相应,互为参照,作品才能有大境界。"这里又存在一个问题,即,没有想法的写实,那是笨,作品难以升腾,而要含量大,要写出精神层面的东西。"②也就是说,作家的思想要有穿越现实世界的实感经验,进入"精神层面",方能使作品升腾起来。贾平凹借以说明以上理解的作品是《红楼梦》,他从《红楼梦》中读解出"大格局大情怀",也将"大观园"的创制视为曹雪芹的"虚构",有了虚构的大观园的世界的比照,《红楼梦》的"大格局大情怀"便自然显现。这和余英时先生对《红楼梦》的两个世界的分析如出一辙。问题是,若无对时代及其精神困境的深刻把握、对作为国人应对现实危机的基本思想资源的儒、道、释三家思想的深入体证,曹雪芹何以完成对大观园的世界的虚构?大观园的世界又如何可以成为其之外的世界的根本参照?又如何于参照之中彰显《红楼梦》作为"为国人开启天堂之门"(刘再复语)的内在价值?

自《秦腔》以后,贾平凹便明确意识到把握生活的基本思想资源的匮乏的困境,这种困境具有一定的时代性,是身处目下环境的作家均面临的写作难题。他对乡土中国的现代性进程的经验书写已无法延续20世纪80年代以来的诗性建构和启蒙召唤。乡土世界自下而上的民间精神的表述以及自上而下的启蒙姿态均体现出对现实言说时的贫乏和无力,以此为背景,中国社会的现代化进程在给人们带来福祉的同时,也使自"五四"以来以废名、沈从文为代表的乡土世界的诗性营构写作倾向难以为继。贾平凹站在故乡棣花街巷的石碌子碾盘前想:"难道棣花街上我的亲人、熟人就这么很快地要消失吗?这条老街很快就要消失吗?土地也从此要消失吗?真的是在城市化,而农村能真正地消失吗?如果消失不了,那又该怎么办呢?"③以《秦腔》的写作为故乡树碑立传,并表达自己在"歌颂"和"诅咒"的价值选择的两难之后,贾平凹顺理成章地进入了《高兴》的写作,这部写

---

① 贾平凹:《当下社会的文学立场》,《散文选刊》2009年第9期。
② 贾平凹:《当下社会的文学立场》,《散文选刊》2009年第9期。
③ 贾平凹:《秦腔·后记》,作家出版社2005年版,第516页。

了故乡的农民离开土地之后的城市生活的作品,仍然延续着他对现实境况及个体的生存困境的思考:"为什么中国会出现打工这么一个阶层呢?这是国家在改革过程中的无奈之举,权宜之计还是长远的战略政策,这个阶层谁来组织谁来管理,他们能为城市接纳融合吗?进城打工真的就能使农民富裕吗?没有了劳动力的农村又如何建设呢?城市与乡村是逐渐一体化呢还是更拉大了人群的贫富差距?我不是政府决策人,不懂得治国之道,也不是经济学家有指导社会之术,但作为一个作家,虽然也明白写作不能滞于就事论事,可我无法摆脱一种生来俱有的忧患,使作品写的苦涩。"[1]既然不能全然摆脱对现实问题总体把握和价值评判的困难,这个"普遍缺乏大精神和大技巧"的年代的"文学作品不可能经典","那么,就不妨把自己的作品写成一份份社会记录而留给历史"[2]。基于此,有论者援引巴尔扎克"做十九世纪法国社会的书记官"的说法,为贾平凹这一时期的写作做价值定位。但任何作家的文学价值都不能在历史档案材料的意义上做出准确说明,贾平凹也不例外。

贾平凹是明确意识到作家的写作与现实习见经验存在裂隙和对抗的作家,这种对抗虽未必需要在政治的意义上加以说明,但或超前或滞后,作家总要表现出不同于现实大众的实感经验的个人把握和个人理解,或隐或显,作家总还有自己的基本的价值立场,即便这种立场只呈现为一种困惑和忧虑。《带灯》一书的写作,有力地说明了这一问题。作为一部"以真准震撼,以尖锐敲击"的直面现实的力作,《带灯》中的两种文本、两个世界表征着个人及其生活世界的内在困境和危机四伏。以现代意识或者说是人类意识作为参照,《带灯》中所能表现出的社会困境也有着人类困境的意味。作家的目光虽然努力"朝着人类最先进的方向注目",但是所能做的只是"清醒,正视和解决哪些问题是我们通往人类最先进的方向的障碍"[3]。这种障碍可能包括"性情上,文化上,体制上,政治生态和自然环境上",唯其如此,作家的写作才能为人类和世界文学提供一份"中国经验"。贾平凹或许希望藉此说明他对中国社会现实问题理解的紧要处和局限处,若无更为有力的思想支撑,《带灯》之后的写作走向将一片茫然。

这或许就是贾平凹提出"我们的文学到了要求展示我们国家形象的时候"[4]的真实用意,"我们的文学应该面对着全部人类而不仅仅只是中国,

---

[1] 贾平凹:《〈高兴〉后记》,《天气》,作家出版社2012年版,第201—202页。
[2] 贾平凹:《〈高兴〉后记》,《天气》,作家出版社2012年版,第195页。
[3] 贾平凹:《带灯·后记》,人民文学出版社2012年版,第360页。
[4] 贾平凹:《我们的文学需要有中国文化的立场》,《天气》,作家出版社2012年版,第233页。

在面对全部人类的时候,我们要有中国文化的立场,去提供我们生存状况下的生存经验和精神理想,以此在世界文学的舞台上展示我们的国家形象"①。王一燕曾借用赫密·芭跋的"国族叙述"说解读过贾平凹作品作为"国族寓言"的重要意义②。刘洪涛多年前也曾探讨过沈从文的《边城》作为中国形象的文化隐喻意义③。关于"文化中国"的历史与现实叙事也是近年来思想界关注的重要论题,葛兆光强调"一个身在'中国'的学人,应当如何既恪守中国立场,又超越中国局限,在世界或亚洲的背景中重建有关'中国'的历史论述"④。意识到中国作为现代民族国家的主体精神形象的建构的必要性和紧迫性,已是学界的共识。这也从另一侧面印证了自晚清中国社会与文化遭遇现代性问题以来,中国作为现代民族国家的主体形象的建构的未完成性,如何在容纳"本土"或者中国经验(包括中国文化传统的延续性,摒弃传统—现代对立的现代性话语逻辑的内在局限)的基础上整合西方经验或者说人类经验,建构起"中国形象"的基本文化立场,可能是目下最为重要的理论与现实问题。这一问题如果不能得到妥善解决,当代文学的困境恐怕还得长期存在。贾平凹以作家的敏锐的直觉,与葛兆光等思想家在同一层面上思考着中国经验和中国问题,并在不同的领域里做着突围的精神努力。

第三节 "中年变法"的两种路径及其意义

现有的关于路遥创作最具概括力的总体叙述,核心线索如下:路遥的写作,起步于 20 世纪六七十年代之交,成功转型于《惊心动魄的一幕》(1978),中经《人生》(1981)的持续推进,在《平凡的世界》(1988)中蔚为大观,此后虽有长篇随笔《早晨从中午开始》,却不过是《平凡的世界》的另一种"完成",本身并不具有作为文学创造的"独立"意义。"《早晨从中午开始》的意义,绝不在于是对《平凡的世界》的写作画上了一个与作品本身重量相等的句号,而在于路遥展示了他崇高的文学信仰和文学追求。当路

---

① 贾平凹:《我们的文学需要有中国文化的立场》,《天气》,作家出版社 2012 年版,第 235 页。
② 参见王一燕:《说家园乡情,谈国族身份:试论贾平凹乡土小说》,《当代作家评论》,2003 年第 2 期。
③ 参见刘洪涛:《〈边城〉:牧歌与中国形象》,广西教育出版社 2003 年版。
④ 葛兆光:《宅兹中国:重建有关"中国"的历史论述·自序》,中华书局 2011 年版,第 3-4 页。

遥结束了他一生执着追求、奋斗的文学事业,结束了他短暂的人生生命历程之后,我们才理解了路遥对这篇《早晨从中午开始》创作心得如此重视的苦心。他不只是要完成'一部规模很大的书',还要完成像《早晨从中午开始》这样的创作谈。这样,路遥才算真正完成自己英雄而悲壮的人生史诗般的总结。"[1]也或许路遥早已预知个人生命之大限所在,因之有生命集束般的瞬间爆发。如是论断的前提,是路遥"已完成"的思考和写作所能营构之总体形象,依此逻辑,《早晨从中午开始》也便具有了"诗的遗嘱"的自我总括意义。其他如将《平凡的世界》的写作视为路遥《人生》之后"无法回避的选择"等判断,与上述观念分享的乃是同一种逻辑——将路遥的写作,视为一个圆满自足的统一体。《平凡的世界》乃是《在苦难的日子里》《姐姐》《人生》诸作所敞开之经验的"统合"[2]。其人虽英年早逝,但其留下的作品,足以构成线索清晰、起伏有致、前后贯通的意义序列,具有某种意义上的"完成性"。

  不可否认,如上关于路遥写作的"完整"叙述,包含着对其创作核心特质的洞见。但看似整一有序的完整叙述之中,实包含着诸多"裂隙"。就其要者而言,路遥虽对所患病症早有察觉,但若因此断言其有以《早晨从中午开》的写作"总结"其"全部"创作的用意,似属过度阐释。需要特别注意的是,自1988年5月25日《平凡的世界》全部完成,到1992年11月17日去世的四年多的时间里,路遥先后完成两件与文学有关的大事。其一为写作《平凡的世界》的创作随笔《早晨从中午开始》;其二为编辑五卷本《路遥文集》。即便在路遥生前,已有人认为其此时正当盛年,编辑文集为时尚早,而其创作随笔以《早晨从中午开始》为名,似含不祥之意[3],但日渐逼近的现实压力,使得路遥无暇顾及种种细枝末节。"我埋头写那个随笔,也相间应付一点杂事,因个人私生活的原因,心情不是很好,只能是走到哪里再说哪里的话。身体状况也不很好,时有悲观悲伤悲痛之情默然而生。"[4]考

---

[1] 张艳茜:《路遥传》,陕西人民出版社2017年版,第290页。
[2] 参见李继凯:《沉入"平凡的世界"——路遥创作心理探析》,畅广元主编:《审美黑箱的窥视——路遥、贾平凹、陈忠实、邹志安、李天芳创作心理研究》,陕西人民教育出版社1993年版。
[3] "北京的一位诗人朋友,曾在一次聚会中,快言快语地对他说:'这题目(《早晨从中午开始》)不好,怪不吉利的。早晨从中午开始,那不是离太阳落山的时间就短了……'他的话不幸言中了后来的事,言中得叫人惊心。但当时路遥一定未加在意,他对自己的写作充满信心。"李天芳:《财富——献给路遥》,李建军编:《路遥十五年祭》,新世界出版社2007年版,第138页。对此时路遥所面临之生活困难,王天乐有较为清楚的说明。参见王天乐:《苦难是他永恒的伴侣》,榆林路遥文学联谊会编:《不平凡的人生》。
[4] 此为路遥致高海涛信中所言,转引自王刚:《路遥年谱》,北京时代华文书局2016年版,第265页。

虑到此信书写前后杜鹏程与邹志安先后患病,路遥难免有物伤其类之感,其之所以紧锣密鼓地处理生活问题,既属对既往生活的总结,亦有开启新的可能的用意。其时路遥在朋友建议之下,还曾动念编选一册名为《作家的劳动》的"文论集",收录创作谈及相关评论文章①。包括《早晨从中午开始》写成之后相继在《铜川矿工报》《女友》杂志刊载,继而由西北大学出版社(1992)、中国文联出版公司(1993年)几乎同时出版单行本,目的均为多拿稿费,以解决日渐突出的经济问题,并不能简单地解释为"预备后事"。而与此同时,路遥也多次有"中年变法"的表示,具体展开路径有二:一为题材的拓展,即重新发掘《惊心动魄的一幕》虽有涉及,却因种种原因未能深入的"文革十年"的生活经验;其二为完成柳青当年的文学嘱托,即从"当代陕北(中国)"的书写转向"历史陕北"的观照。如上所述"中年变法"之酝酿期,即在《平凡的世界》完成至患病住院之前。不难想见,若非疾病将其生命拦腰斩断,则其仍会有重要作品之不断创生。其创作朝向未来的未定开放性,表明目下关于其创作的整体叙述的内在局限。

一、接续"柳青传统"的多种可能

此处所论之"中年变法",指思想观念及写作方式之结构性变革,可与齐白石"衰年变法"之说相参看。照学者张文江的说法,"三十、五十当体气变化之时,亦为思想变化之时",故而有成就的人物,"一生当有两次变化,第一次在三十前后,第二次在五十前后,而后者破除前者,比前者更深一步"②,乃个人精神更具统合力之转变。此种变化,既属个人思想之变,亦未脱时代总体氛围所划定之基本范围。换言之,无论"中年变法"还是"衰年变法",均可解作个人深度感应于时代,之后有意完成的写作之自然调适。在"新时期"之初所敞开的总体语境中,陕西文坛的重要作家如贾平凹、陈忠实,均面临着个人写作的调适问题。其"变法"因之既属对时代总体思想氛围之感应,亦与陕西地域文化所开启之空间密切相关。因较为复杂的原因,其调适之典型表征,乃是如何对待"柳青传统"。其所关涉之问题论域,并不仅是文学资源的选择,更包含着文学史观念及评价标准的

---

① 在给作家王蓬的信中,路遥亦言及其拟出一册"文论性质的集子,名曰《作家的劳动》"。"本来,此书可以不出,因陕人社拟出我五卷文集。这些东西也将包括进去,但我觉得这些东西淹没在小说中有点儿痛心。"路遥:《致王蓬》,《早晨从中午开始》,北京十月文艺出版社2012年版,第614页。

② 张文江:《生命自觉之始》,《文汇报》笔会编:《每次醒来,你都不在》,文汇出版社2006年版,第10页。

重构之可能。"重写文学史"以《创业史》文学史意义的"重评"为起点,即具有文学史观鼎革之症候性意义。宋炳辉对《创业史》所持之批评意见,亦较为广泛地涉及新时期起源阶段若干重要问题①。

依宋炳辉之见,柳青及《创业史》之"问题"有三:其一,"'《创业史》以狭隘的阶级分析理论配置各式人物',是机械的经济决定论,是文学对政治运动直接模拟的结果";其二,"作为解放区成长起来的作家,因为遵从《讲话》的政治要求,认同并盲目夸大了以农民文化为本位的新文化,甚至以文化虚无主义的态度封闭了和二十世纪除苏联以外世界文化的联系";其三,"柳青的所谓深入生活,缺乏一个'具有独立自主性的创作主体',因而'只能在'先验'的理论框架的规范中面对生活,',使生活丧失了原生态的丰富性与复杂性"②。如上论说,无疑有着典型的20世纪80年代的特征,属"重写文学史"理路的自然呈现,其所蕴含之去政治化的政治意义无须多论。仅以贺桂梅对柳青的"三所学校"及其具有实践意义的文学观念的更具历史感的分析,以及张均对"社会主义文学"实践的"人民性"特征的梳理为参照③,即可知其鄙陋和局限处。但在"新时期"之初的历史氛围中,此种"去政治化""去意识形态化"的思想理路,对尚在"柳青传统"流脉之中写作的作家而言,无疑有着极大的冲击。也因此,在20世纪80年代初,贾平凹即初步完成了个人写作的转变。凭借《商州初录》《腊月·正月》《小月前本》等作品的写作,贾平凹完成了从"柳青传统"("十七年"文学传统)到"新时期"的转变。《鸡窝洼的人家》《腊月·正月》等作品有着极为浓重的现实关切,分享了转型期的时代精神潮流,但其更具个人写作思想及审美方式结构性变化意义的转型,则发生于20世纪八九十年代之交。就"个人"与"时代"交互成就之意义而言,此一时期贾平凹、陈忠实均面临着"中年变法"的机缘。对时代氛围之变早有敏锐感知的贾平凹早在20世纪80年代初即表示有以古典传统之审美表达方式表现当代人的生活和情绪的设想。此种设想的现实化以《商州初录》为起点,中经《古堡》《美穴地》《商州》《浮躁》等作品的多角度"实验",至《废都》方始初步完成。其在《浮躁》序言中明确表示欲以古典传统为借镜,超克"流行的似乎严格的

---

① 宋炳辉:《"柳青现象"的启示——重评长篇小说〈创业史〉》,《上海文论》1988年第4期。对其所涉之新时期起源阶段的重要问题,杨晓帆有精到之分析。参见杨晓帆:《路遥论》,作家出版社2018年版,第213-214页。
② 转引自杨晓帆:《路遥论》,作家出版社2018年版,第213-214页。
③ 参见贺桂梅:《柳青的"三所学校"》,《读书》2017年第12期及张均:《重估社会主义文学"遗产"》,《文学评论》2016年第5期。

写实方法",以开启新的思想和审美境界的设想,在《废都》中得到了阶段性的表现。此后其在《古炉》、《老生》及《山本》中以更具中华文化精神之思想视域观照20世纪中国之变的尝试,属此时开显之思想和审美流脉之自然延续,贾平凹亦成古典传统当下赓续之代表作家进入总体的文学史序列。但当20世纪八九十年代之交,以《浮躁》的写作最后统合其此前之"改革"与"寻根"双重面向之后,贾平凹在思想范式和审美偏好双重意义上超克了以柳青为代表之"十七年文学"传统。《废都》中人事起伏、沧桑之变最终以近乎《红楼梦》"白茫茫大地一片真干净"之"空"境作结,所显乃是"人与世界在瞬间相互交融生发之现象",世界之颓败与个人之颓境相互印证,此种类如玄、佛之交接,使人"将生生之流句读为、横断为一个个片刻,以演呈人在无常天时中任化而往,际遇那乍然迸现的'朝彻'之美"①。而明清世情小说所蕴含之颓败的美学偏好,亦使《废都》所呈示之世界与稳定、争议之下堡乡存在着质性之差别。此种差别非关题材之选择,乃是不同之思想及审美传统之分野使然。贾平凹由当代世界的书写转向古典境界之重启,乃开陕西文学现实主义流变之重要一种。

几乎在贾平凹酝酿写作的变革的同时,以中篇《蓝袍先生》的写作所引发的对更为复杂的历史之变产生浓厚兴趣的陈忠实开始为长篇小说《白鹿原》的写作做基础性的准备工作。此种准备不仅是重补此前并不熟悉的已逝的关中近代政治史和生活史,其要义还在于"剥离""柳青传统"对其创作之影响,以开辟属于自己的路。陈忠实将《白鹿原》的创作手记命名为《寻找属于自己的句子》,即包含着上述意思。20世纪80年代初,陈忠实亦曾尝试加入彼时之文学潮流,无奈其所受柳青之影响太过深厚,个人亦无创作根本意义上革故鼎新的思想和美学准备,故而虽有转型,却并不甚大。在路遥以《人生》的写作标明其对时代核心问题之敏锐把捉和深刻理解从而发生巨大的社会影响的同时,陈忠实依然受困于1970年代末习得之创作方法,力图应和时代的潮流,却无力有更具创造性的开拓②。极具个人写作之历史意味的转变发生于中篇《蓝袍先生》写作之际:"至今确凿无疑地记得,是中篇小说《蓝袍先生》的写作,引发出长篇小说《白鹿原》的创作欲念的。"《蓝袍先生》所涉之更为丰富复杂之生活体验,并未能在该作中得到充分的表现,那是"需得一部较大规模的小说充分展示这个青

---

① 萧驰:《佛法与诗境》,台北:联经出版事业股份有限公司2012年版,第13页。
② 参见杨辉:《陈忠实小说的"前史"考察(1966—1977)》,《文艺报》,2018年01月22日。

砖门楼里几代人的生活故事"①。他们的喜怒哀乐、悲欢离合稍做推演,便与大历史之变存在着内在的联系。白鹿原上数代人命运之起落沉浮,乃从另一微小的层面显现着历史的细密纹理。经由对白鹿原周边蓝田、长安、咸宁诸县县志及历史典籍、民间传说等的细致考索,兼具历史、政治、文化、人事等复杂情状之文学意义上之"白鹿原"渐次成形。其起源与完成虽属偶然,却是20世纪80年代总体性之思想和审美氛围凝聚之结果。王大华之《兴起与衰落——古代关中的历史变迁》启发陈忠实关于历史循环特征之认识,"文化心理结构学说"则促使其发掘文化及其所形塑之人格与外部世界之交相互动。白嘉轩、朱先生、鹿子霖、鹿兆鹏、白孝文等人物身上,均有其所遵从之文化观念。此种文化观念在成就其应对世变之策略的同时,亦构成了其万难脱离的思想窠臼。上述该作中着力塑造之重要人物,其"幸"与"不幸",莫不与此有关。《白鹿原》因之以其对清帝逊位至20世纪50年代初近半个世纪历史之宏阔省察,成为20世纪80年代知识范式的总括性作品。《白鹿原》所敞开之复杂世界,无疑表明陈忠实已然超克"柳青传统",从思想与审美双重意义上完成了其"中年变法"而有自我风格之形成。"到80年代中期我的艺术思维十分沽跃,这种沽跃思维的直接结果,就是必须摆脱老师柳青,摆脱得越早越能取得主动,摆脱得越彻底越能完全自立。"此种"摆脱"既基于柳青传统巨大的"影响的焦虑",亦属其对新时期文学潮流核心品质之感应使然。如前所述,"重写文学史"以柳青《创业史》之"重评"开篇,其意义并非仅止于"重评",乃是以此为切入点,"重构"写作之基本传统。"新时期文学"与"文革文学"甚或"十七年文学"在较长时较段内,被叙述为非此即彼式之两种选择。文学史观念之革故鼎新,即在两种选择之间完成。当此之际,对时代潮流颇多关注的陈忠实自然有与时俱变的精神诉求,《蓝袍先生》的写作,不过是在不经意间唤醒了其个人尘封已久的记忆。此种个人记忆也在多重意义上属于民族记忆,沿此思路长驱直入的思考,奠定了《白鹿原》与其此前写作不同之重要品质。不仅如此,陈忠实之"中年变法",同时还包含着"语言形式"的自我探索:"我决心彻底摆脱作为老师的柳青的影响,彻底到连语言形式也必须摆脱,努力建立自己的语言结构形式。""我当时有一种自我估计,什么时候彻底摆脱了柳青,属于我自己的真正意义上的创作才可能开始,决心进行彻底摆脱的实验的就是《白鹿原》。"②《轱辘子客》的语言尝试,以及

---

① 陈忠实:《寻找属于自己的句子——〈白鹿原〉写作手记》,《小说评论》2007年第4期。
② 陈忠实:《关于〈白鹿原〉的答问》,《小说评论》1993年第3期。

《窝囊》的叙述探索在《白鹿原》中得到了淋漓尽致的发挥,标志着陈忠实从作品所属之阶段性传统和审美谱系双重意义上完成了自我风格的形成。

贾平凹、陈忠实"中年变法"之取径虽有较大不同,但均属不同程度上对 20 世纪 80 年代潮流化观念之"应和",具有较为强烈的时代症候意义。但相较于前两者在超克"柳青传统"上的努力,路遥则并不仅有局限于文学意义上的观念考量。基于对 80 年代作为"十七年"甚或延安文艺的连续性的认识,路遥并不赞同以柳青为代表的现实主义传统过时论。但如陈忠实一般,路遥亦认为现实主义需要与时推移的自然调适。然而此种调适仅属其所属之质的规定性内部的调整,而非观念的结构性变革。因是之故,在临终前数月完成的《路遥文集》后记中,路遥写道:"这五卷文集可以说是我四十岁之前文学活动的一个基本总结",它"包含着劳动的汗水、人生的辛酸和对这个冷暖世界的复杂体验"。而藉由文集的编选,"我也就可以对我的青年时代投去最后一瞥,从而和它永远告别了"①。如不以类似"绝笔"的思路读解其间蕴含之意义,则路遥或如贾平凹、陈忠实一般在暗自酝酿着个人写作的"中年变法"也未可知②。可以作为参照的是,几乎就在路遥写作《早晨从中午开始》以及之后病发住院的同时,贾平凹、陈忠实日后引发轰动的重要作品《废都》和《白鹿原》或在写作或已进入修改阶段。这两部作品无疑均属"中年变法"之作。《废都》以明清世情小说所开显之思想和笔法,表达世纪末西京城文化圈中所弥漫之颓废情绪,属古典传统境界之"再生"。《白鹿原》则以 20 世纪 80 年代"去政治化""再传统化"③之思想理路重述清帝逊位至中华人民共和国成立初近半个世纪之历史沧桑巨变和期间个人命运之起落沉浮。饶有意味的是,贾平凹、陈忠实、路遥写作的"起步",均在六七十年代之交(如严格以首部作品发表之时间论,则陈忠实写作之起点还可前推数年),且与柳青传统有着极为密切的关系,陈忠实甚至一度被称为"小柳青"——其早期作品《公社书记》《高家兄弟》诸篇有着极为鲜明的"柳青风格"。但进入 80 年代后,陈忠实、贾平凹相继完成了个人写作的"蜕变"(依陈忠实的说法,则是对柳青传统的"剥

---

① 路遥:《〈路遥文集〉后记》,《早晨从中午开始》,北京十月文艺出版社 2012 年版,第 294 页。
② 据陈华昌回忆,《平凡的世界》获得茅盾文学奖之后,路遥曾对其表示:"我的观念和写作方法是否陈旧了?是否该变一变?"如此说属实,则路遥或已在酝酿写作的自我突破,其突破的方向究竟为何?不好妄下结论,但几乎可以测知,延续柳青晚年所论之"历史陕北"的书写,或属路遥转型的方向之一。陈华昌:《路遥逝世有感》,晓雷、李星编选:《星的陨落——关于路遥的回忆》,陕西人民出版社 1993 年版,第 100 页。
③ 参见李杨:《〈白鹿原〉故事——从小说到电影》,《文学评论》2013 年第 2 期。

离"),而有新的境界的开拓。路遥则仍在柳青传统的延长线上写作。但此种延续,并不能简单地被视为现实主义的"终结",而是包含着新的掘进的可能。此种掘进,仍与柳青遗产在80年代赓续的可能密切相关。

  作为路遥此前创作系统总结的重要作品,《早晨从中午开始》多次提及柳青和《创业史》,取径也并不统一,其大要有三:一是肯定柳青和《创业史》之于个人写作的典范(榜样)意义:"在现当代中国的长篇小说中……我比较重视柳青的《创业史》。""这次,我在中国的长卷作品中重点研读《红楼梦》和《创业史》。这是我第三次阅读《红楼梦》,第七次阅读《创业史》"。二是力图在克服《创业史》若干"局限"的基础上开辟自己的路:"在一部将有近百个人物的长卷中,所有的人物是应该尽可能早地出现呢?还是要将某些人物的出场压在后面?我的导师柳青似乎说过,人物应该慢慢出场。但我有不完全相同的看法。比如《创业史》里和孙水嘴(孙志明)同样重要的人物杨油嘴(杨加喜)第二部才第一次露面,显然没有足够的'长度'来完成这个人物。"也因此,在长卷作品中,"所有的人物应该尽可能早地出场,以便有足够的长度完成他们"。三是他从柳青的遭际中体会到的"命运的无情":"在中国,企图完成长卷作品的作家,往往都死不瞑目。""记得临终之前,这位坚强的人(柳青)曾央求医生延缓他的生命,让他完成《创业史》。"无奈天不假年,柳青终究未能完成计划中的《创业史》的后两部①便与世长辞。但他晚年的自我反思以及对文学表达得更为丰富的可能的期待,对路遥已经完成的写作和即将展开却未能展开的构想产生了至关重要的影响。

  20世纪八九十年代之交,贾平凹、陈忠实、路遥均酝酿着个人写作的"中年变法"。贾平凹以古典传统之思想和审美方式为参照,力图完成古典传统与现代传统之贯通。其创作之意义,即在于表明古典传统虽因"五四"全盘反传统之极端倾向而被迫"消隐",但仍有作用于当下现实的精神效力,其所敞开之审美空间,在中西之辩再度被论及的80年代,具有文化应对的独特意味,亦属"文化热"所开显之思想可能性方向之一。陈忠实亦意图重启古典传统,但其对古典传统之理解,不出晚清以降古今之辩中儒家观念重申之意义范围。以儒融通道与佛,原本即属古典思想及政教传

---

① 在陕西省出版局召开的业余作者创作座谈会上,柳青明确表示:"第三部准备写两个初级社,梁生宝一个,郭振山一个;第四部写两个初级社,合并变成一个社,成了一个大社,而且是一个高级社。"至此,《创业史》所展开的关于农业合作化的书写方有一个较为"完满"的结局。柳青:《在陕西省出版局召开的业余作者创作座谈会上的讲话(节录)》,《柳青写作生涯》,百花文艺出版社1985年版,第107页。

统之核心。儒家伦理道德观念所形塑之文化人格之历史遭际,因之成为《白鹿原》思考的重要命题之一。由此出发,陈忠实得以超越"五四"中西之争之基本思想范式,并有了在为宏阔之视域处理思想问题之可能。缘此,《白鹿原》成为80年代"再传统化"之重要表征之一,其基本路径与贾平凹《废都》虽有不同,但自更为长远之历史观照当下问题之路径却可谓殊途同归——从"当代中国"之书写转向"历史中国"之考察。其之所以如是,个人之才性固为原因之一,陕西得天独厚的地域文化也功不可没。与贾平凹、陈忠实几乎共享同一种历史氛围和可能的思想资源的路遥,"中年变法"亦走更为宏阔一路,自在情理之中。

二、从"当代中国"到"历史中国"

如不以后设之整体观强行将路遥的创作视作已完成的封闭系统,则可知《平凡的世界》完成之后,其创作仍有朝向未来的未定开放性。照路遥的设想,长卷作品《平凡的世界》远非其写作倾向之"集大成"或"终结"——如诸种后设叙事所论——而不过是给陕北人民和导师柳青所交的一份"习作"[①]。从《惊心动魄的一幕》到《平凡的世界》,十余部作品亦未能穷尽其"最为深刻的生活体验"——那是用"生命和鲜血作代价体验过的生活"。此种独特的生活经历《惊心动魄的一幕》虽有涉及,但因种种原因,"这篇作品目前这个样子并不理想,缺陷和不足都很明显。今后如有机会和条件,我想用较大一点的作品来反映这一段生活"[②]。此处所谓之较大作品,很有可能是多年之后其所论及的一部被命名为《十年》的书。这一部即将调动路遥这一阶段之丰富生活经验的书或如《平凡的世界》一般,会有百万字的超长篇幅。路遥立意要"把上至中央的斗争与下至基层群众的斗争,把城市的斗争和农村的斗争"穿插交织,写出属于自己的对于这一历史时段的独特判断。"此刻的路遥,已不是写《平凡的世界》的路遥,他对社会和世界的思索,他对艺术本体的探求,已经远为深邃和宏阔了。他已不满足对人的社会活动的繁冗描述,他要把生命本源和社会底蕴中的秘密揭示出来。"[③]不难想见,这将会是一部比《平凡的世界》更为深刻的鸿篇巨制,路遥也极有可能再度以"某种意义上的编年体"的方式结构

[①] 参见王天乐:《〈平凡的世界〉诞生记》,榆林路遥文学联谊会编:《不平凡的人生》,第125页。
[②] 路遥:《致刘茵》,《早晨从中午开始》,北京十月文艺出版社2012年版,第573页。
[③] 晓雷:《故人长绝——路遥离去的时刻》,李建军编:《路遥十五年祭》,新世界出版社2007年版,第176页。

这一部涵容着20世纪中国历史重要阶段的作品。而从总体性、全景式意义上书写这一时段的历史,路遥的写作取径及作品可能的展开方式,自然会不同于贾平凹同题材作品《古炉》。虽然所涉时段与《十年》相同,但《古炉》以"春""夏""秋""冬"交替循环的"四时"叙述为核心结构,力图避开的,恰是"编年体"的写作方式。而起于1965年冬、终于1967年春的叙述,虽不乏溢出此一时段的历史事件①,但一切终究可以在司马谈《论六家旨要》所述之"春生、夏长、秋收、冬藏"之"天道之大经"中得到解释。其所涉之十年,因之乃成千年历史循环往复之一瞬。如是思想理路,无疑属贾平凹1982年开启之赓续中国古典文脉之写作路向的自然延续。从形式的返归至历史观念之重启,贾平凹诸多作品亦成古典文脉当代赓续之典范,在既定的文学史叙述中已有和路遥的写作全然不同的"价值"。即便《浮躁》与《平凡的世界》在人物和世界展开之基本模式上存在着诸多的相似性,但在20世纪80年代中后期,它们却有着并不相同的命运。"乡土寻根"与"农村改革"及其所依托之总体性话语的内在分歧,乃是造成二者评价分野之根本原因②,其后实为"五四"以降古今之争所开启之文统归属之基本困境。《创业史》所描述之蛤蟆滩(皇甫村)虽地处关中,与白鹿原亦相去不远,柳青却并不述及漫长之历史文化及其现实影响。路遥作品亦与此相同。黄原城虽有灿烂辉煌之历史文化,但已成遥远的过去,并不能发挥其现实影响力。路遥笔下的人物亦无意于探究精神的历史,他们活在"当代",也力图在当代思想的范围之内寻求对个人及群体命运问题的索解。其思想路径,无疑与现实主义传统所依托之总体性思想之基本品质密切相关。就路遥对《十年》的构想论,该作虽无贾平凹《古炉》古今贯通的思想取径,亦未必有《白鹿原》将现实问题上溯至晚清民初之宏阔视野,但仍然会因对历史流变更为深刻的反思而成为路遥新的开拓之作。因为,在更为宏阔的视域中考察题材的意义,是路遥写作的重要特征。这一段历史所蕴含之不局限于历史阶段性主题,亦不限于文化思想的单一视角的意义,或会因该作的出现而得以彰显。

不独个人之生活体验尚有未尽之处,其所倾心书写之陕北,亦包含着可供展开的更为丰富的空间。同为陕北之子,且对中国之当代可能颇多倾心,但无论柳青还是路遥,均不缺乏对陕西(中国)赓续千年积淀甚厚的历

---

① 参见黄平:《破碎如瓷:〈古炉〉与"文化大革命",或文学与历史》,《东吴学术》2012年第1期。

② 杨晓帆对此有极为精到的分析,可参见杨晓帆《路遥论》(作家出版社2018年版)第四章第一节。

史文化及其意义的充分认识。柳青晚年曾与同乡后辈路遥围绕陕北书写之可能有过深入交谈。因较为复杂的原因,柳青并未选择故乡陕北作为写作的对象,但他充分意识到,"从黄帝陵到延安,再到李自成故里和成吉思汗墓",仅需一天时间,如此"伟大的一块土地没有陕北自己人写出两三部陕北题材的伟大作品,是不好给历史交待的"。柳青进而勉励路遥说,"这个担子你应挑起来。对陕北要写几部大书,是前人没有写过的书"[①]。柳青1978年6月13日在北京逝世。其时正为路遥文学创作的"转型期","《山花》时期"形成之思想与风格已然面临较为严峻的挑战。以中篇小说《惊心动魄的一幕》为标志,路遥完成了个人思想和风格的"转型"。转型之后的写作路向在《人生》中得以延续,进而在《平凡的世界》中蔚为大观。其核心要义乃属柳青文学现实关切之精神"延续"。从《惊心动魄的一幕》到《人生》再到《平凡的世界》,路遥所写均为"当代纪事"。柳青当年之"嘱托",路遥想必并未当须臾或忘,对陕北当代生活的书写基本完成之后,考虑写作"历史陕北",或为路遥"中年变法"之可能方向。或基于上述原因,在为现实主义"辩护"之时,路遥特意强调现实主义文学在反映"我们不间断的五千年文明史"[②]方面,并无令人十分信服的表现。即便是意识流的写法,表现的也应是中国人意识流动的状态,因是之故,我们必须"重视历史","有的作品为什么比较浅,就因为它没能把所表现的生活内容放在一个长长的历史过程中去考虑,去体察。我们应追求作品要有巨大的回声,这回声应响彻过去、现在和未来",只有"建立在对我国历史和现实生活广泛了解的基础上才能产生"[③]。而其作品所涉之"城乡交叉地带"的"农村问题",亦属"古老历史和现当代历史"所致,具有更为深刻的现实意涵。此亦属现实主义发展的可能性方向之一。当此之际,柳青关于陕北历史书写之意义的劝勉,或为路遥有此观念的原因之一。

由"当代中国"转向"历史中国",亦属陈忠实80年代中后期"中年变法"之基本路径。因中篇《蓝袍先生》的写作所触发的对历史白鹿原(中国)探究的浓厚兴趣,是《白鹿原》写作的重要触发点。而意图追溯《蓝袍先生》《窝囊》甚或《高家兄弟》《公社书记》所涉人事背后之历史缘由,必然与"历史中国"深度关联。白鹿原诸般人事之"当下情状",乃其"历史"

[①] 转引自王天乐:《苦难是他永恒的伴侣》,李建军编:《路遥十五年祭》,新世界出版社2007年版,第193页。

[②] 路遥:《早晨从中午开始》,北京十月文艺出版社2012年版,第15页。

[③] 路遥:《答中央广播电视大学问》,《早晨从中午开始》,北京十月文艺出版社2012年版,第196页。

之自然延续,其间历史之起落沉浮、王旗变幻终以"三千年未有之大变局"之革故鼎新为结果。然而20世纪50至80年代之社会历史问题仍扎根于20世纪初至40年代之宏大历史氛围之中。《白鹿原》所持守之"去政治化"和"再传统化"理路亦分享了80年代历史反思的基本路径。晚清民初以迄80年代之历史变化在新的历史观念之下得以赋形。王大华《兴起与衰落——古代关中的历史变迁》所蕴含之"循环史观"启发陈忠实在放宽的历史视界中重新发掘并观照被既往叙事遮蔽的"历史",《白鹿原》遂成20世纪初至50年代大历史总体反思之重要作品。同样将写作的目光由"当代"转向"历史",贾平凹笔下的商州故事却并不上溯至晚清民初之前的历史。但自先秦以迄晚清之历史经验却成为他商州书写之重要参照。古典思想与审美方式之"重启"与"再生",乃是贾平凹与古典传统内在关系的基本特征。

　　虽将视野由"当代陕北"转向"历史陕北",但路遥可能的关注点,并不在于陕北历史故事的当代演绎。"前年(1990)开始,他把阅读的兴趣转向历史,他读《新唐书》《旧唐书》,读《资治通鉴》,他专门买了豪华型版本的《二十四史》,要随时查阅。"比路遥稍早数年,贾平凹也将阅读的兴趣转向中国古代典籍。因所据关中为汉唐文化遗存聚集区,贾平凹对相关历史遗迹及其所涉之古代历史和文化典籍亦颇多兴趣。从霍去病墓前之"卧虎"中,贾平凹悟得古典艺术写意的重要。而以中国化散点透视的方法改革此前作品惯用的焦点法,亦属其审美表现方式革新的要义之一。虽对以《金瓶梅》《红楼梦》为代表之明清世情小说思想和笔法颇多精神交感,但贾平凹仍然意识到秦汉风骨与盛唐气象之于文学风格开拓之重要意义。为超克世情小说境界逼仄之弊,贾平凹多年间不断尝试用以《史记》为代表之两汉史家笔法矫正之,用意可谓深远。此种努力,在《带灯》后记中得到了极为明确的表达:"几十年以来,我喜欢着明清以至三十年代的文学语言,它清新、灵动、疏淡、幽默、有韵致。我模仿着,借鉴着,后来似乎也有些像模像样了。而到了这般年纪,心性变了,却兴趣了中国两汉时期那种历史的文章的风格,它没有那么多的灵动和蕴藉,委婉和华丽,但它沉而不靡,厚而简约,用意直白,下笔肯定,以真准震撼,以尖锐敲击。""我得有意地学学两汉品格了,使自己向海风山骨靠近。"① 具"海风山骨"之"两汉品格",以《史记》最具代表性。即便在80年代读《史记》,贾平凹所关注的,仍然是文章风格与气象。其以类如《史记》"天人之际"之思想处理历史人

---

① 贾平凹:《〈带灯〉后记》,《前沿与后记》,海豚出版社2013年版,第23页。

事之变,精神来源或未必仅局限于《史记》。与贾平凹读史书进路不同,路遥对史书所属之具体历史人事之变的省察更多兴味。"他说《万历十五年》这本书对中国官场的摹写和对政治改革的解剖达到了难以企及的程度,他惊异一个美国人何以把中国的历史研究得如此精到和透辟。他说柏杨的《中国人史纲》是一部非常独到的历史著作……"如上种种,说明路遥对历史的关注点,在于人事变化之规则与逻辑,并不包含历史编纂之技艺层面。"他如此如饥似渴地贪婪地穷经探史,是想建立他自身的思想深度和广度,进而构筑他的未来作品的深度和广度……"此处所谓之"未来作品",既可能指有明确的宏阔历史之反思意味的长卷作品《十年》,也可能是为柳青劝勉中的"历史陕北"的书写做思想方式的准备。但无论具体所指为何,一切均在 1992 年 11 月 17 日随着路遥的逝世而仅余构想,"这无疑是一次新的更为辉煌的进军,但却倏然间就半途而止了……"①

就在路遥逝世的两年前,"笔耕文学研究小组"的核心成员、陕西著名文艺理论家畅广元教授动念编辑一册陕西作家心理研究论集,定名为《神秘黑箱的窥视》。此论集不同于一般的研究论文的合集,乃是基于其对陕西作家创作存在之"局限"的认识,并尝试在整体分析作家创作心理的基础上对作家之"局限"和"可能"做更为深入之探讨,以期为作家写作之革新提供参照。担纲路遥创作心理研究写作任务的,是彼时尚属青年学者的陕西师范大学李继凯教授。李文以《沉入"平凡的世界"——路遥创作心理探析》为题,系统且深入地分析了路遥的创作心理及其可能依托之思想和审美资源,对路遥创作之局限,亦有明确评说:"从发展的眼光看,我们也必须注意到,在《平凡的世界》所呈现的宏大气魄背后所隐含的底气不足与创作危机。""危机"表征之核心,乃是创作方法(李文所论之"老枪法")与故事模式("旧意象")的"自我重复"。据此,"人们有理由怀疑",路遥的写作"还能一再地使用("老枪法"和"旧意象")下去而创造出更新更美更好的艺术景观来吗"?在《平凡的世界》中,路遥已将"自己的生活积累、审美意象、表现手法等作了一次集大成式的调动与使用",因之既属"在新的宏观框架中对过去诸多作品的'整合',到此既达到了总体的集成高度,又显示了某种'尽'的征兆"。克服此种"危机"和"局限"的可能方式在于要"更充分地注意文学民族性与世界性、传统性与现代性的统一,那也许会

---

① 晓雷:《故人长绝——路遥离去的时刻》,李建军编:《路遥十五年祭》,新世界出版社 2007 年版,第 177 页。

'一发不可收'地写出属于中国也属于世界的'人间喜剧'来"①。因关于路遥"中年变法"的资料多为晚出,李继凯撰写此文时并未参照,但自路遥创作之总体观之,李继凯关于其创作局限之论可谓精当。路遥1991年初冬至次年初春创作之《早晨从中午开始》,即是对李继凯以及批评界关于其创作所提出的问题的一次性"回答"。其所酝酿之"中年变法",或许也与李继凯文章之影响和启发不无关系。

仍从后设的叙事看,在当下语境中重启"柳青传统"及其所代表的社会主义文学的基本脉络,以及路遥在20世纪80年代的文学实践及其意义的"重评",均属无法绕开的重要论题。而路遥得自柳青的启示,意图酝酿的"中年变法",也有着超越八九十年代之交历史语境的重要意义。从"当代陕北"到"历史陕北"的书写,不仅意味着写作题材范围的扩大,同时还表明社会主义文学所能依托之思想和审美资源更具历史意味的拓展。有更为宏阔之总体性视域的路遥注目之焦点虽在"陕北",但其用心却在于讲述"中国故事"。时至今日,"当代中国"之历史巨变无疑已然进入新的重要阶段,如何在更为宏阔之视域中书写正在进行中的现实,无疑是当下写作需要面对的重要问题。路遥在20世纪80年代初中期赓续柳青传统,以及在八九十年代所酝酿之"中年变法"之基本路径,因之可为当下写作之重要参照。

---

① 李继凯:《沉入"平凡的世界"——路遥创作心理探析》,畅广元编:《神秘黑箱的窥视》,陕西人民教育出版社1993年版,第51—83页。

第二章 现实主义思想的深化和审美的拓展

第一节 路遥文学的"常"与"变"

20世纪80年代初中期,较多于"文革后期"走上文坛,且在"新时期"仍持续写作的作家,均面临个人写作的"转型期"。因与宏大的历史叙述之间内在的关联,此种转型包含着较为复杂的历史和现实寓意。值此革故鼎新的重要关头,认同"新时期"以降之"反思"思潮的写作即成潮流。此种潮流在多重意义上乃"五四"新文学革新理路之"再生"。由文化的"古今中西之争"所开启的二元对立式思维,同样形塑了80年代思想路向之重要一种。求"新"与"变"为其基本特征。当此之际,超克"十七年"及"文革文学"成为一时之盛,发端于20世纪40年代的社会主义文学①即渐次"消隐"。至"重写文学史"以及"再解读"研究理路兴起之后,"去政治化""去意识形态化"以几乎无远弗届的影响力形塑着此一时段的文学观念和批评语法。在此过程中,仍在总体性的社会主义文学脉络中写作的路遥的作品,即面临被"忽视"和"低估"的命运。90年代迄今,文学史对路遥文学的"忽视"与"重评"之根本理路,不出上述问题的基本范围。而以"历史化"的思路,重返路遥文学的起源阶段,梳理其文学的"常"与"变",是进一步探讨其意义的逻辑起点。

与同时期走上文坛的刘心武、陈忠实、贾平凹等作家一样,路遥的创

---

① 关于社会主义文学的"起源"问题,本文认同陈晓明在《中国当代文学主潮》中的基本判断。即社会主义文学以1942年毛泽东《在延安文艺座谈会上的讲话》为起点,中经"十七年"的实践,而在"文化大革命"中被推向"极端化"。但"文革文学"的极端化及其所造成之基本问题,并不能成为超克社会主义文学流脉的原因。因为,在最为深入的意义上,认信某种价值观念,与依托意识形态的宏大叙事之间并不存在根本性分歧。甚至在意识形态一词的原初意义上,二者具有一定的同一性。

作,起始于六七十年代之交,在 80 年代完成了其重要的"蜕变"而有《人生》和《平凡的世界》的创生。此一创作路径,亦与七八十年代时代主题之根本性变革密不可分。而作为路遥写作的"前史","《山花》时期"①及其与"十七年"和整体的社会主义文学流脉的内在关联,奠定了路遥思想及美学的基本面向。置身 80 年代文学变革潮流中的路遥,之所以未在"断裂"的意义上完成其写作的"重组",无疑与此一时期的文学实践密切关联。而诗歌集《延安山花》的广为流传以及文艺小报《山花》的创刊,为尚处于写作起步阶段的路遥提供了文学与生活双重意义上的可能,并进一步奠定了路遥 80 年代之后写作的思想脉络及其所属之美学谱系。

一、延川《山花》与路遥文学的"起源"

由延川县工农兵业余创作组编辑之《山花》文艺小报创刊于 1972 年 9 月 1 日。而作为其"前史"的《工农兵定弦我唱歌——延川县工农兵业余作者诗选》的编选还要上推两年。该集由延川县革命委员会创作组选编,既为活跃延川县群众性业余文艺创作,也以此纪念《在延安文艺座谈会上的讲话》发表三十周年。集中收录诗作 29 首,均为工农兵业余作者创作。以油印本形式流播之后,迅速产生较大影响。此后不久,即被恢复业务的陕西人民出版社看中,以《延安山花》为名正式出版并引发较大反响。虽以《工农兵定弦我唱歌》为基础,但《延安山花》较具有较大增删,除作品增加至 41 首外,主题亦更为集中、明确。初版行世不足两年,即再出修订本。修订本增加新作 9 首,累计发行 28.8 万册,在海内外均有较大影响。相较于彼时同类诗作的口号、标语性质,《延安山花》所收作品因吸收陕北民歌的表达方式,而有较多生活气息,且不乏艺术的韵味。其迅速产生的较大影响,除呼应时代潮流的显在原因外,也与其不落俗套的艺术特征密不可分。

《延安山花》的成功改变了时为返乡知青且身处精神与现实双重困境的青年路遥的命运。作为《延安山花》的核心作者之一,路遥有数篇作品收录其中,他此前亦曾深度参与《工农兵定弦我唱歌》的编选。但相较于《工农兵定弦我唱歌》《延安山花》以及《山花》文艺小报的灵魂人物曹谷溪,路遥及其创作因与宏大历史极具象征性的直接关联而更具"现实意

---

① 为区别于创办于 1950 年至今仍有影响的贵州《山花》,本文以"延川《山花》"指称延川县工农兵文艺创作组创办于 1972 年的文艺小报《山花》及其所形成之文化现象。而以"《山花》时期"指称路遥 20 世纪七八十年代"转型期"前的创作。

义"。"陕西省和延安地区的文化部门派出联合调查组来延川总结经验，《人民日报》《陕西日报》先后在显著版面发表文章宣扬，文章中点名表扬的作者只有一个人，不是别人，就是路遥。为什么会这样呢？因为在几个骨干作者中，只有路遥一人是真正的农民——当时延川县除了一个农具修理厂外，没有别的工厂；除了'县中队'之外，别无驻军，宣传路遥就是宣传此书的'工农兵'创作主体。"①无论此前作为群众代表被结合入延川县革命委员会任副主任，又在不久之后被卸去职务返乡务农，还是此次因《延安山花》的影响而备受瞩目，路遥个人命运的变化无疑是高度历史性的。个人命运的起落沉浮与时代主题之间的根本性关联，促使向来密切关注社会政治变化的路遥开始思考个人与时代之间的互动关系。其文学创作之思想及审美偏好，亦与此种思考关联甚深。而在《延安山花》的巨大影响力的推动之下创办的《山花》文艺小报，在较长时间内，仍以路遥的创作最具"话题性"。1973年11月30日，《人民日报》刊发的《重视群众文艺创作 牢固占领农村思想文化阵地》，同样以路遥为典型讨论群众文艺创作及其意义。"陕西延川县刘家圪崂大队回乡知识青年王路遥，在农业学大寨的群众运动中，亲眼看到广大贫下中农发扬自力更生、艰苦奋斗的革命精神，劈山修渠，改土造田，深受鼓舞和感动，他一边积极参加集体劳动，一边利用业余时间搞创作，在一年多的时间里，就写出50多篇文艺作品，热情地歌颂了人民群众的革命精神和为社会主义革命和社会主义建设多做贡献的精神风貌，他写的诗歌《老汉走着就想跑》《塞上柳》《走进刘家峡》以及小说《优胜红旗》等，已在地方报纸和陕西省文艺刊物发表。"②此处所谓的陕西省文艺刊物，是指刚恢复办刊的《延河》（恢复初期更名为《陕西文艺》）；而地方报纸，主要是指由曹谷溪、白军民、路遥等人创办的《山花》文艺小报。正是后者产生的较大影响，某种意义上可以说改变了彼时尚徘徊在人生的岔道口的路遥的命运。其时，他恋爱"失败"，借应和"政治运动"以改变个人命运之希望亦随着时代主题的变化而化为泡影。自少年时代起即明确意识到必须依赖个人"奋斗"改变命运的路遥此刻无疑陷入人生低谷，俯仰之间，四顾茫然，他甚至以一种极端的方式为青年时代的"光荣

---

① 海波：《难得山花培育情》，中共延川县委宣传部、山花杂志社编：《山花现象研究资料汇编》，第81—82页。此外，1972年《陕西日报》刊发的调查报告《"山花"是怎样开的？——诗集〈延安山花〉诞生记》中亦重点提及路遥。

② 转引自王刚编著：《路遥年谱》，北京时代华文书局2016年版，第93页。

与梦想""送葬"①。当此进退维谷之际,文学的出现照亮了路遥日渐灰暗的生活世界。"十年前,在那混乱的日子里,在一个远离交通干线的荒僻的小县城,几个从不同生活道路上走在一起的人,竟然办起了一张文学小报,取名为《山花》。这是社会混乱叫人头脑昏昏沉沉的时候,这些人自己为自己制造的一颗人丹。就我自己来说,觉得好像又一次开始面对淳朴的生活,进入一种渴望已久的人情的氛围里。变硬了的心肠开始软化了,僵直了的脑筋开始灵活了,甚至让自己为过去几年不正常的生活感到了一种真正的羞愧,同时开始意识到人的最美好的追求应该是什么。"尤为重要的是,"艺术用它巨大的魅力转变一个人的生活道路,我深深感谢亲爱的《山花》的,正是这一点"②。政治道路严重受挫并遭遇情感危机的路遥从文学中发现了改变命运的新的可能。然而与文革初期的红卫兵经历一般,这种可能同样无法"自外于"时代的大潮流③。路遥个人命运的变化及其深层原因,庶几近乎孙犁眼中的赵树理:"这一作家的陡然兴起,是应大时代的需要产生的,是应运而生,是时势造英雄。"伟大的时代为他们才能的施展提供了"最广大的场所,最丰富的营养,最有利的条件"④,对此,极具反思能力且对时代潮流不乏洞见的路遥必定有切肤的体验。像这样把工作精力投入国家需要上,并在时代的主潮中设计自己而取得一定的成功,从而改变自己的命运,路遥并非个案,但在特殊年代,其症候性意义仍值得深入探讨⑤。而作为延川《山花》的编辑与创作者之一,路遥对该报及其相关活

---

① 详见刘凤梅:《铭刻在黄土地上的哀思》,李建军编:《路遥十五年祭》,新世界出版社2007年版,第186页。
② 路遥:《十年——写给〈山花〉》,《早晨从中午开始》,北京十月文艺出版社2012年版,第99页。
③ 海波:《我所认识的路遥》,《十月》2012年第4期。
④ 转引自谢保杰:《主体、想象与表达:1949—1966年工农兵写作的历史考察》,北京大学出版社2015年版,第233页。
⑤ 以沈从文与丁玲之关系为个案,论及丁玲的个人情感与"革命""恋爱"之"另类"(即革命促成了恋爱,甚或革命即恋爱)关系时,李杨发现,"'后革命'时代的批评家其实是回到了夏志清与沈从文的'去政治'思路",多在"个性"二字上做文章,以重解丁玲与沈从文围绕《记丁玲》一书之分歧。"批评家最多只能将丁玲的反应理解为政治情结、政治心理或一种政治策略,却无法或不愿将其理解为一种信仰。"其重要原因在于,"批评家压根儿无法相信那种完全排斥了'自我'或'个人'的'政治/革命'的真实性!"事实是,"政治/革命"非但没有排斥"自我"或"个人",反而在最为深入的意义上,成就了"自我"或"个人"。一种源自"政治/革命"本身的话语逻辑与以"个人"和"自我"的名义"去政治化"的批评观念之间的根本性分歧,与沈从文和丁玲观念冲突之内在逻辑具有一定的同一性。可以用同样的思路理解路遥的写作与时代观念间之关系。李杨:《"革命"与"有情"——丁玲再解读》,《文学评论》2017年第1期。

动的深度参与,不乏"主动设计"①的成分,也因在此传统中浸淫既久,其文学观念和创作技巧深深扎根于《山花》及其所属之思想和文章流脉之中。

虽比《工农兵定弦我唱歌》晚出近两年,但作为《延安山花》的延续的《山花》文艺小报之编辑理念与《工农兵定弦我唱歌》和《延安山花》之编辑初衷并无二致。后者试图以具有浓郁的陕北民歌色彩的作品,热情洋溢地抒发具有光荣革命传统的延安人民对伟大领袖和"伟大、光荣、正确的中国共产党的深厚的无产阶级感情",并反映延安人民在毛主席 1949 年 10 月 26 日给延安和陕甘宁边区人民复电鼓舞下,努力"发扬革命传统,争取更大光荣",在继续革命的大道上奋勇前进的精神风貌②。是为无产阶级革命文艺百花盛开的重要表征,其所具有的群众性革命文艺运动的特征,是其获得极为广泛的关注的重要原因。几乎基于同样的考虑,《山花》编委将办刊宗旨定位为:"她的使命是交流工农兵业余作者的文艺作品;活跃革命人民的文化生活;进一步发挥革命文艺'团结人民、教育人民,打击敌人,消灭敌人'的战斗作用。"③而编委在 1973 年 8 月 19 日为《山花》第一册合订本(共二十期)所写的说明中,这一宗旨及其意义有了更为明确的表达:"这一朵小小的花儿,生在人民群众的土壤里,淋沐着党的雨露阳光,正像她年轻的园丁一样,充满了生机,充满了希望。""《山花》开在山里头,带着山的性格,泥土的芳香,其中的作者,有的是当年挥戈舞枪,跟毛主席打江山的闯将;有的是他们的后代——而今扛锄抡锤,战斗在田间山野和熊熊的炉火旁。他们在三大革命运动的前线,用结满茧花的手掌,写下了这些文章。"而与之相对应的,是彼时在生产一线的劳动者,他们正在"按照毛主席绘好的图样,书写最壮丽的诗行,实现着无产阶级的理想"④。一种由无产阶级劳动人民基于个人生产生活实践而写下的诗篇,也在最深层意义上表征着无产阶级对未来新生活的希望愿景,以及为这一愿景早日实现而付出的种种努力。如是内容,自然也构成了《山花》作品的基本特征。

---

① 路遥曾对好友海波表示:"一个人要做成点事,就得设计自己,先得确定目标。目标一设定,就要集中精力去努力,与此无关的都得牺牲。"而促使路遥有此番感悟的,是"文化大革命"后期"政治"与"恋爱"双重失利的生活现实。依海波之见,"这是路遥一生中最重要的一段时间,是他结束过去、重新设计未来的转折点。回顾他之前的人生,脉络非常清楚:从自愿离家到当上村里的'娃娃头',从城关小学的'孩子王'到延川中学的学生头头,从群众组织的一号人物到县革委会的副主任,走的完全是政治的路子。如果路遥早生四十年,他可能是一个很大的人物。这不仅是我的设想,也可能是他的抱负。但,随着'气候'的改变,他感觉到这条路已经走不通了,只能调整。"调整的结果,便是以极大的热情,投入文学创作之中。
② 延川县革命委员会政工组编:《延安山花》,陕西人民出版社 1972 年版之"出版说明"。
③ 延川县工农兵文艺创作组编:《山花》1972 年 9 月 1 日"创刊号"。
④ 延川县工农兵业余创作组编:《山花》(1—59 期合订本),2009 年 10 月。

1972—1976年,《山花》几乎严格依照此一宗旨编发作品。歌颂毛主席、歌颂党及工农兵的生产生活成为其主要内容。同时,为配合当时政治的需要,亦有部分内容属政治抒情之作,其内里为政治思想的形象化。政治意识形态如何逐渐规训底层(工农兵),并以政治话语改造民间,在其中有极为丰富的呈现。诸多底层的写作者,"众口一词"地书写现实与未来的政治图景,其中民间自发的情感及想象均让位于政治愿景的形象表达。工农兵写作在"文化大革命"后期的延续与流变,在《山花》中均有体现。1973年元旦(总第8期)刊发之秧歌词选《朵朵葵花向阳开》即为此一特征之代表性作品。如:"正月里来是新春/延安人向往北京城/北京延安千里远/毛主席和咱心连心。"(马家河 海波)"朵朵葵花向阳开/太阳就在中南海/阳光普照五大洲/照得处处春天来。"(百司 雨园)"山山实现梯田化/沟沟打起淤地坝/村村开展学大寨/队队盛开大寨花。"(高歌)另如1974年3月8日(总第28期)以《高唱凯歌向前进!》为总题刊发之农民秧歌词选(共58首)。"阶级敌人不甘心/制造复辟坏舆论/妄图历史开倒车/贫下中农不答应。"(佚名)"学复电,讲路线/开展革命大批判/踢开保守和右倾/要学愚公移大山。"(碾头塬 高申林)以上作品,虽有编辑酌情修改的成分,部分亦为编辑及骨干作者以多个笔名所作,但仍然体现了意识形态民间驯顺力量之无远弗届。新时期后"寻根"之旨趣及其面临的困难,与此一现象亦有极深关联。

作为特殊年代的重要文学现象,延川《山花》无疑分享了时代可能赋予的荣光,但与同时代的"人"与"事"一般,它也必须承担这一时代的"局限"及其可能在后世史家历史化过程中对其高下、意义的考量。可以十分方便地将其视为20世纪50年代蔚为大观的"工农兵写作"在"文化大革命"后期的延续,并在"新时期文学"及与之密切关联之批评的成规中对其做意义的判定。但这种略显简单化的处理方式难免会遗漏此一现象所内蕴的更为重要的历史问题。《山花》作家及其写作,显然承续的是延安革命文艺传统,而"隐匿"的十七年文学以及民间文学,仍然可以成为其凭借的重要资源。而其存在的"弊端",亦类同于同时期其他作家作品。"在意识形态高度集中的时代,作家并没有多少能力和自觉揭示历史的深度,只有总体性的意识形态可以提供时代愿望,建构起时代想象关系。故而那些看来是作家个人敏感性表现的时代意识,实则是对意识形态回应的结果。"[①]对知识分子写作而言,如上说法无疑有极深的洞见。这一类创作主

---

① 陈晓明:《论文学的"当代性"》,《中国现代文学研究丛刊》2017年第6期。

体,在1942年《讲话》所规定的思想范畴内,属于"被改造"之列。而新起的主体,既属创作主体,亦属《讲话》所代表之政治意识形态所召唤的意识形态主体。意识形态既构成其言说之核心,亦形塑主体之人格并创造一种"新感性"——即与意识形态相应之世界感觉。而那些从未成为文学言说的主体的"工农兵",作为千年文学史"缺席"的存在或"沉默的大多数",则因为此种变革具有了自我言说的能力。这也从根本上应和了郁达夫的意见:"真正无产阶级的文学,必须由无产阶级自己来创造。"而鲁迅多年前对"农工出身的作家""任意写出自己的意见"的真正的无产阶级文学的呼唤,因国家体制的革故鼎新而有了实现的可能[①]。无产阶级自身内在的意识形态规定性成为其言说的核心,即属顺理成章之事。

依此思路,则《山花》所刊发的作品即便偶带"隐微"色彩,其根本性思路,仍在意识形态的主潮之中。曹谷溪等人对其时政策为数不多的"反驳",也只是依凭个人的实感经验,对来自上层的思想若干细微之处的"补正",与"新时期"以降之"否定性"思想并不在同一脉络。时隔四十余年后,曹谷溪仍然强调作为文学或社会文化现象的《山花》与《讲话》的内在关联,指出《山花》作为党管文艺四十年的成果的社会历史意义。此种阐述再度说明延川《山花》与《讲话》开启之社会主义文学流脉之根本性关联,历经四十余年文坛的风云变幻仍不曾"更改",其在新时期以降影响力的衰微亦与此相关[②]。20世纪80年代迄今,曾经作为重要文学现象的工农兵写作已成历史"陈迹",新的知识分子写作再度兴起,《山花》编者虽有心重新"潮流化",但已无法追及日新月异的文学现实。四十年间虽有发展,影响力却只能限于一隅。而作为《山花》的核心人物,且对政治现实有极为准确的判断的路遥,其写作的起始不可避免地共享着与《山花》同样的思想资源和艺术技巧。或者,在更为深入的意义上,路遥此一时期的写作扎根于自身所属的阶级及其思想谱系之中,他不可能也无意于"自我反驳"而有新时期以降之"反思"理路。他和他的写作因此成为这一时代文

[①] 转引自钱理群:《构建"无产阶级文学"的两种想象与实践》,《钱理群讲学录》,广西师范大学出版社2007年版,第109—110页。

[②] 在关于《山花》答记者问中,曹谷溪认为,对"《山花》现象"的研究,仍以下思路有待展开:如《讲话》精神与《山花》现象",《山花》现象与文艺新潮"等。而最为重要的是,"《山花》的路子与毛泽东同志的《讲话》精神及我党一贯倡导的文艺方针是一脉相承的"。"总结延川县党管文艺二十年,坚持《讲话》精神,培养了一支优秀的作家队伍的经验,这才是重要的意义所在。"进而言之,"《山花》现象是发生在毛泽东同志《讲话》策源地的一个特殊文学现象。形成这一现象的因素很多。关于它的特点、前景等,有许多问题有待研究"。曹谷溪:《答〈山花〉记者问》(1990年8月23日),中共延川县委宣传部、山花杂志社编:《山花现象研究资料汇编》,第9页。

学与现实、个人命运与时代潮流复杂关系的重要见证。因是之故,路遥"《山花》时期"作品的主题与风格,均不脱此一思想及其所属之美学谱系的基本范围。

二、路遥"《山花》时期"作品的主题与风格

如从《工农兵定弦我唱歌》算起,路遥"《山花》时期"共发表作品20余部(篇)。其中诗歌有《南湖的船》《车过南京桥》《山村女教师》(署名鲁元)、《塞上柳》《老汉一辈子爱唱歌》《赞歌献给毛主席》(与曹谷溪合作)[1]、《桦树皮书包》《老锻工》《今日毛乌素》《老汉走着就想跑》《当年"八路"延安来》(与曹谷溪合作)、《电焊工》《灯》(与曹谷溪合作),小说有《优胜红旗》《基石》《代理队长》,另有歌词《前程多辉煌》《工农兵奋勇打先锋》《我持钢枪望北京》《杨家岭松柏万年青》《解放军野营到咱庄》及剧本《第九支队》(由闻频执笔)等。相较于《老汉一辈子爱唱歌》《进了刘家峡》等作品因吸收陕北信天游的表达方式而具有的鲜活特征,《南湖的船》因为"概念化""口号化"而不见载于路遥生前身后所出的任何选本(正式出版本)。"一只平凡的小船/一个伟大的新起点/五十年前呵/我们党的第一个章程/就诞生在这里边……/滚滚浦江卷巨澜/滔滔黄海浪拍天/毛主席掌舵船头上站/望穿世界几千年/——中国革命的航船/荷着阶级的重负/迎着狂风暴雨/升起了红色的桅帆//绕开一重重暗礁/冲过一个个险滩/每一次风口浪尖/每一道险路难关……/都是伟大的舵手毛主席呵/一双开天辟地的巨手/把船头正传/踏破千层浪/挽住万重澜/一盏明灯导航/万里东风鼓帆/——胜利的航船/沿着毛主席的革命路线/——乘风破浪/奋勇向前!"此诗的创作时间,当在1969—1970年间。其时政治"失意"的路遥正徘徊在人生的岔道口,已有的道路无法走通,新的人生尚未展开,内心的苦闷无由纾解。其之前创作的小诗《老汉走着就想跑》得到彼时诗名极盛的曹谷溪的欣赏,使得在极度苦闷中的路遥看到了另一种改变命运的可能。这首并不"成熟"的《南湖的船》虽无《老汉走着就想跑》浓重的生活气息,但其政治抒情的独特意味,在路遥此一时期作品中,具有一定的代表意义。同期创作的《车过南京桥》亦属此类:"车轮隆隆汽笛叫/江南江北旗如潮/——车过南京桥呵/心儿翻腾似江涛//看大桥/大桥造得

---

[1] 该作首刊于《山花》第3期(1972年10月1日),未收入1974年3月出版的《延安山花》修订本,被收入北京十月文艺出版社2012年版《路遥全集·早晨从中午开始》时更名为《歌儿伴着车轮飞》。

好/五彩画笔难绘描/看长江/长江水变小/一溜烟波静悄悄/呵——/多少代/多少朝/千里长江浪滔滔/勇士摇断千支橹/好汉撑折万杆篙/多少船夫盼桥的梦呵/咆哮的江流一水漂……/如今谁的主意高/如今谁的手儿巧/天险飞彩虹/南北变通道/那是咱毛主席绘蓝图/大桥工人阶级造//车出桥头堡/回头瞧/千条路上万车来/飞过南京桥/一起向着北京跑。"此诗亦属较为显白的政治抒情之作,为路遥创作起步阶段的见证,尚未脱离彼时同类作品少蕴藉而多直白的共同特征,在被收入《工农兵定弦我唱歌》之后,再不见载于《延安山花》及其修订本,亦未被收入此后出版之《路遥文集》(陕西人民出版社版,为路遥生前亲自编定)及两种《路遥全集》(广州出版社与太白文艺出版社联合出版、北京十月文艺出版社出版)。除《南湖的船》《车过南京桥》等作品外,路遥这一时期作品大多刊发于《山花》。作为《山花》的核心成员,路遥也积极参与了该报的编辑工作,着手修改并编辑了多部(首)作品。《山花》刊发的诸多作品,署名虽非路遥,但也融入了路遥较多的心血。

刊发于《山花》创刊号的诗歌《老汉一辈子爱唱歌》在路遥这一时期作品中较有代表性,而其在此后的传播过程中屡被删改的遭遇也极具"症候"意义。该作共分四节。每一节分别对应一个特定时代。全诗以爱唱歌的"老汉"的遭际为线索,表达了对"旧社会""三十年代""六十年代初""文化大革命"四个阶段与己相关之现实问题的反思。"旧社会"的凄惨遭遇因"毛主席三五年来陕北"而得到根本性改变,"山歌"亦由对生活苦难的倾诉而转变为对新生活的歌颂。此种"新"与"旧"对照的写法,与柳青《创业史》"题叙"与"正文"之对照的目的如出一辙,亦属同时期同类作品的惯用笔法,其背后所依托之意识形态的历史考量亦具有一定的同一性。此后1962年省里前来收集山歌的"权威"对老汉所唱山歌的轻视,亦属其时"知识分子"与"人民"隔膜的历史表征。第四节则直接应和主流意识形态的宣传内容。全诗以"咱永远跟着毛主席,誓把那战歌唱到共产主义"作结,为同时期同类作品的惯常写法。该作收入1974年修订版《延安山花》时,已有较大"改动",仅完整保留第一部分前五句,后十三句和第三、四部分几乎全然删除,第二部分亦有较多改动。修改后的后半部分为歌颂"人民公社"及"毛主席革命路线"的内容,"主题思想"与初版已有不同。该作并未收入路遥生前亲自编定的陕西人民出版社1992年版《路遥文集》。而广州出版社和太白文艺出版社2000年联合出版的《路遥文集:短篇小说、剧本、诗歌》卷则直接删掉关于"文化大革命"的第四节,可知其所据版本,当为《山花》创刊号刊发之"第一稿"。北京十月文艺出版社2010

年版《路遥全集·早晨从中午开始》所收此诗与广州版相同，2013年版即调整为1974年《延安山花》所收版本。1949年后，作家修改作品致使作品存在多个版本的现象所在多有。原因也并不复杂，随着时代主题的变化调整作品的主题，以应和新的形势，为其主要目的。1974年《延安山花》版的《老汉一辈子爱唱歌》的产生，原因应与此同。但广州版《路遥全集》的修改本，当属编辑所为。20世纪70年代与21世纪第一个十年总体语境的不同，是路遥早期作品或被删改或未被收录的原因所在。

作为路遥"《山花》时期"的重要收获，短篇《优胜红旗》(《山花》第7期)、《基石》(《山花》第15期)、《代理队长》(《山花》第18期)既属"文化大革命"时期《山花》最具代表性的优秀作品，亦属路遥早期作品之翘楚。以思想、视野和笔力论，或不及晚出数年的《不会作诗的人》《夏》《卖猪》诸篇，但路遥此后作品的核心"模式"，已基本确定。从肯定性意义上书写当下现实，于诸多矛盾纠葛中彰显人物及事件总体性的"正面"意义，以应和时代及主流意识形态对"新生活"和"新人"的双重询唤，为其核心特点。此种写作理路，既与"文化大革命"后期特殊之精神氛围密切相关，亦与路遥此前对柳青作品的悉心阅读和深入领会密不可分。以《创业史》为代表的柳青的写作与1942年《讲话》以降之思想及文学传统的内在关联，成就了作为十七年文学经典作家的柳青的文学史地位。而柳青创作的核心命意，即在书写"新时代""新人"的新生活。此种思路，从根本上符合《讲话》所开启之思想。"毛泽东同志《在延安文艺座谈会上的讲话》给我们规定的任务是熟悉新人物，描写新人物。就是说要我们从事人们新的思想、意识、心理、感情、意志、性格……的建设工作，用新品质和新道德教育人民群众"，从而起到对"社会意识的建设"作用[1]。此种"新品质"和"新道德"，无疑内在于社会主义意识形态对主体生产的根本要求，与特定时代的核心主题相呼应。书写20世纪50年代的"新人"形象，也便成为《创业史》的要义之一。依路遥之见，即便作为50年代之重要社会实践的"合作化"已然"失败"并成历史陈迹，仍不能就此掩盖《创业史》作为书写该时段之重要作品的经典地位。文学作品与其所产生的时代的根本性关联，是路遥看重并着意接续柳青传统的原因之一。循此思路，则从肯定性意义上书写现实，塑造能够体现一时代精神风貌之新人形象，即为其作品之重要特征。年轻的团支部书记二喜(《优胜红旗》)在"社会主义劳动竞赛"中为得到优

---

[1] 柳青：《和人民一道前进——纪念毛泽东同志〈在延安文艺座谈会上的讲话〉十周年》，蒙万夫等编：《柳青写作生涯》，百花文艺出版社1985年版，第29页。

胜红旗仅求速度而不顾及质量,一场雨使得其所带领之农田基建队负责的部分多处塌陷需要返工,而作为其竞争"对手"的大队党支部委员石大伯以极强的集体责任感不计"个人利害"帮助二喜弥补大队的损失,并现身说法让二喜明白应该如何争取优胜红旗。"新人"在现实挫折中精神的不断成长,属此时期《山花》所刊发之多部作品的共同主题,但未有艺术性如《优胜红旗》这般成熟者(就此一时期作品总体水准而言)。相较于《优胜红旗》人物历史的缺席,《基石》中的宁国钢既有身处旧社会备受压迫的痛苦经历,亦有追随革命队伍奋勇抗敌的英勇历史,他在因"残疾"而被迫转回地方工作之后的种种表现,无不说明新时代的"新人"所应具有的美德——即便身有残疾,仍不甘居人后,而是以超常的毅力、极大的热情投入火热的社会主义建设中去。而小说结尾处叙述者的如下感慨再度确认作品的题旨:"宁国钢,不正是革命大道的长桥上,一块比钢铁还坚硬的基石吗?而这样的革命基石,在我们伟大的社会主义祖国,何止千千万万!"[1]宁国钢的品质,在代理队长赵万山身上亦有体现。虽为"代理队长",赵万山对集体事务却极为用心,甚至不惜"开罪"本家堂兄赵有贵。此种超越传统基于血缘的族群关系的新的(阶级)情感,是赵万山精神品质的核心特征。就内涵的丰富性而言,该作似不及《优胜红旗》和《基石》,但浓郁的生活气息、不俗的笔力,仍使该作成为路遥此一时期颇具代表性的重要作品。由其所开出之写作理路,在此后的《父子俩》《在新生活面前》等作品中得到进一步延伸,且构成《惊心动魄的一幕》《人生》以及《平凡的世界》精神结构的核心。其背后所依托的,是政治意识形态及其所开启之世界想象。路遥写作之独特意义即在于此。"作为'制度'的现实主义在中国最后一次扎实的实践",路遥努力"在一个'同一性'的制度、文化开始分裂的特殊历史时期","坚持着这种'同一性'的想象,并把它转化为现实的文学行为"[2]。此种"作为'制度'的现实主义"及其背后的政治经济学在20世纪50年代之后历史语境中的"沉浮",也与路遥其人其作的文学史地位的变化互为表里。与其同属一脉的柳青、赵树理文学史地位的变化,深层原因亦与此同[3]。

---

[1] 路遥:《基石》,《山花》第15期。曹谷溪主编:《延川文典·山花资料卷》,陕西人民出版社2015年版,第99页。
[2] 杨庆祥:《路遥的自我意识与写作姿态——兼及1985年前后"文学场"的历史分析》,程光炜、杨庆祥编:《重读路遥》,北京大学出版社2013年版,第54页。
[3] 对此一问题的深度反思,可参见贺桂梅:《超越"现代性"视野:赵树理文学评价史反思》,《解放军艺术学院学报》2013年第4期。

如将20世纪80年代文学视为"社会主义文学想象的另一种建构方式",是在"不损害社会主义根本价值系统的前提下,试图找到激活社会主义文化想象的历史活力和种种可能性"①的尝试,则路遥的文学实践,亦可被视为柳青以来社会主义文学流脉之一种。其根本性特征,在文学与现实及意识形态的世界想象所开启之可能性之中。即便时代文学的"主潮"已发生变化,但社会主义文学之核心精神仍有待延续。是为路遥写作二十余年一以贯之的理路。这种理路,起自"《山花》时期",在十余年后的长卷作品《平凡的世界》中更为阔大。而在文学史的"易代之际",此种写作理路被视为"守成"而面临严峻挑战。路遥生前对此已有体会,在《早晨从中午开始》中,他对《平凡的世界》的创作初衷、创作方法所可能带来的问题有较为深入的辨析,虽未更为细致地说明此种选择所依托之思想资源,但《平凡的世界》的写作及其"经典化"过程面临的"难题"及其与1990年代文学观念内在的抵牾,已能说明其间暗含的观念纷争及其历史意义。这一时期的作品,并未被编入路遥生前亲自编定的五卷本《路遥文集》。以至于部分作品,至今仍属两种《路遥全集》的"佚文"。而被收入《全集》中的作品,也难免被"修订"的命运。那些在特殊年代曾经为路遥带来荣誉的"元素",似乎极为方便地因"不合时宜"而被"过滤"掉了。在如今流播甚广的《路遥全集》中,读者已经难以看到彼时时代的核心主题如何以其无从抗拒的力量规训着作家的创作。而路遥的创作与1942年《讲话》以降之文学流脉之内在关联,也因此种"过滤"而变得模糊不清。其在80年代之后的反思与再造"传统"的艰难也因之减损大半。

要言之,《山花》时期文学创作与个人生活的互动,形塑了路遥的文学及世界观念,其此后的创作虽有较大"突破",但根本性之精神依托,仍在此一时期所开启之文章流脉之中。其大要有三:其一,在宏阔的历史与现实视域中思考并观照普通人的命运遭际;其二,坚持革命现实主义的基本创作方法,结合新的时代文化语境适度吸纳不同理路之创作技巧,以完善并发展现实主义传统;其三,继续对底层生活与生命做深入观照,理解并把握他们在新的时代历史中的境遇,深度探讨他们的历史命运、现实遭际与未来的希望愿景,以及其与意识形态之间复杂多元的呼应与重塑关系②。此种思想及写作理路,经由中篇《惊心动魄的一幕》的初步探索,《人生》的

---

① 程光炜:《新时期文学的"起源性"问题》,《中国人民大学学报》2009年第5期。
② 关于路遥写作的现实主义特征,李星《在现实主义的道路上——路遥论》(《文学评论》1991年第4期)有详尽分析。本文认同其说,但运思理路略有不同。

深刻反思,而在多卷本长篇小说《平凡的世界》中蔚为大观。

三、转型期文学观念的"常"与"变"

如果说《山花》时期的路遥只是依靠改变命运的本能将自身的写作纳入时代潮流之中,那么这种本能在数年之后已经转化为一种写作的高度自觉。以中篇《惊心动魄的一幕》的写作为标志,路遥政治与文学的双重才能得到了较好的发挥。对时代和现实潮流的敏锐把捉与作品的选材紧密结合,一种"不同于"其时"伤痕"与"反思"模式的人物随即产生。在给《当代》编辑刘茵的信中,路遥简要回顾了自己此前的人生经历,并着意强调中篇小说《惊心动魄的一幕》所述内容的真实性。1966—1967 年"文化大革命"最为暴烈的时候,仍有许多老干部"为了群众的利益,表现了可歌可泣的献身精神(这是老区干部最辉煌的品质),许多人为了党和人民的利益,献出了自己的生命"。而对这些问题的反思,根源于自我在内心深处对自身以及整个运动的检讨。因对红宝书之外的哲学经典著作的阅读,路遥获得了一种超越"文化大革命"思维局限的眼光。如不以"分裂"的思维理解"文化大革命"与"新时期"的关系,而是将"文化大革命"视为"社会主义危机"之一种,将新时期以降之反思的思潮视作对"危机"的克服,且在"生产性"的意义上理解"危机"一词的内在意涵,则"在某种意义上,任何一个社会结构同时也是危机的生产装置"。"而对危机的克服,则往往提供了一种新的革命的可能性。"①是为"意识形态"与"乌托邦"辩证关系的核心意旨,亦属社会不断"革新"的思想基础。"新"与"旧"在此只能是带有时间性的暂时性概念,一时段的"新"必将被更新的事物取代,而在"新""旧"之间,存在着某种连续性而非"断裂"。几乎基于同样的考虑,对"文化大革命"参与甚深的路遥并未在简单的二元对立式的思维中书写"文化大革命",亦未在潮流化的伤痕的意义上展开笔下的世界,而是从诸种变化之中,认真辨析并着力书写"不变"的部分。因是之故,中篇小说《惊心动魄的一幕》的"着眼点是想塑造一个非正常时期具有崇高献身精神的人"。这样的处理,是基于如下考虑:"不管写什么样的生活,人的高尚的道德、美好的情操以及为各种事业献身的精神,永远应该是作家关注的主要问题。"以更为宽广的视域看,"不管各个历史阶段的社会现象多么曲折和复杂,以上人类所具有的精神和品质总是占主导地位的"。"更何

---

① 蔡翔:《革命·叙述:中国社会主义文学—文化想象(1949—1966)》,北京大学出版社 2010 年版,第 365 页。

况,我国人民在历史上形成的厚朴品质加上过去几十年党的正确领导和教育,使得生活中的马延雄(县委书记)和具有马延雄精神的人大量产生和存在,他们就是天塌地陷,也仍然保持着革命的赤子之心。"①路遥的此种考虑,在秦兆阳处得到了积极的肯定性的回应:"你虽然年轻,思想感情却能够跟我们党的优良革命传统相通相联,说明你有一种感受生活中朴素而又深沉的美的气质。"曾因写作《现实主义——广阔的道路》而引发广泛关注的秦兆阳更是在现实主义的反思的意义上高度肯定了路遥写作此一人物的价值:"怎样克服文学创作中长久流行的,现实主义俗化肤浅化和眼光短浅的实用主义倾向呢?难道文学艺术所要歌颂的,不正是这一类高贵的心灵吗?所应该抨击的,不正是与这种心灵相对立的丑恶的灵魂吗?"②

秦兆阳以及评论界对该作的反应,并不出路遥所料。在路遥的好友海波的笔下,这部作品的产生,体现着路遥对于时代风向的敏锐把捉以及对自身写作的精心规划③。"《惊心动魄的一幕》的发表和获奖,可以说在总体上规定了他创作的取向。""站在政治家的高度选择主题,首先取得高层认可,然后向民间'倒灌'。"因为有关路遥的一个重要问题始终未得到评论界应有的重视。"路遥有多方面的才能,他在政治方面的才能如果不能说比文学方面的才能高的话,至少不比它低。站在1980年这个点上回望他的人生历程,他把绝大部分时间和精力花在'政治'方面,促使他改变处境的也是'政治'举措,纯文学的思考少之又少。通过《惊心动魄的一幕》的实践,这两者得到了统一,路遥找到了自己的突破点——能最大限度利用自身优势的突破点。"此后的《人生》《平凡的世界》是《惊心动魄的一幕》所开启的写作路线的自然延续。"1981年写的《人生》配合的是正在全面展开的农村改革,而1984年开始着手准备的《平凡的世界》则试图展现农村改革的全貌。"一言以蔽之,自《惊心动魄的一幕》开始,路遥的创作已经不是"喜欢什么写什么",而是"需要什么写什么"④了。以"政治家"的

---

① 路遥:《致刘茵》,《早晨从中午开始》,北京十月文艺出版社2012年版,第571-572页。
② 秦兆阳:《致路遥同志》,《文学探路集》,人民文学出版社1984年版,第403页。
③ 依照其对路遥写作该作时心态的理解,海波以为,路遥为什么选择这个题材而不是别的,与他对当时文艺政策走向的判断密切相关。其时"伤痕文学"影响甚大,"所有的文艺作品都在控诉或者说哭诉,可以说是'一把鼻涕一把泪',以致引起了人们的不快"。对此有深入反思的路遥以为,"高层会想办法扭转这种局面,而扭转的好办法就是鼓励一些正面歌颂共产党人的作品,进而起到引导作用"。此外,对路遥何以选择中篇小说为写作的"突破口",海波亦有详尽描述。路遥此一时期对文坛风潮及自身创作的反思与规划,无疑蕴含着理解其文学观念的重要信息。详情参见海波:《我所认识的路遥》,《十月》2012年第4期,第187页。
④ 海波:《我所认识的路遥》,《十月》2012年第4期。

敏锐感,路遥总能把捉到时代脉搏的最强音,并在总体性的宏大视域中完成对时代核心主题的文学演绎。他的痛苦与欢乐,他和他的作品此后多年招致的"赞同"与"反对"以及文学史地位的"沉浮",无不与此种写作理路密切相关①。而其作为文学"殉道者"的意义,也因此具有更为复杂的历史意涵,不独为文学献身这么简单。

自"文化大革命"结束至 80 年代初,路遥也同样面临如何调整自身写作的问题。如刘心武以《班主任》刷新此前《睁大你的眼睛》这样的典型的"文化大革命"作品的路线,而成为"新时期"伤痕文学的代表之一。路遥这一时期的作品亦需要反思并超越"文化大革命"时期写作的时代及自我的局限。短篇《父子俩》(1976)、《不会作诗的人》(1977)、《在新生活面前》(1979)、《夏》(1979)、《匆匆过客》(1980)、《青松与小白花》(1980)、《卖猪》(1980)即为此一时期的尝试性作品。置身已被思想及文学界指认为"新生活"之中的路遥,在艰难地探索写作的转型。但从《父子俩》到《青松与小白花》,奠基于"文化大革命"书写的"新"(先进)"旧"(落后)、"正"(面)"反"(面)对照的二元对立式的简单化逻辑仍然左右着路遥的写作。以上作品,未脱《山花》时期之写作模式,叙述简单而"粗糙",虽不乏"新生活"和"新人"的气息,但其核心逻辑,与《基石》《优胜红旗》诸作并无根本区别。值得一提的是《卖猪》,其情节虽同样简单,但内里暗含着的"反讽"的意味,透露出转型期不同思想观念之冲突及错位。六婶所坚守的原则与新时代新主题之间的抵牾,包含着时代变革中个人精神转换之隐痛,约略近于《一生中最高兴的一天》对乡村人物真实心态的冷峻观察。这种非诗性的乡村描画与转型期的时代背景密切关联,呈现出乡土世界"交叉地带"(不仅限于"城"与"乡")的复杂面向。一如数年后高加林所面对的新的乡村的基本图景:《创业史》中乡村改造的成果逐渐退却,代之而起的是姚世杰、郭世富们如鱼得水的世界。高加林"理想"与"现实"的冲突,多半因是而起。此后中篇《惊心动魄的一幕》(1980)可视为此前探索的总括,作品之视域逐渐阔大,对现实之反思亦更为深入,但其核心结构,仍在《基石》以来的脉络之中。而其更具影响力的中篇《人生》,虽致力

---

① 时隔多年之后,因"文化大革命"后期的"潮流化"写作走上文学道路,此后却几乎同步于"新时期"文学反思的海波已经能够理解路遥"站在政治家的高度选择主题"的写作的意义。但也同时意识到,这种写作"优""劣"并存:"由于他(路遥)在政治上的敏感和看问题的深远,选择的题材都非常'准确',因此连连获奖,直至名扬天下。"但他必须为此付出的代价也较为"惨重":"由于是'主题先行',所以写得特别吃力,特别累,'写一个东西脱一层皮',严重伤害了健康",他的英年早逝,也与此有关。从路遥的《早晨从中午开始》以及其他创作谈中可以察觉,海波的观察颇为准确。海波:《我所认识的路遥》,《十月》2012 年第 4 期,第 188 页。

于在变化的时代中书写"新人"的理想及其现实之痛,但此种"时代的变迁,在去除了意识形态崇高客体的虚幻性之后",亦属"'十七年'文学中的'社会主义新人'"蜕变出的"新的历史面貌"①。此类人物在意识形态所指陈的现实和希望愿景中曾有的精神依靠逐渐解体,他们被迫如堂吉诃德一般必须面对意义模棱两可的世界,并在其中完成个人的选择。此种选择无疑受制于新的现实的逻辑,一如梁生宝的原型王家斌在人民公社解体之后多次努力适应新时代却屡屡受挫,高加林的个人命运因与时代的宏大叙事"脱节"且无力参与新时代新的希望愿景而秉有无可置疑的悲剧气质。是为"在新的历史条件下",在"已经发生巨大变革的生活里","新人"所面临的新的历史与现实难题②。

质言之,从"《山花》时期"的代表作《优胜红旗》《基石》到改变其在文坛地位的重要作品《惊心动魄的一幕》《人生》,历经"文化大革命"与"新时期"转型阶段的路遥的写作,就根本意义而言并不存在文学史对此两个时期描述之时惯常所谓的"断裂",知识谱系和价值偏好的结构性变化在路遥的写作中也并未发生。"《山花》时期"所形塑之文学及世界观念,仍然影响着路遥80年代的写作,且逐渐成为其文学世界的底色。《惊心动魄的一幕》之后的短篇《姐姐》(1981)、《月夜静悄悄》(1981)、《风雪腊梅》(1981)、《痛苦》(1981)及中篇《在困难的日子里》(1982),亦属此一思想流脉之自然延伸。虽未如陈忠实、贾平凹一般以超克的姿态完成对柳青传统的"剥离",但路遥仍然经历了新旧之交时代变革所带来的精神阵痛以及由此引发之写作的变化。他不赞同"文化大革命"结束后思想仍无"解放",还在"赶时势""繁荣文艺创作"的意义上进行创作,且未脱此前"概念化"倾向的海波的写作方式,提醒他应打破创作之条条框框(无疑有明确所指),认真研究生活,并从其中挖掘可以"反映生活的本质"的题材③。路遥对此前创作及其时代同类作家共同的"弊病"的反思与自省,也在同样的意义上展开。不同于陈忠实、贾平凹等作家对"十七年"及"文化大革命"的超克姿态,路遥新时期以降的"变化",是以对社会主义文学流脉的持守为基础,属其在80年代流变之一种。其所具有的新的品质,乃新时代

---

① 徐刚:《"十七年文学"脉络中的路遥小说创作》,程光炜,杨庆祥编:《重读路遥》,北京大学出版社2013年版,第134页。
② 路遥:《严肃地继承这份宝贵的遗产》,《早晨从中午开始》,北京十月文艺出版社2012年版,第140—141页。
③ 路遥:《致海波》(第三及第七封),《早晨从中午开始》,北京十月文艺出版社2012年版,第558,562页。

的新现实使然。此与路遥强调坚守"现实主义精神"而非技巧的思路如出一辙。

就其要者而言,"深沉的历史感"和"时代感",最为20世纪80年代前后的路遥所看重。其所阐发之思想,也多有现实的针对性。以"断裂"的理路建构之"新时期"与"十七年"及"文革文学"的关系模式,并不为路遥所取。在历史延续性的意义上,路遥审慎地面对思想界及文学界关于历史"裂变"的讨论。他提醒青年写作者,"重要的问题是要学会注意今天的变化,并深刻明了这种变化是从历史各个阶段发展过来的"。目光不能局限于当下的生活,而要"透过切面看到时间的年轮","通过各种纹路,看到生长了多少年",最终看到"历史的纵深","看到更深厚的历史的呻吟"。因为"历史是客观的,现实的,不应嘲弄,不应浅薄,要深沉,要报以严肃的态度"。进而言之,"不要对'文化大革命'用一两句话去辱骂了事,应该更深沉一些"。一如从二万五千里长征的历史壮举中体会到"为革命事业献身"的历史感和光荣感,真正严肃的作家,应该有"这种感情——深沉的历史观"。尤为重要的是,这种历史观,"实际上是正确对待劳动人民的态度"[1]。由认同连续性的历史观念转向"对待劳动人民的态度",其间包含着更为复杂的逻辑。历史地看,社会主义文学的兴起,使得劳动人民以前所未有的机遇成为时代精神的主体。毛泽东同志当年对劳动人民在文学中的缺席的"不满",因国家体制的革故鼎新而有了根本性变化的可能。工农兵文学的兴起成为"弱者的武器"而让鲁迅所说的"默默生长"着的"百姓"获致发言的机会[2]。在此大背景下,梁生宝们取代富农姚世杰、富裕中农郭世富成为20世纪50年代的"时代英雄"。也因同样的历史逻辑,"《山花》时期"的路遥有了以文学的方式改变命运的机会。差不多三十年后,面对时代想象的"现代化"逻辑,孙少平们已无可能如梁生宝般获致参与宏大叙事的可能。他们的个人奋斗及其艰难获取的有限度的"成功",也无法编织入新时代的宏大想象之中。此种"参与性危机"以其无从超克的冰冷的逻辑暗含着更为复杂的历史与现实难题[3]。对此种问题的深刻洞察,无疑是路遥坚守革命现实主义传统并深切关注普通人命运遭际的根

---

[1] 路遥:《漫谈小说创作——在〈延河〉编辑部青年作者座谈会上的发言》,《早晨从中午开始》,北京十月文艺出版社2012年版,第109页。

[2] 对此一问题更为深入的讨论,可参见钱理群:《构建"无产阶级文学"的两种想象与实践》,《钱理群讲学录》,广西师范大学出版社2007年版。

[3] 对相关问题的深度探讨,可参见黄平《反讽者说:当代文学的边缘作家与反讽传统》,上海文艺出版社2017年版,以及杨庆祥《80后,怎么办?》,北京十月文艺出版社2015年版。

本动因。

如不从单向度的思想观念中读解路遥对"历史"与"人民"关系的探讨,不把其所阐发之观念视为"文化大革命"时期特殊经历的精神残留,则路遥的历史观念及其价值偏好与《讲话》核心理路的内在关联便不难察觉。兴起于20世纪30年代的"工农兵"写作及其所蕴含之中国文学写作模式的根本性变革因,与此后"人民共和国"的精神根基的内在关系而具有"三年千年未有之大变局"的历史寓意。质言之,"人民共和国的文化和政治根基,归根结底是一种新的人民","一种自己创造自己、为自身奠定合法性的'新人'"。"新人"与"人民共和国"可以相互定义。它们都是"现实中的政治性存在,都在给定的历史条件下不断地创造自己的历史"[①]。是故,"人民共和国"的历史,即是作为社会主义意识形态主体的"新人"不断创生的历史。亦如甘阳所论,"'人民共和国'的意思表明这共和国不是资本的共和国,而是工人、农民和其他劳动者为主体的全体人民的共和国,这是社会主义的共和国"[②]。强调历史的连续性,并将在连续性的意义上理解国家各个阶段的历史视为一种与如何"正确对待劳动人民"密切相关之"深沉的历史观"的路遥的精神谱系,无疑扎根于人民共和国的政治及其文化根基之中。也因此,作为社会象征性行为的文学所具有的形塑"新的国家"和"新人"的想象的意义得以凸显。在此一语境中,"作家的全部工作都应该使人和事物变得更美好",从而努力"让生活的车轮轰隆隆地前进"[③]。这便可以理解《平凡的世界》中何以洋溢着超越冷峻现实的道德理想主义。也几乎在同样的意义上,布洛赫认为,"恰恰是艺术家的小说这一本质上破碎的、美学上不能令人满意的结构,赋予它以自己的本体论价值,作为我们面前没有完成的未来运动的一种形式和想象"[④]。就此而言,路遥对社会主义文学及其所属之思想及美学谱系的坚守,暗含着其对文学与时代及政治间之根本关系的深刻洞察。这种写作理路在80年代中后期凝结为三卷本近百万字的鸿篇巨制《平凡的世界》,成为路遥文学的"绝唱"。时隔二十余年后,由《人生》和《平凡的世界》所持守和开辟

---

① 张旭东:《试谈人民共和国的根基——写在国庆六十周年前夕》,《文化政治与中国道路》,上海人民出版社2015年版,第14-15页。
② 甘阳:《中国道路:三十年与六十年》,《文明 国家 大学》,生活·读书·新知三联书店2012年版,第35页。
③ 路遥:《面对着新的生活——致〈中篇小说选刊〉》,《早晨从中午开始》,北京十月文艺出版社2012年版,第103页。
④ 詹姆逊:《语言的牢笼 马克思主义与形式》,钱佼汝、李自修译,百花洲文艺出版社2010年版,第119页。

的路线在不同作家那里得到不同的"回应",也再度说明路遥文学及其所坚守之传统尚包含着有待展开的丰富的可能性。

第二节 现实主义观念和审美的双重拓展

作为重要的剧作家和小说家,自20世纪90年代初迄今,陈彦以"西京三部曲"(《迟开的玫瑰》《大树西迁》《西京故事》)为代表的现代戏以及以《西京故事》《装台》《主角》为代表的长篇小说分别奠定了其在当代文学不同领域中的重要地位。而对其作品的研究史略作考察,不同论者的知识谱系和意识形态以及与之相应之思想和审美观念的"分歧"格外值得注意。此种"分歧"并非表现为对作品价值高下的论争,而是不同文学史观的内在分野及其在具体作品评判过程中关注重点的差异。而历史性地考察此种差异及其症候意义,是深入探析陈彦作品之于当代文学核心传统及当下创作意义的先决条件。

在"新时期文学"四十年的重要时间节点回顾80年代迄今之文学史叙述的主流形态及其所关涉之复杂多元的问题论域,一个悬而未决的重要问题必将再度引发持久而广泛的关注——即如何以历史化的方式,重新激活肇始于1942年,且在当代文学前三十年中以强有力的姿态形塑当代文学的基本面向的革命现实主义文学传统,从而在当下语境中有效完成对这一未完成的传统的接续。此问题无疑关涉赵树理、柳青,以及在80年代迄今之历史氛围中有心接续社会主义文学传统的路遥及其他作家作品的文学史评价问题。也因此,在贾平凹长篇小说《带灯》中的主人公带灯的评价问题上,陈晓明表达了他内在的犹疑,"带灯这个人物在我们现当代文学的人物谱系中意味着什么"。"这个很难的问题其实困扰我很长时间,包括我写《中国当代文学主潮》那个书的时候,我觉得也是面对一个非常难解决的问题,就是我们怎么去评价我们曾经有过的一段叫作社会主义文学。"即便意识到该问题的重要性,但具体如何阐释,却似乎面临重重困难[1]。此种困难在多重意义上关涉到80年代以降文学史叙述成规及其所表征之观念的内在分歧,亦与意识形态叙述重心的转移密切相关。以"断裂论"结构之中国现当代文学史在重新确立"'五四文学'(启蒙文学)主体地位"

---

[1] 丁帆、陈思和、陆建德等:《贾平凹长篇小说〈带灯〉学术研讨会纪要》,《当代作家评论》2013年第6期。

的同时,将左翼文学、延安文学"边缘化","表现在'当代文学'中,则是'新时期文学'的主体地位的确立以及'50-70年代文学'的边缘化"。更有甚者,在更为激烈的"断裂论"中,"'50-70年代文学'被逐步排除在'现代文学'之外",且被置入"文学/非文学(政治)、启蒙/救亡乃至现代/传统等类型化的二元对立中加以确认"[①]。自晚清开启,至"五四"强化的文化的"古今中西之争"及其所形塑之二元对立的思维模式,仍在多重意义上影响着文学史观念的基本面向。缘此,则无论"一体"到"多元"、"庙堂"(广场)与"民间",还是"共名"与"无名",均分享着同一种非此即彼式二元对立的思维方式,在表层的"解放"的能量之外,不可避免地存在着对另一种思想及审美资源的"遮蔽"和"压抑"。因是之故,作为"重写文学史"实践中重要文学史构想的"20世纪中国文学"或许并不能涵盖"20世纪中国"所有的"文学现象"。其以"未曾自觉的'现代性'"和"不加反思的'文学性'"读解"20世纪中国",既存在着"漠视'革命'这一20世纪中国最重要的现象"的问题,亦无法理解"'农村/农民'这一20世纪中国最大的群体"[②]。而"人民的文艺"的兴起作为20世纪中国社会文化"三千年未有之大变局"的深层历史寓意亦"被迫"消隐。"底层"突围的困难,"新伤痕文学"所表征之历史和现实难题,以及更为宽泛的"80后"面临的现实和精神困境,均或隐或显地与此相关。而重建直面现实的"宏大叙事",或接续柳青和路遥传统,尝试在"总体性"意义上书写大时代及其间个人和群体命运的历史性变化,必然面临偏狭的文学史观念所致之评价的困难。此外,超克"五四"以降之现代性理路,在古今贯通的大文学史视域中考察陈彦作品与古典传统的承续关系,并将其视为现实主义拓展的可能性之一种,亦颇为重要。如论者所言,在古今分裂的意义上开显之"五四"现代性传统虽有其历史合理性,但在"五四"诸公所面临之历史与文化语境已发生变化的新的历史语境下[③],以返本开新的姿态重续古典传统正当其时。要言之,超克"新时期"以降诸种文学史观念之局限,在更具包容性的视域中重新梳理文学与历史和现实双向互动的思想及审美路径及其意义,无疑是有

---

① 李杨、洪子诚:《当代文学史写作及相关问题的通信》,《文学评论》2002年第3期。
② 罗岗、张高领:《在新的历史条件下重返"人民文艺"——罗岗教授访谈》,《当代文坛》2018年第3期。依罗岗之见,返归"人民文艺"的先决条件,是"在文学史研究上超越'五四文学'与'延安文艺'、'当代文学'与'现代文学'、'中国新文学'与'二十世纪中国文学'、文学史的'革命叙事'与文学史的'现代化叙事'"等一系列二元对立,"重新回到'20世纪中国文学'鲜活具体的历史现场和历史经验,再次寻找新的、更具有解释力和想象力的文学史研究范式"。
③ 参见宇文所安:《过去的终结:民国初年对文学史的重写》,《他山的石头——宇文所安自选集》,田晓菲译,江苏人民出版社2006年版,第279页。

效阐释具有多重资源汇聚意义的陈彦的创作的前提。而如何处理"五四"新文学传统、1942年《讲话》以降之社会主义文学传统,以及中国古典传统之间的复杂关系,仍属无法绕开的重要论题,亦为本文展开的基本视域和重点所在。

一、"总体性"与建构的现实主义

自20世纪90年代迄今,无论现代戏还是小说创作,关注不同时期普通人在具体的历史和现实氛围中所面临之迫切问题,且在宏阔的视域中肯定性地回应时代的精神疑难,是陈彦作品一以贯之的重要特征。如马克思所论,密切关注"从事实际活动的人,而且从他们的现实生活过程中""揭示出这一生活过程在意识形态上的反射和回声的发展"[1]尤为重要。因为,"生活,实践是反映的基本出发点,而从这个基本出发点去反映现实的生活关系"[2],是反映方法的基本特点之一。也因此,历史视域、现实关怀,甚至对未来可能的希望愿景的总体性的体察程度,一定意义上影响到作品对现实发掘的广度、深度与高度。而能否超越单一的观念限制,自更为宽广的历史、现实和思想视域中整体性地思考现实问题,并在此基础上洞悉现实发展的内在规律,直接决定着作品时代价值和现实意义的高下。对此种视域有极为深入的写作经验的路遥因之格外强调柳青遗产的如下特征:柳青"并不满足于对周围生活的稔熟而透彻的了解;他同时还把自己的眼光投向更广阔的世界和整个人类的发展历史中去,以便将自己所获得的那些生活的细碎的切片,投放到一个广阔的社会和深远的历史上去检查其真正的价值和意义"。也因此,"他的作品不仅显示了生活细部的逼真精细,同时在总体上又体现出了史诗式的宏大雄伟"[3],亦是其以《创业史》虚拟空间的营构表征20世纪50年代的总体性问题,从而成为"十七年"文学具有里程碑意义的重要作品的根本原因所在。在写作《平凡的世界》时,路遥努力在更为宏阔的视域中以"某种程度的编年史方式"全景式展现1975—1985年十年间"中国城乡广泛的社会生活"。既力图"用历史和艺术的眼光观察这种社会大背景(或者说条件)下人们的生存和状态",也就不能回避对生活"做出哲学判断","并要充满激情地、真诚地向读者表明自己的人生观和个性"[4]。其旗帜鲜明的"倾向性",自然因是而起。

---

[1] 转引自汉斯·科赫:《马克思主义和美学》,佟景韩译,漓江出版社1985年版,第585页。
[2] 汉斯·科赫:《马克思主义和美学》,佟景韩译,漓江出版社1985年版,第585页。
[3] 路遥:《早晨从中午开始》,北京十月文艺出版社2012年版,第20—21,137页。
[4] 路遥:《早晨从中午开始》,北京十月文艺出版社2012年版,第20—21,137页。

在柳青、路遥传统延续性的意义上，不回避对生活做出个人判断，努力在社会的大背景下以现实主义精神回应时代的精神疑难，为陈彦创作的要义之一。而20世纪90年代迄今之历史和现实氛围与50年代及80年代之间的差异，使得陈彦对"恒常价值"①的坚守以及对身处底层的"小人物"命运遭际的关切分外具有值得反思的症候意义：其所持守之现实主义创作方法及所依托之思想传统作为"反潮流"的"潮流"意义，庶几近乎路遥80年代对柳青传统核心面向的延续之于彼时文学主潮的意义。基于此，其作品也时常与潮流化的观念存在着内在的抵牾，而自更为宏阔之视域观之，其所坚守之价值观念自有其无法替代的重要意义。此种价值观念与一时期潮流化观念间的"错位"，正说明陈彦对思想观念的"变"中之"常"的深刻洞察。眉户现代戏《九岩风》的创作，起因于陈彦对90年代初时代问题的深切思考。在"万元户"成为"时代英雄"之时，陈彦却注意到在发展经济的过程中的"反面形象"，从而"着力塑造了靠巧取豪夺发家，而最终又沦为赤贫的孔仁贵的形象"②。该形象及其所昭示之时代问题在90年代初无疑具有"反潮流"的意义，却可被视为"新伤痕文学"的"前史"，并在此一思想理路的延长线上得到更为深刻的阐释③。孔仁贵的命运遭际，后来在《主角》中刘四团这一形象中得到了更为深入的发挥，表明陈彦对现实人生观察之全面和深刻。延续同样的思想理路，《迟开的玫瑰》(1998)不同于彼时潮流化写作对于"成功"人事的普遍性观照，而将目光投向那些身处"底层"，且无法被纳入新的历史想象的"小人物"。"1998年，当时大家都在写女强人、住别墅的女人，但我不解，只有那些人的生活是有价值的吗？更多的普通老百姓就是这样生活的，他们的生活难道就没有价值了吗？"④围绕乔雪梅"人生价值"的探讨在多重意义上乃是1954年《中国青年》所刊发之署名王一山的读者来信所涉之问题的再现，也从另一侧面说明关于"幸福"(人生价值)评价的新标准和新价值"往后不断强化的逻辑以及遭遇的危机"⑤。置身50年代总体性的历史和文化语境之中，王一山

---

① 陈彦反复申论之"恒常价值、伦理、道德观"，是指"经过人类历史检验，并继续适用于今天社会秩序建构、人的全面发展"的重要内容。不拘古今中西，一切有价值的精神成果均可纳入其中。陈彦：《边走边看》，上海文化出版社2012年版，第373页。
② 陈彦：《直面现实 拥抱生活》，《当代戏剧》1999年第2期。
③ 可参见杨庆祥：《重建一种新的文学——对我国文学当下情况的几点思考》，《文艺争鸣》2018年第5期。
④ 陈彦：《边走边看》，上海文化出版社2012年版，第371页。
⑤ 罗岗：《人民至上：从"人民当作主"到"社会共同富裕"》，上海人民出版社2012年版，第122页。

所面临的难题可以藉由"劳动"与"德性政治"的意识形态关联而得到根本意义上的解决①。而对于乔雪梅"牺牲"个人价值以肩负家庭重担的奉献精神的意义的理解,却必须依赖温欣等人思想觉悟的提高。其间暗含的复杂的历史意味,庶几近乎文学史关于梁生宝形象真实性的分歧及其所涉之内在问题。而在特定历史阶段随交大西迁至西安的一代知识分子同样必须面对两种人生价值观念之分歧所造成的精神的阵痛。作为第一代西迁人,苏毅秉承乃父遗风,以极强的精神定力,克服现实的重重困境而义无反顾地投身大西北建设,其间虽面临诸多历史性困境却初心不改。其为乃父所作墓志铭无疑属此种精神的凝聚:"天地做广厦,日月做灯塔,哪里有事业,哪里有爱,哪里就是家。"②其所谓"事业",也非普通意义上的个人成就,乃是与宏大的历史性实践密切相关,具有崇高的美学内涵。但此种牺牲"小我"而成就"大我"的精神并不能自然发生,孟冰茜返归上海的夙愿及其对后代返乡的设定无疑与彼时现实问题密切相关。因是之故,其子苏小眠立志扎根新疆以及其孙苏哲意图完成祖父未了之愿的选择,无疑包含着不同时流的复杂寓意。"从一个'西迁'家庭入手,用五十年的跨度,把他们三代人的感情、事业、人生与国家的命运紧密相连起来,从中折射出中国知识分子""不计个人得失、牺牲小我、成就大我的拳拳的报国之心"③。此种家国意识和淑世情怀,如剧中人周长安所论,乃是一种"使命"感,无论社会如何变化,此种价值坚守乃社会之脊梁所在。从木秀林(《九岩风》)、乔雪梅(《迟开的玫瑰》)到苏毅、孟冰茜(《大树西迁》),不同人物所处之环境及面临之问题虽有差别,但其核心却有内在的延续性,即在"个人"与"时代"、"自我"与"他人"之间,做出个人人生中的重要选择。此种选择无疑切中不同时期之重要社会问题,而主人公无一例外地完成了对"小我"的克服,从而"重建"其价值观念。因是之故,以对作为社会象征行为的叙事虚构作品的精心营构,"总体性"地回应时代的精神疑难,为陈彦建构的现实主义的要义之一。其观照现实的宏阔视域,以及努力在总体的意义上肯定性地解决现实问题的种种尝试,使其与"新时期"以降之"正面强攻现实"的写作方式存在着根本性的精神分野。此种分野既与文学观念关联甚深,亦与作品所属之思想及审美谱系颇多牵涉。

---

① 对此问题及其历史变迁之深层寓意的详细申论,可参见蔡翔:《革命/叙述:中国社会主义文学—文化想象》第五章"劳动或者劳动乌托邦的叙述",北京大学出版社2010年版。
② 此段作为《大树西迁》点题之笔在剧中反复出现。陈彦:《陈彦精品剧作选:西京三部曲》,太白文艺出版社2018年版,第134页。
③ 陈彦:《边走边看》,上海文化出版社2012年版,第202页。

基于对"新时期"以降之文学思潮和流派及其文学文本现实意义的整体性反思,有论者对"先锋文学"及其所依托之思想和审美资源之"局限"有过如下反思:因悬置文学之社会功能,仅在个人情绪之表达上着力用心,当代文学已然逐渐失去作用于现实的功能。"情感信服力的不足"和"社会反思能力"[①]的欠缺使得文学已无力回应迫切的现实问题。此种功能曾在"五四"以降之文学史中发挥极大之作用,甚或影响到中国作为现代民族国家的建构问题。无须援引詹姆逊关于文学之"政治无意识"的相关论断,仅就20世纪中国文学的总体状态而言,悬置文学的社会功能,的确是对文学意义的"窄化"。90年代得到广泛讨论的"纯文学",其核心问题即在此处。如论者所言,"由于对'纯文学'的坚持,作家和批评家们没有及时调整自己的写作","使得文学很难适应今天社会环境的巨大变化",也无法建立和"社会的新的关系",自然无从"以文学独有的方式对正在进行的巨大社会变革进行干预"[②]。不同于"纯文学"的思想理路,经由现代戏的实践,陈彦极为重视文学的社会功能及价值,且努力从肯定性意义上解决现实的复杂疑难。此种解决并不局限于狭窄的范围,而是向极为广阔的生活世界敞开。"作家、艺术家生命气象的强弱,生命格局的大小,使命担当意识的自觉程度,决定了他作品的宽度、厚度与高度。"进而言之,"大的作家和艺术家其实都在思考大问题,路遥正是这样一位作家,他从生活过的陕北小村庄看起,一直把眼光放大到县、地区、省乃至全国,全面思考着一个民族的精神和发展走向,大至贫困问题,中国的物质和精神在那个年代的平衡问题,细到对毛茸茸的底部生活的重视,无不折射出他宽阔的生命精神与情怀,贴着大地行走,站在云端俯瞰,最终成就了路遥《平凡的世界》的宏大与广阔"[③]。基于同样的考虑,在完成秦腔现代戏《西京故事》之后,陈彦觉得"当下城乡二元结构中的许多事情"因篇幅所限,未能有更为清楚深入的表达,因此有近五十万字的长篇小说《西京故事》的创作。在舞台剧因自身艺术特征的限制的未尽之处,长篇小说有更为丰富宏阔的表达。"我在写城市农民工,随之与他们产生对应关系的各色人等,也就不免要出来与他们搭腔、交流,共同编制一种叫生活的密网。"[④]罗天福一家的

---

① 艾伟:《对当前长篇小说的反思》,《当代作家评论》2006年第2期。
② 转引自张均:《当代文学研究中的"纯文学"问题》,《首都师范大学学报》(哲学社会科学版)2017年第2期。在分析了"纯文学"的局限之后,张均以为"告别'纯文学'的方法,将视野从文本和个体灵魂延伸到'历史深处'的'力的关系'或历史的动态变迁之中,则实在是学术走向开阔之境的必经之途"。如是思路,用作超克"纯文学"局限的方法亦无不可。
③ 陈彦:《艺术家要有大气象大格局》,《中国艺术报》2015年04月01日。
④ 陈彦:《西京故事》,人民文学出版社、太白文艺出版社2013年版,第432页。

"西京故事",因之并不局限于文庙村,也并不仅与房东西门锁、郑阳娇及其他农民工发生关联。"'西京故事'就是中国故事,作家笔下的'文庙村'就是当下中国社会的象征与缩影。"①罗甲成的现实和精神的双重困境亦不能在与孟续子等人的关系中得到解释。凡此种种,无不与新世纪的第二个十年的社会文化的总体性氛围密切相关。因是之故,就空间而言,由塔云山到西京城的文庙村,牵涉到极为开阔的现实;而以所涉之人物论,无论身在学院的童教授、基层领导贺冬梅、房东郑阳娇,还是塔云山外出打工的蔫驴,与罗甲成同寝室的朱豆豆、孟续子等等,无不代表时代复杂总体的不同面向,并分属不同阶层,却从不同层面影响到罗天福一家的命运。由此,陈彦既在生活的细部展现罗天福一家所面临之现实难题,亦尝试在更为宏阔之现实视域中,总体性地观照其困境并努力探讨超越困境的可能。

同样宏阔之现实视域,亦属《主角》的特征之一。"《主角》当时的写作,是有一点野心的:就是力图把演戏与围绕着演戏而生长出来的世俗生活,以及所牵动的社会神经,来一个混沌的裹挟与牵引。我无法企及它的海阔天空,只是想尽量不遗漏方方面面。"②《主角》的核心人物虽为忆秦娥,但其所着力描绘的"主角"的更具普遍性的复杂寓意,却并不局限于忆秦娥一人。在"诗与戏、虚与实、事与情、喧扰与寂寞、欢乐与痛苦、尖锐与幽默、世俗与崇高的参差错落中",陈彦力图"发掘生命和文化的创造力与化育力",小说因是成为"照亮吾土吾民的文化精神和生命境界的'大说'"③。其书写之精微处,即便在厨房,廖耀辉与宋光祖之间围绕何人当为"掌做"之明争暗斗也可谓此起彼伏。而胡三元与郝大锤纠纷之缘起,亦与个人地位之高下密切相关。其他如米兰和胡彩香之纠葛,薛桂生与丁至柔之矛盾,无不与此有关。而如是矛盾的"同义反复",乃忆秦娥生活之常态。在宁州有楚嘉禾等人的明枪暗箭,在省秦仍有龚丽丽、楚嘉禾等人从未消停的恶意攻击甚或暗中构陷。由此,《主角》从多个角度多种层面,切近20世纪70年代中期迄今中国社会复杂状态的诸多面向。忆秦娥个人命运之"贞下起元"与大历史之革故鼎新密切关联。"旧戏解放"亦与彼时时代主题之宏大变革密不可分。大历史主题的转移自然引发个人命运的"天翻地覆"。也因此,忆秦娥及胡三元、胡彩香、米兰、刘四团等人物甚或"秦腔"的命运,均是高度历史性的,几乎与改革开放四十年之社会变化

---

① 吴义勤:《如何在今天的时代确立尊严?——评陈彦的〈西京故事〉》,《当代作家评论》2015年第2期。
② 陈彦:《主角》,作家出版社2018年版,第894页。
③ 吴义勤:《生命灌注的人间大音——评陈彦〈主角〉》,《陕西日报》2018年02月01日。

处于"同步"状态。

即便意识到刁顺子们彻底改变命运的希望的微茫,且以"蚂蚁"的意象表征其对此类生活之基本状况的冷峻观察,陈彦却无意在"正面强攻"的意义上完成对现实的书写。强调文学的总体性及其与政治现实的复杂关联与在非总体性、去意识形态化之思想理路中建构之文学观念的根本性区别,在于对"文学"——其价值、功能及意义——理解的差异。其间暗含的思想纷争在多重意义上乃是关于"无边的现实主义"及其限度的争论的历史性循环。因注意到"颓废派"作品潜在的"意识形态"性质,苏契科夫并不赞同加洛蒂无限制拓展现实主义边界的理论构想。在他看来,"围绕现实主义而进行的争论极其鲜明地揭示出争论双方立场和审美观的分歧,揭示出在理解艺术的社会使命以及现实主义和现代主义关系方面的差异"。不同立场和审美观的根本性分野,并不在艺术表现技巧方面,而在于此种技巧所彰显之世界观念。"资产阶级美学家和作家们强调艺术对意识形态其他领域的虚假的自主性,为的是否定艺术的社会意义,把艺术禁锢在'纯粹的''没有利害关系的'审美感受的领域中",进而使"艺术发展的图景极度简单化",其在"人类生活和社会中的作用遭到削弱"[①]。关于表层的技巧的分歧并不能掩盖其内在的意识形态(就该词的原初意义而言)纷争及其历史和现实寓意。在被文学史认定为现实主义退潮的90年代,秦兆阳与何启治关于《九月寓言》评价的分歧之根本原因即在此处[②]。是为两种意识形态间之复杂博弈,并非单纯的文学观念的分歧。

如路遥在"一个'同一性'的制度、文化开始分裂的特殊历史时期"坚持一种"'同一性'的想象,并把它转化为现实的文学行为"时所面临的历史性难题——此种"同一性"已然缺乏如柳青时代的宏大叙事的制度性支撑,陈彦或亦难以通过特殊的"认证原则、传播方式把这种'同一性'散播到读者群中",并"试图构建一个'坚不可摧'的文化的'共同体'"[③]。秦腔现代戏《西京故事》演出近千场并获得极为广泛的积极回应的现实亦不能表明罗天福一家的现实与精神难题的解决方式可以推广到更为普遍的领域,并从根本上解决这一阶层所面对的核心问题。有论者尝试在新的历史条件下重返"人民文艺"的根本用心亦在此处。"'人民文艺'一直在讨论

---

① 苏契科夫:《关于现实主义的争论》,罗杰·加洛蒂:《论无边的现实主义》,吴岳添译,上海文艺出版社1986年版,第234、236页。
② 参见李云雷:《秦兆阳:现实主义的"边界"》,《文学评论》2009年第1期。
③ 杨庆祥:《路遥的自我意识和写作姿态——兼及1985年前后"文学场"的历史分析》,《重读路遥》,北京大学出版社2013年版,第54页。

作为'被动员阶级'的'人民大众',强调的是作为一种'想象'的政治共同体"。此一想象的共同体包含着脱离了"'五四'启蒙文化的民族—国家构想的政治和文学方案"①。此亦为柳青赋予梁生宝一种"新的农民的本质"的根本用心处,"'解放'的意义对于绝大多数农民来说,只意味着自己的解放或者是建立在血缘和地缘基础上的'家族'的解放",但梁生宝对此的理解则迥然不同,他"一下子就抓住了'解放'的抽象意义,并从中找到了自己的真正的本质"。此种本质的根本性意义在于,"对'咱们'这一'想象的共同体'的认同意味着他不但从封建的地主政治压迫下解放出来,而且还能迈出更重要的一步——从统治中国农民几千年的封建思想中解放出来"并深刻领会到"解放"所开启之新的"现代性事业"的根本意喻②,此后的"创业"自然蕴含着创造"新世界"并于其中自我创造的内在价值。而随着时代核心主题由"革命"转向"现代",此种现代性事业的重心亦发生转移。那些曾经赋予"底层"以极大的"尊严"的"劳动"的深刻的政治意涵亦渐次退却,罗天福一家依靠诚实劳动安身立命的价值坚守虽能获致一定意义上的"尊严感",却无法一劳永逸地解决其阶层本身的内在困境。《创业史》的"未完成"昭示着同样的问题,"社会主义现实主义"所追求的"'总体性世界'的文学书写"及其所要求的"理论与实践、主体与客体的统一"必然需要借重"社会体制形态",一当其所依赖的文学与政治的"联动机制本身发生变化乃至断裂时,文学就逐渐开始显露其有限性,被迫从政治化实践机制中'脱落'出来"③。而置身仍在延续的社会转型期,为身处底层的普通人之生活意义赋予一种想象性的解释,远较无视现实的复杂性简单开出解决方案更为重要。因为,"试图以塑造的方式揭示并构建隐蔽的生活总体",并包括"历史情况自身所承载的一切破裂和险境"④,从而将境况之种种纳入虚拟的总体性空间中且赋予其以系统的意义,乃小说创作的目的之一。一如论者曾将社会主义现实主义的使命定义为"不仅仅是在现在批判地描绘过去的东西",其要意还在于"肯定革命在现在所获得的一切,阐明社会主义未来的崇高的目的"⑤。而相较于批判地描绘过去和现在,阐明未来崇高目的的肯定性书写似乎更为紧要。沿此思路,则陈彦在《西

---

① 罗岗、张高领:《在新的历史条件下重返"人民文艺"——罗岗教授访谈》,《当代文坛》2018年第3期。
② 李杨:《50-70年代中国文学经典再解读》,山东教育出版社2002年版,第153页。
③ 贺桂梅:《"总体性世界"的文学书写:重读〈创业史〉》,《文艺争鸣》2018年第1期。
④ 卢卡奇:《小说理论》,燕宏远、李怀涛译,商务印书馆2012年版,第53页。
⑤ 奥泽洛夫:《社会主义现实主义的若干问题》,新文艺出版社1957年版,第31页。

京故事》之后写作《装台》与《主角》,或许亦属一种"无法回避的选择",为从肯定性意义上回应时代的精神疑难之基本理路的自然延续。

质言之,尝试在更为宏阔的社会历史及现实视域中深度观照时代的精神疑难,并努力接续已然"退隐"的极具历史症候意义的总体性范畴,且于其间探讨时代及人之可能性,为陈彦建构的现实主义的特征之一。此种总体性无疑包含丰富复杂的历史和现实意蕴。如柳青以《创业史》的写作应和20世纪50年代意识形态对"新世界"和"新人"的双重询唤,努力以叙事虚构作品虚拟空间及其间人事的营构肯定性回应时代的核心问题,陈彦的诸多作品亦从不同侧面涉及当下社会的核心问题的不同面向,并尝试提供可能的解决方式。自90年代《九岩风》迄今,社会核心问题于不同语境中之流变,自然召唤与之相应的总体性思考与时推移的观念调适。就此而言,陈彦一以贯之的思想理路及审美偏好并不能在"新时期文学"所彰显之启蒙及个人的基本理路中得到恰切的阐释,而是需要返归至"十七年"甚至延安文艺的基本传统。是为陈彦写作不同于当下现实主义的重要特征。其之于"未完成"的社会主义文学传统的内在的接续的价值,无疑更具现实的症候意义。

二、"新世界"与"新人"的双重可能

既在具有复杂历史与现实意涵的总体性意义上回应时代的精神疑难,那么塑造与"新世界"相应之"新人"形象,自然属其题中应有之义。而"新人"也并非"某种固有的属性,而是在历史实践的过程中建构起来的实体和主体"。他与"人民共和国"相互定义,均属"现实中的政治性存在",且"都在给定的历史条件下不断创造自己的历史"。"新人"的谱系,因之与时代的核心问题互为表里。书写"新人""在一个现实的政治和伦理空间中"如何"寻找新的自我"①,也便成为陈彦作品的重要特征。但其对"新人"及其历史性实践的理解,并不等同于"新时期"以降文学主潮之核心取向,而是与路遥80年代的写作一般,包含着赓续革命现实主义传统及其内在的质的规定性的重要内容。

虽未使用"人民文艺"这一极具历史症候意义的重要概念,但陈彦对身处底层的小人物的历史与现实命运的深度关切,仍然表明其思想的重心在新的"人民文艺"的谱系之中。他并不赞同历史题材仅关注帝王将相与才子佳人,现实题材只关心劳模精英及成功人士,他认为此种关切并不"接

---

① 张旭东:《文化政治与中国道路》,上海人民出版社2015年版,第15页。

地气",且存在着"严重脱离人民大众"的问题。创作者应"多接触老百姓的心理",写出"他们的痛痒",尤为重要的是,从骨子里"流淌为弱势生命呐喊的血液"。是为戏曲的"创造本质和生命本质"①,亦是陈彦小说创作关注之重点所在。"有人说,我总在为小人物立传,我是觉得,一切强势的东西,还需要你去锦上添花?……因此,我的写作,就尽量去为那些无助的人,舔一舔伤口,找一点温暖与亮色,尤其是寻找一点奢侈的爱。"②即便在以秦腔名伶为主人公的《主角》中,陈彦藉各种阶层各色人等的命运遭际对人之普遍性命运的思考,仍不脱其一以贯之基于"人民"立场的价值关切③。乔雪梅(《迟开的玫瑰》)在个人命运与家庭(社会)责任之间的艰难选择和价值坚守,无疑贴近底层人物之基本现实,且由之生发出对个人生命价值的另一种具有崇高意义的思考。此种思考亦并不借重将"个人"置于"社会"(他人)之上的思想资源,而是着力强调扎根于社会的个人"牺牲"和奉献的内在价值。历史地看,身处底层的普通人以前所未有的历史主体的身份登上历史舞台,是为《创业史》所敞开之"新世界"与"新人"交互生长之核心要义,亦关涉到文学与历史、现实互动之问题的核心。基于对毛泽东同志《讲话》的理解,柳青以从事"新人物"的"新的思想、意识、心理、感情、意志、性格……的建设工作"④为创作《创业史》的根本目的。此种目的自然有基于宏阔的现实的总体性考量的历史意味,并非人物塑造那么简单。⑤ 20 世纪 80 年代初中期,身处已然不同于"十七年"文学的"新时期"的历史语境之中,路遥经多方考量仍坚守柳青传统,其根本性的考虑即在此处。其间暗含之个人命运与大历史变化的内在关联之深层寓意,非有切身之生命实感经验而不能道⑥。此种思想理路在 80 年代之"反潮流"意义及其所遭遇的文学史的冷遇,表明两种关于"人"的想象间之复杂博弈。是为"十七年文学"两种研究理路的内在分歧。此种分歧意味着"关注'穷苦人'的社会主义文化与今日精英本位的主导文化之间存在根本差

---

① 陈彦:《边走边看》,上海文化出版社 2012 年版,第 373 页。
② 陈彦:《装台》,作家出版社 2015 年版,第 433 页。
③ 值得注意的是,在《主角》后记中,陈彦特别提及其因一个新闻事件而一度停笔。而支撑其继续写作的,恰恰是对普通人命运的关切。陈彦:《主角》,作家出版社 2018 年版,第 899 页。
④ 柳青:《和人民一道前进——纪念毛泽东同志〈在延安文艺座谈会上的讲话〉十周年》,蒙万夫等编:《柳青写作生涯》,百花文艺出版社 1985 年版,第 29 页。
⑤ 参见杨辉:《再"历史化":〈创业史〉的评价问题——以洪子诚〈中国当代文学史〉为中心》,《西北大学学报》(哲学社会科学版)2016 年第 1 期。
⑥ 参见杨辉:《路遥文学的"常"与"变"——从"〈山花〉时期"而来》,《中国现代文学研究丛刊》2018 年第 2 期。

异"①。也因此,柳青与路遥的写作乃是关于"人"的另一种想象性实践的结果,具有不容忽视的历史和现实意义。

　　几乎在同样的意义上,《西京故事》可以被视为路遥传统在新世纪的回响。困扰路遥的主人公的"城""乡"之辩仍属新世纪第二个十年诸多底层人物所必须面对的现实难题。柳青多年前关于文学作品经典化以六十年为一个单元的说法得到了确凿无疑的印证——后世的历史性评判终究压倒同时代人的观念而更为切近文本生产的历史性背景,也更符合历史语境的客观要求。对文学作品的价值评判如是,对作品所涉之历史事件之评判亦如是。然而时隔多年后,总体性观念与时推移的自然调适已使时代主题发生变化。此种变化自然影响到置身大历史之中的个人命运。相较于20世纪50年代的"新人"梁生宝和80年代的"新人"孙少平、孙少安,《西京故事》中可视作为新世纪第二个十年的"新人"的罗甲秀、罗甲成必须面对更为复杂的现实和精神境遇。可以作为"新人"梁生宝极为强大的精神后援的总体性观念在80年代已非孙氏兄弟所能分享,具有丰富之历史寓意的"劳动"及其所持存之价值和尊严在《平凡的世界》中几乎成为人物一厢情愿的精神的姿态。在塔云山这一远离城乡冲突的封闭世界,罗天福及其所坚守之价值观念已然面临日渐逼近的来自外部世界的挑战,而一旦置身文庙村这一交叉地带(城中村),诸多潜在的矛盾被一一激发且一再强化。即便起早贪黑累断筋骨,罗天福一家仍然无法从根本上改变命运。郑阳娇的蛮横和逼迫以及偶入工地推销千层饼被打,均不过是此种冲突的不同面向,其根本仍在经济地位所造成之阶层分野。一如孙少平半生奋斗的结果可能不过是他人人生的起点,无论罗甲成如何努力奋斗,也似乎并无与沈宁宁等人共享同等资源的可能②。尤需注意的是,《西京故事》的世界已无如《平凡的世界》中贯穿始终的道德理想主义。看似善解人意、教人心动的童薇薇也无法成为田晓霞的再现,也自然不能为罗甲成承诺一段美好的恋情。即便进入名校却仍身处底层的罗甲成最终因无法承受种种压力而愤然出走。后来,虽在罗天福精神的感召之下重返校园,但并不意味着其拥有了超越个人境遇的可能。在作品的结尾处,沈宁宁等人相继有了足以令罗甲成们艳羡不已的去处。罗甲成、罗甲秀克服"毕业即失业"的方式是"创业"这一具有新世纪历史和现实独特寓意的方式。他们依靠数

---

① 张均:《"十七年文学"研究的分歧、陷阱与重建》,《文艺争鸣》2015年第2期。
② 参见杨辉:《"一代人"的"表述"之难——杨庆祥〈80后,怎么办?〉读札》,《中国现代文学研究丛刊》2018年第3期。

年所学将千层饼做成连锁店,在即将从容展开的未来可能获得更具象征意义的"成功"。无论"失败"还是"成功",罗天福一家的命运均是高度历史性的。而个人命运的根本性变革,仍以社会的变革为基本前提。是为陈彦"重启""孙少平难题"的要义之一。

在总体的制度性资源(如梁生宝的种种行为均有来自时代强有力的思想及制度的支持)匮乏的境况下,罗甲成、罗甲秀以个人"创业"(与梁生宝"创业"的集体性质形成极具历史意味的"反差"。此亦为"80后"参与性危机产生之根源)克服现实困境的方式未必具有一定意义上的普遍性。此种对现实疑难的缓解也或许不过仅在象征的意义上发生效用,陈彦对此无疑有更为深入的洞察。如贾平凹几乎在同一时段尝试以重启"社会主义新人"的思想及美学谱系的方式表达其现实忧虑,却只能以"新人"的"幽灵化"结束所昭示的问题一般[1],总体性和制度性资源的匮乏,使得陈彦在"路遥传统"的基本框架之中象征性解决现实疑难的种种努力难以全功。与时代主题与时推移的自然调适一般,《大树西迁》《迟开的玫瑰》及《西京故事》之后,陈彦藉对中国古典文学与文化传统沉潜往复、从容含玩而悟得之思想及审美观念,尝试赋予如罗天福般难于从根本意义上改变命运的人物以生之意义和尊严。此种思考无疑属古典思想及其所持存之人世观察境界之再生。长篇小说《装台》《主角》及其中"新人"之不同于路遥传统的新的思想、心理和情感,均需在这一思想及审美谱系中加以阐释,而不能简单地被目为"传统"或"守成"而归入另册。

相较于"新人"罗甲成们虽屡遭挫折却总能化险为夷从而以勇猛精进的姿态朝向未来的"上出"之境,刁顺子和他的兄弟们却只能被迫面对周而复始循环往复的"轮回"般的命运。就根本而言,已无纯然美好的希望愿景等待他们阔步踏入,陈彦也无意于将他们的生活纳入某种理想的幻象之中。基于对现实人生的敏锐洞察,陈彦充分意识到此类人物及其根本性的"局限"所在。"问题是很多东西他们都无法改变,即使苦苦奋斗,他们的能力、他们的境遇,也不可能使他们突然抖起来、阔起来、炫起来。"他们极为艰难的现实处境也使得童话般缓解困境的无能和无力。"他们永远都不可能在森林里遇见连王子都不跟了,而专爱他们这些人的美丽公主,抑或是撞上天天偷着送米送面、洗衣做饭,夜半飘然而至,月下勾颈拥眠的动人狐仙。"也因此,陈彦无法简单地延续路遥传统中极为重要的道德理想主

---

[1] 参见陈晓明:《他能穿过"废都",如佛一样——贾平凹创作历程论略》,李伯钧主编:《贾平凹研究》,陕西师范大学出版社2014年版,第56—57页。

义以化解极为尖锐的现实问题,而必须重新切近更为复杂且坚硬的现实。但根本的问题仍在马克思的经典论断所昭示的思想现实之中,"哲学家们只是用不同的方式解释世界,而问题在于改变世界"。在如《创业史》般来自外部自上而下的思想及制度性资源匮乏的境况下,以现实的方式化解矛盾变得分外艰难。如是阶层既定命运的根本性变革尚需时日。因是之故,"在农民事实上不可能快速转移入城市,农民收入不可能得到迅速提高的情况下,站在农民主体立场的新农村建设的核心,是重建农民的生活方式,从而为农民的生活意义提供说法"①。此处所谓之"农民",换作"底层"亦无不可。《西京故事》之后,陈彦在《装台》《主角》中对底层,甚或可以扩而大之的"所有人"的生之意义的探讨,即是在更为广阔的思想资源中,为"人"的生活意义提供说法的尝试。

　　如是努力,也并非没有文学的先例。沈从文1934年返乡途中对"真的历史是一条河"的体悟,即包含着另一种读解普通人命运的思想路径。不过,不同于"五四"以降"人"的发现的启蒙立场,沈从文意识到普通生命内在的正大庄严。"他们那么庄严忠实的生,却在自然上各担负自己那分命运,为自己,为儿女而活下去。不管怎样活,却从不逃避为了活而应有的一切努力。他们在他们那份习惯生活里、命运里,也依然是哭、笑、吃、喝,对于寒暑的来临,更感觉到这四时交替的严重。"②也因此,"沈从文作品里的人,与启蒙的新文学里的人不同",前者无疑"大于"后者③。作为他们生活世界的基本背景的,既有精神意义上的千年传统渐次累积形成之文化人格之基本依凭,亦有个体生命与天地自然齐同之内在节律。如此,人自有由内而外生发之勃勃生气,并非概念化、图式化的"现代观念"所能简单概括。是为其生之意义本身自有,不假外求的原因所在。延续沈从文对普通人生活意义的如是理解,余华以"生活"与"幸存"区分两种理解福贵命运的视域。后者的评判乃出自"外部",如"启蒙"观念自上而下的特征;而前者则源自"内部",是一种对对象如其所是的理解。此种"内""外"之别,恰是两种思想路径之基本分野。以淡化宏大之历史背景,表明类同于许三观

---

　　① 贺雪峰:《新农村建设与中国道路》,薛毅编:《乡土中国与文化研究》,上海书店2008年版,第67页。
　　② 沈从文:《历史是一条河》,《沈从文全集》(卷十一),北岳文艺出版社2009年版,第188页。
　　③ 参见张新颖:《沈从文九讲》,中华书局2015年版,第二讲第三节。

们的普通人命运之非进步的循环特征,为余华对现实冷峻观察之一种①。而经由对身处极端境况且无由解脱的福贵们的命运的悉心书写,余华则表明源自古典思想之人世体察仍有不容忽视的当代价值。以"人是为了活着本身而活着,而不是为了活着之外的任何事物而活着"为核心意旨的文本的"高尚"之处,在于"活着"本身内在价值的正大庄严。如是理路,在陈彦的笔下得到了淋漓尽致的发挥。一如福贵、许三观们既定命运类如存在主义的悲怆性质,刁顺子们"只能一五一十地活着,并且是反反复复,甚至带着一种轮回样态地活着"。但即便身处生命之艰难境况,他们也"不因自己生命渺小,而放弃对其他生命的温暖、托举与责任,尤其是放弃自身生命演进的真诚、韧性与耐力。他们永远不可能上台",成为时代的焦点所在,但他们在台下的行进姿态,却是"有着某种不容忽视的庄严感"②。此种关于刁顺子生之意义和尊严的书写,无疑接通了另一更为悠远的精神传统。而忆秦娥历经个人命运之兴衰际遇、起落沉浮之后,仍以儒家式的精进姿态化解来自生活世界的重重压力。个人对社会的责任感和担当意识,是忆秦娥即便面临"死生"之际,也不至于颓然的根本原因所在。她从"人民"中来,最终又"返归"人民之中。陈彦在作品结尾处地对忆秦娥命运的如是处理,无疑包含着更为复杂的时代寓意。忆秦娥个人命运的转换与"新时期"社会之革故鼎新同时展开,亦表征着大历史的变革之于个体命运的重要意义。作为"新时期"的贯穿性人物,忆秦娥的命运遭际无疑具有更为深入的历史意涵。她如罗天福一般,是江山社稷的脊梁。其所坚守之勇猛精进之价值信念亦是民族精神生生不息之要义所在。在新的历史和现实情境中,忆秦娥可被视为与"新时代"互证的"新人"。是为陈彦反复申论"主角"之复杂寓意的根本用心。

历史地看,从梁生宝到孙少平、孙少安,再到罗甲成、罗甲秀以及刁顺子、忆秦娥,"新人"所面临的历史性难题随着时代主题的变化而有着并不相同甚至截然二分的意义。此种变化无疑是延续革命现实主义及其所依托之宏大叙事而对不同时代社会问题的不同回应。此亦为"典型人物"无法脱离"典型环境"说的题中应有之义。而其内在的问题亦有根本的连续性。在当代文学"越来越自我,越来越中产阶级化"的基本语境中,对现实

---

① 如李今所论,《许三观卖血记》"所隐示的重复不变的社会结构使它能够超越左翼文学传统的个别历史与个别意识形态,而彰显出没有历史轮回的底层命运"。李今:《论余华〈许三观卖血记〉的"重复"结构与隐喻意义》,《中国现代文学研究丛刊》2013年第8期。

② 陈彦:《装台》,作家出版社2015年版,第432页。

主义的重要性的重申必然与对"一个更加广阔的世界的关注",以及对"更多的群体性的'人'的关注"密不可分。然而其间最为重要也更为迫切的问题仍然是如何"捍卫""中国革命的理念"以及如何使"中国革命的正当性"[①]持续彰显。是为接续"未完成"的社会主义文学传统的要义之一。如论者所言,"捍卫现实主义这个成就斐然的主要文艺流派的原则",非关马克思主义奠基者的个人偏好,而是因为"这些原则渗透着公开地和真诚地为劳动人民的解放服务的愿望",亦属马克思和恩格斯革命世界观内在规定的自然要求,"同马克思主义理论的实质本身紧紧地联系在一起"[②]。进而言之,一种社会主义的总体性,必然包含着独特的历史进步意义以及与之相应的无产阶级的阶级意识。"群众运动"与"革命"也并非简单的组织问题,而是有着无产阶级自我生成和发展的内在意义。而如"阶级意识"作为"'主体'的过程的真理本身"亦随着实践的变化而辩证发展一般,"新世界"不断创生过程中对新的"问题"的生产和克服的辩证自然要求"新人"作为意识形态主体的内涵的不断迁移[③]。是为从梁生宝、孙少平到罗甲秀、罗甲成思想及困境差异的根本原因。对如上问题所属之思想和审美谱系的反思和重建,是赓续社会主义文学传统的内在要求,具有更为深入的思想和现实意义。

三、思想和审美资源的多样化

就其要者而言,在当下语境中拓展现实主义之思想及审美资源的方式有二:其一,在新的历史和时代条件下"重启"具有深刻历史意涵的社会主义文学传统,接续柳青、路遥所开辟之革命现实主义的核心精神,以总体性书写纷繁复杂的当下现实,充分发挥文学作为社会象征行为的独特的经世功能和实践意义;其二,在古今贯通的视域中接续中国古典文脉,且以超克西方文论作为"前理解"的新的理论视野中激活古典思想阐释当下问题的

[①] 周展安、蔡翔:《探索中国当代文学中的"难题"与"意义"——蔡翔教授访谈录》,《长江文艺评论》2018年第2期。

[②] 乔·米·弗里德连杰尔:《马克思恩格斯和文学问题》,郭值京等译,上海译文出版社1984年版,192页。

[③] 如卢卡奇所论,"无产阶级的阶级意识,作为'主体'的过程的真理本身,远不是稳定不变的,也不是按机械'规律'向前运动的。它是辩证过程本身的意识;它也同样是一个辩证的概念。因为只有当历史的过程迫切需要无产阶级的阶级意识发生作用,严重的经济危机使这种阶级意识上升为行动时,这种阶级意识的实践的、积极的方面,它的真正本质才能显示出它的真实形态"。卢卡奇:《历史和阶级意识:关于马克思主义辩证法的研究》,杜章志、任立、燕宏远译,商务印书馆1999年版,第96-97页。

理论效力,以开出文本的新的思想视域和审美境界。以秦腔现代戏为"中介",陈彦得以统合柳青以降之革命现实主义传统及中国古典传统。秦腔现代戏起源于延安,与1942年《讲话》发表前后的历史氛围及现实问题密切相关。早期代表作《中国魂》《一条路》《血泪仇》等均有极为鲜明的时代特征。而民众剧团的创作实践,也为毛泽东同志《讲话》提供了"重要素材"。毛泽东同志的诸多思想,也影响到秦腔现代戏诞生阶段的重要面向①。时隔七十余年后,历史性地回顾民众剧团的"生命历程",陈彦意识到"毛泽东倡导的'新秦腔'运动,以及由此开拓出的民族戏曲现代戏的艺术实践",充分体现出"'人民性''大众化''民族化'以及生活是文学艺术'唯一的源泉'"等理论的深刻性和现实性。而"真正深入到人民大众中去,深刻探讨社会问题,关注大众精神生态",仍属现代戏的重要价值所在②。"戏曲唯有始终站在民众立场上,坚持独立思考,持守美学品格,守望恒常价值、恒常伦理……敢于担当,勇于创新,与国家、民族同呼吸、共命运,才可能赢得与时代艺术同步发展的空间。"③沿此思路,则无论早期作品《九岩风》《留下真情》,还是现代戏代表作"西京三部曲",长篇小说《西京故事》《装台》《主角》,无不有极为浓重的现实关怀,并切近不同时期不同层面较为迫切之现实问题。此为陈彦承续秦腔现代戏之基本精神的面向之一。而作为"现代戏"的源头,秦腔经典剧目及其所持存之思想和审美精神,亦在多个层面影响到现代戏的品质。"在中华文化的躯体中,戏曲曾经是主动脉血管之一。许多公理、道义、人伦、价值,都是经过这根血管,输送进千百万生命之神经末梢的。""无论儒家、道家、释家,都或隐或显、或多或少地融入了戏曲的精神血脉,既形塑着戏曲人物的人格,也安妥着他们以及观众因现实的逼仄苦焦而躁动不安、无所依傍的灵魂。"④也因此,经由对古典戏曲的沉潜往复、从容含玩,陈彦得以接通中国古典文脉,而有新的境界的开显。此种开显,无疑以《装台》《主角》最具代表性。

以思想境界论,《装台》《主角》已不局限于"五四"以降文学的现实观察及其所开启之思想面向,而有更为宏阔之精神视域。此种视域属古典传统思想境界之再生,有着不同于"西京三部曲"时期之新的"总体性"意

---

① 陈彦:《毛泽东与秦腔》,《说秦腔》,上海文艺出版社2017年版,第39—49页。亦可参见陈彦:《中国戏曲现代戏从延安出发》,《光明日报》2012年05月21日。
② 陈彦:《中国戏曲现代戏从延安出发》,《光明日报》2012年05月21日。
③ 陈彦:《边走边看》,上海文化出版社2012年版,第161页。
④ 陈彦:《主角》,作家出版社2018年版,第897—898页。

涵——一种融汇古今的思想为其核心特征。基于对"中国故事"的"中国式"讲法的思考,陈彦以为,"《红楼梦》的创作技巧永远值得中国作家研究借鉴"。而"松松软软、汤汤水水、黏黏糊糊、丁头拐脑",为其所理解的小说风貌①。此种小说诗学,无疑与《金瓶梅》《红楼梦》所代表之中国古典小说传统密切相关。相较于现代小说的"空旷","《装台》所承接的传统中,小说里人头攒动、拥挤热闹",有一种"盛大的'人间'趣味"。其间人物众多,且"各有眉目声口"②,各色人等,亦无不穷形尽相、跃然纸上。而古典小说所开显之人世观察,亦属《装台》之后陈彦作品的特征之一。陈彦充分意识到刁顺子们的现实境遇已然无法在罗天福、罗甲秀们所依托之总体性框架中得到解决,因是之故,一种源于中国古典思想的人世观察及其意义得以显豁,并成为刁顺子们的尊严所系且发挥其重要之现实效用。是故,"《装台》或许是在广博和深入的当下经验中回应着那个中国古典小说传统中的至高主题:色与空——戏与人生、幻觉与实相、心与物、欲望与良知、美貌和白骨、强与弱、爱与为爱所役、成功和失败、责任和义务、万千牵绊与一意孤行……"③凡此种种,构成了刁顺子、蔡素芬、刁菊花、韩梅以及与他们密切相关之各色人等生活世界的复杂面向。刁顺子"命运"的结构性循环因之包含着陈彦藉古典传统之人世观察的冷峻处及深刻处。而作品临近结尾处,置身生活的无可如何之际,刁顺子似乎瞬间领悟到其命运的根本形态:"花树荣枯鬼难挡,命运好赖天裁量。只道人世太吊诡,说无常时偏有常。"④"无常"为命运之难以把捉,"有常"则为其同一结构的循环往复。如金圣叹七十回本《水浒传》"以'忠义堂石碣受天文、梁山泊英雄惊恶梦'使故事戛然而止",就此亦"提供了足以和第一回对称抗衡的起承转合",从而"给人以强烈的天道循环的结构感受"。此种布局之真意在于"延绵不断的回转,所以我们可以进而把这类似无了局的结构视为一种无休止的周旋现象"⑤。《装台》以蔡素芬嫁入刁家,引发其与刁菊花之"冲突"起笔,而以周桂荣携女进入刁家,引发新一轮"冲突"作结。其间蔡素芬与刁菊花、刁菊花与韩梅及刁顺子之矛盾冲突构成《装台》家庭矛盾的核心,而蔡素芬在刁菊花重重逼迫之下选择离开,则为新的结构性冲突提供了可能。虽然小说未对周桂荣进入刁家之后的生活有进一步的展开,但

---

① 陈彦:《主角》,作家出版社2018年版,第898页。
② 李敬泽:《修行在人间——陈彦〈装台〉》,《西部大开发》2016年第8期。
③ 李敬泽:《修行在人间——陈彦〈装台〉》,《西部大开发》2016年第8期。
④ 陈彦:《装台》,作家出版社2015年版,第427页。
⑤ 浦安迪:《中国叙事学》,北京大学出版社1995年版,第80页。

前述细节以及刁菊花丈夫被抓、整容失败的"现实"却极有可能使其心理更为扭曲,从而有变本加厉的"恶行",作品也因之向可以预知的未来敞开。类似的处理,在秦腔现代戏《西京故事》中已有呈现。罗天福一家的西京梦"圆满"之际,令一无论家庭构成还是基本处境酷似罗家的家庭进入西京,不难预料,他们也将面临如罗天福、罗甲秀、罗甲成一般的困境,但是否会如前者一样得以圆满,则属未知之数。陈彦以此处理,无疑表达了其对城乡二元结构下底层人命运的普遍性的思考。就其根本而言,此种命运之循环往复,并非现代性以降之线性思维所能解释。其根本用心处,与中国古典思想之人世观察密切相关。就其要者而言,以"推天道以明人事"为基本特征的古典思想之重要一脉,源自先哲对外部世界变化之道之仰观俯察而得之智慧。从"春生、夏长、秋收、冬藏"的四时流转中,明了"天地之大纪",而"循环往复"为其核心特征。无论朝代更迭、人事代谢,无不遵循此理。此种思想,凝聚于《周易》之中。"《周易》经传的卦序,却是《既济》置于《未济》之前,亦即先终后始。然而,先终后始,并不是说终在始之前,而是强调'终而又始'的概念",是故,"终"并非"真正结束","而是结束之后又再次开始"。"此种'再次开始'的观念,正是《既济》卦置于《未济》之前,而以《未济》卦为终的用意"。一言以蔽之,"《周易》经传强调的是天道循环不已的概念,也是'终而又始,始而复终'的概念"①。如是生生不息、循环不已,乃自然及人事之常道。无论《红楼梦》之"四时气象",还是"奇书文体"之时空布局及章法,无不与此种思维密切相关。而章法布局仅为其末,其核心仍在于对自然、历史及人事之规律的观察。柄谷行人对"历史"之"反复"的洞见,虽未必得自对《周易》思维的体悟,但根本性之运思理路并无不同。以此思维观察"历史",便有"合久必分,分久必合"之说;观照人事,则可知如刁顺子般命运遭际的结构性反复,或属人事根本性的吊诡之处——说无常时偏有常。历史及人事与时推移,变动不居,然而其间之"不变"处,或许包含着对世运及人事更为深刻的洞察。

因无外在的精神依托,刁顺子命运的反复,也便无根本性的"超克"的可能。刁顺子的命运遭际,在忆秦娥身上得到结构性的"重复"。换言之,如是"命运"之循环往复,乃"人"之命运之基本特征。无论身在宁州,还是省秦,"主角"忆秦娥一时一地的生活世界具有同样的"结构"——围绕她形成的关系模式具有惊人的相似性——赞成与反对总是同时出现,在"毁

---

① 赖世烔、陈威瑨、林保全:《从〈易经〉谈人类发展学》,文史哲出版社 2013 年版,第 181-182 页。

掉"其"生活"的同时却"成就"其"事业"。然其根本处境,如作品临近结尾处对"主角"忆秦娥之生命历程"总括"之"背景"所示:"人聚了,戏开了,几多把式唱来了。人去了,戏散了,悲欢离合都齐了。上场了,下场了,大幕开了又关了……"①端的是你方唱罢我登场。无论何人身处何地,所面临之问题并无本质区别,不外是些怨憎会、爱别离、求不得及其所引发之种种事项。而其间人物的成败、生死、荣辱、起落,出入进退、离合往还则循环不已。"成了,败了;好了,瞎了;红了,黑了;也是眼见起高台,眼见他台塌了",忆秦娥前有胡彩香与米兰之明争暗斗,后则有甫一登台即广受赞誉的宋雨可能面临的同样的境况。如是种种,无不说明"一个主角,就意味着非常态,无消停,难苟活,不安生"。"要当主角,你就须得学会隐忍、受难、牺牲、奉献。"忆秦娥也就"这样光光鲜鲜、苦苦巴巴、香气四溢,也臭气熏天地活了半个世纪"。从宁州到省秦,楚嘉禾及其同类之结构性功能一如既往,忆秦娥之现实遭际也因之不断反复。"主角看似美好、光鲜、耀眼。在幕后,常常也是上演着与台上的《牡丹亭》《西厢记》《红楼梦》一样荣辱无常、好了瞎了、生死未卜的百味人生。台上台下,红火塌火,兴旺寂灭,既要有当主角的神闲气定,也要有沦为配角"的"处变不惊"②。如是境况,庶几近乎《红楼梦》繁花似锦、烈火烹油之盛与"大荒""大虚"之境的辩证所彰显之人世观察,亦近乎《水浒传》及《三国演义》共通之"咏史"主题:"历史与虚构化约而得的生命教训,读者汇合而成自己的认知:世间的荣耀原来转眼都倏忽。"③然"贾宝玉几经人世浮沉,遍尝酸甜苦辣"之后,终至于"大梦醒来,彻悟生命倏忽,一切虚若浮云"却并非《主角》之核心意旨。在身处极大困境而无可如何之际,忆秦娥也曾有出尘之思。其在寺院的短暂经历却并未将其导引至"空门",从而一劳永逸地解决了其生之困境并求得身心之安妥。在"内忧外患"交相逼迫之际,短暂的迷茫使她转向对"唱戏"作为"布道"及自我修持之意义的体悟,从而更坚定了其积极用世之正精进的信念。"宝玉必须遵行道家游宴自如、忘其肝胆的大自在精神,并彻底拔除其轇轕根源,才能翕然逍遥,超脱乎迷惘之上。"④忆秦娥却经由对"责任"与"信念"的儒家式坚守,克服了现实与精神的双重困境。是为"天

---

① 陈彦:《主角》,作家出版社2018年版,第882页。
② 陈彦:《主角》,作家出版社2018年版,第894页。
③ 余国藩:《〈红楼梦〉、〈西游记〉与其他:余国藩论学文选》,生活·读书·新知三联书店2006年版,第52页。
④ 余国藩:《〈红楼梦〉、〈西游记〉与其他:余国藩论学文选》,生活·读书·新知三联书店2006年版,第84页。

行健,君子以自强不息"之进取精神之重要表征,亦是其思想境界虽相通于《红楼梦》等古典文本,却超克其"局限"的要义所在。

质言之,《装台》及《主角》所开启之境界,与中国古典文脉之核心要义密切相关。而古典思想之人世观察在此两部作品中的效用,已充分说明超克现代性视域,在古今贯通的文学史观念中完成中国古典思想及审美的现代性转换具有重要意义①。如沈从文超克"五四"以降启蒙传统关于"人"的价值想象的思想框架,而有对身处天地之间的人之根本性处境如其所是的观察一般,陈彦亦充分意识到在制度性思想匮乏的状态下肯定性缓解罗天福、罗甲秀们的现实困境的无奈和无力,因之有《装台》《主角》藉古典思想开出其人世观察的重要尝试。此亦为"总体性"在延续内在的质的规定性的基础上与时推移的自然调适的重要表征。相较于偏重古典思想"柔"性一路所惯常导向的颓然之境,陈彦则坚守勇猛精进的文化的刚性特征。因是之故,《西京故事》《装台》《主角》虽有对人之兴衰际遇、悲欢离合之无奈及无力处的深刻洞察,其间人物及其所寄身的世界可依托之思想路径亦维度多端,却并不颓然,而是始终朝向精神的"上出"一路。进而言之,如忆秦娥般以儒家思想为核心,统摄佛、道二家的思想路径,乃"儒家社会主义共和国"题中应有之义。其要义有二:首先,"中华的意思就是中华文明,而中华文明的主干是儒家为主来包容道家、佛教和其他文化因素的"。此说无疑内含着超克"古今之争"的"古今贯通"的思想理路。其次,"'人民共和国'的意思表明这共和国不是资本的共和国,而是工人、农民和其他劳动者为主体的全体人民的共和国",即"社会主义的共和国"。其意亦在于以《讲话》以降之社会主义文学传统及其内在规定性为核心,统摄他种传统。

"小说作为赋予外部世界和人类经验以意义的尝试",必然包含着"人类生活最终的伦理目的"②。是故,"伟大的现实主义作家,是那些以某种方式充分参与他们时代生活的人,那些不仅是观察者又是行动者的人"③。沿此思路,于总体性的宏阔视域中展现丰富复杂的生活世界,并塑造与"新世界"相应之"新人"形象,且以丰富多样的思想资源尝试肯定性地回应现

---

① 对此问题的进一步探讨,可参见拙文:《"大文学史观"与贾平凹的评价问题》,《小说评论》2015年第6期。
② 弗雷德里克·詹姆逊:《马克思主义与形式——20世纪文学辩证理论》,李自修译,百花洲文艺出版社1995年版,第146—147页。
③ 弗雷德里克·詹姆逊:《马克思主义与形式——20世纪文学辩证理论》,李自修译,百花洲文艺出版社1995年版,第170页。

实的精神疑难,可视为陈彦作品现实主义的基本特征,也充分说明"生活是创作的唯一源泉"的说法的真理性和当下意义。此种"生活"并非走马观花、浮光掠影式的外部"观察",而是扎根于丰富而鲜活的生命的实感经验之中,并突破既定的文学观念的限制,向无限的可能性敞开。也因此,写作者得以在对"新生活"和"新人"的发现之中,发现那些被既定观念遮蔽的人与物、历史和现实、观念和方法,以及表现新的世界的多样的可能性。无论《西京故事》《装台》,还是《主角》,陈彦都非常熟悉他笔下的人物。那些人物和他们的生活或许原本就是作者生活的一部分,他在他们中间,和他们一同体会个人命运的兴衰际遇、喜怒哀乐、悲欢离合,以及其与大历史间之复杂关联。陈彦充分意识到,在仍在持续的社会的转型期,如刁顺子们的命运或将继续,但他们的生活仍有不容忽视的庄严和自内而外散发出的勃勃生气。忆秦娥虽历经内外交困之境,却仍以儒家式的精进姿态化解重重矛盾,从而担负个人之于社会的责任的行为无疑是"天行健,君子以自强不息"的民族精神刚健之气的重要表征。他们或许是社会不可撼动的脊梁,承载着与时俱进的时代精魂。而书写他们和时代相互定义的复杂关系,也便有着更为复杂的历史和现实意涵。"人民共和国的立国根基不仅是一般意义上的破旧立新的前进运动,它也是不断突破主观的幻觉,包括理想主义的幻觉,一步步走向具体、实在的自我的真理性(反过来说也是局限性)的过程。"①换言之,"社会主义不仅不是革命的结束,反而孕育着新的革命"。此种"革命"的"内在构成因素"虽极其复杂②,但其要义,或在于"新"与"旧",或"危机"与"对危机的克服"间之辩证过程。曼海姆申论之"意识形态"与"乌托邦"的辩证及其之于现实革故鼎新的重要意义,核心义理亦与此同。在此过程中,伴随着"新世界"意义的不断丰富,"新人"亦随之被赋予新的内涵。是为社会主义文学不断创化的要义之一,亦属现实主义的开放性的必要前提。

至此,有必要重温秦兆阳六十余年前对于现实主义文学及其可能的如下判断:"现实主义文学既是以整个现实生活以及整个文学艺术的特征为其耕耘的园地,那么,现实生活有多么广阔,它所提供的源泉就有多么丰富;人们认识现实的能力和艺术描写的能力能够达到什么样的程度,现实主义文学的视野、道路、内容、风格,就可能达到多么广阔,多么丰富……如

---

① 张旭东:《文化政治与中国道路》,上海人民出版社2015年版,第18页。
② 蔡翔:《革命/叙述:中国社会主义文学—文化想象(1949—1966)》,北京大学出版社2010年版,第365页。

果说现实主义文学有什么局限的话,如果说它对于作家们有什么限制的话,那就是现实本身、艺术本身和作家们的才能所允许达到的程度。"[1]就"现实本身"而言,改革开放四十年中国社会文化的巨变所包含之复杂的历史和现实,足以为作家提供极为广阔丰富的"素材"。再稍稍放宽视域,自"五四"以降中国社会与文化"三千年未有之大变局"之视域观之,则百年中国历史之沧桑巨变无疑包含着更为丰富的历史和现实内容。而以贯通古今的思想理路效法史家"究天人之际、通古今之变"之宏阔视域书写更具历史和现实意味的"中国故事",仍属文学创作"未思"的领域,有着极大的可供敞开的思想和文化空间。时至今日,在不放弃自身内在的质的规定性的基础上,现实主义已然呈现为极具开放性和包容性的状态,向人类一切优秀的精神成果敞开,并在融汇中西、贯通古今的宏阔视域下吸纳一切有益的经验,从而以更具象征性和表现力的方式完成对丰富复杂的现实的审美表达。无论中国古典文学传统、"五四"以降之新文学传统以及西方文学传统,均是可资借鉴之思想及审美资源。如是种种,最终与创作者个人之世界观念、思想视域、审美表达能力密切相关。"在中国,历史没有完结,无论文学还是作家这个身份本身都是历史实践的一部分,一个作家在谈论'现实'时,他的分量、他的眼光某种程度上取决于他的世界观、中国观,他的总体性视野是否足够宽阔、复杂和灵敏,以至于'超克'他自身的限制。"[2]对正在进行中的现实的"介入"程度、文学观念和创作视域的宽广度以及思想和审美资源的丰富度,或为创作者自我"超克"的要义所在。就此而言,陈彦及其创作经验,无疑可为当下文学提供重要参照。

第三节 作为方法的"边地"和精神超越之境

一、"回应"孙少平的"情感难题"

照红柯最初的设想,《少女萨吾尔登》的故事将终结于搅拌机扭断修理工周健的那一刻。那一刻"故事的高潮戛然而止,富有戏剧性效果",还

---

[1] 秦兆阳:《现实主义——广阔的道路——对于现实主义的再认识》,《文学探路集》,人民文学出版社1984年版,第137页。

[2] 李敬泽、李蔚超:《历史之维中的文学,及现实的历史内涵——对话李敬泽》,《小说评论》2018年第3期。

可以给"读者留下想象的空间和极大的震撼"。若是如此,这部 26.5 万字的作品将会减少三分之一的篇幅。因公残疾却奇迹般地俘获实实在在的爱情的修理工周健人生最为辉煌的十二天便无法存在。那十二天中两个相爱的人因《萨吾尔登》巨大的成全的力量而彼此交融。那一刻,张海燕用跳动的心告诉周健:"你在原上骑摩托车狂奔的样子就像夸父逐日,那是最古老最原始的男人追女人的方式,造物主太阳都被夸父追成了女人,女人被追的时候魅力无穷,我喜欢你用这种方式追我,夸父就是跨到太阳背上的男人,就是骑太阳驰骋天地的人。"①经受过《萨吾尔登》"感化"的幼儿教师张海燕早已脱胎换骨,她能体会到个人生命与天地宇宙万物融为一体的精神的超迈和内心的宽容,她能容纳一切、理解一切,并努力去感化一切。她对病床上的周健说,"图片上的雪莲花是水中之月、镜中之花,你应该拥有真正的雪莲花"。说这些话时张海燕浑身哆嗦、手脚发凉,几近于雪莲花在零下四十摄氏度时的燃烧般的生长。那种生长就是一种燃烧。而燃烧起来的张海燕对周健说:"雪莲花中间有许多房子,我给不了你那么多房子,十二间房子够了吧?"张海燕说:"我们的家至少也得十二间房子,《萨吾尔登》有十二个,我每天就用一个《萨吾尔登》造一间房子。"②

接下来,"春天十二个美妙的夜晚就这样开始了"。张海燕领舞,周健伴舞,他们依次去跳《袖子萨吾尔登》《绸巾萨吾尔登》《水浪萨吾尔登》《解绳萨吾尔登》《灰褐色公山羊萨吾尔登》《房门萨吾尔登》《拖布肯萨吾尔登》《快步萨吾尔登》《索伦萨吾尔登》《圆形萨吾尔登》和《黑走马萨吾尔登》。而在第十二夜,无须张海燕的鼓励,周健开始了《鹞鹰萨吾尔登》。那一刻,太阳最为暗淡,神鹰的目光炯炯,照亮天空与大地。周健受伤后流露出的诡异的兴奋和喜悦再无须清洗。他们即将在《少女萨吾尔登》的旋律中开始全新的幸福生活。十二支卫拉特土尔扈特蒙古人的《萨吾尔登》舞彻底拯救了周原农家青年周健,也成就了一对平凡世界中平凡人的爱情。那十二夜和十二支《萨吾尔登》,足以让修理工周健和幼儿教师张海燕的爱情故事在震撼人心的高潮中完美落幕。

红柯的用心显然并不仅止于此。故事结束于修理工周健身负重伤,之后把未来的命运和爱情的种种可能想象的权力交给读者。让他们依照现实或理想的原则去构想一对青年人的未来。十二支《萨吾尔登》必然还贯穿着整个故事,依旧是周健和张海燕爱情背后的精神支撑,一如这十二支

---

① 红柯:《少女萨吾尔登》,十月文艺出版社 2015 年,第 296 页。
② 红柯:《少女萨吾尔登》,十月文艺出版社 2015 年,第 297 页。

《萨吾尔登》支撑着金花婶婶和叔叔周志杰的感情一样。但拥有边疆生活经验的周志杰和来自边疆的金花的爱恋绝非土生土长于周原且从未涉足他方的张海燕所能相比。从《萨吾尔登》中幼儿教师张海燕身上,可以体会到生命的宽广和宇宙的浩瀚,以及与天地并生万物为一的精神的超迈与神圣之境,却未必能够将这一切轻而易举地转化为个人的命运选择。较大的生活鸿沟在俗世的目光中已足以毁掉他们原本"脆弱"的感情,遑论残疾!

对此,生长于新疆并在此一文化中浸淫既久的周志杰的前妻田晓蕾可谓洞若观火。在金花和周志杰的婚礼上,北京师范大学外语系的高才生金花要以《少女萨吾尔登》告别自己的少女时代。为她伴奏的是回到故乡渭北高原却被迫成为故乡的异乡人且面临种种困境的新郎周志杰。金花的《少女萨吾尔登》尽显草原女性的风采与魅力。目睹此景,田晓蕾百感交集,她知道,"一群人跳《少女萨吾尔登》是表达对天地、宇宙,对草原、群山、山川、河流的爱,一个人的独舞那就是献给心上人的,宇宙、天地、草原、群山、山川、河流、日月、星辰、水火风雷电全都化作万般柔情,内地已经很难看到女人对男人如此炽热的感情了,一举一动敬神一样敬她的丈夫"[①]。已嫁作他人妇的田晓蕾和新娘金花"目光对接的时候都明白彼此心里的话,都在发誓热爱自己的丈夫",是为《少女萨吾尔登》的精髓所在。她们在那一刻共同体会到此一精神所及之处女性心理的细微变化,她们都有自己的家庭和所爱之人,她们在《少女萨吾尔登》中领悟和表达爱意。经由《少女萨吾尔登》,她们接通了与古老的民族和遥远的地域独特精神的内在交感,身处与天地、宇宙、万物、生灵、日月、星辰、风雨、雷电种种一切存在物的"共在"状态。她们犹如置身草原,置身卫拉特土尔扈特蒙古人十二支《萨吾尔登》的诞生和流播之地。《少女萨吾尔登》中弥漫着柏拉图所说的"神赐的迷狂",令人沉醉其间不能自已无法自拔……

但是,回到渭北高原上的田晓蕾,骨子里渭北人的品性已经在极快的时间中回归。田晓蕾用眼神告诉沉浸于幸福之中的金花:"这里不是伊犁河谷,不是巩乃斯大草原,不是巴音布鲁克大草原。"这里是渭北高原,无论是《萨吾尔登》还是《少女萨吾尔登》,在这里并不合适。

渭北人田晓蕾的提醒,也是作者以后三分之一的篇幅描述受伤残疾之后的周健和张海燕爱情走向时必须面对的叙述的难题。他得像金花那样枉顾田晓蕾提醒,继续沉醉在《少女萨吾尔登》优美的旋律及其所敞开的

[①] 红柯:《少女萨吾尔登》,北京十月文艺出版社 2015 年,第 89 页。

精神世界中,并以自己无比坚定的态度说明《少女萨吾尔登》在大地上无处不在无时不有,它巨大的成全的力量足以消弭这世界的矛盾偏见等重重阻隔,使一对恋人在其庇佑之下相守到老。一如童话故事那样拥有牢不可破的强硬的逻辑,从而傲慢地无视生活世界的自然法则。

就在周健奇迹般地俘获了少女张海燕的芳心,并与后者初步确定恋爱关系之后的一个普普通通的夜晚,张海燕突然想起自己曾经送给周健一套《平凡的世界》。出生于县城的张海燕初中时就拥有一套《平凡的世界》。这部后来被研究者视为励志型读物的长篇小说在成就成千上万生活于城市边缘却梦想改变命运的青年人的同时,也成就了城镇少女张海燕的梦想。一如来自乡间的少男们梦寐以求的伴侣多半是田晓霞这样的城市女子,花样年华的城镇少女也很容易在现实生活中寻找心目中的孙少平。张海燕几乎早在那个时候就在内心中为农村少年周健留下了位置。数年后在生活世界倍受煎熬的周健终于稳定下来,终于可以以自己期待已久的"平等"方式面对县城姑娘张海燕。他的并无文采也几乎缺乏感染力的信让等待已久的张海燕浑身发抖激动不已。当年埋藏起来的少女的感情貌似平淡实则早已在内心深处酝酿发酵,在被唤起的那一瞬间迅速爆发。之后的故事几乎顺理成章、水到渠成,农家青年周健几乎无须费力,城镇少女张海燕已可揽入怀中。一如多年未见,于黄原城偶遇的孙少平和田晓霞,时间并不能成为情感的阻隔,反而蕴含着极大的成就的力量,让他们即便有现实世界的重重阻隔也能在一瞬间因心有灵犀而轻易达成默契。

在小说上卷第一章第二节的结尾处,那一个平平常常普普通通的夜晚,夜凉如水,静得几乎可以听到地底的声音。那首古老的《大月氏歌》在张海燕心头回荡,犹如来自辽阔的大漠深处。没有星星,也没有月亮,夜黑成汪洋大海。城镇姑娘张海燕想起来他当年赠给农家少年周健的那一套《平凡的世界》。她突然坐起来,用短信问周健:

"我送你的《平凡的世界》还在吗?"
"我一直带在身边。"
"你读了吗?"
"你要我说实话还是说假话?"
"你不读干吗还随身带着,三大卷不嫌沉吗?"
"上边有你的签名。"
"我还不如送你一本我的作业本呢。"
"孙少平不会读《平凡的世界》。"

最后一句让张海燕琢磨良久的话,差不多道出了这部作品的重要面向:它和《平凡的世界》的某种同构性。来自渭北高原的农家子弟周健可视为陕北高原双水村青年孙少平在二十余年后的同路人;而城镇少女张海燕也差不多拥有和田晓霞同样的品质(细节的差别倒在其次)。从黄原城揽工到大牙湾煤矿"掏碳",孙少平个人事业的发展几乎与其和田晓霞的爱恋一并生长。同样在生长的还有田晓霞。她从高中到大学,再到省报做记者,事业可谓突飞猛进。"掏碳"的孙少平断然无法和她相比。但路遥仍然固执地写下了这段感人至深的恋情迅猛发展的过程。省报记者田晓霞和他的"掏碳男人"(田晓霞语)孙少平傲然无视世俗不解的眼光以及横亘在他们之间如今看来几乎难于跨越的诸多障碍而坚持一段教人心驰神往的爱情。无奈天不遂人愿,就在他们的恋爱即将修成正果之时,田晓霞在一次采访中不幸遇难,徒留孙少平独自一人回味咀嚼那已然逝去的美好时光。

在这里,命运的残酷或可以解作路遥对人世观察的冷峻和深刻处。他以道德理想主义的超拔信念去塑造和书写这样一对恋人的爱情故事,也把巨大的希望投给那些至今如孙少平一般苦苦挣扎在贫困线上成千上万的青年人,让他们在面临世俗的物质世界的重重挤压的同时,内心拥有无限的希望。这希望如同张海燕以卫拉特土尔扈特蒙古人的十二支《萨吾尔登》为受伤的周健建造的十二间房子。那十二间房子自然并不实在地存在于物质的世界,它们只能在周健的内心。在周健与张海燕"共在"的世界。他们沉重的肉身无论置于何地,精神总会因《萨吾尔登》的存在而获致无上的超越性的幸福。在与万物和谐交融的那一瞬间,似乎可以齐生死、等贵贱,把人世间诸般普通障碍纠葛全然抛弃。他们相吻相拥,独立构成一个世界。《萨吾尔登》旋律响起的那一刻,周健便如荷尔德林所说,诗意地栖居于大地之上。

二、民胞物与和世界的"返魅"

以卫拉特土尔扈特蒙古人的十二支《萨吾尔登》为媒介,金花婶婶拯救了故乡的异乡人叔叔周志杰日渐颓败的内心。而她自己也无比迷恋《萨吾尔登》所表达的那种超乎寻常的大爱。"金花婶婶明亮沉静的眼睛里既包容着世界也拒绝着世界,金花婶婶只在舞蹈里倾注她的人生理想,并不想从这个世界得到什么。"张海燕还对周健说过:"草原人的这套舞蹈正好是叔叔厌恶至极的被窝猫和大被窝的反面,辽阔开放,大胸怀大胸襟,天地宇宙万物山川河流飞禽走兽都跟人连在一起,比贝多芬的《欢乐颂》还要伟大,全人类都是兄弟,动物也是我们人类的兄弟。"①张海燕在作品三分之一处的此种了悟已经抵达十二支《萨吾尔登》精神的核心。而依靠《萨吾尔登》超凡的成就力量,金花婶婶和叔叔周志杰在他们的生活世界中虽处处碰壁却也终能化险为夷。甚至在一段时间内,叔叔周志杰几乎拥有了打破令他深恶痛绝的"大被窝"和"被窝猫"的力量去创造另一种可能。藉由十二支《萨吾尔登》构筑的灵性之境,任何人均可以在转瞬间超脱凡俗②。

　　无论金花婶婶、张海燕,还是周志杰和前妻田晓蕾的女儿周晶晶,无不可以在《萨吾尔登》中完成"自我"与"空间"(外部世界)的相互定义。依托"时空—身体—譬喻"的基本结构,"人身在宇宙四时流转中,体验顺逆、离反的处境,并且透过不断对话与创化的譬喻,更新与时推移的身心姿态"③。如此,天地物我相互开放,彼此参与。日月经天,江河行地,世代更替,万物皆处于生生不息的变化之根本性处境中,人的精神得以与宇宙万物相往还。身心亦并不囿于一狭小视域,而向更为广阔的世界敞开。"人(自我)不再是一个向内封闭的个体,'感物'不是一个选定的人情转嫁点,而是动态的交遇对话状态,人与物之间应该是相互往还出入。自《夏小正》以来所形成的时气物候系统或所谓气化宇宙的观点看来,并不着意于分判心与物或身与心(内外、主客)乃至于人与自然(如天地四时)的差别,在这个天人相参的普遍共识中,天地之风雨寒暑与人的四肢形骸、同时也与取与喜怒相互关联,显然,所谓'天地宇宙,人之一身'的'人身',一方面不是身、心分立,另一方面人身明显也不是一个被划界的孤立对象,而是可以延展至宇宙的巨大视野。如此,人身的种种状态,不但不分内外,而且应

---

　　① 红柯:《少女萨吾尔登》,北京十月文艺出版社 2015 年,第 106 页。
　　② 对于此种境界之深层论述,可参见尤西林《现实审美与艺术审美——以"旭日阳刚演唱"为个案》(《文艺理论研究》2011 年第 6 期)一文。该文在申论旭日阳刚演唱《春天里》之际生命与歌曲融合一体的生存场景时,有如下总结:"震撼人们的并非歌唱的艺术水准,恰恰相反,而是歌唱行为与生存处境的原始统一:凸显为中心的已不是作为艺术品的歌曲,而是赤膊、简陋斗室与挣扎嘶唱的脸部肌肉等纪实场景对歌词含义蒙太奇式显现。生存场景激活了作为艺术品的歌曲的'灵魂'。"显然,《萨吾尔登》走的是另一条道路。一种自上而下的精神的醍醐灌顶依托《萨吾尔登》的旋律对个体的生活场景发生作用。《萨吾尔登》所携带着的巨大的成就的能量瞬间改变了生存场景的性质。此种情境,与旭日阳刚以触目惊心的生存场景强化《春天里》内在的"真实"并不相同。其精神状况之分野故而耐人寻味。
　　③ 郑毓瑜:《文本风景:自我与空间的相互定义》,台北:麦田出版城邦文化事业股份有限公司 2014 年,第 434 页。

该推拓到一个更大的,甚而就是大气所在的场域,才能完整的理解和看待。"①《夏小正》以降之无分判心及身心乃至于人与自然纯然"一体"之状态,于思想千年流变之中或隐或现地存在于古典文脉之中。关学大儒张载《西铭》中申论之"民胞物与"思想为其一端。"人人都是我的同胞,万物都是我的同伴,人人都是上天之子,连君主也是天地之子中的一员。"②是为"民胞物与"思想之魂魄所在,相通于物我合一人与宇宙万物相互交感之精神境界。

当是时也,《萨吾尔登》的旋律响起,肉身随旋律翩然起舞,精神则在此一瞬间中达至生命深化与自由表现的圆融之境。一如文学作品对自由心灵之不懈探求。此一探求一旦进入某种阶段的圆融自足,即"呈现为某种程度的生命之深化与自由表现的心灵状态",境界于是发生。而十二支《萨吾尔登》也拥有不断反复的可能,并以循环的姿态完成境界之再生和新生。再生和新生同样构成了"返转回复"生生不息的循环过程。《萨吾尔登》可以演绎一切包容一切,《萨吾尔登》无处不在无时不有,它可对应于四时转换之天地节律,因持续再生而妙用无穷。

而精神日渐逼仄之周原子弟却只会把《朱子治家格言》《菜根谭》《弟子规》奉为经典,并从中发掘所谓的应世的智慧。所取既已狭窄,精神如何问津博大浩渺之境? 当此之际,也只有卫拉特土尔扈特蒙古人的十二支《萨吾尔登》中那种"弥天漫地的超越苦难与死亡的大爱"方能医治周原农家子周健的创伤。

十二支《萨吾尔登》所成就的自我与世界的精神交感必然要以"大爱"的形式存在于日常经验之中。由家人之间的和睦推延至邻里同事朋友之间的友善和谐共处,一种消弭矛盾与紧张情绪的精神氛围由此生成。

发觉男朋友周健因偶读《渭北晨报》所载两起工伤事故而有了"心结"之后,张海燕努力以《萨吾尔登》弥天漫地的"大爱"来为周健营构一种工友兄弟般的情谊,以化解可能隐藏着的危险,从而在根本上化解周健的心结。此一努力,亦属卫拉特土尔扈特蒙古人于辗转流离之中创制《萨吾尔登》的题中应有之义。唯有心灵依托于宇宙天地万物山川河流及一切生灵,才不会在极端凶险的生存困境中生出根本性的孤独和彻骨的凄然。他们勉力让自己的内心朝向天空和大地,凡人和诸神,最终纵浪大化之中,

---

① 郑毓瑜:《文本风景:自我与空间的相互定义》,台北:麦田出版城邦文化事业股份有限公司 2014 年,第 22-23 页。
② 红柯:《少女萨吾尔登》,北京十月文艺出版社 2015 年,第 379 页。

与天地宇宙万物共生共荣。《萨吾尔登》尚能使动物与人成为兄弟,张海燕又如何不能以同样的大爱为修理工周健营构一个兄弟和谐共处的生存场景,让他此后再无噩梦纠缠心结困扰,亦不会再有丝毫性命之虞?张海燕极力促成周健与刘军建立兄弟情谊的根本用心亦在此处。然而事故最终发生于此种情谊所不及处,貌似意外,但多少包含着某种命定的必然。张海燕依托对《萨吾尔登》的领悟所作的旷日持久的努力归于失败。一种源自外部的"爱"终究难敌人情世故的固有模式,张海燕的落败再度说明了普及《萨吾尔登》精神的困难之处。金花婶婶可以寄身于《萨吾尔登》之中,从而无求于外部世界。但执拗的读者或许希望看到《萨吾尔登》的光芒照进现实,成为自我可以依托的精神资源。他们有充分的理由希望从文本中索取更多,而不仅止于旁观一个感人至深的爱情故事。

　　行文至此,我想引入另一部虚拟文本及其所开启之境界,即黄永玉的长河小说《无愁河的浪荡汉子》。在这部以永不枯竭的故乡思维写就的作品中,批评家周毅发现了人"身在万物"中的独特境界。一反人类依靠智识对世界万物的条分缕析,黄永玉写出了"广大于智识之外的存在,是'人身'与'万物'同在的一个世界。其住处直达'野马也,尘埃也,生物之以息相吹也'"①。而合书内视,则见"天之苍苍,其正色也"之景象。周毅还告诉批评家张新颖,对她而言,《无愁河的浪荡汉子》是一部"养生"的书。在与周毅同样的意义上体悟到《无愁河的浪荡汉子》的世界展开的张新颖如是发挥此一说法之深层意蕴:"'养生',很重的词。庶几近乎庄子讲的'养生'",人"身在万物中,息息相通。这样的话现在的人读起来已经没有什么感受了,当然也不怎么明白什么叫身在万物中,生机、生气如何从天地万物中来'野马也,尘埃也,生物之以息相吹也。'息是自心,生命万物的呼吸,息息相通才能生生。生的大气象,是'天行健,君子以自强不息',这个'以'字,就是建立起人与天地万物之间的关系。"②卫拉特土尔扈特蒙古人的十二支《萨吾尔登》巨大的成就力量,庶几近乎《无愁河的浪荡汉子》身在万物中之生生不息之境。

　　而另一个可资参照之处,便是《无愁河的浪荡汉子》中遍布的爱意。以"怜悯"为基础,我们得以以真正意义上的"平等"去看待他人,看待行善者和为恶者,亦无论高处和低微,又或者,在此一眼光下,原本即无善恶高

---

① 芳菲:《身在万物中——黄永玉〈无愁河的浪荡汉子〉札记之三》,《上海文化》2013年第5期。
② 张新颖:《与谁说这么多话——黄永玉〈无愁河的浪荡汉子〉》,《书城》2014年第2期。

低美丑之分。而"爱","则令我们奋力探究和接受那些自己不可理解的人和事,接受另一个和自己不同的存在,无论他美丽或丑陋,富有或贫穷。爱令狭小的自我扩展,向着整个宇宙。爱令我们自由"①。周原姑娘张海燕从十二支《萨吾尔登》的精华《少女萨吾尔登》中意会出朝向一切的大爱,并渴望以此化解和成就一切。她和她的故事意味着精神朝向的另一种可能,一种脱离浅层的自我与现实的秩序营构而向更为深入的内心掘进。这种掘进无疑具有双向的意味,既朝向人内在世界的精深幽微,也朝向生活世界天地万物的阔大包容,足具至小无内、至大无外之品质。由此,渭北高原源自周公、张载传承不息的文化精义与卫拉特土尔扈特蒙古人的十二支《萨吾尔登》所开启之精神的差异与融合,或可开出天下大同的上出之境。张海燕和周健的故事,亦将因融入阔大之精神史而被人记取。

就此而言,有十余年新疆生活经验的红柯为笔下世界及其中人物选择的是一条精神的"返魅"之路。在现代性一路高歌猛进影响力几乎无远弗届的现时代,这世界的某一个偏僻的角落仍然存在着诗意的灵性的声音,存在着尚未被现代观念驯顺和归化类如神性启示的福音。这福音依托卫拉特土尔扈特蒙古人的十二支《萨吾尔登》在世界的某些角落广为流播,其所及之处,被现代经验叙述为柔弱的个体瞬间可以与天地并生与万物为一,与宇宙天地万物生灵风雨雷电共在一个世界,他们最终将自我融入大地和天空,并以极度开放的内心朝向凡人和诸神,且在一念之间抵达精神的至福境界。

---

① 张定浩:《爱和怜悯的小说学——以黄永玉〈无愁河的浪荡汉子·朱雀城〉为例》,《南方文坛》2014年第5期。

第三章 古典传统接续与转化的多重路径(一)

第一节 古典思想与审美的多种可能

"五四"迄今百年中国新文学的历史叙述,牢固地奠基于自晚清开启的文化的"古今中西之争"及其所敞开之思想论域和历史想象之中。彼时国家民族值贞元之会,当绝续之交,征用西学资源以疗救政治—文化之弊成为一时之盛,也自有其历史合理性。以此种思路为基础,今胜于古,西优于中的思想选择渐成定势。"追求现代性"在最为宽泛的意义上形塑了新文学的主导思想和审美偏好,藉此建构的文学史观在废名、沈从文、汪曾祺、孙犁评价上的"两难"已充分说明对复杂多元之文学现象的单向度考察的"褊狭"①。"二十世纪中国文学"、"新文学的整体观"以及"中国新文学"诸种文学史"故事类型"的整体构想,均不脱此一论域所划定之基本范围。其间虽有王德威尝试以陈世骧发现之"中国抒情传统论述"重构新文学的历史图景,力图在"革命""启蒙"两大基调外,申论中国文学抒情的现代性作为文学史新范式的重要意义,已有文学史观突破的意味,惜乎此一

---

① 以汪曾祺之文学史评价为例,可以说明此一问题的基本状况。洪子诚《中国当代文学史》注意到汪曾祺作品中有"中国传统'文人'的情调和视角","注重风俗民情的表现",其风格笔法,可视为20世纪40年代京派作家"散文小说化"努力的延续。但在80年代的文学史视域中,汪曾祺却"难以归类"。依孙郁之见,早年的汪曾祺,文章中"没有一点左翼文学的痕迹,是社会边缘人的倾吐"。其文章笔法与韵致,从乃师沈从文处获益良多。沈从文不大认同彼时盛行之"写故事"的方式,有意疏离小说的"劝世"目的,强调作品对于个人心性的自然表达。此一思路,与周作人的"趣味与本色"、废名从唐诗习得的技巧以建构自己的小说世界颇相类似。然此种路线,已非80年代文学史的"主潮"。丁帆《中国新文学史》认为"疏离了价值判断和美丑辨析的生命常态,世间无限的复杂性成为汪曾祺写作的最高美学",已初步表明其文学史观念的重心所在。而指出"汪曾祺的小说在趣味中陷落,在民俗、世间万象的沉降中,多趣味而少风骨,多漶漫而无精气,多委顿而少超拔,韵致有余而凌厉不足",已充分说明其价值偏好,仍在"左翼"一途。其后对贾平凹《废都》等作品的评价,亦属此类。

构想,仅限于新文学之基本范围,且处于"未完成"状态,尚未从根本性意义上突破中国古代文学与新文学的学科分界。其所依凭之文学理论资源,亦在"五四"以降之新文学批评谱系之内。参之以高友工、柯庆明、萧驰、张淑香等学者以"中国抒情传统"的学术理路,自中国思想文化的大历史脉络,重新梳理以抒情诗为主体之中国文学、艺术传统,以在"古今中西之争"的语境下,阐扬中国文学相对于西方文学的"独立"意义,可知"抒情传统论述",蕴含着尚未被充分释放的理论能量,足以成为重构文学史叙述的新范式①,有待论者的进一步阐发。

克服"古今中西之争"及其所敞开之文学史视域偏狭的方式有二:其一,超越"现代性"视域。不以"现代性"及其所持存之价值观念和审美偏好作为评价文学作品的唯一标准,同时保持对其知识谱系与意识形态的自省与反思。其二,建构一种融通中国文学"大传统"(中国古典文学)与"小传统"("五四"以降之现当代文学)的"大文学史观",即不把"五四"以降之"新文学"视为在中国古典文学之外别开一路,而是将其视作为古典文学在20世纪流变之一种②。同时,将"中国古代文论的现代转换"再度"问题化",以激活被现代性文论话语(核心是西方文论)压抑的中国古典文论的解释学效力,并尝试以"境界""气韵""虚"/"实"等古典文论概念与范畴建构新的批评视域。非此,则不能从思想范式的意义上突破现代性文论话语的"霸权"地位,敞开新的精神空间,从而对废名、沈从文、汪曾祺等有心接续古典传统的作家作品做出妥帖评价。而以与废名、沈从文同属一脉的贾平凹作为方法,在"大文学史"视域中考察当代作家承续古典文脉之方式及意义,庶几可以丰富当代文学的历史性叙述,亦是中国文化"归根复命"探索之一种。

---

① 柯庆明、萧驰编选之《中国抒情传统的再发现——一个现代学术思潮的论文选集》(台大出版中心2009年版),收录以陈世骧"抒情传统论述"为基本范式,梳理中国文学传统的高友工、柯庆明、萧驰等十位学者的文章。从中可知,此类研究虽具开拓意义,但基本局限于中国古代文学,未有将抒情传统拓展至"五四"以降之新文学者。陈国球、王德威编选之《抒情之现代性:"抒情传统"论述与中国文学研究》(生活·读书·新知三联书店2014年版)亦与此同。2015年4月17日,王德威在陕西师范大学作题为"史诗时代的抒情声音"的演讲,以"抒情传统"说梳理中国文学。其论述所涉,以屈原始,以贾平凹终,其间跨度两千余年。此种论述,足以说明以"抒情传统论述"贯通中国古代文学与中国现当代文学,可以重构贾平凹所属之思想及美学谱系,亦可突破限于"新文学"的评价视域的根本偏狭,重新梳理贾平凹与文学史的复杂构成关系。

② 对于此一文学史理路及其在废名、汪曾祺、孙犁、贾平凹,以及"晚近"之黄永玉(《无愁河的浪荡汉子》)、木心、金宇澄(《繁花》)作品评价上的意义,杨辉《"大文学史观"与贾平凹的评价问题》(《小说评论》,2015年第6期)有较为详尽之说明。亦可参见杨辉《文体、笔法与古典的遗韵——论孙郁的贾平凹研究》(《文艺争鸣》,2016年第1期)。

一、《周易》思维与循环史观

历经中国社会与文化"三千年未有之大变局"后,反思华夏文化之"现代劫难"而取文化的"归根复命"一路,根本的原因在于:"随现代性漂流而去,让科技收拾人性的残局,归根结底是人类之丧,一切文化都难幸免;纠现代性之偏,把'归根'变成'复古',仍受制于现代性之偏,终逃不掉科技的非人属的物义论之途;所以,'归根'所开出来的'复命'之'命',实乃救治'现代性危机'即驾驭'物'的人义论之回归:'极高明而道中庸'的'致人和'。"①以"犹太人问题"与"中国人问题"对举,通过追问犹太人能否在西方宗教政治文化胁迫下坚持走自己民族神的路,张志扬进一步追问:"在西方军事政治文化殖民的死亡胁迫下,是否还有非西化的另类的走回自己民族文化的路?"②藉此,而从根本性意义上走出"脱离"西方尺度、西方话语便"不能思乃至无思"的思想之无能境地。此一思路,与汉学家艾恺考辨世界范围内之反现代化思潮之诸种面向,以及重思以文化守成之姿态超克现代化之思想命运及其可能足相交通。以文化的"古今中西之争"所开启之思想论域为基础,论者得以重新界定中国文化之特殊性与核心意旨。"中国文学的抒情传统"、作为"前现代"的中国小说传统以及以《周易》思想为核心之中国文学"全息现实主义"传统之独特发见,无疑均属此列。此亦为赓续古典文脉之多样可能,然究其根本,《周易》智慧及其所开出之思想方式及美学意趣,或为文化命脉之要义所在③。

就描述世界历史图景之方式而言,《周易》属"神秘主义"与"理性主义"之结合,与西方自古希腊以降"逻各斯"与"秘索斯"之分裂状态大异其趣。基于《周易》智慧之世界想象,可知"人体的气脉,跟天体的运行有对

---

① 张志扬:《归根复命——古典学的民族文化种性》,《海南大学学报》(人文社会科学版)2013年第1期。针对此一问题,艾恺亦有如下反思:"传统与现代化是水火不相容的,前者代表着人性,而后者代表着非人性。现代化与反现代化思潮间的冲突正好代表着人性与非人性的冲突,不易消解。近两百年来的文学艺术和哲学上的各种思潮,多多少少带有这种冲突的表象。"(艾恺:《世界范围内的反现代化思潮——论文化守成主义》,贵州人民出版社1991年版,第4页。)艾恺此说,可以与张志扬之文化反思相参照。
② 张志扬:《中国人问题与犹太人问题(代前言)》,萌萌学术工作室主编:《"中国人问题"与"犹太人问题"》,生活·读书·新知三联书店2011年版,第1页。
③ 承续"五四"诸公文化价值重估与反思之流脉,李劼以为,《易经》中"暗藏着华夏文化演变的奥秘"。而"追溯河图洛书,发现竟然是一个高维的全息方程式。与之对称的,是爱因斯坦的相对论,还有闵可夫斯基的四维时空坐标"。足见对《易经》智慧的深入反思,可以进入中国文化最为精深之境界。李劼:《中国文化冷风景》,台北:允晨文化实业股份有限公司2013年版,第598页。

应。"进而言之,"生命和宇宙,是可以互相印证的"。唯其如此,《红楼梦》方能以小说之方式,演绎中国大历史之变迁。贾府之诸般人事,亦可对应于中国文化之不同面向,其兴衰更替、起落沉浮,无不与更为阔大之历史寓意相参照。因是之故,《红楼梦》不是人类历史文化的纯粹构建,而是以对过去历史的解构为前提的预言和启示。这部小说将故事叙述到哪里,也就将历史解构到哪里。所谓由色而空正对应着这种无有还无。然而也正是在这样解构性的还无过程中,一种历史的审美指向偕同语言的深度空间一起被鲜明地确立起来,如同一片由黑暗所放出的光芒,在地平线上重新划出了天空和大地。所谓补天,正是这种天、地、人三维空间的确立"①。并因是构建出人类历史文化之全息图像。盛极必衰、治乱相替、沧海桑田为"道"之运行规则之体现,在《红楼梦》中则为"人和"与"天道"之对举。是为《周易》体系全息现实主义之真谛。《周易》系统以"未济"卦压阵,即预示新的循环之开启②。

  易言之,不同于现代性之线性时间观与历史观,《周易》思想所开出之世界想象,以循环往复为其基本特征。依其运行规则,"世界"并不至于一颓到底,颓到极处时,必有新气象之发生。《带灯》结尾处一场械斗致使带灯辛苦维持之秩序瞬间瓦解,其人亦随之精神濒临崩溃。当此之时,樱镇却出现了萤火虫阵。带灯与竹子去看时,那萤火虫纷纷飞落在带灯的头上、肩上、衣服上,带灯顿时如佛一样,全身都放了晕光。考虑到带灯原名为"萤",可知萤火虫阵之出现,乃"上出"之象,预示其世界不至于一颓到底,其人亦不至于因孤立无援而"万劫不复"。《老生》中之四个故事,对应着20世纪中国历史之四个重要时期。就中"老"(死)、"生"之喻,亦蕴含着新旧、治乱循环交替之意。以《山海经》为参照,一个世纪的叙述,正意味着历史深层之"循环"特征。以能由中国传统浑灏精深之文化体系透视诗之本质之船山诗学为例,此一思路所开出之"境界"更易明了。"正是基于某种存有论而'体认'天道的观念,在以'势'论诗之时,船山才时时肯认诗之于无始无终、'即始即终'、絪缊不息大化的片段性。"③所谓"转成一片,如满含月光,都无轮廓","首尾无端,合成一片","冉冉而来,若将无穷者","皆将诗说为庄子'天乐'之'其卒无尾,其始无首'"。由此,"抒情艺

---

① 李劼:《红楼十五章》,新星出版社2010年版,第399页。
② 对此一问题之详细申论,可参见胡河清:《中国全息现实主义的诞生》,王晓明、王海渭、张寅彭编:《胡河清文集》,安徽教育出版社2014年版。
③ 萧驰:《中国思想与抒情传统》第三卷《圣道与诗心》,台北:联经出版事业股份有限公司2012年版,第186页。

术所关注的,才并非事件的起点和终点这种作为戏剧和叙事文学结构的焦点,而是世界运动本身的节律或宇宙生命的脉搏——中国文明的精髓观念与其主要文类的关联于此真正得以昭显"①。而由《周易》肇端之世界想象,乃为此一观念之核心。以"人事"而体"天道",并得以"纵浪大化中",既为《红楼梦》日常生活之详细铺陈与"太虚幻境"对照之根本意指,亦是《老生》中四个故事与《山海经》"互涉"之用意所在。若以西方文学为参照,中国文学此一特征更为鲜明。不同于西方寓意作品(以《神曲》为代表)完美/不完美、此境/彼境二元对立式的基本模式,"中国文学自有一种解决二元问题的观念,简言之即:宇宙无始无终,无所谓末日审判,也无所谓目的的终极,一切感觉与理智经验的对立物,无不蕴含其间,又两两互补共济、相依共存"。尤为重要的是,"尘世与超验、完美与不完美之间的辩证差别,也因此变得毫无意义,或者不过是互为补充的统一体"②。浦安迪此论,出自对以《西游记》《红楼梦》为代表之前现代的中国小说思想寓意及精神依凭(思想渊源)之总括。而频繁征用以《周易》思想为基础之阴阳、水火诸种既"对立"又相互"转化"之范畴,《西游记》《红楼梦》之意义世界得以生成。其虚实、真假、盛衰、悲喜、离合诸种"二元补衬"之用意,均可作如是解③。

对于此种思维,贾平凹早年即已默会于心,其《〈妊娠〉序》曰:"夜里读《周易》,至睽第三十八,属下兑上离,其《彖》曰:'火动而上,泽动而下。二女同居,其志不同行。'又曰:'天地睽而其事同也。男女睽而其志通也。万物睽而其事类也。睽之时用,大矣哉!'我特别赞叹'睽之时用,大矣哉'这句,拍案叫绝,长夜不眠。"④睽卦为上兑下离,象征"乖背睽违"。而贾平凹欣赏之"睽之时用,大矣哉",《程传》解释曰:"天高地下,其体睽也,然阳降阴升,相合而成化育之事则同也;男女异质,睽也,而相求之志则通也;生物万殊,睽也,而得天地之和,禀阴阳之气,则相类也。物虽异而理本同,故天下之大,群生之众,睽散万殊,而圣人为能同之。处睽之时,合睽之用,其

---

① 萧驰:《中国思想与抒情传统》第三卷《圣道与诗心》,台北:联经出版事业股份有限公司2012年版,第186页。
② 浦安迪:《浦安迪自选集》,刘倩等译,生活·读书·新知三联书店2011年版,第189页。
③ 对于《西游记》《红楼梦》与《周易》思想之内在关联,浦安迪《〈西游记〉与〈红楼梦〉中的寓意》一文有极为详尽之说明。见《浦安迪自选集》,刘倩等译,生活·读书·新知三联书店2011年版。
④ 贾平凹:《贾平凹文论集》卷一《关于小说》,生活·读书·新知三联书店2015年版,第39页。

事至大,故云'大矣哉'。"①由睽卦之"乖违、相异",却能在差异之中形成相互交感,可以进一步体会《道德经》"万物负阴而抱阳,冲气以为和"之玄旨。此亦为中国思想之基本特征。"商周思想的重点在于'相配''相合''相交',无论天多么伟大,如果没有地与它相交,天即无所能。"同时亦可以看到,"中国哲学的思想概念中,经常以两字组成的复合词来表示一组相对范畴,如'天地''阴阳''无有'等。"②老子《道德经》将"有无""难易""高下""长短"对举,以申明对比转化之意,亦是此理。

进而言之,"'睽'既讲阴阳之间的区别,又是两者对立统一体存在的先决条件。可以说是贾平凹创作中先验的主题"③。男女两性的对比,刚柔的互衬,均构成"睽"的意念之外化。《浮躁》中金狗极顽强之生命力,实为男性意志之象征,与小水所体现之女性阴柔之性恰成鲜明对照,本乎此,方有二者精神之交感呼应。不独如此,"睽"意念之外化,既可解释"平""凹"二字之意蕴,亦可解释贾平凹写作之"分裂"状态。程德培等人以为贾平凹乃一"矛盾体",其尝试在写作中将极难统一之悖论统一起来之努力,教人惊叹。孙郁对此亦有同感:"说他旧,又有点新奇的气象,说其新,可在内心却是旧书堆中人。就这样不古不今,亦古亦今,我们看他,不是一两句话可以说清的。"此一特征,本乎《周易》思维所开出之世界想象,不唯体现于意象之构建,亦是文本世界意义生成之基础,强解作矛盾之对立统一、相互转化似无不可,但此一解释所依托之思想,终究不能深入把握贾平凹作品真正微妙精深处,亦会因之错失诸多意趣④。此亦从另一侧面说明,中国古代文论之创造性转换,若不能于理论思维上"回归本宗",则难有根本性之突破,所谓的"现代转换",不过空言而已。

不独可以开出想象世界之道,此种思维亦可用以意会语言之韵味及意趣。贾平凹对此无疑体会颇深:"世上任何事情都包含了阴阳,月有阴晴圆缺,四季有春夏秋冬,人有喜怒哀乐。"具体到语言上,"我们看一个汉字,

---

① 转引自黄寿祺、张善文撰:《周易译注》,上海古籍出版社 2004 年版,第 289 页。
② 郭静云:《天神与天地之道:巫觋信仰与传统思想渊源》,上海古籍出版社 2016 年版,第 619 页。
③ 胡河清:《贾平凹论》,王晓明、王海湄、张寅彭编:《胡河清文集》,安徽教育出版社 2014 年版,第 38 页。
④ 清人沈祥龙《乐志簃笔记》卷三《论文随笔》云:"《易》曰:'风行水上,涣。'苏氏(洵)指为'天下之至文'。又曰:'雷电和而成章',涣则散,合则聚。文章之道,不外聚散二者。风水相激,波澜迭兴,此文之畅其言论者也,故散为万殊。雷电相併,声光自显,此文之明其意旨者也,故合为一本。法《易》象而文章之能事毕矣。"其意亦与此同。转引自刘熙载撰、袁津琥校注:《艺概注稿》,中华书局 2009 年版,第 141 页。

它的笔画都有呼应,知道笔画呼应的人书法就写得好,能写出趣味来"①。贾平凹的语言,风格极为鲜明,有文言的韵味,亦有陕西方言的调子,更有长期浸淫古书而得之古诗文的奇气。说迄今不过百年之现代汉语,是在贾平凹这样的作家笔下成熟的,想必不属过誉。仅以语言论,其文章气脉,即不限于"五四"以降之新文学一途,而与古典文学古典文化精神血脉相通。《秦腔》承续《红楼梦》笔意,在语感、节奏、气息和味道上法其用心,并得其精髓,二者对读,可知语言之感应,乃其"意境"趋同之基础。若求古典文本"抒情境界"之"再生",文体与笔法不可或缺。

除《周易》(河图洛书)外,《山海经》亦被学者视为华夏文化源头之一。其所刻画之华夏初民形象,元气充沛,乃中国人之"原型",蕴藏着中华民族的"灵魂"和最为始源之集体无意识,与文化核心精神衰微之后"掉进心机权谋外加等级观念的人文黑洞",一变而为"阴沉怯懦的卑琐人格"②形成鲜明对照。若依《周易》复卦"返转回复"的思路,则中华文明之复归本宗,回归《山海经》所示之民族本真形象为途径之一。曹雪芹《红楼梦》从《山海经》神话起笔,以"返回初始的方式,承接中国文化气脉"③,即是此理。此亦符合老子"复归于婴儿"之核心意旨。如同《荷马史诗》和希腊神话蕴含着希腊民族之本真形象,后世必得返归古希腊以重塑其文化人格,华夏民族之"归根复命",其理亦与此同。雅斯贝尔斯申论"轴心时代"之于民族文化之本宗意义,海德格尔对希腊思想之"重思",施特劳斯派学人之重返希腊思想,用心亦在此处。

《老生》中之四个故事,均以《山海经》起笔,间杂作者对所征引段落之解释,不拘泥于传统"定见"而时有新解,所重似在山水物产风貌之详细铺陈,用意却在"人事"。20世纪之时运推移精神转换无远弗届,虽在乡间,世道人心,亦有沧桑巨变,已难见《商州初录》《浮躁》中之纯朴民风和乡间野趣,遑论古代思想所持存之"古风"。古典"心性"之衰微,在在触目惊心。其所描绘之"百年人性,既失掉了合理的教育,又缺乏因利乘便的引导",犹如打开了潘多拉的盒子,肆意"释放出人性中的贪婪、诽谤、嫉妒、痛苦、忧伤"④。一如《尤利西斯》以奥德修斯之英雄形象"反衬"布鲁姆及其同代人之卑琐,《山海经》所持存之中华民族之本真形象,亦与20世纪各

---

① 贾平凹:《贾平凹文论集》卷二《关于散文》,生活·读书·新知三联书店2015年版,第149页。
② 李劼:《中国文化冷风景》,台北:允晨文化实业股份有限公司2013年版,第7页。
③ 李劼:《木心论》,广西师范大学出版社2015年版,第25页。
④ 黄德海:《悲愤的阴歌——贾平凹〈老生〉》,《上海文化》2015年第5期。

色人等之卑劣心性对比鲜明。贾平凹早年即好读《山海经》，并从中体味出华夏民族雄奇刚健之气和"中国人的思维方式与心灵密码"，且曾动念注解全本，足见其对古典文化原典之沉潜往复、从容含玩且切己体察，并从中开出反观现时代之新境界，已非常人可及，亦不能以"复古"论之。

从《白朗》《古堡》《浮躁》所持存之文本世界对《周易》思维之演绎，到《老生》以《山海经》所蕴含之中华民族本真形象为参照，于一个世纪世态人情、世道人心的循环往复中暗合《周易》之系统循环，贾平凹正逐日逼近中华文化之"深山大泽"，其笔下亦可能开出华夏文化之"龙虎真景"。此一现象足以说明，华夏文化历经百年劫变之后，于颓势之中，亦预伏转化之契机。至于能否在"弘通西方文化的精要的基础上复归本宗，开创真正具有独创性的文学流派"[①]，于中西文化之交融中"形成一个真正超越《红楼梦》的新巨制时代"[②]，尚难有定论。但此一路线，无疑属中国思想与文化"归根复命"之要义所在，于文学乃为一"上出"之境，其所蕴含之可能，殊非一端。

二、古典美学的柔性精神

若以心性及才情论，古代文人中，与贾平凹相通且有精神交感者，首推苏东坡。对苏东坡思想之复杂性，其弟苏辙所撰之《亡兄子瞻端明墓志铭》有极为准确之说明："初好贾谊、陆贽书，论古今治乱，不为空言。继而读《庄子》，喟然叹息曰：'吾昔有见于中，口未能言，今见《庄子》，得吾心矣。'乃出《中庸论》，其言微妙，皆古人所未喻。……后读释氏书，深悟实相，参之孔、老，博辩无碍，浩然不见其涯也。"[③]其自由游走于儒、道、释三家思想并由此悟得应世之智慧，以调适自我与生活世界之紧张关系，从而维持内心之平衡，即便在三家思想畅行无碍、广泽士林之时，也未必人人能知能行。苏东坡以刚正不屈之儒家精神用世，却屡遭迫害，可谓半生颠沛流离，然于人生之颓势中，能处之泰然，无怨望悲愤，均以旷达应之，殊为难得。个人修养之深厚，属原因之一，更为重要的，恐怕还是其对人生之兴衰际遇看深看透之后的超然。此亦为道家"逍遥"论题中应有之义。自20世纪70年代迄今，贾平凹创作凡四十余年，其间甘苦，难以尽述。由"单纯入

---

① 胡河清：《中国全息现实主义的诞生》，王晓明、王海湄、张寅彭编：《胡河清文集》，安徽教育出版社2014年版，第156页。

② 胡河清：《中国全息现实主义的诞生》，王晓明、王海湄、张寅彭编：《胡河清文集》，安徽教育出版社2014年版，第160页。

③ 转引自台静农：《中国文学史》（下），上海古籍出版社2012年版，第504页。

世"到"复杂处世",再到"任性逍遥",贾平凹亦兼具儒家之积极精神、佛家之境界追求,以及道门游宴自如、忘其肝胆之大自在精神。《废都》之后,于文学与人生之交相互动中,贾平凹深味"著书凡四十万言,才未尽也。得谤遍九州四海,名亦随之"之人生况味,且以"默雷止谤,转毁为缘"应之,若无极深之内在修为,恐怕亦不易为之。当此之时,其秉有"楚尾"灵动、蕴藉之性,再得发展,且于"主流文学"(史诗)之外别开一路,意识到汉民族独特历史文化所形塑之审美标准,推屈原、司马迁、杜甫为主流文学,而以"阐述人生的感悟,抒发心意"为旨归,且作为主流文学之对抗与补充之闲适文字(如苏轼、陶潜乃至明清散文等,甚至包括李白),其意义则常被遮蔽①。其"血地"为陕西丹凤,属秦头楚尾,故"品种里有柔的成分"和秀的基因,易与明清文字发生感应。而"秦头"则使其可学两汉史家笔法,向海风山骨靠近。其80年代作品上承柳青以降之陕西文学现实主义传统,于"改革"与"寻根"之双向关注中把握并书写时代之精神走向。《腊月·正月》《小月前本》诸篇,有彼时"潮流化写作"之基本特征。《商州初录》诸篇,则初现其文化寻根之意趣,但限于篇幅,其内在性灵所开出之"文思",尚未及显露。嗣后《浮躁》既融汇"改革文学"与"寻根文学"之双重面向,亦"终结"了其两可状态。至《废都》超克"现实主义"之限制后,贾平凹之才情始得尽情发挥。

　　以《废都》为贾平凹风格转折之标志,文章"作法"之革新,属重要原因之一。贾平凹自谓,在《浮躁》之写作过程中,"我由朦朦胧胧而渐渐清晰地悟到这一部作品将是我三十四岁之前的最大一部也是最后一部作品了,我再也不可能还要以这种框架来构写我的作品了。换句话说,这种流行的似乎严格的写实方法对我来讲将有些不那么适宜,甚至大有了那么一种束缚"②。其所感兴趣的,乃是以"中国画的散点透视法"取代"西方人的那种焦点透视法"而开出新境界。二者最大之区别,或在个人性灵之自由发挥与否。其转变当属个人境界扩大之后的自然选择。从张爱玲的文字中,贾平凹意识到:"一些很著名的散文家,也是这般贯通了天地,看似胡乱说,其实骨子里尽是道教的写法。"③进而言之,"散文家到了大家,往往文体不纯

---

① 贾平凹:《贾平凹文论集》卷一《关于小说》,生活·读书·新知三联书店,第127页。
② 贾平凹:《贾平凹文论集》卷一《关于小说》,生活·读书·新知三联书店,第32页。
③ 贾平凹:《贾平凹文论集》卷二《关于散文》,生活·读书·新知三联书店2015年版,第127页。贾平凹此说,显然得"意"于刘熙载《艺概·文概》评《庄子》语:"《庄子》文看似胡说乱说,骨里却尽有分数。"(《艺概注稿》,中华书局2009年版,第39页。)分数者,"法度、规范"之谓也。

而类如杂说"①。如非贯通天地,焉能运笔自如若是?是为"求白用墨抹",求简洁之风格而将"画面搞得很繁很实,在用减法之前而大用加法"之要义所在,就中亦内含文章"作法"之奥秘。《浮躁》之后,因不满于人生世相之详细铺陈而希望作品升腾出一种"气韵",以在存在之上建构其意象世界,于"诗人"和"现实主义"的纠葛中,完成形而上与形而下之结合,以实写虚,体无证有,开出作品之全新境界。此种努力,《废都》首开其端,至《老生》臻于化境,乃贾平凹写作之用心处及得意处,亦是释读其作品之紧要处。进而言之,若无 80 年代融合"改革"与"寻根"之"潮流化写作"做底子,则《废都》以降之承续明清世情小说传统,于"实境"之中升腾出别样"境界"之努力亦难于成就。要言之,转益多师,但不执其一端,为其写作能始终处于"上出"态势之根本原因。陈师道《后山诗话》以为:"苏(东坡)诗始学刘禹锡,故多怨刺,学不可不慎也。晚学太白,至其得意,则似之矣。然失于粗,以其得之易也。"②此说持论公允与否,姑且不论,但其所谓之由学刘禹锡而转习李太白,由"怨刺"而至于"放旷",与于连以希腊思想为参照,发见中国智慧之"圣人无意"颇相类似③,由其开出"应无所住"之自由之境,亦是贾平凹兼具"史诗"与"抒情"之双重可能,却不泥于一端,而有此阔大之境的原因所在。

苏东坡"才思洋溢,触处生春,胸中书卷繁富,又足以供其左旋右抽,无不如志。其尤不可及者,天生健笔一支,爽如哀梨,快如并剪,有必达之隐,无难显之情,此所以继李、杜后为一大家也"。其与李、杜不同者,在运思用笔上,"李诗如高云之游空,杜诗如乔岳之矗天",苏诗则如"流水之行地",可谓天机活泼、下笔无碍。沈德潜《说诗晬语》亦云:"苏子瞻胸有洪炉,金、银、铅、锡,皆归熔铸,其笔之超旷,等于天马脱羁,飞仙游戏,穷极变幻,而适如意中所欲出,韩文公后,又开一境界也。"④苏东坡才气横溢,胸中了无羁绊,又深通"文法",故其诗文,能开一代新风,且颇多新的发明。其文

---

① 贾平凹:《贾平凹文论集》卷二《关于散文》,生活·读书·新知三联书店 2015 年版,第 127 页。
② 转引自台静农:《中国文学史》(下),上海古籍出版社 2012 年版,第 505 页。
③ 所谓"无意",依于连之见,乃是指"圣人不会从很多观念中单独提取出一个:圣人的头脑中不会先有一个观念('意'),作为原则,作为基础,或者简单地说就是作为开始,然后再由此而演绎,或至少是展开他的思想。质言之,'无意'的意思就是说,圣人不持有任何观念,不为任何观念所局囿"。而能平等对待所有的观念。此说看似平常,实则蕴含古典智慧之核心要义。千年间思想界之纠葛,文学观念之"冲突",均不脱执其一端而不及其余之弊。而能以"无意"之心态,接纳不同之思想,其"上出"之态势,自然未可限量。详细申论参见弗朗索瓦·于连:《圣人无意:或哲学的他者》,闫素伟译,商务印书馆 2004 年版,第 1—4 页。
④ 转引自台静农:《中国文学史》(下),上海古籍出版社 2012 年版,第 506 页。

章"作法"及思想渊源,乃上承中国早期哲学以"水之性"悟得世界生成及转换规律之基本传统。古人观物取象,并立象以尽意,从物之性中推演出生活世界运行之基本规则。就中以"水"最为突出,"水"乃中国早期思想之"本喻"①,由"水之性"开出之思想之"道",不独与道家思想颇多关联,亦与儒家典籍密不可分。《荀子·宥坐》篇曰:"孔子观于东流之水,子贡问于孔子曰:'君子之所以见大水必观焉者是何?'孔子曰:'夫水,大遍与诸生而无为也,似德。其流也埤下,裾拘必循其理,似义。其洸洸乎不淈尽,似道。若有决行之,其应佚若声响,其赴百仞之谷不惧,似勇。主量必平,似法。盈不求概,似正。淖约微达,似察。以出以入,似就鲜洁,似善化。其万折也必东,似志。是故君子见大水必观焉。"②《孟子·离娄下》亦载:"徐子曰:'仲尼亟称于水,曰:水哉,水哉!何取于水也?'孟子曰:'源泉混混,不舍昼夜。盈科而后进,放乎四海,有本者如是,是之取尔。苟为无本,七八月之间雨集,沟浍皆盈;其涸也,可立而待也。故声闻过情,君子耻之。'"

先秦思想中,以"水之性"推演出宇宙大道,以《道德经》最为突出。"上善若水,水善利万物而不争,处众人之所恶,故几于道。"(第八章)"天下莫柔弱于水,而攻坚强者莫之能胜,以其无以易之。弱之胜强,柔之胜刚,天下莫不知,莫能行。"(第四十三章)老子对"柔弱""处下""守雌"意义之思考,多半与"水之性"有关。由"水之性"既可推演出宇宙运行之基本规则,自然亦可用之解释"文之道"。对此,苏东坡有极为清楚之说明。其《自评文》曰:"吾文如万斛泉源,不择地皆可出。在平地滔滔汩汩,虽一日千里无难。及其与山石曲折,随物赋形,而不可知也。所可知者,常行于所当行,常止于不可不止,如是而已矣。其他虽吾亦不能知也。"融斋《游艺约言》因是评东坡文曰:"东坡文有与天为徒之意。前此,则庄子、渊明、太白也。"又曰:"东坡之文,近于太白之诗,此由高亮洒落,胸次略同,非可以其迹象论离合也。"③

---

① 对"水"与中国早期思想之关联,汉学家艾兰有专书申论(《水之道与德之端:中国早期哲学思想的本喻》,张海晏译,商务印书馆2010年版)。陈少明《经典世界中的人、事、物——对中国哲学书写方式的一种思考》亦有申论(《做中国哲学:一些方法论的思考》,生活·读书·新知三联书店2015年版),可参照阅读。

② 依陈少明的说法,《大戴礼记·劝学》《说苑·杂言》中亦有相类之故事。参见陈少明:《做中国哲学:一些方法论的思考》,生活·读书·新知三联书店,2015年版,第132页。对古人观物取象之思维方式的深度探讨,亦可参见陈少明:《经典世界中的人、事、物——对中国哲学书写方式的一种思考》,《中国社会科学》,2005年第5期。

③ 刘熙载撰,袁津琥校注:《艺概注稿》,中华书局2009年版,第146页。

由"水之性"生成之"文之道",亦是理解贾平凹小说诗学之不二法门。以中国古典思想所开出之世界观念为基础,贾平凹如是梳理"中国文学史":"从中国文学的历史上看,历来有两种流派,或者说有两种作家和作品,我不愿意把它们分为什么主义,我做个比喻,把它们分为阴与阳,也就是水与火。"此种读解,无疑与《周易》思维关联甚深。"阴""阳","水""火"之喻,亦可与"柔""刚"对举,由此生发之"文之道",自然体现为"笔法"之差异:"火是奔放的,热烈的,它燃烧起来,火焰炙发,色彩夺目。而水是内敛的,柔软的,它流动起来,细波密纹,从容不迫,越流得深越显得平静。"秉"水""火"不同之性,文章亦有差异:"火给我们激情,水给我们幽思。火容易引人走近,为之兴奋,但一旦亲近水了,水更有诱惑,魅力久远。"就整体的文学史而言,"火与水的两种形态的文学,构成了整个中国文学史,它们分别都产生过伟大作品"。他们与特定时代之社会思想氛围互相成就。"当社会处于革命期,火一类的作品易于接受和欢迎,而社会革命后,水一类的作品却得以长远流传。"就个人心性及审美偏好论,贾平凹之写作,属"水"一类,因其通晓并与中国文化之柔性品质颇多感应。"中华民族是阴柔的民族,它的文化使中国人思维象形化,讲究虚白空间化,使中国人的性格趋于含蓄、内敛、忍耐。"因是之故,"水一类的作品更适宜体现中国的特色,仅从水一类的文学作家总是文体家这一点就可以证明,而历来也公认这一类作品的文学性要高一些"①。如前文所述,古人"观水有术",并由"水之性"中悟得诸般道理,柔弱、处下、不争、淡泊、内敛、含蓄、忍耐等品性无不奠基于此。"水之性"亦形塑了中国人之宇宙观及人生观,以及应世之道。李零为其读《老子》之著作取名《人往低处走》,用意即在此处。

而以笔法论,秉"水之性"之文章,与19世纪以来奠基于理性主义之小说观念大为不同。其既不追求"明晰"之结构,亦不以"矛盾冲突"推进故事。《废都》全书无章节序号,乃贾平凹之有意处理。"我的感觉中,废都里的生活无序、混沌、茫然,故不要让章节清晰,写日常生活,生活是自然的流动,产生一种实感,无序,涌动。"因是之故,"我写作中完全抛开了原来的详细提纲,写到哪儿是哪儿,乘兴而行,兴尽而止"②。其得"与天为徒"个中三昧,师法自然,然亦属"苦心经营的随便"(汪曾祺语),若无大笔力

---

① 贾平凹:《贾平凹文论集》卷一《关于小说》,生活·读书·新知三联书店2015年版,第263—264页。
② 贾平凹:《贾平凹文论集》卷一《关于小说》,生活·读书·新知三联书店2015年版,第69页。

大境界,如何做得出?! 要言之,能知"与天为徒",且得"行云流水"之旨,仍须落实于刘熙载所谓之"笔力":"文章之道,斡旋驱遣,全仗乎笔。笔为性情,墨为形质。使墨之纵笔,如云涛之纵风,斯无施不可矣。"[①]沈从文亦从"水之性"中悟得文章之道,故能"信手写来,放得开,收得合,而开合间的圆润处,沈氏大知。此等文法,必得天资好的人用之,必得文笔补救,其没骨写意法"。因通晓文法,又兼具才情,"文章作得随意如水,沈氏是大天才也"[②]。此种写法,颇近于普鲁斯特等人之"意识流"。一如福楼拜对《情感教育》"作法"之自述:"我愿意写的,是一本不针对什么的书,不受外在牵连,全仗文笔内在的力量,就像地球全无支撑,却在空中运行……形式越圆熟,同时也在消弭自己。形式离弃了一切仪规、定则、分寸,不取史诗而取小说,不取韵文而取散文,不承认正统,像自由意志那样写作。"[③]福楼拜心仪之无规矩法度之写作,要义在运思用笔之"自由"之境,其所要逃离的写作成规,即是"意识流"笔法所超克之传统。而以《周易》思维及"水"之思想为基础,贾平凹之写作所要脱离之"成规",便是"五四"以降中国文学之现代性传统。此种传统与西方小说传统之复杂关联,无须赘述。而以西方文论为核心之现代性理论话语无从深入读解贾平凹《废都》以来作品之思想及"文法",症结即在于此。对此一思想所开出之小说笔法,贾平凹多次申论,惜乎囿于现代性以降之文学理论"定见",论者多对此"视而不见"。兹再举数例,以申明贾平凹小说诗学之特征。"写小说,我往往只感觉哪里有写头,哪里没必要写,如河流一样,只朦胧里知道水往东流去,但怎样流着有漩涡和浪花,我只是流着看。"[④]《高老庄》中既无扎眼的结构,亦无华丽之技巧。"无序而来,苍茫而去,汤汤水水又黏黏糊糊",源于其小说观念之转变:"我的小说越来越无法用几句话回答到底写的什么,我的初衷里是要求我尽量原生态地写出生活的流动,行文越实越好,但整体上却极力去张扬我的意象。"[⑤]再以刘熙载《艺概》为参照,此种笔法妙处可知

[①] 刘熙载撰,袁津虎校注:《艺概注稿》,中华书局2009年版,第184页。
[②] 贾平凹:《贾平凹文论集》卷二《关于散文》,生活·读书·新知三联书店2015年版,第74页。
[③] 转引自张定浩:《爱和怜悯的小说学——以黄永玉〈无愁河的浪荡汉子·朱雀城〉为例》,《南方文坛》2014年第5期。
[④] 贾平凹:《贾平凹文论集》卷一《关于小说》,生活·读书·新知三联书店2015年版,第94-95页。
[⑤] 贾平凹:《贾平凹文论集》卷一《关于小说》,生活·读书·新知三联书店2015年版,第112页。

也。"'通其变,遂成天地之文','一阖一辟谓之变',然则文法之变可知矣。"①又云:"'兵形象水',惟文亦然。水之发源、波澜、归宿,所以示文之始、中、终,不已备乎?"②虽因时代之局限,苏东坡未有长卷之叙事虚构作品,但其"文法",上承古典思想"水"性一脉,下启贾平凹之小说笔法,乃"水"一类作家之前辈人物。若以"辨章学术,考镜源流"之思路梳理此一类作家,可知废名、沈从文、汪曾祺,以及"晚近"之黄永玉、金宇澄,均属此一脉络。若以此思路观照围绕后两者作品"意义"之争论,则"矛盾"将不攻自破,亦将暴露指斥《无愁河的浪荡汉子》及《繁花》"作法"之观点之"偏狭"。此一现象,亦再度说明超越现代性评价视域,重返中国诗学思维之重要性及迫切性。

如启用"抒情传统论述"以超越现代性评价视域,并在中国古典传统中思考"抒情美学"的意谓,思路极易被引向书法与绘画。古代的文人,于诗文的修习外,兼通书画者不在少数。而抒情体验,也容易通过书画的创作而得到阐发。"抒情体验开始于内化而结束于象征化。当现实的细节在吾人心中被转化为抽象的性质时,象征的意义并非简单地由再现的内容,且由呈现的形式得以揭示。"③迟至2015年,在长篇新作《极花》后记中,贾平凹再度申明,其"文法"之渊源,不仅止于文学流脉一宗,亦与中国水墨画关联甚深:"我一直以为我的写作与水墨画有关,以水墨而文学,文学是水墨的。"同时,他将"水墨的文学"与目下时兴之"一种用笔很狠的、很极端的叙述"对举,以说明"水墨画的本质是写意",其核心动力,在"对人格理想的建构"的渴望。以苏东坡论,"他的一生经历了那么多艰难不幸,而他的所有文字里竟没有一句激愤和尖刻"。究其根源,在于"他是超越了苦难、逃避、辩护,领悟到了自然和生命的真谛而大自在着"④。

苏东坡于诗词文赋书法绘画无一不能,且能无不精,然亦难免圣哲常有之寂寞。其超然达观之思想被矮化理解仅为一端。胶柱鼓瑟之辈亦常批评其书画,以为不合"规矩"。是故,黄庭坚《跋东坡书远景楼赋后》曰:"东坡书,随大小真行,皆有妩媚可喜处。今俗子喜讥评东坡,彼盖用翰林侍书之绳墨尺度,是岂知法之意哉?余谓东坡书,学问文章之气,郁郁芊芊,发于笔墨之间,此所以他人终莫能及尔。"⑤此说与王国维"太白纯以气

---

① 刘熙载撰,袁津琥校注:《艺概注稿》,中华书局2009年版,第181页。
② 刘熙载撰,袁津琥校注:《艺概注稿》,中华书局2009年版,第181-182页。
③ 柯庆明、萧驰主编:《中国抒情传统的再发现》,台北:台大出版中心2009年版,第620页。
④ 贾平凹:《〈极花〉后记》,人民文学出版社2016年版,第210页。
⑤ 黄庭坚撰,白石点校:《山谷题跋》,浙江人民出版社2016年版,第83页。

象胜"足相交通,亦触及评价视域"偏狭"问题。标举"气象"以为论"书"之法要,不可仅以笔墨求之也,是为古人书画论之紧要处。张彦远申论谢赫"画有六法"曰:"古之画,或能移其形似,而尚其骨气,以形似之外求其画,此难可与俗人道也;今之画,纵得形似,而气韵不生,以气韵求其画,则形似在其间矣。"[①]而书画同源,其理相通。是为黄庭坚《题东坡小字两轴卷尾》以为"(东坡)用李北海、徐季海法","虽有笔不到处,亦韵胜也"[②]之原因所在。

以心性和感觉去写,并"以写入画",为贾平凹书画创作之"法门",亦是其与苏东坡相通处。"自然界的所有形象都在眼前,只是捉摸那些模样去画就是了。"故其书画妙处,亦不可以笔墨求之,其要亦在"气韵""境界"。有何样之心性,便有与之相应之文字、书法、绘画。"我有我长期以来形成的对于世界对于人生的观念,有我的审美"[③],发而为诗文书画,便有独特之气象。"艺术的各个门类是相通的却又是独立的,言之不尽而歌,歌之不尽就舞,舞之不尽了则写,写也写不尽只能画了。"而作家能否兼作书画,其要不再是否有意习得规矩,而在感应世间万物能量之大小。若能"一超直入如来境"(陈传席评贾平凹画语),则笔墨便退居其次。

质言之,"诗人感物,联类不穷。流连万象之际,沉吟视听之区。写气图貌,既随物以婉转;属采附声,亦与心而徘徊"。古代文人,于诗文研习之外,兼作书画,并不特出。然诗文书画均风格独具且颇多发明,为他人之所不能,千载以下,不过数人耳。苏东坡以不羁之才、宏阔之气象而能与天人宇宙交相感应并意会其要旨,发而为诗文书画,境界自非常人可比。虽未明言其书画创作之"师承",仅以其能得"与天为徒"之要旨,并"身在宇宙四时流转中,体验顺逆、离反的处境,并且透过不断对话与创化的譬喻,更新与时推移的身心姿态"[④],于自我与天人宇宙之交相感应中悟得为文(书画)之要旨,已是贾平凹与苏东坡心性与境界相通之表征。诗文书画,不过内在心象之外化。若感应世界之法门仅止于"文字"一端,如何兼善书画?!要言之,如不能对贾平凹之心性与才情有整体性之感知,仅执其一端而不及其余,则任何评判都难免"挂一漏万",因视域偏狭而错会其用心。自《废都》至《极花》,二十余年间,围绕其作品评价之争议,多半因此而起。

---

① 张彦远:《历代名画记》,浙江人民出版社2011年版,第16页。
② 黄庭坚撰,白石点校:《山谷题跋》,浙江人民出版社2016年版,第80页。
③ 贾平凹:《〈海风山骨——贾平凹书画作品选〉序》,人民美术出版社2012年版。
④ 郑毓瑜:《文本风景:自我与空间的相互定义》,台北:麦田出版城邦文化实业股份有限公司2014年版,第434页。

若能有总体性之视域,且在贯通古今,融汇中西,并旁及书画之"大文学史"视域中观照其作品,则诸般争议,或可呈现出另一样貌也未可知。

三、世情小说的境界与笔法

贾平凹与以《金瓶梅》《红楼梦》为代表之明清世情小说传统的关系,并非文体、笔法,甚或"草率拟古"之说所能简单概括[1]。考辨此种评价之知识谱系与意识形态及思想渊源,可知其形成原因有二:其一,限于文化的"古今中西之争"及其所开出之基本视域,视"五四"以降之新文学为在中国古典文学之外别开一路。以"古""今"分裂之思维理解并把握中国现当代文学与中国古代文学之关系。而其文化观念,仍受制于现代性以降之今胜于古,西优于中之思想窠臼而难于突破。就中国语境而言,现代性之兴起,超克传统为其题中应有之义。传统与现代之二元分裂状态,为"五四"以降之基本思维模式,其历史合理性,奠基于彼时国家民族贞元之会、绝续之交之历史语境中。由其开出之思想范式之影响无远弗届,举凡思维方式、学问体系、概念术语、学科建制等等,无不有根本性之变革[2]。如宇文所安所论:"'五四'一代人对古典文学史进行重新诠释的程度,已经成为一个不再受到任何疑问的标准,它告诉我们说,'过去'真的已经结束了。几个传统型的学者还在,但是他们的著作远远不如那些追随'五四'传统的批评家们那样具有广大的权威性。"[3]此一重新诠释之路径,在西学思想之源流中,已与治中国古典学问之方式相去甚远,且分属不同之文化思想范畴,其诸多方面之难以通约,在开启中国古典文学古典思想之新面向外,必然存在大量被遮蔽之区域,因思维方式之内在局限而难于彰显。其流风所及,以"西例律我国小说"渐成蔚然之势。自晚清迄今,古典文学研究及

---

[1] 《废都》甫一出版,即被人目为"《金瓶梅》第二""《红楼梦》第二"。此说流布甚广,也一定程度上影响到后来者对该作之评价。无论肯定与否,其间复杂之关联皆无从绕开。持平之论大多认为,《废都》以《金瓶梅》《红楼梦》笔意,书写当代人之生活,亦开出受西方"现实主义"小说观念影响之写作传统所无从触及之文本境界。批评者则认为,该作属"草率拟古的反现代性写作",是对《金瓶梅》《红楼梦》的拙劣模仿。细究以上评价,可知其知识谱系所持存之评价视域,均在"现代性"以降之文学观念之中。限于评价视域的偏狭,自然无从从中国思想文化核心精神及其所开出之世界观念中领会《金瓶梅》与《红楼梦》之精神价值。对《红楼梦》以及中国文化的"窄化"理解,是其无法把握贾平凹《废都》之后之写作努力之根源。若无贯通古今之"大文学史观",则此种偏狭即无从超克。

[2] 对此一问题之进一步反思,可参见陈平原为谭帆《中国古代小说文体文法术语考释》一书所作序言(《中国古代小说文体文法术语考释》,上海古籍出版社2013年版)。

[3] 宇文所安:《他山的石头——宇文所安自选集》,田晓菲译,江苏人民出版社2006年版,第279页。

现当代文学批评,能脱此窠臼者,为数极少。故而,不唯如是评价《废都》,对《红楼梦》之于中国文化之重要价值,亦难有深入妥帖之理解。其二,其所使用之批评语汇,无从切近中国文化及《红楼梦》等作品之精深微妙处。对此,南帆有极为准确之反思性说明。以国民性、阶级、主体、现代性、典型、无意识、结构等术语为基础之现代文论,与以道、气、神韵、虚实、风骨、滋味等为基础之中国古代文论存在着极大之分野,后者难以释读现代文本,前者则易对古代文本之微言大义"视而不见"。政治哲学家施特劳斯为克服马基雅维利以降之政治哲学现代性理路之弊,而强调重返古希腊思想,并发展出一种新的"释经学"。以"以古人的方式理解古人"为其核心要旨,用意即在超越理论话语先验预设之视域的局限,从而敞开新的思想空间。进而言之,依索绪尔的语言学思想,使用何种"语言"(语汇),即先验地决定了其所可能敞开的世界的面向。如不能超越现代性以降之评价视域,则既无从深入把握古典文本之思想寓意,亦难于准确梳理贾平凹与古典文脉关系之文学史意义。古典研究界对此已有自觉,《中国古代小说文体文法术语考释》认为:"梳理中国小说之'谱系'或为有益之津梁,而术语正是中国小说'谱系'之外在呈现"①,经由考镜源流、梳理内涵、抉发意旨,该书可谓开启了"以古人的方式理解古人"的精神通道。

就世界文化之总体性视域而言,《红楼梦》乃中国文化之精灵,具有"中国历史开天辟地界分性质","既标记着对以往历史的颠覆,又标记着一种人文精神的崛起"②,既属华夏民族过往历史文化之全息性总括,亦开出文化精神之新的可能。其所蕴含之生生不息之意,暗合"天地有大德曰生"之要旨,亦是《周易》思维之体现。将其视为"人类历史文化的全息图像"的原因在于:"它可以在任何时间任何地域出现的任何文化空间里找到自身的对应点",《圣经》、希腊神话、《奥义书》、《古兰经》、埃及文化等等,莫不如是。其文化气脉上承《山海经》之混沌苍茫,于章法上深得《易经》变化无穷之妙,风格则如《诗经》中原始民歌般纯朴清新③。其中人物,莫不有星相学来历,与历史文化之不同面向互为表里。就其大者而言,贾府之兴衰,实为"道"之运行规则之体现。而单以人事论,其内部腐化、男盗女娼、穷奢极欲,所构乃为一"末世图景"。是故,"《红楼梦》一半写人

---

① 谭帆主编:《中国古代小说文体文法术语考释》,上海古籍出版社2013年版,第1页。
② 李劼:《红楼十五章》,新星出版社2010年版,第14页。
③ 李劼:《红楼十五章》,新星出版社2010年版,第358页。

和,一半言天数",二者的合一,便是"《周易》体系全息主义传统的真谛所在"①。余英时申论之"两个世界",核心用意亦与此同。

"全息主义"之要义,乃在以虚拟世界之人物及意象谱系,演绎宇宙之大道,并暗合《周易》整体性思维之基本规则。张文江以"象数"读解鲁迅晚期作品《故事新编》,从中发现八篇小说互相耦合,似有八卦之象,就中《补天》上出之,犹乾象焉。就时间论,在次序上呈现为时代之上溯(《补天》《奔月》为上古;《理水》为夏;《采薇》为商周;《出关》为春秋;《起死》为战国),在人物上则体现为儒、道、墨、侠之多元共在(《铸剑》为侠;《非攻》为墨;《出关》则涉道、儒)。此一谱系,"构成了鲁迅对中国历史文化的整体认识"②,与"全盘性反传统"时期之《狂人日记》,旨趣已大为不同,或更能体现鲁迅对中国文化传统态度之复杂性。亦足见其真乃"深味国学的一族",对中国文化之微妙精深处有反复涵咏之后的切己体察。此一研究路径,在20世纪90年代前后并不特出。陈思和注意到《古船》中有两个层次:一为现实;一为抽象。前者以隋氏家族兴衰荣辱之历史为经,于人生、社会及历史中书写入世者之世界,以隋抱朴为最高境界;后者则以人物之回忆、思考及议论为主,书写人性、地性及天性,此为象征之世界。其佳处在于,"它使前一个层次中描绘的种种人事纠葛都上升到中国文化的要义上",并"赋以新的理解和更为深刻的内涵"③,不仅止于家族及镇史之书写,而有更为阔大之境界。此亦胡河清欣赏《古船》之原因所在:张炜以"古船""地底的芦青河""洼狸镇",以及隋、赵、李家族等既具"独立隐喻意义又相互关联构成玄秘话语系统的文化符号",编织出"关于中国历史未来走势的文化学密码",堪称"全息主义中国历史文化文本"④。同为"全息主义"作品,身处不同之历史时期,所秉有之气象及所涉之社会内容相去甚远,由之建构之意象世界也便差异甚大,作品与时代精神之交相互动,个人与天人宇宙之感应,遂开出全新之境,亦有新作品之创生。

《红楼梦》之"全息"品质,其以《山海经》起笔承续上古精神气脉之"作法",在贾平凹《老生》中得到新的发挥。如前文所述,《老生》中四个故

---

① 胡河清:《中国全息现实主义的诞生》,王晓明、王海渭、张寅彭编:《胡河清文集》,安徽教育出版社2014年版,第157页。
② 张文江:《论〈故事新编〉的象数文化结构及其在鲁迅创作中的意义》,《社会科学》1993年第10期。
③ 陈思和:《关于长篇小说结构模式的通信》,《当代作家评论》1988年第3期。
④ 胡河清:《中国全息现实主义的诞生》,王晓明、王海渭、张寅彭编:《胡河清文集》,安徽教育出版社2014年版,第158页。

事与20世纪中国历史核心事件几乎一一对应,其间人事纠葛,因种种欲望而激发之"历史"行为,无不体现"人"的形象及其精神品质之下滑。相较于《山海经》中华夏民族之本真形象,《老生》中之颓势,在在触目惊心。唯白土、玉镯隐居首阳山一节,乃为一"上出"之境,约略有"桃源"原型之独特意味,于世事"解衣磅礴"中,仅"不谙世事"者能"燕处超然",并得"全生",贾平凹批判之锋芒,于斯约略可见。而儒之进取,佛禅之意趣,道家游宴自如,忘其肝胆之大自在精神,于其间闪转腾挪,各个开出应世之道且互相发明相互影响,共同表征着一个世纪世事之起落沉浮和人心之沧桑巨变。其对"心性"之忧虑,与《红楼梦》庶几近之。而诸家思想之共在和交互影响之态势,亦与《红楼梦》之全息特征相仿佛。

若以"境界"论,生命中无从逃离之弥天漫地的"浩大虚无之悲",在在不能忽略。张爱玲无疑对此心领神会:"就因为对一切都怀疑,中国文学里弥漫着大的悲哀。只有在物质的细节上,它得到欢悦……","细节往往是和美畅快,引人入胜的,而主题永远悲观。一切对于人生的笼统观察都指向虚无"[①]。《金瓶梅》中的声色与虚无,《红楼梦》中人世欢宴之后的悲凉之喻,莫不如是。此种"浩大虚无之悲",亦是贾平凹作为中年人心境之表征。作为"生命之轮运转时出现的破缺和破缺在运转中生命得以修复的过程"[②],并"唯一能安妥我破碎了的灵魂"的寄情之作,《废都》容纳了贾平凹彼时的生命体验,且"几近于生命的另一种形式",其中弥漫着的世纪末的情绪,于颓废与衰朽之中,感应于90年代初知识人应世的无奈与无力并因是生出之精神颓势。藉"声色"以疗救精神之弊,庶几近于晚明文人之境遇及心态。是为"生命中的大哀","世界的朽坏与人的命运之朽坏互为表里,笼罩于人物之上的是盛极而衰的天地节律,凋零的秋天和白茫茫的冬天终会到来,万丈高楼会塌,不散的筵席终须散,这是红火热闹的俗世生活自然的和命定的边界,这就是人生之哀,我们知道限度何在,知道好的必了"[③]。易朽的肉身必得承受死亡的命运,于时间的流逝中体味死与爱及生之苦恼。至此,《废都》已切近《红楼梦》之"抒情境界"。依陈世骧所论,抒情经验乃深植于个体生命实感经验之中,并于此生发出诸多意趣,或欢悦或愁苦或实在或空灵,唯个体与外部世界确立之审美关系不同,则其"境

[①] 张爱玲:《中国人的宗教》,《张爱玲典藏全集(散文卷二:1939—1947年作品)》,哈尔滨出版社2003年版,第65—66页。
[②] 贾平凹:《〈废都〉就是〈废都〉》,《贾平凹文论集》卷一《关于小说》,生活·读书·新知三联书店2015年版,第64页。
[③] 李敬泽:《庄之蝶论》,《当代作家评论》2009年第5期。

界"也异。儒、释、道各家思想及其所开出的应世之智慧,即可藉此得到理解。经由"时空—身体—譬喻",自我得以与生活世界相互定义,彼时天地物我相互开放、彼此参与,"四时与人的相交感正存在于一个可具体经验的流动的气的场域"①。并由此建构"关系世界中的自我",且"由人、我与物、我之间的动态协调及其共识所产生;原本被强调的心灵、精神也许应该放回作为感知所在的身体,而身体应该置放回社会环境及宇宙自然之中"②。人之在世经验由身心与外部世界之基本境遇交互感应而生成,临风落泪、对月长叹,无不与自然物象所激发之内在情感密不可分。当"抒情自我欲重订时空坐标以求安身立命"之时,"最直接的威胁莫过于时间的不断流逝"。由此而生出之"无常""虚无"之感,乃为困扰贾宝玉与庄之蝶诸人之共通际遇。"只要个人能全然融入一抒情经验中,那顷刻即深具意义,正如身为蝴蝶的快乐绝不逊于身为庄周的喜悦。"③藉此个体能于瞬间之欢悦中忘却生命存在整全境遇之苦痛,是为叙事虚构作品创制之要义所在。为"追寻逝去的时间",于虚无中创造实在,在刹那中见出永恒,普鲁斯特雄心勃勃地构筑庞大之文学世界,并使其成为已逝之"幸福"永恒的居所,其运思用心与此约略相似。要言之,"虽然曹(雪芹)、吴(敬梓)皆判知时间必然的侵蚀与乎对真实的怀疑将严重动摇生命的整个境界,他们仍愿意有保留地依附于此一破损的生命境界;在危难中此境界仍蔚他们以抒情的喜乐。"④此亦为《红楼梦》与《金瓶梅》思想之分野所在。《金瓶梅》于情与欲之铺排中,处处暗伏玄机,人人莫不与世界一同颓败,肉体的欢悦转瞬即逝,代之而起的是人生彻骨之寒凉。片刻之欢悦并不能抵抗发自生命本身之腐烂衰朽之气。《红楼梦》则不同,曹雪芹让"《金瓶梅》中之全部世俗性"均获得"灵性十足的升华",男女情欲可以超越西门庆式"肌肤滥淫"而满含诗意,由"性"而至于"情",并于"情之所钟"中"因空见色/幻""由色生情",再"缘情入色",终至于"自色悟空"。《废都》出版十年后,言及其中之性描写,贾平凹如是解释个中缘由:"(《废都》)只是写了一种两性相悦的状态,旨在说庄之蝶一心要适应社会到底未能适应,一心要有所作为

---

① 郑毓瑜:《文本风景:自我与空间的相互定义》,台北:麦田出版城邦文化事业共分有限公司 2014 年版,第 23 页。
② 郑毓瑜:《文本风景:自我与空间的相互定义》,台北:麦田出版城邦文化事业共分有限公司 2014 年版,第 24 页。
③ 高友工:《中国叙述传统中的抒情境界——〈红楼梦〉与〈儒林外史〉读法》,《中国美典与文学研究论集》,台北:台大出版中心 2016 年版,第 349 页。
④ 高友工:《中国叙述传统中的抒情境界——〈红楼梦〉与〈儒林外史〉读法》,《中国美典与文学研究论集》,台北:台大出版中心 2016 年版,第 350 页。

到底不能作为,最后归宿于女人,希望他成就女人或女人成就他,却谁也成就不了谁,他同女人一同毁掉了。"①自其小者而言,不过可以解作90年代知识人应世之无力状态的真实写照。而往大里说,则实在可以称作《金瓶梅》《红楼梦》在世经验与世界观念"境界"之再生。其所依托之思想资源,不在"五四"以降之现代传统中,乃为中国古典传统之现代流变,其赓续文脉之意义自不待言。

《红楼梦》的诸多"作法",乃承续《金瓶梅》笔意,已为不争之事实。即以作品"境界"论,从日常生活的细密纹理中升腾出一种孤绝虚空的气息,转"实境"而为"虚境",乃"大率为离合悲欢及发迹变态,间杂因果报应,而不甚言灵怪,又缘描摹世态,见其炎凉"②之世情小说之基本特征。中国古典思想人世观念的凝聚,其核心大致亦在"虚"与"实"、"人间世"与"超验之境"的交互融合中显现。就此而言,与其说贾平凹通过《废都》的写作复活了《红楼梦》的传统,毋宁说他在逐渐步入劫后余生的中华文化精神之脉络中,并经由个人的写作丰富了这一日渐消隐的传统,且再度证明中华文化之不绝若线,尚能在可能的机遇中归根复命、浴火重生。

古典文脉之赓续,文化精神及其所持存之在世观念仅其一端。奠基于古典思想之文章"作法",亦不可或缺。《浮躁》之后,为克服现实主义创作方式对其"心性"之"限制",贾平凹引入中国画之"技法"以开启文章"作法"之新境界。由"线性"思维而转入"团块"处理,弃"故事"而写"意境",由多线索并举而漫笔写去如流水之逝。其在文章"作法"上承续古典文脉且超越现实主义之限制的努力基于四十岁的如是觉悟:"如果文章是千古的事——文章并不是谁要怎么写就可以怎么写的——它是一段故事,属天地早就有了的,只是有没有夙命可以得到。"以《红楼梦》论,"读它的时候,哪里会觉得它是作家的杜撰呢?恍惚如所经历,如在梦境"。进而言之,"好的文章,囫囵囵是一脉山,山不需要雕琢,也不需要机巧地这儿让长一株白桦,那儿又该栽一棵兰草的"③。去"机巧"而让文章自然发生,为其领悟之要旨。此一领悟,已然切近《红楼梦》笔法之紧要处。如李劼所论,"《红楼梦》炉火纯青的叙述艺术,与其说是人力所为,不如说是大自然的造化"。其运思用笔之要,在如太极拳法般"顺势化解",以顺应自然春、夏、秋、冬四时节律而切合人事之兴盛衰亡。就贾平凹创作而言,此种笔

---

① 贾平凹:《十年一日说〈废都〉》,《美文》2003年第4期。
② 鲁迅:《中国小说史略》,《鲁迅全集》卷九,人民文学出版社2005年版,第186页。
③ 贾平凹:《废都》,人民文学出版社2013年版,第364页。

法,由《废都》首开其端,至《秦腔》《古炉》蔚为大观,属贾平凹对当代小说艺术之重要贡献。陈思和将《秦腔》之笔法,归入《红楼梦》以降之"法自然"的现实主义一路。以自然之规律,写人事之变化,不以矛盾冲突及故事情节之跌宕起伏见长,看似琐碎、缓慢,甚或混乱,骨子里却尽有分数,细部点滴积累而汇流成河,终有阔大气象。"法自然",为古人"观物取象"并"立象以尽意"之思维之基本特征。如前文所述,古人"观水有术",遂有"上善若水,水善利万物而不争,处众人之所恶,故几于道"之说。从阴阳交互、四时流转而悟得人事之兴衰更替,并发展出一种"文法",乃古典思想在世观念之外化,不独技法而已。

《淮南子·本经训》曰:"天地之合和,阴阳之陶化万物,皆乘人气也。是故上下离心,气乃上蒸,君臣不合,五谷不为。距日冬至四十六日,天含和而未降,地怀气而未扬,阴阳储与,呼吸浸潭,包裹风俗,斟酌万殊,旁薄众宜,以相呕咐酝酿,而成育群生。是故春肃秋荣,冬雷夏霜,皆贼气之所生。由此观之,天地宇宙,一人之身也;六合之内,一人之制也。"此论"从天人之间以气相感谈起,人与天地四时应该可以相互理解,即使是化育群生的阴阳,其聚散离合、浸润蔓衍就如同人的呼吸吐纳,因此说天地六合变化是人可以制理的范围,而人的身体和天地宇宙并没有不能沟通的界限"[1]。进而言之,人之四肢五脏九窍三百六十节,可与天之四时五行九解三百六十日类比。如此运思,则由四时对应于人事之变化,进而见出宏大之历史变迁,至大无外,至小无内,可悉数纳入其间。运用之妙,存乎一心,吟咏之间,吐纳珠玉之声,眉睫之前,舒卷风云之色,其思理之至乎!明乎此,不唯可以理解古人处理物我关系之要义,亦可明了《红楼梦》"文法"之奥妙。"艺术家最高的目标在于表现他对人间宇宙的感应,发掘最动人的情趣,在存在之上建构他的意象世界"[2],此种思维之特征,可作如是解:"无论是文化论著还是小说艺术,一旦达到其最高境界,往往自觉不自觉地与自然的生命形态同步,与徜徉于天地之间的钟灵毓秀之气浑为一体。"是为中国古典文论"文法"之要义所在,与其所托思想之品质密不可分。贾平凹反复申论之"无序而来,苍茫而去","尽量原生态地写出生活的流动","写到哪儿是哪儿,乘兴而行,兴尽而止","写小说,我往往只感觉哪里有写头,哪里没必要写,如河流一样,只朦胧里知道水往东流去,但怎样

---

[1] 郑毓瑜:《文本风景:自我与空间的相互定义》,台北:麦田出版城邦文化事业共分有限公司2014年版,第304页。

[2] 贾平凹:《贾平凹文论集》卷一《关于小说》,生活·读书·新知三联书店2015年版,第33页。

着有漩涡和浪花,我只是流着",均在此一文章流脉中。宗法自然之道,不刻意为之,亦非刻意所能为之。"章法"之要旨,非关"技巧",乃在作者之"运思",运思之根本,在世界观念,有何样之观念,便有与之相应之"文法"。此亦为贾平凹《秦腔》《古炉》诸作漫笔写去如流水之逝之"作法",形似于普鲁斯特、乔伊斯等人之"意识流",却有根本之分野的原因所在。若轻易混同理解,则失之矣! 黄永玉以为《长河》乃沈从文与家乡父老秉烛夜谈的知心之作,其中蕴含着沈从文文体"新的变革",其要在于"排除精挑细选的人物和情节"[①],以呈现更为阔大繁复丰盛世界之本来面目。其以"永不枯竭之故乡思维"所作之小说《无愁河的浪荡汉子》,亦在由"水之性"悟得之"文之道"中,与贾平凹无疑同属一脉。若欲进一步申论其运思用笔之妙,则需超越现代文论之思维局限,以创造性转换之理路,考镜源流、抉发意旨,梳理"水"之诗学之千年流变及其价值。此一思路,不唯可以理解贾平凹与明清世情小说笔法之关系,亦可重构中国诗学(不仅限于当代而有古今贯通之意)之地图,且属文化之归根复命、返本开新之重要途径。

第二节　自然美学及其世界展开

一、"自然"及其美学意涵

在中国古典思想及审美传统中,"自然"一词的文艺理论义[②],并不止于与人事相对之外部世界的本然状态(就根本意义而言,人事亦属"自然"万象之一)。"心"与"物"、"主"与"客",以及由此开启之种种观念范畴,均可藉"自然"所蕴含之丰富意义重新诠释。其要义有三:一为"清水出芙蓉、天然去雕饰"所述之"天然"意义上之自然范畴,即与人事雕琢相对应之外物的本然状态。表现于创作心理,即如朱熹论陶诗所言:"渊明诗所以为高,正在不待安排,胸中自然流出。"欧阳修"君子之欲著于不朽者,有诸

---

① 黄永玉:《沈从文与我》,湖南美术出版社2015年版,第47页。
② 颜昆阳以为,"自然"之文学理论义,大要有四:一为"用以描述文学之实现原理";一为"用以描述文学对象'自己如此'之真实相";一为"用以描述文学主体心灵性情之不假造作";一为"用以描述文学语言形式之不假雕饰或雕饰而复归自然"。本文亦在同样意义上使用"自然"一词,但重心略有不同。参见颜昆阳:《六朝文学观念论丛》,台北:正中书局1993年版,第337页。

其内而见于外着,必得于自然"①亦属此理。一为历史人事与包含天、地、人三重可能的外部世界浑然状态的"自然"之境。人身处自然运化之际,无论个人运命,还是总体性的历史变化,无不契合自然之道。以自然之道明历史人事之理,为其要义。是为古典思想"观物取象"并"立象以尽意"思维的自然延伸,如老子以"水"意象为本喻,阐发宇宙人生的义理②。而自老庄思想之内在修养论,最具精神实践意义的,乃是以个体肉身为核心,融通外部世界而获致之与天合德之境,此为"自然"之第三义。即如徐复观所论,庄书所述之种种修养工夫,乃与"一个伟大艺术家的修养工夫"内里相通。庄书中虚拟人物藉由工夫"所达到的人生境界","本无心于艺术,却不期然而然地会归于今日之所谓艺术精神之上"③。如是"自然"之三义,均可证验于贾平凹的写作及文心之变。

就其要者而言,无论自何种理路切入,"自然"之要义,终将落实于"道""技"之辩,以及由之延伸出的主体与外部世界(自然万象)之混同而非割裂的关系。因识见(觉解)不同,所处之境界也异。如论者所述,傅山之书道,相通于庄书所论之道近乎技的思想。其《作字示儿孙》曰:"宁拙毋巧,宁丑毋媚,宁支离毋轻滑,宁直率毋安排,足以回临池既倒之狂澜矣。"④拙/巧、丑/媚、支离/轻滑,似为两极,傅山此论,却在破除两极的分野。其作书能美而敢于丑,因深知"与其陷入美丑判断的迷思,不如直接把握超越于此之自由精神,而直抒胸中超越于美丑的勃然不可磨灭之气"。陈传席论贾平凹画作亦云,贾平凹虽未有绘画基本功的训练,但因"悟性好","一下笔就进入最高境界",所谓"一超直入如来境"是也!譬如学佛,"他没有经过坐禅习定的渐说苦修,没有经过罗汉、菩萨,而一超成佛"⑤。如上所述之精神进阶的分野,约略近于禅家"顿""渐"之分,其核心要义,在精神的超迈、自如之境。而破除非此即彼式二元对立思维,为境界"上出"的基础。贾平凹四十余年写作之所以不断精进,要妙或在此处。其创作起步于20世纪70年代初,收录于《兵娃》《山地笔记》中之早期作品无

---

① 转引自颜昆阳:《六朝文学观念论丛》,台北:正中书局1993年版,第338-339页。
② 参见艾兰:《水之道与德之端——中国早期哲学思想的本喻》,商务印书馆2010年版;陈少明:《经典世界中的人、事、物——对中国哲学书写方式的一种思考》,《中国社会科学》2005年第5期。
③ 转引自林俊臣:《庄子道近乎技思想的书法演绎》,何乏笔编:《跨文化漩涡中的庄子》,台北:台大出版中心2017年版,第484-485页。
④ 转引自林俊臣:《庄子道近乎技思想的书法演绎》,何乏笔编:《跨文化漩涡中的庄子》,台北:台大出版中心2017年版,第506页。
⑤ 陈传席:《读贾平凹的书画》,《陕西日报》2012年01月31日。

疑分享了70年代的思想和审美资源,至80年代初中期始有一变。其以中国传统美的表现方法超克70年代的写作,遂有90年代初"中年变法"之代表作《废都》的创生。然对其《废都》之前十余年的写作稍加考察,可知其赓续古典文脉之理路并不一贯。其"血地"属秦头楚尾,故既可师法明清世情小说传统,走柔婉一路;亦可师法两汉史家笔法,具刚健气象。虽就心性与才情论,其与废名、沈从文作品颇多会心,但仍然意识到废名写作内在的局限处,在于境界的逼仄。相较于废名的拘谨,沈从文为文则颇多放野处,作品境界因之更为阔大。据此,贾平凹意识到"秦汉风骨"与"盛唐气象"之于写作视域拓展之重要意义。而自《史记》参证悟入,则可入博大雄浑之境。《腊月·正月》及《浮躁》诸作,无疑偏于刚健一路。但此后的《废都》,则师法明清世情小说传统,境界及笔法均偏于《金瓶梅》《红楼梦》之柔婉。然不同于在"刚健"与"柔婉"之间做非此即彼式选择的单向度思路,贾平凹尝试统合二者,以开出多元融通的境界。其为文刚柔兼具,两汉史家笔法与明清世情小说传统交相发挥,互动互参。如是思路既暗合"一阴一阳之谓道"之要旨,亦属《周易》睽卦所述之阴阳和合之意。考诸贾平凹四十余年对创作用心的自我阐发,可知其对此多所会心。而二者融通之境,即属其写作之核心指向。

　　循乎此,"物"与"我"、"主"与"客"、"刚健"与"柔婉"、"诗人"与"现实主义"及两汉史家笔法与明清世情小说传统间之参差对照和相互成就,即属贾平凹写作的特点之一。其80年代初至90年代《废都》之前的作品,即便有以中国传统美的表现方式表现当代人生活情状的诸般尝试,然仍以对外部世界之人、物关系及其冲突之细致铺排为要务,作品多实写而少蕴藉。物象世界及人事之变为其描述之核心,即便偶有佛道意象营构之超然之境,也不过如山间流云,点缀而已。"五四"以降现代性观念影响之无远弗届,连对古典传统颇多会心的80年代的贾平凹也逃不过。以"心""物"关系论,则偏于"物"而非"心"。个人对外部世界之感怀仍在,但却并不偏于以"心"融"物"(外部世界及诸般人事),或"心物合一"的状态。就思想论,《废都》乃属《金瓶梅》《红楼梦》所开显之"浩大虚无之悲"的境界之再生[①]。而就文体及笔法论,《废都》"漫笔写去如流水之逝"的章法,表征的乃是思想和精神超越"流行的似乎严格的写实方法"的自如之境。此种境界的自然延伸,即有《秦腔》之"仿日子结构"、《古炉》之"四时"叙述及其以万物消长之理路所表达的人世观察。凡此种种,以《老生》为写作尝试

───────
① 参见李敬泽:《庄之蝶论》,《当代作家评论》2009年第5期。

的"中介",在《山本》中蔚为大观。"自然"作为历史人事之参照的重要意义,已非人事背景之说所能简单概括。是为理解贾平凹《山本》等作之大关节。以沈从文对"人事"与"自然"的观察作参照,可知如是理路渊源有自且代不乏人。

20世纪50年代初,已度过易代之际精神危机的沈从文随团前往内江,途径重庆时既有感于国家建设的宏伟目标正在谨严步骤中逐渐推进,同时意识到川江予人印象之极生动处,可与历史上之种种相结合:"这里有杜甫,有屈原,有其他种种。特别使我感动是那些保存太古风的山村,和在江面上下的帆船,三三五五纤夫在岩石间的走动,一切都是二千年前或一千年前的形式,生活方式变化之少是可以想象的。"相较于自然之"静","世界正在有计划的改变",但仍与水上鱼鸟山上树木种种自然意象"相契合如一个整体"。于此,沈从文再度述及"自然"与"人事"之对照,亦说明仅以人事书写身处自然运化之际的人之生活世界的"不足"。"照我理想说来,沿江各地,特别是一些小到二百或不过三十户的村镇,能各住一二月,对我能用笔时极有用。"此与深入生活之观念似乎并无不同,然沈从文关注的要点,与其时描写新生活的小说观念的不同处,仍在自然"背景中的雄秀"和"人事"的对照。如使"人事在这个背景进行,一定会完全成功的"。因为,"写土改也得要有一个自然背景"!那些日日生活在此间的人们,未必理解这背景的重要。他们"不知道一切人事的发展,都得有个自然背景相衬","而自然景物也即是作品一部分"[①]!如将此一思路与沈从文1934年返乡途中所作的《历史是一条河》中阐发的"人事"和"自然"浑同的思考作连续性的观察,则可知关于"人事"的两种理解方式,内在地关联着"五四"以降启蒙思想所开启的"人"的观察与中国古典思想的人世观照的精神分野。沈从文并非不知启蒙意义上的"人的发现"的实际所指,却仍然倾心于返归终极的自然之境的人世思虑。其间精神取向的不同处,恰是贾平凹的"自然"铺排之于"历史人事"的要义所在。其在历史人事灿烂转为萧瑟、躁动归于沉寂之际,以"爱"字阐发对万物"有情"的意义,内在思路亦相通于沈从文对"事功"与"有情"的阐发。

沿此思路,则对自然风物的细致描画,在《山本》中虽所在多有,却不能以"闲笔"视之。且看其对云寺梁的描绘:"云寺梁是一座山,在众沟丛壑间孤零零崛起的山,山上并没有寺,乱峰突兀,叠嶂错落,早晚霞光照耀,远看着就如一座庞大的寺院。它三面陡峭,无路可走,唯有南边有一条凿

[①] 沈从文:《致张兆和》,《沈从文全集》(卷十九),北岳文艺出版社2009年版,第139页。

出的石蹬能登顶,顶上却大致平坦,分散着几十户人家,都是石头垒墙,石板苫瓦,石磨石桌石槽石臼,人睡的也是石炕。地势险恶还罢了,还多怪兽奇鸟,有一种熊,长着狗的身子人的脚,还有一种野猪牙特别长,伸在口外如象一样。但熊和野猪从来没有伤过人,野猪唼觑的时候,人就在旁边看着,而熊冬季里在山洞里蛰伏着,人知道熊胆值钱,甚至知道熊的胆力春天在首,夏天在腰,秋天在左足,冬天在右足,也不去猎杀。不喜欢的是啄木鸟,把所有的树都凿裂,即使它常常以嘴画字,令虫子自己出来,人还是不喜欢。最讨厌的是那鸥鹧,夜里雌雄相唤,声像老人一样,开头如在呼叫,到后来就如笑,人就得起来敲锣,一敲锣它才飞走的。有一种虫人却靠它生活,那就是白蜡虫。这虫子长得像虱子,嫩时是白的,老了就变黑,人在立夏前后把蜡虫的种子植在岑树和女贞树上,半个月里就繁殖成群,麻麻密密缘着枝条开始造白蜡。白蜡的价钱很贵,云寺梁的白蜡也最有名。"①

人与大者如天地自然物色,小者如地势、鸟兽种种,端的是齐同合一的状态。人亦并不从自然物色中强行分离出来,以割裂的方式完成人之世界的创制。如是种种,庶几近乎庄书所谓"有物"然"未始有封"的浑同之境②。即便"有封",此"封"亦并不成为是非、高下价值判断的基础。在秦岭南北大小战事此消彼长之际,云寺梁葆有之人与自然物象的浑同之境,并不能简单地被视作"前现代"的生活方式而轻易放过。以井宗丞、井宗秀为代表的秦岭人事的起伏,原本即与"吉穴"之精神驱动密不可分。而井氏昆仲命运之起落沉浮,亦有自然物象之神奇隐喻与之相应。人事之嘈杂混乱、轰轰烈烈最终也不过是自然万象宏阔画卷中一小小"插曲",背后仍是天地自然千秋万岁的大静。"巨大的灾难,一场荒唐,秦岭什么也没改变,依然山高水长,苍苍莽莽,没改变的还有情感,无论在山头或河畔,即便在石头缝里和牛粪堆上","爱的花朵仍然在开"③。历史阶段性的主题悄然置换之后,一代代人仍在延续,他们的悲欢离合、喜怒哀乐与先辈们也无本质的不同,依然是困扰于怨憎会爱别离求不得诸般际遇之中。天地之间依然四时流转,花开花落、月缺月圆、春夏秋冬一如既往。云寺梁人物和谐之生活状态如是,井宗秀、陆菊人诸人所处之20世纪二三十年代如是,目下之生活及可能之未来,根本境况亦复如是。因着同样的原因,沈从文发

---

① 贾平凹:《山本》,人民文学出版社2018年版,第158—159页。
② "'封'即界划,也就是说认识到物的混沌状态,不作种种无谓的区别、分辨",即便存在区别,此区别"还不具有是非的价值判断意味"。陈引驰:《无为与逍遥:庄子六章》,中华书局2016年版,第236页。
③ 贾平凹:《山本》,人民文学出版社2018年版,第541页。

觉辰河上下吃水上饭的若干人生活之基本情状与四时节律内在的相通处，并因之生出浩大的生命虚无之悲。《山本》总体性的历史喟叹，境界庶几近之。

此种思路的进一步延伸，便是自然节律与历史人事的对照，表现为虚构作品结构布局中以"绵延不断的回转"，"给人以强烈的天道循环的结构感受"[1]。此种感受与四时交替之自然节律内在相通。如不以"主""客"分裂之现代思维视之，则人与世间万象浑然一体，亦共享同样的运作逻辑。春生、夏长、秋收、冬藏之四时节律，在《古炉》中不唯属整体之结构布局所依托之核心义理，亦可说明其间人事之变化。夜霸槽在60年代所闹的世事，不过是支书朱大柜在50年代行为的结构性反复。此消彼长、此起彼伏，具体细部或有不同，但核心义理内在同一。即如杜牧《乐游原》所示："长空澹澹孤鸟没，万古销沉向此中。看取汉家何事业，五陵无树起秋风。"无论身处涡镇苦心经营狭小天地的井宗秀、周一山、夜线子，还是胸怀天下志在四方的井宗丞，最终均如浪花般消逝在历史的滚滚长河之中。"又一颗炮弹落在了拐角场子中，火光中，那座临时搭建的戏台子就散开了一地的木头。陆菊人说：这是有多少炮弹啊，全都要打到涡镇，涡镇成一堆尘土了？陈先生说：一堆尘土也就是秦岭上的一堆尘土么。陆菊人看着陈先生，陈先生的身后，屋院之后，城墙之后，远处的山峰层峦叠嶂，一尽着黛青。"[2]自"未始有物"至虽"有物"但"未始有封"，终至于"道之所以亏，爱之所以成"的"是非"彰显之层次[3]，如是循环往复，则自然之道毕显。千年历史之兴废、起灭，于斯可见其大要。此亦为"自然诗学"之最紧要处。

"自然"之道落实于章法，即摒弃人为造作，得行云流水之趣。但如傅山所论，以"汉隶"与"俗字"做比，则"宁直率毋安排"之要义，在"汉隶之不可思议处，只是硬拙，初无布置等当之意，凡偏旁、左右、宽窄、疏密，信手行去，一派天机"。俗字则不然，其"全用人力摆列"，致使"天机自然之妙，竟以安顿失之"。然"安顿"为进阶之基础，无此则难入收放自如之境。傅山论王铎字曰："王铎四十年前字，极力造作；四十年后，无意合拍，遂能大家。"而在已然酝酿"中年变法"的《浮躁》写作之际，贾平凹即认识到作为"简洁"之工夫操练的"繁"与"实"之重要，并藉此领悟"在用减法之前而

---

[1] 浦安迪：《中国叙事学》，北京大学出版社1996年版，第80页。
[2] 贾平凹：《山本》，人民文学出版社2018年版，第539页。
[3] 陈引驰：《无为与逍遥：庄子六章》，中华书局2016年版，第236页。

大用加法"①。意识到80年代诸多作品所遵循的写实方法对个人天性的束缚,贾平凹遂有中年变法之作《废都》自我突破的尝试。《废都》不设章节,虽有提纲,但写作时全然弃去,以求如风行水上,自然成文之趣。"风行水上"之说,始于苏洵。沈祥龙论此说曰:"苏明允以风水喻文。风水,天地之气也,积盛则发,发则相激,行乎自然而已。"②举凡章法、笔意及语言,贾平凹无不努力摒弃造作而一任自然。其间要妙,却不在外在的技艺,而在如庄书所论之修养工夫。

　　无论以"单纯入世""复杂处世""淡然出世",还是以"少年情怀""中年危机""晚期风格"整体性地观照70年代初迄今贾平凹的写作,均可说明其作品所开显之境界,与个人身处之境况及"心""物"(外部世界)之关系密切相关。其反复援引道家思想,且于其间沉潜往复、从容含玩所得之体悟,或已通于道家思想若干精深幽微之处。其要旨在于,"道家的艺术精神为人生而艺术",故"道近乎技"所需的修养工夫即为"将自己身体调整转化为一种自然而然的运作机制",而"依此机制所运作出的艺术形式,亦将随着个体具体肉身形态以及生命的遭遇而有所应变"③。故有少年文、壮年文及老年文之初步区分。刘熙载以为"老年文多平淡"。如其《游艺约言》所说:"老年之人,胸次以潇洒闲淡为上。"此本孔子"戒之在得"之义的发挥。但无论汪曾祺还是贾平凹,"衰年变法"却走绚烂一路。汪曾祺晚年作品,极尽情与欲之铺陈,与其80年代"复出"之际之冲淡逸远恰成对照④。其义理或如贾平凹所述,老年人行事易"出格"⑤,故平淡亦可转为绚烂,和缓亦可转为激烈,《山本》尝试以《红楼梦》式世情小说的抒情笔

---

①　"一位画家曾经对我评述过他自己的画:他力图追求一种简洁的风格,但他现在却必须将画面搞得很繁实。"贾平凹:《〈浮躁〉序言二》,《关于小说》,生活·读书·新知三联书店2015年版,第32页。
②　转引自刘熙载撰,袁津琥校注:《艺概注稿》,中华书局2009年版,第141页。
③　林俊臣:《庄子道近乎技思想的书法演绎》,何乏笔编:《跨文化漩涡中的庄子》,台北:台湾大学出版中心,2017年版,第506页。
④　对汪曾祺"衰年变法"或"晚期写作"基本特征的详尽分析,可参见郭洪雷:《汪曾祺小说"衰年变法"考论》,《文学评论》2013年第6期;翟业军:《论汪曾祺小说的晚期风格》,《中国现代文学研究丛刊》2011年第8期。
⑤　在与韩鲁华关于《山本》的对话中,贾平凹表示,相较于此前作品的"柔",《山本》的叙述要"更硬、更热烈、更极端、写的更狠一点",此为年龄所致。"老年人的通病就是老年之后做事容易出格",因无所畏惧而"敢说别人不敢说的话,敢做别人不敢做的事"。(贾平凹、韩鲁华:《天地之间:原本的苍然、自然与本然——关于〈山本〉的对话》,《小说评论》2018年第6期)或许在同样意义上,贾平凹认同杨扬关于其写作进入"晚期"的说法。

法,写类如《水浒传》的故事,即属此理的进一步发挥①。其文写尽日常生活之细致精微,及身处自然运化之际物色之变与人事之内在相通处,但日月轮转、四时转换、阴阳交替之间,人之怕与爱及恨亦此消彼长、此起彼伏,如涡潭阴阳、黑白之交替轮转,在将枯枝败叶一应物象吸纳而去之后,终究也将人事及诸般人事所形塑之历史种种挟裹而去。其境终如倪云林所言:"生死穷达之境,利衰毁誉之场,自其拘者观之,盖有不胜悲者,自其达者观之,殆不值一笑也。"然勘破生死、穷达实难!且勘破之后,却也并不导向颓然之境,而是更为努力于精进之途。是为小说作为现实之镜的要义所在。也就是说,一切历史人事的观照,终将落实于人之生命和尊严的确证。《古炉》《山本》,包括新作《秦岭记》皆可作如是解。

二、文法"自然"观的现代流变

以"水""火"之喻及其所表征之诗学品质重绘中国文学史地图,可知在现代,秉"水"之性而有极为浓重之中国气派和味道者,以废名、沈从文最具代表性。贾平凹之"得其自"(个人心性与文风之统一,并有自我风格之呈现),多半与对他们作品之悉心阅读并能自出机杼有关。贾平凹70年代初即开始写作,其时作品不脱"时代"文学之基本窠臼,至80年代初始有新变。因其以沈从文湘西系列作品为参照,发现重构文学意义上的"商州"世界之巨大可能性,并得以在世态人情的细致描画外,阐扬其中蕴含之文化意味,从而开"寻根"之新风②。不独如此,在文章作法上,贾平凹亦从沈从文处获益良多。其1983年读《沈从文文集》即有如下了悟:"(沈从文)信手来写,放得开,收得合,而开合间的圆润之处,沈氏大知。此等文法,必得天资好的人用之,必得文笔补救,其没骨写意法。"又曰:"文章作得随意如水,沈氏是大天才也。"③苏雪林当年作《沈从文论》,特意指陈沈从文小说之缺点,首为随笔化。也就是说,其弊在于专门拿随笔的笔法做小说。沈从文对此似早有"申辩":"从这一小本集子(《石子船》)上可以

---

① 贾平凹、杨辉:《究天人之际:历史、自然和人——关于〈山本〉答杨辉问》,《扬子江评论》2018年第3期。
② 贾平凹文化"寻根"意识之产生,较韩少功、李杭育等人为早,其原因亦颇为复杂,细加考辨,可知渊源有二:其一,深受川端康成融合西方现代文学经验和日本文学传统而开出新境界之启发,而有融合本土经验(中国古典传统)和现代意识之文学自觉。此种努力,初现于《商州初录》《浮躁》等作,至《废都》始自成一格。其二,与其对沈从文文学之感应密不可分。由"湘西"到"商州",其间精神风貌与美学趣味之相通,不难辨识,亦是极有意味之论题。
③ 贾平凹:《贾平凹文论集》卷二《关于散文》,生活·读书·新知三联书店2015年版,第74页。

得一结论,就是文章更近于小品散文,于描写虽同样尽力,于结构更疏忽了。照一般说法短篇小说的必需条件所谓'事物的重心''人物的中心''提高'或'拉紧'我全没有顾到。也像有意这样做,我只平平地写去,到要完了就止,事情完全是平常的事情,故既不夸张,也不剪裁地把它写下去。……我还没有写过一篇一般人所谓的小说的小说,是因为我愿意在章法外接受失败,不想在章法内得到成功。"[1]

沈从文所谓之"章法",就其大者而言,乃"五四"以降之"启蒙"思想及其所开出之"世界"观念。循此思路构建之"中国",莫不与落后、守旧、腐朽及衰败之气相伴始终,就中人物亦以阿Q、孔乙己、祥林嫂等最具代表性,亦最能说明老旧中国之积弊已深且亟待"启蒙"之疗救。与之相应之文章"作法"(章法),亦有成例可循。即以乡土小说论,鲁迅"在对稳态的中国乡土社会结构进行哲学批判的基础之上,开创了拯救国人灵魂的主题疆域。他所提出的'乡愁',其意义,不仅仅是对乡土社会的悲哀和惆怅,也不仅仅是包含着同情和怜悯的人道主义精神,而更多的是以一种超越悲剧、超越哀愁的现代理性精神去烛照传统乡土社会结构和'乡土人'的国民劣根性。这一点是任何理论家都不能曲解的乡土前提"[2]。沿此思路,乡土世界及其中人物,无不成为"启蒙"思想之"阵地",于"新"与"旧","现代"与"传统","幸"与"不幸","文明"与"落后"的两难境地及冲突与抉择中彰显"启蒙"思想之"泽被深远",而其中中国文化千年积淀而成之民风民俗及文化人格,亦在"规训"之列。古典心性之衰微,乃"未庄"各色人等以"盗寇式的破坏"和"奴才式的破坏"摧毁民间风气(秩序)之根本原因[3]。《古炉》亦延续此一思路,于逼仄之现实中,人们简陋、猥琐、荒诞、残忍,"历来被运动着,也有了运动的惯性。人人病恢恢,使强用恨,惊惊恐恐,争吵不休"[4]。全不复古典文学乡土想象之诗性品质,代之以人性之丑陋和恶所造就之卑琐图景。诗性乡土世界之颓败,未必是封闭、落后、陈旧之古典思想使然,启蒙思想之步步紧逼,"文明"对"落后"与"野蛮"之乡土之"驯顺",自"五四"首开其端,历经多次运动后,至70年代初几成定局。由鲁迅作品开启之乡土书写的基本模式,在贾平凹(亦包括阎连科)笔下达至巅峰。文本世界详细铺陈之人性之恶在在触目惊心,其颓败与世界之

---

[1] 转引自苏雪林:《沈从文论》,邵华强编:《沈从文研究资料》(上),知识产权出版社2011年版,第40—41页。
[2] 丁帆等:《中国乡土小说史》,北京大学出版社2007年版,第29页。
[3] 对此一问题之详细申论,可参见孙郁:《从"未庄"到"古炉"村》,《读书》2011年第6期。
[4] 贾平凹:《〈古炉〉后记》,人民文学出版社2010年版,第604页。

颓败互为表里且逃避无门。《古炉》之后,贾平凹再以长篇《带灯》观察乡土世界之当下面向,就中人物亦使强用恨无所而不用其极,因个人私欲而激发之恶已非法律所能规范,传统秩序既已瓦解,新的秩序尚未完全建立,社会如陈年的蜘蛛网,动哪儿都落灰尘,无论带灯如何希望以其萤火之光照亮生存之暗夜,却终究只能和这个世界一同颓败。以希望的盾,来抵抗黑暗的袭来,那背后却还是虚空。乡土世界人性之下滑,有其漫长之"历史"。《白鹿原》努力重拾古典思想(以儒家伦理为中心)之坠绪,剥离社会变革之表层经验而意图深入民族文化心理深处,以重思文化及人之现代命运,其之所以多年间聚讼纷纭而难有定论,充分说明超越启蒙思想之不易。深入考辨个中缘由,乃极有意味之社会学论题,有待深入反思。

即便在"启蒙"思想及其世界想象影响无远弗届之"五四"时期,乡土写作之面向仍然非此一端。如《石子船·跋》《〈边城〉题记》诸篇所论,沈从文并不认可"启蒙"意义上之乡土想象及其写作成规。如其自传所示,沈从文从自然、人事(辰河流域之人生事项)和历史文化中生成其世界观念,并与"天地人文交融浑成,共同滋养出一个结实的生命"[1]。其并未有接受"启蒙"思想后"自我"发现并"毁弃"过往的精神历程,亦无个人思想接纳新知发现今是而昨非之"震惊"体验。既未受"启蒙"思想之洗礼,也便无启蒙之忧思及作为启蒙者所应承担之文化重负。在"城里"与所谓"文明"世界的接触,反而激发了他对"乡下人"身份的认同,并由此发掘乡下世界不同于城市的重要品质。一旦以作家的目光注视湘西世界,其间为启蒙思想之世界想象所无从囊括之品质便逐一显露。无论农人、船夫、士兵,莫不各有其爱憎,有其生命自内而外散发出的生气,有其对天地不仁之无奈无力和默然领会。他们有他们所依凭之思想并长期积淀而成的一种应世之道。此种生命形态及其优长处,断非启蒙思想所能简单概括。因是之故,张新颖断言,沈从文文学里面有天地(古典思想"天""地""人"意义上之"天地"),比"人"(启蒙以降之"人"及世界之想象,扩而大之,亦可解释为"现代性"以降之"人"及"世界"想象)的世界大。虽未言明沈从文得自自然及湘西人事之世界观念与中国古典传统之内在关系,但从张新颖文章之运思用笔中,不难查知其对此颇有会心。易言之,古典思想及其人世观念,必然长期积淀为一种文化的集体无意识,从根本上形塑着为其所化之人之文化人格及精神品质。人置身天地之间,与天地精神相往来,其所

---

[1] 张新颖:《沈从文与二十世纪中国——从"关系"中理解"我"、文学、思想和文化实践》,《沈从文与二十世纪中国》,复旦大学出版社2014年版,第7页。

可能具有之包举宇内、囊括四海之意,并吞八荒之心,因万物皆备于我之宏大气魄而能开启极为宽广之内在世界。此其下笔无碍,自然活泼,文理自然,姿态横生且文思不绝之根源所在。因意识到写作之要,贾平凹早年在表达个人对人间宇宙的感应,并在存在之上建构其意象世界时,对此颇为用心。从《周易》"仰观象于玄表""俯察式于群形"中意会"观物取象"并"立象以尽意"之要旨,又尝试从佛、道、儒甚或动物等多角度观照世界,从而发掘世界多样之可能,使其作品既具空间上的宏阔境界,亦有精神上之纵深感①。在思维上则得运用自由之妙。其过耳顺之年,仍文思泉涌且始终处于"上出"之态势,并有新境界之开拓,原因或在于此。

不以既定之思想规训人物,沈从文便可以从乡土世界中平凡人物身上,体会出他们"生活上的'常'与'变',以及在两相乘除中所有的哀乐"。世运之推移,在彼时乃无可逃避之现实,就中最教人惋惜哀叹者,为"农村社会所保有那点正直素朴的人情美"之消隐。"祖母或老姑母行勤俭治生、忠厚待人处,以及在素朴自然景物下,衬托简单信仰,蕴蓄了多少抒情诗气氛。"②凡此种种,为《长河》世界"常"之所在,亦属乡土上生长之优美部分。沈从文乡土书写之灵感涌流不尽,多半与诗性乡土和彼时世道人心之极大反差有关。相较于如散文诗的画卷的《边城》,其未竟之作《长河》要更为复杂。不仅有诗性的一面,"还可听到时代的锣鼓,鉴察人性的洞府",以生存之喜悦与毁灭的哀愁"映现历史的命运"③。保安队长于枫树坳调戏夭夭所呈现之"无边的恐怖",实为大时代之隐喻,有因无可逃避而生之"无言的哀戚"。《长河》未尽之处,成为近七十年后贾平凹《秦腔》世界显现之要义。虽历经近七十年之风云变幻,"清风街"仍无可避免地面临着彼时"吕家坪"的命运。世界要现代化城市化,经济的发展持续推进着人心的转移,对物的欲望一再被激发。夏天义所代表之农业文明节节败退,几无立锥之地,而新兴之商业多头发展且一路高奏凯歌。流行歌曲大行其道,曾兼具教化与娱乐功能之秦腔只能艰难维持惨淡经营。一切有价值的事物行将消逝,那些坚固的东西亦将随之烟消云散。"乡土世界"所持存之价值及生活形态被迫消隐,乡下人之无奈和无力甚或无望,使贾平凹于慨叹之余,须得反思"乡村"之未来命运,可谓忧思深广。其《〈秦腔〉后记》结尾处一句"故乡啊,从此失去记忆"不啻为乡土挽歌的一记重音,

---

① 详情可参见贾平凹、韩鲁华:《关于小说创作的答问》,《当代作家评论》1993年第1期。
② 司马长风:《中国新文学史》(下卷),香港:昭明出版社有限公司1980年版,第77页。
③ 司马长风:《中国新文学史》(下卷),香港:昭明出版社有限公司1980年版,第79页。

令人慨然长叹却莫可奈何。问题或许还在于,即便自80年代初即关注并持续书写乡土世界及世道人心之变迁的贾平凹,对乡土世界之未来亦难有定见。就此而言,沈从文以降之诗性乡土写作一路,或仍有"重现"或续写的可能。

贾平凹《废都》之后之文章流脉,至《古炉》再有一变。如王德威所论,《古炉》的写作,已非汪曾祺、孙犁所示范之抒情叙事脉络所能简单涵盖。贾平凹意图重提"文化大革命",汪曾祺从历史缝隙中发掘可兴可观之生命即景,以及孙犁以革命乌托邦为前提对行进中的历史作田园风景式的诗性处理,均无从藉以表达贾平凹更为深入之用心。贾平凹对话之对象,是写《长河》时的沈从文。"贾平凹痛定思痛,希望凭着历史的后见之明——'文化大革命'之后——重新反省家乡所经过的蜕变;也希望借用抒情笔法,发掘非常时期中'有情'的面向,并以此作为重组生命和生活意义的契机。两者都让政治暴力与田园景象形成危险的对话关系。"[①]80年代于"改革"和"寻根"双重意义上建构"商州"世界,并于其中实验"乡土中国"之现代可能以及世道人心之反复,贾平凹从废名以降,于时代主潮外别开"抒情"一路之文学谱系中获益良多。对此一文脉之发现和精神感应,使得贾平凹笔下之世界具有远较单纯之"改革文学"更为复杂之面貌。即便由彼时作为文学成规之"现实主义"走向"抒情"(贾平凹所谓之"诗人")一路,贾平凹之写作,仍不脱极为扎实之写实笔法。《废都》之后,其所反复思考并倾心实践之"以实写虚,体无证有",在《老生》中以《山海经》所代表之民族本真形象之阔大视域与20世纪中国历史之变革形成"虚境"与"实境"之参差对照,以及在近作《极花》中对故事结局的"虚化"处理,均属此一思路之自然延伸。如前文所述,以二元互补之思维为基础,贾平凹既对"实在界"之感性事项有浓厚兴味,对体现东方宇宙本体文化模式终极关怀之言"天"之境亦未能须臾忘怀。弥合二者之"分裂"状态,以进入东方文化"知性"(理性主义)与"灵性"(神秘主义)浑然一体之高华境界,乃贾平凹在《废都》之后的基本追求。由是反观,贾平凹当年虽对废名及沈从文之作品颇多感应且深知其与此类作家心性相通,但却不取废名而走沈从文一路之原因即不难辨明。

同属"抒情传统"之文章流脉,废名的文章,亦不在"启蒙"思想所开出之文学谱系中。在"五四"时期的文学主潮中,废名便难免寂寞,仅周作人

[①] 王德威:《暴力叙事与抒情风格——贾平凹的〈古炉〉及其他》,《南方文坛》2011年第4期。

等为数不多的作家欣赏其作品并能体察其用心。周作人以为,废名的文章,有"隐逸"的调子,却并不逃世,其笔下之平凡人的平凡生活,亦属现实之一种。其文笔简练,多含蓄的古典趣味,有独特规矩和自家章法,文章之美,在现代中国小说界自有其价值①。废名之所以能较早自觉地从"现代启蒙列车"上下来,与其具有极强之文体意识,以及"回归"中国古典"大文学"之"文章"观念的倾向密不可分②。废名能欣赏俞平伯"与古为徒"之趣味,并自谓"我是一个站在前门大街灰尘中的人,然而我的写生是愁眉敛翠春烟薄"③,他领悟到陶诗并非禅境,"乃是把日常天气景物处理得好",故有境界之创生。在文章作法中,废名尤重笔调,以为文章有三种:其一为陶诗之不隔,且自家知晓;其二如知堂散文之隔,也自己知道;其三则如公安派,文采多优,且性灵溢露,写时自家未必知道。仅以笔调论,废名或求公安派之境界,却可能攀之而不得,抑或过之。故而周作人将其文章与公安、竟陵两派做比,以为或失之于"流丽",或失之于"奇僻",均未得自由之境。新文学在公安之后继以竟陵,犹言志派之后总有载道派之反动,此属文章流变之必然,自古及今,概莫能外。后学对前辈文脉之承续亦复如是,若不胶柱鼓瑟故步自封,革故鼎新当属题中应有之义。贾平凹与废名以降之文脉颇多感应,却由废名与其后学沈从文之差异中,体会到文章之要,其理亦与此同。

依贾平凹之见,废名的文章与沈从文之文有同有异,同者皆坦荡、平泊,有冷的幽默;异者废名文多拘谨,沈从文则放野,有勃勃豪气。进而言之,废名文章技法有七:其一,行文多靠感觉,故细腻,形象新鲜,在感觉之上再加上意识流动,此意识流动既有主人公的,亦有写书人的;其二,其文转折自然,不留痕迹;其三,对话时空白极大,初看时不易知晓,细读则能会其用心;其四,描写多闲笔,且全是感觉,文笔多摇曳;其五,不交代来龙去脉,随到随写,有《史记》笔法;其六,学六朝、唐人绝句及李商隐、陶潜,句出意境,且为以现代意识浸润意境;其七,思想沉静,无浮躁气,自己保持自己一个世界④。废名之文法,颇多见于沈从文之作品,但沈从文无疑有进一步之发展。相较于废名营构之世界,沈从文视野无疑更为阔大,且气势

---

① 详细申论可参见周作人《桃源跋》、《枣和桥的序》及《〈莫须有先生传〉序》,以上文章均出自王风编:《废名集》(第六卷),北京大学出版社2009年版。
② 参见张柠:《废名的小说及其观念世界》,《文艺争鸣》2015年第7期。
③ 废名:《斗方夜谭》,王风编:《废名集》(第三卷),北京大学出版社2009年版,第1265页。
④ 贾平凹:《贾平凹文论集》卷二《关于散文》,生活·读书·新知三联书店2015年版,第71—72页。

更盛。再以小说诗学品质论,以六朝及唐人绝句意境入文,为废名文章佳处,但亦可能受制于六朝及唐人绝句意境生成之逻辑,废名下笔颇多黏滞,如以书法作喻,则多为枯笔,不如沈从文自"水之性"悟得"文之道"之下笔流畅,活泼无碍,文理自然,姿态横生。"血地"处于秦头楚尾的贾平凹,既秉有楚文化灵秀之气,故与废名有心性相通处,亦能意会其文法之要;而秦头文风之盛大气象,使其可以修习《史记》笔法,强化秦汉风度,也便有突破废名作品气象之可能。此其之所以能融汇二者并有新境界之创生之原因所在。《周易》思维及老子"万物负阴而抱阳,冲气以为和"之要旨,亦应验于此。

既上承废名、沈从文之文脉,得其笔法与笔意,且以"抒情"之目光,于世道人心之纠葛中,营构一别样世界,境界也更为阔大,为贾平凹作品特出之处,亦是其心性与古典传统相通所自然开出之境界。嘤其鸣矣,求其友声,汪曾祺、孙犁等前辈作家欣赏他,多半是从他身上看到了与己相通之处。彼时古典文脉的"断裂",已是不争的事实,喜欢汪曾祺、孙犁文章的人不在少数,但多以为其文章有古风,是传统文人的情绪和调子,下笔颇多情致与趣味,却未必体察得出其为文真正用心处,对其文章之渊源,不甚了了者亦多。贾平凹却能从孙犁文章中,读出清正之气和儒者风范,并以为其写作已达自在状态,故难寻着"技巧",作品看似平和冲淡,内里却极为老辣,非有大境界大笔力者不能道。孙犁的风格,乃其生命之外化,不独形式而已。而他的语言,内涵着他的情操,亦不可得于字句间。他的作品直通心灵,与流行之"史诗"大异其趣。二十余年后观之,贾平凹此论仍可谓切中孙犁人格与风格之紧要处。孙犁当年读到此文,想必大赞深获我心。不过数年后,贾平凹即自谓:"我不是现实主义作家,我应该算作一位诗人。""诗人"与"现实主义"的分野,约略近于"抒情"与(陈世骧所开出之"抒情传统"意义上之"抒情")"史诗"的区分。意图以"抒情"的笔调,去作切近"现实"的文字,是孙犁与贾平凹的相通处。但相较于孙犁的文章,贾平凹作品更为"放野",也气势更盛,其转益多师融通古今而得之文章气脉,亦较孙犁更为阔大。

汪曾祺早年受教于沈从文。其从乃师处悟得之文法,历经多年沉寂之后,在80年代始有较大发挥。其重操旧业之后的作品,是否有承续乃师未尽之意的意思,不得而知。但几乎可以肯定的是,汪曾祺对沈从文文学之价值,早有极为准确之理解。其对沈从文作品之默然会心处,或也是欣赏彼时贾平凹之原因所在。20世纪末,汪曾祺即将尚不足四十的贾平凹目为中国当代作家中之奇才。他欣赏贾平凹从对庄子、禅宗、医卜星相及秦汉文化之从容含玩中所获之"迁想妙得"。从《浮躁》中,他体味出贾平凹不拘泥于乡镇企业之隆替,而有宏观把握时代精神之独特用心,亦因此较之同类作品更为深刻。写《浮躁》时,贾平凹的书斋名为"静虚村"。"静虚"与"浮躁"之反差,乃为体验世界之法门不同。汪曾祺无疑欣赏前者,以为唯静与虚,冷冷淡淡,方能看清世界、洞悉人心。他从贾平凹作品中发现之品质,焉知不是"借他人之酒杯,浇自己之块垒"?将上述文字视为他的夫子自道,想必不至于太错。而在《浮躁》序言二中,贾平凹自谓其将"变法",弃"似乎严格的写实"而"去干一种自感受活的事"。汪曾祺对此亦颇为欣赏,且以为严格的写实,的确构成对贾平凹写作的限制。而如何写得"受活",汪曾祺提出的,不过"从容"二字。在写作中修性练笔,贾平凹早有自觉,而如何使自我心性与文风相统一,且独出机杼,自成规矩,有自家章法,写得随心所欲、任性自在,也不过深得"从容"二字妙处。贾平凹的文章好,下笔如行云流水,文理自然,姿态横生,却无贾岛气和孟郊气,要义原不在字句间。说其写作已臻于化境,恐怕不是溢美之词。

就其要者而言,历经千年文脉之赓续与转化之后,"抒情传统"足具多样之可能。废名、沈从文、汪曾祺及孙犁或仅得其一端,且有极大之发挥,其文章境界已颇多可观之处。自70年代初初入文坛,迄今已逾四十年,贾平凹属为数不多的与中国当代文学共同成长的作家之一。其风格之流变,既属个人心性及审美偏好之自然选择,亦与时代文学之风云际会关联甚深。作为中国文脉现代赓续之重要代表性作家,其人其作之于中国文学与文化之意义,有待识者以专文申论之。

第三节　历史、"有情"与自然之镜

自20世纪70年代初至今,贾平凹的创作始终处于多转移、多成效的变动不居的状态,但"变"中有"常"。以题材论,其所关注的重点,在"乡土中国"之现代命运及其历史寓意。沿此思路,则其作品既考察80年代迄今"城"与"乡"之关系,也在更为宽泛的意义上,以溯源的方式探讨乡土世界的过去及其在20世纪中国风云变幻中的历史命运;而以风格论,则其创作起步于"文化大革命"后期,彼时作品有浓重的现实主义印记,也无疑分享了70年代总体性的思想及审美方式,及至80年代初,其以中国古典传统为参照,意图超克单纯的现实主义的限制,而有新的境界的创生。《废都》乃其"中年变法"之代表作品。此后《秦腔》《古炉》及《老生》诸作,均在赓续中国古典思想及审美方式上用心颇深。而就其要者而言,古典思想及审美方式之基本品质,不外"刚"(阳)、"柔"(阴)两端。秉"刚"性气质之作品"偾强而拂戾",具"柔"性则"颓废而暗幽",偏向不同,则其风格也异[①]。不仅如此,以"阴""阳"、"刚""柔"为切入点,亦可对古典思想之核心品质略做区分。如秦汉文学及其所依托之思想主潮,多具"刚"性品质;而明清以降之思想及审美则偏向"柔"性一路。贾平凹自谓其"血地"属秦头楚尾,故而品种中既有"刚"性成分,亦有"柔"性因素。其作品因之既可承续明清世情小说传统,多柔婉之趣;亦可宗法两汉史家笔法,具海风山骨。此二者的分野,在贾平凹的诗学观念中,乃是"水"与"火"之不同诗学品质的差异。"水"属"阴"属"柔","火"属"阳"属"刚"。二者均可以开出不同之思想及审美境界。前者以苏轼、沈从文最为典型,后者则以韩愈、鲁迅较为突出。"水"与"火"在思想品性及审美志趣上的分野,约略可与"抒情"与"史诗"两种传统相参照。而"抒情"与"史诗"的统合,亦是贾平凹多年来创作努力的方向之一。《山本》既有对历史人事的复杂关切,亦不乏对身处天地自然之中的人之命运的抒情体验,因之其笔下之"历史",乃是"有情"的历史。其所敞开之世界,亦与中国古典思想所持存之人世观念密不可分。循此思路,不唯可以理解《山本》的寓意及其文法,亦可深化对于贾平凹文学观念及其之于中国古典文脉现代赓续之意义的总体性阐释。

一、"有情"的"历史"

与同时期登上文坛的路遥等作家一样,贾平凹的写作,起步于"文化大革命"后期。这一时期的作品,后来结集为《兵娃》《山地笔记》,以及单独行世之中篇《姊妹本纪》,成为贾平凹小说写作"前史"的重要记录。收录于《兵娃》及《山地笔记》中的作品,无论主题及表达方式,均不出70年代潮流化写作之基本范围。作品主题单一,表现方式亦颇为简单,甚至略显粗糙。以柳青为代表之十七年文学的影响,在贾平凹作品中亦有体现。但仅仅相隔数年之后(《姊妹本纪》初版于1979年),贾平凹即以"中国传统美的表现方法"超克十七年现实主义文学之思想及审美传统,而希图作品

---

① 姚鼐《海愚诗钞序》云:"吾尝以谓文章之道,本乎天地。天地之道,阴阳刚柔而已。苟有得乎阴阳刚柔之精,皆可以为文章之美。阴阳刚柔并行而不容偏废,有其一端而绝亡其一,刚者至于偾强而拂戾,柔者至于颓废而暗幽,则必无与于文者矣。"而如是理解文章风格分野之原因在于,"天地之道,协和以为体,而时发奇出以为用者,理固然也。"《复鲁絜非书》对此说亦有阐发:"天地之道,阴阳刚柔而已。文者,天地之精英,而阴阳刚柔之发也。"参见贾文昭编著:《桐城派文论选》,中华书局2008年版,第114、118页。

新的境界之创生。《浮躁》融合"寻根"与"改革"两种面向之过渡期的特征,在1993年《废都》中已然转变为以明清世情小说传统为参照而开显之思想及审美境界。该作无疑可视为《红楼梦》抒情境界之再生,内蕴着同样的"浩大虚无之悲"。庄之蝶与贾宝玉之间,也存在着诸多生命情境相通之处①。贾平凹作为中年人对个人生活世界之生命实感经验,凝聚为这一部可以安妥灵魂的书。其对个人心性与才情的自我省察,以及由此展开的对个人写作之来路和去处的辨析,乃是其"中年变法"之重要原因。而以"情"为切入点对古典传统之基本面向之梳理,使其格外注意个人对于天人宇宙之感应以及因之所开启之更为复杂之文学世界。

经由对文学史中数次"古文运动"兴起与衰落的研究,贾平凹以为"散文的兴衰是情存亡的历史"。"散文是人人皆可做得,但不是时时便可做得"。散文是"情种的艺术",需要"纯"和"痴",一切无须掩饰,甚至"暴露、解剖自己"②。深入生活乃是写作之基础,但激情却是深入的基础。"作品的产生,是一种生活积累的爆发,更是感情积累的爆发。"③若怀着激情深入生活,观山则情满于山,观水则情满于水,即可见前人之所未见,发前人之所未发,是为深入生活之要义,亦是情之于写作之紧要处。对"情"以及作为主体之个人内心对于外部世界之生命实感经验之看重,并由之生发出作品之独特境界,是贾平凹90年代以来写作之核心特征。即便有对人历史之核心问题之深切关注,此种关注仍然要经过个人内心之过滤,而生成自我与世界交相互衬之状态。此种"内在"与"外在"的纠葛,亦是沈从文文学观念之重要特征。20世纪50年代初,沈从文随同北京的土改团,参加四川农村的土地改革,其间因偶然的机缘重读《史记》。其时,沈从文正处于精神的迷茫期,在"思"与"信"之间的低回纠葛,以及如何重新提笔书写新的时代和生活,成为他必须面对的重要问题。而此问题背后,则牵连着其文学观念与时代精神之间的错位。他读彼时影响极大且被作新的时代的标高之作的《李家庄的变迁》,从中发掘其叙事的质朴与写人写事的好处,但却以为作品"背景"的"略于表现",乃是其"美中不足处"。沈从文此处所谓之"背景",并非仅指典型环境,而是包含着其对人身所处之"自然"的意义的别样理解。其时土改工作如火如荼,历史的革故鼎新以其巨大的力量将一切人事挟裹进去。而从一次五千人大会中,沈从文体

---

① 参见李敬泽:《庄之蝶论》,《当代作家评论》2009年第5期。
② 贾平凹:《贾平凹文论集》卷二《关于散文》,生活·读书·新知三联书店2015年版,第54页。
③ 贾平凹:《贾平凹文论集》卷二《关于散文》,生活·读书·新知三联书店2015年版,第62页。

会到彼时之人事风景,乃是一种"历史奇观","人人都若有一种不可理解的力量在支配,进行着时代所排定的秩序"。而与此种人事形成鲜明对照的,乃是自然巨大的沉默及其所昭示之"天地不仁"之状态。"工作完毕,各自散去时,也大都沉默无声,依然在山道上成一道长长的行列,逐渐消失到丘陵竹树间。情形离奇得很,也庄严得很。任何书中都不曾这么描写过。正因为自然背景太安静,每每听到锣鼓声,大如被土地的平静所吸收,特别是在山道上敲锣打鼓,奇怪得很,总不会如城市中热闹,反而给人一种异常沉静感。"①此种"时代巨变'被土地的平静所吸收'的感受,显然超出了意识形态的规约"②,而有切近现实(历史)的不同理路。也正因此,沈从文的思考与同时代的潮流化思想形成了鲜明的对照。在大历史叙述止步之处,沈从文体认到与自然同一的人之生存与命运以及由之构成之更为复杂的历史状况。沿此思路,则"文学"与"历史"的纠葛,便有了不同的展开的可能。

　　对历史叙述面向之艰难选择,亦属贾平凹为《山本》写作做前期准备时面临的困难之一。《山本》的构思,起始于 2015 年。"那是极其纠结的一年,面对着庞杂混乱的素材,我不知怎样处理。"一如《老生》的写作,庞杂材料处理的困难,仍在"素材如何进入小说",或"历史如何成为文学"。此种素材所彰显之历史面向与历史的宏大叙述之间的分野,是贾平凹思路"犹疑不定"的原因所在。"首先是它的内容,和我在课本里学的,在影视剧上见的,是那样不同",因着不同,而有了"太多的疑惑和忌讳"。他不能无视这些忌讳,但如何妥帖把握,却一时并无定见。于是"还是试图着先写吧,意识形态有意识形态的规范和要求,写作有写作的责任和智慧"。而写作的过程就是一种修行和觉悟的过程,回头看去,《山本》中的历史,已非对素材如其所是的展示,而是从"那一堆历史"(历史的素材)中翻出的"另一个历史"。这"另一个历史"所彰显的,乃是生逢混乱的时代,无论"英雄"还是普通人,均无从避免悲剧的命运。一如作品结尾处井宗秀、周一山、杜鲁成们苦心经营的涡镇在炮轰之下几成焦土,而宽展师父及陈先生的说道亦无从拯救注定颓败的世界,一切热闹最终归于沉寂。"当一切成为历史,灿烂早已萧瑟,躁动归于沉寂。回头看去,真是倪云林所说:死生穷达之境,利衰毁誉之场,自其拘者观之,盖有不胜悲者,自其达者观之,殆

---

① 沈从文:《致沈虎雏、沈龙珠》,《沈从文全集》(卷十九),北岳文艺出版社 2009 年版,第 267 页。
② 张新颖:《沈从文九讲》,中华书局 2015 年版,第 253 页。

不值一笑也。"①倪云林如是观照人事兴废,源于其对庄子思想的切己体察。"何则? 此身亦非吾之所有,况身外事哉? 庄周氏之达生死,齐物我,是游乎物之外者,岂以一芥蒂于胸中?"此种自更为宽广之时空背景中观照人事兴废的视域所开启的,乃是一种"有情"的"历史"。

"有情"的"历史"之要,在于个人对于历史人事独特的情感体验以及与之相应的总体性的世界感觉。还是在 20 世纪 50 年代初,身在四川内江县第四区烈士乡的土改历史现场的沈从文从《史记》与其时外部世界种种情境之参差对照中体会到:"东方思想的唯心倾向和有情也分割不开! 这种'有情'和'事功'有时合二为一,居多却相对存在,形成一种矛盾的对峙。对人生'有情',就常和在社会中'事功'相背斥。"《史记》"诸书诸表属事功,诸传诸记则近于有情。事功为可学,有情则难知"。而其间最为紧要处,乃在于"中国史官有一属于事功条件,即作史原则下笔有分寸,必胸有成竹方能取舍,且得有一忠于封建制度中心思想,方有准则"。《史记》之不同处,在于作者既有传统史家的抱负,又有时代作家之见解。此见解出自有分量的、成熟的生命中"一些特别的东西"。一种"必由痛苦方能成熟积聚的情——这个情即深入的体会,深至的爱,以及透过事功以上的理解与认识"②。有此了悟,沈从文的思路遂转向"由抒情所召唤的记忆术,向往从诗学里建构'有情'的历史"。这"有情的历史",在多重意义上响应的乃是中国传统诗学中"记忆和重构过去的努力——'诗史'"③。中国"诗史"传统,在重视诗歌忠实纪录外部世界之历史事件的同时,亦强调诗歌"道性情"之作用,亦即以比兴、美刺等手法,保持"诗歌抒情的美学特征"④。此种特征,自然蕴含着"'以一国之事、系一人之本'的社会的公众的志愿",也即拥有"美刺的社会功能"⑤。而"美刺"之中,必然包含着诗性的正义,与其时历史的惯常叙述存在着某种"不合"之处,表达着诗人对于历史事件的个人化判断。50 年代初的沈从文于"事功"与"有情"间的心理纠葛,体现出其对历史的另一番理解:"在事件的编年史之下,有一种更深刻也更活泼的历史——'有情'的历史。"此种历史"超越有形的经验之

---

① 贾平凹:《山本》,作家出版社 2018 年版,第 523 页。
② 沈从文:《致张兆和、沈龙珠、沈虎雏》,《沈从文全集》(卷十九),北岳文艺出版社 2009 年版,第 318—319 页。
③ 王德威:《史诗时代的抒情声音:二十世纪中期的中国知识分子与艺术家》,台北:麦田出版社 2017 年版,第 106 页。
④ 张晖:《中国"诗史"传统》,生活·读书·新知三联书店 2016 年版,第 281 页。
⑤ 转引自张晖:《中国"诗史"传统》,生活·读书·新知三联书店 2016 年版,第 282 页。

上,它划定——并调节——人类的经验所弥散出的无限领域"。"有情"的历史最有力的见证是文学。而在"弥漫着革命和启蒙"的20世纪,"如何在'事功'的叙述中梳理出'有情'的传承"①,不唯有文学史观念转换的意味,亦有丰富20世纪历史叙述的重要意义。此间蕴含之丰富复杂之历史和文学寓意,标志着史诗时代全然不同之世界体验以及因之而生之世界表达,沈从文之后,当代作家中唯贾平凹有心于此,且有独特之个人发挥。其《秦腔》《古炉》《老生》,及新作《山本》,均可作如是解。

既无意于如其所是地做历史材料的简单再现,贾平凹自然强调"我与历史神遇而迹化"。从老庄思想的分野中,贾平凹更进一步领悟到作为哲学的"天人合一"和作为文学的"天我合一"之根本性区分,并由此强调"我"之于"历史"之重要价值。以我观物,万物皆著我之色彩,而"我"之历史观念及审美偏好,则无疑决定了此种历史呈现之思想与方法。考虑到"天人合一"之于中国思想文化之独特意义,可知贾平凹此说无疑别有所托。发生于20世纪二三十年代秦岭中的历史事件,可谓是"巨大的灾难,一场荒唐",最终"秦岭什么也没改变,依然山高水长,苍苍莽莽,没改变的还有情感。无论在山头或河畔,即便是在石头缝里和牛粪堆上,爱的花朵仍然在开"②,抚今追昔,此情此景,怎不叫人感慨万千?! 沿此思路,则可知《山本》历史叙述之要义,并不在于历史式地展现历史,而是去写"我"所见所感之历史。也便是"有情"的"历史"。如此,《山本》的核心故事和主要人物,虽皆有所本,但均有别样的处理。原型人物及重要历史事件在进入文本之时的"变型",恰为"诗"(文学)与"史"(历史)之辩证的紧要处。

二、"事功"与"有情"的交织

以虚拟故事论,《山本》之主要情节可以总括如下:井宗秀、井宗丞昆仲因独特之历史原因而分属不同阵营。前者先做画师,以彩绘谋生;后者则在县城读书,其间参加了共产党的游击队,成为秦岭山中游击队的创建人之一。依照文本的逻辑,历史性的变革或许与其父死去,而棺木葬入陆菊人从娘家带来的三分胭脂地密切相关。而后这三分胭脂地作为"吉穴"之作用渐次发挥。井宗秀先做酱笋,继而逐渐吞并了岳家,从而成为涡镇数一数二的掌柜,后又设计消灭五雷一伙盘踞涡镇的土匪并成为69军预

---

① 王德威:《史诗时代的抒情声音:二十世纪中期的中国知识分子与艺术家》,台北:麦田出版社2017年版,第107页。
② 贾平凹:《山本》,作家出版社2018年版,第523页。

备团的团长,从此进入涡镇的历史,左右着涡镇人事的兴废。而其兄井宗丞则随着游击队的不断发展壮大也逐渐成为重要领导之一。如碎片一般的大时代的风云变幻,几乎在他们的生活与命运中皆有体现。在历史叙述的未定状态,二人虽各为其主,但均可谓一时豪杰,分别影响着涡镇和秦岭以及更大的外部世界的历史风云。然而历史的吊诡之处在于,"吉穴"似乎并未如人所愿发挥更大的效用。虽为游击队的元老,井宗丞却莫名陷入宋斌与蔡一风的内斗,而被以肃反之名暗杀。暗杀他的,又是因与井宗秀结下冤仇而被迫离开保安队转投游击队的阮天保。阮天保指示邢瞎子暗杀井宗丞,也有公报私仇的意味——二人虽在大事上并无龃龉之处,但在些微小事上,却可谓交恶已久(贾平凹对此叙述可谓详尽)。闻知此事后,井宗秀怒不可遏,当即派遣夜线子抓回邢瞎子,剥皮、挖心以祭奠亡兄。此后,井宗秀与杜鲁成、周一山苦心经营之涡镇也逐渐露出衰败的气象,先是从平川县迁来的钟楼给涡镇带来了邪气而有了莫名的一场大火,再是井宗秀被暗杀,涡镇在红军的炮轰之下几成废墟……诸多人事无论高低贵贱贤愚不肖,无不尘归尘土归土,"落了片白茫茫大地真干净"。

如贾平凹所言,《山本》中所有重要的战争,均与真实之历史事件相对应,而核心的人物,也均有原型。井宗秀的原型,为井岳秀。井岳秀长期主政陕北榆林,既在榆林之地方建设上劳心费力,也在历史之风云变幻中勉力维持局部的平安,但最终仍被迫牵涉到大的历史人事的纠葛之中而不幸殒命。井宗丞的原型,为井岳秀的胞弟井勿幕。井勿幕为陕西辛亥元老之一,在辛亥陕西起义后,井勿幕"躬历行间,提渭北健卒,转战河东,攻下潞村,使山西转危为安。继又反斾西征,挫甘军方张之焰,三淳咸醴之间喋血数日,使革命草创之局渐入安定之域",可谓居功甚伟。但即便如此,其仍未逃脱历史之阴影,因他人之嫉妒和内部权力的纷争而不得善终。井氏昆仲虽有党派之差异,但所建立之"事功",均可以彪炳史册。其人其事,也可放置入其时宏大之历史格局中考校其价值。从井宗秀、井宗丞之核心故事与井岳秀、井勿幕之间之内在关系看,贾平凹在史料之梳理上颇费工夫,在人物本事(史实)如何进入虚构上,亦用心极深。但即便如此,其取径仍不在井氏昆仲功业之历史性展示,而更着意于其作为人之喜怒哀乐、悲欢离合及其间所透露出的个人与历史间之微妙关系。也即"历史"的"有情"一面。

以"事功"论,井勿幕在陕西革命史上,有着极高的地位。其生平行状,自然与彼时宏大之历史人物存在着多重之关联。井岳秀亦是如此,他力助井勿幕发展革命力量,且效法吴樾、徐锡麟之事迹而刺杀蒲邑督学,此后经营陕北榆林多年,为地方之稳定做过积极的努力。而其不幸身亡,亦与参与宏大之历史事件(与杨虎城等筹谋结束内战一致抗日)密切相关。如是种种,均可以成为历史叙述之重要切入点,而有极富历史意味之叙事展示(如革命历史小说的惯常叙事方式一般)。但此非贾平凹之真正用心处。其对井氏昆仲之历史事迹进入小说叙述之时的裁剪取舍,大致依照如下原则:其一,将其故事"局限于"秦岭,"悬置"其与宏大之历史事件及人物的直接联系。井勿幕与孙中山等重要历史人物及历史事件的密切关系,在《山本》中均被隐去。井宗丞与外部或上级最大的联系,乃是护送生病的首长借道秦岭,其与首长既无密切交往,甚至不知其姓甚名谁。他的故事,全部集中于秦岭游击队的草创及发展壮大。井岳秀早年即支持胞弟井勿幕的革命活动,晚年更是卷入国共两党纷争之历史漩涡之中,亲身参与若干重大历史事件。如是内容,在《山本》中亦被隐去。井宗秀与上级69军的联系,主要依靠麻县长,而其唯一一次见到军长,与其也并无深入的交往。其目力所及和用心之处,全在涡镇及个人之兴衰荣辱,对时局并无洞见,亦无宏大抱负。如是处理,在避免因历史事件枝蔓丛生评价不一所导致的书写的困难的同时,亦可彰显贾平凹的另外一番用心:即将故事局限于一个较为狭窄的空间,但在此空间中,核心故事与宏大之外部世界的内在联系仍然存在,不过是以另外一种隐微的方式呈现。如《带灯》之核心故事,均以樱镇为中心,并不与更复杂之社会现实直接关联。带灯心仪之元天亮,在作品中亦"在又不在",并未影响到故事的基本走向。但从封闭之樱镇空间中,仍然不难察觉其与更大的世界的对应之处。即便井宗丞并不与重大之历史事件直接关联,但其被阮天保杀害一节,仍然与真实事件交相互参,且有更深之历史寓意[①]。井宗秀之死亦复如是。其被阮天保暗

[①] 据史料记载,1918年11月19日,时为陕西靖国军总指挥的井勿幕接到假名"郭坚"之信函,邀请其21日前往兴平南仁堡,商讨攻打兴平及西安之计划。为使郭部不再扰民,井勿幕仅带护兵数人,慨然前往。孰料误中李栋才圈套,不幸殒命。井勿幕身后,郭坚的马弁李新生、任申娃"即出北门,回马嵬交令",李栋才则"急刃井勿幕首级,倾率全营渡渭,献井首级,投降陈树藩"。井勿幕被刺身亡后,舆论一片哗然,于右任等要求严惩凶手,但未有结果。于右任为井勿幕撰写挽联,矛头直指陕西督军陈树藩:"我哭井勿幕,耿耿爱国热忱,不亚宋渔父;谁言李栋才,明明杀人凶犯,就是陈树藩!"后井岳秀将李栋才缉拿。李栋才供称杀害井勿幕的主谋为时任郭坚参谋长的马凌甫。"马素忌井才,位居己上。"并常说:"陕西革命党太多,事权不统一。井至三原,即任总指挥。马闻言惊曰:'河北党成矣(指井、岳、曹等),我部土匪,必不见容。'因起害井之心。"如是观之,靖国军内部构成复杂,争斗频繁,为井勿幕遇害之原因。《山本》中对阮天保与井宗丞日常纷争之细致描述,亦为阮天保后来假借宋武与蔡一风之矛盾"公报私仇"埋下伏笔。其根本指向,仍在"内部纷争"之历史性展示。如是处理之原因,可与《白鹿原》白灵之死,以及白灵之原型张景文烈士之遭遇相参看。关于井勿幕事,详见井晓天:《乱世云烟:井勿幕、井岳秀昆仲史实钩沉》,中国文史出版社2016年版,第112-136页。

杀,在《山本》中属确凿无疑之事实。但井宗秀的原型井岳秀之死的本事(史实)却疑云重重。一说系巡城查防后归来更衣,不慎配枪落地走火,弹中胸部而亡①;一说是日井岳秀巡城查防归来之后,见张凤桐、乔云卿、胡贞卿在解春卿处打麻将,恰巧怀有身孕的张凤桐不慎将一张牌掉到地上,井岳秀帮忙捡牌,突然一声枪响,井岳秀随之倒地身亡,当属他杀无疑。但究竟系何人所为,亦莫衷一是②。《山本》所取,为第三种。如是处理,当别有所托,亦属文本内在逻辑之自然延伸。其二,不同于宏大之历史叙事对"事功"的注意,《山本》多展示人物之日常生活,但日常生活之逐渐累积,仍然可以影响到宏大的历史。如《老生》一般,"不论历史正在或者曾经上演哪些宏伟的剧目",贾平凹着力描述的仍是"这些剧目如何分解为普通民众的日常生活"。无论何样一种宏大之历史事件,最终必然要被分割化解为日常话语可以表征的状态。但其中必然也体现出"普通民众对于历史的解释和评价"③。虽说此种"民间"的解释和评价并不能"改写阶级的论述",也"不可能动摇阶级存在对于阶级意识的塑造",但阶级意识之外的诸种思想来源无疑与阶级意识的历史叙述之间存在着一种张力。《老生》以四个故事指称20世纪中国的宏大的努力,内涵着革命的历史性愿景与现实之间难以弥合的裂隙。而以类似现象学"悬置"的方法,暂时悬置关于历史的后设性解释,返归历史原初的现场,便有"反者道之动",重鉴以往而知来者的历史用意。此种叙述,无疑属《山本》历史展示之紧要处。

以与《山本》人物本事颇多相通之革命历史小说为参照,更能说明其

---

① 井晓天:《乱世云烟:井勿幕、井岳秀昆仲史实钩沉》,中国文史出版社2016年版,第302页。
② 李峰荫在其所著之《井氏双雄 血沃中华——孙中山和井勿幕、井岳秀弟兄们的英雄故事》中认为,井岳秀乃是被人暗杀。理由有二:其一,井岳秀死后,井继先查现场,见井岳秀所配勃朗宁手枪掉在牌桌上,但枪机并未打开;其二,现场旁边一卧房门被打开,地下有弹壳一枚。具体过程如下:"2月1日榆林有风沙,蒋(介石)的别动队经过十多天在后院内抛砖瓦的演练,转移了注意之后。当晚派去杀手,一人在房上接应,一人扮作担厨房泔水的挑夫混入镇署内,打开王玉印室门进入藏起来,架起枪,从窗纸洞向外对准麻将桌,张凤桐座位正好面对窗口,借着灯光,三点一线,一枪命中。"解春卿跟随井岳秀已有多年,回想前后之事,确定暗杀乃蒋介石所为,但为保家人平安,对外宣称井因配枪走火而亡。后井继先将此说告知于右任,征求于的意见。于认为"以被共产党暗杀上报为好",理由有二:一可取悦蒋介石,井岳秀会因之受表彰;二也可保亲属和子弟安全。于是便有了关于井岳秀之死的第三种说法。李峰荫:《井氏双雄 血沃中华——孙中山和井勿幕、井岳秀弟兄们的英雄故事》,甘肃人民出版社2009年版,140-141页。关于井岳秀之死系蒋介石所为,为此书作序的曾希威亦有旁证:"我在多年前读过一份材料,是某位前蒋氏特工领导者所写回忆的一部分。其中涉及井岳秀将军被谋害的经过。基本内容与书中(指《井氏双雄 血沃中华》)所述相同。"惜乎其未提供该书详细信息,无从进一步查证。
③ 南帆:《"水"与〈老生〉的叙事学》,《当代作家评论》2015年第1期。

叙述语法之核心特征及其所依托之知识谱系和意识形态(就该词本义而言)。相较于《保卫延安》及《暴风骤雨》等作品在"人物本事"与作品形象处理时内在的诗学政治的深层考量,《山本》则以返归的方式回到历史的原初现场,回归尚未被历史叙述格式化的历史的"草本"状态。而其内在的叙述逻辑,与《保卫延安》和《暴风骤雨》显然存在着基础性的分歧。出于"塑造'人民'","生产新的伦理认同"的目的,杜鹏程弱化处理了彼时某些高级干部"贪污腐化,为美色所腐蚀",以至于"脱离革命",以及"数量庞大的普通士兵(也含下层军官)往往还存在着因性需求难以满足而产生的生理、心理焦虑"。因儒家思想传统所形成之伦理道德规范的影响,革命队伍对此种焦虑"是回避的"。但"性的压力又难以通过'革命'得到释解",因是之故,部队中恋爱故事时有发生,因之违反军纪者也所在多有。此种本事(史实)或被弱化(略去不提)或被改写[1],最终服务于新的人民塑造的根本目的。如是历史本事,在《山本》中却得到了淋漓尽致的发挥。井宗丞与杜英的爱情故事可谓动人心魄也极具代表性。井宗丞在同济药店的地窖里养伤,杜英一直照顾他。两个月后,两个人就确定了恋爱关系。掌柜的知道此事后,要求井宗丞与杜英结婚,甚至还准备了结婚证书。但井宗丞以革命尚未成功,无法去过普通日子为由拒绝。其所依凭之精神的逻辑本身并无问题,但此种逻辑与个人情欲的内在抵牾以及与俗世伦常的错位,却是叙述无法弥合的裂隙之一。再如同为革命同志,黄三七却对白秀芝屡生邪念,误食隔山撬后,如不以他种方式解决,恐怕也会横生枝节。如是细节,貌似闲笔,却包含着人物正常欲望无从释放的焦虑,为部分人受美色所诱而变节埋下伏笔。红十五军团与逛山联合作战取得了棒槌山战役的胜利,却因战利品的分配问题彼此产生了不满和怨恨。红十五军团再与逛山联合攻打三河县一个镇子时,逛山就生了吞并之心。逛山们在镇子里胡作非为,甚至奸污妇女。红十五军团某团团长张福全的手下眼见此景,也蠢蠢欲动。为避免此种混乱行径,张福全放了狠话:"谁敢把裤带不系紧,我就毙了谁!"再又说软话:"他玩他的女人,咱收咱的粮食,这么多东西运回去,司令会记功奖赏的。"但张福全被逛山杀害后,剩余的27人全部加入了逛山。既入了逛山,也就百无禁忌,27人轮流奸污了两名妇女。如是种种,无不说明杜鹏程亲历的性与情的苦闷在不同时期仍然所在多有,

---

[1] 依张均的考辨,相较于杜鹏程日记中关于性苦闷的书写,《保卫延安》要少很多。这为数不多的"情感"叙述,还同时被"儒家伦理和阶级话语有效编码"为"朴素忠贞的爱情",从而"既合乎'礼数',又指涉国民党政权现在的罪恶和理当崩溃的未来"。其间"肉体的吸引力则被小心'抹除'"。张均:《怎样"塑造人民"——小说〈保卫延安〉人物本事研究》,《文艺争鸣》2014年第5期。

而缺乏有力的疏导,此种苦闷,常常会成为削弱战斗力的原因之一。此种情况,在预备旅自然更为普遍。每次大战之后,便有人惦记阵亡将士的遗孀,虽不乏你情我愿者,但强行霸占也不在少数。更有王成进强抢民女,唐景强暴不成而自杀的极端事件。相较于前两者,保安团、土匪就更等而下之,欺男霸女胡作非为属平常之事。混乱时代人性与情欲的压抑与释放所致之或成就或破坏的事实,亦表明世相之复杂和人心之多样,以及统一之必要性和迫切性。

与个人欲望的非理性释放相应的,是无从遏制的暴力的循环。井宗丞参加游击队之后,为筹集资金,伙同他人绑架其父,致使其父受惊之后不慎溺亡。而为了弄到枪支、山炮,井宗丞多次杀人。而几乎同样的事件,在阮天保、夜线子等人身上有着结构性的反复。阮天保先在保安队,再到预备旅,之后又回到保安队,保安队落败之后又投奔了游击队。无论身在何处,其行为方式并无变化,一样的使强用狠、暴虐成性。既无革命的意识形态的精神导引,也便缺乏强有力的精神支撑从而化解人之本性之恶及欲望的膨胀。阮天保设计暗害井宗丞,名义上虽为宋斌与蔡一风内部纷争的扩大,实则为报井宗丞屡次羞辱之仇。革命意识形态的阙如,恰为此种革命之"前史"之基本特征,亦从另一侧面说明身处混乱之世,意识形态统一之必要性和迫切性。其他如井宗秀与阮天保交恶之后绑架阮天保父母,而双方交战之后不久,阮天保父亲被杀,母亲目睹惨状之后惊骇而亡。此后之复仇行动遂你来我往,反复无定。外部的大历史如涡潭一般,将各种力量各色人等均挟裹而去,在混乱的世事中与世事一道混乱着。诸种力量亦无鲜明区分,共享着混乱的世事中的无秩序和非逻辑,也在诸种欲望的牵引之下"一尽着中国的人事,完成着中国文化的表演",其间人事之反复轮回、起伏不定,呈现着"一地碎片的年代"的"荒唐"。与《老生》一般,《山本》的如是描述"提供了回到地方(民间)的努力",且细致展开了"地方"(民间)与"国家"之间"彼此博弈的种种'关系'"。如此,《老生》的第四个故事完成了对"20世纪末期地方经济体制运作"的素朴描述,从而"完成了站在20世纪民族国家对面来书写'地方'的任务",并进一步对"一般文学史中的国族寓言形成了抵抗"。几乎在同样的意义上,此种以"地方"(民间)抵抗"国族叙事"的努力贯穿于《老生》的始终,既属第四个故事的核心逻辑,亦属前三个故事运思的重点所在。依此逻辑,则关于20世纪中国历史的"民间"叙事方始成立。而民间(野史)之于历史之宏大叙事的"抵抗"的意义亦由此彰显。但无疑,"野史"与"正史"之间的分野仍不可避免地存在着"修正"的可能——二者之间的历史性"对抗"由来已久,若非有"重写"历史的精神诉求,任何以"野史"对抗"正史"的努力无不包含着内在的"裂隙"①。而这种出自"重述"历史的冲动而写下的文本,注定无法避免被历史重述的可能。

与新历史主义兴起之后"重述"历史及其所依托之解构的逻辑不同的是,基于独特的"叙事的文化政治",周立波认为,"新的现实主义艺术,绝不是自然的模仿,也不是照相式的繁琐的记录",其要在于"要看清现实的本质,要看到社会的本质与发展"。本乎此,"琐末的细节"和"没有教育意义的无价值的现实的残渣"则属可以忘却之列。唯其如此,"才能达到改良人类思想的最大的使命,才能完成新的现实主义的教育的任务"②。依此逻辑,则其为《暴风骤雨》的创作做准备时在珠河县元宝镇蹲点所得之大量实地材料,便自然地要经过此一思想"过滤"之后方被写入作品。诸多无从被编织入"承担阶级国家的使命,通过叙事召唤'弱者的反抗'"的细节便被弃之不用。"周立波以阶级/国家之'大历史'观检视土改史实,元宝镇则以血缘、地缘、宗派、乡里、帮会等话语在动荡中维系地方社会的运行。"因是之故,"最后经本事改写而成的故事不可避免地包含两类话语之间的冲突与妥协、剥离与融合"。即便如此,小说仍然在叙事上排斥宗族、宗派、帮会等乡村话语,更为紧要的是,小说还将这些"乡土'信仰'与国民党、汉奸等政治异类'杂糅'一处,更使它们在共产党人的中国想象中'非法'化",从而失去了其作为人物精神资源的意义。"至于事实存在的乡村宗教,更被视作'迷信'而被剔出叙事与未来文化想象","似乎它们从不存在"③。如是处理,当然有其历史的合理性。即便存在着简化原本复杂之历史史实,从而未能表现出动荡时代驳杂的现实的"缺点",仍不能就此否认其作为"革命中国的文化生产",以及以明确之"秩序愿景与价值想象"重述"中国"的重要价值。

而以个人化的叙事抵达并叙述"中国",是贾平凹多年来用心颇深的重要问题。《古炉》经由对"文化大革命"在乡间发生之复杂缘由的细致观

---

① 关于"地方"(民间)与"国家"两种叙事的博弈及其存在的问题,陈思有如下反思:"我们必须清醒地认识到,小说'回到地方'的企图因为作家'告别革命'的先入之见而遭到了挫败。小说终究只是提供了回到地方的努力,未能还原历史吞吐出来的巨大能量。"究其根本,其对当时地方历史之复杂状态的"回避",内在逻辑与革命历史叙事并无区别。进而言之,"在一种'告别革命'的情绪下面,小说试图完成对中国革命的探讨与辩证,可惜的是这种辨析由于情绪上的抵触,依然回避了30-50年代陕南地区自身的运动过程与逻辑,从而没有提出真正有力的问题"。陈思:《"新方志"书写——贾平凹长篇新作〈老生〉论》,《中国现代文学研究丛刊》2015年第6期。
② 转引自张均:《小说〈暴风骤雨〉的史实考释》,《文学评论》2012年第5期。
③ 张均:《小说〈暴风骤雨〉的史实考释》,《文学评论》2012年第5期。

察和详尽书写而成为"一个国家的记忆"。《老生》则以作者"所知道的百多十年"中时代的风云激荡,"社会几经转型,战争,动乱,灾荒,革命,运动,改革"等等重要历史时间节点以及与之相应之重要事件讲述百多十年历史的变迁以及期间世道人心之变化及其历史意义。藉此"老老实实地去呈现过去的国情、世情、民情"①,从而完成一个世纪的中国的叙述。《山本》亦是如此。如题记所言:"一条龙脉,横亘在那里,提携着黄河长江,统领了北方南方,它是中国最伟大的一座山,当然它更是最中国的一座山。"发生在这个山中的故事,自然也是"中国故事",其所呈现之总体面向,亦属"中国"想象之重要一种。基于不同之叙述逻辑,此种"中国想象",与"革命中国的文化生产",存在着内在的论辩的锋芒。

不同于《保卫延安》和《暴风骤雨》在想象中国时所依凭之"叙事的文化政治",《老生》与《山本》执念于"地方"抑或"民间"的视角,意图在重新历史化的思路中返归历史之未定状态并为其赋形。此种复返历史之混沌状态的努力虽有释放被单一之历史叙述遮蔽和压抑的力量的可能,但同时却包含着走向历史虚无主义的危险②。而以碎片化的方式书写碎片化的时代——如《山本》后记中的瓷器(china)之喻——能否一劳永逸地指称"中国"尚需认真辨析。进而言之,《保卫延安》和《暴风骤雨》与《山本》叙述重心分野之核心,乃在于切近历史根本理路之差异。如南帆所论,在《老生》的写作中困扰贾平凹的"历史如何归于文学"的难题,其核心在于对"革命愿景的再思索"。质言之,"革命的意义不仅是摧毁统治阶级,夺取政权——如果革命试图赋予世界一个崭新的面貌,那么,必须造就一代新型的社会成员。新型的社会成员拥有远为高尚的道德和内心修养,这是避免革命之后政权和社会重返旧辙的重要条件"③。此亦为意识形态对于"新世界"与"新人"双重询唤之要义所在。区别于"旧世界","新世界"的叙事必然包含着历史逻辑、现实考量和希望愿景,从而在历史与现实之间建立某种内在的合乎逻辑的联系,同时召唤并指向未来。柳青《创业史》

---

① 贾平凹:《〈老生〉后记》,《关于小说》,生活·读书·新知三联书店2015年版,第250,253页。
② 论及《古炉》中历史书写的困境与可能,杨庆祥注意到贾平凹的历史观念与中国传统的混沌的时间观之间的关系。依此思路,则"历史就是含糊的","我也"只能看到我的历史"。杨晓帆则注意到如《古炉》这般带有重述历史的用意的作品(新历史写作)可能导致历史的虚无主义。以《阿Q正传》为参照,杨晓帆意识到即便讽刺"革命""革革命",鲁迅笔下仍有向上的一维,而非如《古炉》般一味颓然。杨庆祥、杨晓帆、陈华积:《历史书写的困境与可能——〈古炉〉三人谈》,《文艺争鸣》2011年第4期。
③ 南帆:《"水"与〈老生〉的叙事学》,《当代作家评论》2015年第1期。

以"新"(正文)、"旧"(题叙)对照的方式彰显新时代无可置疑的优越性的同时,也以极大的笔墨塑造与新世界互为表里的"新人"梁生宝的形象之用意即在此处。其将此种写作理路归因于毛泽东《讲话》之影响,暗含着意识形态与历史叙事内在关联的深层历史寓意。即便以"去历史化""去政治化"的方式标举"再解读"之核心意旨的唐小兵也不曾否认"意识形态"(就该词的本义而言)与叙事之间关系的普遍性。因是之故,历史叙事的分野,表征的其实是关于历史的想象与实践及其与群己关系在先验设定上的差异。《老生》以四个故事指涉20世纪的宏大历史,并以华夏民族的始源性文献《山海经》作为历史视域之宏阔参照,包含着以史资政,鉴往知来的用心。而《山海经》所持存之精神以及华夏民族之本真形象,在《山本》中内化为一种"天""人"共在的状态。人身在万物中,于四时转换、寒暑交替中体味生之欢悦与死之痛苦,以及在生死之间的日常希望和素朴之爱恨交织的庸常生活。在具体的宏大的历史事件的过程中,贾平凹以极重的笔墨铺陈人与世间万有共在之状态的目的,在于敞开如此这般被单一的叙事遮蔽的生活的丰富和复杂,以及由之而生的情感之多样。一如后记所言:"巨大的灾难,一场荒唐,秦岭什么也没改变,依然山高水长,苍苍莽莽,没改变的还有情感,无论在山头或河畔,即便是在石头缝里和牛粪堆上,爱的花朵仍然在开。"① 一切坚固的东西或将烟消云散,唯人在世之情感体验或因文学的方式可得永存。是为文学之于人及历史价值之紧要处。此一"爱"字,即为沈从文一再申论的与历史的"事功"相对之"有情"。

三、"历史"的"自然"之镜

论及"革命"与"有情"的历史性辩证时,李杨发现,沈从文所谓之"事功"与"有情"的分裂,在丁玲的作品中却达到了一种奇妙的平衡。"丁玲穷其一生在其文本内外向我们表达的","是'万物有情'——'有情'之'事功',或曰'事功'之有情"②。犹如"诗史"传统之进一步发挥,其中重要一路最后却归入"抒情"传统一般③,"有情"与"事功",抑或"抒情"与"诗史",原本并不存在截然二分不可通约之森严壁垒,在更深也更根本的意义上,"事功"可以归入"有情",或者"有情"亦可以开出"事功"。但"有情"之"事功"与《史记》中年表诸书以及革命历史叙事所关切之"事功"并

---

① 贾平凹:《山本》,作家出版社2018年版,第523页。
② 李杨:《"革命"与"有情"——丁玲再解读》,《文学评论》2017年第1期。
③ 对此问题之详尽分析,可参见张晖:《中国"诗史"传统》,生活·读书·新知三联书店2016年版,第280—285页。

不相同,其间之过渡也并非不言自明。因是之故,对20世纪50年代处于写作转型期的沈从文而言,二者之间存在着几乎难于弥合的巨大的鸿沟:"诸书诸表属事功,诸传诸记则近于有情。事功为可学,有情则难知!""事功"之历史性叙述,端赖史官"忠于封建制度中心思想"而形成之下笔的"分寸"。"有情"(列传)则需要"作者生命中一些特别的东西",一些"必由痛苦方能成熟积聚的情"。是故,"事功"与"有情"的辩证,在50年代的沈从文那里,实与"信"与"思"的利弊权衡可以通约①。然而,即便意识到"事功"与"有情"的结合,乃彼时外部世界之基本要求,任何人概莫能外,但沈从文仍然无法统合二者而延续其尚未完全展开的宏大的写作的抱负。"如果说沈从文表现的是洞见了历史的'怪兽性'之后,在一个'天地不仁'的时代对生命与存在的悲悯——它既体现为沈从文笔下沁人心脾的苍凉与忧伤,又体现于沈从文遭到'革命作家'反噬时内心深处的迷茫与不安。"②因无法与时代同步而至于进退失据,沈从文的"思"与"信"抑或"有情"与"事功"的辩证最终以停止文学创作改事文物研究而告终。而在其时四川内江县第四区烈士乡的一次五千人大会中,沈从文仍然从轰轰烈烈的"事功"中体会到"天宽地厚包容载重的境界"③。以天地万物以及亘古及今的时空视域观照当下的现实人事,沈从文无疑切肤地体会到人世的苍凉和精神无所依傍的悲哀,全然不顾彼时如火如荼的人事轰轰烈烈的展开所呈现之"三千年未有之大变局"的历史寓意及其价值关切。

在多重意义上,贾平凹面临着与沈从文同样的精神处境。其以《废都》超克此前如《腊月·正月》《鸡窝洼的人家》,甚至《浮躁》的现实主义方式而开出新的境界的努力,已然包含着对沈从文及其所依托之传统在精神倾向与审美偏好的双向回应。自80年代的潮流化写作始,历经90年代的"自我倾诉",至新世纪的第一个十年中《秦腔》的出现确定了贾平凹"现实,但不主义"的写作方式④。其摒弃"现实主义作家",而自认为"应该是一位诗人"的自我定位,无疑包含着其对"现实主义"及其所依托之思想及审美方式的限制的突破的努力。然而,超克"现实主义"的限制并不意味着摒弃"现实"。也因此,即便在可视为是《红楼梦》抒情境界之再生的《废

---

① 详情可参见张新颖:《沈从文的后半生:1948—1988》,上海三联书店2018年版,第12-16页。
② 李杨:《"革命"与"有情"——丁玲再解读》,《文学评论》2017年第1期。
③ 张新颖:《沈从文的后半生:1948—1988》,上海三联书店2018年版,第75页。
④ 对此问题之详尽分析,可参见黄平:《贾平凹小说论稿》,云南人民出版社2013年版,第150页。

都》中,仍然有世纪末知识人之群体性颓败的"现实"。而与《废都》及《秦腔》同时,仍在总体性的视域中以现实主义传统为依托书写当下生活的作品亦所在多有。与之不同的是,贾平凹"从'潮流化'的呈现'现实'开始,经历'诗人'压倒'现实主义'的高度个人化的'自我倾诉''意象写实'两个阶段,最后回到'现实'的世界",但此种"回归"已非单纯的精神复返,而是呈现为"一个放逐了'主义'的破碎世界"①。至此,发端于70年代初的贾平凹的写作以中国古典传统为思想及审美资源,而超克以柳青为代表之"十七年"现实主义的诸种限制,呈现为对非主义的现实的发掘与表现。《秦腔》之后的《古炉》《老生》以及新作《山本》,均可作如是观。但如黄平援引的罗岗的观点所示,即便没有作家如青年卢卡奇般坚定地相信写作"不是在寻求一种新的文学形式,而是十分明确地在寻找一个'新世界'",不简单让渡文学之社会关切的作家仍然必须面对"新形式"和"新世界"的双重挑战。唯其如此,写作"才可能穿透'文学'领域中日益深化的'公'与'私'的界限,在'生产条件'和'生产产品的手段之间'、在'自我创造'和'追寻正义'之间建立有机的联系"②。如沈从文一般,贾平凹亦洞见到历史本身的"怪兽性",以及任何规训历史的努力,均不过是话语的制造物,意义仅限于思想层面,并无力作用于纷繁复杂、维度多端的现实。也因此,一当目光投向更为宏阔之历史时空,并在亘古及今之视域中观照当下人事种种,贾平凹难掩其心中悲凉,也不禁感慨万千!"为了活得温饱,活得安生,活出人样,我的爷爷做了什么,我的父亲做了什么,故乡的人做了什么,哪些是荣光体面,哪些是龌龊罪过?太多的变数呵,沧海桑田,沉浮无定。"③此间世相之复杂,人心之起伏,教其生出如下感慨:"世界就是阴阳共生魔道一起么,摩擦冲突对抗,生生死死,沉沉浮浮",一如阴阳消长、四季转换,"这就产生了张力,万事万物也就靠这种张力发展的"④。

阴阳共生,魔道一起,生死对抗,沉浮无定,本属"事功"之历史之基本特征。"我们平时不是读历史吗?一本历史书除了告诉我们些另一时代最笨的人相斫相杀以外还有什么?"但将目光投向人所置身其中之天地万物,可知"真的历史却是一条河。从那日夜长流千古不变的水里石头和砂子,腐了的草木,破烂的船板,使我触着平时我们所忽略了若干年代若干人类的哀乐"!山头的夕阳,水底的圆石,下划的渔船,船上的鸬鹚,石滩上拉船

---

① 黄平:《贾平凹小说论稿》,云南人民出版社2013年版,第150页。
② 转引自黄平:《贾平凹小说论稿》,云南人民出版社2013年版,第153页。
③ 贾平凹:《老生》,人民文学出版社2014年版,第291页。
④ 贾平凹:《老生》,人民文学出版社2014年版,第181页。

人的姿势,无不唤起沈从文的"感动"和"爱"。这些人的"生"也并非因"无所为"而教人"可怜","他们那么庄严忠实的生,却在自然上各担负起自己那份命运,为自己,为儿女而活下去。不管怎样活,却从不逃避为了活而应有的一切努力"。因置身广阔天地之中,"他们在他们那份习惯生活里、命运里,也依然是哭、笑、吃、喝,对于寒暑的来临,更感觉到这四时交替的严重"。也因此,沈从文对于人生,对于爱憎,均有了与他人全然不同的理解,因"看得太深太远"①,爱"世界"和"人类"而惆怅满怀。此种"爱",即属在"事功"之外,作者生命中的一些特别的东西,一些唯"痛苦方能成熟积聚的情"。洞见历史的"怪兽性"之后,沈从文以生命中的"有情",来抵御历史之恶,从而拯救日渐颓靡的内心。其在《长河》之中因心有不忍而不曾触及的现实"无边的恐怖"的面向,却在贾平凹的《秦腔》和《古炉》之中得到了延续②。《秦腔》所写,为21世纪初中国乡村之基本面向。《古炉》所涉,亦与当下相去不远。但此种对历史与现实的冷峻观察,在《老生》中得到了淋漓尽致的发挥。

  作为贾平凹的"短二十世纪",《老生》中的四个故事分别指涉20世纪中国历史之四个重要时段。但其间并无历史之"进步"可言。世道人心之变化一如四时流转、寒暑交替。即如《山本》中周一山所念戏文所示:"日头出来,日头落下,急归所出之地。人一生的劳碌,就是日光下的劳碌。万物令人困乏,人不能说尽,眼看,看不饱,耳听,听不足。已有的事,后必再作,已行的事,后必再行,有什么意思呢?日光之下,并无新事。"从20世纪二三十年代到新世纪的第一个十年,世道人心的结构性反复表明的乃是历史的循环特征。但对历史的非线性特征的认知并不最终导向历史虚无主义。因为在"事功"的历史之外,尚有"有情"的历史。20世纪二三十年代发生于秦岭的若干人事,事后观之,的确是"巨大的灾难,一场荒唐"。但灾难和荒唐过后,"秦岭什么也没改变,依然山高水长,苍苍莽莽,没改变的还有情感,无论在山头或者河畔,即使是在石头缝里和牛粪堆上,爱的花朵仍然在开。"相较于人生之有限,天地自然万物却恒久存在。即如杜牧诗云:"六朝文物草连空,天淡云闲今古同。鸟去鸟来山色里,人歌人哭水声中。"而将人返归至天地万物之中,面对人世之治乱交替、反复无定,不禁会生出无缘大慈、同体大悲之悲悯情怀。一如《地藏菩萨本愿经》所言:"愍

---

  ① 沈从文:《历史是一条河》,《沈从文全集》(卷十一),北岳文艺出版社2009年版,第188页。
  ② 参见张新颖:《中国当代文学中沈从文传统的回响——〈活着〉〈秦腔〉〈天香〉和这个传统不同部分的对话》,《沈从文与二十世纪中国》,复旦大学出版社2014年版。

众生长劫沉沦,悲运同体,慈起无缘。"唯其如此,"有情"之历史,或包含着根本性的、内在的批判的锋芒。

质言之,"有情"的"历史"必定还是历史,且可能是历史叙述之重要一种,它偏重于个人的世界感觉,却仍然指向复杂之生活世界。"抒情"也并非仅限于个人情感的表达,"'抒情'一词既源于楚骚之'发愤以抒情',这就使得作为中国文学传统的'抒情'论述,从一开始就内蕴着重重的忧患意识与离散经验。它形诸个人的咏物言志,其底蕴实出自对时局政治的回应。(个人的)'诗'与(群体的)'史',从来就互为表里。唐代'诗史'观念出现,所谓'触事兴咏,犹所钟情',更点明抒情与历史之间的绵密关联。千百年来,小自个人遭逢,大至时代命运、历史兴亡,重重忧思愤懑,莫不经由'抒情'之诗性流注,形诸文学,并及各类艺术"①。如其所论,"历史"(事功)最终将归于"有情",归于个人独特之世界感觉以及因之生发之世界表现。《山本》中充斥着"事功"以及因谋求事功而兴起之矛盾纠葛、生死对抗。从五雷到史三海、阮天保,从井宗秀到井宗丞,其间个人行为之结构性反复无不说明历史理性的阙如。而在各种力量各色人等混战不已的状况下,天地自然运转不息,四时流转、寒暑交替、日出日落、花谢花开以及人之生老病死一如往常。而当一切硝烟散尽之后,秦岭还是秦岭,四时物色循环往复依旧。如陆机《叹誓赋》所论:"川阅水以成川,水滔滔而日度。世阅人而为世,人冉冉而行暮。人何世而弗新,世何人之能故?野每春其必华,草每朝而遗漏。经终古而常然,率品物其如素。"《山本》的故事既从"山"中萌发,亦在"山"中隐去,从而转入新的人事代谢。在其结尾处,接连的炮轰使得涡镇几成废墟。"陆菊人说:这是有多少炮弹啊,全都要打到涡镇,涡镇成一堆尘土了? 陈先生说:一堆尘土也就是秦岭上的一堆尘土么。陆菊人看着陈先生,陈先生的身后,屋院之后,城墙之后,远处的山峰峦叠嶂,以尽着黛青。"无论人事如何喧嚣,最终仍与自然一般,归其所来之处。如是观念,庶几近乎庄子物我齐同之说。庄子言方生方死,方死方生,意在表明"生命的萌发就意味着它正在走向死亡,当其死亡时又意味着新的生命的开始"。是故,生命"是一个环,无起点也无终点,起点也就是终点。"藉此,庄子说明"万物根本无差别"②,人事与物理本可浑同。由此开出之人世观念,包含着"苍凉之感"和"大的悲哀"。即如胡文英所言:"庄

---

① 梅家玲:《抒情的能量——阅读〈现代"抒情传统"四论〉》,《现代"抒情传统"四论》,台北:台大出版中心2016年版,第5页。
② 罗宗强:《论海子诗中潜流的民族血脉》,《南开学报》(哲学社会科学版)2002年第2期。

子眼极冷,心肠极热。眼冷,故是非不管;心肠热,故感慨无端。虽知无用,而未能忘情,到底是热肠挂住;虽不能忘情而终不下手,到底是冷眼看穿。"①《山本》亦是冷眼热肠。其冷眼处,无论宏大之世事兴废,还是个人之生死爱欲,即便触目惊心教人动容处亦从容写来,叙事不蔓不枝,落笔干净利落,状若无情;而乱世之中,普通生命犹如草芥,人之恶与暴力无限膨胀。人亦无分善恶,均难以善终。巨大的灾难、一场荒唐之后,什么也不曾留下,如是种种,怎能不让人为之动容为之感慨万千,而生出大的悲哀?!此种悲哀之生成,无疑与其对历史之"怪兽性"及其循环特征之洞察密不可分。

　　仍以沈从文为参照。20 世纪 50 年代初,在四川内江的一次五千人大会后,沈从文注意到轰轰烈烈的宏大历史"被土地的平静所吸收"奇特景观。因有其始终情之所系的"自然背景","不仅仅如字面所示是与人类相分离的'自然'和人类活动的'背景'",而是将人类活动"在放宽拉长的空间和时间范围里评判"。"自然"因而是无言而常在的参照,"长空澹澹孤鸟没,万古销沉向此中"。因看得太深太远而忧伤满怀。"这时节我软弱得很,因为我爱了世界,爱了人类。"不同于依循普遍的社会性逻辑而生成之人事关切,出自更为深远的时空背景中对人类的爱之境界,沈从文的忧伤,约略近乎吴文英眼中庄子的人世关切,"庄子最是深情,人第知三闾之哀怨,而不知漆园之哀怨有甚于三闾也。盖三闾之哀怨在一国,而漆园之哀怨在天下;三闾之哀怨在一时,而漆园之哀怨在万世"②。也因此,在"信"与"思",抑或"事功"与"有情"之间,沈从文始终无从忘情于后者,其与丁玲之思想分野之核心或在此处。此亦为其作品偏于"抒情"而非"史诗"传统的原因所在。而以无言而永在的自然为人世之参照,难免与沈从文之如下思想相遇:"自然既极博大,也极残忍,战胜一切,孕育众生。蝼蚁蚍蜉,伟人巨匠,一样在它怀抱中,和光同尘。因新陈代谢,有华屋山丘。智者明白'现象',不为困缚,所以能用文字,在一切有生陆续失去意义,本身亦因死亡毫无意义时,使生命之光,熠熠照人,如烛如金。"③此亦为文学之于人生之关键意义所在。《山本》以陆菊人三分胭脂地所引发之历史人事为切入点,而以秦岭作为宏阔之自然背景终结全篇,在放宽拉长的时空视域观照 20 世纪二三十年代秦岭的人事,用心近乎沈从文。而于惊恐中

---

① 胡文英:《庄子独见》,华东师范大学出版社 2011 年版,第 6 页。
② 胡文英:《庄子独见》,华东师范大学出版社 2011 年版,第 6-7 页。
③ 沈从文:《沈从文全集》(卷十二),北岳文艺出版社 2009 年版,第 9-10 页。

写就人事之热闹与死寂,其间流露之无缘大慈、同体大悲之情怀,却近于庄子。或者,换句话说,贾平凹经由《山本》的写作,完成了对庄子思想之人世观察所开启之境界的再生。

《山本》的章法,仍然是自《废都》始由"水"之性悟得之文章之道的尽情发挥,亦属与天地自然浑同之"法自然"写法的题中应有之义。如《废都》一般,"生活无序、混沌、茫然,故不要章节清晰",用心既在写日常生活,"生活是自然的流动",文本便有同样的实感,一切均在无序中涌动着①,犹如那个颇具象征意义的"涡潭"。"漫笔写去如流水之逝",随物赋形,且文理自然,姿态横生。大时代的历史风云虽不直接在涡镇上演,但小小的涡镇仍然被激荡的时代风云激荡着。覆巢之下,安有完卵?!人人均被携裹其间,各色人等也无不穷形尽相,完成着个人在大时代的命运。较为松散的结构,散文化的笔法,与涡镇的世事互为表里。"书中的人物情节,可谓无人不冤,有情皆孽,要写到尽致非把常人常情都写成离奇不可;书中的世界是朗朗世界到处藏着魍魉与鬼蜮,随时予以惊奇的揭发与讽刺,要供出这样一个可怜的芸芸众生的世界,如何不教结构松散?这样的人物和世界,背后笼罩着佛法的无边大超脱,时而透露出来。而在每逢动人处,我们会感到希腊悲剧理论所谓恐怖与怜悯。"②《山本》的精神取径,与《天龙八部》并不相同,虽有宽展师父及其所念诵之《地藏菩萨本愿经》所包含之世界面向与涡镇的世事的对应之处,贾平凹却并未以此作为涡镇人事精神的救赎之路。无论何样人事,一旦被牵涉其间,注定无法得到终极的解脱。他们必得与颓败的世界一同颓败下去,此乃时势使然,非人力所能强为。也因此,《山本》的故事,最终必然导向一个大的颓然的结局。陆菊人寄予厚望的井宗秀被谋杀,其所苦心经营之预备旅死伤殆尽,而涡镇也在一场炮轰之后几成废墟。其情其境近乎《红楼梦》"白茫茫大地真干净"之人世之喻,包含着在更为宽广之历史时空中对于人世之冷峻观察以及由之而生的大悲悯。

要言之,"'史诗时代的抒情'具有双向张力,或曰二律背反之处,在于强调所有'事功的历史'背后,还有'有情的历史'。'有情的历史'与'事功的历史'相互作用,但更多的时候前者仅存于后者阴影下。然而,正是这'有情的历史'才能够记录、推敲、反思和想象'事功',从而促进我们对于

---

① 贾平凹:《关于小说》,生活·读书·新知三联书店2015年版,第69页。
② 陈世骧:《与金庸论武侠小说书(两通)》,《陈世骧文存》,辽宁教育出版社1998年版,第200页。

'兴'与'怨'、'情'与'物'、'诗'与'史'的认识"。也正是"这样的历史展示了中国人文领域的众声喧哗,启发'思接千载''视通万里'的主体,而不为一时一地的政治、信仰所屈所惑。这样的历史我们称之为诗,为文学"①。因是之故,"抒情"与"史诗"的辩证之要义,在于两种不同之切近历史之方式之间的龃龉与互证之处。"史诗"多着意于"事功"的记录,"抒情"则用心在个人之世界感觉的描绘,二者取径不同,但却共同指向同样的历史境遇。20世纪独特的历史境遇使得"事功"或"史诗"的文学成为主潮,但其间仍然不乏"有情"的文学对于前者未尽之处的"补正"。贾平凹申论"我与历史神遇而迹化",文学乃"天我合一"最终指向即在此处。就总体而言,《山本》乃是对发生于20世纪二三十年代秦岭中若干人事的"有情"的记录。但在这"有情"之下,仍然有着"事功"的面向,此种"事功"及其所依托之历史观念与关于此一阶段历史的宏大历史叙述之间无疑存在着"互文"之处。其内在的精神的锋芒,也指向宏大历史叙述之运作逻辑。如此,《山本》包含着对革命"前史"重述的意味,即回归历史的未定状态。此间各色人等各种力量出于不同目的相互斗争互相倾轧,以至于尸横遍野民不聊生,但尚未有某种单一的力量以无可置疑的强大能量统摄所有,从而为混乱的历史梳理一条前进的方向。而在尚未被无远弗届之现代性规训的生活世界中,复杂的人事纠葛与更为复杂多元之思想观念混同一处,共同表征着混乱的时代精神的无序。此间个人命运之起落沉浮与时代命运互为表里,并在与天地共在的世界中彼此演绎。至此,贾平凹《山本》的写作,包含着对革命历史小说和新历史小说非此即彼式的单向度思想理路的双重超克②。

四、"天人之际"的世界观察

超克"抒情"与"史诗"的分野以及"传统"与"现代"、"中国"与"西方"非此即彼式的二元对立的文化选择的弊端的先决条件,是以历史化的方式返归新文学的起源阶段,即返归自晚清至"五四"所开启之文化的"古今中西之争"之历史境遇中。当此之际,因与中国作为现代民族国家的历史性建构密切关联,文化的"古今中西之争"以今胜于古、西优于中的思维形塑了"五四"迄今的文化观念。此种观念虽有历史合理性,但在其所产生之

---

① 王德威:《史诗时代的抒情声音:二十世纪中期的中国知识分子与艺术家》,台北:麦田出版2017年版,第611页。
② 可参见丛治辰:《小说的可能性与小说家的世界观——论贾平凹〈老生〉》,《南方文坛》2015年第5期。

语境已然不存的状态下①,却构成了文化观念的内在限制,影响到中国古典传统之现代赓续及其所可能抵达之境界。而自 20 世纪 80 年代初开始,贾平凹即努力接续中国古典文脉,其思想及审美观念,亦不局限于"五四"以降之现代性观念,而有对古典思想及审美方式之沉潜往复、从容含玩所形成之统合外部世界多种可能的思想观念。表达在作品中,便是人鬼杂处、魔道并存,囊括天文、地理、政治、经济等的多重的世界展开。是为贾平凹自《废都》中年变法之后,文学世界的核心特征之一。其思想观念既不局限于现代性及其所开启之世界想象,作品也就不限于一端,而有对世界复杂面向的多样化展现。自《废都》始,在中国古典"天""地""人"意义上思考并表现当下生活,便成为贾平凹作品的重要特征。

既然并不在现代性以降之思想理路中想象并切近生活世界,贾平凹笔下的世界展开,自然远较"启蒙"思想所指认之世界更为阔大,且包含着前者所无从驯顺的力量。大要有三:其一,将对人事之观察和思考,放置入"天""地""人"意义上之生活世界中,因之对于自然物象之描述,成为文本展开的重要方式。此种"自然"的呈现,其意义也不仅止于典型环境所指陈之思想范围,而是藉此表达与物浑同之生命状态。如其花费笔墨去描述麻县长记述之秦岭植物:"蕺菜,茎下部伏地,节上轮生小根,有时带紫红色,叶薄纸质,卵形或阔卵形,顶端短渐尖,基部心形,两面一般均无毛。叶柄光滑,顶端钝,有缘毛。苞片长圆或倒卵状,雄蕊长于子房,花丝长为花药的三倍,蒴果。大叶碎米荠,叶椭圆形或卵状披针形,边缘有整齐的锯齿。外轮萼片淡红色,内轮萼片淡紫或紫红。四强雄蕊,子房柱状,花柱短,长角果扁平。种子椭圆形,褐色。诸葛菜,茎直立且仅有单一茎。下部茎生叶羽状深裂,叶基心形,叶缘有钝齿。上部茎生叶长圆形,叶基抱茎呈耳状。花多为蓝紫色或淡红色,花瓣三四枝,长爪,花丝白色,花药黄色。角果顶端有喙……"②此笔法近乎晋人嵇含所撰之《南方草木状》,颇有些趣味。

再如杨钟与陈来祥去寻找井宗丞,数日内并无任何消息,却不知游击队就在他们去过的留仙坪北三十里的云寺梁。那云寺梁也颇为奇特,乃是人与自然物色及其他生物之和谐交融状态。但与之相应的人间世,却呈现出另一番景象。在混乱的世道里,凡事并无准则,亦无所谓的正义与公理。

---

① 对此问题的详尽论述,可参阅宇文所安:《过去的终结:民国初年对文学史的重写》,《他山的石头——宇文所安自选集》,田晓菲译,江苏人民出版社 2006 年版,第 279-280 页。
② 贾平凹:《山本》,人民文学出版社 2018 年版,第 310 页。

秦岭里有多个县长被杀，也兴起了多种势力。逛山的抢掠一仍其旧，如五雷来到了涡镇，虽在井宗秀拉拢之下不曾祸害涡镇，但周边富户，却颇多遭殃。五雷及其党羽被除，涡镇成立了69军的预备团，却与不是"平地卧"的保安团长阮天保结下仇怨。阮天保父母因之殒命。而涡镇被其围攻，亦死伤无数。阮天保落败之后改投游击队。预备旅又去凤镇攻打阮天保，又有51人死亡。因阮天保的族人阮上灶告密，阮天保其他族人共17人险遭杀戮。如是，各种力量在混乱的世道中与世道一同混乱着，人人使强用狠，个个杀伐无度，以暴制暴，以血还血，无不在暴力与死亡的循环中"一尽着中国的人事，完全着中国文化的表演"。此间130庙仍在，宽展师父依然在以尺八为亡者超度，但其持守之宗教信仰却无法从精神上统领和规训涡镇的人事。五雷一伙暂居130庙，井宗秀预备团后来亦迁居城隍庙。而"城隍是守护镇子的神，城隍庙里有石像的时候，石像是不敢不恭的，涡镇也就五谷丰登，生意兴隆。而现在没石像了，却驻进去了预备团，预备团原本可以驻别的地方，偏就驻进了城隍院，这都是天意，也活该井宗秀就是城隍转世"。井宗秀的预备团驻进了城隍院，但井宗秀却并不能常保涡镇生意兴隆，而五谷丰登，则更不在其能力的范围之内，反而，因预备团一再扩张，且与其他各种势力频繁交恶，以至于战火不断，终至沦为废墟。人事的暴力、血腥和残酷，在在触目惊心。但即便在暴力肆虐之际，涡镇普通人的日常生活也仍在继续。生老病死，婚丧嫁娶，邻里纠纷，兄弟阋墙，你争我斗，不一而足。既往生活世界的传统规则，也一仍其旧。为使井宗秀不至于辜负了纸坊沟的吉穴而有更大的作为，除为预备旅承办茶庄，提供经济援助外，陆菊人还为他培养夫人。她选中了花生，教花生做各式饭菜，染布、拧绳等日常活计。还教她炸果子、自我治疗的偏方以及日常的养生之道："谁都有个头疼脑热的，总不能一有病就去请陈先生。常年多炖些萝卜吃，坚持晚上烫脚，早上一睁眼了叩叩牙，舌头在嘴里搅几圈让生口水，然后咽下去。没事就往上提肛，这样不会患痔疮，大小便时不要说话。"其他如"捏虎口呀，眉心放血呀，脚底熏艾呀，搓耳朵背后呀"都要知道。再如"这世上鬼多，半夜里回家，在门外跺跺脚，唾一口痰，鬼是随着你，他去吃痰，就不会也进了屋。夜里睡觉突然觉得害怕了，那肯定是有鬼了，你不是有尺八吗，把尺八放在枕头底下，或者闭上眼，左右手的大拇指压在各自的无名指跟，攥紧，鬼就远离了，你也会安然入睡了"。乱世里死人多，鬼也就多。一场战事之后，涡镇死人无数，老魏头晚上值夜时也就常常遇到鬼，有时还和鬼打架，虽能打赢，但从此胆子变小，要拿着警锣壮胆。先前有钟馗像，遇到这样的事，叩拜钟馗即可免灾。但钟馗像被杨钟、陈来祥不慎烧掉，自此也就没有钟馗再护佑涡镇。不仅人与鬼杂处,神秘莫测的规律,也暗自左右着涡镇及其中人事的运命。如井宗秀属虎,请周一山来涡镇相助,就是取打虎上山的意思。而阮天保保安队在涡镇落败,麻县长让预备团迁居平川县,周一山并不同意,也是考虑到虎落平川的忌讳。涡镇在虎山下,更利于井宗秀的发展。红十五团有了内部矛盾,井宗丞因之死在了崇村。邢瞎子枪杀他之前,说井宗丞你不该来崇村,这是犯了地名,"崇"是"山"压"宗"么。拆平川县钟楼时,因未依照老规矩选择吉日并祭拜神灵,陈来祥就不幸身死,也暗合动土必先敬告神灵之规矩。为涡镇改造做总设计的任老爷子的徒弟严松因与涡镇人交恶,心中不忿,便在修钟楼时放进了会给涡镇带来邪气的木楔。钟楼甫一完工,灾难便接踵而至,先是火灾,接着井宗秀被害,继而涡镇遭到炮轰几成废墟,井宗秀、周一山、杜鲁成等人苦苦经营的世界也随之灰飞烟灭。如是种种,无不说明存在着难于把捉的,与现今的观念全然不同的世界的内在的运行规则。这些规则在被称为"前现代"的社会中乃是需要遵循的基本规律,并由之形成了人伦及社会秩序,维系着生活世界的日常运行。

而在自然的世界与人伦社会之上,还有神秘的宗教信仰以及涵容各种思想不同观念的素朴的"伦常道"。前者以130庙的宽展师父为代表,后者则以陈先生最为典型。宽展师父常吹奏尺八敬神,也以尺八之音超度涡镇的亡人。五雷一伙被剿灭之后,宽展师父为涡镇的亡人设往生牌位,其中也有五雷。并不以简单的"善""恶"对人作区分,而是有着无缘大慈、同体大悲之悲悯情怀,为宽展师父的重要特征。她也参与营救被抢的妇女,协助陆菊人查证井宗丞之死的真相。但她和她所信仰的神灵,却并未将涡镇的人心凝聚一处。身在乱世之中,一切都混乱着,宗教信仰也无力抵抗世间之恶,也就无从获得俗世中人的坚定不移地信奉。井宗丞从道人处搜得银圆千余,其诸种行为,也从另一侧面说明佛道之于人事纠葛的无力。宽展师父尚且如此,先前修道,后又参军,再自废双目以治病为业的陈先生更是如此。除医治身体的病症外,陈先生也如《古炉》中的善人一般,为人说病。白起未参加预备团,却因心有压力而患了胃病。陈先生劝他说:"世上的事看着是复杂,但无非是穷和富,善和恶,要讲的道理也永远就是那么多,一茬一茬人只是重新个说辞,变化个手段罢了。""人这一生都是昨天说过的话今天还在说,今天有过的事明天还会再有的……凡是遇到事,你没有自己的主见了,大多数人干啥你就干啥,吃不了亏的。"此为人伦常理,对大历史,陈先生亦有评说。陆菊人不解为何十余年来,涡镇的生活日渐好转,却充斥着血腥和暴力,人皆提心吊胆惶惶不可终日。陈先生说,人的十二个属相,都是从动物中来的,也就秉有了不同的品性。而物类之间的相互转化,亦属中国思想的特征之一。如谭峭所言,"老枫化为羽人,朽麦化为蝴蝶,自无情而之有情也。贤女化为贞石,山蚯化为百合,自有情而之无情也"。无情之物与有情之生命之间"化化不间,由环之无穷"。而混乱之人世"啥时没英雄了",世道就安宁了。这又分明有"绝圣弃智,民利百倍;绝仁弃义,民复孝慈;绝巧弃利,盗贼无有"的道家思想的意味了。如是思想,可以暂时安妥个别人心,却不能稳定时势。他和他的思想,均无力挽狂澜之将颓。

凡此种种,构成了《山本》"天""地""人"意义上的世界的复杂面向。如沈从文从桃源水上的船夫的生活中体会到人世的"庄严",且生出一种"无言的哀戚"一般,贾平凹对笔下的各色人等,也充满了无缘大慈、同体大悲的大悲悯情怀。他无意于在既定的思想脉络中对《山本》中的人事做价值与意义的区分,也因此跳脱出人为设定的历史叙述的轨道,而有更为宏阔的人世和世界眼光。沈从文并不在"五四"以降之启蒙思想中规训湘西的人事,因此其作品所展开的世界,要比"启蒙"思想所能指认的世界"大"。而当湘西的普通人出现在他的笔下时,"他们不是作为愚昧落后中国的代表和象征而无言地承受着'现代性'的批判",而是以其"未经'现代'洗礼的面貌,呈现着他们自然自在的生活和人性"[1]。从如是普通人事中,沈从文体会到真的历史乃是一条河,其间包含着普通生命之喜怒哀乐、兴衰际遇。甚至山头的夕阳,水底的各色圆石,河上的船和船夫,腐了的草木,破烂的船板,以及岸边的码头、河街和居民,"他们代表了远比相斫相杀的历史更为久远恒常同时又现实逼真的生存和价值"[2]。这些普通人事,乃是处于与自然共在而非对立的状态。人并不比自然物象高贵,也并不曾从其由之出之自然中分离出来,而是与自然浑同,是为天地合德、物我不分。在沈从文的文学世界中,"自然和人事并没有像在我们今天的理解中那样处于分离的、并立的状态,"而是"人事常常就是自然有机的一部分"[3]。而这个"自然"也并非现代思想所指认的与人相对且为人所用的自然,而是包含着天地生生不息之精义的"自然"。即如陈白沙所论:"人与天地同体,四时以行,百物以生,若滞在一处,安能为造化之主耶?古之善学者,常令此心在无物处,便运用得转耳。学者以自然为宗,不可不著意

---

[1] 张新颖:《沈从文九讲》,中华书局2015年版,第97-98页。
[2] 张新颖:《沈从文九讲》,中华书局2015年版,第100页。
[3] 张新颖:《沈从文九讲》,中华书局2015年版,第101页。

会。"贾平凹为其书房题写"眼前无物",多年间亦常论及庄子所说之"与天为徒",其意即在于此。"与天为徒"之要义在于师法自然。而"自然而然者,天也,唯圣人能索之。效法者,人也,若时行时止,虽人也,亦天也"①。"因为'自然'是'天'的属性,而天人本来同体,所以人应该效法天,或者说:人应当回复到与天同体的本真境界。"②与天同体的状态,便是融合"天""地""人"的世界展开。"天道,地道,人道,人道居其间",若只承认人道,"只在人道中看问题,只从人道看自然,自然也就被割裂和缩小为人的对象了"③。《山本》中世界的多元性和多层次性,一种人鬼杂处、魔道并存,人与天地自然共在的浑同状态,也正印证着古典思想所指认之世界不同于启蒙意义上的世界的精义所在。"天地运行不息,山河浩浩荡荡","却蕴藏着一个大的世界的丰富信息"④。其对于自然物色详细描述的兴趣,要意亦在此处。"人事"复返"自然"之中,因之便有"天地不仁"的意味。天地无所偏好,既不赏善,亦不罚恶。所谓之天道循环,不过是人之主观设定。但正是在这似乎并无先验之合理性的设定之中,包含着人与自然和谐共处的精义。经由对外部世界仰观俯察而生之世界观念,反过来成为人伦与社会法则运行之基本逻辑,维系着社会之正常秩序。所谓的王纲解纽,价值失范,恰为此种设定面临难于调和之矛盾,从而失却规范之效能。《山本》中融合"天""地""人"的世界敞开及其所呈现之精神之未定状态,因之内涵着以史资政的独特寓意。

质言之,"历史研究的目标是与过去已消亡的文明和社会中的人物建立一条沟通管道,了解古人的观念、思维方式、他们对是非的理解,试图从当事人的角度观察自然界、社会与人生;历史研究的目标就是要从尸体的残骨和遗物的残片中、从今天所有能看到的文字资料和历史传说中,复原当时生活的精神世界和物质世界"⑤。《山本》写作的目标,虽未必有重述

---

① 转引自杨儒宾:《理学论述的"自然"概念》,《自然概念史论》,台北:台大出版中心2014年版,第201页。
② 杨儒宾:《理学论述的"自然"概念》,《自然概念史论》,台北:台大出版中心2014年版,第201页。
③ 张新颖:《沈从文九讲》,中华书局2015年版,第102页。
④ 对此种情境,张新颖有极为深刻之洞察:"近代以来我们所理解的自然,是被我们对象化、图像化了的自然,所以我们虽然欣赏和赞叹沈从文的景物描写之美,欣赏和赞叹沈从文作品中的自然美,却全然不能领会他的自然观中与'天地有大美而不言'相联的天地大美,当然也就更不能理解与'天地不仁,以万物为刍狗'相联的天地不仁。"张新颖:《沈从文九讲》,中华书局2015年版,第102页。
⑤ 郭静云:《天神与天地之道:巫觋信仰与传统思想渊源》,上海古籍出版社2016年版,第823页。

历史的用意,但贾平凹从老庄思想之"分野"中意会到"天人合一"为哲学,"天我合一"为文学。当个人面对"秦岭二三十年代的一堆历史"时,这一堆历史也面对着个人,"我与历史神遇而迹化",《山本》因之是"从那一堆历史中翻出的另一个历史"。这一个"历史",自然属"以我观物,万物皆着我之色彩"。《山本》的故事,只是贾平凹"关注一个木头一块石头",他也就"进入这木头和石头中去了"。此种进入,无疑属"六经注我",其要义并不在于如其所是地展现历史面貌,而是去写自身眼中的历史。在一种万物感通,阴阳胶合、古今会通的视域中,敞开一个包含"天道""地道""人道"且"天""地""人"交错互渗之复杂境界①。此种复杂境界之开显并非易事,若无超克"五四"以降现代性理路之文学观念,且在通观之意义上切近生活世界,则此种境界断难企及。所谓的"通观",乃是包括"宏观与微观,既大观天地古今,又微观人的内心世界、心理情感"②,涵容价值观、人生观、世界观、宇宙观种种的审美视觉。此种视觉,以曹雪芹《红楼梦》最具代表性:"《红楼梦》不是人类历史文化的纯粹构建,而是以对过去历史的解构为前提的预言和启示。这部小说将故事叙述到哪里,也就将历史解构到哪里。所谓由色而空正对应着这种无有还无,然而也正是在这样解构性的还无过程中,一种历史的审美指向偕同语言的深度空间被鲜明地确立起来,如同一片由黑暗所放出的光芒,在地平线上重新划出了天空和大地。所谓补天,正是这种天地人三维空间的确立。又正是这样的确立,使《红楼梦》成了人类历史文化的全息图像。这部小说如同《山海经》神话和河图洛书一样,是不可穷尽的。"③其所包含的丰富的意蕴,无疑与曹雪芹通达的审美观念密不可分。由此,他将历史、政治以及与之相关的文化悉数纳入个人对于天人宇宙的感应之中,并在其中反思并重建人与世界的可能。由因空见色,再传情入色,终止于自色悟空。其对人世之观察,始终在更为阔大之时空视域中。其"一半写人和,一半言天数",二者的合一,便是"《周易》体系全息主义传统的真谛所在"④。

　　历史地看,20世纪80年代贾平凹的写作,用心多在秦岭南北地域文化和人文文化之书写,风格亦延续柳青以降之现实主义传统,虽因对地域

---

① 对此论题更为详尽之论述,可参见陈众议:《贾平凹的通感——以〈老生〉为个案》,《东吴学术》2016年第3期。
② 刘再复:《李泽厚美学概论》,生活·读书·新知三联书店2009年版,第45-46页。
③ 李劼:《历史文化的全息图像:论〈红楼梦〉》,台北:允晨文化实业股份有限公司2013年版,第411页。
④ 胡河清:《中国全息现实主义的诞生》,《胡河清文集》,安徽教育出版社2014年版,第157页。

文化之情境及人之性灵之独特发挥颇多在意,却并未抵达中国传统文化之深层意蕴。"按照中国传统文化的精义,构成民族总体文化必须有天、地、人三层次,其中'天'是最高级的本体论层次,体现了东方宇宙本体文化模式的终极关怀。"①《废都》之前,贾平凹作品中虽时有对传统文化之意义的个人发挥,但其时尚"停留在地利、人和的层次上,为感性化的现象界所迷惑,还没有达到言'天'的境界"。《废都》之后,其以中国古典传统之思想及审美方式超克"五四"以降之现实主义传统,而有新的作品境界之展开。其间于人之现实事务之关切外,尚有神秘的灵境的跃现,构成贾平凹作品可以辨识之重要特征。《白夜》中的再生人以及目连戏人神鬼浑同之境界,在《土门》云林爷神秘的超验能力中得到进一步展现。而《老生》则以中华民族的始源性文献《山海经》为参照,书写一个世纪人道之变化,以及其与天道之参差。如今《山本》虽并无参照视域,却将人事放置入更为宽广之自然之中。在莫知始终的宇宙视域或天地境界中,人之渺小与微末显而易见。鉴以往而知来者,《山本》也便有着以史资政之重要寓意。而其全息式之世界展开,包含着中国文化不同面向及其所开启持存之应世之道的融通。儒家之精进、佛家之意趣以及道家之任性逍遥,此间均有呈现。《山本》也因之成为中国文化现代新命之寓言性文本,内涵着文化返本开新之路径及可能。其用心虽在过去,却作用于现时并指向未来。是为中国文学全息现实主义探索之一种,亦内涵着中华文化归根复命之要义,其所蕴含之思想及审美方式亦维度多端,尚有待论者的进一步开启。

---

① 胡河清:《贾平凹论》,《胡河清文集》,安徽教育出版社2014年版,第42页。

第四章 古典传统接续与转化的多重路径(二)

第一节 "浑沌"之德与"感通之象"

一、"浑沌"之德与小说观念和章法

论及"浑沌"的思想和审美观念之于贾平凹写作的意义,《秦岭记》是极为合适的出发点。《秦岭记》主体内容先述秦岭的神话源起,次以老僧进入秦岭腹地、动念修建庙宇起笔,最后以仓颉造字旧地后生立水之奇思异想结尾,并非随便,乃有大义存焉。未有神话传说之前,秦岭自在,却混沌着,如大雾弥漫,可称"封山",远近没了差别,万物似乎瞬间遁去,茫然不可得见。此或为"浑沌"未凿前"世界"之基本面目,一如尚在源初状态的人之精神接纳天地消息所开之天地人神鬼畜物象杂然并陈的浑然之境[1]。"文字"的创制,便如凿云破雾,谓之"开山"。一切形体轮廓渐次清晰,也便有了天地、上下、古今的分野。首篇老僧与黑顺入山,即开深入秦岭故事路径之一种:佛与道与人事与天地与自然与鸟兽与山石与树木等等,皆混沌和神秘着,似乎触手可及,进入其中了,却仍觉瞻之在前,忽焉在后,其义理章法全无规矩,教自家所习之观念悉皆失效,浑不知如何读解如何言说。神矣怪矣,恍兮惚兮,阴阳交替自然运化天地规矩周行万物无处不在,要去理解了,却如捕风,如捉影,如抽刀断水,用力甚勤却一无所获,遂生类乎不知伊于胡底之叹。此或为贾平凹用心之一,为意趣、笔法之紧要处:"《山本》是长篇小说,《秦岭记》篇幅短,十多万字,不可说成小说,散文还觉不宜,也有人读后以为是笔记体小说。写时浑然不觉,只意识到这

---

[1] 对此境及其意义之详细描述,可参见陈少明:《梦觉之间:〈庄子〉思辨录》,生活·读书·新知三联书店2021年版,第119页。

如水一样,水分离不了,水终究是水,把水写出来,别人用斗去盛可以是方的,用盆去盛也可以是圆的。"①而在另一处,贾平凹以"识"作为所见文本"方""圆"分际的根源。"小说写什么都是自传,评论何尝不也这样吗?自己有多大的容器就盛多少的水,自己的容器是方是圆,盛的水也就是方是圆。容器可不可以就是识呢?"②此处所谓作为"容器"之"识",约略近乎西哲所论之"前理解"或"先验认知图式"。认知图式既已确定,则所见自然为其可见与能见,自然,其间还包含着"盲见"与"不见"③。个人格局、气象、境界之提升,就此即可解作"识见"之扩展和自我调适。文化观念之返本开新,文本境界的独特开显,要义皆与此同。自我开拓之路径无他,乃需在观念和表达方式上多下工夫。

工夫如何去做?且看最后一个故事中立水的经验。"立水的脑子里像煮沸的滚水,咕咕嘟嘟,那些时宜的或不时宜的全都冒泡和蒸发热气,有了各种色彩、各种声音、无数的翅膀。一切都在似乎着似乎着。"而他后来写起了文章,遂"自信而又刻苦地要在仓颉创造的文字中写出最好的句子,但一次又一次地于大钟响过的寂静里,他似乎理解了自己的理解只是似乎。他于是坐在秦岭的启山上,望着远远近近如海涛一样的秦岭,成了一棵若木、一块石头,直到大钟再来一次轰鸣"④。将这个立水解作贾平凹关于自家写作者形象的自我刻画,应不属过度阐释。立水所在之山名曰"启山",如《古炉》中的"中山"一般,定然也有些来历。启者,启蒙也,开启也。如《淮南子·本经训》所载:"昔者仓颉作书,而天雨粟,鬼夜哭。"可不就有开启精神和世界之可能的寓意⑤?而立水为现代人,所读哲学、文学、艺术文本皆承载现代观念,思想意识自然不难为其所化(拘)。然而他终究有些慧根,不曾教"意识"全然压抑和遮蔽"无意识"所见之象。他的精神向横无际涯之外部世界敞开,能见天地、人神、鬼畜,知晓与"神"的交流以及自

---

① 贾平凹:《秦岭记·后记》,人民文学出版社2022年版,第261页。
② 贾平凹:《说杨辉》,《南方文坛》2022年第2期。对贾平凹所论之"识"的意义的进一步说明,可参见季进:《刹那的众生相——贾平凹〈暂坐〉读札》,《中国当代文学研究》2021年第4期。
③ 破除先验认知图式以开启新的理解路径,例证几乎随处可见。当然,以"彼"破"此",极易坠入二元对立之思维窠臼,故构建更具包容性和概括力的多元融通的视野,分外紧要。可参见李军:《沈从文四张画的阐释问题——兼论王德威的"见"与"不见"》,《文艺研究》2013年第1期。此文刊出后未见王德威有回应文章,但对此文细加辨析,可知"见"可以是"不见","不见"亦可能是"见"。
④ 贾平凹:《秦岭记》,人民文学出版社2022年版,稿,第180页。
⑤ 对此问题的详细申论,可参见张隆溪:《从中西文学艺术看人与自然之关系》,《文艺研究》2020年第8期。

我"风格"创生之意①。此"我"与"物"的感通思维所开之境,类乎诗性的创造性直觉:"诗性认识是精神和意向性的","它本身并不带有严格意义上的巫术的影响","诗性认识指的是这样一种入侵:事物通过情感和情感方面的连接进入靠近灵魂中心的精神前意识之夜;诗性直觉就是借这种入侵产生的"。尤其重要的是,"在诗性认识的最同一、最纯粹和最基本的要求上考虑,它是通过意象——或不是通过朝向理性思想状态的概念,而是通过仍浸泡在意象中的概念——表达自身"②。或因译笔的原因,马利坦此说略显繁复,但其所论述之关键词却与前述立水之精神体验足相交通。可拈出巫术、前意识(非理性)、意象三种做进一步阐发。此三者虽有次第与进阶之分,却共同指向民族精神诸象并存、多元共在、圆融无碍之阔大境界。

《秦岭记》分主体故事、外编一、外编二三部分。外编一为贾平凹发表于《浮躁》后,《废都》前的一组类如古人笔记的短篇作品;外编二则收入贾平凹十余年前书写秦岭之若干散文(其中亦不乏小说笔法,将之解作小说也无不可)。三部分间之互文和意义共生,姑且按下不表,单看作为主体内容的55个故事。这55个故事,仍如《太白山记》,均为短章,却不似后者每一篇皆有个类如一般"故事"的内核,做作品根本的发动。《太白山记》意在以"实"写"虚"——"固执地把意念的心理的东西用很实的情节写出来"③。故而其中意象纷呈,如天女散花,初读或觉虚然茫然,难觅津逮,细思则其观念其用心约略可见。每一则故事,即便表象荒诞不经,故事离奇古怪,内核或落脚处,几乎全在实在界之物事人事,将之"反解",读作写实作品,自然也无不可。太白山亦属秦岭,《太白山记》所记,自属秦岭万千面向之一。但《秦岭记》中的故事,55篇大多互不相涉,几无前后照应或足以简单相互发明处。似乎还如《老生》甚或《山海经》笔法一般,一山一水一人一事从容写去,这山水人事自然汇成秦岭山川地貌风土人情概略图。

---

① 论及陈彦的写作,贾平凹有如下说法,可作参照:"发现了别人没有发现的东西,看到了别人没有看到的东西,也就是说找到了'神'。他又是如何与'神'联系、沟通和交流的?这就是他的风格,这就是他的叙述方式。"此处所论或嫌"玄奥",却是理解贾平凹文学观念的重要进路。(《他用别具一格的叙事把生命写得饱满——在"陈彦文学创作全国学术研讨会"高端论坛上的讲话》,《商洛学院学报》2021年第5期)若再参之以贾平凹对自家观念层级的自我阐释,则其用心约略可见。此观念较为系统地呈现在《关于"山水三层次说"的认识》一文中。对其意义的进一步分析,可参见拙文:《文章气类古犹今——当代文学的"古典境界"发微》,《南方文坛》2022年第2期。

② 雅克·马利坦:《艺术与诗中的创造性直觉》,刘有元、罗选民等译,生活·读书·新知三联书店1991年版,第180页。

③ 贾平凹:《秦岭记》,人民文学出版社2022年版,第262页。

然而即便依故事所述次第形貌将图形绘出,所见所得也不过书中所开启之世界内容之一二,其间极多内容或如那被称作冥界之花的水晶兰一般,甫一见人,便幽然遁去,不复得见,似有得而实无得,其形其神皆渺然忽然。何以言之?

以首章为例,先看书中"实相":一曰山势,如昆仑、秦岭、白乌山、竺岳;二曰流水,如倒流河;三曰人事,如老僧、黑顺去竺岳石窟修行(守护)、圆寂(死亡);四曰鸟兽虫鱼,如净水雉、花斑豹;五曰物象,如野菜、蘑菇、毛栗子、稻皮子、瓷瓶……如以老僧与黑顺行状为中心,去理解故事义理,似乎可得一二,却不足以统贯全文。其间尚有较多未尽之意,如老僧坐化得以不朽,或因多年修行、功德圆满所致。黑顺既有守护和尚之功,亦有悬壶济世之德,缘何肉身不能长久?听和尚说净水雉之德行,黑顺发愿梦中做净水雉。其时和尚去看脚旁藤杖,那藤杖化作蛇形,不是和尚眼花,便是物的变异之"象",或在隐喻心动之念与现实的错落。还有那山祖昆仑之上所居之玉皇、王母、太上、祝融、风姨、雷伯、百兽精怪、万花仙子,则又该当何解?和尚、黑顺是又不是故事的中心,在其下有山石草木虫鱼鸟兽,其上则有风云雷电神祇浩渺无涯之天①。不知天地人神鬼畜等交互参照、互动共生所开之复杂境况,便不能知这一则故事的言外之意、韵外之致。人在天地之间,所见所得并不单一。以山形地貌物色论,可知书中第52个故事中所述之民国时期县长麻天池所著之《秦岭草木记》,为理解世界(秦岭)层级之一种。以人事为核心,亦可得切近"秦岭"之法门。贾平凹《古炉》《老生》《山本》,甚或其四十余年所作之近千万字的小说,居多可归入此类——此又为一层。如不在现代以降之观念中感应天地消息,不拘泥于实境或实在界,则可知梦境繁复多变,内容复杂离奇,且不能一概视为荒谬而轻易放过。第7个故事中的那个乡里干部白又文,于山间村落梦中所见奇矣怪矣,仿佛侵入他人梦中,见常人之所未见,得常人不得之趣,遂知晓了梦境亦属生活之一种,生命因之丰富而充实。姑且不论弗洛伊德将"梦"所呈示之理与艺术创造精神对照理解所开启之方法论洞见,仅以惯常阅读之实感经验解之,亦不难知晓读他人书,亦是"复返"或"重启"他

---

① 人在天地之间及其所见所开之象,可以古典思维说明之。"当人们在认识天地万物、世界宇宙时,总是将人体自身纳入其中,参与践履,正如《易·系辞》所说:'近取诸身',人体自身在宇宙天地间是'仰以观于天文,俯以察于地理'。这样,'天'即在人体自身的上前方,'地'即在人体自身的下后方;同样,人体自身在天地宇宙自然间生活,习惯面对南面太阳,引申开来:'吾以南面而君天下'。"刘康德:《"浑沌"三性——庄子"浑沌"说》,《清华大学学报》(哲学社会科学版)2014年第2期。

人之"梦"。《秦岭记》55篇,解作贾平凹记"梦"(感通之象)之作,似乎也无不可。

然不独梦境呈示之"象"令人惊叹,那些或被认作"痴傻"的神奇人物,亦能洞悉他人未知之象。钟鸣所住之草花山顶虽曰闭塞,但他出过山,见识过人所创制之科技及其在改变生活形态时的伟力,却仍有若干奇思妙想,比如乘云气上天,比如无须辛苦劳作,便可得享便利。还有经公母山五十里,进二郎峡,再走出青牛湾所见之老城中复姓呼延的孩子。他稍稍读过一些书,尚未习得理解世界的一般法则,却有着太多的奇思异想。"一会儿怀疑天上真有天狗,把月亮吃残了一半,一会见门洞旁的杨树一直在晃着树叶,又担心那树叶会晕。"①后来老城中有了前来寻找历史遗存的文化人,他们好奇于傻子的诸多奇思,以为其思颇具"诗性",乃是可以与"神"沟通的人物。还有那些在"阴""阳"两界自如来去的人物所见所思,更如《聊斋志异》所开之世界一般神奇。这一类意象之创生,还如马利坦所论,乃是与更为久远的思想传统内里相通。"诗人的思想(至少其潜意识思想)多少有点与原始人的思想活动相似",也多少与"广泛意义上的巫术相似"②。秦岭山深如海,万物蕴藏其间,亦有万千消息。有村庄人物皆会巫术,可以治病,可以通神,人在这观念所持存开显之世界中,也活得安稳悠然。他们为天地万物封神,天有天神,雨有雨神,风有风神,雷有雷神,其他如山是神,水是神,树木花草虫鱼亦无不有神。天生万物,物各有主,阴阳易变,四时交替,乾坤定位,上下四方,往古来今。人之所知远逊于未知,人之所能远少于未能。"天布五行,以运万物,阴阳会通,玄冥幽微,自有才高识妙者能探其理致。"③照此目光看去,则秦岭浩瀚,横无际涯,论时间可以古今同一,那些个人物和他们的生活故事,非古非今,亦古亦今,身在现代,精神气象却堪称高古,所思所见所行所想,也远非"现代观念"所可简单涵盖;论空间则渺无端崖,看他于虚拟秦岭的宏阔背景上一山一水从容写去,但此"背景"犹如如来掌心,人物故事无论如何生长如何漫溢,皆不出其所划定之基本范围。或亦可曰此秦岭并非自然地理意义上之"秦岭",而是充满精神与文化韵致的重要意象,为华夏文明象征之一种。一如秦岭山势形胜可见可绘,然山间清风山顶流云神秘消息却了无规矩。故此亦一是非,彼亦一是非,此亦彼也,彼亦此也。虚则实之,实则虚之,真者假之,假

---

① 贾平凹:《秦岭记》,人民文学出版社2022年版,第87页。
② 雅克·马利坦:《艺术与诗中的创造性直觉》,刘有元、罗选民等译,生活·读书·新知三联书店1991年版,第181页。
③ 贾平凹:《我们的小说还有多少中国或东方的意韵》,《当代》2020年第5期。

者真之,如是而已。

无那诸般规矩、法则限制,其所敞开之世界,也便"古"与"今"、"阴"与"阳"、"理性"与"非理性"、"意识"与"潜意识"、"梦境"与"现实"诸种"彰蔽"悉皆除去,朗现活泼无碍之自然天机。这其中55个故事,皆以秦岭为背景书写人事物事,虽偶然言及秦岭之神话起源,却不是在做秦岭神话记,就中人物故事多集中于20世纪初中期迄今,约略也有些"原型"本事可循。如他写康世铭1999年前往高坝乡采风,偶见民国时县长麻天池所作《秦岭草木记》一册。那《秦岭草木记》意趣、笔法颇类晋人嵇含所撰之《南方草木状》,叙述秦岭草木若干,笔法疏淡,颇有韵致,将之单独列出做笔记读,也无不可。麻天池不独记述草木状貌,还用心体会地理风脉,于人情、风土等等,亦别有所见。如他说:"山中可以封树封石封泉为××侯,××公,××君,凡封号后,祷无不应。"这是在说秦岭中类乎巫术的神秘。"读懂了树,就理解某个地方的生命气理。"此为对事物与地域风情关系之独特理解。"菟丝子会依附,有人亦是。"这又是以"物"喻人,或以人比"物",显然别有所指,也未必不是出自现实利害的感慨。麻天池所生活的时段,与康世铭相去未远,但康世铭读完其书,虽感慨系之,也有心凭吊其遗踪,却觉得其所记所感最佳的去处,是县里的档案馆。二者观念之分野,亦可解作《秦岭记》一书所敞开之世界与目下流行之文化观念可能的参差处。还有那个刘广美,生在石门关左近的二马山,人有才干,四十岁便成巨富,也是个孝子,谋划着在老家前马山造一所宅子,安顿妻儿老小。那宅子修建时真真是劳心费力,物料、做工皆称精细,也不惜物力人力。修成的宅院雕梁画栋,好不壮观,为了气脉长久,还在地基四角埋上十补药丸。县长为其送匾,上书"积厚流光",悬于正堂上,一时风光无两。然天意难问,命运不测,刘广美后来死于非命,其妻也未得善终。倒是那宅院至今仍在,诉说着"谁非过客,花是主人"。数十年时移世易,物非人亦非,如《应物兄》藉若干人物古今思虑,遂感慨如今的中国人,不是汉代人,也与唐代、宋元甚至明清人相去甚远,"孔夫子站在你面前,你也不认识",但由先秦、两汉、唐宋以迄晚清,民族文化经验及其所呈示之"象"却未必全然消隐。它们在亦不在:在,是指其尚存于文化的"集体无意识"中;不在,则是说此种无意识包蕴之象并非人人能知。如柏拉图所论,须得有些"神赐的迷狂"的工夫(机缘),才能得窥"灵魂的马车"上之所见——此为"秘索思"及其所开显之精神可能。在中国古典精神世界中,类乎"神赐的迷狂"之境的,差不多可看作"巫术"的"天""人"感应。

古典思想史中所论之"巫史传统"及其所敞开之世界,要义即在此处。

当是时也,"人与神、人世与神界、人的事功与神的业绩常直接相连、休戚相关和浑然一体"①。此即"事死者如事生"之谓。这一种传统虽在20世纪初观念之现代性之变中渐次消隐,却并非全然失却现实效力。在秦岭腹地,那些至今仍生活于天地、风云、雷电,万物消长、自然运化中的普通人物,很多仍可体会类乎"巫史传统"时的世界感觉。比如第36个故事中阳关洼村人,因不知要为临终之际的老人开"天窗",老人虽已油尽灯枯,却迟迟不能"咽气"。有此经验,做木工的年佰"知道了大门之上檩条之下的长窗叫天窗,天窗是神鬼通道,更是人的灵魂出口。再为他人盖房,无论是歇山式的、硬山式的、悬山式的,一定一定都要有天窗"②。有了这番了悟,在写20世纪二三十年代秦岭历史人事之变的《山本》中,现实龙蛇起陆、天翻地覆,普通人如浪花如树叶,被历史之滔滔洪流挟裹着向一时未知的方向奔涌而去。个人的生死纠葛、爱恨情仇皆不能自主,历史当然有向前的逻辑在,但为历史挟裹的人物于生离死别之际巨大的哀痛却并未消退。因之一部《山本》,写"山之本来",作者却时刻不忘为笔下世界中的人物打开"天窗",让灵魂有个安顿处③。他让深具民间智慧的陈先生絮絮叨叨说人之在世需要依从的道理,也是在安妥生逢乱世的人躁动不安的灵魂。死者长已矣,生者且珍惜。如何珍惜眼前所有,明了"向死而生"的道理,或是第32个故事的旨趣。那是发生在源出于太白湫的亮马河一带的故事。那亮马河颇有些来历,乃是传说中上古魑魅魍魉曾居之地,它们兴风作浪,弄得天怒人怨。遂有太上老君以七块石头镇压的说法。此七块石头化为七座山:为双耳山,为焦山,为东隆山,为茅山,为凉山,为苦泉山和两塌山。魑魅魍魉则骨骼破碎,血液漫浸,土地为之变色,骨骼化为料浆石。这方圆百十里高寒贫瘠,生存极度困难,但人自有纾解之道。他们差不多"还会巫术","巫术驱动着他们对天对地对命运认同和遵循了",也便"活得安静"。而对生死,他们也有自家的理解,因之也有很多阴歌师,既能抚慰亡魂,亦可安顿生者,不拘三皇五帝,管他夏商春秋,阴歌师皆能信手拈来,且合辙押韵。但他们唱得最多,也流传最广的是如下一段:"人活一世有什么好,说一声死了不死了,亲戚朋友都不知道。亲戚朋友知道了,亡人正过奈何桥。奈何桥三尺宽来万丈高,中间有着泡泡,两边抹了椒油膏,小风吹来摇

---

① 李泽厚:《说巫史传统》,上海译文出版社2012年版,第8页。
② 贾平凹:《秦岭记》,人民文学出版社2022年版,第114页。
③ 此境可与阿来《云中记》相参看。参见岳雯:《安魂——读阿来长篇小说〈云中记〉》,《中国当代文学研究》2019年第2期。

摇摆,大风来了摆摆摇。有福的亡人过得去,无福的亡人掉下桥。"①

那唱声凄苦悲凉,闻者无不动容。其虽藉神奇想象从容叙述,却不能被简单视为荒诞,观者如于其中做些参证的工夫,便不难意会其间义理之于俗世人生的启发意义。如《红楼梦》写宝玉先天自具的慧根灵性,乃是于尘世醒觉的基本条件。"慧根灵性是人超悟的先天条件,然而人必须有一番意识活动,所谓悟才可以在生命中实践。"因之曹雪芹造设"太虚幻境",令宝玉藉梦境游历其间,有此番识见做根底,方能于"虚""实"照应中醒觉和彻悟。故此,"这一种人类自我嘲弄、自我掊击,便是太虚幻境神话所设定的大义微言"②,也深具自觉觉他的意义。观者身在其外,却同样身在其中,于崖岸之上,看大水走泥,有如发逝者如斯之叹的孔子;在超然的"天眼"中,看秦岭山深如海,云舒云卷,莫有规矩,殊乏章法,义理却自在其中,一如沈从文于"事功"和"有情"的分际之中的自我安顿③。历史固然宏伟,自然也堪称博大,但其间生活着的,居多却是"有情"众生,他们日日劳作,也各有其艰难和不得已处,当然也自具生命自身的尊严和意义,各自领受如沈从文所言之上天派定的"命运",也分外需要源发于生活世界具体性的身心安顿。那些散居在秦岭各处,或耕作,或经商,或凭借一时世事的勃兴而谋得生计,却也因自然或人事的突变而无所适从的普通人触目皆是。真可谓其兴也倏忽,其败也无形。一处煤窑,甚至山中偶见的名医,便可以令一方经济瞬间兴起,但其败落,几乎也是一夜之间。不仅人事不足依凭,连那河流也了无定规。因河而兴起旅游,上游常有船只下行,带来种种山货,也让沿河上下生活皆有着落,孰料河水突然断流,浪花渴死成沙。那些为河水磋磨的山石皆滚圆呈蛋形。沿河的热闹转瞬不复得见,繁华转成陈迹,徒留一些无心也无力走出的老人,于暖阳中端坐河中圆石上回忆已然逝去的景象。还有那不甘心安于既定的生活状态,要以人力改造环境的特出人物,他们的强力意志广矣大矣,立志要让河流改道,让土地再生,自然似乎在人力的创造中形成新的秩序,但一场突如其来的暴雨山洪,将人事努力的成果全然抹去,一切返归原始,秩序再度还原。日月千年不易,山河百代如常,唯人事代谢,往来古今,逝去的已然逝去,仿佛从未存在过,

---

① 贾平凹:《秦岭记》,人民文学出版社2022年版,第104页。
② 乐蘅军:《从荒谬到超越:论古典小说中神话情节的基本意涵》,《古典小说散论》,台北:台湾大学出版中心2021年版,第274页。
③ 参见张新颖:《沈从文与二十世纪中国》,《当代作家评论》2012年第6期。

教人如何不感慨系之①!

　　于此"古"与"今"、"传统"与"现代"交织互动中,普通人的身心安妥似乎分外紧要。因秦岭超迈之气所结,山中也就有了世事洞明的特别人物,人将之呼为——神仙。神仙所居之地为戴帽山。戴帽山临近椅子坪,自丹泉寨往东二十里亦可至。那神仙一百一十九岁,眼光亮堂,满口白牙,更奇的是既智且慧。山上山下人有事没事,都爱与神仙说话。神仙所说也并不玄奥,皆是人世应对的智慧。比如有人问如何养生,神仙教他在被给定的环境中摄取物资以养生尽命,不去向外求索。有人抱怨子女不孝,神仙教他明白人皆如此,所谓"眼往高处瞅,爱是向下移"。神仙还教人破"传种接代"的执念,将之解作虚妄。他还教做村长的不要有私心,教有嫉妒心的人心态平和,并为人解说种种欲念缘何而生,又如何发动甚至左右着人的行为,还有怎样窥破世情人情,明白人之本来面目……最后他还谈到死亡,死生皆是大事,人皆不能自决,但需学会从容应对。他以树为譬喻,"树叶子几时落那是树决定的。叶子正绿着,硬拽扯着下来,叶子痛苦,而叶子不论是夏天或是冬天,它发黄变红就自然落,也是快乐地落"②。神仙所说,并不迂阔,全是人之在世所需面对的庸常现实种种际遇所开之困厄,明白了世事人情之"常"与"变",也就知晓了自家应对的法门,心态自然平和。将神仙所说与其前后故事照应着看,或能明了这一部《秦岭记》运思用笔的落脚处——人生于天地间,仰观象于天,俯察式于地,观鸟兽之形与地之宜,向外明了自然规矩、人事运行之道,向内则调适自家应时应世的智慧。天道之运,周环无穷,古有之事,今亦再有;古今人情物理,相通远甚于相异;甚或"阳世"与"阴间"或与"仙境",义理也极多相通之处。写古事、仙事、阴阳两界、鸟兽虫鱼,奇矣怪矣,用心却全在当下,发人深省也启迪人思。如六朝志怪盛行,不独"使古代以至于当代的许多神话故事得到首次有系统的收集与整理",亦是人类意识所能呈示之"象"不至于湮没,而藉文字得以留存。虽是"张皇鬼神,称道灵异",却是在展现"人类心灵的运作",足以"映照出每个时代的心态与精神,甚至人性深处某些原始的意念与欲望"③。何况在具体的历史情境中,神话所述并不虚妄,"传统的知识分子可以安心立命在较高的哲学思考上,但对于更多的社会群众而

---

① 面对亘古不易的自然法则,及其与人事的对照,贾平凹曾感慨良多。参见贾平凹:《山本·后记》,人民文学出版社 2018 年版。
② 贾平凹:《秦岭记》,人民文学出版社 2022 年版,第 157 页。
③ 郭玉雯:《聊斋志异的梦幻世界》,台北:学生书局 1985 年版,第 6 页。

言,神话是他们存在的支持力量,由孩童的依赖到青年的惊悸、中年的忧患,以至最后的灵床,他们的生命往往是扎根在这种平衡上而得以赓续绵延"①。也因此,即便在"绝地天通"之后,在观念的现代性之变后,如是理解生活世界已被视为鄙陋,然而在广阔的民间世界,总有若干特出人物能感通天地消息,明了真际玄机,由他们讲说的世事,也便自然包含着古今、阴阳、死生等等人为疆界悉皆破除的阔大境界。他们或如那个在世的"神仙",或如奇思妙想不绝的"痴傻"人,或也如《古炉》《山本》中所述的,有"渔樵"意象之喻的善人和陈先生②。世事解衣磅礴,他独燕处超然,且以其感通的独异之象,为现实中人开启另一番精神的可能。

如《聊斋志异》400余个故事可呈示蒲松龄颇为整一之世界观念一般,《秦岭记》中55个故事亦能绘出作者精神的星图。其间有总论,有分论;有实写,有虚写;有正言,有反说;有寓言、重言、卮言;有反言若正,有正言若反;有声东击西,有左右互搏。有故事其义不能自《秦岭记》中见出,须得与《古炉》《老生》《山本》,甚或《秦腔》《浮躁》对照着看。还如再扩而大之,将贾平凹70年代初迄今四十余年作品不分题材,不论文体,全作一部看,则《秦岭记》与其他作品之意义参照或如"太虚幻境"呈示之象与大观园和大观园之外的世界及观者身在其中的世界之映衬关系。如《浮躁》如《秦腔》如《带灯》中虚言之事,《秦岭记》皆实言之;如《太白山记》较为明确之世道人心,人情人性之观念指涉,《秦岭记》皆作癞头和尚及空空道人貌似漫漶不经之言道之;如外编二所述"我"之实感实见,《秦岭记》皆大实大虚,大无大有,如云如雾如水泻地言之……故而其章法、格局、气象、境界皆与他作不同,若干短制,汇成江河湖海;意象纷呈,遂成万千气象。以其所师法之传统论,或近乎《山海经》《搜神记》《穆天子传》及《南方草木记》所持存开显之路向,就中尤以《聊斋志异》最具参照意义。

"披萝带荔,三闾氏感而为骚;牛鬼蛇神,长爪郎吟而成癖。"身世坎坷、命运多舛却负不世之才的蒲松龄以《聊斋志异》的写作,意图既将自家书写归入屈原、韩非、李贺等历史人物及其所开显之传统中,又以"异史氏曰"认同司马迁"以纂记史事来寄托怀抱"③。一部《聊斋志异》,凡494篇,遂浑成"历代神话故事",其间"他界"(冥界、仙界、妖界)传奇,足以使后之来者"掌握到中国神话传统中某些基本精神观念",并藉此深入"中国民族

---

① 郭玉雯:《聊斋志异的梦幻世界》,台北:学生书局1985年版,第4页。
② 参见拙文:《自然山水与"渔樵"观史——贾平凹历史叙事发微》,《天津社会科学》(即出)。
③ 郭玉雯:《聊斋志异的梦幻世界》,台北:学生书局1985年版,第11页。

的内心世界,观察其心灵活动"①。"文学作品以文字追随真实,将人类所有的活动转化为某种约定俗成的代码,这种转化也可以说是一种创造,文学作品创造另一象征世界以指陈真实的世界。"而就其表现而言,"既是文字的有意义连接,在字与字、词与词、句与句、段与段之间,就会显出千万种的选择性,包含情感、思想、价值等取向的选择性,千万种的选择性即无意于一种创造力,经过无数的选择后,同样的砖瓦即可堆砌出千万种不同姿态的建筑来",因为文学作品的"每一姿态即一种创造力的表现,纵使是写实或报道的文字,其结构或修辞也必然得通过某种心灵的运作"②。这一番道理看似简略,欲落实验证于个人具体的写作行为之中,却可谓难矣。须得有些层层破除的工夫,先破"古"与"今","理性"与"非理性","仙境"与"人间世"种种人为造设之区隔,故有多元浑成之境的敞开——此为《秦岭记》读法之一种。仅此仍然不足,还得在语言上做些工夫,破除既定言语及其所持存彰显之观念模式③。其理如汪曾祺所论,"语言不只是一种形式、一种手段,应该提到内容的高度来认识","世界上没有没有语言的思想,也没有没有思想的语言",甚或进而言之,"语言是小说的本体,不是附加的、可有可无的","写小说就是写语言"④。贾平凹无疑对此心领神会。尤其富有意味的是,汪曾祺晚年曾动念写一部《聊斋新义》,以当代人之观念和笔法,"重述"蒲松龄的故事。此一部作品虽因各种原因未克完成,但自其写下的数篇作品中,约略可窥其用心所在⑤。依此,亦可得读解贾平凹《秦岭记》之又一法门。

末篇所述仓颉造字一事,故而十分紧要。无须细论既有之"语言"如何既敞开也限制了世界的面相,观念的古今分野,更属文本世界敞开之前提。如今看来,中国小说古今之变最为鲜明的特征之一,即是作为神秘体验之表征的超验之物的消隐。目下作品虽不乏神奇事件与人物的叙述,然而在惯常的观念中,若不是被视为"迷信"而归入另册,便是视而不见。天地宇宙为人所敞开之"象","绝地天通"尤其是《周易》创生之后曾有一变;至"五四"中国文化的"现代转型"后,则又有一变。后者所宗法之西方现

---

① 郭玉雯:《聊斋志异的梦幻世界》,台北:学生书局1985年版,第1页。
② 郭玉雯:《聊斋志异的梦幻世界》,台北:学生书局1985年版,第173页。
③ 此间义理,亦可参照海德格尔"追问"语言之诗性的思路。参见海德格尔:《语言》,《在通向语言的途中》,孙周兴译,商务印书馆2004年版。
④ 转引自郜元宝:《汉语的被忽略与汪曾祺的抗议》,《汉语别史》,复旦大学出版社2018年版,第313页。
⑤ 可参见翟业军:《孤愤,还是有所思?——论汪曾祺从〈聊斋志异〉中翻出的"新义"》,《文艺研究》2020年第9期。

代主义文学和文化观念,既非西方文化之全面面貌,亦远不能洞悉中国古典传统思想精深幽微之处。故而现代以降之叙事虚构作品,所开之世界远较《红楼梦》前之世界狭窄。《老生》而后,贾平凹一再论及接续《山海经》所呈示的"传统",用心或在此处。"《山海经》是揭开中华民族集体无意识的一个关键","想要知道本真的中国人其实是什么样的,那么就得阅读《山海经》。《山海经》好比一个民族之梦,蕴藏着这个民族的秘密,蕴藏着这个民族的灵魂"。然千载以下,因观念层级之不同,欲明了《山海经》所蕴含之民族精神,还需做些"返本开新"的工夫。"若说一个人的生命修炼在于如何回到婴儿状态,那么一个民族在文化上精神上的进化,则在于如何回到神话里所描述的本真形象。文明总是以直线上升的方式发展的,文化的生长却是以回归的方式展开的。"进而言之,"一个民族是否能够保持健康,在于能否经常回到原初的神话形象里"①。

神话所持存开显之世界要义无他,那是天、地、人、神、鬼、畜等既灵且异之诸象浑然杂处之境②。如前所述,欲开此境,还得在语言文字上做些工夫。"《秦岭记》分五十五章,每一章都没有题目,不是不起,而是不愿起。但所写的秦岭山山水水,人人事事,未敢懈怠、敷衍、轻佻和油滑顺溜,努力写好中国文字的每一个句子。"此为贾平凹《秦岭记》后记所言。"努力写好中国文字的每一个句子"还被作为题记置于卷首。它在昭示和强化一种观念——"返归"精神整全的"浑沌"之象,既需观念的自我突破,亦需话语的自然调适,其间最为紧要者,乃是语言文字的返归。返归至鸿蒙未开之时,返归至绝地天通之前,返归至未有诸般分别心的万象融通之境。此境即如"秦岭",近看物象事象清晰可见,远观则一切虚然茫然,无不混沌着,不能知也不可解。大无大有,大实大虚,万物自然运化,万有包罗其间。自更为阔大之视野观之,秦岭作为中华文化之重要"意象",还蕴含着更为复杂的精神意蕴。它是"一条龙脉,横亘在那里,提携了黄河长江,统领着北方南方"。它是"中国最伟大的一座山"。然而《秦岭记》主体内容

---

① 李劼:《中国文化冷风景》,台北:允晨文化实业股份有限公司2013年版,第159页。此书对文化返归之核心路径的论述虽未必全然允当,但此种"返本"以"开新"的思路却自有其重要的参考价值。

② 如是多元浑成之精神世界,现代人或觉陈旧、迂阔甚至视其为"迷信"而大加攻伐,殊不知此境之于现代世界之精神意义,亦属西方现代哲人思考并勉力"重构"的世界之一种。海德格尔后期思想中,对此即有深入思考。可参见关子尹:《徘徊于天人之际:海德格尔的哲学思路》,台北:联经出版事业股份有限公司2021年版。杨儒宾在其为此书所作序言中,亦述及海德格尔对"语言、天地人神的四重性"的说法,近乎中国古典思想"三才共构的太初之人的基源存在论的主张",可一并参看。

55篇,外编一二,近30篇,甚至包括贾平凹1970年代初迄今之全部作品所呈之"象",也不过是茫茫"秦岭"之一种。如一棵树一朵云一缕风而已。未有人事之前,秦岭便自在着。它就在那里,历经千万亿年寒暑,也看惯人事起落成败,但秦岭无言。它是"神的存在？中国的象征？是星位才能分野？是海的另一种形态？"它"太顶天立地,势立四方,混沌,磅礴,伟大丰富了,不可理解,没人能够把握。秦岭最好的形容词就是秦岭"。故而这一部《秦岭记》,作者便任性自在,从容写去,不拘章法,文体的归属也不去管他——"小说"未必适用,"散文"还觉不宜。"写时浑然不觉,只意识到这如水一样,水分离不了,水终究是水,把水写出来,别人用斗去盛可以是方的,用盆去盛可以是圆的"。但其所敞开之境,却是不拘方圆,一片混沌。其章法亦如泰山出云,莫有规矩,得风行水上,自然成文之趣。也正因不拘格套,随物赋形,《秦岭记》55篇,各有其貌,各显其形,浑然茫然,共同呈现着秦岭博大浩渺之境。

为杂乱无章之"事物"赋形,教其秩序井然,为古今中西思想努力之重要方向。"所有幻想与神话,在文学中所触及的,只有人与自然两大主题。人如何在混沌茫昧中识知到宇宙间秩序的运作,并依此建立起人类的文明,似乎是原始神话所注意的中心。"故而神话之意义,皆可以"混沌中秩序的建构"[1]说明之。在西方为由"秘索思"到"逻各斯"的观念的结构性转换;[2]在中国思想史中,则以"巫术"的理性化,或曰"绝地天通"后之世界开显为鹄的。[3] 二者虽无精神交通,运思与用心,却可以互鉴。然如研治西学者重启"秘索思"及其所开显之世界,以补"逻各斯"思维之弊[4],重启"绝地天通"前之世界想象,亦属文化返本开新之重要路径。因是之故,《秦岭记》不拘古今,无论中西,"阴""阳"交汇,"天""人"相应,"物"(动、植物)、"我"共在之圆融会通之境,乃文化观念总体性面向之一种,为由简单之"有序"(后世人为造设之各层级秩序)到"浑沌"(诸种观念、意象多元浑成之境)的表征,包含文化精神返归之阔大境界。

多元浑成之境,在中国古典思想中,以庄子所论最启人思。此种境界,庄书名之曰——浑(混)沌。且看《应帝王》中所述:"南海之帝为儵,北海

---

[1] 龚鹏程:《中国小说史论》,台北:学生书局2003年版,第117页。
[2] 参见陈中梅:《"投杆也未迟"——论秘索思》,《外国文学评论》1998年第2期。
[3] 参见李泽厚:《说巫史传统》,上海译文出版社2012年版。
[4] 对此问题,论证最为详尽深入者,首推陈中梅。陈中梅系列文章,对"秘索思"之思想史意涵,有极为透辟的说明。可参见陈中梅:《论秘索思——关于提出研究西方文学与文化的"M—L模式"的几点说明》,《柏拉图诗学和艺术思想研究》(修订版),商务印书馆2016年版。

之帝为忽,中央之帝为浑沌。儵与忽时相与遇于浑沌之地,浑沌待之甚善。儵与忽谋报混沌之德,曰:'人皆有七窍以视听食息。此(浑沌)独无有,尝试凿之。'日凿一窍,七日而浑沌死。"① 此为寓言,有意在言外之处,亦涵文思转换之意。② 而作为思想史中之重要命题,更含"我"与"世界"理解与阐释之根本问题。即如论者所言,庄子"浑沌"三义之一,为去"我",不为我见我闻我思所拘。儵与忽凿破浑沌,貌似"主体"开显,实则为"弱化人的自我主体",或曰"去主体性"。"因为当人们认识到'浑沌即吾''天地即吾'时,我(吾)又有何必要'人定胜天'？胜负本来是彼此、你我之间的事",如今彼此不分、你我融合,"你又胜在何处,我又负在何时？"③《秦岭记》中人物,凡不知自然运化之常理常道,而妄作者,似乎皆不能长久。55篇故事,所蕴含之观念路径也并不单一,如何一层一级不断破除"我执"与"拘泥",开出向上之境,或为贾平凹写作此书之用心处。照此,亦可解《秦岭记》之境界、志趣、笔意与章法,其在文字上的用心,亦隐然可见。然需格外说明的是,文中所论之"有序""浑沌"之辩,用意非在无视甚或摒弃文字创制后所开显之理解世界之观念种种,而是以近乎胡塞尔所论之现象学还原的工夫,复返未为诸种观念彰蔽之世界的源初状态。此源初之境或曰浑沌,或曰天地鸿蒙未开,为古镜未磨时可照破天地,已磨后便黑漆漆地一无所见之寓意所托。目下学术界多谈文化之"返本""开新",如何复返？"本"又在何处？乃是无从规避之核心命题。复返明清是一种；回归唐宋是一种；师法秦汉是一种；思入先秦亦是一种。《秦岭记》由"有序"到"浑沌",不独蕴含文化精神返归古典路径之重要一种,亦有对民族语言文字及其表现力和可能性之多样探索,在在说明"思"与"言"不可截然二分。合之则双美,分之则两伤。于固有"容器"(识、章法、语言)切近未可限量之世界,真如以"有涯"随"无涯",岌岌殆乎哉！故而"秦岭"所呈示之象可以映衬"世界"可以无限言说之基本状态,"常言,凡成大事以识为主,以才为辅。秦岭实在是难以识的,面对秦岭而有所谓识得者,最后都沦为笑柄。有好多朋友总是疑惑我怎么还在写,还能写,是有才华和勤奋,其实道家认为'神满不思睡,气满不思食,精满不思淫'。我的写作欲亢盛,正是自己

---

① 转引自刘康德:《"浑沌"三性——庄子"浑沌"说》,《清华大学学报》(哲学社会科学版)2014年第2期。
② 参见张柠:《庄子"浑沌"寓言故事解析——兼及文与思之关系》,《小说评论》2021年第2期。
③ 刘康德:《"浑沌"三性——庄子"浑沌"说》,《清华大学学报》(哲学社会科学版)2014年第2期。

对于秦岭仍在云里雾里,把可说的东西还没弄清楚,把不可说的东西也没表达出来"①。如此,则《秦岭记》不过属言说秦岭之一种,后之来者仍有可进一步发挥之处。而其所呈示之多元混同之境,及其之于中国文化重要一脉创造性转换的复杂意涵,亦可在更为阔大的视野中进行更具时代和现实意义的阐发。其意义朗现处,亦是观念脱胎换骨时。文化观念返本开新之意义,以此最为紧要。

二、"感通之象"与"巫史传统"

初读贾平凹新作《天再旦》,时在公元 2021 年 4 月 6 日凌晨。是手稿,厚厚三大巨册,封面照旧是硬质牛皮纸,清清楚楚写有书名和作者名。内中皆是短故事,颇类中国古典笔记小说,约略也有些贾平凹三十年前所作《太白山记》的味道,读作《商州初录》视野扩展之后的后续,似乎也未为不可。虽不能算作一般意义上的长篇小说,但若干短篇累积起来,仍然是很大的数量。我读得很快,也很仔细,差不多几个小时后,就读完全书。书中的故事,诡异奇谲,光怪陆离,魑魅魍魉人事纠葛,一一呈现其间,端的是人鬼杂处,魔道并存,仍是天、地、人、鬼、鸟、兽、草、木、虫、鱼共生也共在的人间世。那里不独人为万物之灵,树木虫鱼鸟兽山石流云晨雾天光等等皆具灵性。有鹈鹕开口说话,有仙道高僧行走其间,有山川地貌形胜概略图,有草木鸟兽素描图。图画笔法疏淡,也略现拙相,似为贾平凹自绘。画与文字可彼此互证,实境与虚境可交互发明,笔法摇曳,不为规矩所拘;烟波浩渺,崖岸浑不可知,遂开此前未见之阔大境界。一书读罢,抚今追昔,俯仰之间,不禁令人感慨万千!正暗自感叹之际,时空倏忽转换,眼前景象渐次褪去,窗外路灯投在天花板上的光影逐渐清晰——适才所见乃在梦中。大梦初醒,深感恍惚,方才所读所想历历在目,清晰无比,甚至手指触碰手稿的感觉仍在,油墨香气也未退尽,如何不过一梦?! 时为 4 月 6 日凌晨 3:26 分,梦醒坐起,再回想方才所读,仍觉字句全在目前——如果说这几十年最大的遗憾是什么,那就是没有在梦醒时将适才所见详细记录下来。所幸其时我借着路灯的微光,在手机上记下了一句话:"《天再旦》,鹈鹕说,有图画,似寓言,如庄子。"还同时发给了一位朋友。正是这寥寥数语,让我此刻在记录这次神奇的经历时,脑海中仍会浮现那一日梦中所见书稿的几页内容,一样是清晰无比,如在目前,似乎触手可及。让人不觉恍然惚然,不知此时是那一日的一个漫长的梦,还是那一日偶入他人梦中。一如庄生梦

---

① 贾平凹:《秦岭记》,人民文学出版社 2022 年版,第 263 页。

蝶,真乎假乎,是耶非耶?!

"昔者庄周梦为胡(蝴)蝶,栩栩然胡蝶也,自喻适志与! 不知周也。俄然觉,则蘧蘧然周也。不知周之梦为胡蝶与,胡蝶之梦为周与? 周与胡蝶,则必有分矣。此之谓物化。"①周梦为蝴蝶,还是蝴蝶梦为周,照日常的道理,似乎截然可判,但庄子将之"问题化",或因就理论上而言,"把庄周与蝴蝶看成互相联系且平行发展的两种生命状态,与庄周将其觉醒的经验当作生活的常态并无矛盾"。人皆有梦,如梦境可以连续,则其所过可称"双重生活"②,具交互成就义。这一番道理,几乎可以照直拿来说明《秦岭记》中的故事。真真假假,虚虚实实,梦境与醒时生活的互融互证,也是《秦岭记》笔法之重要一种。在主体内容的第7个故事中,乡里干部去村子里办事,晚间闷热,憩在室外,但见远山如黛,习习山风中流云愈发黑重,终至于隐入天际。当是时也,水声隐隐,鸟鸣呼应,无数的飞蛾如扬起的麦糠四处翻飞。万籁本应俱寂,孰料反倒热闹异常,那乡里干部白又文看到村前沟壑化为平地,男女老幼悉皆出动,有人拉锯解板,有数个老汉相互指责,说些个不三不四的咸淡话;有人前往菜地上粪时于旱路上见鱼,便向鱼问水……白又文下楼行走,见猪打架,驴打滚,听人说盐潮水,铁出汗,皆是下雨迹象。再见一白发老太穿反季棉衣,在道路上拾捡人民币,并疑惑自家身在梦中……还见会计要将收购来的五味子运送到县城销售,脚踩手扶拖拉机踏板,一踩不动,再踩不动,徒然一声却就启动了。白又文随之清醒,与刚起床的村长交流后,方知适才所见皆在梦中。他"眼睁得滚圆,惊慌了,觉得这一夜里,他是看到了村长的梦,看到了村子里人的梦"。遂有如下了悟:"我发现梦的一个秘密了,梦是现实世界外的另一个世界,人活一辈子其实是活了两辈子。"有得于此,白又文离开葫芦村以后的日子里,"再没分清过哪些事是他在生活中经历过的,哪些是他在梦里经历过的。但他感觉丰富而充实"③。不独白又文梦中所见虽"虚"亦"实"——虚指其境非实在界所论之"真",实则指此境所开之象之情感及心理影响真实不虚,贾平凹其他作品中所述之梦居多有警示意,甚或类如谶语。如《山本》中井宗秀所作近乎别一种"历史叙述"的繁复梦境,便包含预示和总括全书旨趣的意义。其他如《极花》如《暂坐》,皆以南柯一梦作结,或呈现人物于绝境中的深婉心曲,或为人物另一番思虑的片刻满足,既教作品于大

---

① 刘凤苞撰;方勇点校:《南华雪心编》,中华书局2013年版,第64-65页。
② 陈少明:《梦觉之间:庄子思辨录》,生活·读书·新知三联书店2021年版,第113页。
③ 贾平凹:《秦岭记》,人民文学出版社2022年版,第26页。

实中生出大虚,亦令观者有浮生若梦,为欢几何,浑不知今夕何夕之感。作品所开之境因之大开大阖,因之发人深省也令人叹惋。

梦境内容虽曰丰富,藉此表现个人之世界了悟之作所在多有,一如梦蝶之际,浑不知"物"之为"我"、"我"之为"物",遂开中国思想之重要议题。《红楼梦》要旨在梦,贾宝玉游太虚幻境是梦,王熙凤见秦可卿劝诫语是梦,"大观园"又何尝不是园外人之梦?《红楼梦》一部书,又焉知不是曹雪芹之梦?事如春梦了无痕,然梦之为用也大矣,"传统说部讲'梦',纵非全属悲观,至少满纸低调"。如《枕中记》《南柯太守传》,"梦里经验常取为警世之用。梦境过客虽未必亲历诸般沉浮,梦中却可闻悉'宠辱之道,穷达之运,得丧之理'",以及"死生之情"①。故而白又文梦境一节,不作闲看,或可解为《秦岭记》文法之一——一部《秦岭记》,55个故事,即便多荒唐之言、无端崖之辞,义理却自在其中。藉梦以感通未知之象,虚实相生,遂开精神世界之别样面目。其理仍可以庄书所论说明,庄周梦蝶,为《齐物论》末章,是以"寓言"结束全文。而"无论是齐'物论'还是'齐物'论",皆是"人对事物态度转变的产物"。其要在"把人看作万物的一员,而非它的异类",更非"高高在上的高贵的存在物"。是为"齐物我""齐天人"的要义所在,蕴含类如佛家破"我执"的工夫②。我将无"我",所见所思所想所述,又如何不境界大开?

照此目光看去,则第38个故事中因衣裳为流水冲去,无奈之下借助鹅群掩护回家,不必出乖露丑的那位教师最后的觉悟,便有些意思,不可做等闲看。"教师想着鹅通人性,可惜不会人的语言,给它们说什么它们只是鹅鹅鹅。"遗憾之余,突然又有如下觉悟:"鹅鹅鹅不就是我我我吗,鹅是在说鹅,鹅是在说我,我是鹅,鹅也是我?"③没有衣裳,羞耻之心顿生,不敢如往常一般从容返家,若非鹅群护持,怕是要陷入尴尬处境。但为何鹅裸体并无不妥,人无衣裳便是异类?!我本是鹅,鹅即是我,"鹅"与"我"如何又有了分野,有了法与非法的区别?这样的疑问,如庄周梦蝶一般,当作观念之自我调适(突破)解,并不能照实看去。未有"人""兽"分界前,人与兽或许平等共存,即便人以其强大的主宰世界的力量驯顺兽类后,仍有兽通人情,人知兽语。板桥湾人相信狗可以感应新宅风水优劣,虽在特殊年代,食物欠缺柯文龙仍然养了一条狗,与狗相处既久,虽未能教狗学会人语,但柯

---

① 余国藩:《〈红楼梦〉、〈西游记〉与其他:余国藩论学文选》,生活·读书·新知三联书店2006年版,第92—93页。
② 陈少明:《梦觉之间:庄子思辨录》,生活·读书·新知三联书店2021年版,第114页。
③ 贾平凹:《秦岭记》,人民文学出版社2022年版,第121页。

文龙却懂了狗语。发生于板桥湾的若干事件,遂因狗眼所见而呈现出另一番样貌。尤具意味的是,村中人要谋划非法之事,担心狗会人话之后泄密,便背着柯文龙将狗杀死,葬于打麦场边的皂角树下。数年后,柯文龙得知原委,悲不自胜,"抱住了那棵皂角树哭。皂角树哗哗地响,所有的叶子都往下滴水"[1],如是泪不能尽,乃"我"与"物"(他者)交互感应所呈示之象,初看似觉无理,细思则其寓意渐次朗现,叫人为之沉思,为之悄然动容。

秦岭宏伟,气象万千,不独狗能解人语,其间佳木丛生,也有些颇具灵性,可如人一般有情有思。秦王山上有两棵桦树,一般高低,略有粗细之别,乃是夫妇树。妇树目见周围同类相继被砍,便建议夫树"往歪里长",可免一劫。夫树并不在意,原因有二:一则被砍的皆是栲树;二则自身材质所拘,不能歪扭生长。后来有人砍伐栲树后,觉得这夫妇树可做房梁,遂伐之。其被砍截面往出流水,颜色由黄变红,如是淌血,神矣奇矣,却并非简单志"怪",而是藉此说明"材"与"不材"、"有用"与"无用"之辩。栲树常被砍伐,因其"用"处颇多。然而换一种眼光观之,则桦树虽不能做栲树之"用",却有栲树所不及处,故而也不能"自全"。树理如此,人事亦同。月亮垭山势挺拔英伟,故能生神奇人物。史重阳医道高明,时所罕见,他也有济世救民之意,会通万物之心,立志撰写一部《秦岭草木谱》。以"有为"之志,却老境之至,年纪虽大,但心雄万夫,精神抖擞。与他相对的,是几乎痴傻的苟门扇,乃是全然无"用"之"闲人"。史重阳八十四岁了依然龙精虎猛,以"有为"得享高寿;苟门扇全然"无为",却也七十有三,无病无灾。足见"有用"与"无用"、"有为"与"无为"之观念分野,仍不过是人为创设,非天道之自然法则。再如五凤山的胡会众,几乎鸿蒙未开,一派"天真",于人事种种皆不能解,其生也懵懂,其死也"糊涂",但仍然到世上来过,是一辈人物。如此恍兮惚兮,不知所为何来,亦不知缘何而去的人物,《秦岭记》多有记述。观音崖边有车坠落,死者不知姓甚名谁。数月后,一白衣男子于车辆坠落处捡得一枚纽扣,之后在崖上寺里住了一宿,天明离去前写有一张纸条,贴于观音殿外墙,其言似实却虚,浑不知其所指。而其地忽生野菊,满山满谷,金光灿灿,极为壮观。但"菊"与人与事之关联究竟为何?却难有定见。再如突然出现在月河东岸草花沟的那个陌生人,手持竹竿行走于 2000 年夏天的村寨中,无人知晓他从何而来,又将往何处,他如影子般行走在村寨,又如影子般离奇散去。唯一的变化是,在他故去之后,原本不生竹子的草花沟竹子越长越密,甚至形成了竹林。夜半有风行过,有声

---

[1] 贾平凹:《秦岭记》,人民文学出版社 2022 年版,第 60 页。

音混沌低沉,如怨如怒如泣如诉,令人不得安宁。此类人物及其观念行止,皆不可以常理常情揣度。其来如梦,飘然虚然,可得可见却浑不可解。如雾里观花、水中望月,形象为实,寓意却须自虚处得之,是如庄书义理显发的另一番境界。

庄书有内篇、外篇、杂篇,据说作者并非庄周一人,乃是统合了不同时期多个人物的智慧;《秦岭记》亦分主体、外编一、外编二共三部分,却全是贾平凹一人所作。但三部分之间,却不能简单统而观之。若以时间论,外编一所收诸篇最为久远,乃是贾平凹作于1990年的《太白山记》;其次为外编二数篇,为2000年前后贾平凹所写之数篇散文;唯"主体"55篇全是新作,写作时间为2021年6~8月。三部分内容互有参差,风格亦有差异,重心并不相同。大略言之,外编二中有"我",所写山水草木人事皆我闻我见我思我想①。这个"我"虽未必可与贾平凹全然等同,但所述见闻想必真实不虚,乃是典型的"散文"笔法。如首篇写"我"登云塔山,见道观于危崖之上,时太阳在侧,云行四围,似乎皆触手可及。山下风物虽有特色,倒也平常。《蛙事》写"蛙",虽牵想妙得颇多,但思虑皆属寻常。条子沟人退兽进,更是目下乡村空落之寻常景观。其他如《药王堂》《松云寺》《人家》境界、笔法,与前述数种并无太大差别。唯有一则《眼睛》,写"我"在秦岭深处某一小镇客栈里观察所见。"我"看山势错落,看老松枝叶张扬,看烟出如走魂,看牌楼檐高欲飞,看山顶出雾如流水,看女人、男人和孩子,还看镜中的"我"相,"我百无聊赖地在看这儿的一切,这儿的一切会不会也在看着我呢? 我知道,只有我看到了也有看我的,我才能把要看的一切看疼"②。但此"我"非彼"我",与1990年《太白山记》之"我",及2021年《秦岭记》主体内容中之"我"虽可解作同一"我"之不同面向,其间自具个人独异的内在的连续性,却仍有"断裂"与"不合"处,有颇多"同一",亦有较大"差异",将之浑做一处看,可知"我"之不同,乃是类如庄书所论之"观"之"分际"。我"观"之"道"有别,则所开之境也异。

《秦岭记》三部分,统而观之,做"一部"看,可知外编二所言的"看"及其所"见"之物,虽不乏意趣,也能见他人之所未见,发他人之所未发,但所见所思所想,皆是实在界之寻常景象,为《秦岭记》三部分中"实境"一类。

---

① 《松云寺》《药王堂》两篇,出自贾平凹自编散文集《天气》,在该书序言中,贾平凹对这一部书中诸篇写作之基本状态略有说明:这本书中的文章,读者若仔细阅读,"便能读出我写完每一部长篇小说后的所行所思和当时的心境。小说可能藏拙,散文却会暴露一切,包括作者的世界观、文学观、思维定式和文字的综合修养"。贾平凹:《天气》,作家出版社2012年版,第1页。

② 贾平凹:《秦岭记》,未刊稿,第258页。

其余两部,运思用笔却大为不同。其中有实写,有虚写;有以人观物,亦有以物观人,甚或人与物可以齐同并举;即便写人,那人也居多与常人不同,或秉奇思,或有妙想,其思其想皆非常理常情可解;人所寄身的世界也并不单一,并非实在界一种面向,几乎可以自由出入于阴阳两界,可以偶入仙人居所,生沧海桑田之叹……以物观我,以我观物;以非实在观实在界,以无形观有形,虚者实之,实者虚之,这便有些接近庄书所述之"观之以道":"以道观之,物无贵贱;以物观之,自贵而相贱;以俗观之,贵贱不在己。以差观之,因其所大而大之,则万物莫不大;因其所小而小之,则万物莫不小。知天地之为稊米也,知豪(毫)末之为丘山也,则差数睹矣。以功观之,因其所有而有之,则万物莫不有;因其所无而无之,则万物莫不无。知东西之相反而不可以相无,则功分定矣。以趣观之,因其所然而然之,则万物莫不然;因其所非而非之,则万物莫不非。"①

　　循常理,依常情,看人看物行事是一种;而破除自家执念,自他种目光看去,则人事物事遂开别一种境界,朗现另一番意趣。且看二道梁的刘争成所思所想所行及其际遇。刘争成是河阳公社一个大队的队长,发愿要改天换地,他不畏艰难险阻,带领村民修改河道,硬是让老河道变成1500亩的水地,又在新的河道上修建一座石拱桥,遂成村中一重要建筑,为人定胜天之标志。孰料某一日青龙河突发洪水,浊浪滚滚,惊涛裂岸,将山石、树木、堤坝、枯枝、败叶等等一并挟裹而去,河水重返旧道,那1500亩水田不复存在,"青龙河又归位了往昔的河道"②,石拱桥仍在,桥底却已是干滩。此或在说明人事之力量虽大,却也需要顺应自然法则,不可以"妄作"强为。用心近乎《山本》所开显之宏阔之自然观念,以及自自然运化之际理解人事的思路③。然而天道微茫难知,人事亦殊乏规则,如陈先生这般可以感应天地消息的特出人物,虽能知天行之常,却也只能知"常"以应"变",个人自决的选择毕竟有限。刘广美颇具经商之才,四十岁上已是远近有名的巨富,他还是个孝子,用心修筑宅院,不惜人力物力,以让父母颐养天年。那宅院修建时,也是用心费力远超常人。无奈天意难测,刘广美一家几乎皆未得善终。数十年后,那一处宅院依旧宏伟,却早已物是人非,故而有人留言曰:"谁非过客,花是主人。"物远比人长久,令人在慨叹之余,不免生出无边遐思。

---

① 刘凤苞撰,方勇点校:《南华雪心编》,中华书局2013年版,第370—372页。
② 贾平凹:《秦岭记》,未刊稿,第102页。
③ 参见杨辉:《历史、通观与自然之镜——贾平凹小说的一种读法》,《当代文坛》2020年第2期。

无论"我"在何处,也不管今夕何夕,个体之所见所感仍具具体之现实意,此并不能以"虚妄"观之。故而对人所托身其间的现实世界中欲念、人性及命运之变的叙述,亦是《秦岭记》用心所在,为"实境"之一种。看他写王卯生、梁双泉、洪同中因偶然机缘相知相交;写西后岔女人日渐稀少所致之乡村生活的空落;写蓝峪河中人事的热闹转成陈迹之后的落寞;写汶河由当年商业的兴盛到凋敝的情状,一如河流渴死成沙;写青云峡为谋求经济的发展人为造设之"通神"仪式;写盲崖村驻村干部王子约专意激发人性之恶的恶劣行径;写栾街跛子换肾之后的性情之变;还有空空山兄弟二人因偶得水晶王而几近反目……如是人情人性种种,或以芒山两村落因经济利益而致之关系之变最具代表性。有了经济利益的考虑,人事关系便随之恶化,一旦利益冲突不在,遂和好如初。这约略有些老子所论之"绝圣弃智,民利百倍;绝仁弃义,民复孝慈;绝巧弃利,盗贼无有"的意思,但却不是简单地认可"见素抱朴,少私寡欲"的方式。《秦岭记》中老神仙将种种欲望解作人事根本发动的缘由,《太白山记》"人草稿"一章中那些因私欲过度而人情渐伪遂生自省之心的村人,在弃绝欲念后,目渐"不能辨五色,耳不能听七音,口鼻不能识九味"①,也再无争胜之心,连繁衍的欲望也无,村人先后死去,化为石块和木头,被人类学家解作女娲造人时的"草稿"。这一个故事,或蕴含弃绝人"欲",并不能开出纯然且美好的人世的理想状态之意。多元混杂,一如老子所论之长短相形、高下相倾、音声相合、前后相随之复杂状态,乃是天地万物运作之基本,故而佛与魔、生与灭、人与非人之杂处共生,为《秦岭记》书写之另一番用心之所在。

　　秦岭有形有气,有实有虚,多元浑成,不可以管中窥豹,执其一端而不及其余。是故前述种种,皆为"实境",其间人事纠葛、观念冲突、利益夹缠等虽然典型,均可以常理常情观之。如入秦岭深处,但见山势形胜如海,万物生长其间,可见可知者不过一二,居多不能见不能知,如云如雾如山风,不知所来,亦不明何往,然皆为实存之象,甚至较之可见可触之物更为神奇。如人之梦境,神矣怪矣,恍兮惚兮。亦如若干特出人物自然感通之"象",远非目下流行之观念所能阐释。其理如荣格所论,乃是民族文化无意识之累积。即便时移世易,观念亦有现代性之变,但总有一二出奇人物,可以感通发明之。"后代具有'原始灵视'的人,往往对于原始类型有特殊的敏感性;他们能藉着合乎当代理智与精神需求的形式,将人类无意识中的久远意象表现出来。"蒲松龄差不多便是这种具有先天"灵视"的人物。

---

① 贾平凹:《秦岭记》,人民文学出版社2022年版,第233页。

一部《聊斋志异》，近500篇，皆是以"生花妙笔撰写许多情节完整、寓意深刻的他界故事"，实为"中国民族心灵的代言人"，藉由其书开启的丰富意象，后之来者可窥得"民族甚至人类的某些基本的想望"①。如情如欲如色如空如梦如幻如人之心性、情感、才具，以及因之所致之死生、荣辱、得丧、进退等诸般际遇，于其间皆有呈现。大千世界之芸芸众生所思所想所见所闻所必须应对之或喜或悲之经验皆在其中，如有慧心，且能妙悟，读此一册，即可知出入进退、离合往还之理。《聊斋志异》如是，《秦岭记》所开之境庶几近之，不妨也作如是解。

如秦岭山形地貌、奇草异木、鸟兽虫鱼等虽曰丰富，却并不难解难知，一入其间，但见云山雾罩，远近皆没了分别，一切物象在又不在。故而《秦岭记》中多写云写雾，写云雾如何令实在之境化实为虚，如珠之光，如宝之气，于虚实相生中显现秦岭的另一番景象。这景象既实又虚，似有还无，却令人身所在之实在界呈现出别样情态。在竺岳闭关的和尚看藤杖忽然化为灵蛇；蓝老板将房中枯树根、筛子、捶布石、蓑衣看作人与山龟与猫头鹰与刺猬；二郎山人"发现"长有人脸的獾；阉客将石头看成猪（《太白山》中"猎手"篇所述猎手将人看成狼，约略与此相通）等等皆是此类。如将此解作人所目见之幻（异）象，仍可在实在界之观念框架中加以阐释，但《秦岭记》所开显之"象"显然并不止于此，他还写与前述梦境之现实义相通之幻想幻象。如广货镇开魔术馆的鱼化腾的神奇魔术，可谓神出鬼没、变幻无穷，叫人目不暇接、不可思议。既为魔术，其"术"可以解密——如虚幻情景如何造设，又如何以障眼法等让人目生幻想，但仍有若干"魔"性殊不可解，"人们就疑惑他不是人，本身是魔"，故能造作神奇景象。"鱼化腾也不辩解，说：我之所以把魔术馆建在佛庙旁，就是让你们见佛见魔。还又说：我就是魔，待一切众生都成佛了，我也发菩提心。"②此说或非笑谈，其义近乎《天龙八部》中扫地僧所论：修习高深武学，须得以无边大佛法化解戾气一般。但鱼化腾毕竟还是俗世中人，他在一次演出中突发心脏病而亡，但其造设之神奇情景却真实不虚。这或许包含着理解《秦岭记》旨趣与笔法的另一进路——个人对天人宇宙独特感应所呈示之他人未见之"象"，及其所开显之世界的另一番样貌。

《秦岭记》"主体"末篇所述生于仓颉造字旧地的立水，其情其思便包含着打开实在界与想象界交互生成之关系的路径与方法。立水受过基础

---

① 郭玉雯：《聊斋志异的梦幻世界》，台北：学生书局1985年版，第2页。
② 贾平凹：《秦岭记》，人民文学出版社2022年版，第12页。

教育，对于哲学、文学皆有涉猎，但均知之不深，故而其思其想不受现代观念所拘，而有无限自由之境界敞开。他对外部世界之人事物事，均有异乎常人的独特思虑，后来用心于文章写作，所造之境自然与常人不同。如有论者将《暂坐》中所述作家羿光关于文学想象之说明解作贾平凹自述一般，立水头脑中所呈现且于文章中捕捉和呈现之逸出常规之"象"①，或也是这一部《秦岭记》之所为作也。自2021年6月1日起笔，至是年8月16日草稿完成，其间两月有余，"近八十天里，不谙世事，闭门谢客，每天完成一章"，似乎也无须考虑文体，自觉不可将之归入小说，视为散文亦觉不宜，"写时浑然不觉，只意识到这如水一样，水分离不了，水终究是水，把水写出来，别人用斗去盛可以是方的，用盆去盛可以是圆的"。文无定法，方能随意"方""圆"。文法（体）大要源自六经，后之来者，有"因体"，亦有"创体"。"因"与"创"之变化，虽以文章家才性之分为基础，却也与其所感应之"象"（外部世界与内在心象兼具）及所开之境密切相关。虽说"能文之士创体为上，因体次之，昧乎体与乖乎体者，斯为下矣"②，但知易行难，能因体且有自家面目已属不易，遑论创体。非有才性，纵得机缘而莫能知莫能行。贾平凹多年前称赞过沈从文文章做得"随意如水"，故而能脱与其同属一脉的废名文章的"局限"，而有阔大境界之敞开，又以"水""火"意象喻文，将古来文章家分作两类。此文法分际的思路，庶几近乎姚鼐以"阴""阳"、"刚""柔"比拟文章之道。此间义理颇为繁复，不必赘述。其要义在以"水"之象喻文思及文章体式。水无常形，故而文章可以心与天游、任性自在；水不拘自家形式，而能如苏轼所论，及其与山石曲折，随物赋形而不可知也③。不可知并非不能知，而是不拘于单一之"知"，而得自如挥洒之妙。得此了悟，不必拘泥于既定文章成规，有多少种心象，便能生出多少种形式④。如写山写石，可以以实写之；写水写云写雾，可以以虚写之。其他

---

① 此如论者所言之"直觉形态之思"，此种思"实为一具象（具体）之凝神观照耳"。"盖言创作，不能无酝酿之时。于此酝酿期间，作者于其所欲创造之意象，如山、水、人、物等等（多由缘物而造，或由凭心而构），常即呈现于周遭，此时，似迷茫，又似真实，宛如见其状、闻其声，作者往往即对之凝神观照而不能自己。"此境之极致，乃是庄书所述之"天地与我并生，万物与我为一"。参见刘勰著，陈拱本义：《文心雕龙本义》，新北：台湾商务印书馆股份有限公司1999年版，第647页。
② 苏凤昌：《文体论》，新北：台湾商务印书馆股份有限公司1998年版，第1页。
③ 以"风""水"喻文及其所开显之文章境界及其意义，可参见周裕锴：《从工艺的文章到自然的文章——关于宋代两则谚语的另类解读》，《文学遗产》2014年第1期。
④ 对此问题的深入思考，可参见李敬泽如下说法："我对越界的、跨界的、中间态的、文本间性的、非驴非马的、似是而非的、亦此亦彼的、混杂的，始终怀有知识上和审美上的极大兴趣，这种兴趣放到文体上，也就并不以逾矩而惶恐，这种逾矩甚至会成为写作时的重要动力。"李敬泽：《一次马拉松对话——与李蔚超》，《跑步集》，花城出版社2021年版，第87页。

如写树写人心之思虑,则可以实写,亦可以虚写,其至虚中有实,实中有虚,甚或浑不知何者为实,何者为虚,正看为实,侧观为虚;局部看去为实,整体观之为虚;以实观之不能得,须得以虚观之。虚实相应相生而境界大开。《秦岭记》主体内容及外编一、二共三部分,凡70余篇,可依此思路观之。

如常人之"梦",如耽于奇思妙想者所目见之幻象幻境,往往不能以常理常情解释说明,也不可一概视为"非法"。如前所述,"梦"虽为幻境,却蕴含可与实在界相参照之理,庄生梦蝶及其与骷髅对语,用心即在此处。如庄子梦境"蕴含着死亡不是漫长的昏睡就是一场无边的梦的意象",实是"人类对死亡的一种达观态度"①使然。庄书论梦,论"物""我"、"小""大"之辩,均含由"对主体的怀疑导向物我一体的生命境界"②。"物""我"如何一体?主体如何突破自家观念窠臼,而向无边界之外部世界敞开?梦境是一种;奇思妙想是一种;以奇思妙想感通具源初意义之心象,亦是一种。此种感通在更高和更为深入的意义上,乃是与中国古典思想所敞开之观念世界相通。其起点既非明清,亦不在唐宋,甚或秦汉之博大亦不能说明之。欲开此境,须得返归先秦之"巫史传统"。

何为"巫史传统"?在商人的世界观念里,"人与神、人世与神界、人的事功与神的业绩常直接相连、休戚相关和浑然一体"。当是时也,"生与死、人与神的界限始终没有截然划开,而毋宁是连贯一气,相互作用着的"③。是为"中国上古思想史的最大秘密",其要在"'巫'的基本特质通由'巫君合一''政教合一'途径,直接理性化而成为中国思想大传统的根本特色。巫的特质在中国大传统中,以理性化的形式坚固保存、延续下来,成为了解中国思想和文化的钥匙所在"④。此一传统流风所及,如《天问》⑤、如若干志怪作品可藉此得解。即便在所谓科技观念昌明之现代世界,"巫"作为一种文化无意识或是民族内在文化心象之意义仍在,更何况其所持存之世界观念,在民间仍具具体之解释学效力,仍有人事物事,须得在此一传统中得到恰如其分的解释。晚清至"五四"所敞开之现代观念影响虽无远弗届,却并不能全然遮蔽华夏民族精神所内蕴之文化意象之意义。其理如精研宋代巫觋传统的论者所言,"无论是从当代的情况或今天的视角去看,再以'迷信'等富精英心态或'以今代古'色彩的论调去描述

---

① 陈少明:《梦觉之间:〈庄子〉思辨录》,生活·读书·新知三联书店2021年版,第116页。
② 陈少明:《梦觉之间:〈庄子〉思辨录》,生活·读书·新知三联书店2021年版,第119页。
③ 李泽厚:《说巫史传统》,上海译文出版社2012年版,第8页。
④ 李泽厚:《说巫史传统》,上海译文出版社2012年版,第13页。
⑤ 参见过常宝:《〈天问〉作为一部巫史文献》,《中国文化研究》1997年第1期。

或重构宋代巫觋信仰,都未必真能了解问题的真相"。"现代学者都相信,西方宗教社会学传统带有'理性的偏见',以至对宗教的现代发展出现错误的判断。"①要言之,"巫术并不是单纯的迷信或不理性的行为"。而且"在人类的精神—文化生活中,巫术、宗教与科学的'世界图像'各自占有重要的位置,并且执行特定的功能",甚或"透过社会化的机制"②,得以代代相传至今。此说所述重心虽在有宋一代,但义理仍可通于当下,无论中西,皆有启迪人思的价值。

或基于同样的世界感觉,贾平凹80年代初中期文学和世界观念自我突破的路径之一,便是笔触向民间传统及文化无意识所持存开显之世界敞开。如《烟》中呈现之神奇意象,《浮躁》中实境之外的虚境,以及作为其"中年变法"过渡阶段的重要作品《五魁》《白朗》《美穴地》诸篇,皆有不拘于《腊月·正月》《鸡窝洼的人家》所持存之现实界的另一番世界的敞开。就中最具代表性的,当属作于1990年的《太白山记》。其时,贾平凹因病住院,身体虚弱,容易生发奇幻感觉,将此际呈现之象以与之相应之笔法从容写出,便是《太白山记》诸篇神矣怪矣,恍兮惚兮,不可以奠基于日常"理性"之观念理解的神奇世界敞开之根由。将之解作当代"志怪"③,或是以"气功思维"④写就,似乎并无不可。《太白山记》20篇,"实境"不过十之一二,居多为虚境,为奇特心象所营构之虚实相生之独异世界。篇幅虽小,甫入其间,顿觉其所开启之世界似乎茫然虚然,如烟波浩渺,横无际涯,不可以常理常情揣度之。故而细细读来,个人所见之面目亦复不同。自实境看去则有实解,自虚处观之则得虚解,有可见可得可说之处,亦有不见不得无法言说之处。此亦属《秦岭记》主体故事55篇文法。

以实写虚,体无证有,便是以文学语言捕捉如风如云如雾的思绪。思绪纷纷,漫无边际,可随意挥洒,仰则可观象于天,俯则可察式于群形,可观鸟兽之文与地之宜,亦多无端崖之辞。这书中便多奇闻,多异事,多逸出日常现实规则,具观念秩序突破义的情境、意象。这情境、意象初看或觉荒诞,细思则其义自具,乃有精神世界阔大境界之敞开。其初阶为若干普通人物,在日常生活中幻发出诸多奇妙思虑。如黄柏岔的王卯生对人之生死

---

① 王章伟:《文明世界的魔法师:宋代的巫觋与巫术》,台北:三民书局股份有限公司2006年版,第167页。
② 王章伟:《文明世界的魔法师:宋代的巫觋与巫术》,台北:三民书局股份有限公司2006年版,第170页。
③ 参见樊星:《贾平凹:走向神秘——兼论当代志怪小说》,《文学评论》1992年第5期。
④ 参见董子竹:《"气功文学"的现代嬗变——评贾平凹〈太白山记〉》,《小说评论》1990年第3期。

为"气"之存亡的追问;南家洼一双稻草人酷似故去的支书、村长,似乎仍在喋喋不休地继续其在阳世的争论;草花山钟鸣的奇思;玄武山阁客恍惚所见之猪群;老城中被认为"与神近"的傻子对日常原则几乎无尽的疑惑;红崖村哑巴关于"洗河"的奇想……这一类人物,其思其想神矣怪矣,却并不难解难知。《秦岭记》中更有远超于此者,他们可见常人之所不见,知常人之所不知,此"见"与"知",也非自家创设,乃是感通天地消息,而能出入古今、调和阴阳,显发人与世界另一种关系之神妙境界。20世纪50年代,石门河畔的夹道村人"个个都算是巫师,病了能迎神驱鬼,出门得望云观星",他们还"封树封石封泉,为××君,××公,××尊",也给一岩头溪水封了"守候"。这溪水颇为灵验,村人每遇重大事件不能自决,便去照溪水。由此引发一些令人深思的故事。再如源出于太白湫的亮马河,相传为魑魅魍魉魆魊魖曾居之地,后被太上老君以七块石头镇压,七石化为七座山,而山皆赭红色,据说为妖魔鬼怪血液所染,田地中多料浆石,也被认为是鬼怪尸骸所化。此间高寒贫瘠,所居之人也与他处不同。他们"差不多还会巫术,巫术驱动着他们对天对地对命运认同和遵循了",也便"活得安静"[1]。令如民国时在秦岭一县城做过县长的麻天池,作有一部《秦岭草木记》。其间记载山中事项有言:"山中可以封树封石封泉为××侯,××公,××君,凡封号后,祷无不应。"[2]其他如蓝老板奇遇鬼魂;木匠年佰知晓房屋"天窗"乃神鬼通道,亦为亡人灵魂出口;捞娃能与神沟通,预知未来及吉凶祸福。再如外编一《阿离》偶入类乎"仙境"的神奇去处,不过旁观虎斗半晌,孰料人间倏忽,已历数代,浑不知今夕何夕。

如是种种,可解作"绝地天通"前民族精神所开之象。读解《史记·太史公自序》,张文江先生有言:"'命南正重以司天,北正黎以司地'",即属"司马迁的'天人之际'",亦即"政治社会成立的关键,后来称为'绝地天通'","在此之前,人和天地不分,人和神以及动物不分,神话和历史也不分"。而颛顼所命,即是"立法"。"立法"何谓?乃是"垄断""普通人"与"天地交流"的权利。王位之作用由是凸显。"绝地天通以后,因为上天梯断掉了,人的思想发生大变化":"重即羲,黎即和,尧命羲、和世掌天地四时之官,使人神不扰,各得其序。"如此,"人归人,神归神,两路分了开来"[3]。但"绝地天通"前人神浑然相通之状态,虽在"巫"理性化之后渐次

---

[1] 贾平凹:《秦岭记》,人民文学出版社2022年版,第103页。
[2] 贾平凹:《秦岭记》,人民文学出版社2022年版,第169页。
[3] 张文江:《〈史记·太史公自序〉讲记:外一篇》(修订本),上海文艺出版社2021年版,第11—12页。

消隐,却并非全然消失,而是仍存在于广阔丰富之民间传统中。后世文学作品,常以神话模式开显精神之别样境界,亦不能简单地视为"前现代"的鄙陋观念而归入"迷信(思)"。就中蕴含着民族精神及心理之重要元素。如《红楼梦》中神话情节之意义,"乃在于其非但和别的情节一样可以反映作品的主题意念,而且往往还超过:它负载着作者对现实世界的批判、对超现实世界的向慕",内蕴着作者"对宇宙人生一种超越世俗,较常人更为深入又彻底的看法",一如庄周梦蝶。若照现实界的逻辑,则庄周为真,梦蝶为假。如是理解自然合乎现实界的原则,却因此将"蝶梦为庄周的可能性完全排除在外,而眼光也只能局限在可触可知的现实界,以现实界即代表全部宇宙人生"①。然照中国古典神话传统所开显之世界观念观之,人所能知能解之现实界不过诸种世界面向之一种。其理如杨儒宾所论:"就神话之历史标准来讲,遂古之初,民神是可以自由沟通的。……'民神不杂',是人神不能直接交通,或社会文化理性化以后的产物。而且'绝地天通',也并非是旧有礼乐秩序的恢复;而是对于人类错误行为的惩戒。此后,人的世界缩小了一大半,而且所剩下的部分,又是其中最不理想的'人'之世界"②。是为天地人神共在的世界,一降而为"人"之世界。沈从文当年对人所置身之自然背景的强调,已然蕴含着不同于"五四"潮流化观念的更为阔大的视野。贾平凹延续沈从文的精神路径,再追溯、返归至民族精神更为阔大之传统及其所开显之精神境界,其用心当作何解?!

欲开此境,个人对外部世界四时交替、阴阳转换等消息之多元感通尤为紧要。其理如巫术礼仪中"内外、主客、人神浑然一体,不可区辨"之境。乃是"主客一体而非灵肉两分,它重活动过程而不重客观对象。因为'神明'只出现在这不可言说不可限定的身心并举的狂热的巫术活动本身中,而非孤立、静止地独立存在于某处。神不是某种脱开人的巫术活动的对象性存在。相反,人的巫术活动倒成了'神明'出现的前提。'神'的存在与人的活动不可分,'神'没有独立自足的超越或超验性质"③。"神"居何

---

① 郭玉雯:《〈红楼梦〉渊源论——从神话到明清思想》,台北:台大出版中心2006年版,第7页。
② 转引自郭玉雯:《〈红楼梦〉渊源论——从神话到明清思想》,台北:台大出版中心2006年版,第7页。
③ 李泽厚:《说巫史传统》,上海译文出版社2012年版,第16页。

所,端赖人之感通发挥。此为艺术的"存身之处"①,亦属艺术家艺术思维重要特征之一。柏拉图所论"神赐的迷狂",情形庶几近之。亦为 muthos 所开启之与 logos 传统不同之精神世界之要义所在②。此非"迷信",实为"神思"。"文之思也,其神远矣。故寂然凝虑,思接千载;悄焉动容,视通万里。吟咏之间,吐、纳珠玉之声;眉睫之前,舒卷风云之色:其思理之致乎!"③萧子显《南齐书·文学传论》有言:"属文之道,事出神思。感召无象,变化不穷;俱五声之音响,而出言异句;等万物之情状,而下笔殊形。"又刘孝绰《昭明太子集·序》云:"握牍、持笔,思若有神。曾不斯须,风起、雷飞。"④此处所谓之"神思""有神",居多解作文思之神妙,但若将之解作思与"神"通,似乎也无不可。贾平凹常言其写作之际,能聚"精"而会"神",用心约略与此相通。述及文学的世界观念之变,贾平凹以关于"山水三层次说"⑤的第三境开启类乎"天地境界"的阔大视野,亦属对此艺术神思的自我说明。参之以古今文思神妙处,其用心便如赤城霞起,别开一径。

文思之层级,与观念之范式可混同理解。大略言之,"绝地天通"为中国思想史中一重大事件,此前此后,华夏民族精神格局已大为不同,乃一大"分别心"。再至"现代",又生"古"与"今"之"分别",由之延伸,有理性与非理性、经验与超验、可知与不可知种种"分别"。分别既定,后之来者照此思考,却也能得理解世界之路径。其弊却在于,仅知此而不知彼,仅知我之所见所闻所学而不知他种知见之合理性,视域因之逼仄,甚至以狭隘观念削足适履,强作解人去看中国古人观念处⑥。然而超脱既有的规则种种,凭借自家仰观俯察,感应天地消息而开出的另一番气象,也并非无人能

---

① 张文江论黄永砯论艺观念时有言:"萨满(或'撒旦'),原始宗教的通灵者,可沟通于各大宗教的内修。于'绝地天通'(《尚书·吕刑》《国语·楚语下》)后,或化为史巫,史为理性文化的源头,巫为非理性文化的源头;亦即艺术的存身之处。"张文江:《世界在颠覆时开启,从古学到玄幻——观读黄永砯》,《中国美术学院学报》2020 年第 10 期。
② 参见陈中梅:《"投杆也未迟"——论秘索思》,《外国文学评论》1998 年第 2 期。
③ 刘勰原著,陈拱本义:《文心雕龙本义》,台北:台湾商务印书馆股份有限公司 1999 年版,第 623 页。
④ 转引自刘勰原著,陈拱本义:《文心雕龙本义》,台北:台湾商务印书馆股份有限公司 1999 年版,第 625 页。
⑤ 参见贾平凹:《关于"山水三层次说"的认识——在陕西文学院培训班讲话》,《当代》2020 年第 5 期。
⑥ 张汝伦《巫与哲学》一文有言:"中国上古思想史的最大秘密,是巫的特质在中国大传统中以理性化的形式坚固保存下、延续下来,形成了中国思想史的根本特色,成为了解中国思想和文化的钥匙所在。""巫"并非现代观念所论之"蒙昧"和"迷信",而是一种"特殊的、始终一致的、感性的对实在的知觉,是一种世界观",虽与近代科学的世界观全然不同,却自有其意义。张汝伦:《巫与哲学》,《复旦学报》(社会科学版)2016 年第 2 期。

知。谈黄永玉《无愁河的浪荡汉子》中序子似乎随口所说一句"这是卵话,太阳底下的花,哪里有野不野的问题"时,张新颖有如是评说:"《无愁河》里随随便便写下的这么一个句子,给我强烈的震撼感。人类早已习惯了区分'野'与'不野',这样区分的意识也是人类历史发展的结果。从人类文明的视野看出去,确实有'野'与'不野'的问题,人驯服了一些动物,驯化了一些植物,改造了部分自然,把'野'的变成'不野'的。但是,单从人的角度看问题是偏私的、狭隘的。古人讲天、地、人,现代人的观念里人把天、地都挤出去了,格局、气象自然不同。换一个格局,'太阳底下',就看出小格局里面的斤斤计较来了。"①

序子还是小孩子,"还没有那么多'文化',脑子还没有被人事占满,身心还混沌,混沌中能感受天地气息,所以懵懵懂懂中还有这样大的气象"②。生长于草花山顶的钟铭却是见识过山外世界中的种种奇妙技术,因之觉得自己活在了他人的创造中,也思量谋划着自家的创造:"比如,把擀面杖插在土里能不能开花呢?在枕头上铺一张纸,会不会就印出梦呢?到山坡上的田地里去送粪,到后山林子里去采蘑菇,或者去山下的村子,路太远了,能不能呼来一朵云,坐在云山,说去就去了呢?"③钟铭被他的奇思妙想鼓动着,也激励着,就无心生产。而他同母异父的哥哥段凯从未离开草花山,也未见过山外的风景,他的心思如阴雨天一般混沌着,但他没吃过苹果,却也做着幻化为蛀虫,钻入苹果的梦。足见梦境之中的神奇感通人皆可有,然唯有一二特出人物能逸出常理常情,得以洞悉常人之所不知不见。《秦岭记》末篇立水之经验如是,将之解作贾平凹对自家文思特点之自我说明,似乎也无不可。依此思路,或可知这一部《秦岭记》之所为作,或在开启(返归)类如朱利安(于连)所言之"之间"或庄子所论之"浑沌"之境。此境寓意为何?正在新的观念世界的敞开。何以言之?将庄书"浑沌"故事中的"'南海之帝'与'北海之帝'暂时代换为朱利安的'东方文化'与'西方文化'",那么,"'中央之帝'便可视为朱利安透过东/西'间距'的张力,所欲创造出来的'之间'通道"。因为"'浑沌之德'的流动与浑融特质,让原本互为他者的南/北对立,有机会不坚持此疆彼界、不相互排斥。"是为朱利安所向往之破除"本质认同(成心)","只有之间流动(两行)的跨域乌托邦"题中之义。而"这一混沌乌托邦之可能开启,乃建立在

---

① 张新颖:《一说再说〈无愁河的浪荡汉子〉》,《东吴学术》2014 年第 2 期。
② 张新颖:《一说再说〈无愁河的浪荡汉子〉》,《东吴学术》2014 年第 2 期。
③ 贾平凹:《秦岭记》,人民文学出版社 2022 年版,第 51 页。

两个'异托邦'的真正相遇",并"愿意自我反思与相互敞开"①。文化观念之"中西之辨",藉此可得超克既有思维之鄙陋,而有更具包容性和概括力的境界之敞开。"古今之辨"又何尝不是如此?从学习"五四"以降之现代传统,至承续明清世情小说意趣,再至师法两汉史家笔法,为贾平凹此前文学中所开显之文化观念之次第与进路。此番《秦岭记》再度返归更为阔大之"巫史传统",乃是对"绝地天通"后之整体文化观念之窄化的突破。由80年代作品中偶然感应之神奇意象,到《太白山记》以性灵笔法写就奇幻之境,再至于《秦岭记》主体故事所开之天地人神多元感通之境界,不唯是贾平凹个人写作观念之不断上出,亦是民族文化返本开新之重要路径。此或为中华文化精神义理现代转换之核心义,包含着民族精神和文化心理之精魂所在:"中国需要一场真正的文艺复兴,承接从禅宗到《红楼梦》的伟大启示,回到河图洛书,回到《山海经》人物所呈示的文化心理原型;重新审视先秦诸子,重新书写中国历史。这完全符合相对论时间倒流的高维时空原理,也是老子生命需要复返婴儿的真谛所在。"②

这一篇小文,用心正在于由"我"之文思与梦和他界及神奇意象之感通,说明文化视域的自我开拓之于写作的重要意义所在。"巫史传统"不仅可以打开理解当代文本的别一路径,亦可"重启"古典文论阐发文思之"神"妙的另一层级。循此思路,呼应起笔所述,有一事需稍作补充说明:就在开篇所述的梦境发生的六个月后,准确时间为2021年10月24日下午5时许,在上书房,我从贾平凹手中接过他新作《秦岭记》的手稿,厚厚一大册,封面为赭黄色,油墨香味约略可闻。当翻开第一页,看到贾平凹手书的"秦岭记"及签名"贾平凹"三字之后,瞬间里,深觉此情此境此前已有——似乎又坠入了梦境。此书末尾明确注明了写作时间——动笔于2020年6月1日,比我梦中读到的那一日晚五十余日。我读《秦岭记》55则,时时有似曾相识之感,常常要掩卷沉思——不是书中所述与贾平凹此前作品有重合之处,而是它唤起了我那一日梦中所见。当然,《秦岭记》并不是《天再旦》,然而二者相似和相通之处,该当何解?再如,如果我说这一篇小文既是我阅读《秦岭记》心得的记录,也融入了那一日梦中所见,列位看官,请问:苟如此,该当何解?还有,如果数年后的某一天,贾平凹真写出了一部名为《天再旦》的作品,此又该当何解?

---

① 赖锡三:《〈庄子〉的跨文化编织:自然·气化·身体》,台北:台大出版中心2019年版,第36-37页。
② 李劼:《中国文化冷风景》,台北:允晨文化实业股份有限公司2013年版,第16页。

谓予不信，请看《天再旦》故事数则：

人进兽退。这人退了，兽便进了么。

秦岭里林子大起，鸟兽便多，都不怕人，白日里到村子外活动，不伤人，人也不畏惧。可怕的是人头蜂，蜂巢建在草丛中。草深没腰，远望葱绿（枯黄）一片，与山几乎同一。你要清明、重阳去上坟了，一不小心便被围攻。幸运的可能捡回一条命，从此谈蜂色变。不幸的便很快死去。近七八年间，乡间发生过多起。听被蜇过的远房亲戚讲，伤口如烟头烫过，大拇指粗，中心溃烂发黑，剧痛至晕厥。要不是及时赶到城里医院清洗血液，他墓上的松柏怕也有一人高了。

有言：
《易》曰："在天成象，在地成形。"又曰："见乃谓之象。"观其象，极其数，精义入神，以致其用，遂知来物。神而明之，存乎其人。非关奇幻，实为神思。①

邵康节说"心易法门"：
一物从来有一身，一身还有一乾坤。能知万物倍于我，肯把三才别立根。天向一中分造化，人于心上起经纶。仙人亦有两般话，道不虚传只在人。

问：《秦岭记》凡五十五则，十余万字，故事虽皆发生于秦岭，却互不相涉，各有千秋，甫入其间，惊矣怪矣，不知其所为何来，真可谓横无际涯、气象万千，津逮难觅，甚至教人恍然不知身在何处。何以如是？

答曰：身在那里都是身在天地之间。"天布五行，以运万物，阴阳会通，玄冥幽微，自有才高识妙者能探其理致。"②人在天地之间，秦岭亦在，数万亿年目见阴阳交替、四时流转、万物荣枯、人事代谢，若能言语，不知可说出多少神异故事，幻化多少奇妙文章。此身在秦岭，山石、树木、鸟兽、虫鱼、流云、飞瀑皆清晰无比、

---

① 此为精心研《易》数十载的刘银昌先生见道语，一日偶见，深觉于我心有戚戚，今录于此（仅易二字），以为感通之象及其意义的重要参照。
② 贾平凹：《我们的小说还有多少中国或东方的意韵》，《当代》2020 年第 5 期。

具体可感,然若有"天眼",自高远的眼光看去(或做精神的逍遥游),则秦岭山势形胜恍兮惚兮,山石、草木、虫鱼、鸟兽等等皆不复得见,秦岭便混沌着,它大实大虚,势立四方,至大无外,至小无内,有多大气量,可窥多少消息……

问:这便是其中多则故事,不知开端何处,亦不知终于何所,人事物事浑然茫然,其兴也倏忽,其去也无形,若强要辨其起落,明其进退,察其开阖,无异于缘木求鱼,实如捕"风"捉"影",费力虽多,却劳而无功。

答曰:如碗接瀑布,瀑布虽有大水,但终无所获。

问:然有章法规矩乎?

答曰:何为章法?如何规矩?人为制作,设定南北、开启东西、分裂上下为一种。此如文法山势地貌,即便杂乱,初觉难知,规矩自在其中,细察则不难晓其义,会其用心,知其町畦,明其疆界,可一览无余也。但如文法风、云、水、气,飘然而来、忽然而去,如泰山出云,莫有规矩;似深山出泉,殊乏章法。此属风行水上,自然成文之意趣也。前人述之甚详,可读苏洵、苏轼文章,其义其理皆可见也。

问:论时间《秦岭记》不限于当下,有出入古今之意;论空间亦不拘于山势形胜,得大开大阖。其间人与物、人与非人似乎可随意转换。此为何意?

答曰:这要给你说说"绝地天通"前古人的精神世界。那时候,人人皆可为巫,个个感通神意。精神饱满、想象奇谲。肉身虽不能上天入地,精神却可以思接千载、视通万里。天、地、神、人、鬼等等浑然杂处,可以随意转换。《西游记》便是如此,《聊斋志异》承此笔法,气象却已不同……

问:书中便有一个村子,保留巫觋传统,也是神矣奇矣,叫人惊叹。

答曰:乡间现在还有收魂的仪礼,都是为了安抚人心么。

问:这恐怕是上世纪初才有的故事吧?

答曰:你有没有做过这样的梦。梦中到了一个此前从未去过的地方,见到从未相识的人,或梦到一些匪夷所思的,神奇怪异的形象?回头思之,却觉得似曾相识,如将另一时空中的真实经验重新来过。如果有,这就对了。

月芽山西去帽耳山八十里,南距西岳九十里,山下有溪名桃花,溯源而上,可至山巅,其上有道观旧址,相传唐时有高道在此修建玄都坛,为关中福地之一,可感应天地消息,修行既久,遂能长生久视、飞升变化,无相无形,出入无碍。

　　道观殿宇今已不存,但轮廓仍在,昔年格局约略可见。玄都坛边长约九十尺,其上近青天,下临深渊,有飞瀑在侧,日中常有水雾,幻出彩虹数道。如有心愿,于其上默然祈祷,无不灵验。

　　一日有一道人携友游此,二人谈玄说道,不觉时近黄昏。友人精通易理,见日色收敛,山形渐重,流云黯淡,过风微凉,不觉有感而沉吟道:"《易》与天地准,故能弥纶天地之道……"

　　道人悠然道:"不是这,再往上看。"

　　友人抬眼望天,天地一色,苍茫鸿蒙,万物皆不可见。

第二节　君子慎独:儒家修身问题的现代境遇

　　1985年秋,因其时影响甚大的文化心理结构学说的启发[①],陈忠实开始将目光从当代中国转向历史中国。那些曾在其70年代初中期至80年代初期作品中作为反面形象的"旧人物",开始引发了他深广、持久而浓厚的兴趣,调动和激发了他既往的生活库存和情感经验。"在小说主要人物蓝袍先生出台亮相的千把字序幕之后,我的笔刚刚触及他生存的古老的南原,尤其是当笔尖撞开徐家镂刻着'读耕传家'的青砖门楼下的两扇黑漆木门的时候,我的心里瞬间发生了一阵惊悚的颤栗……"蓝袍先生徐慎行为其父掐灭了的"邪念";徐氏一门所遵从的儒家观念在时代新旧之变中转换的艰难;如杨龟年般高门大户在已逝的时代中演绎过的动人心魄也发人深省的生活故事等等,让陈忠实为之深思为之动心也动情。徐慎行的故事焕发出的光芒蹦出的火焰改变了自以为十分熟悉古原上下人的生活和情感的陈忠实,让他注目南原之际,眼光不经意间有了陌生化的效果。面

[①] 自后设的眼光看,20世纪80年代"文化热"所致之文化观念多元共在的状态,影响甚至形塑了其时密切关注时代精神动向的陈忠实的创作。无论是"去意识形态化",还是"去传统化",皆是80年代极为重要的文化议题。其对《白鹿原》创作的影响,无疑是具体而深入的。对此问题的深入探析,可参见李杨:《〈白鹿原〉故事——从小说到电影》,《文学评论》2013年第2期。而关于80年代"文化热"之内涵和影响,可参见贺桂梅:《1980年代"文化热"的知识谱系和意识形态》(上、下),《励耘学刊》(文学卷)2008年1、2辑。

前这座古原历经风雨剥蚀形成多样面目,或如雄狮奔突,或如飞鸽平滑,或如凶残之鳄鱼,或如醉卧的老牛……"我此前不知多少回看见过这些景象,而且行走其中,推车挑担或骑自行车不知有几十回了,春草夏风秋雨冬雪里的原坡和河川,在我早已司空见惯到毫不在意,现在在我眼里顿然鲜活起来、生动起来,乃至陌生起来、神秘起来。一个最直接的问题悬在我的心里,且不说太远,在我之前的两代或三代人,在这个原上以怎样的社会秩序生活着?他们和他们的子孙经历过怎样的生活变化中的喜悦和灾难……以这样的心理和眼光重新阅读这座古原的时候,我发现这沉寂的原坡不单在我心里发生响动,而且弥漫着神秘的诗意。"①

《蓝袍先生》的写作所引发的种种思考,便是《白鹿原》创作欲念的源起。蓝袍先生徐慎行在历经时代鼎革之际的"新""旧"之变,其所持守的价值观念不可避免地面临几乎难于克服的现实难题。然而在新生活徐徐展开的过程中,这些旧观念渐次消隐逐渐式微,蓝袍先生脱下蓝袍,改穿"列宁服",那些曾经"压抑"和"规训"他原本活泼灵动的生命力量的观念也似乎"随风飘散"。孰料正因他背离乃父所教之"慎独"观念,遂有几近"灭顶之灾"的降临……《蓝袍先生》中反复申明之作为儒家修身观念重要一维的"慎独"说及其意义,在此后的《白鹿原》中得到了更为深入的发挥。作为全书具有精神统摄意义的灵魂式人物,朱先生对于儒家观念及其修身传统的工夫实践,有极为深入的经验和论说。他以《吕氏乡约》为规范,教白嘉轩推进儒家伦理道德观念的乡里实践,而在白孝文堕落之际,他的指教仍在"慎独"二字。因缘际会,朱先生的关门弟子是曾为土匪后来幡然悔悟立志"学为好人"的黑娃(鹿兆谦),圣学似乎历经衰微之境而有再度赓续的可能。然而在故事临近结尾处,黑娃为白孝文陷害而不幸殒命,既表明历史逻辑的非理性和吊诡之处,也在多重意义上,涉及儒家修身观念之现代境遇及其难题。

一、"慎独"工夫之有无:《蓝袍先生》中的情、理、欲

论及《蓝袍先生》的写作之于个人观念转型之重要意义时,陈忠实反复申明蓝袍先生从身着"蓝袍"到换上"列宁装"并不仅是衣着的简单变化,而且蕴含着极为丰富的文化精神寓意。"蓝袍"乃是"封建残余"的标

---

① 陈忠实:《寻找属于自己的句子——〈白鹿原〉写作手记》,《小说评论》2007年第4期。

志,"列宁装"则"象征着获得精神解放"①。一部《蓝袍先生》,所涉生活细节虽然繁多,但皆在上述观念中展开。蓝袍先生徐慎行数十年间命运遭际的变化,皆映衬出内在精神观念之显隐、存续。其间最为紧要者,乃是贯穿全书的"慎独"二字,以及由此牵涉着的儒家修身观念的复杂问题。

徐慎行所居之地为白鹿原上有着悠久历史和深厚文化积淀的杨徐村,其祖父徐敬儒为清末最后一茬秀才,虽因科举制废除后不能走传统儒家知识分子的晋升之路,却因在杨徐村坐馆执教而有传播儒家观念的机会。徐敬儒将门楼题匾由"耕读传家"改为"读耕传家",以彰明其与杨徐村杨龟年等虽标明"耕读"实则有耕无读的根本分野。不仅如此,他对世道亦有超迈常伦的深刻洞见。在临终之际,为后人留下极为严格的"三要三不要"的家训:"教书的只做学问,不要求官为宦;务农的要亲身躬耕,不要雇工代劳;只要保住现有家产不失,不要置地盖房买骡马。"乡民将此家训改为"房要小,地要少,养个黄牛慢慢搞"②的不乏讽刺意义的顺口溜,广为流传。然而嗣后时代的鼎革之变令徐家子弟及乡民皆感叹徐敬儒之先见,也从另一侧面,强化了徐慎行父亲对其所持守之儒家观念之笃信。早在"新""旧"易代前,徐慎行父亲便依照自己所坚信的儒家观念和行为准则"塑造"将会继承他坐馆执教的儿子徐慎行。而在乃父的悉心教导下,徐慎行之心性、情感,皆符合儒家人格修养之基本规范。虽有偶然的"出位"之思,也因其父洞幽察微及时阻止而不至坠入歧途⋯⋯若无时代的鼎革之变,不难预料,徐慎行会在这一种精神观念中游刃有余且颇为从容地度过余生。他对妻子容貌丑陋的腹诽、对美好事物的动心,也将因内在精神修为的进一步深入而渐次废弃。

变化发生于杨徐村解放后,旧学馆不再使用,新的学堂开始建立。一切迎来了全新的可能。徐慎行也有了进城进修并成为新式教师的机会。或因对新式教师的种种行为的不满,以及对徐慎行此后可能面临的问题的忧心,临行之际,其父为他写下"慎独"二字,以时时提醒他谨慎行事,不可造次。但新社会新观念无远弗届的影响力,仍然改变了徐慎行的"习性",让他多间年习得并严格持守的价值观念逐渐显现出其"过时"和"无用"来。由"蓝袍"到"列宁装"的"更衣"过程自然简便,"蓝袍"所表征之生活观念之变化却分外艰难,似乎非有脱胎换骨式的死生之境而莫能行。在新

---

① 陈忠实:《寻找属于自己的句子(连载三)——〈白鹿原〉写作手记》,《小说评论》2007年第6期。
② 陈忠实:《蓝袍先生》,北京十月文艺出版社2008年版,第129页。

社会新观念的影响下，在同学——也是他心仪之人田芳的帮助下，徐慎行迎来了个人"解放"的重要时刻——那一个被"父亲禁锢成了没有七情六欲的木偶"，一如"受压迫的妇女"的徐慎行，终于成了"自由的人"①。那真是激动人心的重要时刻，生活似乎向已然新生的徐慎行展开了全新的可能：自由的心灵、美好的爱情，让人心驰神往的新生活即将徐徐展开。

如《创业史》中的王二直杠、素芳一般，虽已进入新社会，思想观念仍在"旧世界"中打转的徐慎行的父亲，成为徐慎行迈向新生活过程中的重要阻碍。他不能接受徐慎行抛弃发妻而与田芳结合的行为，且将这一种行为视为叛离"慎独"精神不做修养工夫所致之"恶果"。不仅如是，在接下来的一次"鸣放"运动中，徐慎行误信同学刘建国的"谗言"，被划为"右派"，人生转瞬间滑向另一几乎不可逆转的"绝境"之中。与心爱之人喜结连理已属不能，脱离困境获得"新生"的机会遥遥无期，万般无奈之际，徐慎行遂选择离开人世一了百了……

被救之后，在其父的提点之下，徐慎行再次明白父亲为他书写"慎独"二字的良苦用心："我早就明白那两字的意思，要谨慎，尤其是单身独处时，一切都要慎重，时时刻刻要谨慎从事，包括言，也包括行。我的名字是父亲给起的，慎行就是这意思；我弟弟的名字也是父亲起的，叫慎言，还是这意思。我在进入师范学校进修以后，父亲自幼给我心理上设起的防护堤，被新生活的浪潮一节一节冲垮了。我既不慎言，也不慎行了。老师和同学们都说我从封建桎梏下脱胎成一个活泼泼的新人了。现在，父亲以毫不疑惑的语气说的话，证明了他的正确和我的失败。"②

"慎独"之说源自《大学》③，在赓续千年之儒家思想传统中有着极为重要的意义，乃是儒家修身观念之重要一维④。自徐慎行所接受之儒家观念的整体看，可知其父已逐渐将儒家义理及与之相应之修养工夫及其在形塑个人人格、心性和情感之作用一一呈现。若无时代观念的鼎革之变，徐慎行也无机缘跳脱出此一观念所划定之基本范围。不独行为举止符合儒家观念的基本要求，其情欲，也在此种观念的巨大影响之下发生极大的转变。典型例证，无过于杨龟年的那一个漂亮的儿媳妇所勾起的徐慎行的

---

① 陈忠实：《蓝袍先生》，北京十月文艺出版社2008年版，第168页。
② 陈忠实：《蓝袍先生》，北京十月文艺出版社2008年版，第197页。
③ "所谓诚其意者，毋自欺也，如恶恶臭，如好好色。此之谓自谦。故君子必慎其独也。"参见王文锦译解：《礼记译解》，中华书局2016年版，第806页。此后千余年间，关于"慎独"之意义及工夫取径，说法及进路颇多，此不赘述。
④ 参见赖区平：《论儒家修身工夫的三种进路——从〈中庸〉戒、惧、慎独三义说起》，《哲学研究》2019年第11期。

"邪念"及其最终被"掐灭"的过程。虽对父亲严厉的批评未必全然接受,徐慎行却不得不叹服"父亲那洞察细微的眼睛",自问虽"没有和那个洋婆娘有任何拉拉扯扯的事",然反躬自省,"那水汪汪的眼睛确实"搅扰得他心神不宁。若非"父亲警告",长此以往,"即使不会发展到做出什么有损门风的丑事,也极其危险",他也不得不承认,"父亲直接砸向"他脑门的"这一砖头是狠的,也是及时的"①。

毋庸置疑,徐父的洞幽察微和及时棒喝乃是长期的教养和切身的工夫所致,他对徐慎行的"慎行""慎言"的教育当然也包含着形塑身心的作用。惜乎徐慎行所走的,却是一条逃离之路,从乃父为他精心选择的妻子那里逃离,从这一个"封建"的、桎梏人心人性的家庭中逃离,当然,最终也是最为重要的,是从乃父所教之儒家观念中逃离。他的"新生",正是脱嵌于"旧观念"的新观念的形成。"这个人脱下象征着封建桎梏的蓝袍,换上象征着获得精神解放和新生的'列宁装',再到被囚禁在极'左'的心理牢笼之中,他的心理结构形态的几次颠覆和平衡过程中的欢乐和痛苦,以此来探寻这一代人的人生追求生存向往和实际所经历的艰难历程。"②但或许让陈忠实也觉得始料不及的是,这个人和他的故事所彰显的问题显然不能简单地以"新""旧"易代盖棺论定。他曾经所接受的儒家思想及修身观念的影响,虽在时代观念之变中逐渐显出其"落后"和"陈旧"的一面,但这种"落后"和"陈旧"只是在特定时代的特定语境中方有其似乎无可置疑的合法性,一当时代整体观念发生新的鼎革之变,那"束缚"过徐慎行的思想观念也便可能持存着一定的精神"解放"的能量③,并非如《蓝袍先生》表面说明的那样单一。即便仅就《蓝袍先生》的内在逻辑而言,"慎独"功夫之有无,既可能成为"束缚"精神的"牢笼",亦可能产生"解放"(打开自我保护的可能)的能量。限于篇幅,这两种可能之间的复杂博弈及其所彰显之儒家修身观念之现代境遇,在《蓝袍先生》中仅有部分呈现。对此问题更为详细和充分的思考和处理,几乎自然而然地成为《白鹿原》核心主题之一。虽未简单围绕"慎独"工夫展开,也无意于单纯处理儒家观念的现代境遇,但《白鹿原》对20世纪上半叶中国社会观念和现实之变的整体把握,不可避免地要触及"传统"与"现代"之矛盾纠葛。而作为中国思想和文教制度的核心资源,儒家思想之现代际遇及其可能,成为《白鹿原》需要处理的问

---

① 陈忠实:《蓝袍先生》,北京十月文艺出版社2008年版,第144页。
② 陈忠实:《寻找属于自己的句子——〈白鹿原〉创作手记》,上海文艺出版社2009年版,第1页。
③ 对此问题的详细申论,可参见胡河清:《杨绛论》,《当代作家评论》1993年第2期。

题之一,也便不难理解。

二、修身的式微:《白鹿原》与儒家"内圣"观的存续

《白鹿原》中持守儒家观念,且能统贯全书的灵魂式人物,为朱先生无疑。朱先生的原型,为晚清民初"关学"的代表人物牛兆濂。就思想之传承及实践论,牛兆濂的重要之处在于,他"强调学问应落实在日用常行,诚明两进,知行合一",而非仅注目于"辞章记诵的纸上学问";他"对礼的讨论与对《吕氏乡约》的推演,成为张载以降'以礼为教'关学精神的有力实践"。总而言之,"牛兆濂站在传统理学的立场积极思考与回应社会问题,既是清末民初多元化思想的有机组成,又为接续关学学脉、振兴关学做出努力,是关学史最后一位有影响力的大儒"①。如此论所彰明的,牛兆濂的学问虽源出于先贤典籍,却并非"纸上学问",而是与时代和现实有着极为显明的互证关系,此亦属儒家"内圣—外王"观之要义,"修身"乃其基础,且必然涉及"工夫"。且看其《切实做工夫熟读朱子书说》所论:"终日为学而无所得者,由未尝做工夫也。终日为学而不能脚踏实地者,工夫不实也。实做矣,或不得要领,以致泛滥、悠忽则不切,不得为实,做犹未做,或反不如不做。故曰欲学之有益,须切实做工夫也。朱子一生精力在于四书,其字字句句皆垂世立教之大法,非止为解经也。若以训释经文视之,则朱子之苦心不得见矣。"②

此说已将明道、做圣工夫视为朱子读法之要义,以为不可仅在文字上求。饾饤琐屑,知之虽多,于圣学无益,故在自家身上做工夫极为紧要。再如其《读书专一》所言:"读书须专一,不可杂然并进。然不向身上、心上做工夫,则于己无益,徒资口耳。为文字作料,虽多亦奚以为?所以不令作文,恐分心也。"③此论亦近乎王阳明由辞章之学转向内在修养之工夫次第。读书要义,非在作文,而在修养,修养之目的何在?在由"内圣"开出"外王"。故而牛兆濂分外注重修身与现实关切互证共生之意,此亦属"关学"核心精神之一。陈忠实对此无疑深有体会,"牛才子是程朱理学关中学派的最后一位传人,对关学派的继承和发展有重要建树的一位学人。

---

① 高华夏、刘学智:《论清末关中学人对理学的传承与反思——以牛兆濂学术思想为中心》,《贵州社会科学》2016年第9期。亦可参见贾三强、周存喜:《牛兆濂〈蓝川四集〉考论》,《西北大学学报》(哲学社会科学版)2021年第3期。

② 牛兆濂:《切实做工夫熟读朱子书说》,王美凤、高华夏、牛锐点校整理:《牛兆濂集》,西北大学出版社2015年版,第219页。

③ 牛兆濂:《读书专一》,王美凤、高华夏、牛锐点校整理:《牛兆濂集》,西北大学出版社2015年版,第257页。

关学派的创始者张载,有四句宣言式的语录流传古今:为天地立心,为生民立命,为往圣继绝学,为万世开太平。无论做学问,无论当官从政,这样的抱负和这样的胸襟,至今读来仍令我禁不住心跳血涌"①。牛兆濂的生平行状,尤其是他参与的重要社会实践,几乎都被写进了《白鹿原》中。生逢世变,难以自全,牛兆濂"在这个急骤的社会革命浪潮里的心态,他的超稳定的心理结构面临种种冲击时的痛苦"②,因之并非仅属个人生命际遇的,更是包含着"关学"以及儒家思想的现代命运这一宏大也迫切的重要问题。

"牛才子"的观念和生平行状如何转化成为"朱先生",可以做更为细致的考辨,此不赘述。单论朱先生这一统贯全书的重要人物在白鹿原上下王旗变换、龙蛇起陆,几近天翻地覆的时代情景中的思想和作为及其现实影响。如自全书整体看,可知朱先生所持有的观念,是在妻弟白嘉轩的手中得以推进实践的。而他在白鹿书院教书育人,曾为鹿兆鹏、白孝文等原上特出子弟的授业恩师。故而朱先生所代表之儒家观念之现代境遇,便不能在朱先生一人的遭际上求,而是需要从朱先生到白嘉轩再到白孝文、黑娃不同代际观念之变上细加考察。

朱先生尚未出场,作者先述其往昔行状,写他因用心研习程朱见解独到而为学界所重;写他如何被南方学人邀请,而有了并不愉快的南方之行;写他在南行遭遇不快之际如何怒斥无意修德者:"君子慎独。此乃学人修身之基本。表里不一,岂能正人正世!"③而此后他先后参与禁种鸦片、赈济灾民,再因时代巨变自身已无力参与其中时着力于续修县志,以承孔子作《春秋》的精神。就全书笔墨论,朱先生所占分量虽不及白嘉轩等人,但却是全书的精神标高式人物无疑。他的离世也颇有些传奇色彩。其时,其妻目见一白鹿飞身而去,顿悟朱先生此时已然驾鹤西去。这一笔自然说明朱先生亦属白鹿精灵之一。关于他的故事在白鹿原上下反复传颂,普通乡人虽未必全然理解他,但却人人尊重他,视他为圣人。"凡人们绝对信服圣人的圣言而又不真心实意实行,这并不是圣人的悲剧,而是凡人永远成不了圣人的缘故。"④ "凡"与"圣"之间的区别,是陈忠实思考和处理朱先生

---

① 陈忠实:《寻找属于自己的句子——〈白鹿原〉创作手记》,上海文艺出版社 2009 年版,第 51—52 页。
② 陈忠实:《寻找属于自己的句子——〈白鹿原〉创作手记》,上海文艺出版社 2009 年版,第 52 页。
③ 陈忠实:《白鹿原》,人民文学出版社 2012 年版,第 21 页。
④ 陈忠实:《白鹿原》,人民文学出版社 2012 年版,第 26 页。

的观念和白鹿原上下普通人的生活现实之间的关系的重要路径之一。然而朱先生所持有的思想虽属高标,却并非不能落实证验于普通人的生活实践。白嘉轩勉力推进《乡约》在白鹿村的施行,恰属儒家观念现实影响的要义之一。

就全书整体论,做过族长的白嘉轩并非"完人",他在因偶然机缘发现那一处风水宝地后据为己有的行为就算不得君子所为。但除此之外,白嘉轩几乎在所有或重大或细微的事项处理上皆无懈可击。在他的背后,既有包容载重的白鹿原,也有儒家伦理道德观念所形成之超稳定结构。他将朱先生交给他的《乡约》刻石立碑,并且切实推行于白鹿村的日常生活实践,也一度让"仁义白鹿村"之名广为流播。但生活故事向来难以达到完全理想的稳定状态,而是起落、兴废交替循环,莫有定时,白嘉轩的白鹿村的问题也便层出不穷,按下葫芦浮起瓢。然而无论黑娃的落草还是白孝文的堕落,皆不能动摇他超稳定结构所形塑之心理定力,唯独鹿兆鹏、白灵的行为让他莫可奈何之余,也深感应对的无能和无力。这一种面对种种新观念的冲击而致之心灵的动荡,既属白嘉轩基本的精神境遇,亦是儒家伦理道德规范具体实践过程中所必须面对的难题。但即便如此,白嘉轩仍然具有表征儒家观念及其所形塑之人格的典范意义,他在白鹿村推行《乡约》的行为虽未克全功,但仍有不容忽视的重要价值。

白嘉轩之后,足以代表新一辈的典范人物当属白孝文和黑娃。就观念和遭际论,这二人差不多应属蓝袍先生徐慎行的同代人,他们接受了大致相同的基础教育,成年后又面临时代和现实的剧变,遂需应对精神的"新""旧"转型问题。但极具意味的是,白孝文和黑娃走的是完全相反的路。白孝文早年在乃父白嘉轩的悉心教导之下成为白鹿两家族长的不二人选,也在朱先生的白鹿书院中接受过较为完备的儒家思想教育,一度执掌族中事务时也有模有样,似乎堪当大任,可以成为继白嘉轩之后赓续儒家传统的新人物。孰料在鹿子霖的暗中陷害下,他被田小娥引诱成功,遂迅速跌入万劫不复之境地。后来机缘巧合,他又到保安队,痛改前非,重新做人,成为白鹿原上浪子回头的典范。他有文化,也有心机,但其思其行,早已全无乃父乃师所教之道义担当,走的是阴损毒辣一路。

极具意味的是,原本可谓沉沦下潦,似乎一开始就作为桀骜不驯、野性不改的"反面人物"的黑娃鹿兆谦,却在长期沉沦之后幡然悔悟,要从朱先生"学为好人"。他痛下决心戒掉烟瘾,"真正开始了自觉的脱胎换骨的修身",他"几近残忍地摒弃了原来的一些坏习气,强硬地迫使自己接受并养成一个好人所应具备的素质"。那些"中国古代先圣先贤们的镂骨铭心的哲理,一层一层自外至里陶冶着这个桀骜不驯的土匪胚子"①。黑娃不仅自家做修养工夫,还花费力气整治保安团炮营,可谓由"内圣"开出"外王"的典范。然而时代终究已经发生巨大变化,黑娃的修养工夫已然难以有更大范围的现实推进,他死在了新的生活正在展开的第一个新年后,也似乎颇有意味地宣示着他所遵循的儒家"内圣"传统的式微,也把这一事关儒家精神赓续的重要问题,留给了仍然生活在白鹿原上,且可能再次与《吕氏乡约》相遇的后人们。

第三节 寓意、梦境与小说美学的古典特征

自《装台》(2015年)出版迄今,关于陈彦作品的读解,大致在两种范式中展开。其一是将其归入21世纪以降"底层"书写的范围中加以讨论,并由之上溯至左翼传统的底层关切,进而发掘其之于现实主义传统重要一脉的时代价值。此种讨论较多关注《装台》及《主角》中对较为迫切之现实问题的深度关切,以及此种关切所彰显之人物基本处境之历史和现实寓意。其核心视域,基于"五四"以降之现代传统。其二是以《红楼梦》等古典文本为参照,发掘《装台》《主角》中所蕴含之思想及审美与中国古典文脉间之关联,虽未必有内在的理论自觉,此种思路无疑已非现代性理论观念所能统摄,而与古今贯通的"大文学史观"理路相通。质言之,两种范式各有所本,有其并不相同的知识谱系和审美偏好,所见之重心亦略有不同,虽无"高下"之分,但其所涉之问题,却与"五四"迄今文化的"古今中西之争"所开启之思想理路密切相关。如不能超克其所形塑之"今胜于古""西优于中"的"古""今""中""西"二元对立之思维,则如上两种研究理路所难免抵牾,亦难有"融通"的可能。如不在两种视域非此即彼式的状态中观照陈彦的创作,则可知两种理路均可切近文本之不同面向,自然亦各自包含"洞见"与"不见"。如融通两种理路,则可知陈彦作品既有对当下现实问题的深度关切,亦并不局限于现代传统,而有赓续古典文脉的尝试。以此为进路,则《装台》与《主角》可以阐发之义理维度多端,且均具一定的代表性。

在新作《主角》后记中,陈彦藉拉美文学之核心品质与拉美独特之社会现实及人文、历史、地理间之内在关联说明"中国故事"的中国式"讲法"

---

① 陈忠实:《白鹿原》,人民文学出版社2012年版,第585页。

的重要性。"拉美的土地,必然生长出拉美的故事,而中国的土地,也应该生长出适合中国人阅读欣赏的文学来。"因为之故,"《红楼梦》的创作技巧永远值得中国作家研究借鉴"①。《红楼梦》所开启之小说美学不同于"五四"以降奠基于西方理性主义思想的现代小说传统,而有更为复杂的世界敞开。"松松软软、汤汤水水、黏黏糊糊、丁头拐脑",为其风貌之一。而相较于现代小说的"空旷",《主角》中亦人头攒动,"吃喝拉撒着上百号人物"。"他们成了、败了;好了、瞎了;红了、黑了",端的是你方唱罢我登场。也"眼见他起高台","眼见他台塌了"②。如是得失、荣辱、成毁、进退,各色人等怀着各样肚肠相继登场,演绎着与《牡丹亭》《西厢记》《红楼梦》"一样荣辱无常、好了瞎了、生死未卜的百味人生",也不外是些怨憎会、爱别离、求不得诸般际遇所致之生之苦恼。也因此,置身生命无可如何之境,无论主角、配角,其藉以破除困境的精神方式,也便有了更为普遍的意义。读者藉此亦可明了"宠辱之道,穷达之运,得丧之理"甚或"死生之情"③。是为以《金瓶梅》《红楼梦》为代表之寓意小说的要旨所在,亦可说明陈彦《装台》与《主角》之思想及审美品质的核心特征。如沈从文笔下的人物逸出"启蒙"传统一般,刁顺子和忆秦娥及胡三元等人物,亦不能被简单地放置入小说的现代传统中加以考量。《装台》《主角》亦有如《红楼梦》一般之"主结构(部法)"和"次结构(章法)"之区分④。其如《周易》"复卦"所申论之"循环往复"之理,足以说明人事之兴衰荣辱、悲欢离合不出《周易》思想人世观察之基本范围。以古典思想为基本视域,因之可以阐发《装台》《主角》所蕴含之义理。就此而言,《装台》《主角》与中国古典"奇书文体"基本特征之内在关联,及其之于中国古典小说所表征之思想的承续意义,亦需在古今贯通的"大文学史"视域中得到恰如其分的阐释,就中尤以其与《周易》思维之世界观察之基本关联最为紧要。

一、"循环"观念与寓意笔法

论及"奇书文体"之"结构秘法",浦安迪以为如《水浒传》等作品前后数回间"对称抗衡的起承转合",予人以"强烈的天道循环的结构感受"。

---

① 陈彦:《主角》,作家出版社 2018 年版,第 898 页。
② 陈彦:《主角》,作家出版社 2018 年版,第 897 页。
③ 转引自余国藩:《〈红楼梦〉、〈西游记〉与其他:余国藩论学文选》,生活·读书·新知三联书店 2006 年版,第 93 页。
④ 此为借自浦安迪评说"奇书文体"的重要术语。对此术语意义及特征之详细申论,可参见张惠:《发现中国古典文论的现代价值——西方汉学家重论中国古代小说的独特结构的启示》,《中山大学学报》(社会科学版)2012 年第 3 期。

其布局之真意"在于绵延不断的回转",如是"无了局的结构"可被视为一种"无休止的周旋现象"①。其核心义理,与《周易》思维之基本特征关联甚深。"四时"之循环往复及"冷""热"交替的反复使用,其用意"往往联系到与易理相关的更加抽象的哲学概念"。由是"冷""热"交替之意义非独指天气冷暖,更具有"象征人生经验的起落的美学意义",其间"热中冷""冷中热"的交替出现,乃"泛指大千世界里芸芸众生们生生不息的荣枯兴衰"②。循此思路,则贯穿于《装台》《主角》中生存情境的"结构性反复",以及其前后数章间情境的呼应,或包含着陈彦对古典思想之人世观察重要一脉的体认与思考。依《周易》思维的核心义理,则如"春生、夏长、秋收、冬藏"之"四时"循环可以说明历史及人事之变化。

如《红楼梦》以"四时气象"表征人事兴衰交替之理,《装台》与《主角》中对人身所处之基本情境的观察,亦暗合"四时"转换之基本法则。此种循环往复的特征在《装台》中表现为刁顺子命运的结构性反复,其开篇第一章为一循环之开始,此一循环在作品临近结尾处达至"巅峰",继而又有新的循环的开始。其境庶几近乎《周易》思维之世界展开,"六十四卦虽然有六十四种时态,但此六十四种时态所代表的就是天道循环往复不已,以及终而复始始而又终的概念,而六十四卦虽然有三百八十四种变化,但最终所要揭示的道理即是事物的发展由初到盛,而后由盛转衰的往复循环不已的概念"。天道及万物运行之理如是,人事变化之理亦复如是,"人在现世之中,没有所谓永远的终点,也没有所谓永远的起点,而是永远在终而复始的,始而又终的循环状态之中"③。此种思维及其所生发之"循环"叙述,乃"奇书文体"章法及寓意之基本特征,无论具体人事如何变化,其核心义理,均在此消彼长、循环不已之基本结构中。浦安迪发觉吴承恩于《西游记》中多次提及"既济""未济"两卦,以"暗示《易经》的一个完整周期范式"。即如《序卦传》所论,"物不可穷也,故受之以'未济',终焉"。其要在于循环往复,而非终止。而"既济""未济"两卦"由'坎'与'离'","水"与"火"组成,故而"使得寓言家有可能将之与叙事过程中的'水'与'火'形成呼应"④,从而表征"已渡""未渡"循环交替之理。此种循环,在"取

---

① 浦安迪:《中国叙事学》,北京大学出版社1996年版,第80页。
② 浦安迪:《中国叙事学》,北京大学出版社1996年版,第81—82页。
③ 赖世烱、陈威瑨、林保全:《从〈易经〉谈人类发展学》,台北:文史哲出版社2013年版,第183页。
④ 浦安迪:《〈西游记〉与〈红楼梦〉中的寓意》,《浦安迪自选集》,生活·读书·新知三联书店2011年版,第200页。

经"为"已渡""未渡"之交替,在普通人事,则为"开端"与"结局"之交相转换,具体表现虽有不同,核心义理却并无差别。

沿此思路,则《装台》之寓意可作如是解。相较于作者第一部长篇小说《西京故事》中核心人物罗天福一家虽有坎坷,却一味"上出"的境况,《装台》中的刁顺子及其同阶层人物已无根本性的命运变革的可能。他们"只能一五一十地活着,并且是反反复复,甚至带着一种轮回样态地活着"[1]。时代已不曾为其承诺一种超克目下境况的未来希望愿景,其所谓的"未来",因之不过是"既往"的"重复",并不存在线性的"上出"的可能。作品展开之基本情境有二:一为刁顺子与大吊、猴子们为生计而不断"装台"的故事,是为其社会生活一面,无论装台之时间、地点,所面对之具体情况如何,其核心结构却并无不同,与"他者"围绕费用问题展开的纠葛也贯穿始终;一为先后娶妻两次以及其间所面临之家庭矛盾,矛盾冲突的对象,均在刁顺子和新妇与其女刁菊花之间展开。就此而言,作品第一章刁顺子的第三任妻子蔡素芬嫁入刁家,第八十一章其第四任妻子周桂荣进入刁家,恰构成作品一大循环——既有的结构已至"既济",而以"未济"为"结局",即表征新的循环之开启。而自第一至第五十七章,则着力于铺陈刁顺子和蔡素芬与刁菊花之间的矛盾冲突。冲突的形式虽变化多端,但矛盾却始终如一——刁菊花力图将蔡素芬赶出刁家以"返归"其所能接受之平衡。如是你来我往,矛盾此起彼伏,无论蔡素芬如何委曲求全,终不能承受刁菊花愈演愈烈的"打压",从而以离家出走来缓解矛盾。此为刁顺子之家庭困境。其在数次装台过程中亦面临同一境遇之循环往复,艰难境况的根本性变革仅属南柯一梦。作品结尾处藉《人面桃花》剧中唱词表征刁顺子对个人命运之自我了悟:"花树荣枯鬼难当,命运好赖天裁量。只道人世太吊诡,说无常时偏有常。""无常"为命运之难以把捉,"有常"为其结构之同义反复。如此,陈彦写出了其对底层人命运之基本逻辑之深层洞察,作品所属之思想及审美已与《西京故事》大为不同。其中暗含之寓意,与余华《许三观卖血记》庶几近之。"它所隐示的重复不变的社会结构使它能够超越左翼文学传统的个别历史与个别意识形态,而彰显出没有历史的轮回的底层命运。"[2]当罗甲秀、罗甲成们与大历史的内在关联不复存在,则刁顺子的命运因之仅属同一情境之结构性循环,其间并无内在的超越的可

---

[1] 陈彦:《装台》,作家出版社2015年版,第432页。
[2] 李今:《论余华〈许三观卖血记〉的"重复"结构和隐喻意义》,《中国现代文学研究丛刊》2013年第8期。

能。陈彦亦由是返归古典传统之人世观察之中,且于其间探讨"底层"生之"意义"。而由《西京故事》向《装台》之转换,不仅止于思想及审美方式的"中年变法",其要义在于根本性的人事阐释视域的转换,包含着更为复杂的历史和现实寓意。

不独《装台》,《主角》之章法及寓意亦复如是。在《装台》故事的核心空间中,刁顺子的故事与忆秦娥几无交织,作品中亦不曾书写两种全然不同的职业之间之交汇。"装台人与舞台上的表演,完全是两个系统、两个概念的运动",彼此之间偶或有照面,却并无"交集","装台的归装台,表演的归表演",两条线"永远都是平行得交汇不起来的"①,但自"人"之境况观之,如刁顺子可以从"苦情戏"中意会到戏中情境与个人生命之实感经验之交相互参,舞台上的主角忆秦娥之个人生活同样与戏文可相互参照,他们在幕后,"常常也是上演着与台上的《牡丹亭》《西厢记》《红楼梦》一样荣辱无常、好了瞎了、生死未卜的百味人生",台上台下,一样是"红火塌火,兴旺寂灭"②循环交替之情境。也不外乎是些"悲喜""离合""盛衰"之辩,以此"传统两极场景的无休止轮替来结撰作品",亦属《红楼梦》叙述之紧要处。曹雪芹"细心营造出这些鲜明对照的人生经验侧面之间的逻辑关联"及相互贯通之处,而自"悲欢离合、荣枯盛衰这些俗见的轴线看去",则场景之否泰沉浮,情势之此消彼长正暗含"阴阳哲理的结构范例"。《红楼梦》以"四时"转换为基本结构,叙述个人命运之"炎""凉"交替,由数个小循环形成一大循环所表达之经验,要妙亦在此处。进而言之,"小说情节安排之特点,不是遵循一个从困境到结局,或从幻灭到觉醒的辩证发展过程,而是从'悲中喜'到'喜中悲'、从'离中合'到'合中离'的无休止轮替"③。"轮替"无疑为其核心,亦说明即便境遇之情景有变,其运行规则,仍不脱"兴衰""悲喜""离合"交替之理。戏剧所阐发之"生老病死,宠辱荣枯,饥饱冷暖,悲欢离合"亦属浦安迪所论之"二元补衬",忆秦娥所面临之"红火塌火、好了瞎了、荣辱无常"亦循此理。是故,"荣辱""悲喜""兴衰""进退""成败""毁誉"等对立因素之辩证,成为主角忆秦娥生活世界之基本内容。其技艺起于宁州,大兴于省秦,却在人事代谢(宋雨的兴起)中转"衰"(其需让位于"新人"宋雨即此之谓),而又在九岩沟重"兴",乃"兴衰""进退"之喻;而随着其技艺的不断精进,由宁州唱至省秦,一举成名誉满天下

---

① 陈彦:《装台》,作家出版社2015年版,第431页。
② 陈彦:《主角》,作家出版社2018年版,第894页。
③ 浦安迪:《浦安迪自选集》,生活·读书·新知三联书店2011年版,第210-211页。

之际,"谤"亦随之,楚嘉禾不遗余力地恶意构陷,使其数度陷入困境而难以自拔,是为"荣辱""毁誉"之辩;自十一岁赴宁州学戏,至五十余岁功成名就,其间四十余年无论事业还是家庭,均令其历经"悲喜"之交织,历遍"成败"之转换,然而仍有不断"上出"之境。《主角》全书首尾相贯,其谋篇布局之紧要处,乃如《三国演义》"有首尾大照应、中间大关锁","真一部如一句",亦如《金瓶梅》"一百回如一回,必须放开眼光,如一回读"。作品开篇第一回叙述忆秦娥"起"于九岩沟,至末尾则"回归"于此,虽无《红楼梦》首尾"真假"对应之喻,仍属"首尾"之"照应"。其间"起落""兴衰""悲喜""沉浮""荣辱"等际遇之转换,其核心义理类同于《红楼梦》"冷热循环,大观园明言雪景;阴阳倚伏,《红楼梦》由看梅花"①之理。张新之因是以《周易》"复""渐"二卦读解《红楼梦》,用心即在此处。要言之,《主角》之"主结构(部法)",与"五四"以降现代小说之线性叙事似无不同,然而其"次结构(章法)",则类同于《红楼梦》。其核心思维,乃属中国古典思想境界之再生。亦如浦安迪所论,中国叙事文学之基本结构模型,"不外乎是中国传统思想中的阴阳五行的基本模型——从《易经》到理学各种思潮的理论基础——的一个变相"。是故,"二元补衬"及"多项周旋"之小说技法的广泛使用足以说明"绵延交替"和"反复循环"的情节所反映之"阴阳五行概念","最终构成了中国小说的生长变化的模型"②,虽未必有意识接续中国古典小说此一传统,但此种理路,却可以说明《装台》《主角》的思想及审美方式。相较于对中国古典小说语言及笔法的简单效法,陈彦小说无疑更为切近中国古典小说精神及审美之核心。《主角》中反复出现之宗教意象,根本用意即在此处。

既相通于"四大奇书"之思想及审美方式,《装台》《主角》自然难免与中国古典思想之核心面向内里相通。如"四大奇书"虽各有所本,各具风貌,重心亦各不相同,然其核心思想,不脱以儒、道、释三家思想为核心之中国古典思想传统。或以儒家思想为核心,作"修身养性"之反面文章,如《金瓶梅》;或兼容道家思想,却终以佛家为终极解脱之法,如《西游记》。其他如《水浒传》《三国演义》,亦是此理。宋明思想及其所依托之核心精神资源所开出之不同路向,在"四大奇书"中无疑均有呈现。置身全新之现实语境,《装台》《主角》虽与"奇书文体"之寓意方式颇多关联,却并不拘于"成法",而有新的境界的开显。

---

① 曹雪芹、高鹗:《〈红楼梦〉三家评本》,上海古籍出版社,第1986页。
② 浦安迪:《中国叙事学》,北京大学出版社1996年版,第95页。

先以《主角》之境界论。即便详细铺陈悲喜交织、荣辱无常之理,也并非如《金瓶梅》《红楼梦》般一味颓然,终教人醒悟任何欲望与执念,均属梦幻泡影,如露亦如电。亦即深谙"炎"、"凉"、"盛"、"衰"、"成"、"毁"交替之理,却不以颓然之境观照人事,反倒因洞见荣辱兴衰、离合往还之理后更以正精进的姿态朝向未来。如是理路,乃是在儒、道、释三家思想之中选择以儒为核心,融通佛道之思想路径。如是路径,无疑切近中国思想之基本特质。如将儒家思想解作"在知识层次之上的人生社会之'常理、常道'",则可知如此"一套本乎人性、顺乎人情的学问,不但可以根据它来完成圆满的德性人格,开创充实丰富的人生",扩而大之,亦可"建立安和乐利的人间社会",是为"儒家'己立立人、成己成物'"之"文化常道的性格"①,亦属其由"内圣"开出"外王"之核心理路。忆秦娥虽为"个体",然其所承担之社会角色显然超越单纯个体之局限,而可以表征更具普遍性也更为复杂之社会现实问题。当个人身处生命无可如何之境,亦即舞台坍塌事件与刘红兵出轨相继发生之际,忆秦娥希望于佛门青灯古卷之中获致内心的安宁。她读《皈依法》《地藏菩萨本愿经》和《金刚经》,亦于深山古寺中体会清寒、清凉、清苦及清冷之气(此"清"字,正与俗世中之"热闹"形成鲜明对照,乃"冷"、"热","凉"、"炎"之喻),希望藉此"能把一切痛苦、烦恼"悉数抛却②。其偶然一现的如莲的喜悦,似乎瞬间可以与物齐同而得见本来。但住持的开示,却指向更为宏阔的世界:"修行是一辈子的事:吃饭、走路、说话、做事,都是修行。唱戏,更是一种大修行",其要在于亦可"度己度人"③,与佛门义理境界相通。如仅求一己之安宁,则皈依佛门,独伴青灯古佛或为选择之一,但相较于度己度人之大功德,独善其身便属"小道"。而"正是这份对'大功德'的向往,而使她避过独善其身的逍遥,重返舞台,继续起唱戏这种度己化人的担当"④。是为先儒虽"雅好老庄",却"归本孔孟"的题中应有之义。苏东坡虽深通佛道义理,却仍以儒家思想应世之深层原因亦与此同⑤。以"佛""道"处"变",而以"儒"处"常",乃士大夫精

---

① 蔡仁厚:《儒家思想的现代意义》,台北:文津出版社1987年版,第18页。
② 陈彦:《主角》,作家出版社2018年版,第625页。
③ 陈彦:《主角》,作家出版社2018年版,第641页。在后记中,陈彦对此亦有明确说明:"我的主角忆秦娥,在九死一生的时候,也曾有过皈依佛门的念头。恰恰是佛门住持告诉她:唱戏更是度己度人的大功德。"
④ 陈彦:《主角》,作家出版社2018年版,第895页。
⑤ 苏轼初好贾谊、陆贽书,读《庄子》能"得心适志","后读释氏书,深悟实相,参之孔、老,博辨无碍,浩然不见其涯也"。"在学术思想上,苏轼一向坚持尊孔学儒的立场,却还是从学术会通的观点关涉儒、道、佛三家。"参见姜声调:《苏轼的庄子学》,台北:文津出版社1999年版,第7页。

神选择之"常道"。进而言之,因"儒家之本"即是"中华文化之本","儒家以承续民族文化自任,而有自觉地要求不偏不倚,大中至正",因之"中华文化之本,与儒家之本,实无二致"①。而以"儒"为本融通"佛""道",亦包含着更为复杂之政治文化意味②。陈彦以"正大"二字论说忆秦娥之选择,即属对儒家思想核心义理现实意义之高度肯定。质言之,"儒家思想是我国文化的主流",其核心为"人性论"。依孟子之见,"人是'仁义的存在',亦即是'价值、尊严的存在'"。人"居天下之广居,立天下之正位,行天下之大道,得志与民由之,不得志独行其道。富贵不能淫,贫贱不能移,威武不能屈,此之谓大丈夫"。此为"儒者的人格型态,亦是在儒家教义下人人应达亦可达的人格型态"③。《主角》以数阕《忆秦娥》表征忆秦娥不同阶段之命运遭际,而以《忆秦娥·主角》作最终之总括:"转眼半百主角易,秦娥成忆舞台寂。舞台寂,方寸行止,正大天地。"其所彰显的,乃为儒家思想之核心精神。现实之起伏兴衰并不能消弭其精进向上之努力,是为"天行健,君子以自强不息"题中应有之义。也因此,《红楼梦》结尾处亦有"贞下起元"、万象更新之喻。不难预见,宋雨或会重演忆秦娥之成毁、荣辱起伏之境遇,但亦会以一己之力,促进戏曲之进步,从而完成个人之社会责任。如是循环往复,寒来暑往、沧海桑田,民族生生不息之要义,亦自蕴含其中。

《装台》亦复如是,"在根本上,《装台》或许是在广博和深入的当下经验中回应着那个古典小说传统中的至高主题:色与空——戏与人生、幻觉与实相、心与物、欲望与良知、美貌和白骨、强与弱、爱与为爱所役、成功和失败、责任与义务、万千牵绊与一意孤行……"④如是种种,是刁顺子及其间各色人等各样际遇所表征之多重寓意。然而即便时刻身处内外交困、身心俱疲而无可如何之境,刁顺子也从未放弃对"生"之坚守。此种坚守也未必有更为宏大的意义,"这个刁顺子,他岂止是坚韧地活着,他要善好地活着,因此而弱,因此而卑微狼狈,但这一颗嚼不烂、砸不碎的铜豌豆兀自在人间"⑤。支撑他的,不过是关于生活的素朴的愿望。但也因此,这一个柔弱的人也便有了极为强大的足以和坚硬的世界抗衡的力量。他屡败屡战、愈挫愈勇,全然无视生活世界强加给他的重重障碍。管他外部世界如

---

① 蔡仁厚:《孔子的生命境界:儒学的反思与开展》,台北:学生书局1998年版,第124-125页。

② 对此问题及其意义之详细申论,可参见甘阳:《通三统》,生活·读书·新知三联书店2014年版。

③ 郑力为:《儒学方向与人的尊严》,台北:文津出版社1987年版,第57页。

④ 李敬泽:《修行在人间》,《会议室与山丘》,中信出版社2018年版,第178页。

⑤ 李敬泽:《修行在人间》,《会议室与山丘》,中信出版社2018年版,第174页。

何安排,个人之于现实的责任从不放弃。整个世界也便奈何不了他。他也因之克服既往的困境,一次又一次重新站在新的困境面前。其柔弱中自有刚健。可谓大雄藏内,至柔显外。其对若干素朴的生活及为人原则的坚守,虽不复杂,却也蕴含着民族生生不息之精义。

就根本性之文学观念论,虽转益多师,于古典传统之多样可能中均有体悟,但陈彦无疑更为切近儒家之"经世"传统,偏于"载道"一路。此路径亦与"五四"以降文人之天下意识和济世情怀密切相关。自90年代迄今,其戏剧作品无不切近不同时期社会之核心问题,且有对此问题的正面回应。其对"恒常价值"的坚守,将"为弱势群体发言"视为写作之"创造本质和生命本质"的基本观念,亦说明其作品力量之来源,在于对历史与现实的深度关切。而其融通古今之思想理路,遂成就其作品之复杂寓意。

二、"梦"之镜鉴意涵

戏与小说核心故事间之参差对照,亦属《装台》与《主角》作为"寓意小说"的重要特征,为陈彦写作之独特用心处。贯穿《装台》后半部分的剧作《人面桃花》故事之基本结构,庶几可与蔡素芬之境遇相参看。而刁顺子、蔡素芬喜欢的"苦情戏",差不多亦可说明其境遇的基本特征。而忆秦娥情窦初开之际,所主演之《白蛇传》足以说明彼时其内心之情感体验,而《白蛇传》之基本寓意,似乎也蕴含着忆秦娥与封潇潇感情"结局"的基本走向。如是"虚境"与"实境"之对照及其之于作品总体寓意之重要作用,以"梦境"书写最为突出。

《装台》《主角》中均有对主人公梦境之详细铺陈,此种梦境亦包含着重要寓意,一如"梦"属《红楼梦》寓意之核心,在全书中具有"枢纽地位"。"梦"字不仅镌刻在贾宝玉的俗世生命中,亦为其故事之本质定位[①]。对于"戏"与"梦"之于主人公现实经验之意义,谢肇淛《五杂俎》之评说至为精当:"戏与梦同,离合悲欢,非真情也;富贵贫贱,非真境也。人事转眼,亦犹是也。而愚人得吉梦则喜,得凶梦则忧,遇苦楚之戏则愀然变容,遇荣盛之戏则欢然嬉笑。总之,不脱处世见解矣。"[②]

以《红楼梦》为参照,可知"梦"乃含有"镜鉴"之意。如"太虚幻境"与

[①] 对"梦"之于《红楼梦》总体寓意的重要作用,余国藩有极为详尽之分析。可参见余国藩:《〈红楼梦〉、〈西游记〉与其他:余国藩论学文选》,生活·读书·新知三联书店2006年版,第90页。

[②] 转引自余国藩:《〈红楼梦〉、〈西游记〉与其他:余国藩论学文选》,生活·读书·新知三联书店2006年版,第93页。

现实之参差,"风月宝鉴"之于人之生命实感经验之独特寓意。虽并不能确证曹雪芹"敷演《红楼梦》故事的最终目的",是"达到崇高的宗教境界",但曹雪芹以"变幻"之法,"一开始就把宝玉带到'太虚幻境'",然后用诗与典,"作为振聩警钟,使宝玉悟道向佛"①。是为《红楼梦》叙述之紧要处,亦属其大关节所在,其后宝玉面临之诸般际遇及其起落沉浮,无不可以循此思路得到解释。《装台》作者亦熟知此法,刁顺子极具象征意味的梦,出自第六十五章。彼时因蔡素芬进入刁家所引发之家庭矛盾已因刁菊花的决定性胜利而告终,刁顺子重新回到作品开场前的境遇之中,其虽不具有对自我所处之生活世界诸般际遇的反思能力,却也因蔡素芬的被迫离开而心灰意冷,再无如作品前六十四章所述之隐忍与担当,其对自我生活之基本方式产生怀疑,从而意图去过类如退休干部的悠闲生活,决意再不"下苦",从此脱离前半生的"屈辱"与艰辛。然而大吊、猴子、三皮等人却无法"脱离"装台队伍的灵魂人物刁顺子而"独立"存在。在他们三番五次的劝说之下,刁顺子虽未应允"归队",但大吊女儿的状况却使刁顺子无法置之不理而仅求"独善其身"。其占据整整一章的"梦"也就在此际发生。然而其可谓复杂的梦,却并不构成某种如传统说部梦境叙述的寓言意义——即表明人事诸般际遇皆属虚妄,教人破除妄念而得见本来。"传统说部讲'梦',纵非全属悲观,至少满纸低调。"如《枕中记》《南柯太守传》诸作,"梦里经验常取为警世之用。梦境过客未必亲历诸般浮沉,梦中却可闻悉'宠辱之道,穷达之运,得丧之理',以及'死生之情'"。"故'梦'之为用大矣,适可表现小说的教化功能:虽未躬亲其事,梦中人却已亲阅其境,当可体悟世道实情",知"世俗成就无住,人生欢乐无常",如《枕中记》言之悲切:"'蒸黍未熟'",而"荣宠已过"②。观者莫不就此了悟"一切有为法,如梦幻泡影,如露亦如电,当作如是观"之微言大义。因之其间梦境,自与"真实世界"形成"反照"——以说明人于现实生活世界所执念之种种,不过"虚妄",且转瞬即逝。刁顺子梦境所示显然不在此列。其于梦中化作普通蚂蚁之一员,在"上级"的指令之下努力搬运体积庞大的百脚虫。在此过程中,既无须如现实世界中那般需靠"低三下四"赢得酬劳,亦无须通过攀附他者而获得生计。"劳动"能力之强弱为"蚁族"衡量个体之价值高下的唯一准则。普通蚂蚁亦无须反思其劳作之意义与价值,故而也无关于

---

① 余国藩:《〈红楼梦〉、〈西游记〉与其他:余国藩论学文选》,生活·读书·新知三联书店2006年版,第96页。

② 余国藩:《〈红楼梦〉、〈西游记〉与其他:余国藩论学文选》,生活·读书·新知三联书店2006年版,第92—93页。

生之意义的诸多烦忧。如是境况,并不构成对刁顺子现实境遇的警示作用,反而从另一侧面确证其生存状态与"蚁族"根本意义上之同一性。此种关于"底层"命运的思考,因之具有发人深省的复杂意涵。蚂蚁虽然弱小,但对生之责任的托举,却自有其庄严,化身为蚂蚁的刁顺子与"蚁族"同进取,共命运之际,"甚至还产生了一种身为蚂蚁的骄傲和自豪"①。此种骄傲与自豪,乃由其生命自内而外散发出来,属"本心"自有,不假外求。如是理路,约略近乎禅家义理,亦与沈从文20世纪30年代初返乡途中所见所思境界相通。那些在水上讨生活的水手,有极艰难的生,但也有希望、高兴和不悦。他们的希望仅在于多吃一碗饭、一片肉,有了钱去花在吊脚楼的女人身上。他们也会不高兴,"为了船搁浅,为了太冷太热,为了租船人太苛刻"。但他们也常大笑大乐,"为了顺风扯篷,为了吃酒吃肉,为了说点粗糙的关于女人的故事"。"他们也是个人,但与我们都市上所谓'人'却相离多远!"沈从文"想好好地来写他们一次",但总还嫌"力量不及,因为这些人就太大了"②,他们的生活,也"真可以说是庄严得很"③!这些人的"大"和"庄严",正在于其逸出"五四"以降现代性传统的特征:"当这些人出现在沈从文笔下的时候,他们不是作为愚昧落后中国的代表和象征而无言地承受着'现代性'的批判,他们是以未经'现代'洗礼的面貌,呈现着他们自然自在的生活和人性。"④如是"生活"和"人性"并非"五四"以降之启蒙传统关于"人"的想象所能简单框定,而缘起于延安文艺的新的"底层"和"底层人"的想象已无法延伸至刁顺子们的生活。既无自外而内的对既定生活境遇的超越,亦无自上而下的类如梁生宝们的制度性支撑,刁顺子们的生之意义必然需要依靠新的阐释的视域。"他们只能一五一十地活着,并且是反反复复,甚至带着一种轮回样态地活着",而"这种活法的生命意义",尚需有"更加接近生存真实的眼光去发现,去认同"⑤,而非"赋予"。一如"蚁族"自有其生命之责任与庄严,刁顺子也"不因自己生命渺小,而放弃对其他生命的温暖、托举与责任",更不会"放弃自身生命演进的真诚、韧性与耐力"。他们或永远不能成为"主角",但"他们在台

---

① 陈彦:《装台》,作家出版社2015年版,第348页。
② 沈从文:《湘行书简·水手们》,《沈从文全集》卷十一,北岳文艺出版社2009年版,第129页。
③ 沈从文:《湘行书简·忆麻阳船》,《沈从文全集》卷十一,北岳文艺出版社2009年版,第134页。
④ 张新颖:《沈从文九讲》,中华书局2015年版,第97-98页。
⑤ 陈彦:《装台》,作家出版社2015年版,第432页。

下的行进姿态",仍有"某种不容忽视的庄严"①。如是境况,并不从根本意义上超越蚁族之生活,且接近庄子"物化"之论。"物化者,万物化而为一也。万物混化而为一,则了无人我是非之辨,则物论不齐而自齐也。"②但庄子是论,重点乃在于"消解特定立场的偏执,及与天地万物为一体",其境正与"'吾丧我'和'天地与我并生,而万物与我为一'中心观念相互照应"③。然如前所述,刁顺子梦境所示,并无如《红楼梦》中宝玉游太虚幻境一节所彰显之使人顿悟人生如梦,从而破我执、去无明之作用。刁顺子之现实生活境况,与梦境所示并无根本不同,其亦无须从梦境与现实之参差对照中领悟"今是而昨非"之理。或者,陈彦书写此梦的目的,即在于表明梦境与现实、彼与此、物与我,甚至万物混融一体的境界。果然梦境甫一隐去,刁顺子"爬起来,走到院子一看,蚂蚁正在搬家",而大吊等人早已等候在门外,期待着刁顺子重返装台队伍,再去延续前六十四章详尽描述之生活。如是循环往复,至作品结尾亦不做"了断"。

或许因勘破"人"之境况的本质特征无论高低贵贱、贤愚不肖,无不遵循此理,陈彦延续大致相同之理路,去书写与刁顺子恰成"对照"的"主角"忆秦娥的命运遭际。她自十一岁因偶然机缘赴宁州学戏,至五十余岁功成名就却仍身陷内外交困之境,凡四十年。而于生命的大关节处,忆秦娥亦有"梦境"的训示。因她将台塌人亡之恶性事件归结为自己的"声名"所致——"她要没这点名气,没几万人挤来看戏,娃娃们就不会在台底下钻来钻去,又哪会有台塌人亡的恶性事件发生呢?"④——嗣后的梦,也便别有深意,却并非仅指向忆秦娥之个人困境。此梦并不如刁顺子般以类如"庄周梦蝶"的形式道尽其无从逃遁之生活真相,而是以中国古典小说关于身后(阴曹地府)"罪"与"罚"的想象表明另一番道理。牛头、马面关于孰为"主角"的争论似乎表明"阴间"与"阳间"道理并无不同。而"地狱"惩罚的对象,均属牵绊于"虚名"者。那些强求"虚名",争做"台柱子"(主角)者,均在此接受惩罚:那些于一望无边的黑暗断崖上,反复为自己带上八十斤重的金冠者,象征喜好桂冠的俗世中人;而在逼陡的斜坡上身背红红绿绿、金光灿灿的重物者,象征贪于"荣誉证书"者;其他如好为"台柱子"者,则在"上不着天,下不着地,没有生死,没有轮回"的天空"放漂"⑤。其境庶

---

① 陈彦:《装台》,作家出版社2015年版,第432页。
② 转引自陈引驰:《无为与逍遥:庄子六章》,中华书局2016年版,第260页。
③ 陈引驰:《无为与逍遥:庄子六章》,中华书局2016年版,第260页。
④ 陈彦:《主角》,作家出版社2018年版,第615页。
⑤ 陈彦:《主角》,作家出版社2018年版,第620页。

几近乎《神曲》中但丁所游历之地狱之境况,那些贪食、贪财、贪色者于其间接受不同之惩罚,由此既表明但丁之现实批判,亦有惊醒世人之作用。如此梦境之生成,乃忆秦娥之"心象"使然,却并不能简单地概括为警示其超脱"尘网",忘却"虚名"之意。即便在个人身处困境,几无超越的可能之际,以图"虚名"而自我解脱也非忆秦娥私心所向。虽不能说其始终以"安常处顺"的心态迎接现实生活世界诸般际遇之变幻,但汲汲于虚名,绝非其求技艺精进之初衷。无论在厨房灶台边苦练功夫,还是在棺材铺随乃师研习"吹火",求一举成名而改变其生存困境,绝非忆秦娥努力之目的。功成名就后仍苦练不怠,其为技艺的精进所付出的努力,断非常人所能想象,也就不能仅解作"虚名"使然。但人间世乃名利场,即便不以名利为目的,技艺精进至一定境界,名利自然随之而至。在忆秦娥声名日隆而有戏迷为其筹划"从艺四十年演出季"之时,关于"声名"之隐喻再次出现,且与第一次的梦境如出一辙。同样是牛头马面,同样为"医治"好图虚名的"大师病"而有更为严酷的惩罚:"原来这里的拴马桩上,全绑着各种与自己劳动无关,却要在别人的成果上挂上各种名头的人。并且还要把自己的名字,挂在真正劳作者前边。而让那些流尽血汗的真正劳动者,彻底淹没在人名的汪洋大海之中。治疗的方法也很简单,就是自己打自己的嘴巴,一边打,一边喊:'我不要脸,我不要脸,我不要脸……'直抽打到满脸是血时,有小鬼用铜瓢浇一瓢污泥浊水,混淆了血迹,再让自抽自打自喊。"[1]忆秦娥此梦,为其心象之投射,却并不应局限于对其个人品行之批评。其寓意所指,无疑朝向更具普遍性之生存情境。其要义或在于,名利非不可求,但因求名利而伤身害命,则属缘木求鱼、胶柱鼓瑟,断然不可。

两番梦境均与虚名浮利有关,且均出现在忆秦娥个人命运之重要关节,似乎也包含着促使其"顿悟"名利虚幻,不可久身的道理。即如庄子所论,"世人皆知有用之用,而莫知无用之用",因之纵心于"自求肯定、自求高尚、自求炫耀,以满足于'有用'的虚荣中",终止于因"有用"而受害。忆秦娥数度被污,其与生活世界中他者间关系的微妙难测,虽自认"无害"于他人,却不知身处名利纠葛之境,任何人难脱名缰利锁,亦无从逃遁由此而生之困境。此困境形成之根本原因,似可以庄子如是观念阐释之。"从外物之嫉害而言,他是被害者;但从自求有用以致受害而言,他却是自害者,所谓'山木自寇,膏火自煎'"之谓也。而如何超克此种困境,乃庄子思想之用心处。既不能遣去"有用"而拘泥于"无用","善行者无辙迹,最高明

---

[1] 陈彦:《主角》,作家出版社 2018 年版,第 845 页。

的处世,绝不可以执其一端而滞泥行迹",则应为"可有用,可无用,进而有无两遣",其要在于"超越有、无相对",亦即超越"定用",而求"妙用无方","非有用,非无用,可有用,可无用的圆通境界"①。如是,似可以化解忆秦娥反复面临之困境——楚嘉禾等人因嫉妒而生之诸多问题。本书作者虽对庄子思想颇多会心,却似乎并无意于以庄子所阐发之应世之道教忆秦娥对诸般困境应对自如,也无意于让忆秦娥如贾宝玉般历经人世沉浮之后有精神迅猛的成长。如书中"灵魂"人物秦八娃所论,"人事"不可不通,却也不可太通,不通,则易进退失据,太通,则易流于圆滑,二者皆不利于技艺的精进及个人精神的修持。也因此,忆秦娥对庄子思想的领悟仅作用于技艺的精进,几与应世之道无涉。虽有个人生命之实感经验与技艺之间的参差对照,也并不能使忆秦娥逐渐对外部世界之诸般问题应对自如。从十八岁崭露头角而遭他人忌恨,到五十余岁功成名就而"毁""誉"参半,忆秦娥从未学会对他人的恶意构陷泰然任之。极而言之,个人技艺的不断精进并未与应世的圆融相伴而生,她超越常人的领悟力,也仅止于唱戏,于世事洞明、人情练达上从未开窍。陈彦因是申论事业成就与个人"品性"之关系的另一番道理——技艺之至高境界乃属"愚人"的事业,过分精明而十分计较个人利害得失者,恐难达成。即如秦八娃所论,"大家说你傻,你还不喜欢听。其实你就是傻。正因为傻,你才成就了这大的事业;也因为傻,你才把自己的生活搞得一塌糊涂,有时甚至是狼狈不堪"②。希图个人之声名,从而改变其生存状态,从来不是忆秦娥苦练技艺的目的。其身心所系,全在唱戏,名利自然随之而生,他却从未为其所困。其心系一处,于此可见一斑。陈彦由此表达了其对并不限于戏曲相关人物的人之独特品质的理解。如其在《说秦腔》中所论,无论演员还是剧作家,其作品之所以能臻于化境,言他人所不能言,无不与此种品质密切相关。即便个人命运之沉浮使其对人世之沧桑颇多感怀,此种感怀却从不曾促使其于人情练达上着力用心,外部世界诸般际遇的变化最终成就的,仍然是"惊天艺"和"绝活"。是为忆秦娥作为"主角"之一种之核心品质,亦是作者详尽铺陈其境遇的根本用心所在。因是之故,阐发"主角"所蕴含之微言大义,即属《主角》之重要题旨。如是论断几乎贯穿全书,不同人物身处不同境况对此自有不同论说,但其核心意旨却有内在的延续性。"主角就是自己把自己架

---

① 颜昆阳:《庄子的寓言世界》,台北:汉艺色研文化事业有限公司 2005 年版,第 112-115 页。
② 陈彦:《主角》,作家出版社 2018 年版,第 840 页。

到火上去烤的那个人。因为你主控着舞台上的一切。因此,你就需要有比别人更多的牺牲、奉献与包容。有时甚至要有宽恕一切的生命境界。唯其如此,你的舞台,才可能是可以无限放大的。"①"能享受多大的赞美,就要能经受多大的诋毁。同样,能经受多大的诋毁,你也就能享受多大的赞美。你要风里能来得;雨里能去得;眼里能揉沙子;心上能插刀子。才能把事干大、干成器了。"②如是题旨,在作品结尾处得以显豁。下部第四十四章关于忆秦娥四十余年命运及主角之寓意的一折戏,即属卒章显志,既道尽其艰辛,亦有发人深省之人生感怀,令人唏嘘不已。

三、精进之途与超越之境

虽就境界、笔法而言,《主角》近乎以《红楼梦》为代表之中国寓意小说,但以人物论,忆秦娥与贾宝玉仍存在着极大的差别。贾宝玉(顽石)"出身大荒/空,乃'因空见色/幻','由色生情',再'传情入色'",终止于"自色悟空","回归大荒",换言之,其"几经人世浮沉,遍尝酸甜苦辣,总算大梦醒来,彻悟生命倏忽,一切虚若浮云"③,乃《红楼梦》"真谛"所在。如此,贾宝玉与诸种"成长小说"或"教育小说"之主人公约略相近——经由个人于外部世界中经历命运之兴衰际遇、起落沉浮而了悟某种生之真谛。是故,由"开端"至"结尾",生活境遇自然翻天覆地,而个人身心亦"革故鼎新"。"往昔"与"今时"自是全然不同,甚或作品寓意所托,即在"悟已往之不谏,知来者之可追","已往"与"来者",也自然构成某种内在的冲突,而主人公必得于虚拟世界中历经诸般际遇之后,方能有此了悟。

忆秦娥显然并非此类。以思想及行至论,其或属"反成长"式人物。"反成长"并非"不成长",而是不以俗世所谓之"成长"为鹄的。现代小说主人公时常面对之"内心的诗歌与现实的非诗"之间的矛盾冲突似与忆秦娥之境遇并无不同,然现代小说对此类人物所处之如是情境之可能的路径,却并不能说明忆秦娥的精神进境及现实选择。忆秦娥亦身历"否定性的创伤"和"未完成的痛苦",却并不落入现代小说的如下成规之中:或坚守理想勇往直前,即便头破血流九死其犹未悔,如《少年维特之烦恼》中的维特;或放弃理想臣服于现实原则而获得世俗意义上之成功,如《高老头》中的拉斯蒂涅;抑或坚持己道,不愿臣服于现实,终只能选择迹近道家亦通

---

① 陈彦:《主角》,作家出版社 2018 年版,第 851 页。
② 陈彦:《主角》,作家出版社 2018 年版,第 841 页。
③ 余国藩:《〈红楼梦〉、〈西游记〉与其他:余国藩论学文选》,生活·读书·新知三联书店 2006 年版,第 120 页。

于佛门之超然物外,如贾宝玉。忆秦娥自有其独特怀抱,但面临个人生命的死生之境之交替循环,却并不取维特或拉斯蒂涅及贾宝玉一路,而是呈现为个人技艺与时俱老和应世之道全然不通间极为奇妙之吊诡。作品开篇有其舅胡三元之频频启发,亦有胡彩香、苟存忠等前辈的不断"开示"。其中自然包含技艺之道和应世之法,然前者一味精进,后者则始终如一。陈彦于此呈现了另一种人物的独特品质——其生之价值与意义,全在"事业",几与俗世无涉。这便可以理解何以忆秦娥作为演员日渐成熟,其演技亦臻于化境,对戏曲之道微妙难识之处,其秉有过人之领悟力,然其日常生活,却始终其乱如麻。或者,极而言之,这一人物之特质,即在于过人之禀赋和现实的无能间之参差对照。其一生的幸与不幸,亦无不与此有关。

　　作为忆秦娥几乎贯穿始终的精神导师,秦八娃早已发觉因教育程度的限制,忆秦娥必得依赖后天的努力方能弥补缺陷从而企及艺术的至高之境,故而为其开列书目,希望忆秦娥能够藉此促成个人精神的"成长"——此"成长"无疑别有所指,与个人精神之自我完成并不完全对应,其终极所指,乃在于技艺的精进,而生命之实感经验与戏文中寓意的交相发明,亦属忆秦娥技艺精进的路径之一。然而遍览全书,可知秦八娃所希望之路径并不为忆秦娥所取,其唱戏技艺之精进,亦并不依赖后天知识的习得。依陈彦之见,"主角"之养成,途径有三:"一是确有盖世艺术天分,'锥处囊中',锋利无比,其锐自出者";一是"能吃得人下苦,练就'惊天艺',方为'人上人'者";一是"寻情钻眼、拐弯抹角而'登高一呼'、偶露峥嵘者"。苟能"三样全占,为之天时、地利、人和","不成材岂能由人"[①]?忆秦娥兼具前两者,却在"人事"上始终不"悟"。自宁州至省秦,从声名不彰到名满天下,忆秦娥从未"世事洞明",也自然不曾"人情练达"。依赖个人过人的天分和后天不懈的努力,其技艺虽一味精进,但生活世界却从来如一团乱麻。其无力应对在宁州一举成名之后数位诗人的追求,也不知如何拒绝刘红兵的"死缠烂打"。其私心所属,或在宁州时的搭档封潇潇。他们共同演绎许仙与白娘子的爱情故事之时细微的情感波动,乃忆秦娥感情生活中的动人一页。然而于此"情窦初开"之后,却未能延续。其嫁与刘红兵并非"爱情"之水到渠成,而是外部世界的自然推动使然。虽在舞台上演绎诸多女性形象,也深谙风情万种之理,但其生活世界却索然寡味,即便如与封潇潇的偶然动心,婚后亦不复再有。如此"寡情",似乎也便惹出了刘红兵的出轨,亦从另一侧面说明其之身心所系,全在"演戏",而不遑他顾。诸般际

---

① 陈彦:《主角》,作家出版社2018年版,第890页。

遇之根本特征,凝聚于其如下感怀中:"一生追求奇绝巧,日循舞台绕三遭。不懂世外咋喧闹,只愁戏里缺妙招。""唱戏让我从羊肠小道走出山坳、走进堂庙,北方称奇、南方夸妙、漂洋过海、妖娆花俏,万人倾倒、一路笑傲",却也因之"失去心爱的羊羔、苦水浸泡、泪水洗淘、血肉自残、备受煎熬、成也撕咬、败也掷矛、功也刮削、过也吐槽",终至于"身心疲惫似枯蒿"①。端的是内忧外患、身心俱疲、荣辱参差、苦乐相随,无论"成""毁",忆秦娥似乎都别无选择。个人天纵之才仅开窍于"唱戏",其生之价值与责任亦在此处。从《庄子》"佝偻承蜩"的寓言中,忆秦娥体会到"用志不分,乃凝于神"之于"断崖飞狐"绝技练习之作用。"驼背翁算是个残疾人了,跟正常人无法相比。但他在捕蝉这一技巧上,却远远超过了常人。孔子就说这个老汉是:'用志不分,乃凝于神。'根本还是完全排除了外界的干扰,才把活儿做绝的。"②其要在于"心物无间",艺术行为及养生处世之理亦复如是。"若任意念纷驰,情欲牵引,则心耗神亏,物我两得其害。"③忆秦娥由庄子这一寓言中意会到凝神聚首之于技艺修持的重要作用,因之精进异常,但此寓言中所蕴含之"应世"的技巧,却未能影响到其面对个人际遇时的精神选择。

凡此种种,均可以归结为如下的判断:忆秦娥乃是为"秦腔"而生,其个人命运之浮沉、情感之变化均与秦腔有关,舍此无他。此乃"命定",亦属"缘分",陈彦藉此发现了另一种人物。他们秉有过人的天分,也因这种天分而有超越常人的社会责任和使命担当。他们命定无法如常人一般去过普通的生活,但社会的进步却与他们的价值坚守和不懈努力密切相关。因是之故,忆秦娥属沈从文所论之于家国民族有重要之责任担当者,也因这种担当,她和刁顺子、猴子等人有了区分——并非孰高孰低,而是不同类型之于社会之不同价值。极而言之,如不在"五四"以降启蒙意义上"人"之传统观之,则忆秦娥对俗世幸福的体会,未必多于身处底层的刁顺子。各人因禀赋际遇之不同,其社会责任自然也异,然而就社会之整全而言,似乎两类人物均不可或缺,均有其独特之意义和价值。他们并不相同的命运,构成了复杂多元的世界的总体面向,亦属陈彦作品着力用心之处,其对人间世之诸多面向之仰观俯察,对人之性与情之精深幽微处的详细铺陈,显然别有怀抱,也更具包容性。

---

① 陈彦:《主角》,作家出版社2018年版,第881页。
② 陈彦:《主角》,作家出版社2018年版,第581页。
③ 颜昆阳:《庄子的寓言世界》,台北:汉艺色研文化事业有限公司2005年版,第236页。

出自己对二者论述的见解,颇有'摆平'或'升华'的意味"①。如是"三极对话"的方式,意在营构多元共在的思想场域,"让读者通过对话,感受到一种相对客观的'呈现',从而有利于从不同的方面把握作家的创作心态"②。

"三极对话"的目的,并非对作家作品展开简单的综合研究,而是奠基于畅广元以及"笔耕文学研究小组"其他重要成员对其时陕西中青年作家成就的充分理解和"局限"的明确认识。论集选定的研究对象仅有五位,依次为路遥、贾平凹、陈忠实、邹志安、李天芳,皆可谓一时之选。路遥作品其时已获全国优秀中篇小说奖、茅盾文学奖。贾平凹也已完成了其兼具"寻根文学"与"改革文学"双重面向的重要作品《浮躁》且屡获大奖。而作为其"中年变法"标志的长篇小说《废都》已在酝酿之中,并最终完成于《神秘黑箱的窥视》出版之前。斩获国内多种重要奖项的陈忠实此时已完成《白鹿原》初稿,正在进行初步的修改工作。邹志安、李天芳亦属彼时陕西中青年作家之翘楚,创作成绩在同辈作家中较为突出。其时,上述五位作家均已人到中年,虽成就较高,但仍然存在着有待突破的个人"局限"——贾平凹、陈忠实其时正在独立展开的"中年变法",即充分说明畅广元和彼时作协领导胡采、李若冰的远见。但"三极对话"的设想虽好,具体实施起来却可能面临重重困难。为统一认识,最大限度地完成预定目标,畅广元特意召集参与对话的作家和评论家召开编前座谈会,一致确定此次对话的宗旨为:"无论如何要说真话,要实事求是,作品好就说好,不好就说不好,千万不要随波逐流,一味给作家抬轿子。"已然经历《平凡的世界》第一部发表至1991年初评论界的诸种不同"反映"的路遥却对"三极对话"能在何种意义上达成心怀忧虑:"讲实话,不是一件容易的事,特别是对有了影响的作家。我担心这次搞三极对话,弄不好会成为相互唱和,结果反倒是好话连篇。希望这次能说到做到,面对作品,不讲情面,讲点实在的东西。"③从成书后的情况看,路遥的忧虑不无道理,关于贾平凹和陈忠实的论文即较少"锋芒",贾、陈二位也因种种原因,未能如编纂者所期望的那样,系统"回应"青年学者的观点。而作为三极对话的重要一极的评论家的文章,亦未能尽数起到与青年学者和作家"对话"的功能。就此而言,路

---

① 李继凯:《我与路遥的"遭遇"》,《文艺报》2013年12月16日。
② 畅广元:《心灵探索者的心灵——〈神秘黑箱的窥视〉前言》,陕西人民教育出版社1993年版,第7页。
③ 转引自畅广元:《我所认识的路遥》,晓雷、李星编选:《星的陨落——关于路遥的回忆》,陕西人民出版社1993年版,第72—73页。

遥对"三极对话"的认真回应使得该书即便未能全数完成原初设想,也有着极为重要的意义——在回应批评意见的同时,路遥对自身文学和世界观念的系统阐述,留下了关于其美学观念的重要文本。在读完李继凯的文章之后,路遥表示:"文章写得很认真,有不少话说到点子上了。当然,我也有我的想法,我一定要认真写一篇文章作答。"①正因"三极对话"的构想和李继凯文章的触发,路遥下决心总体回应批评界关于其作品的相关意见。路遥对李继凯及其他评论家观点的总体回应,类同于20世纪60年代初柳青以《提出几个问题来讨论》系统回应严家炎关于《创业史》的批评意见。因为后者的观点,涉及若干需要深入辨析的重要问题②。《早晨从中午开始——〈平凡的世界〉创作随笔》因此虽围绕《平凡的世界》的创作和相关批评展开,但理论视域和问题意识却并未局限于此。

二、路遥的"批评"意识和美学观念

"三极对话"的基本原则确定之后,李继凯于次年4月即完成了一篇4万余字的长文,名为《沉入"平凡的世界"——路遥创作心理探析》。为撰写此文,李继凯"阅读了能够找到的路遥的全部作品",还专门到作协就若干重要问题请教过路遥,甚至"在餐桌上都愿意坐在路遥身边,询问他吃酒席和当年饥饿至极的不同感受"③——此问题无疑涉及路遥创作心理的重要维度。全文分引言、正文、结束语三个部分。正文共分四节,所涉论题分别为:一、对待理想,像宗教徒般的虔诚与热情;二、艺术追求,按照美的规律来创造;三、多元交叉,文化心理的复杂构成;四、纵横比较,中外文学中的"路遥"。文章结构谨严、视域宏阔、论证扎实,涉及路遥创作的多个核心问题,自然多所肯定,但亦不乏"锐见"。其对路遥创作"局限"的认识,以"道德化"及其问题性最为突出。在李继凯看来,"路遥在塑造他心目中的理想人物时,总是时刻没有忘记道德伦理的人生准则"。而正因"心中有这种'道德自律'的准绳",路遥在面临"复杂型人物时,尽管有种种犹豫,但最终往往还是要勉力给出明晰的道德判断",此种"道德",也带有"'固有'或'传统'的性质"。如是对人物的道德判断,以《人生》中对高加林命运的处理最为典型。若照一般性的方式处理,则高加林"'于连式'的

---

① 转引自畅广元:《我所认识的路遥》,晓雷、李星编选:《星的陨落——关于路遥的回忆》,陕西人民出版社1993年版,第73页。
② 参见柳青:《提出几个问题来讨论》,蒙万夫等编:《柳青写作生涯》,百花文艺出版社1985年版。
③ 李继凯:《我与路遥的"遭遇"》,《文艺报》2013年12月16日。

个人奋斗",或有"追求自我实现和反拨不平压迫的积极意义",何况其奋斗已为或将为社会做出"更大的贡献",但受制于"对道德至上的伦理型文化的皈依",路遥"绝不会给高加林安排一个顺利发展、飞黄腾达的人生结局",因为依路遥之见,"高加林实在未曾通过'德顺爷'所象征的那道'道德关卡'"。作品以高加林重返乡里并扑倒在德顺爷脚下痛苦地喊叫一声"我的亲人哪……"作结,近乎《平凡的世界》中王满银"浪子回头"的模式,即无论其在外如何"折腾",最终均会"重新皈依"高家村"公认的那种完善的道德准则"①。李继凯所论,涉及彼此深度关联的两个重要问题:其一为《人生》对高加林命运的处理的"合理性";其二为以"道德化倾向"作为作品的终极视域的"适切性"。前者关涉如何总体理解80年代初个人与时代的关系问题;后者则涉及不同的文学和文化视域的内在价值分野。此种分野在80年代似乎很自然地被规划为文学与文化观念的"新""旧"之争。

对此,路遥显然有极为充分的考虑和积极的回应。他并不认同评论界(不局限于李继凯的批评)对其"回归土地"的倾向的批评意见,以为高加林最终的"回归",自有其历史和现实合理性。"从《人生》以来,某些评论对我的最主要的责难是所谓的'回归土地'的问题。通常的论据就是我让高加林最后又回到了土地上,并且让他手抓两把黄土,沉痛地呻吟着喊叫了一声'我的亲人哪……'由此,便得到结论,说我让一个叛逆者重新皈依了旧生活,说我有'恋土情结',说我没有割断旧观念的脐带,等等。首先应该弄清楚,是谁让高加林们经历那么多折磨或自我折磨走了一个圆圈后不得不又回到了起点?是生活的历史原因和现实原因,而不是路遥。作者只是力图真实地记录特定社会历史环境中发生了什么,根本就没打算(也不可能)按自己的想象去解决高加林们以后应该怎么办。这个问题同样应该由不断发展的生活来回答。"②

此说无疑涉及观念的"新""旧"之辨、"城""乡"之辨,以及如何理解个人与时代的关系问题。在八九十年代,求"新"与"变"乃时代和文学观念的核心倾向。一旦被认为尚在陈旧的观念模式之中写作,作品必然有被归入另册之虞③。对此种评价,路遥显然不能赞同。更何况促使高加林经

---

① 李继凯:《沉入"平凡的世界"——路遥创作心理探析》,畅广元编:《神秘黑箱的窥视》,陕西人民教育出版社1993年版,第35—36页。
② 路遥:《早晨从中午开始》,北京十月文艺出版社2012年版,第59页。
③ 同属"改革书写",且基本模式有着一定的共通性,但《平凡的世界》和贾平凹《浮躁》却有着不同的命运。前者被认为"落后""守旧",后者则因包含"寻根"意味而被视为具有时代创新意义。如是评价的差别,即与时代文学观念及其价值偏好密切相关。对此问题的详细申论,可参见杨晓帆:《路遥论》,作家出版社2018年版,第204—212页。

历内外煎熬之后重返生活"起点"的并非路遥个人,而是"生活的历史和现实原因"。出于"真实地记录特定社会历史环境"中个人之可能的路遥也无意于强行"按自己的想象去解决高加林们以后应该怎么办"①。对于这样的问题,应该由"不断发展的生活来回答"。路遥如是回应这一问题的潜台词显然相通于马克思的如下论断:哲学家们只是用不同的方式解释世界,问题在于改变世界。如不能将思想转化为行动的现实,则任何关于世界的可能的阐释不过空言而已。如果稍稍放宽视界,以《人生》写作完成前一年(1980)国内影响极大的关于人生意义的大讨论("潘晓讨论")为参照,可知路遥如是为《人生》"辩护"的历史合理性。"潘晓讨论"起始于1980年5月,其极为深刻地关涉"个人"与"历史"的关系问题——在"潘晓"接受"思想"的基础教育阶段,个人的人生意义因与"集体意义、大历史意义联结"而有着较为稳固的表达,"能和集体意义、大历史意义正相关联结的人生意义才是正当的,真正的意义"②。作为高加林的"前辈",50年代的时代新人梁生宝的人生选择正因与宏大历史核心主题密切关联而有着超稳定的意义。以梁生宝为镜像,徐改霞"进城"的可能显然并不属于时代选择的主潮。其"进城难题"在50年代也并不难有合乎时代情理的结论。但时隔三十余年后,高加林却已无可能认同徐改霞最终的选择(留在农村)。在其身处的80年代,"农民作为一个阶级的道德和精神优势已经在急剧的社会变革中成为历史","整体中的个人和个人意义上的整体"已然"解体","小二黑一旦变成了高加林就再也无法回到他以前的背景中去",文学也因此只能从"社会中退步出来,成为个人讲述故事的方式"③。但崛起的"个人"仍无从超克外部世界的种种规约而自由伸张其欲望。高加林命运的起伏、成败均是高度历史性的。极具症候意味的是,高明楼和梁生宝差不多属同一代人,也可能分享过50年代时代的精神成果,但与梁生宝心系"集体"而罔顾"个人"利益形成鲜明对照的是,高明楼屡屡利用其身份以权谋私,全无梁生宝时代甚或路遥70年代初《代理队长》《基石》《优胜红旗》等作品所书写之基层干部公而忘私的优良品质。在人生的重要关头"左右"高加林命运的马占胜的狗苟蝇营也差不多坐实了基层权力机制的基本变化——由"公"而"私"的悄然转换。而"正是利益诉求的高度个人化集中才会导致社会冲突的爆发,进而触发公领域一系列问题的出

---

① 路遥:《早晨从中午开始》,北京十月文艺出版社2012年版,第59页。
② 贺照田:《当社会主义遭遇危机……"潘晓讨论"与当代中国大陆虚无主义的历史与观念构造》,贺照田、余旸等著:《人文知识思想再出发》,台湾社会研究杂志出版2018年版,第47页。
③ 杨庆祥:《妥协的结局和解放的难度——重读〈人生〉》,《南方文坛》2011年第2期。

现":"农村基层社会的权力变异,利益重组所带来的内部分化,劳动意识形态的崩溃,私领域的个人诉求强行楔入公领域……"①置身"公""私"颠倒、"个人"与"集体"脱节的时代,身处底层的高加林几乎无法在乡村获得其所希望的成功。不仅如此,"到城里去"虽为足以让高加林宏图大展的重要路径,却并不向如高加林般的普通人物自然敞开。个人才能虽远超张克南,也完全可以胜任城里的工作,但因"身份"的差别,高加林终败于张克南的"先天"优势——中学毕业之后,黄亚萍理智地"放弃"高加林选择张克南即属典型例证。也不难想象,随着高加林的返乡,黄亚萍或也会与张克南重修旧好。唯有重申"关注社会最低需要"这一社会主义的重要原则,并切实解决阶层固化等社会现实问题,高加林们的人生问题方能得到更具历史意义的解决②。他们迫切需要的并非关于其命运的基于浪漫情怀的虚幻处理,而是如何在社会实践意义上改变其境况产生的根源③。

如何理解路遥对《人生》结尾的处理,最终关涉"人民文艺"与"人的文学"两种不同的"政治规划"和"文学想象"之间的差异。路遥的文学观念,奠基于《讲话》以降的"人民文艺"的思想和审美传统④,与80年代文学界影响甚大的"人的文学"的基本传统存在冲突。而后者因"重写文学史"思潮的广泛流播几成其时文学观念和批评的"成规"。"用80年代建构起来的'艺术'、'诗意'和'美'的标准来重新评价'人民文艺',认为高度的'政治性'和'意识形态性'损坏了其可能达到的'艺术高度'。这一潮流背后蕴含的则是'现代化叙事'对文学史图景的重构,以及这种重构中必然包含的对'前现代的'、'乡村的'和'非审美'的'人民文艺'的贬斥。"⑤在"现代化的文学叙事"所敞开的朝向未来的世界构想中,"土地""农村"等等似乎自然包含着"陈旧"与"落后"的特征,而成为正在展开的现代化建设所应克服的"问题"——"广大的落后农村是中国迈向未来的沉重负担"。与此相应,如《人生》这般以"返归"土地的方式完成对个人奋斗的"结局"的处理,很容易被归入落后的"恋土派"。姑且不论"回归土地"并

---

① 董丽敏:《知识/劳动、青年与性别政治——重读〈人生〉》,《南开学报》(哲学社会科学版)2014年第6期。
② 参见甘阳在《社会主义、保守主义、自由主义:关于中国的软实力》一文中对"社会主义原则"的阐述。《文明·国家·大学》,生活·读书·新知三联书店2018年版。
③ 参见拙文:《"一代人"的"表述"之难——杨庆祥〈80后,怎么办?〉读札》,《中国现代文学研究丛刊》2018年第3期。
④ 参见杨辉:《〈讲话〉传统、人民伦理与现实主义——论路遥的文学观》,《中国当代文学研究》2019年第1期。
⑤ 罗岗:《"人民文艺"的历史构成与现实境遇》,《文学评论》2018年第4期。

非表明高加林的人生道路只能终结于农村,仅就"农村问题"作为 80 年代具体的历史的问题而言,即可知并不能简单地以"进步"抑或"落后"判定"城"与"乡"的差别。更具历史症候意味的是,自 1942 年《讲话》以降,重新书写"农村"渐成潮流,赵树理、丁玲,包括柳青在 1942—1949 年间多部作品所敞开的农村,一改现代作家笔下浓重的颓败之势,而成为新的世界渐次展开的欣欣向荣之境。其间质性的变化无疑包含着复杂的历史意义和现实诉求,此后"十七年"文学之乡村叙述大致沿着这一路线持续展开。农村生活作为社会主义建设的重要部分包含着极为复杂的历史能量。"新时期"以降对"农村"的新的想象再度返归 20 世纪初农村书写的主潮之中,其间历史的反复及其意义,恰是路遥重评所要面对的重要问题。其"症候"集中体现于论者的如下质疑之中,"为什么努力表现工农兵群众的解放区十七年文学,算不上'人的文学'？而只有那些把劳动人民写得非常愚昧落后、缺乏人性自觉……才是凸现了知识分子的自我肯定和美学趣味。"①"精英"观念与"大众"视域的分野②,乃是评判《人生》中高加林的"结局"无法绕开的重要问题。延续"人民文艺"的基本理路的路遥的写作,也自然与接续启蒙传统的"人的文学"的世界想象之间存在难以调和的"矛盾"。是为"城""乡"之辨的症结所在。

高加林开放式的人生"结局"及其所敞开的现实难题同时涉及文学与文化观念的"古""今"之争——即如何看待德顺爷对高加林的选择所作的若干"道德训诫"的意义。时在 80 年代初,兴起于"五四"的文化的古今中西之争所形塑之今胜于古、西优于中的文化无意识再度成为时代的潮流。作为《人生》中"点题"的重要人物,在 80 年代的时代氛围中,德顺爷所依凭的儒家伦理道德观念似乎略有"不合时宜"之嫌。当此之际,以"个人"奋斗为基本方式的人生愿景依托宏大的现代化想象一路高歌猛进。依此逻辑,"人们似乎有足够的理由认定:即使是加林式的个人主义",也远胜其父所持有的"封建的奴化主义"。以"封建"和具有启蒙意义的"个人"对举来表明此种观念中所蕴含的"新""旧"之争,为"五四"以降处理"传统中国"与"现代中国"关系的惯常模式。在此种观念的发轫阶段,"知识精

---

① 解志熙:《一卷难忘唯此书——〈创业史〉第一部叙事的真善美问题》,《文艺争鸣》2018 年第 4 期。

② 此一问题在今天的延续,便是"中国文学越来越自我,越来越中产阶级化",就此而言,"可以重新讨论现实主义的重要性以及各种可能性,对一个更加广阔的世界的关注,对更多的群体性的'人'的关注"。周展安,蔡翔:《探索中国当代文学中的"难题"与"意义"——蔡翔教授访谈录》,《长江文艺评论》2018 年第 2 期。

英一方面将'旧'视为落后与羞耻的象征,另一方面将'旧'简化为'邪恶口袋':传统里那些具有唯心主义成分的知识、缺乏工具性价值的理念、无助国家富强的学问德性,都有机会被点名批判"。而"新"则被视为"'善'的象征",与作为"万恶之源"的"旧"恰成鲜明对照。其间"新"与"旧"的对立,"不尽然是时序先后的不同,更重要的是具有意识形态意义的善恶之别,是非之别,与高下之别"①。在此一思想范式中,德顺爷所依凭的价值观念自然不具有现代意义上的先进性,其适用性似乎也大可怀疑。也因此,"人们在读《人生》与《平凡的世界》的结尾部分时,多有一种不满足或怀疑的感觉,因为加林与少平的道德化的'回归',似乎并未将人们引到一片新道德的天地之中去"。

  对如上问题更具历史感的解释,仍需返归80年代的文学和思想现场。自历史的整体状况看,80年代的思想格局并不单一。"文化热"所开显之三种思想路径及方法也表明重述古今中西关系的多种可能。几乎在李继凯写作此文的同时,陈忠实完成了其重要作品《白鹿原》初稿的写作。不同于此前以《蓝袍先生》等作为代表的关于"封建伦理道德""落后"与"陈旧"(甚或"吃人")的惯常叙述,《白鹿原》在朱先生和白嘉轩身上寄予了对儒家伦理之经世功能及其衰微的哀婉与叹惜。依其逻辑展开的文学世界,儒家伦理道德在观念的易代之际虽面临多重挑战,但作为其在实践层面的代表人物,白嘉轩傲然立于白鹿原之上,一任外部世界风云舒卷、王旗变幻,他始终坚信白鹿原子弟无论如何叛逆如何意图逃离,却最终仍需跪倒在具有复杂文化象征的祠堂之中。"白鹿原"作为重要意象因之并非单纯的地域的指称,而是有着文化、族群、民族精神象征的多重意义——或也表征着古典传统之精义在新的时代语境中复兴复壮的可能。并非偶然,虽未如白嘉轩一般有精神世界更为复杂的展开,构成德顺爷精神基础的,同样是儒家思想及其在现实化过程中所形成之伦理道德规范②。此种规范及其在传统社会所呈现出的"差序格局",确与启蒙所持守之"个人"信念存在冲突。但在80年代初具体的历史氛围之中,如高加林般的年轻人,他们的"思想、欲望、行为、心理、感情、追求、激情、欢乐、沉沦、痛苦、局限、缺陷",他们所身处的自我和社会矛盾,均无法"超越历史、社会现实和个人

---

① 王汎森:《启蒙、理性与现代性:近代中国启蒙运动,1895—1925·序》,丘为君:《启蒙、理性与现代性:近代中国启蒙运动,1895—1925》,台大出版中心2018年版。

② 如费孝通所论,道德观念"包括着行为规范、行为者的信念和社会的制裁"。就社会观点而言,"道德是社会对个人行为的制裁力,使他们合于规定下的形式行事,用以维持该社会的生存和绵续"。费孝通:《乡土中国》,江苏文艺出版社2007年版,第33—34页。

的种种局限"①。以是否对"特定历史进程中的人类活动做了准确而深刻的描绘"作为文学价值有无之标准的路遥,并不赞同无视现实的自然规律,仅从"概念"和"理论"出发的写作路向,以为据此写作,属胶柱鼓瑟,不过塑造出一些新的"高大全"——"穿了一身牛仔服的'高大全'或披了一身道袍的'高大全',要不就是永远画不好圆圈的'高大全'"。而在历史的具体氛围中如其所是地处理人物所面临之现实矛盾,则德顺爷所持有之"道德判断",无疑是在人生观念转型之际高加林所能依凭之重要思想资源。若非如是,则被迫重返乡里且回归人生"起点"的高加林或将面临价值的虚无之境——高明楼的种种行为已然表明乡村如梁生宝所能依托之价值观念的衰微。这便可以理解何以德顺爷形象的出现让几乎陷入写作的"绝境"的路遥"绝处逢生"——他不知应该如何安排高加林的结局:"与高加林一样,路遥在创作的十字路口上徘徊,不知该何去何从。他说他在自己的生活积累之中苦苦地搜寻着,追索着,直到德顺爷爷的形象瞬息间在他的头脑中浮现出来"②,被迫返乡的高加林也因此有了可能的精神依托。这依托既寄托着路遥深厚的"作家的情感"③,也表明即便在唯新是举、不遑他顾的 80 年代,古典思想及其所形塑之人格仍有未可简单估量的重要价值。是故,超克文化的古今中西之争所开启的思想"困局",自古今贯通的文化观念中重新理解古典传统的当下可能,则对德顺爷及其所持存之伦理道德观念的意义,或可有更具历史感的新的理解。

对古典传统现代意义的认识及进一步阐发的可能,也可以间接回应李继凯对于路遥创作资源已然穷"尽"的意见。依李继凯之见,"也就在《平凡的世界》中,我们已发现作家已将自己的生活积累、审美意象、表现手法等作了一次集大成式的调动与使用"。该作中的诸多意象也有着统合此前作品的重要特征,也因此难免有"重复"之嫌。一言以蔽之,"《平凡的世界》是在新的宏观框架中对过去诸多作品的'整合',到此既达到了总体的

---

① 路遥:《早晨从中午开始》,北京十月文艺出版社 2012 年版,第 62—63 页。
② 汪炎:《漫忆路遥》,榆林路遥文学联谊会编:《不平凡的人生》,第 17—18 页。
③ 路遥在为"回应"李继凯的"批评"所列的写作提纲中,首条即为"关于创作中作家的情感"。此处所论之"情感"所指应该较为丰富,但对人物、土地等的个人情感应属其中的重要部分。如其所论,"我本身就是农民的儿子,我在农村里长大,所以我对农民,像刘巧珍、德顺爷爷这样的人有一种深切的感情,我把他们当作我的父辈和兄弟姊妹一样,我是怀着这样一种感情来写这两个人物的……"参见王愚:《"文章憎命达"——忆路遥二三事》,《星的陨落——关于路遥的回忆》,陕西人民出版社 1993 年版,第 75—76 页。

集成高度",又不可避免地显示出"某种'尽'的征兆。"①仅就70年代末至90年代初十余年间的创作情况论,李继凯此说可谓精当。中篇《惊心动魄的一幕》《人生》《在困难的日子里》《黄叶在秋风中飘落》以及短篇《姐姐》《月夜静悄悄》《生活咏叹调》等作所涉之生活经验、表现手法的确属《平凡的世界》创生之基础②,将前数部作品视为后者写之"前史",似乎也无不可。如此,路遥的创作形成了思想一贯、手法统一、前后有序的稳定结构。在此结构中,《平凡的世界》无疑有着根本性的统合和"终结"的意味。但若放宽视域,则可知如上结构虽看似完美,却仍然包含着诸多"裂隙"。就其要者而言,思想和审美资源向中国古典传统敞开,是路遥自我超克的可能路径之一。柳青晚年关于陕北叙述诸多可能的若干意见,启发路遥在《平凡的世界》之后重新思考个人写作的拓展问题。虽为陕北人,但基于对20世纪50年代时代精神氛围的总体考量,柳青将"深入生活"的地点选在了当时的长安县皇甫村。也因较为复杂的历史原因,《创业史》并未涉及皇甫村更为深广的历史和文化内容。虽对中国古典小说颇为熟悉,柳青也未有如"新时期"之后诸多作家一般,有意赓续古典传统之思想和审美方式,但对中国历史与文化之意义却有充分的认识,他勉励同乡后辈作家路遥从历史、文化的角度去写故乡陕北。《平凡的世界》完成之后,路遥开始阅读《新唐书》《旧唐书》《资治通鉴》等重要历史典籍,并对黄仁宇的《万历十五年》大加赞赏,以为其对中国官场和政治改革的解剖之精到和透辟他人几乎无法企及③。阅读兴趣的转换,或许表明路遥在为未来的书写"历史陕北"的作品做写作的准备。若是如此,则关于其创作的整体描述以及"局限"的种种说法,即显现出其局限。

三、"反潮流"的潮流化:现实主义的连续性及其文学史意义

《早晨从中午开始》的写作显然并不止于"回应"李继凯的"批评",而是包含着更为阔大的用心:通过回应自《人生》到《平凡的世界》批评界对其作品涉及重要问题的若干批评意见,从而系统阐述其不同时流(即其所

---

① 李继凯:《沉入"平凡的世界"——路遥创作心理探析》,畅广元编:《神秘黑箱的窥视》,陕西人民教育出版社1993年版,第52—53页。

② 雷达亦认为《平凡的世界》是《人生》的放大版。孙少安、孙少平是高加林的一分为二",但路遥对此说并"不以为然"。雷达:《陕西"三大家"与当代文学的乡土叙事》,《小说评论》2016年第6期。

③ 参见王天乐《苦难是他永恒的伴侣》及晓雷《故人长绝——路遥离去的时刻》,两文均见于李建军编:《路遥十五年祭》,新世界出版社2007年版。

谓的"反潮流")的思想和美学观念。照路遥最初的构想,该作将涉及以下四个论题:"一、关于创作中作家的情感;二、作家的态度与人物的性格;三、评论家的视野与作家的艺术感受;四、关于黄土地。"①从对新时期以降种种文学思潮和创作现象的整体反思到个人写作之追求——包括思想追求和艺术追求——的自我说明,再到对作家与土地、文学与时代关系等问题的思考,路遥力图深入地阐述其思想和文学观念。后来之成稿虽未严格依照上述结构展开,但对相关问题无疑均有涉及。论述的重点,仍在其所遵循之现实主义原则及其意义问题上。而以此为切入点,旁及若干重大理论与现实问题。

在90年代初阐述《平凡的世界》所遵循之现实主义传统及其意义,路遥此举无疑有着极为明确的现实针对性。其具体触发点有二:一为1986年春《平凡的世界》(第一部)被《当代》杂志退稿;一为1986年冬《平凡的世界》(第一部)北京研讨会上所遭遇的批评意见。对于前者之深层原因,《当代》编辑周昌义后来有较为详尽的说明,其对彼时阅读感受的回顾,亦具有80年代中期文学观念(潮流)的症候意义。"拿着路遥的手稿回到招待所,趴在床上,兴致勃勃地拜读。读着读着,兴致没了。没错,就是《平凡的世界》,第一部,30多万字。还没来得及感动,就读不下去了。不奇怪,我感觉就是慢,就是啰唆,那故事一点悬念也没有,一点意外也没有,全都在自己的意料之中,实在很难往下看……"②

时隔多年之后,已有更为宽广的文学视域(与1986年一般,其文学观念仍然是高度历史性的,属时代"潮流"之自然反映)的周昌义意识到其彼时有此阅读感受的原因,在于无意识地被80年代中期潮流化的文学观念挟裹而去。"那是1986年春天,伤痕文学过去了,正流行反思文学、寻根文学,正流行现代主义",读小说"不仅要读情感,还要读新思想、新观念、新形式、新手法。那些所谓意识流的中篇,连标点符号都懒得打,存心不给人喘气的时间。可我们那时候读着就很来劲,那就是那个时代的阅读节奏,排山倒海,铺天盖地。喘口气都觉得浪费时间"③。

从周昌义"后设"叙事的要点看,他当年退稿《平凡的世界》,皆因该作"过时的"现实主义手法:"80年代中期,是现代主义横行,现实主义自卑的

---

① 转引自畅广元:《我所认识的路遥》,晓雷、李星编:《星的陨落——关于路遥的回忆》,陕西人民出版社1993年版,第73页。
② 周昌义:《记得当年毁路遥》,《文艺理论与批评》2007年第6期。
③ 周昌义:《记得当年毁路遥》,《文艺理论与批评》2007年第6期。

年代。陕西恰好是现实主义最重要的阵地,也该承担起现实主义自卑的重担。"①自中篇处女作《惊心动魄的一幕》始,路遥的写作便与向以现实主义文学重镇著称的《当代》渊源颇深。正因80年代初《当代》主编秦兆阳的欣赏,屡遭退稿的《惊心动魄的一幕》才得以刊发并获首届全国优秀中篇小说奖,在很大程度上可谓改变了路遥的命运。曾以《现实主义——广阔的道路》一文名世的秦兆阳对《惊心动魄的一幕》的意义的独特理解,无疑也给尚在写作探索期的路遥以极大的鼓励。因是之故,此番《当代》退稿,想必对路遥不无打击。所幸有《花城》杂志谢望新和中国文联出版公司李金玉对《平凡的世界》(第一部)的肯定,路遥似不必在退稿一事上心存压力,集中精力完成作品后两部即可。

但对数年潜心为《平凡的世界》做写作的准备,无暇顾及文坛风潮的路遥而言,文学潮流无远弗届的影响力此时不过初现端倪。在1987年12月《花城》与《小说评论》杂志联合召开的《平凡的世界》(第一部)北京研讨会上,路遥面临着更为沉重的精神压力。此次会议会聚了当时重要的文学评论家如朱寨、何西来、何镇邦、雷达、蔡葵、曾镇南、李炳银、白烨、王富仁等。研讨会纪要以《一部具有内在魅力的现实主义力作》为题刊发于《小说评论》1987年第2期。该纪要以如下段落总结此次研讨会的核心观点:"评论家们给予小说以这样的总体评价,认为《平凡的世界》是一部具有内在魅力和激情的现实主义力作。它以一九七五年至一九七八年中国广阔的社会生活为背景,描写了中国农民的生活和命运,是一幅当代农村生活全景性的图画,是对十年浩劫历史生活的总体反思。在事件和人物之间,作家更着力表现新旧交替时期农民特有的文化心态,试图探寻中国当代农民的历史和未来。"②如今看来,上述具有总括意义的整体评价不可谓不准确,但在1986年末以"现实主义""肯定"一部新作,却包含着耐人深思的复杂意味。或属彼时纪要写作的"成规",该文在以绝大多数观点肯定该作多方面的价值之后,在结尾处亦述及其"不足":"有同志指出,作品

---

① 在该文中,周昌义曾明确言及,那位引荐他与路遥见面约稿的副主席在其退稿之后,"希望"周昌义"千万要保密,对文坛保密,对陕西作家尤其要保密"。其可能的原因或在于,"陕西地处西北,远离经济文化中心,远离改革开放前沿,不能得风气之先。想要创新,不行;想要装现代,不行;想要给读者思想启蒙,更不行。所以,那些年,陕西文坛面对新知识爆炸、新信息爆炸、新思想爆炸的整个文坛,都感到自卑"。《记得当年毁路遥》,《文艺理论与批评》2007年第6期。

② 一评:《一部具有内在魅力的现实主义力作——路遥长篇小说〈平凡的世界〉(第一部)讨论会纪要》,《小说评论》1987年第2期。

开头有些徐缓,其中有些章节读来有些沉闷、板滞"。① 是说无疑类同于周昌义的阅读感受,足见二者分享的乃是同一种文学观念。虽无资料表明此说出自何人之口,但从会议的部分参与者及相关人员事后的"补叙"看,此次会议应当有远较纪要丰富复杂的内容。如与路遥交往甚厚的白描的回忆,展现的即是此次会议的另一种面向:"1986年冬季,我陪路遥赶到北京,参加《平凡的世界》(第一部)的研讨会。研讨会上,绝大多数评论人士都对作品表示了失望,认为这是一部失败的长篇小说。"②

"绝大多数""失望""失败"这样的表述与会议纪要形成了鲜明的对照。而据周昌义回忆,那一次研讨会自己虽无缘参加,但从参与会议的编辑部同仁反馈的信息看,至少"大家私下的评价不怎么高"③。或因这样的原因,《花城》刊出该作第一部之后再无后续。第二部并未在文学期刊发表,第三部则在较之《花城》更为"偏远"的《黄河》刊出。由此可见此次会议之于《平凡的世界》的"负面"影响。与此相应,对该作期望甚高且尚未完成后两部的路遥也承受了较大的心理压力。"回到西安后,路遥忽然要领我去一趟长安县的柳青墓……他在柳青墓前转了很长时间",最后"猛地跪倒在碑前,放声大哭"④。

彼时路遥复杂的心理状况如今已难以尽知,但值得注意的是,《早晨从中午开始》论及文学形势和他对现实主义传统的赓续的原因计有两次。第一次可谓"总论",集中在第6—9节。第二次恰在第一部完成之后(即北京研讨会后),属进一步的详细申论,在31—33节。两处所论之侧重虽略有不同,但均在回应关于该作写作手法的批评意见,关涉其时的文学形势和文学评价的"成规"。"按当时的文学形势,这部书的发表和出版是很成问题的。"首当其冲的问题"当然是因为这部书基本用所谓'传统'的手法表现,和当时的文学潮流悖逆;一般的刊物和出版社都对新潮作品趋之若鹜,不会对这类作品感兴趣"⑤。如果说在为《平凡的世界》做写作的准备期,路遥无暇顾及文坛新潮,周昌义的退稿和北京研讨会上的批评声音,无疑迫使其对此一问题做充分、深入的思考。在"突击阅读"⑥其时流行的新

---

① 一评:《一部具有内在魅力的现实主义力作——路遥长篇小说〈平凡的世界〉(第一部)讨论会纪要》,《小说评论》1987年第2期。
② 转引自王刚:《路遥年谱》,北京时代华文书局2016年版,第210页。
③ 周昌义:《记得当年毁路遥》,《文艺理论与批评》2007年第6期。
④ 王天乐:《〈平凡的世界〉诞生记》,榆林路遥文学联谊会编:《不平凡的人生》,第122页。
⑤ 路遥:《早晨从中午开始》,北京十月文艺出版社2012年版,第57页。
⑥ 参见王天乐:《〈平凡的世界〉诞生记》,榆林路遥文学联谊会编:《不平凡的人生》,第121页。

潮作品之后,路遥以为,此类作品大多尚处于"直接借鉴甚至刻意模仿西方现代派作品的水平",并不成熟,虽不乏文学形式变革的意义,但显然被文艺理论界"过分夸大"。现代派在其时具有排他性的巨大影响,暴露出的恰是批评界文学观念的偏狭。"问题在于文艺理论界批评界过分夸大了当时中国此类作品的实际成绩,进而走向极端,开始贬低甚至排斥其他文学表现样式。从宏观的思想角度检讨这种病态现象,得出的结论只能是和不久前'四人帮'的文艺殊途同归,必然会造成一种新的萧瑟。从读者已渐渐开始淡漠甚至远离这些高深理论和玄奥作品的态度,就应该引起我们郑重的思考。"[1]

路遥对现实主义以及现代派的理解,显然并不局限于写作手法,而是充分考虑到其所关涉的文学与社会、意识形态与现实等等更为复杂的问题。自20世纪70年代初开始,在宏阔的社会历史背景中思考题材的意义,乃是路遥写作的重要特征[2]。他对文学与政治的透彻理解,近乎詹姆逊将政治作为文学评价的基本视域的观念。这一思路,也自然成为路遥思考文学手法及其意义的逻辑起点。"现实主义在文学中的表现,绝不仅仅是一个创作方法问题,而主要应该是一种精神。"此种"精神"也并非单纯的主体的价值和审美偏好所能简单概括,而是统合了作家关于传统、时代和现实诸种复杂因素的深刻洞见。形式亦是一种意识形态,不可脱离特定的社会思想视域架空理解。"也许现实主义可能有一天会'过时',但在现有的历史范畴和以后相当长的时代里,现实主义仍然会有蓬勃的生命力。"无须指明路遥文学观念中更为宏阔的思想考量的意识形态意味[3],仅就其对现实主义与"历史范畴"连续性的关系的看重而言,便可知他对文学手法背后所关涉的复杂的思想问题所知甚深。如论者所言,"把现实主义问题提到最重要的地位,是出于唯物主义认识论的要求"。因为现实主义作家给艺术提出的任务,"是在现实本身中,在各种现实力量以及社会生活的各种倾向的斗争和冲突中给进步的理想找到依托"[4]。进而言之,"马克思主义作为社会革命学说的"性质,"决定了现实主义问题对于马克思主义

---

[1] 路遥:《早晨从中午开始》,北京十月文艺出版社2012年版,第57页。
[2] 参见杨辉:《路遥文学的"常"与"变"——从"〈山花〉时期"而来》,《中国现代文学研究丛刊》2018年第2期。
[3] 对此,与路遥交往甚厚的海波有明确的说明:"《惊心动魄的一幕》的发表和获奖,可以说在总体上规定了他创作的取向",即"站在政治家的高度选择主题,首先取得高层认可,然后向民间'倒灌'"。《我所认识的路遥》,《十月·长篇小说》2012年第4期。
[4] 乔·米·弗里德连杰尔:《马克思恩格斯和文学问题》,郭值京等译,上海译文出版社1984年版,第196页。

文艺批评理论具有特殊的意义"①。具体表现为强调文学作为社会实践之重要一种的经世功能和实践意义,亦即以作为社会象征行为的叙事的虚拟方式,参与或应和总体性思想及其所敞开的世界的新可能。以此观念为基础的写作,一开始即与以单纯的自我情感表达为目的的写作存在着根本的分歧。此种分歧,与20世纪60年代中期苏契科夫对现实主义和现代主义在文学观念上的分野的辨析颇多相似。"围绕现实主义而进行的争论极其鲜明地揭示出争论双方立场和审美观的分歧,揭示出在理解艺术的社会使命以及现实主义和现代主义关系方面的差异。""现代资产阶级美学、资产阶级艺术的特点在于装模作样地强调艺术家和艺术作品对充满剧烈冲突和矛盾的社会生活的虚假的独立性。使艺术脱离时代的极端重要的问题,这一意向也贯穿在资产阶级作家的美学纲领和创作实践之中。"②如上论断,不仅可以说明《平凡的世界》在80年代末所面临的评价问题所彰显的不同文学观念间的内在分歧,亦可指向以"人的文学"为核心的话语构造在急剧变动的现实面前的无能和无力③。质言之,在特定的历史的具体氛围中,作为重要的社会象征行为的文学叙事以其对已然和应然事物总体处理的优势,而与宏大的社会构想内里相通,属其价值的自然延续而非越界之举。因为就人类活动的根本价值而言,"人类的精神进步的真正涵义在于人制订出关于宇宙、社会和自身的符合真理的观念,在于人的理智创造出无论就整体和局部而言都是真正现实界的真实图景。这种深入理解现实界的客观内容的运动是人的创造活动的一切形式——研究自然现象各种规律的自然科学,依靠科学共产主义武装了人类的社会思想,历史发展规律的知识,以及在同等程度上的艺术——所特有的"。置身90年代初的思想和文化语境中,路遥虽已难于使用与苏契科夫相同的话语表达其对现实主义和现代派分歧的看法,但他们显然分享着大致相同的逻辑。现实主义与"读者大众",现代派与"少数人"④的对举大致可与"底层"(大众)与"精英"(知识分子)对照理解,其背后乃是"人民文艺"和"人的文学"两种"基于对'中国国情'不同理解而产生的两套'政治规划'"之间的分歧。其要"在于是否以及如何将原本不在视野中的'绝大多数民

---

① 乔·米·弗里德连杰尔:《马克思恩格斯和文学问题》,郭值京等译,上海译文出版社1984年版,第193页。
② B·苏契科夫:《关于现实主义的争论》,罗杰·加洛蒂:《论无边的现实主义》,吴岳添译,百花文艺出版社1998年版,第246-247页。
③ 参见罗岗:《"人民文艺"的历史构成与现实境遇》,《文学评论》2018年第4期。
④ 路遥:《早晨从中午开始》,北京十月文艺出版社2012年版,第15-16页。

众'纳入相应的'政治规划'与'文学想象'"之中①。"人民文艺"的兴起及其意义,奠基于《讲话》所阐发的文学观念。其意义并非仅局限于文艺问题,而是与更为宏阔的世界构想密切相关。对此问题的深入理解,构成了路遥文学观念的核心。"我们必须遵照《讲话》的精神,深入到人民群众的实际生活和斗争中去,深入到他们的心灵中去,永远和人民群众的心一起搏动,永远做普通劳动者中间的一员,书写他们可歌可泣可敬的历史——这是我们艺术生命的根。"②

意图书写人民群众的实际生活和斗争,必然与现实主义精神及其所依托的思想和审美传统密不可分。如卢卡奇所论,不同于现代派文学对个人性的、碎片化甚或私密生活的书写兴趣,"每个真正的现实主义作家的文学实践,都表明了客观的社会总联系的重要性和为掌握这种联系所必须的'全面性要求'",此亦为卢卡契反复申论总体性之意义的原因所在,出于深刻反映客观现实,进而"使群众自己的生活实践朝着进步方向继续发展"③的目的,现实主义作家及其笔下所敞开的文学世界必然深度关联着根源于总体性思想的现实关怀。如柳青"并不满足于对周围生活的稔熟而透彻的了解",而把"自己的眼光投向更广阔的世界和整个人类的发展历史中去",《平凡的世界》的宏阔视域的构想无疑是微观与宏观、局部与整体、地方与全局、个人与世界的多元融通,且可表征时代精神和社会生活的总体面貌的完整图景。举凡关涉普通人命运变化之种种原因,无不被融入总体性世界的洪流之中。孙氏兄妹置身其中的也非碎片化的、无意义的世界,而是虽不乏裂隙,却仍然整一有序的世界。在总体性的宏阔视域中,路遥力图以"某种程度上的编年史的方式"结构《平凡的世界》,以三部、六卷、一百万字的超长篇幅,"全景式反映中国近十年间城乡社会生活的巨大历史变迁"。他不仅要用"历史和艺术的眼光观察在这种社会大背景(或者说条件)下人们的生存与生活状态",还要"站在历史的高度上,真正体现巴尔扎克所说的'书记官'的职能",且不回避对生活做出"哲学判断"。也因此,《平凡的世界》成为80年代变革时期中国社会复杂面貌整体呈现的典范之作,包含着其时总体性视域世界构想的重要可能。如是种种,决定了《平凡的世界》所属之思想和审美谱系的现实主义特征,也使得路遥

---

① 罗岗:《"人民文艺"的历史构成与现实境遇》,《文学评论》2018年第4期。
② 路遥:《严肃地继承这份宝贵的遗产》,《早晨从中午开始》,北京十月文艺出版社2012年版,第140页。
③ 卢卡契:《现实主义辩(1938年)》,中国社会科学出版社1981年版,第6页,第32页。

的写作必须面对80年代"反潮流"的若干质疑。

就历史的整体状况看,80年代文学所能依托之"传统",维度可谓多端,既可上承"五四"新文学传统,亦可赓续中国古典文脉,甚至师法西方现代主义、后现代主义文学,亦属路径之一。然而不容回避的问题仍然是,具有内在的质的规定性的社会主义文学仍在继续,而如何看待1942—1976年间以《讲话》"为依据的主流文学",成为考校80年代文学视域的重要维度,至今尚未有更为妥帖的解决方案。"人民文艺"与"人的文学","延安道路"与"民国机制","大传统"与"小传统"等等问题,无不与此有关。即便身处80年代变化了的时代语境之中,路遥对此仍有透彻的理解。他并不赞同随波逐流的文学观念,而是始终扎根于《讲话》以降的思想传统之中。以秦兆阳来西安为触发点,路遥较为详细地忆及当年《惊心动魄的一幕》与《当代》的缘分,也并非"闲笔"。因与其时"流行的观点和潮流不合",《惊心动魄的一幕》屡遭退稿,路遥遂托朋友将该作"转给"《当代》。似乎路遥也始料未及,该作在《当代》得到了编辑刘茵和主编秦兆阳的肯定。秦兆阳认为该作"很独特",彼时文坛尚未有任何一篇作品像这样去反映这一段生活,其中对斗争的描写虽稍显"残酷",但"基调给人的感觉还是高昂的"[①]。尤需注意的是,在此后为该作所写的评论文章中,秦兆阳充分肯定路遥基于历史连续性的世界观察。秦兆阳的肯定无疑强化了路遥对其所持有的"深沉的历史观"[②]及现实主义创作方法的自信。如其所论,"历史是客观的,现实的,不应嘲弄,不应浅薄,要深沉,要报以严肃的态度",而从长远的历史视域看去,则在"赶形势、赶时髦"的意义上写作的作品,难脱短时期观念的局限,其意义亦会随形势的变化而逐渐减损。正是在这一意义上,路遥意图以"反潮流"的方式,表达其对更为宽广之"历史"的洞见,以及对更具历史意义的观念和审美传统的坚守,并以之回应批评界关于"现实主义"的若干批评意见。"我们和缺乏现代主义一样缺乏(真正的)现实主义。我是在这种文学背景下努力的,因此仍然带有摸索前行

---

① 朱盛昌:《秦兆阳在〈当代〉(日记摘录)》,《新文学史料》2015年第3期。
② 路遥并不赞同"赶时势、赶时髦"式的写作,认为"重要的问题是要学会注意今天的变化,并深刻明了这些变化是从历史各个阶段发展过来的",要"透过切面看到时间的年轮,看到更深厚的历史的呻吟"。《漫谈小说创作——在〈延河〉编辑部青年作者座谈会上的发言》,《早晨从中午开始》,北京十月文艺出版社2012年版,第109页。

的性质"①。《惊心动魄的一幕》在80年代初所具有的"反潮流"性质,恰与80年代中后期《平凡的世界》际遇相同。在现实主义"衰微",现代主义"崛起"的潮流化趋势之中,路遥坚守现实主义传统,除上述对历史连续性和文学的实践价值充分认识的原因之外,亦与他对其时现实主义文学尚有巨大的发展空间的洞见密不可分。

以路遥更具历史感的眼光观之,则80年代批评界一度以"现代派"排斥和压抑"现实主义",乃是"一种批评的荒唐"。就根本而言,"问题并不在于用什么方法创作,而在于作家如何克服思想和艺术的平庸"。马尔克斯既有以魔幻现实主义手法结构之《百年孤独》,亦有以经典现实主义手法写作之《霍乱时期的爱情》,从长远的文学史眼光看,二者在经典的意义上并无高下之分。何况作为新的文学现象的现代派文学的兴起虽有文学观念和技巧革新意义上的历史合理性,现实主义所依托的思想和审美资源也并非一成不变。问题的要点在于:"只有在我们民族伟大历史文化的土壤上产生出真正具有我们自己特性的新文学成果,并让全世界感到耳目一新的时候,我们的现代表现形式的作品也许才会趋向成熟。"如拉美作家虽受欧美作家的影响,却并未亦步亦趋,而是"反过来重新立足于本土的历史文化",并在此基础上产生了"真正属于自己民族的创造性文学成果,从而才又赢得了欧美文学的尊敬"。也因此,"如果一味地模仿别人,崇尚别人,轻视甚至藐视自己民族伟大深厚的历史文化,这种生吞活剥的'引进'注定没有前途。我们需要借鉴一切优秀的域外文学以更好地发展我们民族的新文学,但不必把'洋东西'变成吓唬我们自己的武器。事实上,我们已经看到,当代西方许多新的文化思潮,都不同程度地受到中国传统文化的启发和影响,甚至已经渗透到他们社会生活的许多方面,而我们何以要数典忘祖、轻薄自己呢"②?

就在路遥作如上反思的同时,陈忠实、贾平凹正在酝酿其写作的"中年变法"。距《早晨从中午开始》写作完成仅年余,作为"陕军东征"代表作品的《白鹿原》和《废都》相继出版。这两部作品分别表达了对中国古典传统思想和审美现代意义的肯定。《白鹿原》对以儒家思想为核心的乡村伦理

---

① "鉴于我国文学界的状况,你只能用作品来'反潮流',不可能用其他文章去论争,他们可以发表你的文章,但会安排在被审判的位置上,把你弄成浑身武力而未用尽的那些人的'靶子'。"此说之具体所指,乃是围绕"现实主义"的若干论争。路遥:《致蔡葵》,《早晨从中午开始》,北京十月文艺出版社2012年版,第602页。

② 路遥:《早晨从中午开始》,北京十月文艺出版社2012年版,第58页。

道德衰微的叹惋,被认为与80年代思想界的"再传统化"思潮密切相关①。《废都》则被认为是赓续明清世情小说传统的典范之作。二者与中国古典思想和审美传统的关系,以及在古典传统延长线上的诸多作品在此后二十余年间的不断涌现,也充分说明路遥对现实主义资源拓展的认识的重要价值。时至今日,以古今贯通的"大文学史观"超克"五四"以降文化的"古今中西之争"所开显的思想困局,重建文化自信已成必然之势。而融通1942年《讲话》以降的社会主义文学传统、中国古典传统以及"五四"新文学传统,不仅是文学观念易代之际的可能性选择之一,亦是妥帖评价路遥文学观念的文学史价值和现实意义的先决条件。

历史地看,《平凡的世界》与80年代文学潮流的背反之处,恰恰说明路遥所持的,乃是一种更具历史包容性和概括力的文学观念。此种观念,无疑扎根于1942年以降社会主义文学的基本传统之中。也因此,除反复申论现实主义的时代价值外,《早晨从中午开始》亦强调"深入生活"的意义,以及读者大众作为文艺评判重要因素的价值。其所论及的"深入生活",也并非仅属写作材料获取的方式,而是内含着独特的全面性地感知和体验世界的方式——此与现代派的"向内转"恰成鲜明对照。路遥所说的"读者大众",也并非一种中性的普泛指称,而是可与"人民"这一概念相通——如其在茅盾文学奖授奖词中所言:"我们的责任不是为自己或少数人写作,而是应该全心全意全力满足广大人民大众的精神需求。"②路遥自70年代初的《优胜红旗》《基石》等作品,乃至《人生》《平凡的世界》中一以贯之的底层关切,包含着关注"社会最低需要"这一社会主义原则的重要意义。如是种种,均表明路遥文学观念与《讲话》以降的社会主义文学传统的内在承传关系。《早晨从中午开始》所阐发的文学和世界观念,要义即在此处。

路遥的精神导师和文学领路人柳青以为文学的经典化应以"六十年"为一个单元。在同时代人的评价和历史的检验——即路遥所说的"当代眼光的评估"和"历史眼光的审视"——之间,柳青显然偏重后者。如今距离《平凡的世界》在1986年末所面临的评价的困难不过三十余年,作为总体性书写80年代中国社会变革的重要作品,《平凡的世界》的意义已然得到更具历史感的价值评定。路遥写作所依凭的柳青传统,已不复"重写文学史"以降的有限度的肯定态度。文学观念虽有与时推移起伏无定的表象,

---

① 参见李杨:《〈白鹿原〉故事——从小说到电影》,《文学评论》2013年第2期。
② 路遥:《在茅盾文学奖颁奖仪式上的致词》,《早晨从中午开始》,北京十月文艺出版社2012年版,第91页。

亦有一以贯之、文脉不绝的内在的质的规定性。凡此种种无不说明,在百年中国历史巨变的合题阶段,以更具包容性和概括力的文学史观重评社会主义文学传统,并敞开立足现实、融通过去并朝向未来的思想和审美视域,有着重要的理论和现实意义。

第四节 "大文学史观"与贾平凹的评价问题

自《废都》以降,论者在贾平凹作品评价上的分歧,内在地关联着自晚清开启,至"五四"强化的文化的"古今中西之争"。该问题因与彼时中国作为现代民族国家的兴起和存亡问题颇多勾连而呈现出极为复杂的面貌。在中国社会与文化的现代性进程中,传统文化的"败北"与西方文化的"胜出"虽具有一定的"历史合理性",但在延续百年的文学与文化的现代性进程已然面临"危机"的境况下①,重新将"古今中西之争"所敞开的问题"历史化",以回到此问题得以产生的历史语境中,在多元复杂的社会与文化的关系与结构中,重新考量该问题的历史与现实意义,并进一步在全球化的语境下,重新梳理"五四"以来的知识谱系,以从根本性意义上应对西方文学与文化的"影响的焦虑",敞开新的问题论域,仍属文学理论界一个"未思"的领域。因是之故,围绕沈从文、孙犁、汪曾祺、贾平凹,甚至"晚近"的黄永玉、金宇澄、木心②作品的价值论争,往往因论者操持不同之理论话语

---

① 此处的"现代性"危机,是指在西方现代性观念感召之下,以"弃绝"民族文化"传统"的决绝姿态迅猛发展起来的"五四"以降的现代文化在解决当下社会精神问题时的"无力"。近百年中国文化的现代性进程一旦脱离自晚清至"五四"的"启蒙与救亡的双重变奏",即不与国家民族的生死存亡相关联,其内在的"弊端"便逐渐显露。且不论"五四"诸公在引入"西学"时的"偏狭"(刘小枫、甘阳主编之《西学源流》以及《西方传统:经典与解释》两套书系百余种,目的之一,即在于纠"五四""西学"之"偏"),单是以西方现代性理论话语"检测"中国古典文学之价值及有效性,即无法真正敞开中国古代文化之核心精神。是为当下有志于重返"古典传统"的学人需要认真反思的重要问题。如不对自我的"前理解"做"先验批判",即便进入古典文本,亦无从窥透其内在价值。黑格尔对《论语》评价的"偏见"即是一例。在这一问题上,佛朗索瓦•于连从"中国思想"返归"希腊思想"的运思方式可作参照,利奥•施特劳斯的释经学方法亦可有效规避此一问题。

② 关于木心作品文学史价值的讨论,最为典型地体现了论者知识谱系之内在分野如何影响对作品的价值评判,亦表征着当代文学史观念的局限性和在价值评定上的偏狭。木心是否可以进入文学史姑且不论,但其文学价值品性上承"五四"("民国")以及中国文学"大传统",不在80年代以来新时期文学传统之中,却是不争的事实,亦是需要论者认真辨析并深入反思的重要现象。详细情可参见孙郁、张柠:《关于"木心"兼及当代文学评价的通信》,《文艺争鸣》2015年第1期。亦可参见孙郁:《木心之旅》,《读书》2007年第7期及李静:《"你是含苞欲放的哲学家"——木心散论》,《南方文坛》2006年第5期。

互相辩难,虽针锋相对,但收效甚微。如不对论者的知识谱系与意识形态做深入的"先验批判",则此种论争难免"无功而返",亦无助于文学史的调适和完善。而如何有效规避现代性理论话语的局限,在更为宽泛的古今中西文化的语境下敞开新的评价视域,是文学理论界亟须应对的重要问题。近年来,围绕"西方文论"的局限和中国文论建构问题的探讨几成显学,但仍未深度触及与此问题密切关联之"古今中西之争"的思想论域①。为此,有必要引入现象学"悬置"的方法,暂时悬置"五四"以来以西方思想及文学观念为核心的文论的现代性话语的"优先"地位,并对其做价值的"先验批判"②。以此为基础,既能有效规避20世纪中国文学在"评价视域"上的"偏狭",亦是中国文学与文化"归根复命"③的先决条件,不唯可以拓展贾平凹研究的新境界,亦可丰富20世纪中国文学的历史性叙述。

一、超越"现代性"视域

敞开文学理论的新视域的先决条件,是超越文学理论的现代性视域。笔者与南帆先生围绕中国文论的重建问题的访谈已经触及这一问题的核心论域。笔者的问题如下:"诚如您在《文学理论:本土与开放》以及《现代性、民族与文学理论》等文章中指出的,以'道''气''神韵''风骨''滋味''以禅喻诗'等概念、术语、范畴和命题为基础的中国古代文论,在解释'五四'以降的中国文学时的阐释效力远不及以国民性、阶级、典型、主体、无意识、结构等术语为基础的现代文论(核心是西方文论)。是为'重启中国古代文论'的诸多难题之一种。进而言之,您指出,中国古代文论的现代转换至少包含两个步骤。'第一个步骤是解释中国古代文学理论一系列概念、范畴、命题,使现代人能够理解。这是一个比较简单的事情。''困难的是

---

① 近年来,由中国社会科学院教授张江"首开"的"西方文论"局限性的反思引发学界广泛关注,朱立元、周宪、南帆等人亦围绕此一问题展开深入讨论。张江对"西方文论"的基本观点,集中体现在其长篇论文《当代西方文论若干问题辨识——兼及中国文论重建》(《中国社会科学》2014年第5期)一文中。其以"强制阐释"及"场外征用"为核心,反思西方文论在文本阐释上的问题所在,并强调对文学文本做"本体诠释",此一思路颇近于成中英教授的"本体诠释学"的基本观点(可参见成中英、杨庆中:《从中西会通到本体诠释——成中英教授访谈录》,中国人民大学出版社2013年6月)。亦可参见周宪《文学理论的创新问题》(《中国社会科学》2015年第4期),南帆《中国文学理论的重建:环境与资源》(《中国社会科学》2015年第4期)。"中国古代文论的现代转换"这一已被"历史化"的问题重新恢复其理论活力,已充分说明《周易》"复卦"返转回复观念的解释效力。
② 对于"先验批判"及其运思方式,刘士林有极为精到的分析说明。可参见刘士林:《先验批判——20世纪中国学术批评导论》,上海三联书店2001年版。
③ 此为借用张志扬的说法,对该概念理论意义之详细辨析可参见张志扬:《归根复命——古典学的民族文化种性》,《海南大学学报(人文社会科学版)》2013年第1期。

第二个步骤。解释之后,必须把它们放在整个现代性的话语平台之上,在现代性的语境之中加以考验,考察它们在这个语境之中解释问题的能力究竟有多大。''现代性理论话语'与中国传统文化的'矛盾性'由来已久(就中国而言,现代性理论话语原本就是在反叛传统的基础上兴起的),以现代性话语为'检测系统',会不会无法洞悉属于'前现代'的中国古代文论的理论价值和解释效力?由此我想到近年来在国内学界影响颇大的政治哲学家施特劳斯的思想方式。因不满于马基雅维利以降的政治哲学的现代性思想路向,施特劳斯经由阿拉伯哲人重返希腊思想,以'返本开新'的学术姿态,重新梳理政治哲学的知识谱系。以此思路为参照,不知可否考虑这样一个思路:'悬搁'现代性话语及其所持存的'先验认知图式'或'前理解',以现象学'面向事物本身'的理论姿态,重新思考本土语境下的文学与文化问题与中国传统文化的关系?"①

南帆先生如是回应这一问题:"这个问题与前一个问题密切相关②。如果暂时不考虑现象学'面向事物本身'这种命题对于主体、客体以及意向性结构等方面的特殊理解,那么,'面向事物本身'的姿态与上述关注'正在遭遇何种现实'是一致的。但是,我想强调的是,所谓的'事物本身'或者'现实'绝非一个天造地设的自然之物。相反,我们所栖身的历史已经是一个文化构造物。无论是语言、风俗、社会制度还是建筑、交通工具、传播媒介,这些文化产品不仅构造了我们的现实;许多时候,它们就是'事物'或者'现实'本身。不管是企图观察这种现实、解读这种现实、延续这种现实或者摧毁这种现实,我们都要意识到,已有的各种文化传统以及它们之间的复杂博弈已经内在其中。现今我们所遭遇的现实,很大程度上即是由现代性话语构造而成。而且,这种构造业已包含了现代性话语对于种种'前现代'话语体系的批判。现代性话语构造的现实出现了许多问题,众多思想家正在从各个角度给予反思。但是,如果反思的话语体系与现代性话语结构无法对话,甚至没有能力招架现代性话语的批判锋芒,那么,反思的效果相当可疑。这即是我将现代性话语作为'检测系统'的原因。'返本开新'可以成为一种学术姿态,但是,我们无法从传说之中的'桃花源'开始。所以,反思的话语与现代性话语之间的对话可能性是必要的前提。古人自信'半部论语治天下',然而,我们真的还可以引用《论语》与互

---

① 南帆、杨辉:《"关系与结构"中的文学和文化——南帆教授访谈》,《美文》(上半月)2014年第5期。
② 关于"前一问题",可参见南帆、杨辉:《"关系与结构"中的文学和文化——南帆教授访谈》,《美文》(上半月)2014年第5期。

联网产生的各种问题相互对话吗？对于我提到的第一个步骤，准确地解释中国古代文论的内容成为首要的任务；可是，我们现在所要做的是，衡量这个话语体系的现今意义。"①

如南帆先生所言，之所以将现代性话语作为"检测系统"，与现代性理论已经深度构造了我们置身其中的生活世界及种种观念密不可分，重新反思现代性理论的"局限"，首先必须完成与现代性理论的"对话"，非此则无从建构新的话语。但前文所述的问题仍然存在：如果以现代性文论话语为"先验认知图式"，如何理解并阐释中国古代文论话语"自身"的意义？如宇文所安在《过去的终结：民国初年对文学史的重写》中申论的："'五四'一代人对古典文学史进行重新诠释的程度，已经成为一个不再受到任何疑问的标准，它告诉我们说，'过去'真的已经结束了。几个传统型的学者还在，但是他们的著作远远不如那些追随'五四'传统的批评家们那样具有广大的权威性。近时的文章开始探索那些被'五四'文学史摒弃在外的领域，但是作这样的题目，作者们常常是用了道歉的语气，或者作为纯粹的学术研究来进行，并不宣称具有与'五四'批评家们的判断背道而驰的重要内在价值。而且在这些领域里，学术界对于研究新的、没有人碰过的东西的要求，往往压倒了一个学者想做重大研究的欲望。"②一旦涉及学术"成规"的突破及研究范式的重大变革，论者往往要面对巨大的压力。极而言之，文学史话语成规的潜在制约，使得任何选择不同于该"成规"的学术理路的研究将面对重重困难。对宇文所安以上反思的延伸，便是文学史叙述的限制，"如果我们在现实当中看看这一违背了'五四'传统的别种传统，我们会发现这些书一般来说都是小字印行，使用的是繁体字，要不然就是没有评注"，这对于那些依赖白话注解和翻译来理解典籍的读者而言，"先验"地被剥夺了接受新的知识的可能。这也"给了学术界一种权力来塑造中国的过去，也控制了大众对这个过去的接触"③。此一现象无疑也是后现代历史叙事学历史反思的要义所在。作为一种叙事的历史，原本就潜存着叙述语法和价值偏好，若要敞开新的历史视域，则需要从叙述语法（历史叙事）的先验批判入手。舍此，则任何历史重述都不可避免地会回到原有

---

① 南帆、杨辉：《"关系与结构"中的文学和文化——南帆教授访谈》，《美文》（上半月）2014年第5期。
② 宇文所安：《过去的终结：民国初年对文学史的重写》，《他山的石头——宇文所安自选集》，田晓菲译，江苏人民出版社2006年版，第279页。
③ 宇文所安：《过去的终结：民国初年对文学史的重写》，《他山的石头——宇文所安自选集》，田晓菲译，江苏人民出版社2006年版，第280页。

的解释框架之中。此亦为程光炜"重返八十年代"研究的基本学术理路。从海登·怀特《后现代历史叙事学》中,程光炜领悟到海登·怀特思想的深刻之处,在于"他的发现能够激活那些因为过于'成熟'而陷于'停滞'的专业学科的工作"。以"80年代文学"为例,对历史叙事建构的基本语境及语法的反思,可以将"80年代文学"重新"历史化",在新的叙述语境的建构中完成对其文学史价值的重述①。

对此一问题,宇文所安提醒尚在"五四"以来的阐释框架之中解释中国传统文学与文化的学者注意如下事实:在20世纪二三十年代文学史重写的语境中,"重新阐释过去是一个正在进行中的事件,它和当时还很强大的古典传统是相辅相成的"。如今,作为彼时古典传统"重新阐释过去"的基本语境的社会现实已发生极大变化,如果还在"五四"一代人对古典传统的阐释范式中理解过去,则被"五四"诸公"连根拔除"的"古典传统"很难再有重现的机会。行文至此,有必要重温宇文所安在该文末尾处的如下质问:"'五四'知识分子们的价值观和他们的斗争性叙事如此紧密地联系在一起","我们不免想要知道:当最大的敌人死掉之后,还剩下什么?"②虽未及对此说做更为深入的理论说明,宇文所安已经迫切地意识到要重新"召唤"过去,在"五四"一代人所形成的学术成规的叙事框架之中并无可能。孙郁在《新旧之间》一文中自谓,自己在20世纪70年代偶读《胡适文存》,方知"五四"那一代文化人,乃是深味国学的一族。其作品中有古诗文的奇气,并不与中国文学"大传统"(古典传统)彻底隔绝(反传统的人其实是站在传统的基点开始启航的,鲁迅、胡适、钱玄同,莫不如是)③。而到了他这一代,知识结构的先天局限,使得其与古典传统已隔绝甚深。"失去了与古人对话的通道",已经读不懂古人,孙郁寄希望于年轻人对古典传统的"重新启动"④。这种重启的前提,是完成学术研究范式的根本性转换。

在《先验批判——20世纪中国学术批评导论》中,刘士林认为:从某种意义上说,"经验主义导致的是思想懒惰以及对观念创造的歧视,它们直接

---

① 程光炜:《发现历史的"故事类型"——读海登·怀特的〈后现代历史叙事学〉》,《解放军艺术学院学报》2013年第2期。此种研究理路的深度展开,可参见程光炜:《文学讲稿:"八十年代"作为方法》,北京大学出版社2009年版。亦可参见程光炜:《当代文学的"历史化"》,北京大学出版社2011年版。
② 宇文所安:《过去的终结:民国初年对文学史的重写》,《他山的石头——宇文所安自选集》,田晓菲译,江苏人民出版社2006年版,第280页。
③ 孙郁:《新旧之间》,《写作的叛徒》,海豚出版社2012年版。
④ 孙郁:《革命时代的士大夫:汪曾祺闲录》,生活·读书·新知三联书店2014年版,第308页。

把某种带有现实功利性的'论',当作了最高的自明的先验判断范畴"①。以此为基础,论者疏于考辨自身所依凭之学术传统的内在局限,且无从对自身知识谱系做自我反思,其结果便是受制于既定话语的先验规定性,无从察知认知世界的多样化的可能。因此上,"只有先验批判才能真正在逻辑上阻断各种独断论的产生,才能帮助这个古老的民族完成艰难的新生"②。"只有从各个知识领域清除掉历史积淀的精神废料,才能使中国文化启蒙获得一种坚实的理性基础。"③悬置"五四"以来的文化的现代性传统的用意,便是敞开一种新的可能。

思想界对此一问题的反思已有多年。在为《"中国人问题"与"犹太人问题"》所作的序言中,张志扬反复申论,将"中国人问题"与"犹太人问题"对举,意在强调中国人"文化身份"的定位问题。其基本语境,仍然是晚清以降的文化的"古今中西之争"。"在西方军事政治文化殖民的死亡胁迫之下,是否还有非西化的另类的走回自己民族文化的路?"张志扬的如是追问,将"古今中西之争"再度"历史化""问题化"。自鸦片战争始,在长达一百七十余年的"救亡—启蒙"过程中,中国人遭遇的核心问题必然是:"救亡需要'科学'(社会革命·生产力),启蒙需要'民主'(国家革命·政治体制),因而归根结底'救亡—启蒙'就是把中国从传统中拔出来转向西方道路指示的'现代性'。"其根本问题在于,"不转向,中国亡;转向,中国同样亡,即同化追随于西方——名存实亡"。极而言之,在此一问题的背景下,"在西方的目光下"成为知识人运思的基本方式,"以至于中国人已长期陷入'不能思乃至无思'的无能境地"④。基于对此一现象强烈的问题意

---

① 刘士林:《先验批判——20世纪中国学术批评导论》,上海三联书店2001年版,第24页。
② 刘士林:《先验批判——20世纪中国学术批评导论》,上海三联书店2001年版,第162页。
③ 刘士林:《先验批判——20世纪中国学术批评导论》,上海三联书店2001年版,第163页。
④ 张志扬:《中国人问题与犹太人问题(代前言)》,萌萌学术工作室主编:《"中国人问题"与"犹太人问题"》,生活·读书·新知三联书店2011年版,第3-4页。可进一步参阅张志扬:《一个偶在论者的觅踪:在绝对与虚无之间》,上海三联书店2002年版;张志扬:《现代性理论的检测与防御》,社会科学文献出版社2000年版。近年来,刘小枫、甘阳先后主编《西学源流》数十种、《西方传统:经典与解释》《中国传统:经典与解释》百余种,根本用意,既在于纠"五四"以来国人对西学引入及理解的"偏狭",亦在于从新的思想方法入手,重新阐释"西学"及中国"古典传统"。此亦为利奥·施特劳斯古典研究及其释经学方法的要义所在。刘小枫等人之所以不遗余力地为国内学界引进施特劳斯及施特劳斯学派作品,根本用意,恐怕亦在此处。其基本思路,集合在近期出版的以下诸书中。其一为程志敏,张文涛主编:《从古典重新开始》,华东师范大学出版社2015年版。收入基本认信刘小枫学术理路之文章数十篇。其二为孙周兴、贾冬阳主编:《存在哲学与中国当代思想:张志扬从教五十周年庆祝会文集》,商务印书馆2015年版。亦可见中国比较古典学学会主编:《施特劳斯与古典研究》,生活·读书·新知三联书店,2014年版。后者为施特劳斯古典学研究方式的"再解读"以及方法论探讨文章的合集。

识,张志扬《现代性理论的检测与防御》《一个偶在论者的觅踪:在绝对与虚无之间》等作品均在不同角度不同层次上应对这一问题。

如能超越"现代性"视域,并有效克服现代性理论话语及与之密切相关之文学史观念的偏狭,便不难发现,围绕贾平凹作品"落后""守旧""反现代性"的批评,顿时失去了批判与解释的效力而变成"伪问题"①。无论是 90 年代初胡河清对贾平凹作品与中国古典传统关系的深度探讨,还是李敬泽敏锐地发现贾平凹的写作与《红楼梦》之间的"影响的焦虑",以及孙郁指陈之贾平凹文学与沈从文、汪曾祺那一脉的内在关联及其与中国古典传统的承续关系,均说明有效开拓贾平凹研究之新境界,除需要超越现代性视域外,还必须融通中国文学的"大传统"与"小传统",非此,则无以从根本上解决文学史视域及评价标准的偏狭问题。

二、融通"大传统"与"小传统"

对中国文化的"大传统"与"小传统",人类学学者以"汉字书写系统的有无"为分界,将"前文字时代以来的神话思维视为'大传统'",与之相应的,便是将"汉字编码的书面传统作为'小传统'"②。此一思路不唯可以重新梳理中国文化的知识谱系,亦潜藏着重绘中国文化及文学地图的解释学效力。如以此为基本参照,则近年来围绕贾平凹新作《老生》中《山海经》与《老生》四个基本故事的互文关系的根本意指及其价值有无的争议可以休矣! 因无从理解《山海经》与《老生》核心故事中"一个世纪的叙述"之间的对话和张力所体现出的两种全然不同的世界观念的反讽结构,诸多批评者指斥《老生》中"加入"《山海经》的段落并无意义,且会造成文体上的冲突。对此类批评者所依据之知识谱系与意识形态稍加考辨,便不难发现其

---

① 对贾平凹写作的"反现代性"特征的指认和批评,集中于李建军的几篇文章中。其一评《废都》文章题为《私有形态的反文化写作——评〈废都〉》(《南方文坛》2003 年第 3 期),该文中所指称之"文化",即为"现代文化";二评文章题为《随意杜撰的反真实写作——再评〈废都〉》(《文艺理论与批评》2003 年第 3 期),该文所说之"真实"观,亦在现代文化的理论话语框架之内;三评文章题为《草率拟古的反现代性——三评〈废都〉》(《文艺争鸣》2003 年第 3 期),仅从题目看,用意已极为明显。仅仅六年后,李建军在《再论〈百合花〉——关于〈红楼梦〉对茹志鹃写作的影响》(《文学评论》2009 年第 4 期)中盛赞《百合花》是对《红楼梦》传统的一次遥远的回应。而将以上文章放在一起进行讨论,其理论视域内在的矛盾冲突不言自明。对此,王侃有极为精妙的分析。可参见王侃:《批评家的立法冲动:资本转账与学理包装——近十年文学批评辩谬之一》,《文艺争鸣》2012 年第 10 期。

② 参见叶舒宪:《探寻中国文化的大传统——四重证据法与人文创新》,《社会科学家》2011 年第 11 期;叶舒宪:《重新划分大、小传统的学术创意与学术伦理——叶舒宪教授访谈录》,《社会科学家》2012 年第 7 期。而对此学术范式在文学谱系梳理上的理论意义的详细说明,可参见李永平:《文学何为?——文化大传统对文学价值的重估》,《思想战线》2013 年第 5 期。

立论的出发点,既在于"五四"以来的现代文化,亦在于西方文学传统的小说观念(其观念仍然是偏狭的,如果他们对西方文学传统有较为全面深入的理解,则不难知晓,仅就20世纪而言,詹姆斯·乔伊斯的名作《尤利西斯》便使用了"神话结构"。发生在20世纪初都柏林的故事与荷马史诗中尤利西斯的故事形成内在的互文关系,如不从此一角度出发,则很难深入理解乔伊斯作品的核心命意。此外,以弗莱为代表的神话原型批评,即努力在发掘文学作品中的"神话原型"。这些文学与理论资源,均可以用来理解《老生》的意义,惜乎批评者对此置若罔闻。在缺乏中国文化及文学"大传统"的评价视域,此类批评者自然无从理解有心接续中国文学"大传统"的作品。

自"五四"以来,诸家文学史在废名、沈从文、孙犁、汪曾祺、贾平凹这一脉的作品评价上的两难,已经充分暴露出以现代性为基本评价视域,无法为承续古典文脉的作家作品做妥帖定位。以沈从文的文学评价为例,夏志清《中国现代小说史》虽有"发掘"之功,但受制于英美新批评视野的内在局限,夏志清对沈从文文学的评价仍然存在着力所不逮之处。司马长风《中国新文学史》视域稍有拓展,但限于篇幅,诸多观点未及展开。值得一提的是,近年来,张新颖从《边城》等作品中读解出沈从文不同于乡土叙事"启蒙"传统之处,因几乎"自外于"启蒙的思想谱系,沈从文得以从另一眼光观照湘西世界的人事。一种远较"启蒙"观念指认的乡土人物更为丰富复杂的乡土世界携带着天地的气息,呈现出迥异于"启蒙"意义上的乡土叙事的基本面向。因与乡土民俗及生活世界的诸般物象(有其传承已久的思想传统和"看"世界的目光)的内在关联,沈从文笔下人物即便出身末流,仍然要"大于"知识分子指认的乡土人物。他们背后有"天""地"(古典思想意义上的"天""地"),有对于人在宇宙中的基本生存境遇的承担。是为沈从文作品所敞开的世界要大于其他同类作品的重要缘由。如不能突破现代性视域的局限,张新颖恐怕难于"发现"沈从文作品的以上品质[①]。

同样评价上的"尴尬"亦存在于对黄永玉长河小说《无愁河的浪荡汉子》以及木心的作品中。《无愁河的浪荡汉子》以久已消逝的"故乡思维"从容营构具有极为鲜明之文体辨识度,以及极高的"能见度"的湘西世界。

[①] 参见张新颖:《沈从文与二十世纪中国》,复旦大学出版社2014年版;张新颖:《沈从文精读》,复旦大学出版社2005年版;张新颖:《沈从文的后半生》,广西师范大学出版社2014年版。亦可进一步看看张新颖关于王安忆《天香》、黄永玉《无愁河的浪荡汉子》以及贾平凹《秦腔》的评论文章。其之所以能别开新面,与其不在文学"小传统"中立论关联甚深。

其写作思维上承沈从文的文学传统,不在"五四"以来作为文学"成规"的叙事流脉之中。黄永玉盛赞沈从文《长河》式的历史叙事,并认为后者是一部舒展开来的小说,是排除了精挑细选的人物的重要作品,它意味着沈从文文学的一个重要开端①。此书虽属未竟之作,但由其开启之写作路向,多年以后在黄永玉的笔下获得新生。围绕《无愁河的浪荡汉子》展开的争议亦从根本性意义上涉及文学评价的视域问题。与草率宣称该作叙事拖沓难以卒读形成鲜明对照的是,张新颖从该作品中体会到"养生"的意义庶几近乎庄子讲的'养生'"②,身在万物中,与天地自然息息相通,并以之重建人与天地万物之间的圆融和合关系。而有效规避作为现代性观念核心的主客二分以及人与自然的对立关系的思想基础,是重返中国思想与文化的"大传统"。非此,则不能体会《无愁河》世界的元气淋漓及生命的充盈和丰富③。同样的道理,围绕木心作品之文学价值及文学史意义的争议亦充分体现出大、小文学传统价值分野问题之无远弗届。自木心作品在大陆陆续出版以来,虽有陈丹青不遗余力的推介和部分知名批评家的持续跟进,关于木心作品之价值的"争议"却始终不绝于耳。就中涉及木心评价之核心问题者,当属孙郁与张柠围绕木心评价问题的通信(《关于"木心"兼及当代文学评价的通信》)。在这一封信中,孙郁认为,木心在文章学层面上的价值,批评界至今估计不足。"比如修辞上的精心设喻、义理的巧妙布局、超越己身的纯粹的静观等,当代的作家似乎均难做到此点。"④再联系孙郁对木心作为文体家在文体上的自觉意识,以及其文章中"以民国文人的性灵与智慧对抗着我们文坛的粗鄙和无趣"⑤的赞赏,不难察觉其批评旨趣及价值依托,不在当代文学的叙述成规之中。针对孙郁的来信的观点,张柠开宗明义地指出:"木心的文学语言有其美学意义,但不能任由大众媒体借助传播强势,给公众造成错觉,认为木心的创作就是新文学的标准。"张柠赞同孙郁对木心语言的美学意义及其韵致的肯定,却以为语言仅为文学之一端,"作品形式与时代精神之间的内在关联性、叙事结构、

---

① 参见黄永玉:《这些忧郁的碎屑》,《沈从文与我》,湖南美术出版社2015年。
② 张新颖:《一说再说〈无愁河的浪荡汉子〉》,《东吴学术》2014年第2期。
③ 参见张新颖:《这些话里的意思——再谈黄永玉〈无愁河的浪荡汉子〉》,《长城》2014年第2期;张新颖:《与谁说这么多话——黄永玉〈无愁河的浪荡汉子〉》,《书城》2014年第2期。亦可参见芳菲:《身在万物中——黄永玉〈无愁河的浪荡汉子〉札记之三》,《上海文化》2013年第5期。芳菲文章的论述更为细致,运思方式亦有同工之妙。
④ 张柠、孙郁:《关于"木心"兼及当代文学评价的通信》,《文艺争鸣》2015年第1期。
⑤ 孙郁:《文体家的小说与小说家的文体》,《文艺争鸣》2012年第11期。

思想容量、精神穿透力"①等,都需要做通盘考虑。张柠文章虽点到即止,但其思路,约略可以测知。在此通信后,未见孙郁做进一步的回应。但批评家李劼近期出版之《木心论》,庶几可以视为对该问题的"回应"之作。李劼将木心与南怀瑾、胡兰成②、潘雨廷对举,以为南怀瑾最俗,胡兰成最浮,潘雨廷最精深,木心最清高。言下之意,"俗"与"浮"及"清高"和"精神",四人皆具备,唯偏重不同。在细读木心《文学回忆录》及其小说诗歌作品之后,李劼认为,由逻辑主导之哲学,并非木心所长,木心之兴趣亦不在此处。归根结底,木心是一位诗人,其以诗人之眼光打量古今中外之文学,参之以个人生命的实感经验,所见自然不同于文学史。木心之直觉有极强之穿透力,但其逻辑却相当朦胧模糊,然仅以过人之参悟力,木心能读破老子思想之精华并深度体悟出"反者道之动"的精深微妙处,如此这般深入,千年以下,不过数人尔!"反者道之动"之要义,在于"文化只有不断地返回,才能获得充沛的生命力"。通过文学上的溯本追源,方可以完成新时代的"文艺复兴"③。此与胡河清二十余年前强调中国全息现实主义的诞生,要在承续《周易》思维的说法如出一辙,亦从思想方式上暗合《周易》"复卦""返本开新"的精义。若参照西方思想申论之,可知此一思路,与雅斯贝尔斯指出"轴心时代"的理路足相交通。

　　依李劼之见,木心的散文足以与《道德经》媲美,亦互补于李劼之"中国文化冷风景"。二者相通之处在于,同以"返回先秦的方式,呈示全新的人文景观"。从木心诗文中可以测知,"打倒孔家店式的'五四'文化标高,已经成为历史;'五四'白话文与生俱来的打倒、推翻暴力话语方式,就此走向终结"④。中国文化的"旧邦新命",要在"返本开新"。"中国式的文艺复兴,并非仅止于对孔孟之道的摒弃,而是对所有先秦诸子作出全面的重新评估。"⑤如不能规避"五四"以来的文化观念,全面的重新评估如何可能?!从木心打通古今中西文学的宏大视域中,李劼察觉,正因为拥有更为宏阔的文学史视域,木心作品中才能保持中国文化最为精深微妙之处。如同在美国的陈世骧以西方文化为参照系,深入发掘出中国文学之"抒情传

---

① 张柠,孙郁:《关于"木心"兼及当代文学评价的通信》,《文艺争鸣》2015年第1期。
② 王德威论及"现代抒情传统",专设一章谈及胡兰成。胡氏行世之《中国礼乐风景》《禅是一枝花》《心经随喜》等作品,不难见出其人超出常人之文字功夫,其文学旨趣,亦在木心所属之文学传统之中。详见王德威:《现代"抒情传统"四论》第四章"抒情与背叛——胡兰成战争和战后的诗学政治",台北:台大出版社,2011年。
③ 李劼:《木心论》,广西师范大学出版社2015年版,第26页。
④ 李劼:《木心论》,广西师范大学出版社2015年版,第69页。
⑤ 李劼:《木心论》,广西师范大学出版社2015年版,第123页。

统"一般,李劼从木心的文字中,亦读到出自生命底蕴本身的审美气度,是为中国文化的奥义所在,亦是木心文学的意义所托。

早在20世纪80年代末至90年代初,胡河清即惊叹于汪曾祺、孙犁、贾平凹以及杨绛等人在其作品中对古典精神的现代可能独到铺陈。胡河清系列文章的写作时间,与作为80年代"文化热"之核心的"文化:中国与世界"团契申论西化观念相去不远,其全然不同之运思理路及价值依托,彼时想必有知音难觅之叹。大约同时期,汪曾祺亦呼唤当代文学研究者应有古典文学的素养,并建议打通当代文学与古典文学①。惜乎彼时应者寥寥,即便今天,恐怕亦属空谷足音②。

因是之故,打通中国文学"大传统"与"小传统",建构一种融合两者的"大文学史观"(亦包括西方文学传统),是完成中国文学"文艺复兴"之先决条件,亦是从根本上拓展贾平凹研究视域的基础。无论是胡河清对贾平凹作品从"人""地"之道到言"天"之境的深度发掘,还是李敬泽对于贾平凹《废都》以降之重要作品与《红楼梦》精神之承续与"斗争"之关系的申论,还是孙郁从文体、笔法和古典的韵致入手探讨贾平凹文学的文脉所系,无不说明从中国文学"大传统",或者说"大文学史"的眼光观照贾平凹作品并对其做价值评判,已属中国当代文学研究传统之一种。本节之核心命意,即在于将与此相关之观点汇集一处,使其互相发明并相互指涉,共同完成对贾平凹文学史意义的"重述",并从另一角度,丰富发展当代文学的研究视界。

第五节 陈彦与作为方法的"寓意小说"

一、何为"寓意小说"?

现有的关于《装台》《主角》的基本阐释路径,以"五四"以降的新文学

---

① 汪曾祺:《捡石子儿——〈汪曾祺选集〉代序》,《中国文化》1992年第1期。
② 甘阳在反思学术界的"学统"时曾表示,中文系的现当代文学与古典文学老死不相往来,是当下学界的现实,却并非正常现象。进而言之,对中国古典传统恢复敬意与"五四"以反传统为标杆之间的紧张,是需要学界努力去协调的重要问题。该问题包含着极为复杂的面相,并不是简单的非此即彼的思维所能解决。甘阳、王钦:《用中国的方式研究中国,用西方的方式研究西方》,《现代中文学刊》2009年第2期。作为80年代"文化热"中"文化:中国与世界"丛书编委会的灵魂人物,甘阳的此种转变耐人寻味,亦从另一侧面说明中华文化历经百年劫变之后"归根复命"的迫切性。

视域和"古""今"融通的"大文学史"观念两种核心"范式"最具代表性①。二者皆有所本,也各有所见。在阐发《装台》《主角》所蕴含之丰富复杂的寓意上,各有不同程度的洞见,当然也存在着若干内在的差异。即如如何评价《装台》《主角》中的核心人物刁顺子和忆秦娥,两种理路便存在着似乎难以调和的"矛盾"。刁顺子可以被方便地归入底层叙述进行讨论,但作者显然无意于为其安排一个最终脱离"底层"的超越性结局。他在一种几乎可被视为命定的轮回状态中完成着个人作为普通人的生命过程。在多重意义上,他是福贵和许三观的难兄难弟,他们共同依托着源自中国古典思想的人世观察的既定观念②。《主角》中的忆秦娥亦复如是。书中虽浓墨重彩地叙述了她四十余年堪称复杂的生命历程,却在细致铺陈其艺术修养之进路的同时,并未叙述她个人应世智慧的提升过程。她因此可以被视为一种"反成长"的人物。"反成长"并非不成长,而是其精神的成长仅开显于戏曲艺术的修养工夫,而于俗世人心之复杂幽微始终"不通"。其所葆有之典范意义,需在超克"五四"以降之文学视野中得到更为妥帖的阐释③。陈彦于古典传统沉潜往复、从容含玩既久,其作品有更为复杂之视野和更为宏阔之世界展开,也召唤着更具包容性和概括力的批评的意义阐发。在"古""今"融通的视域中抉发其作品的意义,故而为阐释路径之重要一种。

2021年3月,被认为是陈彦长篇小说"舞台三部曲"的"收官之作"的《喜剧》单行本由作家出版社出版。这一部仍以舞台内外的生命故事表达作者对于更为广阔的人间世之复杂义理的思考的作品也很自然地被放入《装台》《主角》所属的观念和美学谱系中加以讨论。其所具有的若干重要的观念和艺术特征,也再度说明现有的奠基于西方理性主义的小说观念的解释学限度。《装台》《主角》《喜剧》皆有较为明确的题旨,亦有不难辨识的与题旨密切相应的章法,甚至意象、人物等的艺术化处理,亦有"规律"可循。如不在现代以降之小说观念中对其作简单的意义判定,则可知被冠以"舞台三部曲"的《装台》《主角》《喜剧》或属类乎中国古典"寓意作品"的新的小说创作的尝试,其与中国古典思想和审美表达传统之内在承传关

---

① 前一种研究所在多有,此不赘述。后一种路径以李敬泽、吴义勤的文章最具代表性。参见李敬泽:《在人间——关于陈彦长篇小说〈装台〉》,《人民日报》2015年11月10日;吴义勤:《作为民族精神与美学的现实主义——论陈彦长篇小说〈主角〉》,《扬子江评论》2019年第1期。
② 参见杨辉:《陈彦与古典传统——以〈装台〉〈主角〉为中心》,《小说评论》2019年第3期。
③ 参见杨辉:《"道""技"之辩:陈彦〈主角〉别解——以〈说秦腔〉为参照》,《文艺争鸣》2019年第3期。

系,无疑是进一步阐发其义理的重要路径。

"寓意作品"之说,借径自汉学家浦安迪。在论述中国古典小说之独特观念和审美表达方式时,浦安迪认为,传统中国的叙事文学"一般倾向于从广大天下的形势",而非"具体的物事的角度来假定人类存在的意义"。其表面虽缺少"寓意的动势或发展",却并非没有"任何真正的变化",此为"中国式封闭循环的人生观所致"。故此,以"任意造作的小天地"来影响"存在整体的大天地",为寓意作品之核心特征。与此寓意相应的,是具有中国式思维特征的表达方式,其核心义理,在《周易》所开显之世界观念之中。如其所论,中国思想的阴阳二元论之特征有四:一为"从四时循环的意义上说,定期的交替运作变成为更为精确的周期性活动";一为此种交替运作的"不间断",且在"每个因素的衰退和更新中,大量的其他因素都在一个相对长的时期里处于潜伏状态";一为"相互易位的过程(五行相生、五行相胜)是不可避免的,所以一个因素的'无'就暗示着它的'有'";一为"周期性具有无限丰富的重叠(昼夜循环、月运周期、太阳活动周期、人类的生死循环、朝代更迭等)"[1]。由此发展出的人世观察深具"起落""成败""得失""荣辱""进退"等交替循环之基本特征,此为其"小"处。其"大"处在于历史之"兴亡"、"盛衰"之交替。此为"中国式的逻辑方法"的基本特征。前者在《金瓶梅》《水浒传》《红楼梦》中有极为充分之展现,后者则在《三国演义》中得到了可谓淋漓尽致的发挥[2]。

以浦安迪所阐发之中国古典"奇书文体"的寓意特征为参照,可尝试为"寓意小说"定义如下:在"古""今"贯通的思想和审美传统中,努力以叙事虚构作品所开显之"小天地"的精心营构,表达作者对更为广阔之人间世态人情物理的理解,且有意识接续以《周易》思维为核心之中国古典思想传统,于"起落""成败""得失""荣辱""兴废""盛衰"等两两相对之情境或意象之交替循环中完成对作品整体寓意之艺术表达。是为中国古典寓意作品可以辨识之基本特征,而在赓续中国古典传统的基础上开出当代小说新的境界的"舞台三部曲",亦可作如是解。

某种先在的"观念",以及与之相应之艺术表达,为"寓意小说"区别于

---

[1] 浦安迪:《〈红楼梦〉的原型与寓意》,夏薇译,生活·读书·新知三联书店2018年版,第65页。
[2] 参见浦安迪:《中国叙事学》,北京大学出版社1995年版。

他种作品的基本特征①。对此,陈彦无疑有较为充分的写作自觉:一部作品"写了那么多人物和他们的生活故事,最终当然要说点什么"。"中国古典小说尤其是《红楼梦》的意趣和笔法就值得借鉴。作品要有扎实细密的生活事项的叙述,也要有在此基础上升腾出的境界或者说是'寓意',有些是你自身的生活经验和生命经验的总结,有些则是古圣先贤已经反复谈论过的道理。"②而如何将二者融入个人营构的艺术世界,则是艺术创造工作所要处理的重要问题。因对中国古典思想及审美传统多所会心,陈彦在其现代戏代表作"西京三部曲"中,亦曾将类如浦安迪所论之"二元补衬"与"多项周旋"之笔法融入了作品世界之中。《迟开的玫瑰》中乔雪梅所面临之生命境遇的结构性反复,《大树西迁》中苏家三代人家国情怀的不断"再现",《西京故事》结尾处与罗天福一家状貌及处境几乎"同一"的另一家人的出现,皆说明某一生活情境的结构性循环,乃属生活世界基本原则之重要一种。此种笔法,至长篇小说"舞台三部曲"得到了更为充分的发挥。《装台》中刁顺子事业和家庭生活的"同义反复",《主角》中忆秦娥生命遭际的结构性循环,以及《喜剧》中父子两代人所表征之"正""反"观念的交替循环,皆说明源自《周易》的循环观念在面对当下生活情境时之解释学效力。其他如"正""反"、"新""旧"等人物及意象两两相对之基本特点,亦表明类如"奇书文体"之"寓意"笔法在"舞台三部曲"中所在多有,已成为陈彦长篇小说不同于同时期其他作家作品的重要特征。此种特征,可谓开出中国当代"寓意小说"写作的新的可能,亦属融通"古""今"、"中""西"多种传统的新的小说境界。

围绕"寓意小说"的"义理"可能存在的不同意见,或将凝聚于中国古典思想之当下解释学效力问题上。亦即以《周易》为核心的循环思维,及在此观念的影响之下形成之"四时"观念,究竟能否解释当下世界之基本规则及生活于其间的人物的命运转换,对此需略作说明。如破除"以西律

---

① 浦安迪认为,"作者通过叙事故意经营某种思想内容才算是寓意创作,如果在现实的描述中简单地呈露某种生活的真实,我们只能说这部书有思想内容,至多可以说它适宜于寓意式的阅读"。而"如果作者确实有意对人物和行为进行安排,从而为预先铸就的思想模式提供基础,我们就有理由说,他已经进入了寓意创作的领域了"。(浦安迪:《中国叙事学》,北京大学出版社1995年版,第158页)如不把此种有意识的寓意设置简单地理解为"主题先行",则可知陈彦的努力包含着融通中国古典小说传统的重要意义。

② 陈彦、杨辉:《"文学的力量,就在于拨亮人类精神的微光"》,《文艺报》2021年05月28日。

中"之思维成规①,不在"五四"以降现代性视域中理解生活世界之基本规则,则可知源自《周易》思维的循环观念,作为理解历史、人事之一种,自有其不可忽略的重要参照价值。其理与申论中国古典"渔樵"观史之现代价值如出一辙②。促进中国古典思想的创造性转换和创新性发展,此或属重要的尝试性路径之一种,需在更为宽广的文学和历史视野中做价值的判定。如前所述,"寓意小说"之"寓意"所托,在中国古典思想。而以此思想为基础,作者亦可得表现世界之独特之审美表达方式。此两者互为表里,共同呈现于一部完整作品之中。然需要特别强调的是,"舞台三部曲"虽属"寓意小说",自然也包含着奠基于中国古典思想的精神表达,但作者身处之时代语境已与《红楼梦》《西游记》等"奇书文体"之时代和文化语境大为不同。故而"舞台三部曲"不仅包含着融通中国古典思想和审美表达方式的新的小说境界的展开,必然也内蕴着扎根于当下时代语境,吸纳"五四"以降之新文学传统及西方文学传统的复杂意义。但其要义,仍在赓续古典传统所开显之新的境界之中。其核心"寓意",自然也以此最为紧要,其他种种,皆奠基于此。

二、"舞台三部曲"的"寓意"及其观念渊源

照浦安迪的看法,作者是否"通过叙事故意经营某种思想内容",是作品能否归入"寓意创作"的重要标尺。"如果在现实的描述中简单地呈露某种生活的真实,我们只能说这部书有思想内容,至多可以说它适宜于寓意式的阅读。"而"如果作者确实有意对人物和行为进行安排,从而为预先铸就的思想模式提供基础,我们就有理由说,他已经进入了寓意创作的领域了"③。依此思路创作的作品,自然便可归入"寓意小说"进行讨论。在《明代小说四大奇书》《中国叙事学》等论著中,对《金瓶梅》《西游记》《水浒传》《三国演义》《红楼梦》的"寓意",浦安迪论之甚详。上述作品,也自有其与传统和时代精神间之内在关联。身处文化观念的"超稳定结构"中,即便因现实和具体生活语境之差别,个人所取并不全然同一,但彼此分享的,乃是同一种"文化的深层结构",似乎无须多论。而以戏曲经典传统为中介,陈彦无疑对经典剧作所蕴含之义理多所会心,一旦专事小说写作,

---

① 在阐发浦安迪中国古典小说研究之意义时,张惠充分肯定浦氏研究之路径与方法,以及其之于古代小说研究观念拓展的意义。参见张惠:《发现中国古典文论的现代价值——西方汉学家重论中国古代小说独特结构的启示》,《中山大学学报》(社会科学版)2012年第3期。
② 参见赵汀阳:《历史、山水及渔樵》,《哲学研究》2018年第1期。
③ 浦安迪:《中国叙事学》,北京大学出版社1995年版,第158页。

不唯若干古典艺术技巧被巧妙地化入其间,戏曲经典所依托之观念传统,也成为他理解并表达当下生活世界世态人情物理之重要借径。其"舞台三部曲"的"寓意",泰半源出于此。

可以十分方便地将《装台》纳入"底层写作"的视野中加以阐释,但如李敬泽所论,目下流行之"底层写作"观念,并不能涵盖《装台》的所有内容。"底层尽管广大",却"装不下任何一个活生生的人"。在根本意义上,"《装台》或许是在广博和深入的当下经验中回应着古典小说传统中的至高主题:色与空——心与物、欲望与良知、强与弱、爱与为爱所役、成功和失败、责任与义务、万千牵绊与一意孤行……"①其所敞开之境界,庶几近乎《红楼梦》等书写世情的"炎凉书"。此间有普通人命运的兴衰际遇、起落沉浮,他们的喜怒哀乐、悲欢离合也不出怨憎会、爱别离、求不得诸般际遇所彰显之基本范围。但《装台》中的刁顺子虽身在被给定的命运结构之中无从规避,也莫能逃遁,精神却并不颓然。陈彦浓墨重彩地书写他所面临之"事业"和"家庭"困境的结构性反复,写他历经种种现实的磨砺之后获得的生命了悟。但"花树荣枯鬼难挡,命运好赖天裁量。只道人事太吊诡,说无常时偏有常。……"②则分明带有浓厚的安常处顺的色彩。在如刁顺子般的底层人物无论如何努力也无从变成他们所"不是"的另一类人的整体语境中,如何处理自我与生活世界的精神关系便十分紧要。《装台》中的色空、起落、得失、荣辱等等,悉数为一种内在的超拔的力量所统摄。刁顺子无须依赖发源于"五四"新文学底层书写自外而内的意义判定,而自有其自内而外显发的勃勃生气。正是这一股气力,成就了《装台》因洞见人之存在的基本境况之后所显发之普通人精神的"上出"一路,包含着在现实的挫折磨砺中促进自我圆成的复杂寓意。刁顺子作为鲜活的个体,其生命价值和意义无须依赖源自外部的价值"赋予",而自然秉有内在的价值和尊严。此种人世关切,与古典思想对身处自然运化之际的人之处境的理解密切相关③。

虽然历经现实种种境遇的挫折磨砺之后,来自九岩沟的放羊娃忆秦娥终成一代秦腔大家,但《主角》笔墨的重心,仍在细致描绘作为柔弱的个体的忆秦娥与大时代历史和现实交相互动、互相成就的复杂过程。要点有二:一为详细叙述忆秦娥修习戏曲技艺的过程,写她如何从"破蒙"到逐渐

---

① 李敬泽:《在人间——关于陈彦长篇小说〈装台〉》,《人民日报》2015年11月10日。
② 陈彦:《装台》,作家出版社2015年版,第427页。
③ 参见张新颖:《中国当代文学中沈从文传统的回响——〈活着〉〈秦腔〉〈天香〉和这个传统的不同部分的对话》,《沈从文与二十世纪中国》,复旦大学出版社2014年版,第87页。

开窍,再到自觉研习秦腔技艺,成为一时期秦腔艺术承前启后的重要人物的过程;一为细致书写四十余年间忆秦娥个人生活状况的变化,写她的恋爱、婚姻,以及日常生活的种种情状。二者最终可以交相互动、互相成就,忆秦娥过人的艺术成就,泰半奠基于此。在自我成就的艰难过程中,忆秦娥的精神可谓历经数番"出生入死"。她之所以能练就过人的艺术功夫,与她可以心系一处、不遑他顾密切相关。她的才华,也几乎全部显现于戏曲技艺的修习,于普通人事交往则始终"不通"。这一方面使得她无须做复杂的克己工夫,以超克现实名缰利锁的牵绊,却也教她每每有应世的无奈和无力之感。于现实自然而生的名利的挟裹中,忆秦娥可谓遍尝人间冷暖,深知世情浇薄,但即便面临精神根本意义上的无可如何之境,也偶生出尘之思,最终却并不颓然,而是以近乎儒家的精进的姿态,完成了对个人基本生命境遇的超克。其间死生、荣辱、成败、起落、得失等境况交替出现,也不乏富有警示意味的多次梦境的醍醐灌顶、振聋发聩的"寓言"作用,《主角》以广阔之人间世态人情物理之"常"与"变"的轮番交替,容括了具有普遍意义的生命经验。尤以思想观念的多元统合最具"症候"意义。忆秦娥之戏曲技艺的修习,合乎庄子艺术精神之要义,其进阶之法,亦与之相通。在无力应世之时,她也暂居佛门,约略也有些出脱尘世烦扰获得无上清凉的用心,但终究以儒家的精进勉力完成个人作为"历史的中间物"的承前启后、继往开来的历史和时代责任。这一种精神取径,既属《主角》之"寓意"所在,同时还蕴含着具有重要历史和现实意义的思想内涵[1]。《主角》作为书写改革开放四十年中国社会翻天覆地之巨大变化及与之相应之普通人之出入进退、离合往还之意义,也正在于此。

相较于《装台》《主角》中"寓意"的"繁复",《喜剧》可谓简明。如题记所言:"喜剧和悲剧从来都不是孤立上演的。当喜剧开幕时,悲剧就诡秘地躲在侧幕旁窥视了,它随时都会冲上台,把正火爆的喜剧场面搞得哭笑不得,甚至会提起你的双脚,一阵倒拖,弄得惨象横生。我们不可能永远演喜剧,也不可能永远演悲剧,它甚至时常处在一种急速互换中,这就是生活与生命的常态。"[2]这一种类如莎士比亚的"悲喜混合剧"的观念当然有着不同于前者的精神的渊源。《道德经》中阐发的朴素的辩证法及后文将要详细论述的《周易》思维为其精神"先驱"。四十余万字的《喜剧》的故事,也

---

[1] 参见杨辉:《现实主义的广阔道路——论陈彦兼及现实主义赓续的若干问题》,《中国现代文学研究丛刊》2018年第10期。
[2] 陈彦:《喜剧》,作家出版社2021年版,第409页。

便意在说明"悲""喜"的交织互动,如何构成了生活和生命的"常态"。从火烧天到贺加贝再到贺火炬,喜剧观念的循环往复包含着陈彦对生命境遇的深刻洞察。贺氏喜剧坊历经贺加贝的一意孤行、一路下滑无从继续后,在持续追问喜剧本质且获得重要了悟的贺火炬手中再有"生机"。当此之际,一度风光无限,也在新的社会环境中推进贺氏喜剧蓬勃发展的贺加贝诸般追求皆成幻境。兄弟二人因选择不同所致的命运的差别,既说明"正道"与"邪路"的交替,也从另一侧面说明个人并不能脱离时代的或成就或限制的力量。也因此,即便洞见其所尝试的喜剧并非"正道",身在汹涌的外部世界的滔滔洪流之中,贺加贝也无力挽狂澜于将颓,他的时代成就了他,也将他推入了几乎"万劫不复"的苦境。《喜剧》的"寓意",因之不仅表明否泰交织、悲喜互参的人之基本境况,也说明个人与时代交互成就之不可或缺。贺加贝的"悲剧",也便包含着关乎人之生命际遇发人深省的重要内容。由对喜剧之"道"的追求,到个人技艺的修习,再到应世的智慧的历练,《喜剧》所蕴含之义理非止一端,而是包含着对戏曲艺术家在面临种种精神和现实境况之际所应遵循之义理的总括性表达[①]。

凡此种种,无不说明,陈彦的作品,亦可放置到中国"寓意小说"的视域里做意义的读解和阐发。以现代戏为中介,陈彦既对中国古典思想观念颇多感应,也对与之相应之艺术技巧多所会心。他的《装台》《主角》的境界和章法,早已超出了现代小说观念的范围,而与中国古典小说传统足相交通。新作《喜剧》,自然亦属此类。虽详细铺陈人物之命运与时代之交相互动,也有此起彼伏、引人入胜之故事张力,《喜剧》之重点仍有远超于此者。以若干人物之命运起伏表征更为宏阔之"义理",属其要义所在。此亦属"寓意小说""寓意"的重要内容,包含着作者以文本所开显之"小天地"影托更为复杂的生活世界的核心义理的深婉心曲。

三、"舞台三部曲"的"寓意笔法"

思想观念既已基本确定,与之相应之章法结构的形成,也便属顺理成章之事。与"奇书文体"约略相同的结构章法一般,"寓意小说"亦有大致相近之章法结构。即如浦安迪论《红楼梦》所言:"《红楼梦》在结构上有一个特点,似是寓意创作的标志,即作者浓墨酣畅地以'二元补衬'的模式展开描写。""中国小说戏剧不乏悲欢离合、荣枯盛衰的描写,然而,即使从这

[①] 参见杨辉:《须明何"道"?如何修"艺"?将何做"人"?——论作为寓意小说的〈喜剧〉的三重"义理"》,《中国当代文学研究》2021年第4期。

种俗见的文字看去,《红楼梦》在情节陡转之处,在因丕泰莫测而摇人心旌之处,也无不暗合阴阳哲理的结构形式。"①是为"奇书文体"结构"秘法"之一。浦安迪以"二元补衬"和"多项周旋"指称中国"奇书文体"的结构章法②,抉发《金瓶梅》《西游记》《三国演义》《红楼梦》中与核心寓意密切相应之结构模式,并将之视为"奇书文体"大致相通之章法模式。此种章法之生成,源自《道德经》中素朴的辩证法及《周易》中的循环观念:"一切事物的变化,都相反而相成,是永无止境的。"在《周易》中,此种"相反相成","可推广开来,涵盖'正变正''正变反''反变反''反变正'等的变化,而形成循环不已的逻辑结构。"这一结构在六十四卦中有极为明确的体现,"六十四卦以'屯'起、'既济'转、'未济'终,就表示这种由'屯'而'既济'而'未济'而'屯'之循环关系。"其意义可"联结天、地、人,以呈现其变化历程"③。"寓意小说"之核心章法,要义亦在此处。

且看《装台》《主角》《喜剧》之章法布局。三书篇幅、侧重虽有不同,但皆有可以辨识的"大结构",如《周易》六十四卦的现实演绎一般,呈示人事"变"中有"常"、"常"中含"变"之"循环往复"。《装台》起笔于蔡素芬(与刁顺子婚后)进入刁家,收束于大吊遗孀周桂荣再入刁家,其间蔡素芬与刁菊花无休止的矛盾冲突为该书浓墨重彩书写的核心内容,蔡素芬黯然退出后,周桂荣则"填补"了其所遗留的结构性"空缺","开启"了下一轮的矛盾冲突。由蔡素芬的"进"到周桂荣的"进",为该书一大结构性循环。其间亦回顾性地叙述了刁菊花生母及韩梅母亲与刁顺子的两次婚姻,分别构成情感关系的"起""落"、"成""毁"的交替,可视为该书未及详述的刁顺子两次生活状态的结构性循环。蔡素芬在品性恶劣的刁菊花的逼迫之下无奈离开,为"进""退"的结构,类乎"既济"与"未济"的交替,而周桂荣进入刁家,则为新的循环的再度敞开。其间人物关系之起落、荣辱、进退,莫不遵循此理。《主角》亦有个人命运的结构性循环的艺术处理。在宁州剧团,忆秦娥的脱颖而出(起),同时预示着胡彩香时期的"终结"(落)。在省秦,忆秦娥历经挫折最终被选定为《游西湖》李慧娘的不二人选(起),同时

---

① 浦安迪:《中国叙事学》,北京大学出版社1995年版,第158-159页。
② "二元互补(complementary bipolarity)"指的是"中国人倾向于两两相关的思维方式,人生经验藉此可以理解为成双成对的概念,从纯粹的感受(冷热、明暗、干湿),到抽象的认知,如真假、生死、甚至有无等等。""每对概念都被看作连续的统一体,各种人生经验的特性时时刻刻地相互交替,总是此消彼长,是无中有、有中无假设的二元图式。"此即"多项周旋"(multiple periodicity)之意。由此开显之文本结构模式,自然深具中国古典思维的特征。浦安迪:《〈西游记〉与〈红楼梦〉中的寓意》,《浦安迪自选集》,刘倩等译,生活·读书·新知三联书店2011年版,第190-191页。
③ 陈满铭:《章法学综论》,万卷楼图书股份有限公司2003年版,第497-498页。

也伴随着龚丽丽舞台生涯的终结(落)。书中详述之最为重要的人事代谢,包含着着更为深刻的寓意——个人作为"历史的中间物"必须面对的"退场"的命运。无论忆秦娥戏曲技艺如何出神入化,也必得面对个人退出舞台中心的命运。书中对此叙述甚详,虽有万般不舍甚或不甘,忆秦娥终究不能超克人事代谢的根本性限制。她退回九岩沟,在乡间再度焕发艺术生机,是个人的"退"(落),却也同时是养女宋雨的"进"(起)。其他如司鼓胡三元、演员楚嘉禾等等舞台内外的重要人物,亦无不遵循起落、成败、得失、荣辱的结构性循环。《主角》发人深省、教人叹惋之核心寓意,与此关联甚深。《喜剧》的大结构,可约略分为三个时期:火烧天时期、贺加贝时期以及贺火炬时期,其中以贺加贝时期分量最重,构成由"正"(喜剧所应遵循之常道)转"邪"(摒弃常道)再返"正"的结构性循环。小说的前五分之一叙述老一辈艺术家火烧天历经数十年的现实磋磨而悟得喜剧艺术之道,也在喜剧时代来临之际将贺氏喜剧推向一个阶段性的高峰,此后火烧天离世,其子贺火炬担纲贺氏喜剧坊,他才能虽不及乃父,却也有些喜剧天分,也一度风光无两,孰料现实语境发生变化,喜剧艺术也需随之新新不已,在探索新的可能性的过程中,贺火炬处理失当,致使贺氏喜剧于邪路上愈行愈远,终至于"呼啦啦似大厦倾",境界颓到极处……当此之际,早有求索喜剧核心义理之用心的贺火炬远行"求法",在一老教授的开示之下悟得喜剧之"道",遂在乃兄砸锅倒灶之际以守"常"以应"变"的方式重开贺氏喜剧坊贞下起元的新的境界。由此"正"—"反"—"正"之交替循环,与个人生活的起落成败、否泰交织、荣辱无定互为表里,共同表征是书关于喜剧义理与时代和个人精神选择间之微妙复杂的关系。

　　此为章法结构所遵循之核心义理。但独具意义的章法结构在文本世界的落实,须得依靠若干重要意象。故而明了"舞台三部曲"大致相通之结构模式后,有必要对其中若干重要意象做系统阐发。《装台》《主角》《喜剧》各有与主要人物、核心故事相对应之重要意象。此意象所彰显之义理不仅足以与主要故事交互发明,还具有结构性意涵。在《装台》之中,具备上述结构义的意象,以"蚂蚁"最为突出。蔡素芬初入刁家,即发现家中蚂蚁甚多。这一笔貌似随意,却非闲笔,此后蚂蚁时常出现在蔡素芬和刁顺子的生活世界,直至刁顺子面临生活日渐加重的挫折磨砺而难于支撑之际,蚂蚁干脆进入他的梦境,演绎了一出蚁群生活与现实人生交相对照的"大戏"。虽为梦境,但蚁群生活的艰难,以及它们为生活付出的巨大的努力仍然令人动容。它们的生活,也恰为刁顺子生活状况的映衬。即便偶生"退"意,也可以去过饱食终日、无所事事的"退休生活",由此脱离文本命运起落之大结构,完成个人的自主选择。但刁顺子最终仍因对共同劳作的同事们的责任感而重操旧业,再度返归事业与家庭无休止的矛盾的结构性反复之中。期间"蚁族"一词的现实寓意,适足以说明蚂蚁意象纵贯全书的重要意义。且看全书结尾处如下描述:"他就坐下来,一边听鸣虫叫,一边看蚂蚁忙活。蚂蚁们,是托举着比自己身体还沉重几倍的东西,在有条不紊地行进的。"刁顺子"突然觉得,它们行进得很自尊、很庄严,尤其是很坚定。要是靳导看见了,说不定还会让他顺子给它们打追光呢"[1]。至此,蚂蚁的意象可谓充分完成了其影托刁顺子精神的重要意义。仍以梦境为例,可以更为深入地说明《主角》的笔法。《主角》中事关"名""利"的两番梦境,无疑是理解忆秦娥精神历程的大关节。牛头、马面关于虚名浮利的警示极大地惊醒了深陷名缰利锁并为其所困却不自知的忆秦娥。虽无追名逐利之心,但个人戏曲技艺的精进自然为她带来了巨大的声名。声名虽好,却利害参半。如不妥当处理,则祸患无穷。于此情境之中,忆秦娥两番梦境以"虚""实"相应之寓意笔法,表明超脱名利牵绊之于个人精神修为不可或缺的重要性。《喜剧》中关于虚名浮利的弊端处理,较之《主角》仍有过之。贺加贝为名利蛊惑,逐渐失去本心,遂有"废后"的荒唐之举。他所执念的万大莲的追名逐利,实为将贺加贝推向深渊的重要原因,约略有些财物引发现实恶果的寓意。而全书最具映照意义的形象,当属那条柯基犬。柯基犬出现于全书中部,其时火烧天逝去已久,贺加贝也进入了贺氏喜剧坊的王廉举时期。由史托芬家出走且流落街头的柯基犬因缘际会,进入梨园春来,成为全书最引人注目的重要"叙述人"。此一形象的出现,除说明王廉举的喜剧的非专业——牵条狗上去都能演——之外,还有以新的视角,观照俗世生活的用意。柯基犬果然对梨园春来较多为他人所不知的重要事件知之甚深。比如它知晓王廉举和龚娜娜的私情,明了后来引发贺氏喜剧帝国大崩溃的幕后推手武大富的作为,也对贺加贝觊觎万大莲等等事项洞若观火……柯基犬的价值,还不止于此,它因在史托芬家生活很久,也有些"反思"的能力,故而在全书收尾之时,完成了一大重要的叙事功能。它对人事的起落、喜剧之要义等核心问题,也皆有见识,可与火烧天、南大寿以及那位点醒贺火炬的老教授关于喜剧的观点相参看,为理解《喜剧》核心寓意的一大反讽之笔。

不独如此,"舞台三部曲"皆以舞台内外人物的生命情状为核心,表达作者对于广阔之人间世复杂义理的洞见,故而书中所述"戏"与现实人生

---

[1] 陈彦:《装台》,作家出版社2015年版,第428页。

之对照,亦属寓意笔法之重要一种。刁顺子虽非舞台的中心人物,但其与蔡素芬的家庭处境,亦不乏戏曲的映衬作用。与崔护《题都城南庄》密切相关的《人面桃花》在小说后三分之一中十分醒目。桃花姑娘的生活故事,足以与蔡素芬个人之家庭经历相交通之处不止一二。不过是"姑婆"换作"继女",二者在作品中之结构功能并无二致,皆构成女主角必得面对的家庭中的"反对"力量,使得正常的家庭生活难以为继,历经种种阻碍后,均以女主角"退场"为结局。作为忆秦娥的"破蒙"戏,一出《打焦赞》不仅为她奠定了极为扎实的戏曲功底,忆秦娥与杨排风的角色设置,亦有相近之处。此后忆秦娥与封潇潇排练《白蛇传》,彼此心有灵犀,情境亦近乎许仙与白娘子的情感关系。而秦八娃为忆秦娥量身定做的《同心结》,在全书中则有较为复杂的寓意。该剧核心内容取自忆秦娥的个人经历,为"戏"与"人生"交相互动、互相成就的重要转折。以此为起点,忆秦娥完成了"道"与"技"的辩证及其与生活世界诸般际遇的交互生成关系,为忆秦娥艺术修养境界提升的一大关节。其在面临个人"退场"的历史命运之际的那一折戏,则有着自我总结自我反省的重要意义,亦是点出全书"主角"一词基本义理的重要段落,为陈彦融通中国戏曲艺术表达方式,拓展小说艺术境界的重要尝试。

如是笔法,在《喜剧》中亦有重要的"点题"作用。且看书中述及之三出戏之寓意。河口镇演出的《狮子楼》,改编自《水浒传》,乃是潘金莲伙同西门庆害死武大郎的故事。后西门庆、潘金莲皆为武松所杀。武松杀死西门庆一节,极大地触动了潘五福和他娘的情感,其余观者也无不为之动容,甚至于拍手称快。此为古典戏,与贺加贝等人所演绎的约略有为潘金莲"翻案"之意的小品《巧妇潘金莲》旨趣大相径庭。《狮子楼》的故事,可与潘五福、好麦穗、张青山等人的关系相参看,为一大反讽之笔。某一日忆秦娥在八里村演出的《哑女告状》,技艺浑然天成,人物刻画淋漓尽致,令潘银莲深深震惊于"戏的魔力"。而她哥潘五福,则因之获得了心灵的"净化"。这一出戏,活脱是潘银莲不慎烫伤之后其兄潘五福四处求医为她疗伤的情义的"再现"。同在八里村,罗天福所唱《三娘教子》虽然荒腔走板,但仍然让潘五福和其他观者为之落泪。《三娘教子》所关涉的情境,又何尝不是潘银莲面对侄子潘上风时所感受到的无奈和无力?上述种种,均说明经典戏曲的底层关切和"高台教化"作用的不可或缺。正因偏离戏曲的这一根本特征,贺加贝等人的喜剧虽一时红火热闹,却终究因偏离"正道"而难以为继。作者"征引"戏曲经典的若干重要桥段,其意或在于"古""今"交织、"虚""实"相应中,开出足以博古通今的人间世的恢宏画卷,说明"戏"与现实人生的交互发明的重要意义,以表达忧思深广的现实关切。凡此种种,皆属"寓意小说"的独有笔法,其所内涵的颇为复杂的"寓意",大多亦缘此而生。其他如刁菊花与蔡素芬、周桂荣;胡彩香、米兰、龚丽丽、楚嘉禾等人与忆秦娥;火烧天、南大寿、贺火炬与贺加贝、镇上柏树、王廉举、史托芬等人的结构性对照,皆有复杂用意,可归入"寓意小说"之典型笔法一并阐释。

四、"寓意小说"与古典传统的赓续问题

以叙述虚构作品所敞开之"小天地"影托更为广阔的人间世的复杂面向,为"寓意小说"观念之核心特点。与之相应之结构章法,乃是进一步完成小世界和大世界之间的结构性关联的"介体"。其所容易辨识的观念的渊源,奠基于中国古典思想和审美表达传统,与《周易》思维的世界观察有着内在的关联。中国古典思想在阐发当下人的精神和生活情境时的解释学效力,因之分外紧要。无须深入辨析发端于晚清、初成于"五四"的文化思想观念的古今之变的"文化后果",也不难知晓单向度勇往直前的现代性线性观念,并不能涵盖20世纪迄今所有的世界感觉[①]。庶几近乎古典自然观念的对于日常生活世界的感应,亦未因所谓的思想观念的古今"断裂"而渐次式微。且看陈彦对此一问题的个人感觉:"生活在大自然中,每天看到并切身体验着日出日落、月盈月亏,四季转换的天地节律,多少会感受到古人所说的'循环'的意味。"不仅如此,上述世界感觉所依托之古典思想,亦历经文化的古今中西之争而不绝若线:"不管你是否读过《论语》《孟子》,读过《道德经》《南华经》或者《金刚经》《心经》,你生活在中国文化的大环境中,自然而然也潜移默化地受到前贤的影响。你说的话里,不由自主地会有孔子的话、老子的话、庄子的话,也可能有佛家的一些说法。这可以说是中国人文化的集体无意识,无论你是否觉察,它都存在于你的精神血脉中,影响甚至形塑着你的观念和审美的偏好,让你读到与前贤类似的说法时感到亲切,看到带有中国古典审美意趣的作品会有一定的共鸣,这应该说是每一个中国人先天自具的。"[②]正因对此文化的集体无意识有着相当程度上的自觉,陈彦有意无意地将古典传统思想融入其对当下世界的观察之中,并再度激活古典审美表达方式,开出其小说不同于当下主

[①] 对此问题的详细考辨,可参见王汎森:《近代中国的线性历史观——以社会进化论为中心的讨论》,《近代中国的史家与史学(增订版)》,香港:三联书店有限公司2020年版。

[②] 陈彦、杨辉:《"文学的力量,就在于照亮人类精神的微光"》,《文艺报》2021年05月28日。

潮的路径与方法。如前所述,这种独特的路径和方法,可尝试性命名为"寓意小说"。在当代文学七十余年的整体视野中考辩"寓意小说"的意义,可知与陈彦有大致相通之世界观察和审美表达的作家代不乏人①。其共同所属的观念和审美谱系之文学史意义,仍有待论者做更为深入的阐发。

虽说以类如"奇书文体"或"寓意小说"的观念和审美表达方式表达20世纪中国社会情状的作品并不鲜见②,但"寓意小说"作为当代文学赓续中国古典传统所开出的小说观念的"新路"的意义,仍需略做说明。如论者所言,浦安迪对"中国的逻辑"的理解,以及以"二元补衬""多项周旋"指称"奇书文体"的"结构秘法"的种种努力,并非前无古人的独立"发现",而是有着可以明确辨析的来源。作为浦安迪奇书文体"读法"的核心概念、范畴的阴阳五行之于文本解读的结构性意涵,张新之《妙复轩评石头记》中早有极为细致且深入的阐发。张新之甚至于认为《红楼梦》全书乃是《易》之"变相":"于是分看合看,一字一句,细细玩味,及三年,乃得之,曰:'是《易》道也,是全书无非《易》道也。'"故而,以《易》理读解《红楼梦》之结构、意象、人物等等,为张新之"读法"要义之一。亦从另一侧面说明浦安迪所论并非向壁虚构、全无来由。古代文学研究界多年来亦尝试在促进中国古典文论的创造性转换和创新性发展的基础上"重启"中国古代文论的解释学效力,以敞开一种奠基于中国古典传统的理论路径,进而打开融贯古今、汇通中西的新的文学观念的重要意义③。中国古典传统的现代转换,无疑路径多元,也自然维度多端。"古"与"今"的对接,路径也并不单一。此文所论,仅属其中尝试性之一种,能否藉此打开一种富有创造性且可进一步发挥的新的可能,尚有待时间考验。但如前文所述,陈彦"舞台三部曲"等作品逸出既定的小说观念的重要内容,适足以说明在古今贯通的大文学史观念中理解当代文本赓续古典传统的经验及其所打开之新的视野,正当其时。也因此,本节的尝试性阐释或难免有"过度阐释"之嫌,却并非毫无必要。"五四"以降受容西方现代主义后现代主义文学经验以开启中国文学的新可能的努力已逾百年,其"洞见"与"不见",创造性和局限性亦渐次显现。故而,如何在重启中国古典思想和审美表达传统的基础上

---

① 废名数部作品、萧红《呼兰河传》、师陀《果园城记》、贾平凹《山本》皆可归入此类一并探讨。上述作品所敞开之普通人事与历史和古典思想意义上的"自然"之关系,亦可印证"寓意小说"的解释学效力。

② 以经过现代转换的"寓意小说"的观念读解当代小说,可知贾平凹新世纪后数部小说的历史叙述及其观念和笔法,庶几近乎"寓意小说"。《古炉》《老生》可视为初步的尝试,至《山本》得到了深度的发挥。《山本》中之"自然史观",无疑是奠基于《周易》思维的世界观察的典范。

③ 可参见谭帆:《中国古代小说文体文法术语考释》,《文艺研究》2015年第1期。

融通"古""今"、"中""西"的多种经验,开出扎根于当下语境并指向未来的新的可能,是作为"历史的中间物"的一代写作者必须面对的时代性难题。陈彦和他的"舞台三部曲"的创造性尝试,以及以"寓意小说"作为方法对其文学史价值的探讨,皆需在这一宏阔的视域中得到恰如其分的理解。而要走出离开西方便不能思、甚至无思的无能境地,此亦为不可或缺的重要一环,亦属破除"以西律中"的狭隘的文化观念,进而从根本意义上确立中华民族文化自信的题中应有之义。

第七章 "未竟"的创造:"风景"叙述及其思想和艺术意涵
——一种"通三统"的实验

第一节 "社会主义风景"[①]的开启

关于《创业史》中"风景政治"及其意义的讨论,柳青1955年12月12日为苏联《文学报》所作之文章《中国热火朝天》的开篇文字,是极具象征意味的"出发点":"十二月的阳光,好像母亲的手一样,温暖地抚摩着渭河平原上一片翠绿的麦田。秦岭的山峰已经是白雪皑皑了,山脚下的镐河边上,最耐寒的榆树叶也将要落尽了。往年,这是大地已经开始冬眠的时候,但今年,农业合作化运动的高潮使得每一个村庄和每一条小巷都活跃了起来——男人们往麦田里施追肥,成队的和成组的妇女在田间进行有史以来第一次大规模的小麦冬锄。人们从老的和新参加合作社的男女社员们劳动的劲头、走路的步伐、说话的声调和笑貌中,处处都可以看出一种发自内心的欢欣和鼓舞。这不像冬天,好像春天打乱了季节的顺序,抢先到了中国大陆。"[②]

"冬季"如"春",且似乎脱离了四时流转的"季节的顺序"(自然秩序),这是1955年秦岭脚下渭河平原的真实景况。经过数年的社会主义改造之后,旧的观念秩序渐次瓦解,新的思想、情感、心理和行为开始确立。此为"新世界"超克依托"自然"的旧观念而获得自主的重要景象,蛤蟆滩如火如荼的社会主义建设所开启的三千年未有之大变局,正在彻底改变中国乡村的整体面貌。那些信奉"日出而作,日落而息",遵从简单的自然秩序的旧人物正在面临前所未有的精神的震动,他们所持守的曾经延续千年

[①] "社会主义风景"一说,借自朱羽,但用意并不全然相同。此外,蔡翔关于"地方"风景的论述对本节的思路亦有启发,在此一并致谢。

[②] 柳青:《中国热火朝天——为苏联〈文学报〉作》,《柳青文集》(第4卷),人民文学出版社2005年版,第148页。

第七章 "未竟"的创造:"风景"叙述及其思想和艺术意涵
——一种"通三统"的实验

的伦理观念和生活"秩序"开始面临难以缓解的难题。新的观念和新的人物在崛起,他们所创造的新的世界以极大的优越性证明旧观念被逐渐废弃的历史合理性。

20 世纪 50 年代,在新的世界的独特创造渐次展开的过程中,新的人物也逐渐成长,成为与新世界交互生成的"主体"。不独《创业史》中所写的长安县皇甫村呈现为新世界徐徐展开的欣欣向荣之境,在距离皇甫村千里之遥的湖南常德,刘雨生、盛淑君们也在同样的意义上创造着全新的生活"世界"。他们并不依循单干户所习惯的劳动节奏,努力"雨天当晴天,晴天一天当两天干"①,其间亦包含着突破自然节律而自由主宰生活和命运的复杂意涵。正因此种打破"陈规"的新的劳动方式,他们所领导的互助组取得了单干户拼尽死力也无法企及的劳作成果。"组织起来"所发挥的巨大的优越性尽显于此。那些一度固守传统生产生活观念的"顽固"的单干户,最终也在集体生产无法超越的巨大优越性的"比照"之下"败下阵来",渐次革新观念,进而投入互助生产的时代潮流之中。藉此,如火如荼的农业合作化正在展开,优美的山乡在持续巨变着②。在《山乡巨变》第二部的结尾,李月辉传达了省委电话会议的精神,"大家都不能自满和松气,要继续前进,采取许多切实可行的措施,向自然争取秋季更大的丰收"③。小说所描述的故事已然阶段性完结,其所敞开之"山乡"之"巨变"却仍包含着朝向未来的未定开放性。

此后数十年间,因极为复杂的原因,农业合作化所设想之时代"风景"并未全然落实。当代文学中的"风景"叙述(不独自然风物的描绘,而是更为深入地关涉"人事"与"自然"的作为"社会象征行为"的想象的复杂内容)渐次"重返"《创业史》之前的叙述模式之中。"自然"以其无从规避和逃遁的伟力在多重意义上影响甚至左右着"人事"(既包括普通人运命之

---

① 其时,青年男女各成一组,展开了劳动竞赛。女队的领头人盛淑君鼓励大家:"同志们,我们大雨不停工,小雨打冲锋,冲呀!"虽然因天雨路滑,盛淑君不慎摔跤,一身泥水,但仍然忍住痛,边走边叫:"同志们,响应党的号召,坚决要把雨天当晴天,晴天一天当两天,干呀!""对呀,我们要大雨小干,小雨大干,一刻不停工,气死老龙王。"李永和也附和地叫。李永和所言之"气死老龙王",便包含着向旧观念挑战的意味。同样饶有意味的是,在他们工作场地的不远处,亭面糊给牛披着蓑衣,还在牛头上的两角之间绑了一顶破草帽。原因无他,"人畜一般同,人的脑门心淋了雨,就要头痛,牛也一样"。这一笔或暗含着对"人事"的"限度"的隐微的说明,以及对无从超越的自然之道的认同。周立波:《山乡巨变》,《周立波选集》(第三卷),湖南人民出版社 1983 年版,第 546—547 页。
② 朱寨为《山乡巨变》续篇所作的评论文章,即以"优美的山乡在继续巨变着"为题。参见朱寨:《优美的山乡在继续巨变着——读〈山乡巨变〉续篇》,《读书》1960 年第 7 期。
③ 周立波:《山乡巨变》,《周立波选集》(第三卷),湖南人民出版社 1983 年版,第 642 页。

变化,亦扩而大之为历史之兴废起伏)的发展。"人事"与"自然"之关系再度成为需要进一步思考的重要议题,成为切近当代文学观念之变的进路之一。此种"风景叙述"居多以"重启"中国古典思想基于现实观察之"循环观念",营构人事之起落、成败、荣辱、兴废一如日出日落、月圆月缺、四时交替之简单"更替",虽有"重返"为20世纪50年代新的自然观念努力克服的旧思想之嫌,其所呈示之中国古典自然观念及其所依托之复杂的思想传统,仍内涵着可作用于现实的精神力量。故此,新的更具包容性和概括力的自然观念,便是于"古""今"、"中""西"思想的交互影响与融通之中,抉发奠基于当下中国和世界语境,融汇经过创造性转换和创新性发展之后的中国古典自然观念的新的"天"(自然)"人"(人事)关系。

更具历史和现实意味的事实是,与《创业史》"未竟"的"风景"创造相隔近七十年后,在柳青的家乡陕北,距离长安县皇甫村三百余公里的延安索洛湾,一位名叫柯小海的村支书带领村民致富奔小康的事迹,再度说明20世纪50年代"新人"梁生宝的"未竟之业"在新时代得以完成。柯小海所领导的村级产业在数十年间的不断探索不断转型,也充分说明生态文明和谐发展观念的历史重要性。是为50年代迄今"人事"与"自然"关系之历史性变化的重要一维,虽未有叙事虚构作品的宏阔展示,其所蕴含之复杂意涵,仍可在《创业史》以降之当代文学"风景叙述"的历史脉络中加以阐释。而由《创业史》"题叙"及正文中反复申论之顺应天命(靠天吃饭),到梁生宝等人的生产努力之后所依托之"人定胜天"观,再到"天人和合"的生态发展观,社会主义创造实践发生了巨大的变化,进入了以马克思所设想之"人事"与"自然"关系为基础,充分融通中国古典自然观之核心要义,进而超克目下盛行之西方现代以降之自然观念之限度,朝向"人"与"自然"和合发展的全新境界。此一境界,属古今中西融通之后所开显之具有新时代思想内涵的重要观念。在此一观念与时推移的自然调适的整体视野中,《创业史》细致书写"靠天吃饭"和"人定胜天"观念及其所涉及之"旧""新"思想的博弈,便包含着不限于文学中的风景描画的、值得进一步深入探讨的思想和文化史新旧之变的重要内容。

第二节 "靠天吃饭"和"人定胜天":两种观念的"风景"意涵

柳青对"内容"与"形式"之关系的独特思考,以及在此基础上所设定之《创业史》的写作目的和方法,皆是申论"人事"与"自然"关系无法绕开

第七章 "未竟"的创造:"风景"叙述及其思想和艺术意涵
——一种"通三统"的实验

的重要"前提"。1963 年 8 月,在回应严家炎对《创业史》的若干批评意见的著名文章《提出几个问题来讨论》中,柳青即明确表示,"内容决定形式,内容和形式的统一",乃是"马克思主义美学的一个根本规律","任何时代的任何作家都休想逃脱这个规律"。也因此,无论身处何时何地,写作何样题材,塑造何种人物,"作家都是按照自己的世界观水平和阶级感情组织情节和描写细节的"。而"作家用什么性质的思想和艺术相结合、用什么水平的思想和艺术相结合",既是对上述规律的尊重,亦是读解其作品的重要进路之一①。本乎此,柳青特别明确地叙述了写作《创业史》的"目的":"《创业史》这部小说要向读者回答的是:中国农村为什么会发生社会主义革命和这次革命是怎样进行的。回答要通过一个村庄的各阶级人物在合作化运动中的行动、思想和心理的变化过程表现出来。这个主题思想和这个题材范围的统一,构成了这部小说的具体内容。"进而言之,"小说选择的是以毛泽东思想为指导思想的一次成功的革命,而不是以任何错误思想指导的一次失败的革命。这样,我在组织主要矛盾冲突和我对主人公性格特征进行细节描写时,就必须有意识地排除某些同志所特别欣赏的农民在革命斗争中的盲目性,而把这些东西放在次要人物身上和次要情节里头"。如是处理,全因在《创业史》所描绘的"社会主义革命时期,特别是合作化运动初期"这一特定的历史时期,"阶级斗争的历史内容主要的是社会主义思想和农民的资本主义自发思想两条道路的斗争,地主富农等反动阶级站在富裕中农背后。在这个斗争中,应该强调坚持社会主义思想在农村的阵地、千方百计显示集体劳动生产的优越性,采用思想教育和典型示范的方法,吸引广大人民走上社会主义道路,孤立坚持资本主义道路的富裕中农和站在他们背后的富农……"而根据上述"矛盾的这个性质和特点,互助合作的带头人以自我牺牲的精神,奋不顾身地组织群众集体生产,以身作则坚持阵地和扩大阵地,在两条道路的斗争中,就具有特殊重要的意义"②。

之所以不厌其烦地援引柳青的自我说明,皆因此种说明是进一步深入

---

① 唐弢对周立波《山那面人家》之"风格政治"的肯定,核心逻辑或在此处。深究"整个农村沉浸在愉快的生活中"的"原因",即可发现"隐藏在作者世界观里最根本的东西:旧的沉下去,新的升上来。""由于作者对社会主义的倾心,对农村新气象的情不自禁的赞赏、笑,成为贯穿整个小说的一条红线。"此间自然包含着内在的政治因素,并非单纯的"风格"所能简单概括。唐弢:《风格一例——试谈〈山那面人家〉》,李华盛编:《周立波研究资料》,知识产权出版社 2010 年版,第 433-434 页。
② 柳青:《提出几个问题来讨论》,蒙万夫等编:《柳青写作生涯》,百花文艺出版社 1985 年版,第 94-95 页。

理解《创业史》及其思想和文学意涵的基础。偏离甚或脱离这个基础,便难于历史性地理解和阐发其所蕴含之丰富复杂之寓意。20世纪80年代后"重写文学史"在《创业史》及柳青文学评价上的"限度",皆与此密切相关①。以柳青上述观念为基础,也便可以理解何以"梁三老汉草棚院里的矛盾和统一,与下堡乡第五村(蛤蟆滩)的矛盾和统一","构成了这部'生活故事'的内容"②,但第一部叙述中的直接的、尖锐的冲突,却是发生在富裕中农郭世富及其背后的富农姚士杰和梁生宝所领导的互助组之间。在1953年10月间,梁生宝互助组相较于郭世富等单干户的成功,也自然而然地改变了其时尚持有"旧观念"的梁三老汉。是年11月23日黄堡镇的集日,穿上了新棉衣的梁三老汉并不意外地获得了此前从未有过的"人的尊严",他终于"带着生活主人的神气了"③。梁三老汉与梁生宝的观念"冲突"得到了暂时的"缓解",随着灯塔社的建立,第二部中的主要矛盾已逐渐转为代表主任郭振山与梁生宝之间的观念"冲突",但以此为核心,仍然牵连出蛤蟆滩各色人等的观念博弈,最后仍会影响到梁三老汉的"思想"。《创业史》计划中的后两部虽未完成,但柳青对其中核心内容的详细叙述足以说明该作观念的整体考量,在于经由对梁生宝领导的互助组到初级社再到高级社的具有特定时代社会象征意义的叙述,书写20世纪50年代在中国农村的社会主义改造过程中复杂、幽微的精神和心理难题。"毛泽东同志《在延安文艺座谈会上的讲话》给我们规定的任务是熟悉新人物,描写新人物。就是说要我们从事人们新的思想、意识、心理、感情、意志、性格……的建设工作,用新品质和新道德教育人民群众。"④是为"新人"与"新世界"交互生成、互相定义之要义所在。"这个新人不是某种固有的属性,而是在历史实践的过程中建构起来的实体和主体。""新人在寻找属于自己的新世界的途中成为了新人。"新人"不可能在一个历史空白或价值空白中开始自我构造,而是在既有的历史条件和文化条件下,在一个现实的政治和伦理的空间中去寻找新的自我"。也因此,"它不可能不把传统作为最内在的构成性因素包含在自身认同之中,但作为这种认同的'终极特

---

① 对此所关涉之复杂问题,韩琛有极为深入之分析。可参见韩琛:《"重写文学史"的历史与反复》,《中国现代文学研究丛刊》2017年第5期;《"民国机制"与"延安道路"——中国现代文学史研究的范式冲突》,《文学评论》2013年第6期。
② 柳青:《创业史》,中国青年出版社2009年版,第21页。
③ 柳青:《创业史》,中国青年出版社2009年版,第444页。
④ 柳青:《和人民一道前进——纪念毛泽东同志〈在延安文艺座谈会上的讲话〉十周年》(节录),蒙万夫等编:《柳青写作生涯》,百花文艺出版社1985年版,第29页。

第七章 "未竟"的创造:"风景"叙述及其思想和艺术意涵
——一种"通三统"的实验

征'的,却是一种前所未有的全新的东西"[①]。由"题叙"至"正文",于"新"与"旧"、"古"与"今"的观念的复杂境况中,柳青开始了对"新世界"和"新人"双向创造、互相成就的过程的细致描画。就中正在展开的现实矛盾冲突不可避免地关涉到"传统"思想之历史"残余"与新崛起的观念之间的复杂博弈。蛤蟆滩梁生宝们的"创业",因此不仅关涉到 20 世纪 50 年代"国家大业"的历史性创造,亦属与新的社会主义国家相应之"新人"的自我创造。二者在中华人民共和国成立前几年的交互成就及其所面临的共同的难题的解决过程,便构成了这一部作品更为核心的"内容"。《创业史》中的"风景政治"及其根本意涵,需要在这一视域得到更为深入的阐释。此亦为柳青创作《创业史》的根本命意。此处所论之"风景政治"当然蕴含着柄谷行人所述之"认识装置"的寓意,但在古今融通的更为阔大的视野中,其意义远较柄谷所论更为复杂,乃是"历史"和"现实"、"观念"和"实践"融通汇聚、交往互动所开之更为复杂之"世界创造"。

在文学世界和生活世界交互影响之历史性视域中回应具体的现实疑难,乃柳青文学观念之基本特征,其所反复申论之"三所学校"所蕴含之现实实践意义,亦非单纯之"文学世界"的虚拟创造所能涵盖[②]。《创业史》与 50 年代社会主义实践之复杂关系,因之为读解该作不可或缺之先决条件[③]。50 年代初,蛤蟆滩上下的"土改"工作结束之后,如何从根本意义上解决如高增福般因种种现实因素的限制,无法实现个人"富裕",从而彻底超克传统社会阶段性之"贫""富"之"循环",便成为基层社会需要面临的核心难题。对此问题及其不容忽视之重要现实意义,该书第九章有自不同人物不同境遇所作的极为充分之说明。其时,为完成"活跃借贷"任务,郭振山正在门外树林中与卢书记商议对策,而另外一些坐在蛤蟆滩普小教室里的,是从前被压在底层,单纯依靠自身劳动力无从克服贫困的庄稼人,他们"巴不得明天早晨实行社会主义才好呢"。因为"历史如果停留在这查田定产以后的局面,停留在一九五三年的话,那么,他们将要很快倒回一九四九年前的悲惨命运里头。共产党绝不允许这样!毛主席英明:一边查田定产,一边整党,准备往前去哩。他们要坚决跟着共产党往前走!他们不能仅仅满足于几亩土地,满足于半饥半饱,满足于十年穿一件棉袄,满足于

[①] 张旭东:《试谈人民共和国的根基——写在国庆六十周年前夕》,《文化政治与中国道路》,上海人民出版社 2021 年版,第 18 页。
[②] 参见贺桂梅:《柳青的"三所学校"》,《读书》2017 年第 12 期。
[③] 可参见贺桂梅:《"总体性世界"的文学书写:重读〈创业史〉》,《文艺争鸣》2018 年第 1 期。

肩膀被扁担压肿……"①如不愿重复先辈们曾走过的老路,组织起来,是他们唯一可能的选择。自己领导的互助组虽仍在草创阶段,但梁生宝对高增福们的境况和克服困境的可能的认识可谓透辟:他"从心底里深深地同情这些没牲口或牲口弱的、非和旁人联络在一块不能耕种的困难户。他们的中农邻居、翻了身的前佃农或前半自耕户,在季节性的临时互助组里,用畜力换他们的劳力,得到他们的好处,而到耕种完毕以后,特别是农闲的时候,两只手闲得发慌,却没有人组织他们搞副业。这样,他们永远也摘不掉'困难户'的帽子,年年有春荒"。也几乎没有悬念,过不了几年,为了维持生计,他们陆续把分给他们的土地一块一块地卖给那些余粮户,再度回到"解放"以前的路……

　　历经时代的鼎革之变,且对自身的生活境遇有明确之反思能力,加之参与党的教育活动所习得的一系列观念,使得能够在历史的关键点迅速把握"解放"复杂之政治意涵的梁生宝决意摒弃"自发思想",去走"互助合作"的道路的历史合理性即在此处。他也充分意识到如其父梁三老汉的观念转变,会是一个较为漫长的过程,只有带头把互助组的生产做好,让周围人"看到"互助合作的优越性,才能从根本上解决他们的观念问题。故此,互助组以互助生产上的巨大的优越性来吸引单干户,从而最终完成农村的社会主义改造,是《创业史》的核心逻辑之一。柳青亦充分意识到,唯有极大地释放并发挥互助合作在增产增收上的经济效益,才能真正从根本上吸引未能摆脱"落后观念"的单干户自愿加入互助合作。也因此,作为第一部的"核心矛盾",富裕中农郭世富和"隐"于其后的富农姚士杰与梁生宝领导的互助组之间的"博弈",便包含着极为复杂的历史内容。不仅为两

---

①　柳青:《创业史》,中国青年出版社2009年版,第120页。为"改造"其父梁三老汉传统的"自发"观念,梁生宝某一日有如下说法,对此问题之描述亦堪称精准。"啥叫自发道路呢?"生宝说,"爹!打个比方,你就明白了。咱分下十亩稻地,是吧?我甭领导互助组哩!咱爷俩就像租种吕老二那十八亩稻地那样,使足了劲儿做。年年粮食有余头,有力量买地。该是这个样子吧?嗯,可老任家他们,劳力软的劳力软,娃多的娃多,离开互助组搞不好生产。他们年年得卖地。这也该是自自然然的事情呢?好!十年八年以后,老任家又和没土改一样,地全到咱爷俩名下了。咱成了财东,他们得给咱做活!"故此,已然接受了党的教育的梁生宝有着全新的"创业"愿景:"图富足,给子孙们创业的话,咱就得走大伙富足的道路。这是毛主席的话!一点没错!将来,全中国的庄稼人们,都不受可怜。现时搞互助组,日后搞合作社,再用机器种地,用汽车拉粪、拉庄稼……"(柳青:《创业史》,中国青年出版社2009年版,第102—103页)梁生宝话语所包含的"隐微"义还在于,唯有"共同富裕"才能从根本意义上超克"贫""富"的历史性循环,也才能真正保证子孙后代不至于再因无法克服的因素而坠入"贫困"。此间复杂之意义,至今仍有值得思量的重要内容。甘阳对以关注"社会最低需要"作为社会主义的核心特征之意义的描述,或属此种道路之历史合理性的有意味的说明之一。参见甘阳:《社会主义、保守主义、自由主义:关于中国的软实力》,《文明·国家·大学》,生活·读书·新知三联书店2018年版。

种代表不同历史方向的"势力"之间的冲突,亦属两种基本观念("旧"的生产生活观和代表社会主义方向的"新"生产生活观)的冲突。而后者,还极为深入地触及"旧观念"所依托的思想传统和"新观念""新思想"之间不可调和的根本矛盾。此为20世纪50年代具有时代总体性之"症候"意义的重要命题,并非蛤蟆滩所独有。在为大部写于50年代的小说集《下乡集》所作序言中,赵树理对此问题亦有极为准确之说明:"我们的农村,在土改之前,地主阶级占着统治地位,一切文化、制度、风俗、习惯,或是由地主阶级安排的,或是受地主阶级思想支配的,一般农民,对地主阶级的压迫、剥削尽管有极其浓厚的反抗思想,可是对久已形成的文化、制度、风俗、习惯,又多是习以为常的,有的甚而是拥护的,思想敏锐的人们即使感到不合理,也往往是无可奈何的。"合作化以后,"从生产资料的所有权方面看,农村的阶级是消灭了,可是由旧的文化、制度、风俗、习惯给人们头脑中造成的旧影响还没有消失,因此人们对人对事的认识,就不一定完全符合于最大多数人最长远的利益"。解决上述问题,"政治修养"极为紧要。此种"修养功夫",非一朝一夕所能成就,乃是长期的、渐进的过程,"修养一年有一年之功、修养十年有十年之功",其成果"要在事实中考验"①。对普通劳动者的观念"改造"其理如是,对写作者,其理亦复如是。50年代中后期,奠基于与赵树理相同的观念逻辑,艺术性地处理新旧观念的转换问题,亦属《创业史》第一部的"核心内容"。不独关涉特定历史时期复杂的观念问题,亦是更为深入地理解当代文学中的"风景政治"无法绕开的重要面向。

"发展生产",以生产的成果显示"互助合作"和"单干"之间的根本差异,为《创业史》第一部极为"显白"的逻辑。此逻辑也符合庄稼人一贯的生产和生活观念——眼前活生生的现实比任何语言的描绘对他们更具吸引力,梁生宝无疑对此洞若观火。在简单地延续往年依靠向富农、富裕中农以及如梁生禄、"铁人"等余粮户"活跃借贷"以帮助困难群众度春荒的努力"失败"之后,梁生宝力图通过组织大家进终南山割毛竹的"自力更生"的方式解决紧迫的现实问题,不仅如此,他只身前往百里之外的郭县购买新稻种,通过农业技术员韩培生的新技术促进生产,也是其增产增收的一系列深具意味的举措。上述举措,皆有值得深入分析的重要意涵,乃是新的生产观念与旧生产观念的"尖锐斗争"②。虽说郭世富知晓新稻种的

---

① 赵树理:《随〈下乡集〉寄给农村读者》,《赵树理文集》(第二卷),人民文学出版社2005年版,第92-93页。
② 关于农技员韩培生在作品中的意义的深入分析,可参见李哲:《伦理世界的技术魅影——以〈创业史〉中的'农技员'形象为中心》,《上海大学学报》(社会科学版)2018年第4期。

好处之后,也购得一批,但新稻种的"新",仍然不能改变其大半生务弄庄稼所获得之自以为丰富的"经验",何况这些经验还有着更为源远流长的传统。不能接受新的生产技术(观念),新稻种也难以发挥其所蕴含之增产增收的"潜力"。柳青对此叙述甚详。且看郭世富与农技员韩培生围绕新式秧田的对话:

> 预备和生宝互助组比赛的郭世富,不满足地问:
> "那么,同志,你说说这新式秧田,有些啥好处呢?"
> "好处很多!老人家。"韩同志在泥水里,用热心宣传的口调,对这位长者恭敬地说,"第一,排水干净,秧床上不生青苔;第二,秧床中间通风,秧苗不生瘟热症;第三,这是最重要,我们要培育壮苗,就要施追肥,要拔除杂草,要治虫。但是,"他指着生禄的秧子地说,"像那个'满天星'秧田,简直没有人插脚的地方嘛,哪里能做这些事情呢?只好撒了种以后,让它听天由命长去。"①

"听天由命"与农技员韩培生新式稻田多方位的人为"干预"(技术创造)对照鲜明,亦从侧面说明科学技术的引入之于农业生产之重要性。而韩培生的新式秧田也并非全无实际经验凌空蹈虚一味求"新"的形式,而是包含着对旧式秧田弊端的充分认识:

> "那个'满天星'秧田,培育出来的叫做什么秧苗呢?"韩同志兴致勃勃,进一步讲解,"那叫'牛毛秧'。为什么?秧苗长得倒高,只是很细,像牛毛一样,秧插浅了,风一吹就倒了,浮在水上;插深了,成半月二十天发黄,要死不活,缓不过苗来。好容易缓过苗来了,又不爱分蘖(就是分杈),插多少株,吐多少穗。稻杆又软,稻粒还没有灌好浆,头一场秋风,它就倒伏了,割到场里,秕子比稻子多。我说的对吗?"
> 有人承认:"有时候有这情形……"②

但人们私下的议论,却包含着远较秧田的做法更为复杂、幽微,也更耐人寻味的意涵。先是说:"不好也没他说得那么凶险吧?"再是更为直白的心理表达:"他把咱老三辈子的庄稼活,说得不值一个麻钱!"③韩培生"蒲

---

① 柳青:《创业史》,中国青年出版社2009年版,第281页。
② 柳青:《创业史》,中国青年出版社2009年版,第281-282页。
③ 柳青:《创业史》,中国青年出版社2009年版,第282页。

昌秧"的培育方法与"老三辈"的庄稼活经验的差别,给了郭世富、姚士杰们莫大的信心。姚士杰将"蒲昌秧"污为"政策秧",明确表达了对新式秧田的抵触情绪。务弄庄稼活经验不输姚士杰的郭世富虽未明言,但显然认同姚士杰的上述判断。为了进一步"削弱"互助组的优势,他也购买郭县的新稻种,还把稻种"无差别"地分给蛤蟆滩的庄稼人。甚至还生出了极大的战胜互助组的"自信":

> "我不信比不倒你梁生宝小子!你买得一石稻种,光给互助组长分,不给单干户!你好!俺不好!俺是自发势力,顽固堡垒!俺不分彼此,都给分,看你小子又怎样说?是蛤蟆滩的庄稼人,不分雇农和中农,我一样待承……"
>
> 郭世富感到一种报复中的快乐。他希望他的这个行动,在不贫困的庄稼人里头,引起好感、尊敬和感激,建立起威望。他想把自己变成所有"日出而作,日入而息,帝力与我何有哉"一派庄稼人的中心。或者干脆地说:他要做他们的头领。唉唉!他原不是好大喜功、喜欢为公共事务活动的人呀!他之所以这样,完全是因为时势逼使他做这号人。他害怕梁生宝搞的互助合作大发展。他明白:现时终究和解放前不同了,姚士杰戴上富农帽子了,是不宜于出头露面的人。孤立富农!限制富农!我的天!斗大的字,写在所有村庄的泥巴墙上,姚士杰敢说什么话呢?敢做什么事呢?姚士杰说得对着哩!他郭世富不怕什么,有"团结中农"四个大字,护着他。他必须站在蛤蟆滩一切新老中农的前头!他当然不能像党员和团员们宣传互助合作的道理那样进行反宣传。他只要用自己的行动,给一切新老中农和争取升中农的庄稼人,做出榜样,就行了。①

郭世富的心理,恰是如梁三老汉一般大半生梦想成为"三合头瓦房的长者",且在分得土地之后怀揣"争取升中农"的"希望愿景"而无意于互助合作的普通庄稼人的"自发"念想的真实写照。《创业史》正文开篇不久,便详述郭世富新修房屋时梁三老汉的艳羡之情,用意即在此处。不难想见,如梁三老汉一般虽然生活在了新社会,思想观念仍留在旧时代的蛤蟆滩上下原本贫苦但有较强的劳动能力的普通庄稼人,以郭世富为效法对

---

① 柳青:《创业史》,中国青年出版社2009年版,第242页。

象,开始自己的发家梦想的人应不在少数。不仅如此,要和梁生宝的互助组比赛的郭世富的"底气",还源于他对"自然"与"人事"关系的如下理解:

> 嘿嘿!咱两个较量较量!看你小子能,还是我老汉能!嘿嘿!咱两个较量较量!你小子能跑?你好好跑吧!我就是走得慢!走得慢,心里也想把你跑得快的小伙子赛过去哩!日头照你互助组的庄稼,可也照我单干户的庄稼哩。你互助组地里下雨,我单干户地里也下雨哩!共产党偏向你,日月星辰、雨露风霜不偏向你。天照应人!……①

由是观之,郭世富、姚士杰,以及蛤蟆滩上下中农和希望成为中农的庄稼人与梁生宝互助组,此时成为几乎显而易见的两种"势力"。究竟是互助合作可以促进生产还是延续千百年的单干更具历史合理性,1953年秋收,将是具有重大的决定性意义的"事件"。梁生宝对此自然也是心知肚明,他努力带领大家进终南山以搞副业的方式解决资金短缺问题,始终关切互助组培育的新秧苗的情况,细致筹划劳动力的分配,甚至于在此期间对他内心早已颇有好感的青年团员徐改霞的情感关系持一种审慎的、延宕的态度②……全因此番互助组的收获,不仅关涉高增福等人的生活问题,

---

① 柳青:《创业史》,中国青年出版社2009年版,第367页。
② 在第一部"结局"的前一章,已经决意放弃进城的徐改霞再次向梁生宝倾诉心思。借着"星光和稻秕水面反映蓝天的夜光","改霞柔媚地把一只闺女的小手,放在生宝穿'雁塔牌'白布衫的袖子上",向他表示自己上次在黄堡桥头上引发生宝较为激烈的反映的"说法",并非内心真实所想,此时此刻,改霞的"两只长眼毛的大眼睛一闭,做出一种娇嗔的样子"。如是直白的情感表达,怎能不教生宝为之"动心":"好像改霞身体里有一种什么东西,通过她的热情的言辞、聪明的表情和那只秀气的手,传到了生宝身体里去了。生宝在这一霎时,似乎想伸开强有力的臂膀,把表示对自己倾心的闺女搂在怀中。改霞等待着,但他没有这样做。"原因无他,"共产党员的理智,显然在生宝身上克服了人类每每容易放纵感情的弱点"。"他领导着一个断不了纠纷的常年互助组","他没有权利任性!他是一个企图改造蛤蟆滩社会的人"!这一段常常为研究者所征引,然多以之论证梁生宝和柳青描述的"不近情理"。然而在50年代初的大历史的氛围中,若非有较高的思想觉悟,有较强的自我牺牲和克服困难的精神,如何促进并完成底层社会千年未有之大变革?此间深意,绝非简单的男女情感关系所能解释,乃是柳青细致书写的大用心处。对此,柳青在"第一部的结局"开篇,即有极为充分、深刻的总结:"生活不断地向推动历史车轮前进的人,提出各种各样的问题——政治的、经济的和社会的问题。""在这样的时候,社会上就出现了复杂的现象。一部分具有高度工人阶级自觉和坚定正确立场的人,奋不顾身地抗击企图阻碍历史前进的旧势力。一部分觉悟不够和观点模糊的人,就会在复杂的斗争面前迷惑蹉跎、等待观望了。当然,还有少部分觉悟很差、观点不正确的人,三摇两摆,就迷失方向了。在社会主义革命的历史时期,这本书的第一部描写的一九五三年,就是这样。"柳青:《创业史》,中国青年出版社2009年版,第426—427页。

也关联着下堡乡蛤蟆滩两种势力之间的"消长"问题,再大而言之,还牵连着党的政策的执行问题。兹事体大,梁生宝几乎殚精竭虑,因为他们的行为及其结果,最终影响的是"党的威信"。

更具意味的是,郭世富的"底气"中还包含着"自然"与"人事"观念的传统理解——遵循自然规律播种、灌溉,其他则交由"老天"判定。风调雨顺,可获丰收;若遇灾年,歉收也属自然之事。在较长的时间段内,丰年灾年交替循环,富裕的照旧富裕,贫穷的依然贫穷。梁生宝父子于"题叙"所述之二十年间之发家史,即属此种状况之典范。贫穷的庄稼人于此种观念和现实逻辑中,万难依靠辛苦劳作改变命运。唯有如郭世富、梁大般以"非常"之举"脱嵌"于此种超稳定之结构,经济状况方有根本性变化的可能。经济竞争的表象背后,乃是两种观念之间的深层博弈。因是之故,20世纪50年代初的几年间,梁生宝互助组需要面对如郭世富般的庄稼人所持守千百年的"靠天吃饭"的观念,克服此种观念以促进生产,亦属灯塔社需要面对的重要的"内部矛盾"。在第二部的后半部分,梁生宝作为互助合作代表,前往县城参加互助合作的重要会议。灯塔社的领导工作,便暂时委托给了副主任高增福。除前国民党兵痞白占魁粗暴使用合作社大黑马引发黑马原主——向来排斥合作社的梁大老汉的极度不满,成为灯塔社建社以后的重大"危机"外,关于"地"的高下,以及劳动与回报之间的"不平衡",也成为灯塔社的重要问题之一。其时,高增福尚在为派遣自己并不信任的白占魁上黄堡镇拉黄豆而忧心不已,孰料到了地头,却发现二队的男劳力聚集在上河沿那段麦地旁,皆停止劳动,或吸烟或观望,与五百步外女劳力的起劲劳动形成鲜明对照。高增福了解情况之后,方才知晓,皆因锄地锄到社员福蛋租种的黄堡铁匠张师的二亩地时,大家都嫌麦苗长势太差,不愿白费劳力。生产队长杨大海对他说:"你看!麦苗长得这样差,又稀又黄,就像河滩上的爬地草似的!大伙儿都不愿锄,都嫌劳力白费,打得粮食还不够交租。……"高增福转眼去看,情形果然如此,"麦苗很差。不能怪苗稀,土质带沙,又没上底粪,苗稠也不行呀!副主任知道建社时决定跛子这二亩地和他自己的地一块入社,由社里统一经营,当时就有人不情愿。他没想到现在一看庄稼竟差到这步田地"。梁大老汉的不愿入社,相对富裕的生活状态固属重要原因之一,社员之间财产、土地和劳动力的"不平衡"亦不可忽视。如不能妥善解决福蛋这一块地的"问题",灯塔社或将因之面临更为复杂的"矛盾"。

临时"主事"的高增福劝大家按照社里安排正常锄地,原因有三:一是这一块地已列入社里的生产计划,是"旱地改稻地"的一部分。"夏季的麦苗是不好,秋季的稻子就能丰收。"强调的仍是"人事"创造的意义。二是从经济效益看,以旱地交租,收获的却是水地的粮食,当然划算。三是社里劳动力多,地不够种,"有劳力没地方用"。这最终说服大家的三条意见,核心仍是实际的经济利益的考量。与大伙同样豁然开朗的杨大海这才接话说:"委员会商量这二亩地的时候,主任是说过不能光看这季,要看下一季。""他还说过,福蛋两口子种这租地,是靠天吃饭哩;到咱农业社手里,大伙出几身汗,这地就能变成好稻地。"事情虽妥善解决了,却启发高增福生出如下思虑,其间也不乏感慨:"身边的这些社员还是庄稼人的眼光。""要把庄稼人的思想都教育好,要做多少事情啊!"①教育庄稼人,当然是20世纪50年代时代的重大问题。因庄稼人"成分"多少还有些差别,故而并不能简单地一并"处理"。细致描绘不同庄稼人在大历史氛围中所面临之略有差别的观念问题,并提出具体的、行之有效的解决方式,乃是《创业史》"创业"二字"要义"之一,为核心"题旨"。就中最为重要也格外突出的问题,是郭世富所持有和依托之观念和梁生宝秉有之新观念之冲突。此种矛盾冲突意义非常,乃是新的正在展开的世界的历史合理性及其先进意义的要义所在。无此则无根本性超克"贫""富"简单循环的可能性现实,也无从发挥新的政治观念之于底层劳动者的巨大的"解放"意义。互助组对福蛋租种的两亩地的改造计划,还内涵着原本分散的劳动者"组织起来"之后所释放的巨大的劳动力量。这力量是他们敢于改天换地之底气所在②。唯有"组织起来",方能从根本上克服萧公权所阐发之十九世纪中国乡村变革的困难。柳青颇费心思地创造出一种新的艺术表达方式,以具体的人物心理的变化做整体的章法布局,用心全在此处③。而不同观念及其所持存开显之别样"风景",也自然包含着精神"新""旧"之变的迫切、复杂

---

① 柳青:《创业史》,中国青年出版社2009年版,第700—702页。
② 贾樟柯《一直游到海水变蓝》开场所述之"贾家庄的变迁",亦可作参照。如讲述者所言,贾家庄土地和生存状态的根本性"变革",正在马烽组织村民"改造"贾家庄之后。此种前所未有的根本性"变革",是"组织起来"所发挥的重要力量之真实写照。
③ 柳青充分意识到,传统经典作品(如《红楼梦》)艺术手法与"一般水平较低的读者"之间,有"相当的距离"。故而,"要使作品既深刻生动,又明白易懂,缩短表现手法与群众化之间的距离,就是我们艺术技巧方面一个较大的问题"。出于上述考虑,"《创业史》第一部试用了一种新的手法,即将作者的叙述与人物的内心独白(心理描写),糅在一起了。内心独白未加引号,作为情节进展的行动部分;两者都力求给读者动的感觉,力戒平铺直叙,细节罗列。我想使作者叙述的文学语言和人物内心独白的群众语言,尽可能地接近和协调"。这种艺术手法最为重要的作用,则是可以充分且深入地铺叙各色人等在时代洪流中细微的精神、心理、情感之变。也因此,不独梁生宝和徐改霞彼此的情感"纠葛",梁三老汉、高增福,甚至姚士杰、郭世富的心理,也得到了极为充分的表现。此为《创业史》所开启之带有强烈的柳青个人印记的"心灵辩证法",也是理解该书的重要进路。

的现实难题①。

第三节 "风景的政治"及其现实意涵

"靠天吃饭"和"人定胜天",乃是两种全然不同的理解"人事"与"自然"(主体之外的广阔的生活世界)的思想方式,其间包含着"古""今","传统""现代"的观念之辨的重要寓意。《创业史》以不同人物之生活遭际反复提及"命运""天命"这样的带有极为鲜明的"旧观念"印记的说法,意在表明蛤蟆滩生活冲突背后所关涉的观念(伦理)难题。关于两种"风景"观念的讨论,也必然进一步引申出郭世富、姚士杰们与"新人"梁生宝之间的根本的观念"冲突",此为农村社会主义改造之要义所在。在"改造""自然"(包括生活世界)的同时完成"新人"的自我成就,乃是20世纪50年代之核心命题。郭世富、姚士杰们,甚至包括梁大老汉、王二直杠,那个为王二直杠所持有的顽固思想戕害的素芳等人物的根本观念,仍在已逝的旧社会的思想残留之中或暂时游刃有余,或苦苦挣扎,尚不能从根本意义上分享"解放"的重要思想成果。前者以郭世富、王二直杠最为典型,后者则以素芳最具代表性。对这两类人物及其在新社会如火如荼的社会主义实践中的不同表现,《创业史》皆有细致且深入的叙述,为全书着墨甚多,也颇具意义的重要部分。

郭世富兄弟三人,原本也是贫苦庄稼人出身,那时候,他们穿着如高增福甫一出场且直到互助组取得阶段性成功之前一直"穿的那种开花烂棉袄",从郭家河搬到蛤蟆滩,像任老四一样给人家"卖日工"。郭世富几乎"破命地干活",连"剃头的工夫"也没有,头发囚长、虎口出血,女人仍冬无棉衣,孩子甚至连裤子都穿不上,"冻得小腿杆像红萝卜一样"。几乎是1929—1949这二十年间梁三、梁生宝父子破命劳动希图"发家"却仍陷入赤贫的另一典型。历史性的"转机"出现在某一年的冬天,北原上马家堡

---

① 1952年10月22日,在为长安县委一个文件所写的按语中,柳青表示:"各区整顿互助组时,必须认识到互助组的工作整个的是一个具体的、深入的、耐心的教育工作。不仅对农民群众,而且对乡村干部也是如此。谁不会做教育农民和教育乡村干部的工作,谁就不会做互助合作工作,因为一切简单粗暴的方式或形式主义的组织整顿都是达不到目的的。""不能合理解决农民生产中纯粹实际性的问题(即经济利益问题),互助组光靠思想教育是无法普遍巩固和逐步提高的。"《创业史》中若干具体命题的设定和想象性的处理,无疑与此处所述之现实问题密切相关,并非仅具虚拟世界的逻辑意义。参见邢小利、邢之美:《柳青年谱》,人民文学出版社2016年版,第37页。

的地主把渠岸边四十八亩稻地一张契约卖给了国民党骑兵第二师师长韩占奎。韩无意也不善经营庄稼,便选中郭世富兄弟独家承租。此后,不几年,"郭世富就买下马,拴起车,成了大庄稼院了"①。即成了梁三老汉所羡慕的"三合头瓦房"的长者。从此,郭世富也就无须再如当年贫穷状态时一般,与同样贫穷的乡亲们持有相同的生活观念。他要学习新的与富裕的庄稼人相应的生活观念。他从杨加喜处"学了许多朱柏庐治家格言"。此为数百年来"大庄稼院过富裕光景的经典"。若无趁下雨天和上集走路的工夫向杨加喜学习的这些"治家格言"的精神影响,郭世富"一个粗笨的庄稼人",哪能"使一个落荒到蛤蟆滩的穷家,发达成现在的样子呢"②?郭世富直接的老师是杨加喜,杨加喜的老师是下堡村卢秀才,卢秀才的观念来源,便是其时政教制度所依托的儒家思想的政道、治道及学统。在漫长的历史时期内,此种思想观念也曾发挥过重要的推动历史进步的思想效力,然而在19世纪末至20世纪中叶,其进步意义渐次消退而与现代性观念之内在抵牾愈发明显。晚清以至于"五四"观念的现代性之变所要面对的最为重要的精神和思想难题,便是如何从根本意义上完成观念的新/旧之变。此种后来被思想史家命名为文化的"古今中西之争"的重要问题虽在20世纪80年代后渐有分歧,至新世纪的第二个十年的全新语境下更有观念的鼎革之变,但在特定之历史时间内,其重要甚或不可或缺之历史合理性仍不容忽视。

然而在20世纪50年代初,郭世富所遵循之"治家观念"及其所依托之更为复杂的思想传统已无法应对日新月异的生活现实。新的具有根本性的革命意义的观念已然形成并渐次推进,由之形塑的文化人格遂相继取代旧时代的人物而成为历史潮流所系。以《朱子治家格言》为中介,郭世富所接受的乃是儒家伦理道德规范。此规范之次第在《孟子·滕文公上》中有极为具体的说明:"人之有道也,饱食暖衣,逸居而无教,则近于禽兽。圣人有忧之,使契为司徒,教以人伦:父子有亲,君臣有义,夫妇有别,长幼有序,朋友有信。"③此种类乎同心圆波纹状层层扩展之人际范型,即费孝通所谓之"差异格局",构成了郭世富曾在的旧世界的基本结构。其所承续之观念,亦在持存和显发其维系此种秩序之正常运行之功能。此功能早在儒家观念的早期,即奠定基本"宇宙意识",即是"以社会为中心的架构,

---

① 柳青:《创业史》,中国青年出版社2009年版,第56页。
② 柳青:《创业史》,中国青年出版社2009年版,第448页。
③ 转引自吕理政:《天、人、社会:试论中国传统的宇宙认知模型》,1990年版,第18页。

第七章 "未竟"的创造:"风景"叙述及其思想和艺术意涵
——一种"通三统"的实验

'顺天应人'的社会,是一个讲求人际关系及其规范的伦理社会"①。《朱子治家格言》即属儒家伦理道德观念于家庭关系(包含"修身""齐家"二义,亦可上达至"治国""平天下"的"外王"理想)之显发,其积极意义无须多言②。然而在 20 世纪 50 年代新的世界渐次敞开的整体语境中,此种观念所维系之生活表层秩序面临重组的新可能。是为"人事"与"自然"所开显之全新空间。时隔多年之后,思想界和生产一线联合申论之"自然观",及其旗帜鲜明地批判"没落阶级和政治势力"赖以持存其观念并维持其权力、地位永续发展的思想传统,虽不可避免地带有时代观念局限的浓重印记,但仍有值得思考的"洞见":"没落阶级和政治势力"从"殷周奴隶主阶级那里继承了宗教迷信的天命论的自然观",鼓吹"天是有人格、有意志的神,万物都是由天老爷创造和安排的"。由此延伸出的"自然"与"人事"关系之理解,便带有强烈的"天命论"色彩(即郭世富、王二直杠等人所谓之由天而定之"命运"),"自然界的一切都是神秘莫测、不可知的,人们只能俯首帖耳地'畏天命'"和"听天由命",也只能做"自然的奴隶,做反动统治者的奴隶。"而那些依托此种天命观以获得其统治的合法性的"政治势力",自然企图"以'天不变,道亦不变'的形而上学的观点论证反动统治的天经地义、万世长存"③。19 世纪盛行于乡间,且有"思想控制"意味的祭祀活动,便包含着隐在的意识形态目的。"通过对认为同人类幸福或不幸息息相关的神灵表达尊敬,统治者希望臣民相信朝廷是非常关心他们的利益的;同时又以极为模糊的方式向他们暗示,无论有什么灾难落到他们身上,都是人类无力阻止的,因而必须承受下来。"为达成此一目的,"统治者反复灌输'谋事在人,成事在天'的观念,对受苦受难的劳苦大众会起一种抚慰作用。毫无疑问,清朝皇帝非常乐意地强调广为流传的说法,人们是'靠天吃饭'的"④。此种观念及其所依托之思想,在漫长的历史时间内逐渐影响甚至形塑了一代又一代乡绅和普通庄稼人的生活和生产观念。他们坚信日出而作,日落而息的生活观,长期劳作过程中也从老一辈那些习

---

① 吕理政:《天、人、社会:试论中国传统的宇宙认知模型》,1990 年版,第 18 页。
② 可参见王杰:《〈朱柏庐治家格言〉:治家之经》,《人民政协报》2021 年 05 月 17 日。而该文本所蕴含之"下学"而"上达"之意,可参见徐日辉:《治家与治国:两〈朱子家训〉漫议》,《朱子学刊》2009 年第 1 辑。
③ 此说出自 1976 年出版之《儒法对立的自然观》一书,为上钢五厂车间铸钢工段理论组和复旦大学哲学系自然辩证法专业共同编著,虽带有极为浓重之时代印记,也不乏可以在新的历史语境中"重述"的可能,但其间论述之自然观念及其所涉之思想和现实命题,仍有一定的启发意义。《儒法对立的自然观》,上海人民出版社 1976 年版,第 1 页。
④ 萧公权:《中国乡村:19 世纪的帝国控制》,张皓、张升译,九州出版社 2018 年版,第 263 页。

得了"农时农事"的基本规则,依照"不违农时"的自然规律,他们在下堡乡蛤蟆滩或依赖盘剥他人获取生活资料而过得风生水起,如已死的杨大剥皮、吕二细鬼,仍在的姚士杰、郭世富,多少也可以包括特定阶段的梁大老汉;或起早贪黑破命劳作仍在贫困线下苦苦挣扎却仍然不能改变命运的普通劳动者,梁三老汉和梁生宝解放前二十年间的难以与他人道及的满是血泪的失败的"发家史"即属典型。其他如任老四、高增福等皆是如此。如不能从根本意义上"打破"此种"贫""富"如魔障般的交替循环,则日月循环、四时交替,身处底层之贫苦人便难有出头之日。而破除此种循环状态,外在的实践自然紧要,内在观念的转换亦属重中之重。"新人"与"新世界"交互创造之历史性价值,以此最为紧要①。

不独郭世富、姚士杰,贫苦的王二直杠的命运亦充分显示出上述观念在形塑"顺民"之时的强大的理论和现实效力。王二直杠的"成长史"在上部第十八章有极为详细之叙述。其时如火如荼的互助工作已然展开,时代也已翻开了全新一页,甚至连庄稼似乎也感染了时代的气息,而茁壮成长了。但自然界的欣欣向荣之境,却无法改变梁生宝的邻居王瞎子(瞎子的描述,或也有深意暗含其中。王二直杠虽已进入新社会,却因强大的旧观念的影响而不能知晓新社会的好处,可不是"瞎"字足以概括说明)。他的眼瞎是因八年前的一场伤寒症,心"瞎"(饶有意味的是,"瞎"在关中方言中读作"ha",本身就有"坏"的意思,可谓一语双关)则因光绪二十六年一次叫他一生刻骨铭心的重要事件。那时,尚为年轻人的王二直杠因偷了财东的庄稼而被送到华阴知县衙门里去。"差人们在大堂前,当着多少长袍短褂的体面人,在大白天褪下他庄稼人老粗布裤子,仪式隆重地数着数,用板子打他赤裸难看的屁股。宣布要打一百二十大板来,由于他号哭着央告'大人恩宽',打到八十大板停住了,问他以后还敢不敢冒犯王法,拿财东家的东西。泪流满面的长工王二直杠,用哽咽的声音保证:只要他在世上活着,他永辈子也不会白拿财东家的一根柴禾了。"此后,肉体上的痛苦渐次消退,精神上却"结成一块硬疤",发愿要到关中道"落脚做庄稼,重新做人,当皇帝的忠实愚民。"他在蛤蟆滩安家落户,成为《创业史》故事发生时期,蛤蟆滩唯一一个"称得起古时人",他的头上,还"保存着细辫子哩"!但在辫子包裹着的头脑里,王二直杠源自古时的信念始终顽固地左右着他的行为。他要做皇帝的顺民,他自己从不吝惜体力,也从未拖欠过官粮租

---

① 参见张旭东、朱羽:《从"现代主义"到"文化政治"——张旭东教授访谈录》,《现代中文学刊》2010年第3期。

税,尤其重要的是,他再"没有窃取过财东家的一个庄稼穗子"。民国初年,当他可怜的妹夫的两个孤儿任老三、任老四投奔到他这里,借他之手租种了吕二财东的地,他逼迫他们"拿最好的稻谷交租"[这和第二部详细描述郭世富卖粮时的精明(奸猾)形成极为鲜明且多少有些讽刺性的对照]。当他因瞎眼之后有时间检查他的一生时,尤其"感谢皇上的代表——知县老爷那八十大板。他自认一生是'问心无愧'的,对得起一切皇上,统治者和财东"。

> 不识字的前清老汉,喜欢经常对民国年出生的庄稼人,讲解"天官赐福"四个字的深刻含义。这是庄稼人过年常贴的对联的门楣,但粗心的庄稼人贴只管贴,并不仔细琢磨它的精神实质。年轻时受过刺激的王二直杠,把这四个字,当作天经地义。他认为:老天和官家是无上权威,人都应当听任天官的安排,不可以违拗。家产和子女,都是老天和官家的赏赐,庄稼人只须老老实实做活儿就对了,不可强求。"小心招祸!啊!"①

1950年冬天发生在下堡乡蛤蟆滩的土地改革运动,给予王二直杠"一生修炼的人生哲学"以"严重的考验"。翻天覆地、如火如荼的革命所致的全新的生活现实,已然涨破了他人生哲学所划定的范围,他成了现实的"局外人",但他仍无意于接受全新的生活观念,而是将新的现实纳入他所遵循的观念系统中做价值的阐发:他毫无顾忌地"举出大量的事实证明土改是一种乱世之道",他列举出种种不依靠个人辛苦劳作便"成了富户"却很快家财散尽甚至于沿门乞讨的例证,以说明"产业要自己受苦挣下的,才靠实,才知道爱惜。外财不扶人"!但对实际的利益的考虑,却使他"脸上无光地领了分给自己的一份土地"②,但他却仍将之解作"天官赐福"的自然结果,而非人事之力。较之作为第一部矛盾冲突之重要一维的梁三老汉单纯的"自发思想",王二直杠的观念更为复杂,也更具深度改造的必要性和迫切性。他的顽固的观念不仅一度影响到蛤蟆滩其他信奉辛苦劳作发家致富的庄稼人,也更为直接地影响到他的儿媳,那个可怜的素芳的命运。

---

① 柳青:《创业史》,中国青年出版社2009年版,第235-236页。
② "这也是天官赐福咯!我的天!要不是天意,杨家和吕家大片的稻地,一块一块弄到手的,平地一声雷就完了吗?要不是官家派工作人来分地,庄稼人敢动吗?甭吹!还是天官赐福咯!"柳青:《创业史》,中国青年出版社2009年版,第238页。

作为《创业史》中的重要一笔,素芳的命运遭际叫人唏嘘感叹①。她的生活、心理、情感的变化,包含着颇为复杂的思想问题。素芳父辈的家道中落,即是旧社会不良的"贫富竞争"模式之一种的典型。依她彼时的觉悟,尚无力反抗被认作上天派定的命运。她不能选择自己的父母、公婆和男人,也不敢如新中国成立后那些不满于旧婚姻的女人一样,去"闹离婚"。她已经"准备一辈子听任命运的摆布,做活、吃上、穿上、不挨打,就好了"! 她早已从内心接受了世俗观念对她"不名誉"的判定,只能死心塌地地把自己当作"做家务和生娃子的工具"。"自卑"成为她"最本质的品质"②。她无力从内向外自主促成个人生活的转变,只能寄希望于瞎眼公公的死亡。似乎瞎眼公公死了,她的生活才能比现时好过一些。毋庸置疑,与王二直杠一般,素芳也是生活在共同的旧观念下强大得几乎笼罩一切的影响力之下,她的解放,只能依靠"新""旧"观念的根本性转换方能发生③。

需要进一步追问的是,被王二直杠奉为圭臬,为"天命"之所系的观念世界中,穷苦庄稼人如何可能改变生活境遇,成为有尊严的富人呢? 梁三老汉和梁生宝发家的"血泪史"姑且不论,下堡乡蛤蟆滩的任老三、高增福,哪一个不是有着较强的劳动能力且心甘情愿在土地上下死力的庄稼人? 包括后来被评定为灯塔社一等强劳力的栓栓,皆是此类。缘何历经多年的辛苦努力,仍不能有发家致富的希望愿景的圆成? 对此,柳青显然有极为深入的洞见,他花费极大心力调查王曲一代的"历史",便是为写作对全书分外紧要之"题叙"做充分的准备。而书中不惮"重复"而详细叙述郭世富、姚富成(姚士杰的父亲)、梁大等人的发家史及其与王二直杠等人所持有之"发家"逻辑的根本性抵牾,皆有发人深省之反讽意味,为大有深意之重要笔墨。破除王二直杠之发家梦想及其观念之合理性之复杂寓意,尽在其中矣! 谓予不信,且看作为第二部重要内容的梁大老汉的"发家史"。豆腐客梁大很多年前还是个需要起早贪黑,无论天热天冷,不管刮风下雨,都得晚上做豆腐,早起沿街叫卖,晌午回来还

---

① 参见郜元宝:《千古一哭有素芳——读〈创业史〉札记》,《文艺争鸣》2018年第8期。
② 柳青:《创业史》,中国青年出版社2009年版,第288—289页。
③ 剧作家黄俊耀1953年前往渭南地区调研新中国第一部《婚姻法》的执行情况时,所见之乡间普通妇女情感和家庭生活可谓"悲惨"的现状,实在可作为素芳命运的参照。他后来以《梁秋燕》这出具有极大社会反响的作品宣传新的婚姻观念,以及妇女谋求情感和生活自主的努力的合理性,所要克服的具体现实难题,仍是"新""旧"观念之复杂博弈。参见陈晓煌:《梁秋燕外传——中国戏曲现代戏的先驱者黄俊耀》,陕西人民出版社2008年版。

第七章 "未竟"的创造:"风景"叙述及其思想和艺术意涵
——一种"通三统"的实验

得下地做活,每天只能睡很短很短的觉,但依然生活极度艰难的穷苦人。彼时,他最大的梦想是有一头哪怕最小最小的毛驴,哪怕是头瞎眼的毛驴,也能把他和儿子生禄从拽磨子的繁重劳动中解放出来。但这对他只能是"梦想",绝无通过正常劳动实现的可能。历史性的"转机"出现在一个秋天的早晨。常买他豆腐的地主杨大剥皮叫他帮忙去汉中"买马",并许以极高的酬金(比他卖豆腐强十倍!)。因顾虑沿途有劫路的土匪,恐生不测,有性命之忧,梁大一时并未应允。倒是杨大剥皮的一番"劝勉",切中梁大"心思"的"要害":"梁大!你是个明白人,甭把好差事耽搁哩。指望你卖豆腐,你儿孙手上也甭想创业!"①这后一句话,无疑令拼命干活、谋求发家致富的梁大老汉为之心动,在获得杨大剥皮即便马不能带回仍不影响他的酬劳的保证之后,梁大再无现实顾虑,却需要获得神灵的护佑和"加持"。他到下堡村大庙里头,点香烧表磕头,之后跪在神像前合手虔诚祷告:

> 玉皇大帝,十分万灵神位!凡人姓梁,弟兄三个。老二少亡了。凡人和老三跟着俺爹,从西梁村逃荒,落脚到这下堡村蛤蟆滩为民。老人去世以后,弟兄分居。三兄弟跑山割柴,凡人做豆腐卖哩。光景都过得十分苦情。而今下堡村杨大财东叫凡人去汉中府给他拉马。皆因路紧,有劫路的土匪,凡人担不起凶险。玉皇大帝神灵,给凡人做主!……②

祷告完毕后,梁大占了一卦,乃是"熟悉的'上上大吉'四个字",他自然再无顾虑。孰料临行前,梁大才从杨大剥皮酒气醺醺的口中得知,所谓"买马"不过虚言,真正的目的,是从汉中府贩卖烟土。梁大愕然,但在杨大剥皮承诺之巨大利益的诱惑之下,他还是决定铤而走险……此番冒险的结果,是梁大"果然得了一百六十块钱",也"果然在当年冬天买下十亩地"。第二年冬天再去,再买下"八亩地和一头牛"。此后梁大"衣裳和模样变了"③,再也"装不了"穷人,也就安享两次冒险所得之成果,无须再起早贪黑赚卖豆腐那几个辛苦钱。

——这是前贫农梁大的发家史。详述梁大的发家史自然紧要,更为紧

---

① 柳青:《创业史》,中国青年出版社2009年版,第634页。
② 柳青:《创业史》,中国青年出版社2009年版,第636页。
③ 柳青:《创业史》,中国青年出版社2009年版,第638页。

要的问题在于,由梁大的"发家"牵连出的杨大剥皮可能的"发家"途径。贫农梁大不过为贩卖烟土整个过程中并不重要的一环,尚且可得如此可观的"回报",作为这一过程的主要部分的杨大剥皮所获利润之丰厚自不难想见。如此侧面叙述杨大剥皮之"发家"途径,用意可谓"显白"——乃是对希图在固有的旧思想观念结构之中改变"命运"的忠厚庄稼人的有醍醐灌顶、振聋发聩之效的"点醒"。

耐人寻味的是,梁大的祷告语,多少还补叙了梁三老汉较之"题叙"更为久远的生活"前史"。出身境遇全然相同,梁大的"暴富"也就自然地和梁三数十年辛苦劳作仍挣扎在贫困线上形成饶有意味的"对照"。如果再稍稍放宽视野,将书中详细所述之数个人物的"发家史"对照理解,则柳青对旧社会的"发家"中所蕴含之"罪恶"的处理,便包含着更具观念和历史意味的重要命题。因了旧社会的偶然机缘,郭世富成为汤河上四十八亩稻田的负责人,依靠"间接"地剥削租种稻地的贫苦人而攒得家业,成为汤河上下的富户。而柳青在第二部中叙述的姚士杰家的发家史,却更为不堪:"姚士杰一家从他爹起,就是恶人。姚家的创业史比郭世富的创业史还见不得人。"①——此处点明旧社会之"创业史"之基本方式,恰有和新社会之"创业史"鲜明对照之意,乃是理解全书之大关节,不可轻易放过——他爹叫姚富成,皆因为驻扎在渭原县的国民党一连哗变的官兵引路而发了大财。但他并不将发财之实情向蛤蟆滩上下的贫苦劳动者道出,而是精心"策划"了虔诚向"土地神"祈祷而获得灵验的"神话"——此一笔亦可谓意味深长:"……土地爷是庄稼人的神,因此村村都有土地庙。家家过年敬土神。财神爷是买卖人和富户的神,因此商家和财东家都常年敬财神。他们

---

① 柳青:《创业史》,中国青年出版社2009年版,第459页。可以作为参照的是,很多年后,深受柳青影响的陈忠实在《白鹿原》开篇不久,即较为详细地叙述了白家的"发家史",但却在临近结尾处,"补叙"了作为白嘉轩所持守和代表的"正道"之反面的鹿子霖鹿家的发家史。鹿家发家近乎姚士杰、梁大的途径,但内涵着极强的羞于与人道及的"讽刺"意味,将之读作对《创业史》所述之旧社会"发家史"之反讽式回应也未为不可。而有"重述"革命历史小说中之地主形象的白嘉轩之"再发家",也并非无可指摘。他因偶然机缘发现那一处原本属于鹿子霖家的风水宝地,便设计"巧"得,此后果然自家及后代虽有挫折,但终究在走"向上"一路。要照儒家伦理观念观之,白嘉轩此事绝非正人君子之举。"起点"既已"污秽",此后所谓的对儒家伦理道德观念的"持守",或与郭世富修习《朱子治家格言》心理相通——不过是为了维护自家利益,说不上有更为高尚的目的。其对行将消逝之儒家观念的坚守,也未必就有新的观念"返本开新"的意义。

各保佑各的民,你们看洋不洋?……"①姚富成接下来还详细讲述了财神爷下凡的灵验故事,其中"庄稼人有苦命,没财命。给他,他也不要。他光爱劳动"之说更具极大的迷惑性。那些老老实实的庄稼人听富成老大反反复复讲这个故事,"每一遍都能感动","对白胡子土神爷爷"也"更虔诚了"②。富成老大也以他的虔诚所获之巨大的"灵应",教汤河流域"自耕户庄稼人敬财神","成了风气"。书写这一颇具传奇色彩的一笔,柳青或有暗讽漫长的封建社会几乎代代"创制"的帝王身受"天命","死生有命,富贵在天"的观念的隐微义。如章学诚《文史通义》所论,"夫悬象设教,与治宪授时,天道也;礼乐诗书,刑政教令,人事也;天与人参,王者治世之大权也"③。而"天命"观念之变,也足以印证上述姚家发家故事的逻辑理由,"天子受命于天,是一古老的信仰,但在周初,天子所以受命于天,是以德为其必要条件,故有德、命符应之说。自邹衍提出五德终始说,作为真命天子出世的根据后,使天子受命于天,已不必以道德为条件,而成为命定之说"④。相较于姚富成所编撰之财命之论,天子受命之天命选择似乎更具精神影响力。进而言之,费孝通对乡土社会"礼治秩序"特征之一的如下总括,适足以说明《创业史》中所开显之旧人物所依托之观念的基本特质:"乡土社会是安土重迁的,生于斯、长于斯、死于斯的社会。不但是人口流动很小,而且人们所取给资源的土地也很少变动。在这种不分秦汉,代代如是的环境里,个人不但可以信任自己的经验,而且同样可以信任若祖若父的经验。一个在乡土社会里种田的老农所遇着的只是四季的转换,而不是时代的变更。一年一度,周而复始。"于此生活和观念世界之中,"前人所用来解决生活问题的方案,尽可抄袭来作自己生活的指南。愈是经过前

---

① 同样饶有意味的是,《山乡巨变》的开篇,便是工作组成员邓秀梅路过土地庙的场景:"她抬起眼睛,细细观察这座土地庙","正面,在小小的神龛子里,一对泥塑的菩萨,还端端正正,站在那里。他们就是土地公公和他的夫人,相传他们没有养儿女,一家子只有两公婆。……如今,香火冷落了,神龛子里长满了枯黄的野草,但两边墙上还留着一副毛笔字书写的,字体端丽的楷书对联:天子入疆先问我,诸侯所保首推吾。看完这对子,邓秀梅笑了:'好大的口气。'接着,她想:'这副对联不是正好说明了土地问题的重要性吗?'"邓秀梅对土地庙的态度,是 20 世纪 50 年代观念的重要表征,其间亦隐含着"制天命而用之"的思想,可与《创业史》所述梁大之发家史中这重要一笔相参看。对此问题更为详细之申论,可参见朱羽:《"社会主义风景"的文学表征及其历史意味——从〈山乡巨变〉谈起》,《文学评论》2014 年第 6 期。
② 柳青:《创业史》,中国青年出版社 2009 年版,第 465 页。
③ 转引自杨慧杰:《天人关系论——中国文化一个基本特征的探讨》,台北:大林出版社 1981 年版,第 211 页。
④ 杨慧杰:《天人关系论——中国文化一个基本特征的探讨》,台北:大林出版社 1981 年版,第 210 页。

代生活中证明有效的,也愈值得保守。于是'言必尧舜',好古是生活的保障了"①。如其所论,旧社会身在超稳定结构中的种田的农夫,只与和自家切身相关之"四季的转换"有交往关系。其生活依赖既有秩序代代相替,而与"时代的变更"(朝代更替)无涉。即无论朝代如何更替,底层人及其身处之底层结构一仍其旧,并不能分享朝代变更的成果。1949年中国社会所敞开之"三千年未有之大变局"之核心义,即在使普通劳动者登上历史舞台,成为历史的"主体"——此为深度理解《创业史》核心逻辑不可或缺之重要一维。

不宁唯是,"好古"的经验性的观念传承,更可以得到具体的生活世界诸般自然转换之义理的强大支撑。此与沈从文1934年返乡途中对于"真的历史是一条河"的思考何其相似!乡土世界"启蒙"的限度和无力,在十余年后的50年代初一仍其旧。那些在辰河上下吃水上饭的船夫,与蛤蟆滩以种地为生的郭世富们分享的是同一种观念。他们日出而作,日落而息,依照四时交替的逻辑完成着个人的家庭责任,也在另一意义上,重复着生、死、新、旧的自然节律。

> 这些人不需要我们来可怜,我们应当来尊敬来爱。他们那么庄严忠实的生,却在自然上各担负自己那分命运,为自己,为儿女而活下去。不管怎么样,却从不逃避为了活而应有的一切努力。他们在他们那份习惯生活里、命运里,也依然是哭、笑、吃、喝,对于寒暑的来临,更感觉到这四时交迭的严重。②

沈从文《历史是一条河》中所述辰河上下吃水上饭的劳动者依托自然节律的生活状态,亦属多年后如任老四、高增福般的穷苦人既往观念和生活状态的真实写照。而作为此种观念之革命性存在的社会主义实践,便从根本上蕴含着超克此种思想的,作为"三千年未有之大变局"的重要精神意义。柳青特别叙述蛤蟆滩的数个"能人"的发家史,其意或正在抉发旧观念之根本鄙陋处。而极具讽刺意味的是,郭世富从杨加喜那里学习了数百年来作为富户守业之精神指南的《朱子治家格言》所申论之生活义理。然而对此种义理稍加考辨,即可知《创业史》巨大的反讽意味——郭世富

---

① 费孝通:《乡土中国》,《乡土中国·生育制度·乡土重建》,商务印书馆2011年版,第54页。
② 转引自张新颖:《中国当代文学中沈从文传统的回响——〈活着〉、〈秦腔〉、〈天香〉和这个传统不同部分的对话》,《南方文坛》2011年第6期。

第七章 "未竟"的创造:"风景"叙述及其思想和艺术意涵
——一种"通三统"的实验

等人的发家史和生活史,皆背离朱子所教之基本原则,足见其所谓之价值坚守,不过大言欺世,掩耳盗铃,哄人而已。朱子有教"勿贪意外之财",杨大剥皮、姚富成,包括梁大的发家,哪一个又不是"外财"成就?!朱子有教:"与肩挑贸易,勿占便宜;见贫苦亲邻,需多温恤。"①第二部详细叙述之郭世富卖粮一节,真可读作朱子此说之"反面文章",而郭世富不愿支持"活跃借贷",又何来对贫苦亲邻"温恤"之意?!倒是朱子所教之"安分守命,顺时应天"②之说,属姚富成编造之发财神话包含着糊弄贫苦庄稼人"安守本分"的根本用意③。既寄希望于朱子所教维持富贵,却并不遵循朱子所论谋求和持守富贵之道理,也就无怪乎被正在行进中的社会主义的伟大实践"抛掷"的命运。朱子还有教:"刻薄成家,理无久享。伦常乖舛,立见消亡。"④诚哉斯言!姚士杰品性恶劣,旧社会便与风流成性的李翠娥有染,新社会更是诱奸了素芳。他在郭世富背后成为反对互助合作最为顽固的势力,绞尽脑汁破坏互助合作的顺利进行,甚至生出利用素芳勾引梁生宝以达到破坏的卑劣目的⑤。如此恶人,又如何安享富贵?!其消亡虽非立见,却是历史发展之自然结果无疑。是为《创业史》所述之与创国家大业密切关联之思想创造题中应有之义,且属两种"风景"之政治意涵的核心分野。唯有沿此思路,方能更为深刻地理解农业合作化在20世纪50年代初所包含之更为复杂的现实义和伦理义。此种意义并不隐微,却也非一望可知。"对柳青而言,隶属于'社会主义革命'范畴的'农村合作化运动'必须从两个维度上同时展开——它既是一场经济革命,但同时更是一场触及'意识'的社会革命、政治革命和伦理革命。"⑥社会革命、政治革命、伦理革命虽有重心的差别,却是互通且互相成就的过程。"成就"前两者固可以依靠强硬的权力意志,后者的达成却只能是一个漫长和艰难的精神"脱胎换骨"的过程。但即便艰难痛苦,此一转变却在在不可或缺。因为,就最为根本的意义上而言,"人民共和国的文化和政治根基",是一种"新的人

---

① 卫绍生注译:《弟子规 弟子职 朱子治家格言》,中州古籍出版社2010年版,第83页。
② 卫绍生注译:《弟子规 弟子职 朱子治家格言》,中州古籍出版社2010年版,第95页。
③ 在一部描述西藏解放七十年普通藏人精神史、心灵史的虚构作品中,作者对旧社会上层维护其统治之观念的反思,可作《创业史》之参照。周伟团:《东山顶上》,陕西师范大学出版社2021年版。
④ 卫绍生注译:《弟子规 弟子职 朱子治家格言》,中州古籍出版社2010年版,第84页。
⑤ 饶有意味的是,在《白鹿原》中,鹿子霖与田小娥勾搭成奸,再利用后者勾引白孝文,致使白孝文斯文扫地,一度使白嘉轩颜面无存。此一笔或可读作《创业史》之影响的焦虑的重要一维,亦可作姚士杰行径之参照。
⑥ 李哲:《伦理世界的技术魅影——以〈创业史〉中的"农技员"形象为中心》,《上海大学学报》(社会科学版)2018年第4期。

民"。但"作为共和国根基的'人民'不是秦汉人,不是唐宋人,不是明清人,甚至不是民国人;它也不是置身于'革命''社会主义''改革'等决定集体命运的历史运动之外的华裔,而是一种反过来被'人民共和国'界定、由后者提供具体文化内容和政治内容的中国人"。而身在"传统内部的断裂和连续的历史韵律之中","新人"包含着"传统中国文化的种种元素,并以自己为中介,把这些'文化因素'转化为一种崭新的价值和精神力量"[1]。是故,"新人"与"旧人"的经济冲突仅属其表,更为内在的乃是思想观念的长时间"交锋",非有更为普遍之观念的转变而不能稍歇[2]。作为具有典范和引领作用的"新人",梁生宝既有新的与20世纪50年代初的意识形态要求相应之思想觉悟,亦秉有赓续自传统的勤劳、朴实等精神品质,乃是融通"新"与"旧"的典型[3]。此间本就蕴含着文化的"古今中西之争"的根本命题,亦说明观念的延续性及其变容之规律如曼海姆所谓之意识形态和乌托邦的辩证之否定状态。梁生宝观念之"新"并非全无来由,也毋庸讳言,随着历史阶段性主题的辩证转化,其一时一地之"新"观念仍需遵循否定之否定之规则而日"新"不已。50年代初迄今七十余年间"新人"之内涵的变化,根本义理即在此处。时在50年代初,以新人梁生宝为标准,则蛤蟆滩上下各色人等之思想和情感"改造"和"转变"便可谓困难重重,道阻且长。破山中贼易,破心中贼难,《创业史》"创业"(思想转变)的艰难、困境和纠缠不清的矛盾,亦莫此为甚!

第四节 "风景"的"古""今"之辨及其观念史意义

前引《中国热火朝天》所述之"社会风景",既属《创业史》中农村社会主义实践极具历史意味的描述,亦属同时期力图处理同样问题的典范作品的"题旨"所在。被认作是极具"诗情画意","饱含着热情"描画"迷人的南方景色",以及同样着上别样的精神气象的"少女们""情侣"和"草屋里

---

[1] 张旭东:《试谈人民共和国的根基——写在国庆六十年前夕》,《文化政治与中国道路》,上海人民出版社2021年版,第17页。
[2] 对此问题的进一步申论,可参见拙文:《到唯一丰富的生活源泉中去,和人民一道前进——重读〈创业史〉兼谈柳青的创作道路》,《文艺报》2021年06月16日。
[3] 对与此相关之问题的详细申论,可参见张均:《〈创业史〉"新人"梁生宝考论》,《武汉大学学报》(哲学社会科学版)2019年第1期。

第七章　"未竟"的创造:"风景"叙述及其思想和艺术意涵
　　　　——一种"通三统"的实验

老家长"的独特的"社会主义风景"的《山乡巨变》①,包含着的,亦是同样问题——重心略有不同但内里相通的对时代"人事"与"风景"的艺术处理。此为切近20世纪50年代中国社会之核心问题的重要进路。而"风景"之叙述及其意涵,亦包含着前文所述之"古""今"之辨的独特意味。蛤蟆滩的原型——柳青回陕之后定居之皇甫村北距西安城不过数十里,南距终南山数个重要峪口也不过十余里,而其左近数里处,更有宗教史上著名之兴教寺、香积寺等古刹,其他汉唐历史遗存亦不在少数。然而在柳青书写50年代初皇甫村全新的历史进程之际,除"终南山"反复出现,且作为多少有些"异己"也"神秘"的存在外,其他名胜古迹皆不曾提及。此正说明1949—1966年当代文学中的"风景"叙述,并非"一种纯粹的'自然'描写",而是潜隐着"中国作为现代民族—国家的建构"②的重要历史意味。其要在于,"所谓当代文学中的风景'实际之发现',乃是依靠下层视角的引入,或者说,叙述者依靠下层(劳动)人民的视角,而重新'发现'了'地方'风景"。唯其如此,"民族话语与阶级话语才获得了某种默契以及高度的统一性"③。基于对《红楼梦》以"每个章节里透过一个人的眼光、思维和心理",来"表现人物和场面",且取得引人入胜的艺术效果的透辟理解,兼有以人物心理与外部世界具体情境之交错互动展示细腻幽微之心理变化的用心,柳青亦尝试"将作者的叙述与人物的内心独白(心理描写)""糅在一处"。"内心独白未加引号",作为"情节进展的行动部分",力图给读者"动的感觉"④。在艺术手法上的这种探索,目的在于充分叙述(展现)因外部世界之生活变化所引发之精神、心理、情感之变。心之不同,则目之色异。身处不同心理状态中,所见自然风物之意义也并不一贯。心与物游,情因境显。且看历经颇为复杂的心理纠葛,终于初步决定要和生宝"共同创造社会主义"的改霞要去黄堡镇集上"偶遇"生宝进而择机吐露衷肠时所见之"风景":

　　清明节前,汤河两岸换上了春天的盛装,正是桃红柳绿、莺飞

---

① 朱羽:《社会主义与"自然":1950—1960年代中国美学论争与文艺实践研究》,北京大学出版社2018年版,第61页。
② 蔡翔:《革命·叙述:中国社会主义文学—文化想象(1949—1966)》,北京大学出版社2018年版,第27页。
③ 蔡翔:《革命·叙述:中国社会主义文学—文化想象(1949—1966)》,北京大学出版社2018年版,第33页。
④ 柳青:《艺术论(摘录)》,蒙万夫等编:《柳青写作生涯》,百花文艺出版社1985年版,第80页。

燕舞的时光。阳光照着已经拔了节的麦苗,发出一种刺鼻的麦青香。青稞,已经在孕穗了。路旁渠道里的流水,清澈见底,哗哗地赶着它归向大海的漫长路程。政府发动过春灌,很多单干户被古旧的农谚——"浇夏无粮",封锁了脑筋,存在着顾虑。生宝互助组为了给庄稼人做出榜样,实行了春灌,施了硫酸铵化肥,小麦枝叶分外茂盛深绿,颜色像终南山的松峰。①

此段"春光"描绘,为青年团员徐改霞历经较长时间的心理纠葛,终于做出人生选择之后所见,自然着上浓重之个人心理印记。因路遥《人生》的征引而影响极大的关于人生道路选择难题及其意义的经典段落,即出自这一章②。此前,如何向生宝表明心迹,着实令改霞苦恼不已。斯时,上过识字班的改霞还不会写信,也没有红娘式的人物可以帮助联络,要彼此理解,难度甚大。加之"蛤蟆滩经济上和政治上的封建势力是已经搞垮了;但庄稼人精神上的封建思想,还需要一些时间才能冲洗干净"③。改霞对生宝的喜爱虽"强烈"而"现代",一时却也缺乏有效的沟通途径。改霞与生宝不能结合,根本原因虽在柳青为生宝安排的合适的"对象",是同样思想积极且热衷于集体事业的刘淑良,但改霞与生宝情感交往中的"困难",亦属原因之一。故此,"风景政治"之重要意涵之一,乃是"内面风景"之"再造",即属顺理成章之事,为《创业史》以单一人物之内在视角(心理描写)展开各章节并总体推动故事进展之要义所托。

20世纪50年代初思想观念的鼎革之变,既革除了如徐改霞、梁生宝结合所需之"传统秩序"(如托媒提亲以及由之延伸之复杂的礼节),也"悬置"了"人事"与"自然"关系的古典理解。如郭世富及老一辈庄稼人所持守之稼穑习惯,皆面临"破除"和"重组"的新的可能。但郭世富所持有之观念,也并非毫无来由。中国古典传统思想中,即有处理"人事"与"自然"关系之基本模式。"自然风物"所呈示之古典"宏观的宇宙框架及价值观",数千年间并不一贯,然以四时交替之自然节律所示之"天道"与"人道"之"循环往复"状态说明之,属其中极有代表性的重要一种。以陶渊明诗文所显发之观念为例,如论者所言,"哀荣无定在,彼此更共之""邵生瓜田中,宁似东陵时"所论乃是"天道";"寒暑有代谢,人道每如兹""达人解

---

① 柳青:《创业史》,中国青年出版社2009年版,第192-193页。
② 即作为《人生》"题记"的"人生的道路虽然漫长,但紧要处常常只有几步……"柳青:《创业史》,中国青年出版社2009年版,第188页。
③ 柳青:《创业史》,中国青年出版社2009年版,第188页。

其会,逝将不复疑"所述乃是"人道"。有此"天道""人道"之观照,方能产生"忽与一觞酒,日夕欢相持"的"超脱"之境。而构成此情此境之核心的,乃是"强烈的四季意识",亦即陶渊明诗文中"开头展示宇宙天道的视野,揭开时代危机的序幕:'哀荣无定在,彼此更共之'。'哀荣'是兴盛与衰败,'无定在'给人不确定的无常感,'彼此'指哀荣,'更'(平声)、'共'都有循环义。"进而言之,"'哀荣'来自循环(背后)相互冲突的力量(阴阳),错乱纠缠难以预测"。因此,《饮酒》呈现的"四季结构","哀荣无定在","可以看作这种世界观的后设表述,文本与世界呈现同构的关系"①。论个人运命之起落、荣辱、成败,则上述"无定在"之"循环"足可说明,然陶诗所蕴含之义理,远较此为多。即《饮酒》二十首中,便包含若干"隐微"义。其间最为紧要者,乃是"从四季循环转向人事变迁:'寒暑有代谢,人道每如兹。'陶集'代谢'四见,如《读史述·箕子》:'矧引代谢,触物皆非'。既指季节循环也暗喻改朝换代"②。

如此以四时交替之天地节律明人事历史之变,并洞悉其间"天意难问"之处,却勉力彰显"人事"之重要性,在司马迁乃是以人之自主精神,"补不可信赖之天的缺憾"。因伯夷、叔齐之运命,足以说明"天道无亲,常与善人"之说之局限处。然后之来者,于天人之际思索人之运命甚或历史之变,仍难脱发端于易理之世界观察。即如论者自杜牧咏史诗中洞悉之于自然运化之际独具意味的历史感:"他能够领悟历史过程中深层次的偶然和不测的一面,再进而神思方外,从历史范围以外的高远之处观照历史,显示出它在自然宇宙中短暂、渺小和微茫的本质。诗人转念于人间兴衰和自然荣悴之际,往复于入世、出世与关切、淡泊之间,体会到放置于无涯无尽的时空里的人间历史,其轮廓和意义都不再清晰确实。"虽有见于此,然仍努力于此间开出一股"融合豪雄、柔婉与达观的挺拔之气"③。此境可与司马迁之历史观相参看。或如司马迁所深刻意会到的,若"人事"退去,唯以"天道"说明历史之变,便暗含着人事之虚妄无力而天道之微茫难识。苟如是,将一切委于"天命",则自然为治道之经营者无所作为甚至胡作非为大开方便之门——无论"正道""邪途",皆仰赖天命之成就,非关"人力",

---

① 杨玉成:《徘徊——陶渊明〈饮酒〉二十首的风景与记忆》,杨玉成、刘宛如主编:《今古一相接——中国文学的记忆与竞技》,台北:中央研究院中国文哲研究所2019年版,第35—36页。
② 杨玉成:《徘徊——陶渊明〈饮酒〉二十首的风景与记忆》,杨玉成、刘宛如主编:《今古一相接——中国文学的记忆与竞技》,台北:中央研究院中国文哲研究所2019年版,第37页。
③ 邝龑子:《"多少楼台烟雨中"——从杜牧诗看自然之道中的历史感》,《南开学报》(哲学社会科学版)2016年第5期。

此惑乱之根源。故此即便有天道难测之叹,司马迁仍申明"人事"中所蕴含之德性伦理应和天道之重要意义。然而"人事"无力挣脱"天道"之感,仍在后世诸多作品中得以延续,为文学文本中历史观念之重要一种。如《三国演义》开篇所引杨慎一阕《临江仙》所示,"青山依旧在,几度夕阳红",虽暗含渔樵观史之独特意味①,"人事"背后之决定性内容乃"天道循环"之意却清晰可见。其他如《金瓶梅》《水浒传》《西游记》及《红楼梦》,核心结构皆不出"天道之运,周环无穷"之"循环观"之基本范围②。细致考辨此种观念之缘起、流变并非本文要点,然不溯源于此,便难解20世纪迄今文学自然观念之变及其意义。《创业史》中风景政治之更为复杂的精神意涵,亦难于有更为深入的理解与阐发。

类如陶氏所述之"天道""人道"互参之境,至沈从文书写20世纪三四十年代的湘西世界时,仍具极强的解释学效力。《历史是一条河》中对于"人事"与"自然"思虑的近乎"顺应天命"之节律的普通人之喜怒哀乐、离合悲欢;《边城》中那座圮坍而又被重修的白塔的"落""起"之喻③;《潇潇》中潇潇自身之命运与她的儿媳的"结构性循环",莫不说明底层命运之循环往复一如四时交替、阴阳转换。其间难见社会实践所引发之超克"天道"的"人事"自律的强大力量。但几乎在沈从文写作未竟之作《长河》的同时和此后的数年间,身在延安,且深受毛泽东《讲话》影响和"重塑"的丁玲、赵树理们,笔下却逐渐敞开全新的乡村世界"风景"。再后数年,以成功书写"社会主义风景"名世的周立波,也在尝试新的更具历史和现实意涵的"风景叙述"④。然同样深具历史意味的是,此种"风景"在80年代前后再有一变。其变如汪晖所论,仿佛发生于20世纪初中叶之巨大变革未曾发生。以复返"传统"之一维及现代之价值偏好之一种为基础⑤,90年代初迄今"人事"与"自然"之关系呈现为斑驳陆离的复杂状态。

---

① 参见赵汀阳、张文江:《渔樵与历史 2019 第七届"艺术长沙"展览系列讲座》,《上海文化》2020年第9期。此说更为复杂之意义,亦可参见赵汀阳:《渔樵与历史哲学》,《人文杂志》2018年第11期。

② 参知浦安迪:《明代小说四大奇书》,生活·读书·新知三联书店2015年版。

③ 此种"起""落"、再"起"与沈从文个人命运的有意味的参照,张新颖申论甚明。可参见张新颖:《死亡的诱惑,求生的挣扎——沈从文作为"绝笔"的〈一点记录——给几个熟人〉》,《东吴学术》2015年第1期。

④ 对《讲话》之于周立波"风景"描绘之"奠基性意义",朱羽有深入、透辟的分析。可参见朱羽:《自然历史的"接生员"——周立波1950—1960年代短篇小说"风格"政治刍议》,《中国现代文学研究丛刊》2021年第4期。

⑤ 仍以《白鹿原》之观念世界与20世纪80年代思想界之关系为例,可知此种变化之基本特征。参见李杨:《〈白鹿原〉故事:从小说到电影》,《文学评论》2013年第2期。

第七章 "未竟"的创造:"风景"叙述及其思想和艺术意涵
　　——一种"通三统"的实验

　　作为陈忠实"剥离"柳青影响的代表作品,《白鹿原》中虽较少风景(自然风物)描绘,但其所敞开之"人事"景观之意义,却可在柳青传统的视域中进行阐发。姑且不论该书所蕴含之深度"改写""革命历史叙述"之特征,单是朱先生所述之"鏊子说"[①],便已暗含着历史兴废的"循环"意味。以王大华《兴起与衰落——古代关中的历史变迁》为借径,陈忠实获得了理解"近代关中的演变"的"心理上的自信"[②]。"兴起"与"衰落"于关中千年历史流变中的"总括"意义,或使陈忠实更可意会80年代"新历史叙述""重写"革命历史故事的"翻转"[③]之意。白嘉轩与冯老兰"出身"大致相同,却在《白鹿原》与《红旗谱》中呈现并不相同之意义和历史命运,此间"风景"之历史和现实意涵更具值得深思之时代精神印痕。差不多二十余年后,贾平凹书写发生于"秦岭南北"之历史故事之际,文本世界再度呈现出别样之"风景"。此可解作"普罗米修斯态度"与"俄尔甫斯态度"[④]之交织,然"人事"虽奋力欲超脱"自然"(天道)之"束缚",最终却仍"落入"后者所呈示之基本法则中。就中历史之反复,在在令人叹惋,为贾平凹及晚近三十年处理此一问题之重要范式,内涵"返本""开新"之义,亦有重新将此一论题"再问题化"之观念意味。《古炉》中夜霸槽之"破坏"约略可与另一历史时期村支书朱大柜之"维新"相参照。发生于古炉村如火如荼的历史事件充塞于天地之间,起落、成败、得失、荣辱甚或生死皆可纳入"春生""夏长""秋收""冬藏"之"四时"节律所敞开之基本框架之中。此为人之根本性的限度所在,其间仍有如《废都》所呈示之"追名逐利的实和'好'",

---

[①] 虽对"鏊子说"的特定意涵有较为充分的自我阐释,陈忠实此说仍不能简单地视为书中人物面对具体历史情境之出自个人观念限度的喟叹,而是包含着进一步理解该书观念的重要寓意。故此,较多论者自此观念中读解出之"问题性",或非过度阐释,而是呈示出理解《白鹿原》的重要路径之一。对此问题之不同阐发,可将陈忠实《朱先生和他的"鏊子说"》(《唐都学刊》2011年第2期)与李杨的《〈白鹿原〉故事——从小说到电影》(《文学评论》2013年第2期)对读。

[②] 陈忠实:《寻找属于自己的句子(连载三)——〈白鹿原〉写作手记》,《小说评论》2007年第6期。

[③] 此间更为复杂的历史意涵,可参见何浩:《历史如何进入文学?——以作为〈保卫延安〉前史的〈战争日记〉为例》,《文学评论》2015年第6期。

[④] 此为皮埃尔·阿多论述西方自然观念史所使用之概念。"自然可以把敌对的一面呈现给我们,面对它我们必须保护自己,自然还表现为必须加以开发利用的为生活所必需的资源。"——此为普罗米斯之态度。其弊在于"受利益驱动的技术和工业化的盲目发展危及了我们与自然的关系以及自然本身"。"自然既是令我们着迷的奇观(尽管它会使我们恐惧),又是我们周围的一个过程。"——此为俄尔甫斯之态度。其弊则在"与普罗米修斯态度完全对立的一个极端处,俄尔甫斯态度往往公开主张一种原始主义,这也并非没有危险"。虽认为两种态度根本"对立",阿多仍以为二者可"相互继承、共存甚至合并"。整体考察贾平凹自然观念及其意义,可知两种态度之融通,为其文本所敞开之世界"显白"与"隐微"义互动共生之复杂面向。皮埃尔·阿多:《伊西斯的面纱:自然观念史随笔》,张卜天译,华东师范大学出版社2015年版,第110-111页。

连同"转身放手的虚和'了'"。如此,"哀与乐""闹与静""入世与超脱""红火与冷清"相生相克、交替循环,古之人与今之人皆无从逃遁此一被自然派定的"命运"。此属《金瓶梅》《红楼梦》中开显持存之人世之"大哀","好"的必"了",而"了"的亦可转为"好","世界的修坏与人之命运的修坏互为表里,笼罩于人物之上的是盛极而衰的天地节律"①。此乃中国古典自然及历史观念境界之再生②。发生于20世纪60年代中后期复杂之历史内容可纳入"四时结构"中做别样读解。作为该书中详细叙述之灵魂式人物,善人说病并非琐屑之劝善观念之汇聚,而是内蕴着更为深刻之历史和世界观念。"四时"在其观念世界中不独可以读解人之命运之起落成败,更可延伸出宏阔之历史兴废③。此后《老生》之"世纪叙述"亦可作如是解。其间明确指涉不同历史时期之四个故事皆包含兴废、起落循环之意,乃《古炉》观念在放宽拉长之宏阔视域中之"印证"。此种极具风格和观念意涵之"风景"叙述,以《山本》最为典型。

《山本》所涉之历史时段,为20世纪二三十年代。除细致描绘大历史中普通人事之变外,书中亦详述自然物色之变,历史人事于此无边的自然风物之中,不仅与之构成交互映衬之关系,亦有"物事"与"人事"暗含之神秘"感应"。陆菊人因偶然机缘"发现"之"吉穴"成为嗣后井宗秀"发迹"的原因和具有根本意义的发动力量;花生家门外的一丛花开得蓬蓬勃勃、生机无限,似乎显现着花生过人的姿容;井宗丞因内部的观念纷争而不幸殒命,似乎也和"崇"字颇多关联……如此叙述人事物事之间之交互映衬互相照应,是《山本》叙述之核心特点。身在自然万象之中,不唯个人之命运起落与外部世界足相照应,普通人事所累积而成之历史,亦最终不脱自然法则根本性的规训力量。那个在涡镇外镇日旋转的"涡潭"如太极双鱼图,乃"乾""坤"之象,由其可延伸出天地万物运行之理,天地万物亦可总括收束于"涡潭"。无论井宗秀、周一山等人如何勉力营构独立之涡镇世

---

① 李敬泽:《庄之蝶论》,《当代作家评论》2009年第5期。
② 可再参见李敬泽:《〈红楼梦〉影响纵横谈》,《红楼梦学刊》2010年第4辑。
③ 善人原型,为清末民初之民间思想者王凤仪。其关于历史结构性转换之说明,亦出自王氏,但不知何故,书中征引王凤仪此说时遗漏了"冬藏"这一历史循环往复之重要一维。故此其作为"春""夏""秋""冬"四时流转之义并不"圆满"[对此一历史性之循环,王凤仪申论甚详,参见王凤仪:《王凤仪言行录》(内部资料),第296-297页]。然而自全书之整体观之,以"四时"观念理解人事之变的用心颇为显著,无须发微索隐便可明了。是为"读入"《古炉》不可或缺之重要一环。《古炉》作为当代文学中风景叙述之典范意义亦在此处。将其归入《红楼梦》以降之观念和审美传统一并讨论,其意义即更为显豁。可参见梅新林:《旧题新解:〈红楼梦〉与〈周易〉》,《东方丛刊》1995年第1辑。

界,此小世界(涡镇)之运行亦不脱大历史(秦岭之外的历史)运行之基本法则。故而一切之生发源自"涡潭"所呈示之象,一切之收束亦返归"涡潭"之中①。如此,则人事无论大小,皆无从逃遁,莫之能御宏阔之自然法则所彰显之基本规律。究其根本,此种历史观念近乎《三国演义》,而其间详述之普通人所处之"天""地""人"共在之日常生活世界之运作逻辑,庶几可谓《金瓶梅》《红楼梦》所持存开显之"四时"观念境界之再生。《山本》属历史叙述无疑,然如克罗齐所言,一切历史皆为当代史。《山本》呈现之历史观念,自然包含有理解其前后历史起落之寓意。以之为参照,贾平凹将20世纪60年代中后期至70年代初中期之历史变化纳入"四时"模式通盘考虑之寓意不难察知。

极具历史意味的是,沈从文作品所敞开之"湘西世界"在20世纪三四十年代虽有因应大时代剧变之若干"新貌",然而受制于其时之观念体制和文教制度等规约力量,尚未脱旧时代的浓重印记。若干普通人物在历史"新""旧"之变中蹒跚前行,尚无力自根本意义上超克其被上天派定的命运。时隔十余年后,同在湖南的周立波的长篇《山乡巨变》及以《山那边人家》为代表之中短篇成为全新的时代新人不断创造新世界的重要表征。优美山乡的巨变不仅意味着"新"观念的崛起与"旧"观念之衰落,亦呈现为"人事"与"自然风物"全新的关系。第一部中邓秀梅、陈大春等人所要创造的新的世界,在第二部中刘雨生、盛淑君等人的延续和推进之下获得了进一步的成功。他们和单干户展开竞争,在往日理应停止劳作的雨天仍坚持劳动,最终以集体的压倒性的力量"改变"了落后的单干户的思想和行为选择。其间普通人超克自然法则及其所影响之生产生活观念的叙述表明困扰沈从文笔下人物之"自然运命"不复存在。是为优美山乡之巨变最为重要也最具意义的部分,故而"风格"即"政治"之判断自有其不容忽视之历史合理性与进步意义②。

自多重意义上而言,贾平凹《秦腔》《古炉》等作可视为"沈从文传统"之"回响"。沈从文于40年代不能写也不忍写的乡村的历史变革,在贾平凹笔下得到了更具历史意味的进一步发挥。"《秦腔》呼应了《长河》写出来的部分和虽然未写但已经呼之欲出的部分;《古炉》则干脆从《长河》停

---

① 对此问题之详细申论,可参见杨辉:《历史、通观与自然之镜——贾平凹小说的一种读法》,《当代文坛》2020年第2期。

② 参见唐弢:《风格一例——试谈〈山那面人家〉》,李华盛编:《周立波研究资料》,知识产权出版社2010年版。

住的地方继续往下写,呼应的是《长河》没有写出来的部分。"①换言之,贾平凹"从沈从文中期沉郁顿挫的转折点上寻找对话资源。这样的选择不仅仅是形式的再创造,也再一次重现当年沈从文面对以及叙述历史的两难"②。《长河》中自有其千百年延续下来且极少变化的生活状态。此生活与自然之关系约略近乎"日出而作,日落而息"之依赖自然运化之基本规律的生活方式。如费孝通所论,此间极难孕育出根本性的超克自然法则的新生活方式。自外而内逐渐逼近的"新生活"似乎在那个队长身上得到了象征性的表现——新生活中包含着莫大的"否定性"力量,美好的东西于此间皆难长久。但在《山乡巨变》所开显的世界中,沈从文笔下的那个世界获得了具有脱胎换骨意义的"巨变"。尤其意味深长的是,沈从文当年于历史"新""旧"转折中的观念的犹疑已然得到了更具历史意味的"解决"。心思单纯的盛淑君庶几近乎那个同样令人爱怜的夭夭,却无须再面对日渐逼迫的所谓的"新生活"所致之"无边的恐怖"。盛淑君迎来了真正属于自己的时代,她的情感、心理也因感应时代之变而欢喜于中且不时形于言,如那洋溢于《山那面人家》中的年轻姑娘无法遏制的"笑声"。若无发自内心的欢喜,如何理解弥漫于作品中的阵阵"笑"意?此种观念鼎革之变后所开显之全新的精神和情感世界亦属《创业史》着力用心之处。虽仍有具体的生活的烦忧,徐改霞、梁秀兰内心之欢喜却于字里行间清晰可感。她们在新的社会中各自谋划着自己的包括生活、情感等重要问题的"未来",此种关于未来生活的希望愿景亦深度扎根于具体时代的历史氛围之中,因触及更为普遍的精神和人生选择的难题而秉有更为复杂也更具代表性之现实意义。在此观念和精神之延长线上理解贾平凹《古炉》《老生》《山本》诸作中之历史叙事及其意义,可知前述三部作品故事发生之具体现实空间,亦在秦岭南北(《创业史》频频提及之"终南山",即秦岭之又一称谓,包含着更具历史和文化意味的重要内容)所涉之历史阶段,与《创业史》或全然相同,或为其故事之"前史"和"后续"。虽然多少带有80年代中后期盛行之新历史主义观念余绪的历史叙述,却秉有与《创业史》并不相同的特征。此间世事沧桑巨变,人物之命运亦随之或起或落或成或败或生或灭,然二者皆不出《周易》思维"阴""阳"交替所划定之基本范围。

---

① 张新颖:《中国当代文学中沈从文传统的回响——〈活着〉、〈秦腔〉、〈天香〉和这个传统的不同部分的对话》,《南方文坛》2011年第6期。
② 王德威:《暴力叙事与抒情风格——贾平凹的〈古炉〉及其他》,《南方文坛》2011年第4期。

第七章 "未竟"的创造:"风景"叙述及其思想和艺术意涵
——一种"通三统"的实验

于此循环往复之世界结构之中,举凡人物之命运、时代之转换、历史之兴废皆有迹可循,且不出中国古典天人宇宙观念之基本思维。细细展读上述作品,人之命运之难于把捉,世态人情物理之不可控制,天道变化之微渺难识令人感慨系之[1]。有心接续中国古典思想和审美传统,以开出小说写作新的境界的贾平凹心性与才情及其对古典思想之慧心妙悟在《山本》得到了可谓淋漓尽致的发挥,乃 21 世纪后融通"古""今"之典范作品,其对"人事"与"自然"之描述因所涉为 20 世纪二三十年代,故而带有极为明显之"前现代"之特征。然此"前现代"的"人"与"自然"之交互关系,仍有启迪人思的重要内容。且看书中述及游击队栖身之留仙坪北三十里的云梁寺之独特"风景":"云梁寺是一座山,在众沟丛壑间孤零零崛起的山,山上没有寺,乱峰突兀,叠嶂错落,早晚霞光照耀,远看着就如一座庞大的寺院。它三面陡峭,无路可走,唯有南边有一条凿出的石磴能登顶,顶上却大致平坦,分散着几十户人家,都是石头垒墙,石板苫哇,石磨石桌石槽石臼,人睡的也是石炕。地势险恶还罢了,还多怪兽奇鸟,有一种熊,长着狗的身子人的脚,还有一种野猪牙特别长,伸在口外如象一样。但熊和野猪从来没有伤过人,野猪唊虺的时候,人就在旁边看着,而熊冬季里在山洞里蛰伏着,人知道熊胆值钱,甚至知道熊的胆力春天在首,夏天在腰,秋天在左足,冬天在右足,也不去猎杀。不喜欢的是啄木鸟,把所有的树都凿裂,即便它常常以嘴划字,令虫子自己出来,人还是不喜欢。最讨厌的是那鸸鹋,野里雌雄相唤,声像老人一样,开头如在呼叫,到后来就如笑,人就得起来敲锣,一敲锣它才飞走的。有一种虫,人却靠它生活,那就是白蜡虫。这虫子长得像虱子,嫩时是白的,老了就变黑,人在立夏前后把白蜡虫的种子置在榛树和女贞树上,半个月里就繁殖成群,麻麻密密缘着枝条开始造白蜡。白蜡的价钱很贵,云寺梁的白蜡也最有名。"[2]

因云寺梁有程国良的老表,程国良才建议将部队转移到此处。此后队

---

[1] 如贾平凹"后记"所言,"那年月是战乱着,如果中国是瓷器,是一地瓷的碎片年代。大的战争在秦岭之北之南错综复杂地爆发,各种硝烟都吹进了秦岭,秦岭里就有了那么多的飞禽奔兽,那么多的魍魉魑魅,一尽着中国的人事,完全着中国文化的表演"。然而"当这一切成为历史,灿烂早已萧瑟,躁动归于沉寂,回头看去,真是倪云林所说:生死穷达之境,利衰毁誉之场,自其拘者观之,盖有不胜悲者,自其达者观之,殆不值一笑也"。此间所述之历史故事,回头看去,也便是"巨大的灾难,一场荒唐"。人事兴废起落,纷然杂陈,为历史挟裹之普通人命运亦在荣辱、成败、毁誉之间,却最终难脱死生交替之根本命运。与之相应的,是秦岭壁立千仞的森然,且以其较之人事更为恒久的存在状态,映衬出人事之短暂。"秦岭什么也没改变,依然山高水长,苍苍莽莽。"秦岭之"不变"与"人事"之变革更显发出"人"力之巨大的限度所在。贾平凹:《山本》,人民文学出版社 2018 年版,第 541 页。

[2] 贾平凹:《山本》,人民文学出版社 2018 年版,第 158 页。

伍发展壮大,最终成为"秦岭志"(《山本》原名)中代表历史方向之重要力量而结束了一地瓷片的混乱年代。然而历史人事虽纷繁复杂,其兴废起落成败皆令后之来者感慨系之。其间若干普通人物之运命起落生死亦动人心魄,但书中难免有物是人非的黍离之悲。历史的滚滚硝烟早已散去,随之消散的还有那些活过爱过的饮食男女。他们身在历史兴废之大变局中,身如浮萍不能自主,只能在历史洪流的挟裹之下完成可能被理解为如沈从文所言之上天派定的命运。此境近乎《三国演义》书前所引杨慎《临江仙》"滚滚长江东逝水,浪花淘尽英雄。是非成败转头空,青山依旧在,几度夕阳红"开显之历史喟叹,亦属"渔樵观史"[①]之喻,为中国古典历史观念之重要一种。前引描述云寺梁自然风物与人之关系的段落,在全书前四分之一处,却可视为理解书中人事与自然观念之重要一维。是为"人"与"自然"交往无碍的"和合"之境,无疑包含着类乎"天人合一"的独特境界,足可补西方现代自然观念之弊[②]。于此境界中,"人"并非自外于天地万物而独立具有其圆满自足的意义,而是作为外部世界的一部分内在于天人宇宙之中。"人事"并不简单为自然天道所规训,却也并不单向度地希图超克自然法则。马克思对此洞见极深:"一个社会即使探索到了本身运动的自然规律……它还是既不能跳过也不能用法令取消自然的发展阶段。但是它能缩短和减轻分娩的痛苦。……社会经济形态的发展是一种自然历史过程。不管个人在主观上怎样超脱各种关系,他在社会意义上总是这些关系的产物。"[③]正因洞见于此,"革命只是一种'接生员',只能在那个旧的肌体上使劲,而没有另外的对象。革命本身需要尽可能地减轻'自然历史'转型过程中的诸种痛苦,乃至革命也必然是从这一肌体上长出来的"[④]。此间虽有除"旧"布"新"之意,但"新"与"旧"的辩证,必然发生于同一"肌体"的内部,乃是如曼海姆所谓之意识形态与乌托邦之辩证过程。也因此,"新"并非自外而内的赋予,而是"旧"因应现实而生发之更具时代意义的可能。是为"新""旧"融通而非割裂思维之要义所在。本乎此,《创业史》虽申明如郭世富等"靠天吃饭"以及与之相应之天命观念之局限处,却并不简单地否定天时的作用。这重要一笔,极为充分地表现在县委副书记(即

---

① 参见赵汀阳:《历史、山水及渔樵》,《哲学研究》2018年第1期。
② 参见季羡林:《西方的没落》,《科学对社会的影响》2007年第2期。
③ 转引自朱羽:《自然历史的"接生员"——周立波1940—1950年代短篇小说"风格"政治刍议》,《中国现代文学研究丛刊》2021年第4期。
④ 朱羽:《自然历史的"接生员"——周立波1940-1950年代短篇小说"风格"政治刍议》,《中国现代文学研究丛刊》2021年第4期。

书中代表"正确"之观念的基层领导)杨国华于一场大雪后的心理和行为上。

虽不赞同老旧的靠天吃饭的生产生活观念,但能够深入基层,与群众打成一片且充分了解农村实际情况(不仅包括正在行进中的具体的现实,应该还包括这块土地的历史传统、风土人情等复杂内容)的县委杨国华副书记亦肯定"人事"与"天时"调和的重要。这一日他要去了解新成立的灯塔社的真实情况,以"破除"仅凭道听途说便对梁生宝生出"嫌隙"、且不看好灯塔社的县委领导干部可能的偏见,不曾想遇到大雪天。"他明天回到县里,当天就可以到下堡村去了。他从小炕边拿起手电筒,走出门去看,啊呀!鹅毛大雪纷纷扬扬,非常慷慨地从房檐上头往庄稼院倾倒。好家伙!手电光几乎照不见庄稼院那头的柴垛和街门。"这样的暴风雪,自然给需要到蛤蟆滩深入了解梁生宝互助组具体情况的县委杨副书记造成了出行的不便。但是,庄稼人出身,了解农时农事,也一直喜欢深入基层的杨国华却为之振奋不已:

> "好好地下三伏的雨,数九的雪。这一场下得带劲!"杨国华仰头鼓励正在努力下雪的天公说,"照这样实心实意认真地下一夜最好。这就帮了我们的大忙!我们宣传老百姓不迷信,可我们从来也不否定天时的作用……"①

不仅不简单地否定天时的作用,还要充分利用呢!翌日早上,穿好衣裳,"第一件事是出去看看雪下了多少"的杨国华看到眼前"天地之间是笼笼统统的一片白光",白光想必异常刺眼,过了好一阵,他才能抬起头来继续去看,其时,远处的终南山,稍近处渭河南岸的高原以及眼前土墙外其他庄稼院的房顶和庭树,乍一看似乎没了远近,混作一处了,细细看去,远近才逐渐有了差异。这一场雪景叫人欢喜,此时此刻,杨国华首先想到的却并非如酸腐文人般吟诵几句描绘此境的诗文②,而是想到:"赶紧!扫雪归田——这是当前的一件紧要事情。"他也相信县里所有的区这回都会"行动起来"——"群众是刚刚被总路线的宣传动员起来的……"③是日午间,

---

① 柳青:《创业史》,中国青年出版社2009年版,第530页。
② 如郜元宝所论,知堂"喜雨"而鲁迅"恶雨"之原因或在此处。正因洞悉既往文学风景叙述成规之鄙陋,鲁迅无意于自然风物之细致描画:"鲁迅恶雨,主要是不喜欢为了抒情言志而写雨、谈雨……"而周作人则容易自自然风物中感发出个人境遇及生命感受之变,故而喜托物而言志。此间分野,乃风景描画"古""今"之变的重要一维。参见郜元宝:《知堂喜雨而鲁迅恶雨——"周氏兄弟"比较谈之一》,《南方文坛》2021年第3期。
③ 柳青:《创业史》,中国青年出版社2009年版,第530页。

见到仍在办公室辛苦批阅文件的县委陶书记,杨国华按捺不住内心的兴奋,力劝陶书记"出城去看看":"老陶!你应该出城去看看今天的景致!嚣呀!我们年年冬里发动扫雪归田,哪一年也不像今天这样普遍、热烈!男女老少都出动了,带着铁锹、木锨、扫帚、担笼、簸箕,全到村外的大小路上。真个是'江山如此多娇'!真个是'红装素裹,分外妖娆'!总路线的力量真是伟大!"①此乃"顺应"天时且充分发挥人事之力的典型,为全书值得注意的重要部分。

杨书记的思想观念所包含的复杂内容及其意义,在互助组"扁蒲秧"的成功培育中逐渐体现出来。那时候,互助组再度因个人利益和集体利益的冲突而面临"人事"方面的"危机",但是,"梁生宝互助组的扁蒲秧,不管互助组在人事方面发生了什么事情,它只管按照自然界的规律往高长。秧苗出息得一片翠绿、葱茂、可爱,绿茸茸的毯子一样,一块一块铺在秧床上。在灿烂的阳光照耀下,这种绿,真像宝石一样闪光哩"!然而在自然焕发出勃勃生机的同时,互助组人事的危机却叫农技员韩培生忧心不已。他也意识到,解放后数年间的生产生活经验足以说明,"离开互助合作的基础,甭想在单干农民里头,大规模地推广农业新技术;要是能普遍推广,那一定是一个资本主义的新农村。中国不走这条路"!然而更复杂迫切的问题在于,农业生产若不接受新技术,仍"用老办法务农庄稼,怎会有高产呢?中国的庄稼人几千年都是一半靠苦力,一半靠天吃饭啊。他们连想象也想象不来的高产,除非互助组给他们做出来榜样。可是,这互助合作,就这样难搞吗?……"②

韩培生的"忧虑",正切近农村自清末遗留之复杂问题。如萧公权所言,清政府在"成功地将臣民变得非常消极和柔顺"时,也最终"完全损害了他们积极进取的能力,使他们渐渐不能够应付严峻的生存环境……"而"即使在正常年月,大部分农民也过着上顿不接下顿的生活,其中一些还处于赤贫的境地"。尤须注意的是,"由于缺乏资金,而习惯于依靠传统耕作方式和难以预测的运气,农业生产技术的改进实际上是不可能的。富有的地主虽然拥有足够的财富提供这笔资金,但是他们的兴趣不过是竭力收取更多的租金,交纳更少的税额。他们更可能的是把钱花在购置更多的土地以出租上,而不是用来改善耕作环境以提高粮食产量或改善佃农的生活。土地耕种者(和相当多的小土地所有者)耗尽一切精力,也只能过着艰难

---

① 柳青:《创业史》,中国青年出版社2009年版,第532页。
② 柳青:《创业史》,中国青年出版社2009年版,第384-385页。

第七章 "未竟"的创造:"风景"叙述及其思想和艺术意涵
——一种"通三统"的实验   407

的生活,没有余力来从事其他事情。能够在地方灾害中免于破产或挨饿,就算是幸运了"。也因此,他们"变得顺从于所在的物质环境和社会环境"①,无力从根本上改变自身的命运。而从根本上超克此种境况,正属柳青《创业史》及其所表征之 20 世纪 50 年代初社会主义实践着力用心之处。柳青详细铺陈"创国家大业"与个人"发家致富"之间根本的观念纷争,写在此纷争中各色人等之不同表现。围绕梁生宝互助组初创到扩大再到最后"高级社"的"完成","国家创业"不仅意味着"经济"(即合作社充分体现出其在生产上的优越性)的胜利,同时还包含着"政治"愿景的完成(即在社会改造过程中与新社会相应之"新人"②的自我改造)。此种包含思想与生活世界双向互动的社会实践的阶段性达成,便是《创业史》上部略有总括之意的第二十四章所呈示之"象":

> 一九五三年春天,和过去的一千九百五十二个春天,一模一样。
>
> 一九五三年春天,渭河在桃汛期涨了,但很快又落了。在比较缺雨的谷雨、立夏、小满、芒种期间,就是农历三月和四月的春旱期,渭河在一年里头水最小了。
>
> 一九五三年春天,秦岭脱掉雪衣,换了深灰色的素装不久,又换了红花、黄花和白花的青绿色艳装。现在到了巍峨的山脉——渭河以南庄稼人宽厚仁慈的奶娘,最艳丽迷人的时光了。待到夏天,奶娘穿上碧蓝色的衣服,就显得庄严、深沉、令人敬畏了。
>
> 一九五三年春天,庄稼人们看作亲娘的关中平原啊,又是风和日丽,万木争荣的时节了。丘陵、平川与水田竞绿,大地发散着一股亲切的泥土气息。站在下堡乡北原上极目四望,秦岭山脉和乔山山脉中间的这块肥美土地啊,伟大祖国的棉麦之乡啊,什么能工巧匠使得你这样广大和平整呢?散布在渭河两岸的唐冢、汉陵,一千年、两千年了,也只能令人感到你历史悠久,却不能令人

---

① 萧公权:《中国乡村:19 世纪的帝国控制》,张皓、张升译,九州出版社 2017 年版,第 609—610 页。
② 此处所言之"新人",所指已非梁生宝一人,而是指经过新的社会实践的进一步深入,那些犹疑甚或"敌对"的力量皆已被"改造"。如柳青所述,第三部将主要叙述郭振山与梁生宝之间的"竞争",在此竞争过程中,郭振山的"自发思想"想必逐渐褪去,而成长为与梁生宝一般的新人。沿此逻辑,其他如梁三老汉、梁大老汉、梁生禄等亦会有观念的根本性变化而成为同样秉有新思想的新人。不仅如此,柳青亦十分关注基层领导的观念和"成长"问题。作为脱离群众的典型,县委陶书记亦属需要"改造"的形象。如此,柳青创作《创业史》更为复杂的命意即清晰可见。

感到你老气横秋啊！祖国纬度正中间的这块土地啊！……①

此"新起点"以"秦岭"(终南山)与山下平原正在行进中的"人事"创造形成鲜明对照为基本特征,包含"新""旧"转换之义。而"终南山"(秦岭)作为具有丰富之文化寓意的内容渐次褪去,《创业史》如其时的同类作品一般,皆在书写"优美的自然风景"的"隐匿",代之而起的,则是神秘且"异己"的"荒原"意象(终南山)。故而"'人事'和'自然',都相应构成这一类的小说的风景叙述,而这一叙述正受制于社会主义改造的革命实践"②。此亦为新旧两种"自然"观念之喻,约略可与有唐一代山水(风景)观念之变相参看。如论者所言,"屈、宋以对山水神祇的缠绵诗情,具现了上古时代自然与人之间'我—你'关系和亲情",韩、孟诗中却使此种"美丽和温情"的自然"完全褪去了灵光"。可比拟山水的"神女"已逝,"山与水充斥戾气",天地间乃是"一幅幅噩梦图景,重岩叠嶂化作'狞戟'、'饿剑',激流大浪是'蛟虬'、'齿泉',山与水处处流淌着'饥涎'等待吞噬圣灵"。当此之际,"自然神的喜宴甚而是亿万生灵血肉淋漓的尸骨"③。韩、孟所述之"山水",与梁生宝等人进山割毛竹所面对之"终南山"作为人劳作之场景所呈现之基本面貌庶几近之。柳宗元所持之说,亦可归入韩、孟一路合并理解。其论天人关系曰:"务言天而不言人,是惑于道者也。……苍苍者焉能与吾事,而暇知之哉?"④韩、柳之山水观念,为中国思想史"从天地转向实际人生,从昔日神明转向人的理性自觉的大转折"⑤重要节点之表现。嗣后有宋一代此风渐长,"对于吟咏自然,显得既不热心,又乏善可陈",却对于"人之世界"显发浓厚兴趣。然文人对山水吟咏之热情并未消退。宋、元画家依凭传统,"以笔墨创造了山水的高潮";嘉靖和乾隆之间,造园家甚至"在江南商业城市中"以"元、柳钟爱的'水石'再造了梦中山水"。然而此类山水却常如叶燮所述,"忘其有天地之山,止知有画家之

---

① 柳青:《创业史》,中国青年出版社 2009 年版,第 338–340 页。
② 蔡翔:《革命·叙述:中国社会主义文学—文化想象(1949—1966)》,北京大学出版社 2018 年版,第 37 页。
③ 萧驰:《诗与它的山河:中古山水美感的生长》,生活·读书·新知三联书店 2018 年版,第 638 页。
④ 转引自萧驰:《诗与它的山河:中古山水美感的生长》,生活·读书·新知三联书店 2018 年版,第 638 页。
⑤ 萧驰:《诗与它的山河:中古山水美感的生长》,生活·读书·新知三联书店 2018 年版,第 638 页。

山"。此时文人开始"丧失晋宋时代触发游赏和书写山水的自然原发精神"①。此间包含着中国文化的两种不同的"内在主义",即"内在于天地自然"和"内在于人间世"②。二者皆有所本,亦不乏于千年文化史中之起落、流变,且各有其"洞见"与"不见",在更高的意义上的相互融通为其之于当下自然观念建构之价值所在。

就表层论,《创业史》似偏重于"人定胜天"观,然如前述杨副书记一节所示,蛤蟆滩的世界尚蕴含着"人事"与"自然"的融通之意③。惜乎此义未得进一步之发挥,数年后盛行之《红旗歌谣》大部内容即属"制天命而用之"的观念的极端化。后之来者读解《创业史》中的"风景",亦颇多将之归入《红旗歌谣》之自然观念谱系一并讨论。如是观念所见之"风景",与进入21世纪后贾平凹笔下之"秦岭"(终南山)所敞开之"人"与"自然"之复杂"风景"属两种不同之观念,且各有其思想和审美之"传统"。前者以中国古典思想和审美观念为借径,用意在"人事"与广阔之自然(天、人、宇宙)之"共在"关系,其"至境"略有"自然"(天道)之微渺难识,"人事"根本的"无力"之感④;后者则彰明"人事"创造的伟力,意图在人之巨大的创造性被激发和释放的前提下,完成"人"与"自然"关系的"再造"——"人事"不再受制于"自然"(天道)而可以自主创造自身的生活世界,且与后者和合发展,呈现为互动共生之圆融之境。二者皆有所本,亦各有奠基于具体的现实语境的历史合理性。而深度感应当下时代的现实问题,可知二者所呈示之观念并不乏足相交通之处⑤。既肯定人作为"天""地"(天人宇宙)之一部分需要遵从之"自然"法则,亦充分发挥"人事"之力,以超克单纯

---

① 萧驰:《诗与它的山河:中古山水美感的生长》,生活·读书·新知三联书店2018年版,第639页。
② 萧驰:《诗与它的山河:中古山水美感的生长》,生活·读书·新知三联书店2018年版,第622页。
③ 杨副书记强调对天时之意义的把握时,区分"对群众的宣传"和"我们自己"的观念,似乎暗含着类乎郎佩特所论之"哲学"与"哲学之诗"内在分野的意味。此或为读人《创业史》的另一路径。
④ 有唐一代(亦可上推至汉代),诗文中关于"终南山"之"风景"建构即有两种基本精神路径:一为强调去都城长安未远的作为"人间权力的象征"的意义;一为远离权力,可获致精神之安逸,甚或"保证长生的超俗空间的象征"义。此两者在盛唐与中唐"风景"叙述之"变容"中虽略有起伏,然其营构之"终南山"作为独特风景之文化意义却有内在同一之处,与20世纪初之"风景叙述"之核心逻辑并不相同,乃是中国古典自然观念之重要一种。参见川合康三:《终南山的变容——由盛唐到中唐》,《终南山的变容——中唐文学论集》,上海古籍出版社2013年版,第71页。
⑤ 如论者所言,"从当前的实践来看,我们都清楚现代文明造成了自然与人的矛盾和冲突。改善人类的生存环境,阻止生态恶化,建立人与自然的良性互动,既是全球的问题,也是中国可持续发展的战略问题"。王中江:《自然和人:近代中国两个观念的谱系探微》,商务印书馆2018年版,第502页。

的、限于认识之限度而认信之"自然"(命定)观念,而于"人事"和"自然"关系中达到与一时期观念和认识水平相应之"和合"状态①。此种暂时的"和合"状态并不"静止",而是随着时代观念及具体的现实实践不断调适,呈现为与时推移的生生不息的"上出"之境。此为新"天人合一"观念之要义,亦属融贯"古""今"、会通"中""西"之生态文明观之价值所在②。20世纪初迄今之"天"(自然)"人"(人事)关系历经不同历史时期的阶段性调适,至此开出深具广阔之时代内涵、圆融无碍、且秉有"人类命运共同体"之深刻全球意义的新的境界。

第五节 "天人和合",抑或正在展开的"风景"创造

虽以统合"古""今"的更具包容性的自然观结构全篇,也憧憬甚或刻画了"人事"与"自然"新的正在展开的包含未来希望愿景的复杂面貌,《创业史》中的"风景政治"仍未最终"完成"③。此一风景创造的"未定性"既与柳青未及写完全书便与世长辞密切相关,亦是20世纪80年代前后渐次完成之以家庭联产承包责任制"取代"农业合作化道路的历史进程使然。因特定之历史原因中断的《创业史》的写作在70年代中后期得以继续,但如第一部写作时正在行进中的现实不断印证该书所述之方向之历史合理性一般,身在70年代中后期具体的历史氛围中,柳青原计划中的后两部似乎还会面临更大的疑难——即两个时代之间阶段性主题转换之后的隐在的观念"冲突"。即便将家庭联产承包责任制视作农业合作化的"延续"而

---

① 更具意味的是,"内在于天地自然"之观念的衰微,使得人之所见仅限于"人事"及其创造的世界。自然山水仍在,却己灵光尽逝,与人所创制之物别无二致。阔大之自然所蕴含之"人"之内在境界"拓展"之思想和文化精神寓意亦不复存在。此为后世自然观念一大鄙陋处。

② 如论者所言,习近平生态文明思想"是对人与自然关系、人与人之间关系、人与世界文明关系的时代性把握,表明马克思主义哲学中国化进程已经推进到基于中华优秀传统文化、吸纳世界文明成果并综合创造出引领未来人类发展崭新文明理念的阶段"。韩震:《习近平生态文明思想的哲学研究——兼论构建新形态的"天人合一"生态文明观》,《哲学研究》2021年第4期。而对于此种观念与中国古典思想间之关系,亦可参见陈群:《"万物并生"与"逍遥忘我"——以老庄思想观绿色发展理念》,《中国道教》2019年第4期。

③ 以"制天命而用之"之"人定胜天"观为基础,并不兼容"自然"所包含之"人事"无从超克之"法则"的极端化,便是《红旗歌谣》中一时期影响甚巨的代表作《我来了!》:"天上没有玉皇,/地上没有龙王。/我就是玉皇!我就是龙王!喝令三山五岳开道,/我来了!"对该诗"局限"的阐发,可参见张兴无:《〈我来了〉是革命"两结合"的典范作品吗?》,《安阳师专学报》1981年第1期。

非"超克"①,但在举国行进于新的社会建设的历史和现实语境中,第三部所要叙述之"合作化运动高潮"以及最后一部所要描绘之"全民整风和大跃进,至人民公社建立"却万难"写完"②。《创业史》"风景"的"未完成",因此既包含着合作化运动未能达成预期目的的"缺憾",也包含着在此过程中"新人"的自我创造的"未完待续",乃是仍有朝向未来的未竟开放性的重要命题。自当代文学七十年的整体视域观之,《创业史》作为"过渡阶段"的意义遂得以凸显——上承1942年《讲话》以降延安文艺之基本精神,下开80年代后基于时代总体性视域的现实书写之基本面向。其意义亦须在百年历史整体性的视域中进行阐发,藉此,可以梳理出秉有历史和精神连续性的文章脉络。"人事"与"自然"交互成就所开显之复杂"风景",为重要内容之一。

时隔半个多世纪后,恰在新时代脱贫攻坚的重要时间节点上,柳青的故乡陕北,正在发生极具历史和现实意味的"风景"的"变容"。延安索洛湾村支书柯小海带领村民历经种种努力之后,终于在"人事"与"自然"之和合发展,亦即新"天人合一"的生态文明观的指引之下获得了千年未有之大"变革"。柯小海所秉有之摒弃单纯个人"发家致富"观念而矢志不渝带领群众走"共同富裕"的道路的"觉悟",在多重意义上可以视为50年代梁生宝所持有之思想观念的延续。在此宏阔观念之历史连续性意义上,柯小海乃是新时代之"新人",其意义可在50年代迄今具有独特之思想和历史意涵的"社会主义新人"谱系中得到更为深入的理解。更具历史寓意的内容还在于,柯小海最终探索和成功实践的是一种新的生态文明观。其历史和现实甚至之于人类命运共同体的意义,仍有待更为深入的阐发。也因此,柯小海及其领导的索洛湾村的社会主义实践,在多重意义上可视为对50年代皇甫村王家斌"未竟"之业深具历史和现实意义的"延续"(完成)。"共同富裕"这一提振和影响梁生宝、高增福们的希望愿景于今亦在索洛湾村成为现实。虽未有如《创业史》般的叙事虚构作品于宏阔之历史和现实视域中深度表现索洛湾经验作为新时代之典范的重要意义,但若干报告文学所展示之索洛湾的实践过程,亦是"新人"与新的社会创造双向互动

---

① 如论者所言,"家庭联产承包责任制,既不是对农业合作化的彻底否定,也不是对农业合作化积极成果的简单继承。它是农业基本经营制度的根本变革,是一场革命,是我国农村改革中最具实质意义的突破"。高化民:《农业合作化运动始末》,中国青年出版社1999年版,第424页。
② 但自历史之整体观之,柳青彼时的总体设想却有着不容忽视的重要意义。对此问题,李杨洞见极深,可参见李杨:《50~70年代中国文学经典再解读》第四章"《创业史》——'现代性'、'知识'与想象农民的方式",山东教育出版社2003年版。

的过程①。其社会实践意义远较简单的文学意义更为紧要，亦属新时代农村社会主义实践文学表达中极具典范意义之"风景叙述"要义之一，可在20世纪迄今之整体历史和现实语境中做更为深入的意义阐发。

　　故此，在50年代迄今之历史视野中重解"人事"与"自然"之关系，可知超克既有的观念的局限分外紧要。在《创业史》所扎根的时代中，中国思想及其所影响之基层世界的伦理观念因不能适应新的世界的创造而被归入"改造"之列。如前文所述的郭世富等人所依凭的观念虽非古典思想的核心义理，却在漫长的历史时期成为具有超稳定意义的精神结构。"改造"为此一结构所化之人，乃50年代社会主义实践需要解决的重要命题。与50年代社会阶段性命题密切相关之"新人"在其后数十年间，社会之阶段性命题与时推移，"新人"之内涵亦随之不断调适。故而形塑具有与新时代相应之新的观念、思想、情感、心理的"新人"颇为紧要。进而言之，于新时代所开创之中国社会"三千年未有之大变局"中，构建融贯"古""今"，汇通"中""西"，与新的时代相应之新的"文本风景"即属顺理成章之事。此种"风景"，并非对此前经典文本中之风景叙述的简单超克，而是奠基于新时代的新经验，进而融通多元传统，所开显之更具包容性和概括力新的"风景"——一种兼容政治的、文化的、审美的多样可能的"风景"。亦即"人事"与"自然"和合的新观念所开显之新的世界图景。是为"新时代、新形态的'天人合一'生态文明观"题中应有之义。其思维乃是"建立在对自然的敬畏的基础上"，且"促进合理开发满足人类文明发展有效需要的技术功能"。同时，"不仅应该有自我约束的规范"，还应该"发展出对所有人类群体有约束力或者说在未来战略利益方面对所有人都有吸引力和感召力的内容"②。此亦为构建"人类文明共同体"之宏阔意识之自然延伸③。此种"人事"与"自然"之关系已然超克西方盛行之二元对立式的分裂观，目下全球生态问题之观念起源，皆与此种鄙陋之观念密不可分。对此问题更为深入的思考，仍可参照马克思主义的自然观念。如尼尔·史密斯所指出的，社会对于自然存在着一定的"优先性"，"自然若不是社会的，那它就什么也不是"。要摆脱"对自然的二元论态度"，"当务之急是要呈现自然被赋予这种社会优先性的具体关系"。马克思"把同自然关系的统一性作

---

　　① 参见邢小俊：《国家战略：延安脱贫的真正秘密》，陕西师范大学出版社2021年版。
　　② 韩震：《习近平生态文明思想的哲学研究——兼论构建新形态的"天人合一"生态文明观》，《哲学研究》2021年第4期。
　　③ 可参见张自慧、闵明：《中华民族的"天下观"与"天下情怀"》，《哲学分析》2020年第5期；唐爱军：《历史唯物主义视域中的世界秩序与中国方案》，《哲学动态》2021年第8期。

第七章 "未竟"的创造:"风景"叙述及其思想和艺术意涵
——一种"通三统"的实验

为出发点,同时又将这种关系作为历史和逻辑推演的结果"。"自然的社会优先性就不是从外部灌输进去的,而是已内在于同自然的关系当中了。所以,我们须关注的是自然的生产中那些更加复杂的过程,而非对自然的支配过程。"因为,"'支配自然'的论调指向一个悲观的、单向度的并同自由背道而驰的未来,而自然的生产这一思想则指向一个历史性的未来,它依然由政治事件和力量所控制,而不是诉诸技术决定论"①。此为作为"自然历史"的"接生员"之"人事"功能的发挥及其限度的理论说明。扎根当下世界生态语境作观念的调适,可知"天人和合"之新生态文明观之历史渊源和现实意义。如对近世东亚的世界观影响甚巨的宋儒所建立的"贯通宇宙、身心性命、伦理及政治秩序的大体系"所示,"人道"为"天道"的一部分,当"张载论天道时,他其实同时也在通观天地自然、身心性命、社会伦理、政治经济与古今事变",在此过程中,"天道"与"人事""不断地交织影响,而不能说某方面主宰了另一方面"②。由是观之,新"天人和合"的生态文明观,乃是融通古今之思想成果,其转化为"人事"的具体的现实创造,即是如索洛湾柯小海所实践之绿色发展理念。其所形塑之新的处理自我与外部世界关系的思想和情感主体③,乃是"风景叙述"的另一重要意涵。

要结尾了,特意去秦岭(终南山)体会在新生态文明观指导下恢复绿水青山之具体成果。时在9月,临近中秋,因连日阴雨,柳青当年体验"进山"生活之石砭峪为保护水源及防止洪涝灾害,封山已久,外来机动车概不能通行。一行人于入口处弃车步行,缘溪水逆流而上,前行约半里,见蓄水水库大坝巍然而立,再绕行七八里,山势渐陡,路瘦如绳,极不规则,待行至高处,举目四望,但见"远处的山峰层峦叠嶂,一尽着黛青"④,遥想1953年,梁生宝和他那一共十六人的小小队伍,"进汤河口,钻到两边是悬崖峭壁的峡谷里头,寻找着乱石丛中和灌木丛中的羊肠小道",并"溯河而上",过了"一百二十四回汤河和两回铁索桥",经过"大石砭、小石砭、大板桥、小板桥、白杨岔、独松树、虎穴口和号称四十里的龙窝洞",然后"攀登上老爷岭",且在刺骨的山风中"回头遥望了一下亲爱的下堡村"⑤,当日傍晚抵

---

① 尼尔·史密斯:《不平衡发展:自然、资本与空间的生产》,刘怀玉、付清松译,商务印书馆2021年版,第66-68页。
② 吴展良:《朱子的世界秩序观之构成方式》,吴展良编:《东亚近世世界观的形成》,台北:台湾大学出版中心2007年版,第283-284页。
③ 如赵依所论,此种生态文明观念,亦可开出新的具有时代意义的"自然诗学"。赵依:《习近平生态文明思想与新时代自然诗学》,《诗刊》2021年第5期。
④ 贾平凹:《山本》,人民文学出版社2018年版,第539页。
⑤ 柳青:《创业史》,中国青年出版社2009年版,第303页。

达了他们的目的地苦菜滩。当是时也，秦岭中丛林密布，野兽随时出没，万物静默如谜，梁生宝们对自然之美殊乏感知，却须时时小心在意来自自然无从测知也难于规避的"危险"。栓栓不幸为旧竹根所伤而间接引发王二直杠的"胡闹"，以至于互助组面临"解散"的危机，皆说明"终南山"作为"他者"所暗含的"否定性力量"。也足以说明20世纪50年代初的"地方"风景，"再次回到早期的革命叙述之中"，不再是"美丽、丰饶和自足的"，相反，却呈现出"某种贫瘠、荒凉甚至愚昧"。此一风景叙述，表征的乃是其时"社会主义改造的革命实践"获得"某种正当性乃至合法性的支持"[1]的基本逻辑。在此逻辑的延长线上理解贾平凹《古炉》《老生》，尤其是《山本》中所持存彰显之落后却也丰饶、自足，自有其不可撼动之大美的自然，以及此后文学文本所敞开之天人和合，相互成就互相影响之"人事"与"自然"融通之境，即可明了《创业史》前后数十年间当代文学中自然风物之表现及其流变所蕴含的更为复杂的意义——自然并非"自足"，其意义也未能"自明"，它始终极为深刻地关联着历史人事之变，关联着时代精神和阶段性主题与时推移不断调适的"自然结果"。对它的理解和研读，也因此同样构成中国当代文学中"风景政治"之重要一种，必然可能"回向"文学文本的"自然书写"而创造具有新的时代意涵的风景叙述，开出人与自然作为"生命共同体"的新的境界。此境以"人—自然一体的理念"，解构将"人凌驾于自然之上的主客二分的"自然观念，呈现出新的"天人合一"之境，内蕴着足以超克此前鄙陋之自然观念从而引领"人类文明进步"[2]的振拔意义。当代文学中"风景政治"之复杂敞开，此为不可或缺的重要一维，可开人与自然关系之全新未来。

---

[1] 蔡翔:《革命·叙述:中国社会主义文学—文化想象(1949—1966)》，北京大学出版社2018年版，第36页。
[2] 韩震:《习近平生态文明思想的哲学研究——兼论构建新形态的"天人合一"生态文明观》，《哲学研究》2021年第4期。

结语：作为方法的"陕西经验"与当代文学史"重构"的可能

作为中国当代文学重镇之一，陕西文学核心观念和审美路径所形成之深具时代意味的"陕西经验"，包含着重绘中国当代文学史图景的可能。历史地看，超克既定的文学史观念的内在局限，重新打开未被充分阐发的更具统合性和概括力的文学史观，是当代文学视域拓展的必要前提。而无论是"在新的历史条件下重返'人民文艺'"[①]，还是自古今贯通的"大文学史观"[②]重新梳理当代文学与中国古典传统的复杂关系，"陕西经验"均有无法绕开的重要意义。前者无疑涉及 1942 年《讲话》以降的"新的人民的文艺"的历史经验的评价问题，与柳青、杜鹏程以及在 20 世纪 80 年代接续革命现实主义传统的路遥的写作密切相关；后者则关涉当代文学如何处理与中国古典传统的关系，与贾平凹、陈彦等作家的写作用心密不可分。而如上两个问题，是当代文学史观念拓展的两种基本路径。当代文学之所以应"暂缓写史"，上述问题的存在，是必须应对的症结之一[③]。故而以《讲话》以降之社会主义文学传统为基础，融通中国古典传统和"五四"新文学传统的"通三统"观念的建构，便是尝试性解决上述问题的努力[④]。其意义并不止于对当代作家、经典文本的价值"重评"，而是更为深入地涉及当下写作所依托的文学观念、思想资源、审美传统的"局限"及进一步拓展的可

[①] 参见罗岗、张高领：《在新的历史条件下重返"人民文艺"——罗岗教授访谈》，《当代文坛》2018 年第 3 期。亦可参见罗岗：《"人民文艺"的历史构成与现实境遇》，《文学评论》2018 年第 4 期。

[②] 参见杨辉：《"大文学史观"与贾平凹的评价问题》，《小说评论》2015 年第 6 期；杨辉：《贾平凹与"大文学史"》，《文艺争鸣》2017 年第 6 期。

[③] 参见张均：《当代文学应暂缓写史》，《当代文坛》2019 年第 1 期。该文认为，"源自'五四'时代'人的文学'的启蒙文学史观对当代文学的宰制与遮蔽已久遭诟议，如何调校启蒙史观、有效兼容'人民文艺'，恐怕是需要 20 年才能切实解决的理论难题"。

[④] 对"通三统"的文学史观念的详细叙述，参见杨辉：《总体性与社会主义文学传统》，《中国现代文学研究丛刊》2019 年第 10 期。

能等等重要问题。

　　充分意识到《讲话》迄今文学作为社会实践之一种的重要历史价值和现实意义,并以此为基础重新打开文学与时代、写作与现实等重要问题,是以历史化的方式重建更具包容性和概括力的文学史观的路径之一。如论者所言,将"革命实践打造中国社会的过程纳入对中国当代文学,尤其是《讲话》之后的当代文学的讨论"的重要之处在于,由此可以触及和打开"革命文学历史生成的内在特征"。因为《讲话》之后的中国革命作家的一个特点在于,他们首先不是作为旁观者的作家来叙述革命,而是跟随革命的实践的开展,在它所打造出的社会氛围、群体状态、社会情感、伦理状态中身体力行,身心被重构,被激发,再以文学机制为革命经验赋形"[1]。革命过程中的历史经验因之不仅包含着个人生命的实感经验,同时还具有朝向正在行进中的复杂现实的历史的、具体的意义。即便"优美"如孙犁的写作,在革命年代仍然包含着根本的历史与意识形态的复杂意味。孙犁文学观念的自我调适及其"优美"作品的创化生成,包含着"革命人"思想和写作方式与时代精神交相互动的重要意义[2]。与孙犁的思想和审美之变大致相通的,是自国统区来到解放区并开启人生的另一个"新时代"的丁玲的写作。《我在霞村的时候》《在医院中》《"三八节"有感》及其所引发的批判,并非如"周扬或者夏济安等人理解的那样发生在'个人主义'与'集体主义'、'五四'与'延安'乃至'文学'与'政治'之间,而是发生在'集体主义'、'延安'乃至'政治'的内部,表现的是作为'革命'与'革命后'、'官僚主义'与'继续革命'之间的冲突与对抗"[3]。进而言之,这种冲突并非两种思想观念之间的博弈,而是在共同的思想观念内部不同理解之间的分歧。由这一思路出发,便可以更为深入地理解丁玲20世纪四五十年代转变之际的精神历程及其文学观念的范式之辩[4]。这也从一个侧面说明,"如果不能有效还原'整风'后革命政治的自我革新方式与效果,就很难准确把握'解放区文艺''新的人民文艺'生成与展开的主要动力和内在机

---

　　[1] 何浩:《从杜鹏程〈战争日记〉看中国当代文学生成的"社会"维度》,《文艺理论与批评》2019年第3期。
　　[2] 参见熊权:《"革命人"孙犁:"优美"的历史与意识形态》,《文艺研究》2019年第2期。
　　[3] 李杨:《"左"与"右"的辩证:再谈打开"延安文艺"的正确方式》,《中国现代文学研究丛刊》2017年第8期。
　　[4] 参见何吉贤:《"流动"的主体和知识分子改造的"典型"——1940—1950年代转变之际的丁玲》,《中国现代文学研究丛刊》2018年第4期。

制"①。奠基于"再解读"(亦可上推至"重写文学史")文本阐释的路径和方法的研究范式,在阐发此类作家作品时的"限度",因之颇为突出。

沿此思路,可知作为在《讲话》思想指导之下有意识地完成精神和写作观念的自我调适的重要作家,柳青在20世纪四五十年代之交的观念转变同样有着值得深入探析的重要意义。此前柳青虽有较为丰富的生活经验,但这种经验在《讲话》精神的烛照之下同样发生了质的变化。"毛泽东同志《在延安文艺座谈会上的讲话》给我们规定的任务是熟悉新人物,描写新人物。就是说要我们从事人们新的思想、意识、心理、感情、意志、性格……的建设工作,用新品质和新道德教育人民群众。"②也因此,"社会主义新人"梁生宝领导互助组"创家立业"的故事,构成了《创业史》所敞开的世界的核心。而在"国"与"家"的双重意义上展开的"创业"故事,同样包含着社会实践和自我完成的重要内容。在社会主义建设的具体实践过程中,"新人"梁生宝的思想和情感的变化,自然带有极为鲜明的时代特征,蕴含着现实与理想的双重可能。梁生宝的原型王家斌的生活故事在《创业史》中无疑发生了若干重点的"转移"。这种转移包含着的"历史学家的技艺"表明中国社会"三千年未有之大变局"的重要历史意义——"人民"作为历史主体登上历史舞台。《创业史》"题叙"与"正文"的对照,充分说明"旧世界"与"新世界"之间的质性的转换。而这种转换如何进一步发展为超越旧世界固有的结构模式,并开启全新的历史结构,成为新的世界需要展开的重要论题。梁生宝对作为私有制的根本性革命的互助合作虽未有更为深刻的理解,但其社会实践已然充分说明后者的重要历史意义。基于此,"新世界"与"新人"的相互促进与互相创造成为50年代的重要历史论题。这一历史论题也并未因"新时期"的开启而就此"退隐",而是仍然包含着作用于时代的重要理论效力③。

历经80年代初潮流化的思想和审美之变后,路遥之所以仍然在柳青传统的延长线上写作,并努力发挥现实主义思想和审美传统表征新的时代论题的重要意义,源于他对历史、文化与现实关系的深刻理解。依路遥之见,80年代与此前三十年甚至1942年《讲话》以降的历史范畴无疑有着内

---

① 程凯语,见路杨、孙晓忠、程凯等:《情感实践、主体转换与社会重造——情感政治视野下的解放区文艺研究》,《文艺研究》2021年第7期。
② 柳青:《和人民一道前进——纪念毛泽东同志〈在延安文艺座谈会上的讲话〉十周年(节选)》,蒙万夫等编:《柳青写作生涯》,百花文艺出版社1985年版,第29页。
③ 参见杨辉:《"未竟"的创造:〈创业史〉与当代文学中的"风景政治"》,《中国现代文学研究丛刊》2022年第11期。

在的连续性,在历史连续性的意义上,具有内在的质的规定性的现实主义并未穷尽其能量,而是仍然有着表征中国社会现实甚至五千年文明的重要价值。基于对这一问题的透彻理解,路遥并不赞同现实主义过时、现代主义将取而代之的80年代初中期的潮流化观点,而是努力以"反潮流"的写作姿态,表达其对文学与时代、历史与现实的更为深刻的洞见。《平凡的世界》在80年代后期所遭遇的评价的困难,既说明其时文学及文学史观念的内在"局限",亦从另一侧面表明路遥文学观念及其价值坚守乃有更为宽广的观念为支撑。时隔近三十年后,陈彦以《西京故事》的写作重新回应"孙少平难题",也同样尝试在总体性的意义上处理21世纪第二个十年底层青年人生道路的选择问题。罗甲秀、罗甲成姐弟的命运遭际无疑如孙氏兄妹一般,表征着不同时代的时代新人所面临的具体的现实语境及其生活难题。他们同样努力在宏大的历史背景下规划个人命运,也同样承载着时代核心主题的转移所带来的精神和现实之痛。自柳青、路遥到陈彦,无论作品具体展开的方式有何差异,浓重的现实关切以及对身处历史中的底层人的命运的关注,为其殊途同归之处。也几乎在同样的意义上,他们共享的是同一种思想和审美资源,即在1942年《讲话》以降的思想流脉中尝试总体性地处理不同时期的现实问题。其背后虽有时代主题的差异,但基于人民伦理的价值关切却始终如一。而就其根本而言,对文学作为社会实践之一种的社会意义和伦理价值的深刻理解,乃是其文学世界的核心品质。其根本意义在于,"只要我们仍然坚持这样一种理念,即将劳动和劳动阶级从某种异化的状态中解放出来",那么,"世界应该怎样"便是不容忽视的重要论题。这一论题的核心在于,"如果我们不完全满足于当下的秩序安排,那么,我们就会重新面临这一历史的想象主题:世界应该怎样"。而一旦企图重新讨论这一"世界秩序","我们就会重新走向政治"。因为,就其根本而言,"在文学性的背后,总是隐藏着政治性,或者说政治性本身就构成了文学性"[1]。又或者,唯有依托政治性,文学性方能发挥其真正的经世功能和实践意义。此为自先秦迄今中国文学观念的要义之一,无论"载道"还是"言志",充分发挥知识人由"内圣"而"外王"的社会实践功能,乃是个人与时代最为根本的联系,断非吟风弄月式的自我表达所能比拟。"人民文艺"与"人的文学"的思想范式之变[2],核心问题即在此处。

---

[1] 蔡翔:《革命/叙述:中国社会主义文学—文化想象(1949—1966)》,北京大学出版社2018年版,第392—393页。
[2] 参见罗岗:《"人民文艺"的历史构成和现实境遇》,《文学评论》2018年第4期。

从柳青到路遥再到陈彦,基于历史连续性的世界观察以及人民伦理的价值关切,充分说明赓续"人民文艺"的思想和审美经验的历史意义和现实价值。是为当代文学中的"陕西经验"之于当下文学史观念转型及文学视域的转换的重要启示之一。由延安文艺的核心精神到"十七年"社会主义文学的历史实践,再到"新时期"以降文学观念的转型,发端于1942年的"社会主义文学"仍然包含着有待延续的重要内容。也唯有在重申社会主义的若干重要原则的基础上,当下文坛所密切关注的"八零后"以及底层青年的命运选择问题方能得到更具历史意义的"解决"。自更为宽广的历史视域观之,"人民文艺"与"人的文学"之间即不存在非此即彼式的两难选择。"人民文艺"的历史实践及其精神内涵无疑具有有待进一步展开的重要现实意义。其所依托的总体性思想,也同样在历史连续性的意义上发挥其作用于现实的理论效力。作为社会实践之重要一种的文学写作因此包含着更为复杂的历史能量,为写作者重构个人与集体、文学与时代、历史与现实等问题提供了若干重要的历史经验。这也是以"陕西经验"作为方法,重启更具历史包容性和现实概括力的文学史观念的要义之一。沿此思路,亦可开启当下文学写作更为丰富的可能,即在历史连续性的意义上,赓续"人民文艺"的思想和审美传统,开启关于时代的基于更为宏阔的历史视域和现实眼光的总体表达。本乎此,晚近十余年间若干重要文本如《人世间》《金谷银山》等作品的时代和现实意义,可以得到更为深入、恰切的阐释。

因独特的历史原因,中国古典文化、延安文艺以降的红色革命文化,为陕西多元文化深厚积淀的重要方面。基于对地域文化、民族精神、现实问题的深层关切,陕西作家自80年代文学史观念的转型之际至今,在革命现实主义传统和古典传统的赓续上均有极为丰富且具有一定的代表性的创作经验。如前文所述,赓续柳青以降之现实主义传统,以路遥80年代的写作最为典型;而接续中国古典文脉,则以贾平凹80年代迄今的创作最具代表性。与路遥、陈忠实大致相同,贾平凹的写作,起步于70年代初,早期作品无疑分享了其时共通的文学和思想观念,与柳青传统亦有内在的关联。但进入新时期以后,贾平凹便有意识地以中国古典美的表现方法,表现当代人的生活和情绪。由《商州初录》《古堡》等作品开始,贾平凹在关注现实生活的变化的同时,亦将眼光投向具有深厚的历史文化积淀的乡土精神世界。其作品因之在扎实的现实描述之外,多了一层源自古典文化精神的灵韵。这一种写作路线,在80年代初与"寻根文学"的基本倾向足相交通。1993年出版的《废都》则是其"中年变法"的重要作品。该作一改其此前创作的较为鲜明的基于现实主义传统的核心结构,而有着源自明清世情小说传统所开之思想和笔法。进入21世纪后，贾平凹的写作，一方面仍然持守其一贯的现实关切；另一方面，也尝试以中国古典思想为参照，重新处理思想和文化问题。《古炉》以"春""夏""秋""冬"四时交替的方式，表达其对历史演变的体认与思考。《老生》同样以四个不同历史阶段具有独特概括意义的故事，表达其对20世纪历史的总体思考。而以《山海经》为精神参照，贾平凹得以突破20世纪既定的历史观念，在古今贯通的视域中重新理解20世纪的历史变化，也因此有新的思想境界的展开。《山本》基于自然美学的世界观察，亦为当下文学的历史叙述提供了可资借鉴的重要经验。其新作《秦岭记》虽被视作"新笔记小说"，有古典志怪的精神意趣，在笔法上却纵横捭阖、浑化自然、收放自如且涵纳多种观念和多种审美表达方式，以文体论，更为接近中国古典包容载重、内涵丰富之"文章"观念①。如上种种，表明贾平凹的写作在赓续中国古典文脉上，有着较之废名等"五四"作家更为阔大的视野。不仅在小说的章法、笔意上师法传统，也努力重启中国古典思想的人世观察，从而传达出类如《红楼梦》的古典式的精神境界。贾平凹这一时期写作的尝试，既表明中国古典小说美学传统仍有表征当下现实的理论效力，同时也表明经过创作性转换之后的中国古典思想仍有作用于当下的解释效力。

无独有偶，转事长篇小说创作之后，陈彦的《装台》《主角》《喜剧》及新作《星空与半棵树》，亦呈现出与中国古典传统思想与审美表达方式之承续关系。以大结构论，被归入"舞台三部曲"中一并讨论的《装台》《主角》《喜剧》，皆有类乎中国古典"奇书文体"的"结构秘法"，即"寓意小说"的象征结构，深具浦安迪所论之"二元补衬"和"多项周旋"之基本特征。就中虚实互衬所开启之观念和审美境界，自然也与现代以降之小说传统相去较远。新作《星空与半棵树》更是将对普通人事的探讨放置入更为广阔之宇宙中加以考量，人事起落、兴废、荣辱、进退、离合等等叫人为之喜为之悲为之欲罢不能九死不悔的际遇，瞬间里渺小如粒粒尘埃。仍与贾平凹一般，陈彦作品上述特征之影响源既有中国古典文学传统，亦有古典艺术传统。身在陕西省戏曲研究院二十余年，也倾心创作了多部极具社会影响之现代戏作品，陈彦对陕西戏曲传统知之甚深，故而将戏曲艺术若干流脉化入小说创作，似乎可谓水到渠成、自然而然。《主角》《星空与半棵树》故事行进至重要节点，皆以一折戏提纲挈领，点明"主题"，便是戏曲创作经验

---

① 关于古典文章观念之当下意义，可参见李敬泽：《很多个可能的"我"》，《当代作家评论》2019年第1期。

使然,也在多重意义上拓展了小说的艺术表现空间。

自90年代初迄今,贾平凹在书画艺术实践上用心费力甚多,亦有多部书画集行世。书画艺术也在多个层面上影响到其小说写作。若以中国古典书画艺术的若干观念读解贾平凹的小说作品,可知境界、虚实、气韵等术语、概念、范畴皆有着力处,亦可打开读解小说的新的路径。如不以虚实相生之笔法论,如何理解《山本》中主要人物井宗秀那一场颇具象征意义的梦境及其之于全书的价值？再如,《秦岭记》主体内容57篇,可明确解析其义者不过十之三四,大多篇章委实难知难解。其笔法似绘画之留白,当自无字处解,不需拘泥于文字。故此,贾平凹90年代迄今的写作,成为当代文学中赓续中国古典文脉的典范,其在当代文学研究中所面临的评价问题,因之也关涉到20世纪中国文学的若干重要议题,乃是打开文学观念古今融通不可或缺的重要一环,需细加辨析。

《废都》以降,围绕贾平凹作品的文学史评价问题所展开的种种争议,均关涉到自晚清开启,至"五四"强化的文化的"古今中西之争"[1]问题。今胜于古、西优于中由此成为考察传统与现代、中国与世界关系的基本模式。由此种观念形塑之文学视域,也因之存在着诸多褊狭之处。体现在对废名、汪曾祺、孙犁、林斤澜、贾平凹等有心接续中国古典文脉的作家作品的文学史评价上,便是与"五四"新文学传统相应之文学观念的现代传统的视域的"局限"。进而言之,在西方现代主义、后现代主义哲学及文学理论影响之下逐渐建构起来的文论的现代传统,难以对接续中国古典文脉的作家作品有恰切评价。90年代初理论界关于中国古代文论的现代转换的思考[2],意图解决的正是这一问题。但因论者的基本视域仍在"五四"以降之现代文论视野之中,故而难以在思想和文体双重意义上,完成中国古代文论的现代转换,从而"重启"古代文论之于当下文本的解释效力[3]。如不能超克文化的古今中西之争所形成的思想模式,则任何重启古典文脉的努力,均难以落实为具体的、具有可操作性的理论新视野和新方法。而如果文学史观念的局限不能突破,在古典思想和审美方式现代转换的基础之上所展开的文学实践亦难以有更进一步的质的突破。正是基于对此问题的深入洞察,郑敏强调打通文学语言古典与现代的分野,在重启古典语言的

---

[1] 对此问题的深入探讨,可参见张志扬:《归根复命——古典学的民族文化种性》,《海南大学学报》(人文社会科学版)2013年第1期。
[2] 对此问题的思考,可参见季羡林:《门外中外文论絮语》,《文学评论》1996年第6期。
[3] 参见杨辉:《"回归"古典批评的思路与方法》,《光明日报》2016年8月29日。

基础上尝试新的语言的创造①。但文学语言的古今之辨,根本关涉到的,仍然是文学(史)观念的结构性转换问题。

以古今贯通的"大文学史观"为基本视域,尝试在打通中国文学"大传统"(中国古典文学传统)与"小传统"("五四"以降的新文学传统)的基础上重新理解文化的古今中西问题,因此成为解决文学和文化观念局限的重要方式。也就是说,将此一问题再度历史化、问题化,以当下思想文化为基本参照,尝试重新处理古今中西问题,可知"五四"今胜于古、西优于中的思想模式赖以存在的现实土壤已然不存,在更具历史和现实意义的大视野中重新处理古今中西问题正当其时②。而将"五四"新文学传统视为中国古典传统在20世纪的自然流变之一种,进而重新梳理二者间之内在关系,便可以充分释放被既往的文学观念遮蔽和压抑的古典文论的解释效力。沿此思路,既可以深度发掘20世纪中国文学史更为丰富复杂的面向,亦可拓展文学评价的基本视域。由旅美学人陈世骧发掘并申论的中国文学的抒情传统论述之于文学研究视域开拓的意义即在于此。再如王德威所论,以抒情传统及其所开启之文学视域为基础,重新梳理中国文学的古今之变,可以校正此前文学观念之偏,进而开启更为丰富的文学史空间。此种空间的开启,既表现为文学写作朝向古典传统、现代传统以及西方传统多元敞开的状态,亦表现为文学观念超越古今中西局限的更为宽广的视域。是为中国古典多元统合思维的基本特征,即不在非此即彼式的二元对立的思维中处理文学观念的不同偏好,而是呈现为不同视域的融汇与贯通状态。贾平凹对个人写作所曾依凭之不同资源和传统的反思,即包含着思想和审美观念统合的意味。"在我磕磕绊绊这几十年写作途中,是曾承接过中国的古典,承接过苏俄的现实主义,承接过欧美的现代派和后现代派,承接过建国十七年的革命现实主义,好的是我并不单一,土豆烧牛肉,面条同蒸馍,咖啡和大蒜,什么都吃过,但我还是中国种。"③如其所论之多元传统在其创作中并不是非此即彼式二元对立的简单取代关系,而是不断融汇互通、渐次形塑之更具包容性和概括力的新的视域。此亦为于连所论之中国古典思想"无意"传统的现代表现,与现代性线性思维之间有着较大的差异。以此多元统合思维重新观照"五四"迄今文学观念之变,则其间问题

---

① 参见郑敏:《世纪末的回顾:汉语语言变革与中国新诗创作》,《文学评论》1993年第3期;以及《中国诗歌的古典与现代》,《文学评论》1995年第6期。

② 对此一问题的详细申论,可参见杨辉:《"大文学史"视域下的贾平凹研究》,人民出版社2017年版。

③ 贾平凹:《山本·后记》,人民文学出版社2018年版,第542页。

便不难辨明。而古今贯通的"大文学史观"之于文学观念的拓展意义,也正在此处。

虽存在着二元对立式的思维局限,古与今、中与西、传统与现代、民国机制与延安道路、一体与多元、共名与无名、庙堂与民间等概念范畴在不同历史时期也曾发挥其重要的思想和观念解放的作用。但在"两千年中华文明未曾有的历史巨变的合题阶段"[1],如能深度感应于时代的思想之变,则可以自更为宽广的视域中重建新的文学视域。这种视域既能统合20世纪80年代"重写文学史"以降审美与政治两种文学观念范式,亦可打通中国古典文脉与"五四"以降的现代传统之间的"断裂"关系。也就是说,既可以在1942年《讲话》以降的社会主义文学传统中重新理解延安文艺、柳青传统,以及路遥80年代坚持现实主义传统的当下意涵,亦能更为深入地理解废名、汪曾祺、孙犁、林斤澜、贾平凹、木心等作家作品之于20世纪中国文学的整体意义。而如上两种文学史视域拓展的路径,均可以"陕西经验"为核心和个案,重新打开中国当代文学更为复杂的思想和审美空间,以回应新世纪的第二个十年的思想和社会现实问题。

因是之故,在充分感应时代观念核心主题之变的基础上贯通《讲话》以降的社会主义文学传统、中国古典传统以及"五四"新文学传统(当然也包括域外文化和文学传统)的"通三统"观念,或是解决前述文学史观念局限问题的尝试之一种。此种"三统"之贯通,既可以打通中国古典传统与现当代文学之间人为的"割裂",在促进古典传统的创造性转换和创新性发展的基础上完成当下文学观念和审美表达方式的拓展,也可以融通共和国文学"前三十年"和"后三十年"(后四十年)。如此,"民国机制"和"延安道路"、"人的文学"和"人民文艺"之间非此即彼式的选择便不再有效。而中国古典文学和文论的现代转换所开出的更为广阔的观念和审美空间,亦可得更为深入的发挥。文化的"古今中西之争"所致之观念困局之于文学和文学史的消极影响一旦破除,当代作家所能依托之"传统"和可以凭借之资源即会为之开阔。唯其如此,中国文学方可迎来因东西方文化的深度交融而形成的"真正超越《红楼梦》的新巨制时代"[2]。此亦为"陕西经验"之于中国当代文学的重要意义之一。

---

[1] 尤西林:《学术生命根基于时代感应》,《人文杂志》2017年第11期。
[2] 胡河清:《中国全息现实主义的诞生》,王晓明、王海涓、张寅彭编:《胡河清文集》,安徽教育出版社2014年版,第160页。

参考文献

一、著作

[1][比]乔治·布莱:《批评意识》,百花洲文艺出版社1993年版。

[2][德]海德格尔:《在通向语言的途中》,孙周兴译,商务印书馆2004年版。

[3][法]弗朗索瓦·于连:《圣人无意:或哲学的他者》,闫素伟译,商务印书馆2004年版。

[4][法]罗杰·加洛蒂:《论无边的现实主义》,吴岳添译,上海文艺出版社1986年版。

[5][法]皮埃尔·阿多:《伊西斯的面纱:自然观念史随笔》,张卜天译,华东师范大学出版社2015年版。

[6][法]让-皮埃尔·理查:《文学与感觉》,顾嘉琛译,生活·读书·新知三联书店1992年版。

[7][法]雅克·马利坦:《艺术与诗中的创造性直觉》,刘有元、罗选民等译,生活·读书·新知三联书店1991年版。

[8]〔汉〕司马迁:《史记》,中华书局1982年版。

[9][加]莎蒂亚·B.德鲁里:《列奥·施特劳斯与美国右派》,华东师范大学出版社2006年版。

[10][美]艾兰:《水之道与德之端:中国早期哲学思想的本喻》,张海晏译,商务印书馆2010年版。

[11][美]弗雷德里克·詹姆逊:《马克思主义与形式》,李自修译,中国人民大学出版社2018年版。

[12][美]弗雷德里克·詹姆逊:《语言的牢笼:马克思主义与形式》,钱佼汝、李自修译,百花洲文艺出版社2010年版。

[13][美]弗雷德里克·詹姆逊:《政治无意识:作为社会象征行为的叙事》,王逢振、陈永国译,中国社会科学出版社1999年版。

[14][美]海登·怀特:《后现代历史叙事学》,陈永国、张万娟译,中国社会

科学出版社 2003 年版。

[15][美]尼尔·史密斯:《不平衡发展:自然、资本与空间的生产》,刘怀玉、付清松译,商务印书馆 2021 年版。

[16][美]浦安迪:《〈红楼梦〉的原型与寓意》,夏薇译,生活·读书·新知三联书店 2018 年版。

[17][美]浦安迪:《明代小说四大奇书》,沈亨寿译,生活·读书·新知三联书店 2006 年版。

[18][美]浦安迪:《浦安迪自选集》,刘倩等译,生活·读书·新知三联书店 2011 年版。

[19][美]浦安迪:《中国叙事学》,北京大学出版社 1995 年版。

[20][美]宇文所安:《他山的石头记:宇文所安自选集》,田晓菲译,江苏人民出版社 2006 年版。

[21][民主德国]汉斯·科赫:《马克思主义和美学》,漓江出版社 1985 年版。

[22][清]刘熙载撰,袁津琥笺释:《艺概笺释》,中华书局 2019 年版。

[23][清]刘熙载撰,袁津琥校注:《艺概注稿》,中华书局 2009 年版。

[24][日]川合康三:《终南山的变容:中唐文学论集》,刘维治、张剑、蒋寅译,上海古籍出版社 2013 年版。

[25][瑞士]毕来德:《庄子四讲》,宋刚译,中华书局 2009 年版。

[26][宋]黄庭坚撰,白石点校:《山谷题跋》,浙江人民出版社 2016 年版。

[27][苏]奥泽洛夫:《社会主义现实主义的若干问题》,新文艺出版社 1957 年版。

[28][苏]乔·米·弗里德连杰尔:《马克思恩格斯和文学问题》,郭值京等译,上海译文出版社 1984 年版。

[29][苏]万斯洛夫:《艺术的人民性》,刘颂燕译,新文艺出版社 1958 年版。

[30][唐]张彦远:《历代名画记》,浙江人民出版社 2011 年版。

[31][匈牙利]卢卡奇:《历史与阶级意识:关于马克思主义辩证法的研究》,杜章智、任立、燕宏远译,商务印书馆 1999 年版。

[32][匈牙利]卢卡奇:《小说理论》,燕宏远、李怀涛译,商务印书馆 2012 年版。

[33][匈牙利]卢卡契:《卢卡契文学论文集(二)》,中国社会科学出版社 1981 年版。

[34][英]卡尔·波普尔:《通过知识获得解放》,中国美术学院出版社

1996年版。

[35][英]雷蒙德·威廉斯:《马克思主义与文学》,王尔勃、周莉译,河南大学出版社2008年版。

[36]《文汇报》笔会编:《每次醒来,你都不在》,文汇出版社2006年版。

[37]艾恺:《世界范围内的反现代化思潮——论文化守成主义》,贵州人民出版社1991年版。

[38]蔡仁厚:《孔门弟子志行考述》,台北:台湾商务印书馆1979年版。

[39]蔡仁厚:《孔子的生命境界:儒学的反思与开展》,台北:学生书局1998年。

[40]蔡仁厚:《儒家思想的现代意义》,台北:文津出版社1987年版。

[41]蔡仁厚:《中国哲学的反省与新生》,正中书局1994年版。

[42]蔡翔:《革命/叙述:中国社会主义文学—文化想象(1949—1966)》,北京大学出版社2010年版。

[43]蔡振丰、林永强、张政远编:《东亚传统与现代哲学中的自我与个人》,国立台湾大学出版中心2015年版。

[44]曹谷溪主编:《延川文典·山花资料卷》,陕西人民出版社2015年版。

[45]曹雪芹、高鹗:《红楼梦》三家评本,上海古籍出版社1988年版。

[46]畅广元主编:《神秘黑箱的窥视——路遥、贾平凹、陈忠实、邹志安、李天芳创作心理研究》,陕西人民教育出版社1993年版。

[47]陈复:《大道的眼泪:心学工夫论》,洪叶文化事业有限公司2005年版。

[48]陈国球、王德威编选:《抒情之现代性:"抒情传统"论述与中国文学研究》,生活·读书·新知三联书店2014年版。

[49]陈满铭:《章法学综论》,万卷楼图书股份有限公司2003年版。

[50]陈少明:《梦觉之间:〈庄子〉思辨录》,生活·读书·新知三联书店2021年版。

[51]陈少明:《做中国哲学:一些方法论的思考》,生活·读书·新知三联书店2015年版。

[52]陈世骧:《陈世骧文存》,辽宁教育出版社1998年版。

[53]陈伟:《文气衍论》,台北:枫城出版社1977年版。

[54]陈晓煌:《梁秋燕外传——中国戏曲现代戏的先驱者黄俊耀》,陕西人民出版社2008年版。

[55]陈彦:《边走边看》,上海文化出版社2012年版。

[56]陈彦:《陈彦精品剧作选:西京三部曲》,太白文艺出版社2018年版。

[57] 陈彦:《坚挺的表达》,上海文化出版社 2012 年版。
[58] 陈彦:《说秦腔》,上海文艺出版社 2017 年版。
[59] 陈彦:《西京故事》,人民文学出版社、太白文艺出版社 2013 年版。
[60] 陈彦:《喜剧》,作家出版社 2021 年版。
[61] 陈彦:《主角》,作家出版社 2018 年版。
[62] 陈彦:《装台》,作家出版社 2015 年版。
[63] 陈引驰:《无为与逍遥:庄子六章》,中华书局 2016 年版。
[64] 陈中梅:《柏拉图诗学和艺术思想研究》(修订版),商务印书馆 2016 年版。
[65] 陈忠实:《陈忠实文集》(第 2 卷),人民文学出版社 2015 年版。
[66] 成中英、杨庆中:《从中西会通到本体诠释——成中英教授访谈录》,中国人民大学出版社 2013 年版。
[67] 程光炜、杨庆祥编:《重读路遥》,北京大学出版社 2013 年版。
[68] 程光炜:《当代文学的"历史化"》,北京大学出版社 2011 年版。
[69] 程光炜:《文学讲稿:"八十年代"作为方法》,北京大学出版社 2009 年版。
[70] 程志敏、张文涛主编:《从古典重新开始》,华东师范大学出版社 2015 年版。
[71] 戴丽珠:《苏东坡诗画合一之研究》,台北:文津出版社 2007 年版。
[72] 丁帆等:《中国乡土小说史》,北京大学出版社 2007 年版。
[73] 杜维明:《青年王阳明:1472-1509:行动中的儒家思想》,朱志方译,生活·读书·新知三联书店 2017 年版。
[74] 费孝通:《乡土中国》,江苏文艺出版社 2007 年版。
[75] 费孝通:《乡土中国·生育制度·乡土重建》,商务印书馆 2011 年版。
[76] [荷兰]佛克马、易布思:《二十世纪文学理论》,林书武等译,生活·读书·新知三联书店 1988 年版。
[77] 复旦大学哲学系自然辩证法专业等编:《儒法对立的自然观》,上海人民出版社 1976 年版。
[78] 甘阳:《通三统》,生活·读书·新知三联书店 2014 年版。
[79] 甘阳:《文明·国家·大学》,生活·读书·新知三联书店 2012 年版。
[80] 高化民:《农业合作化运动始末》,中国青年出版社 1999 年版。
[81] 高友工:《中国美典与文学研究论集》,台北:台大出版中心 2016 年版。
[82] 郜元宝:《汉语别史》,复旦大学出版社 2018 年版。

[83] 葛兆光:《宅兹中国:重建有关"中国"的历史论述》,中华书局 2011 年版。

[84] 耿宁:《人生第一等事——王阳明及其后学论"致良知"》,商务印书馆 2014 年版。

[85] 龚鹏程:《中国小说史论》,台北:学生书局 2003 年版。

[86] 关子尹:《徘徊于天人之际:海德格尔的哲学思路》,台北:联经出版事业股份有限公司 2021 年版。

[87] 郭静云:《天神与天地之道:巫觋信仰与传统思想渊源》,上海古籍出版社 2016 年版。

[88] 郭玉雯:《〈红楼梦〉渊源论——从神话到明清思想》,台北:台大出版中心 2006 年版。

[89] 郭玉雯:《聊斋志异的梦幻世界》,台北:学生书局 1985 年版。

[90] 何乏笔编:《跨文化漩涡中的庄子》,台北:台大出版中心 2017 年版。

[91] 何吉贤、张翔:《理解中国的视野:汪晖学术思想评论集(二)》,东方出版社 2014 年版。

[92] 贺桂梅:《赵树理文学与乡土中国现代性》,北岳文艺出版社 2016 年版。

[93] 贺桂梅编:《"50—70 年代文学"研究读本》,上海书店出版社 2018 年版。

[94] 贺雪峰:《乡村的前途:新农村建设与中国道路》,山东人民出版社 2007 年版。

[95] 贺照田、余旸等著:《人文知识思想再出发》,台湾社会研究杂志出版 2018 年版。

[96] 红柯:《少女萨吾尔登》,北京十月文艺出版社 2015 年版。

[97] 洪子诚:《中国当代文学史》(修订版),北京大学出版社 2007 年版。

[98] 胡文英:《庄子独见》,华东师范大学出版社 2011 年版。

[99] 黄德海:《世间文章》,作家出版社 2021 年版。

[100] 黄德海:《书到今生读已迟》,作家出版社 2017 年版。

[101] 黄侃:《文心雕龙札记》,商务印书馆 2014 年版。

[102] 黄平:《反讽者说:当代文学的边缘作家与反讽传统》,上海文艺出版社 2017 年版。

[103] 黄平:《贾平凹小说论稿》,云南人民出版社 2013 年版。

[104] 黄寿祺、张善文:《周易译注》,上海古籍出版社 2004 年版。

[105] 黄信二:《孟子与象山心性学之诠释意涵》,台北:里仁书局 2014

年版。

[106] 黄永玉:《沈从文与我》,湖南美术出版社 2015 年版。

[107] 贾平凹:《带灯》,人民文学出版社 2012 年版。

[108] 贾平凹:《废都》,人民文学出版社 2013 年版。

[109] 贾平凹:《古炉》,人民文学出版社 2010 年版。

[110] 贾平凹:《海风山骨——贾平凹书画作品选》,人民美术出版社 2012 年版。

[111] 贾平凹:《极花》,人民文学出版社 2016 年版。

[112] 贾平凹:《贾平凹文集》(第 12 卷),陕西人民出版社 2004 年版。

[113] 贾平凹:《贾平凹文集》(第 17 卷),陕西人民出版社 2004 年版。

[114] 贾平凹:《贾平凹文集》(第 14 卷),陕西人民出版社 2008 年版。

[115] 贾平凹:《贾平凹文论集》卷二《关于散文》,生活·读书·新知三联书店 2015 年版。

[116] 贾平凹:《贾平凹文论集》卷三《访谈》,生活·读书·新知三联书店 2015 年版。

[117] 贾平凹:《贾平凹文论集》卷一《关于小说》,生活·读书·新知三联书店 2015 年版。

[118] 贾平凹:《贾平凹语画》,山东友谊出版社 2004 年版。

[119] 贾平凹:《老生》,人民文学出版社 2014 年版。

[120] 贾平凹:《朋友:贾平凹写人散文选》,重庆出版社 2005 年版。

[121] 贾平凹:《前言与后记》,海豚出版社 2013 年版。

[122] 贾平凹:《秦岭记》,人民文学出版社 2022 年版。

[123] 贾平凹:《秦腔》,作家出版社 2005 年版。

[124] 贾平凹:《山本》,人民文学出版社 2018 年版。

[125] 贾平凹:《天气》,作家出版社 2012 年版。

[126] 贾文昭编著:《桐城派文论选》,中华书局 2008 年版。

[127] 姜声调:《苏轼的庄子学》,台北:文津出版社 1999 年版。

[128] 金庸:《天龙八部》,香港:明河社出版有限公司 2017 年版。

[129] 金庸:《笑傲江湖》(一),香港:明河社出版有限公司 2018 年版。

[130] 井晓天:《乱世云烟:井勿幕、井岳秀昆仲史实钩沉》,中国文史出版社 2016 年版。

[131] 柯庆明、萧驰主编:《中国抒情传统的再发现》,台北:台大出版中心 2009 年版。

[132] 赖世炯、陈威瑨、林保全:《从〈易经〉谈人类发展学》,台北:文史哲出

版社2013年版。
[133] 赖锡三:《〈庄子〉的跨文化编织:自然·气化·身体》,台北:台大出版中心2019年版。
[134] 赖锡三:《道家型知识分子论:〈庄子〉的权力批判与文化更新》,台北:台大出版中心2013年版。
[135] 乐蘅军:《古典小说散论》,台北:台湾大学出版中心2021年版。
[136] 乐蘅军:《意志与命运:中国古典小说世界观综论》,台北:台湾大学出版中心2021年版。
[137] 李伯钧主编:《贾平凹研究》,陕西师范大学出版社2014年版。
[138] 李洱:《问答录》,上海文艺出版社2013年版。
[139] 李洱:《应物兄》,人民文学出版社2018年版。
[140] 李峰荫:《井氏双雄 血沃中华——孙中山和井勿幕、井岳秀弟兄们的英雄故事》,甘肃人民出版社2009年版。
[141] 李弘祺:《学以为己:传统中国的教育》,香港:香港中文大学出版社2012年版。
[142] 李华盛编:《周立波研究资料》,知识产权出版社2010年版。
[143] 李建军编:《路遥十五年祭》,新世界出版社2007年版。
[144] 李劼:《红楼十五章》,新星出版社2010年版。
[145] 李劼:《历史文化的全息图像:论〈红楼梦〉》,允晨文化2014年版。
[146] 李劼:《木心论》,广西师范大学出版社2015年版。
[147] 李劼:《中国文化冷风景》,允晨文化2013年版。
[148] 李敬泽:《会议室与山丘》,中信出版社2018年版。
[149] 李敬泽:《跑步集》,花城出版社2021年版。
[150] 李敬泽等著:《集体作业:实验文学的理论与实践》,中国广播电视出版社1999年版。
[151] 李杨:《50—70年代中国文学经典再解读》,山东教育出版社2002年版。
[152] 李杨:《抗争宿命之路——"社会主义现实主义"(1942-1976)研究》,时代文艺出版社1993年版。
[153] 李泽厚:《说巫史传统》,上海译文出版社2012年版。
[154] 林安梧:《中国宗教与意义治疗》,学生书局2017年版。
[155] 〔清〕刘大櫆等:《论文偶记 初月楼古文绪论 春觉斋论文》,人民文学出版社1959年版。
[156] 〔清〕刘凤苞撰,方勇点校:《南华雪心编》,中华书局2013年版。

[157] 刘洪涛:《〈边城〉:牧歌与中国形象》,广西教育出版社 2003 年版。
[158] 刘可风:《柳青传》,人民文学出版社 2016 年版。
[159] 刘士林:《先验批判——20 世纪中国学术批评导论》,上海三联书店 2001 年版。
[160] 刘述先:《论儒家哲学的三个大时代》,香港:香港中文大学出版社 2008 年版。
[161] 〔南朝梁〕刘勰撰,陈拱本义:《文心雕龙本义》,台北:台湾商务印书馆股份有限公司 1999 年版。
[162] 刘再复:《红楼梦哲学笔记》,生活·读书·新知三联书店 2009 年版。
[163] 刘再复:《李泽厚美学概论》,生活·读书·新知三联书店 2009 年版。
[164] 刘卓编:《"延安文艺"研究读本》,上海书店出版社 2018 年版。
[165] 柳青:《创业史》,中国青年出版社 2009 年版。
[166] 柳青:《柳青文集》(第 4 卷),人民文学出版社 2005 年版。
[167] 鲁迅:《鲁迅全集》卷九,人民文学出版社 2005 年版。
[168] 路遥:《平凡的世界》(第二部),中国文联出版公司 1988 年版。
[169] 路遥:《早晨从中午开始》,北京十月文艺出版社 2010 年版。
[170] 罗岗:《人民至上:从"人民当家作主"到"社会共同富裕"》,上海人民出版社 2012 年版。
[171] 吕理政:《天、人、社会:试论中国传统的宇宙认知模型》,1990 年版。
[172] 〔清〕毛凤枝撰,李之勤校注:《南山谷口考校注》,三秦出版社 2006 年版。
[173] 萌萌学术工作室编:《"中国人问题"与"犹太人问题"》,生活·读书·新知三联书店 2011 年版。
[174] 蒙万夫等编:《柳青写作生涯》,百花文艺出版社 1985 年版。
[175] 莫名:《将何做人》,天地图书有限公司 2019 年版。
[176] 莫恰:《喜剧》,郭珊宝译,昆仑出版社 1993 年版。
[177] 南怀瑾、徐芹庭注释:《周易今注今译》,台北:台湾商务印书馆 2017 年版。
[178] 潘维:《中国模式:解读人民共和国的 60 年》,中央编译出版社 2009 年版。
[179] 钱理群:《钱理群讲学录》,广西师范大学出版社 2007 年版。
[180] 秦家懿:《王阳明》,生活·读书·新知三联书店 2011 年版。

[181] 秦兆阳:《文学探路集》,人民文学出版社 1984 年版。
[182] 丘为君:《启蒙、理性与现代性:近代中国启蒙运动,1895-1925》,台北:台湾大学出版中心 2018 年版。
[183] 任法融:《道德经释义》,北京白云观印赠。
[184] 商伟:《礼与十八世纪的文化转折》,生活·读书·新知三联书店 2012 年版。
[185] 邵华强编:《沈从文研究资料》(上),知识产权出版社 2011 年版。
[186] 沈从文:《沈从文全集》(卷十二),北岳文艺出版社 2009 年版。
[187] 沈从文:《沈从文全集》(卷十九),北岳文艺出版社 2009 年版。
[188] 沈从文:《沈从文全集》(卷十一),北岳文艺出版社 2009 年版。
[189] 舒芜:《红楼说梦》,人民文学出版社 2015 年版。
[190] 司马长风:《中国新文学史》(下卷),昭明出版社有限公司 1980 年版。
[191] 〔宋〕苏轼撰:《渔樵闲话录》,商务印书馆 1936 年版。
[192] 苏凤昌:《文体论》,台北:台湾商务印书馆股份有限公司 1998 年版。
[193] 孙郁:《革命时代的士大夫:汪曾祺闲录》,生活·读书·新知三联书店 2014 年版。
[194] 孙郁:《聆听者》,花城出版社 2015 年版。
[195] 孙郁:《民国文学十五讲》,山西人民出版社 2015 年版。
[196] 孙郁:《写作的叛徒》,海豚出版社 2013 年版。
[197] 孙郁:《新旧之变》,复旦大学出版社 2010 年版。
[198] 孙周兴、贾冬阳主编:《存在哲学与中国当代思想:张志扬从教五十周年庆祝会文集》,商务印书馆 2015 年版。
[199] 台静农:《中国文学史》(下),上海古籍出版社 2012 年版。
[200] 谭帆:《中国古代小说文体文法术语考释》,上海古籍出版社 2013 年版。
[201] 唐小兵编:《再解读:大众文艺与意识形态(增订版)》,北京大学出版社 2007 年版。
[202] 汪曾祺:《塔上随笔》,河南文艺出版社 2017 年版。
[203] 汪晖:《去政治化的政治:短 20 世纪的终结与 90 年代》,生活·读书·新知三联书店 2008 年版。
[204] 王德威:《史诗时代的抒情声音:二十世纪中期的中国知识分子与艺术家》,台北:麦田出版社 2017 年版。
[205] 王德威:《现代"抒情传统"四论》,台北:台大出版中心 2011 年版。

[206] 王汎森:《近代中国的史家与史学(增订版)》,香港:三联书店有限公司 2020 年版。

[207] 王风编:《废名集》(第六卷),北京大学出版社 2009 年版。

[208] 王风编:《废名集》(第三卷),北京大学出版社 2009 年版。

[209] 王凤仪:《王凤仪言行录》(内部资料)。

[210] 王刚:《路遥年谱》,北京时代华文书局 2016 年版。

[211] 王更生:《苏轼散文研读》,台北:文史哲出版社 1979 年版。

[212] 王健文:《流浪的君子:孔子的最后二十年》,生活·读书·新知三联书店 2008 年版。

[213] 王陆健:《从王维到范宽:终南山与唐宋山水画的演变》,中国社会科学出版社 2019 年版。

[214] 〔明〕王守仁撰,王晓昕译注:《传习录译注》,中华书局 2018 年版。

[215] 王晓明、王海渭、张寅彭编:《胡河清文集》,安徽教育出版社 2014 年版。

[216] 王章伟:《文明世界的魔法师:宋代的巫觋与巫术》,三民书局股份有限公司 2006 年版。

[217] 王中江:《自然和人:近代中国两个观念的谱系探微》,商务印书馆 2018 年版。

[218] 卫绍生注译:《弟子规 弟子职 朱子治家格言》,中州古籍出版社 2010 年版。

[219] 温伟耀:《成圣之道——北宋二程修养工夫论之研究》,河南大学出版社 2004 年版。

[220] 吴文英:《庄子独见》,华东师范大学出版社 2011 年版。

[221] 吴展良编:《东亚近世世界观的形成》,台北:台湾大学出版中心 2007 年版。

[222] 萧驰:《佛法与诗境》,台北:联经出版事业股份有限公司 2012 年版。

[223] 萧驰:《诗与它的山河:中古山水美感的生长》,生活·读书·新知三联书店 2018 年版。

[224] 萧驰:《中国思想与抒情传统 第三卷:圣道与诗心》,台北:联经出版事业股份有限公司 2012 年版。

[225] 萧公权:《中国乡村:19 世纪的帝国控制》,张皓、张升译,九州出版社 2018 年版。

[226] 晓雷、李星编:《星的陨落——关于路遥的回忆》,陕西人民出版社 1993 年版。

[227] 谢保杰:《主体、想象与表达:1949—1966 年工农兵写作的历史考察》,北京大学出版社 2015 年版。

[228] 邢小俊:《国家战略:延安脱贫的真正秘密》,陕西师范大学出版社 2021 年版。

[229] 邢小利、邢之美:《柳青年谱》,人民文学出版社 2016 年版。

[230] 薛毅编:《乡土中国与文化研究》,上海书店 2008 年版。

[231] 延川县革命委员会政工组编:《延安山花》,陕西人民出版社 1972 年版。

[232] 延川县工农兵业余创作组编:《山花》(1-59 期合订本),2009 年 10 月。

[233] 颜昆阳:《六朝文学观念论丛》,正中书局 1993 年版。

[234] 颜昆阳:《庄子的寓言世界》,汉艺色研文化事业有限公司 2005 年版。

[235] 颜昆阳:《庄子艺术精神析论》,台北:华正书局 1963 年版。

[236] 杨辉:《"大文学史"视域下的贾平凹研究》,人民出版社 2017 年版。

[237] 杨辉:《陈彦论》,中国社会科学出版社 2021 年版。

[238] 杨慧杰:《天人关系论——中国文化一个基本特征的探讨》,大林出版社 1981 年版。

[239] 杨庆祥:《"重写"的限度——"重写文学史"的想象和实践》,北京大学出版社 2011 年。

[240] 杨庆祥:《80 后,怎么办?》,北京十月文艺出版社 2015 年版。

[241] 杨儒宾:《五行原论:先秦思想的太初存有论》,台北:联经出版事业股份有限公司 2018 年版。

[242] 杨儒宾:《自然概念史论》,台北:台大出版中心 2014 年版。

[243] 杨晓帆:《路遥论》,作家出版社 2018 年版。

[244] 杨玉成、刘宛如主编:《今古一相接——中国文学的记忆与竞技》,台北:中央研究院中国文哲研究所 2019 年版。

[245] 余国藩:《〈红楼梦〉、〈西游记〉与其他:余国藩论学文选》,生活·读书·新知三联书店 2006 年版。

[246] 榆林路遥文学联谊会编:《不平凡的人生》,榆林路遥文学联谊会 2003 年版。

[247] 张爱玲:《张爱玲典藏全集·散文卷二:1939~1947 年作品》,哈尔滨出版社 2003 年版。

[248] 张晖:《中国"诗史"传统》,生活·读书·新知三联书店 2016 年版。

[249] 张建:《宋代文学论考》,中华书局 2019 年版。
[250] 张文江:《〈史记·太史公自序〉讲记:外一篇》(修订本),上海文艺出版社 2021 年版。
[251] 张文江:《〈庄子〉内七篇析义》,上海人民出版社 2012 年版。
[252] 张文江:《古典学术讲要》,上海古籍出版社 2015 年版。
[253] 张新颖:《沈从文的后半生》,广西师范大学出版社 2014 年版。
[254] 张新颖:《沈从文精读》,复旦大学出版社 2005 年版。
[255] 张新颖:《沈从文九讲》,中华书局 2015 年版。
[256] 张新颖:《沈从文与二十世纪中国》,复旦大学出版社 2014 年版。
[257] 张旭东:《文化政治与中国道路》,上海人民出版社 2015 年版。
[258] 张旭东:《现代国家想象与 20 世纪中国文学》,上海人民出版社 2014 年版。
[259] 张艳茜:《路遥传》,陕西人民出版社 2017 年版。
[260] 张志扬:《现代性理论的检测与防御》,社会科学文献出版社 2000 年版。
[261] 张志扬:《一个偶在论者的觅踪:在绝对与虚无之间》,上海三联书店 2002 年版。
[262] 赵树理:《赵树理文集》(第二卷),人民文学出版社 2005 年版。
[263] 赵汀阳:《历史·山水·渔樵》,生活·读书·新知三联书店 2019 年版。
[264] 郑峰明:《庄子思想及其艺术精神之研究》,台北:文史哲出版社 1987 年版。
[265] 郑力为:《儒学方向与人的尊严》,台北:文津出版社 1987 年版。
[266] 郑毓瑜:《文本风景:自我与空间的相互定义》,台北:麦田出版社 2014 年版。
[267] 郑毓愈:《六朝文气论探究》,台北:国立台湾大学出版委员会 1988 年版。
[268] 中共延川县委宣传部、山花杂志社编:《山花现象研究资料汇编》,山花杂志社 2017 年版。
[269] 中国比较古典学学会主编:《施特劳斯与古典研究》,生活·读书·新知三联书店,2014 年版。
[270] 中国古代文学理论学会编:《古代文学理论研究》(第三十七辑),华东师范大学出版社 2013 年版。
[271] 〔清〕周济著,顾学颉校点:《介存斋词论杂著》,人民文学出版社

1998年版。
[272] 周立波:《周立波选集》(第三卷),湖南人民出版社1983年版。
[273] 周伟团:《东山顶上》,陕西师范大学出版社2021年版。
[274] 朱荣智:《文气与文章创作关系研究》,师大书苑有限公司1988年版。
[275] 朱羽:《社会主义与"自然":1950—1960年代中国美学论争与文艺实践研究》,北京大学出版社2018年版。

二、文章

[1] 编者:《编者的话》,《陕西文艺》1973年7月创刊号。
[2] 艾伟:《对当前长篇小说的反思》,《当代作家评论》2006年第2期。
[3] 本报记者:《"山花"是怎样开的?——诗集〈延安山花〉诞生记》,《陕西日报》1972年08月02日。
[4] 陈传席:《读贾平凹的书画》,《陕西日报》2012年01月31日。
[5] 陈平原:《学术表达的立场、方法及韵味——关于〈现代中国的述学文体〉》,《南方文坛》2021年第2期。
[6] 陈群:《"万物并生"与"逍遥忘我"——以老庄思想观绿色发展理念》,《中国道教》2019年第4期。
[7] 陈少明:《经典世界中的人、事、物——对中国哲学书写方式的一种思考》,《中国社会科学》,2005年第5期。
[8] 陈思:《"新方志"书写——贾平凹长篇新作〈老生〉论》,《中国现代文学研究丛刊》2015年第6期。
[9] 陈思和:《关于长篇小说结构模式的通信》,《当代作家评论》1988年第3期。
[10] 陈晓明:《论文学的"当代性"》,《中国现代文学研究丛刊》2017年第6期。
[11] 陈晓明:《萤火虫、幽灵化或如佛一样——评贾平凹新作〈带灯〉》,《当代作家评论》2013年第3期。
[12] 陈晓明:《在历史愿望与朴素的生活书写之间——重读〈创业史〉的文学史意义》,《文艺理论与批评》2010年第2期。
[13] 陈彦、杨辉:《"文学的力量,就在于拨亮人类精神的微光"》,《文艺报》2021年05月28日。
[14] 陈彦:《一切从生活出发》,《人民政协报》2021年01月04日。
[15] 陈彦:《艺术家要有大气象大格局》,《中国艺术报》2015年04月

01日。
[16] 陈彦:《直面现实 拥抱生活》,《当代戏剧》1999年第2期。
[17] 陈彦:《中国戏曲现代戏从延安出发》,《光明日报》2012年5月21日。
[18] 陈中梅:《"投杆也未迟"——论秘索思》,《外国文学评论》1998年第2期。
[19] 陈忠实:《高家兄弟》,《陕西文艺》1974年第5期。
[20] 陈忠实:《公社书记》,《陕西文艺》1975年第4期。
[21] 陈忠实:《关于〈白鹿原〉的答问》,《小说评论》1993年第3期。
[22] 陈忠实:《接班以后》,《陕西文艺》1973年第3期。
[23] 陈忠实:《寻找属于自己的句子(连载三)——〈白鹿原〉写作手记》,《小说评论》2007年第6期。
[24] 陈忠实:《寻找属于自己的句子(连载一)——〈白鹿原〉写作手记》,《小说评论》2007年第4期。
[25] 陈忠实:《朱先生和他的"鏊子说"》,《唐都学刊》2011年第2期。
[26] 陈众议:《贾平凹的通感——以〈老生〉为个案》,《东吴学术》2016年第3期。
[27] 程光炜:《发现历史的"故事类型"——读海登·怀特的〈后现代历史叙事学〉》,《解放军艺术学院学报》2013年第2期。
[28] 程光炜:《新时期文学的"起源性"问题》,《中国人民大学学报》2009年第5期。
[29] 程凯:《乡村变革的文化权力根基——再读〈小二黑结婚〉和〈李有才板话〉》,《文艺研究》2015年第3期。
[30] 丛治辰:《偶然、反讽与"团结"——论李洱〈应物兄〉》,《中国现代文学研究丛刊》2019年第11期。
[31] 丛治辰:《小说的可能性与小说家的世界观——论贾平凹〈老生〉》,《南方文坛》2015年第5期。
[32] 翟业军:《孤愤,还是有所思?——论汪曾祺从〈聊斋志异〉中翻出的"新义"》,《文艺研究》2020年第9期。
[33] 翟业军:《论汪曾祺小说的晚期风格》,《中国现代文学研究丛刊》2011年第8期。
[34] 翟业军:《退后,远一点,再远一点!——从沈从文的"天眼"到侯孝贤的长镜头》,《文学评论》2020年第2期。
[35] 丁帆、陈思和、陆建德等:《贾平凹长篇小说〈带灯〉学术研讨会纪要》,《当代作家评论》2013年第6期。

[36]丁耘:《〈易传〉与"生生"——回应吴飞先生》,《哲学研究》2018年第1期。

[37]董丽敏:《知识/劳动、青年与性别政治——重读〈人生〉》,《南开学报》(哲学社会科学版)2014年第6期。

[38]董子竹:《"气功文学"的现代嬗变——评贾平凹〈太白山记〉》,《小说评论》1990年第3期。

[39]樊星:《贾平凹:走向神秘——兼论当代志怪小说》,《文学评论》1992年第5期。

[40]芳菲:《身在万物中——黄永玉〈无愁河的浪荡汉子〉札记之三》,《上海文化》2013年第5期。

[41]甘阳、王钦:《用中国的方式研究中国,用西方的方式研究西方》,《现代中文学刊》2009年第2期。

[42]郜元宝:《千古一哭有素芳——读〈创业史〉札记》,《文艺争鸣》2018年第8期。

[43]郜元宝:《知堂喜雨而鲁迅恶雨——"周氏兄弟"比较谈之一》,《南方文坛》2021年第3期。

[44]郭洪雷:《汪曾祺小说"衰年变法"考论》,《文学评论》2013年第6期。

[45]过常宝:《〈天问〉作为一部巫史文献》,《中国文化研究》1997年第1期。

[46]海波:《我所认识的路遥》,《十月·长篇小说》2012年第4期。

[47]韩琛:《"民国机制"与"延安道路"——中国现代文学史研究的范式冲突》,《文学评论》2013年第6期。

[48]韩琛:《"重写文学史"的历史与反复》,《中国现代文学研究丛刊》2017年第5期。

[49]韩宏、赵征南:《陈彦:以生活之笔,点亮普通劳动者的光荣与梦想》,《文汇报》2021年02月20日。

[50]韩震:《习近平生态文明思想的哲学研究——兼论构建新形态的"天人合一"生态文明观》,《哲学研究》2021年第4期。

[51]郝庆军:《两个"晚明"在现代中国的复活——鲁迅与周作人在文学史观上的分野和冲突》,《中国现代文学研究丛刊》2007年第6期。

[52]何浩:《从杜鹏程〈战争日记〉看中国当代文学生成的"社会"维度》,《文艺理论与批评》2019年第3期。

[53]何浩:《历史如何进入文学?——以作为〈保卫延安〉前史的〈战争日记〉为例》,《文学评论》2015年第6期。

[54] 何吉贤:《"流动"的主体和知识分子改造的"典型"——1940—1950年代转变之际的丁玲》,《中国现代文学研究丛刊》2018年第4期。

[55] 贺桂梅:《"总体性世界"的文学书写:重读〈创业史〉》,《文艺争鸣》2018年第1期。

[56] 贺桂梅:《超越"现代性"视野:赵树理文学评价史反思》,《解放军艺术学院学报》,2013年第4期。

[57] 贺桂梅:《柳青的"三所学校"》,《读书》2017年第12期。

[58] 黄德海:《悲愤的阴歌——贾平凹〈老生〉》,《上海文化》2015年第5期。

[59] 黄德海:《无力的完美叙事——贾平凹的〈古炉〉》,《上海文化》2012年第1期。

[60] 黄德海:《知识结构变更或衰年变法——从这个角度看周作人、孙犁、汪曾祺的"晚期风格"》,《南方文坛》2015年第6期。

[61] 黄平:《"总体性"难题——以李敬泽〈会饮记〉为中心》,《文学评论》2019年第2期。

[62] 黄平:《从"劳动"到"奋斗"——"励志型"读法、改革文学与〈平凡的世界〉》,《文艺争鸣》2010年第3期。

[63] 黄平:《李洱长篇小说〈应物兄〉:像是怀旧,又像是召唤》,《文艺报》2019年02月15日。

[64] 黄平:《破碎如瓷:〈古炉〉与"文化大革命",或文学与历史》,《东吴学术》2012年第1期。

[65] 季进:《刹那的众生相——贾平凹〈暂坐〉读札》,《中国当代文学研究》2021年第4期。

[66] 季羡林:《门外中外文论絮语》,《文学评论》1996年第6期。

[67] 季羡林:《西方的没落》,《科学对社会的影响》2007年第2期。

[68] 贾平凹、韩鲁华:《关于小说创作的答问》,《当代作家评论》1993年第1期。

[69] 贾平凹、韩鲁华:《天地之间:原本的茫然、自然与本然——关于〈山本〉的对话》,《小说评论》2018年第6期。

[70] 贾平凹、杨辉:《究天人之际:历史、自然和人——关于〈山本〉答杨辉问》,《扬子江评论》2018年第3期。

[71] 贾平凹:《〈山本〉后记》,《文艺争鸣》2018年第2期。

[72] 贾平凹:《当下社会的文学立场》,《散文选刊》2009年第9期。

[73] 贾平凹:《古风里的贾平凹》,《文艺争鸣》2017年第6期。

[74] 贾平凹:《关于"山水三层次说"的认识——在陕西文学院培训班讲话》,《当代》2020年第5期。
[75] 贾平凹:《十年一日说〈废都〉》,《美文》2003年第4期。
[76] 贾平凹:《说杨辉》,《南方文坛》2022年第2期。
[77] 贾平凹:《他用别具一格的叙事把生命写得饱满——在"陈彦文学创作全国学术研讨会"高端论坛上的讲话》,《商洛学院学报》2021年第5期。
[78] 贾平凹:《我们的小说还有多少中国或东方的意韵》,《当代》2020年第5期。
[79] 贾平凹:《中国当代文学缺乏什么》,《小说评论》2000年第2期。
[80] 解志熙:《一卷难忘唯此书——〈创业史〉第一部叙事的真善美问题》,《文艺争鸣》2018年第4期。
[81] 荆伟:《自由的阅读,温和的写作——孙郁教授访谈录》,《当代文坛》2017年第5期。
[82] 邝龑子:《"多少楼台烟雨中"——从杜牧诗看自然之道中的历史感》,《南开学报》(哲学社会科学版)2016年第5期。
[83] 赖锡三:《当下切近与无限深渊——毕莱德〈庄子四讲〉的身体思维之贡献与限制》,《思想与文化》2011年。
[84] 雷达:《陕西"三大家"与当代文学的乡土叙事》,《小说评论》2016年第6期。
[85] 李凤亮、唐小兵:《"再解读"的再解读——唐小兵教授访谈录》,《小说评论》2010年第4期。
[86] 李继凯:《我与路遥的"遭遇"》,《文艺报》2013年12月16日。
[87] 李建军:《草率拟古的反现代性——三评〈废都〉》,《文艺争鸣》2003年第3期。
[88] 李建军:《私有形态的反文化写作——评〈废都〉》,《南方文坛》2003年第3期。
[89] 李建军:《随意杜撰的反真实写作——再评〈废都〉》,《文艺理论与批评》2003年第3期。
[90] 李建军:《再论〈百合花〉——关于〈红楼梦〉对茹志鹃写作的影响》,《文学评论》2009年第4期。
[91] 李今:《论余华〈许三观卖血记〉的"重复"结构和隐喻意义》,《中国现代文学研究丛刊》2013年第8期。
[92] 李敬泽、李蔚超:《历史之维中的文学,及现实的历史内涵——对话李

敬泽》,《小说评论》2018 年第 3 期。

[93] 李敬泽、李蔚超:《杂的文学,及向现在与未来敞开的文学史》,《小说评论》2018 年第 4 期。

[94] 李敬泽:《〈红楼梦〉影响纵横谈》,《红楼梦学刊》2010 年第 4 辑。

[95] 李敬泽:《很多个可能的"我"》,《当代作家评论》2019 年第 1 期。

[96] 李敬泽:《修行在人间——陈彦〈装台〉》,《西部大开发》2016 年第 8 期。

[97] 李敬泽:《一本书,我的童年》,《当代作家评论》2017 年第 3 期。

[98] 李敬泽:《在人间——关于陈彦长篇小说〈装台〉》,《人民日报》2015 年 11 月 10 日。

[99] 李敬泽:《庄之蝶论》,《当代作家评论》2009 年第 5 期。

[100] 李敬泽等:《〈应物兄〉:建构新的小说美学》,《湖南日报》2019 年 01 月 11 日。

[101] 李静:《"你是含苞欲放的哲学家"——木心散论》,《南方文坛》2006 年第 5 期。

[102] 李军:《沈从文四张画的阐释问题——兼论王德威的"见"与"不见"》,《文艺研究》2013 年第 1 期。

[103] 李蔚超:《李敬泽文学批评论》,《南方文坛》2017 年第 4 期。

[104] 李星:《在现实主义的道路上——路遥论》,《文学评论》1991 年第 4 期。

[105] 李杨、洪子诚:《当代文学史写作及相关问题的通信》,《文学评论》2002 年第 3 期。

[106] 李杨:《"革命"与"有情"——丁玲再解读》,《文学评论》2017 年第 1 期。

[107] 李杨:《"右"与"左"的辩证:再谈打开"延安文艺"的正确方式》,《中国现代文学研究丛刊》2017 年第 8 期。

[108] 李杨:《"赵树理方向"与〈讲话〉的历史辩证法》,《文学评论》2015 年第 4 期。

[109] 李杨:《〈白鹿原〉故事——从小说到电影》,《文学评论》2013 年第 2 期。

[110] 李永平:《文学何为?——文化大传统对文学价值的重估》,《思想战线》2013 年第 5 期。

[111] 李遇春、陈忠实:《走向生命体验的艺术探索——陈忠实访谈录》,《小说评论》2003 年第 5 期。

[112] 李云雷:《"新社会主义文学"的可能性及其探索——读刘继明的〈人境〉》,《当代作家评论》2017年第3期。

[113] 李云雷:《秦兆阳:现实主义的"边界"》,《文学评论》2009年第1期。

[114] 李哲:《伦理世界的技术魅影——以〈创业史〉中的"农技员"形象为中心》,《上海大学学报》(社会科学版)2018年第4期。

[115] 梁向阳:《新发现的路遥1980年前后致曹谷溪的六封信》,《新文学史料》2013年第3期。

[116] 刘春勇:《周氏兄弟对晚明资源的取舍及其分途》,《鲁迅研究月刊》2019年第8期。

[117] 刘康德:《"浑沌"三性——庄子"浑沌"说》,《清华大学学报》(哲学社会科学版)2014年第2期。

[118] 刘康德:《论中国哲学中的"渔翁"和"樵叟"》,《复旦学报》(社会科学版)2003年第2期。

[119] 刘再复、刘剑梅:《"天地境界"与神意深渊——关于〈红楼梦〉第三类宗教的讨论》,《书屋》2008年第4期。

[120] 路杨、孙晓忠、程凯、周邓燕:《情感实践、主体转换与社会重造——情感政治视野下的解放区文艺研究》,《文艺研究》2021年第7期。

[121] 罗岗、张高领:《在新的历史条件下重返"人民文艺"——罗岗教授访谈》,《当代文坛》2018年第3期。

[122] 罗岗:《"骑手"为什么歌唱"母亲"？——关于"张承志难题"的一封通信》,《文艺争鸣》2016年第9期。

[123] 罗岗:《"人民文艺"的历史构成与现实境遇》,《文学评论》2018年第4期。

[124] 罗宗强:《论海子诗中潜流的民族血脉》,《南开学报》(哲学社会科学版)2002年第2期。

[125] 梅新林、纪兰香:《〈海上花列传〉的季节叙事及其与〈红楼梦〉之比较》,《红楼梦学刊》2013年第5辑。

[126] 梅新林:《旧题新解:〈红楼梦〉与〈周易〉》,《东方丛刊》1995年第1辑。

[127] 南帆、杨辉:《"关系与结构"中的文学和文化——南帆教授访谈》,《美文》(上半月)2014年第5期。

[128] 南帆:《"水"与〈老生〉的叙事学》,《当代作家评论》2015年第1期。

[129] 南帆:《中国文学理论的重建:环境与资源》,《中国社会科学》2015年第4期。

[130] 聂安福:《宋人"文法〈檀弓〉"说解读》,《文学遗产》2010年第2期。

[131] 钱理群:《有意味的参照——孙郁:〈鲁迅与周作人〉》,《鲁迅研究月刊》1998年第3期。

[132] 邱焕星:《广州鲁迅与"在朝革命"》,《文学评论》2019年第2期。

[133] 邱焕星:《现代文学研究如何面对"中国经验"》,《文艺理论与批评》2019年第5期。

[134] 邱靖嘉:《"普天之下":传统天文分野说中的世界图景和政治涵义》,《中国史研究》2017年第3期。

[135] 萨支山:《当代文学中的柳青》,《当代文坛》2008年第6期。

[136] 宋炳辉:《"柳青现象"的启示——重评长篇小说〈创业史〉》,《上海文论》1988年第4期。

[137] 孙郁、张柠:《关于"木心"兼及当代文学评价的通信》,《文艺争鸣》2015年第1期。

[137] 孙郁:《"在对象世界中体验自我的生命"——赵园的学术品味和个性》,《社会科学战线》1995年第5期。

[138] 孙郁:《〈带灯〉的闲笔》,《当代作家评论》2013年第3期。

[139] 孙郁:《从"未庄"到"古炉村"》,《读书》2011年第6期。

[140] 孙郁:《古风里的贾平凹》,《文艺争鸣》2017年第6期。

[141] 孙郁:《贾平凹的道行》,《当代作家评论》2006年第3期。

[142] 孙郁:《鲁迅:在金石、考古之趣的背后》,《文学评论》2018年第2期。

[143] 孙郁:《鲁迅的暗功夫》,《文艺争鸣》2015年第5期。

[144] 孙郁:《木心之旅》,《读书》2007年第7期。

[145] 孙郁:《且来读阿城》,《扬子江文学评论》2020年第6期。

[146] 孙郁:《汪曾祺的语言之风》,《新文学史料》2020年第1期。

[147] 孙郁:《文体家的小说与小说家的文体》,《文艺争鸣》2012年第11期。

[148] 孙郁:《我们应如何运用古代文论的遗产》,《文艺争鸣》2015年第8期。

[149] 孙郁:《我写我自己》,《艺术广角》1997年第5期。

[150] 孙郁:《在"为己"与"为人"之间——我读叶嘉莹》,《光明日报》2002年06月26日。

[151] 孙郁:《知识碎片里的叙述语态——〈应物兄〉片议》,《中国文学批评》2021年第2期。

[152]孙郁:《自由的书写者》,《读书》2000年第5期。

[153]谭帆:《中国古代小说文体文法术语考释》,《文艺研究》2015年第1期。

[154]唐爱军:《历史唯物主义视域中的世界秩序与中国方案》,《哲学动态》2021年第8期。

[155]唐小兵、黄子平、李杨、贺桂梅:《文化理论与经典重读——以〈再解读——大众文艺与意识形态〉为个案》,《文艺争鸣》2007年第8期。

[156]汪曾祺:《捡石子儿——〈汪曾祺选集〉代序》,《中国文化》1992年第1期。

[157]王德威:《暴力叙事与抒情风格——贾平凹的〈古炉〉及其他》,《南方文坛》2011年第4期。

[158]王洪军:《天文分野:文学地理学的思想来源及意义》,《文学评论》2022年第2期。

[159]王怀义:《寓意批评的限度——评浦安迪〈〈红楼梦〉的原型与寓意〉》,《文艺研究》2019年第5期。

[160]王杰:《〈朱柏庐治家格言〉:治家之经》,《人民政协报》2021年05月17日。

[161]王侃:《批评家的立法冲动:资本转账与学理包装——近十年文学批评辩谬之一》,《文艺争鸣》2012年第10期。

[162]王蒙、何向阳:《"所有的日子,所有的日子都来吧,让我编制你们……"》,《文艺报》2021年01月27日。

[163]王水照、朱刚:《三个遮蔽:中国文章学遭遇"五四"》,《文学评论》2010年第4期。

[164]王一燕:《说家园乡情,谈国族身份:试论贾平凹乡土小说》,《当代作家评论》2003年第2期。

[165]吴义勤:《"传统"何为?——〈暂坐〉与贾平凹的小说美学及其脉络》,《南方文坛》2021年第2期。

[166]吴义勤:《回归混沌的历史叙述美学》,《探索与争鸣》2018年第6期。

[167]吴义勤:《如何在今天的时代确立尊严?——评陈彦的〈西京故事〉》,《当代作家评论》2015年第2期。

[168]吴义勤:《生命灌注的人间大音——评陈彦〈主角〉》,《陕西日报》2018年2月1日。

[169]吴义勤:《作为民族精神与美学的现实主义——论陈彦长篇小说〈主

角〉》,《扬子江评论》2019 年第 1 期。

[170] 吴子林:《"论文写作的关键在于是否有'气'"——童庆炳述学文体思想阐微》,《福建论坛》(人文社会科学版)2020 年第 9 期。

[171] 武春生:《寻找梁生宝》,《读书》2004 年第 6 期。

[172] 习近平:《在中国文联十一大、中国作协十大开幕式上的讲话》,《人民日报》2021 年 12 月 15 日。

[173] 熊权:《"革命人"孙犁:"优美"的历史与意识形态》,《文艺研究》2019 年第 2 期。

[174] 徐日辉:《治家与治国:两"朱子家训"漫议》,《朱子学刊》2009 年第 1 辑。

[175] 许谋清:《认识孙郁》,《当代作家评论》1996 年第 2 期。

[176] 严家炎:《〈创业史〉第一部的突出成就》,《北京大学学报》(人文科学)1961 年第 3 期。

[177] 阎纲:《四访柳青》,《当代》1979 年第 5 期。

[178] 杨辉、马佳娜:《天人之际——〈老生〉与中国古代的世界想象》,《中国现代文学研究丛刊》2015 年第 12 期。

[179] 杨辉:《"大文学史观"与贾平凹的评价问题》,《小说评论》2015 年第 6 期。

[180] 杨辉:《"道""技"之辨:陈彦〈主角〉别解——以〈说秦腔〉为参照》,《文艺争鸣》2019 年第 3 期

[181] 杨辉:《"回归"古典批评的思路与方法》,《光明日报》2016 年 08 月 29 日。

[182] 杨辉:《"未竟"的创造:〈创业史〉与当代文学中的"风景政治"》,《中国现代文学研究丛刊》2022 年第 11 期。

[183] 杨辉:《"向内"和"向外"的批评》,《南方文坛》2022 年第 2 期。

[184] 杨辉:《"一代人"的"表述"之难——杨庆祥〈80 后,怎么办?〉读札》,《中国现代文学研究丛刊》2018 年第 3 期。

[185] 杨辉:《〈讲话〉传统、人民伦理与现实主义——论路遥的文学观》,《中国当代文学研究》2019 年第 1 期。

[186] 杨辉:《〈应物兄〉与晚近三十年的文学、思想和文化问题》,《中国现代文学研究丛刊》2020 年第 10 期。

[187] 杨辉:《陈彦〈主角〉对"传统"的融通与再造》,《中国现代文学研究丛刊》2019 年第 11 期。

[188] 杨辉:《陈彦与古典传统——以〈装台〉〈主角〉为中心》,《小说评论》

2019年第3期。

[189] 杨辉:《陈忠实小说的"前史"考察(1966—1977)》,《文艺报》2018年1月22日。

[190] 杨辉:《从"史料"到"文献"——以贾平凹〈文论集〉〈书画论集〉的编选为例》,《文艺争鸣》2016年第8期。

[191] 杨辉:《到唯一丰富的生活源泉中去,和人民一道前进——重读〈创业史〉兼谈柳青的创作道路》,《文艺报》2021年06月16日。

[192] 杨辉:《贾平凹与"大文学史"》,《文艺争鸣》2017年第6期。

[193] 杨辉:《历史、通观与自然之镜——贾平凹小说的一种读法》,《当代文坛》2020年第2期。

[194] 杨辉:《路遥文学的"常"与"变"——从"〈山花〉时期"而来》,《中国现代文学研究丛刊》2018年第2期。

[195] 杨辉:《文体、笔法与古典的遗韵——论孙郁的贾平凹研究》,《文艺争鸣》2016年第1期。

[196] 杨辉:《文学史观、古典资源与批评的文体问题》,《文艺争鸣》2018年第1期。

[197] 杨辉:《文章气类古犹今——当代文学的"古典境界"发微》,《南方文坛》2022年第2期。

[198] 杨辉:《现实主义的广阔道路——论陈彦兼及现实主义赓续的若干问题》,《中国现代文学研究丛刊》2018年第10期。

[199] 杨辉:《须明何"道"？如何修"艺"？将何做"人"？——论作为寓意小说的〈喜剧〉的三重"义理"》,《中国当代文学研究》2021年第4期。

[200] 杨辉:《再"历史化":〈创业史〉的评价问题——以洪子诚〈中国当代文学史〉为中心》,《西北大学学报》(哲学社会科学版)2016年第1期。

[201] 杨辉:《中国当代文学研究中的"古典转向"》,《文艺争鸣》2020年第10期。

[202] 杨辉:《自然山水与"渔樵"观史——贾平凹历史叙事发微》,《天津社会科学》(即出)。

[203] 杨辉:《总体性与社会主义文学传统》,《中国现代文学研究丛刊》2019年第10期。

[204] 杨辉:《作为"文章"的〈秦岭记〉》,《文艺报》2022年6月15日。

[205] 杨庆祥、杨晓帆、陈华积:《历史书写的困境与可能——〈古炉〉三人

谈》,《文艺争鸣》2011年第4期。

[206] 杨庆祥:《路遥的自我意识和写作姿态——兼及1985年前后"文学场"的历史分析》,《南方文坛》2007年第6期。

[207] 杨庆祥:《妥协的结局和解放的难度——重读〈人生〉》,《南方文坛》2011年第2期。

[208] 杨庆祥:《重建一种新的文学——对我国文学当下情况的几点思考》,《文艺争鸣》2018年第5期。

[209] 杨儒宾:《离体远游与永恒的回归——屈原作品中反应出的思想形态》,《国立编译馆馆刊》第22卷第1期。

[210] 叶舒宪、阳玉平:《重新划分大、小传统的学术创意与学术伦理——叶舒宪教授访谈录》,《社会科学家》2012年第7期。

[211] 叶舒宪:《探寻中国文化的大传统——四重证据法与人文创新》,《社会科学家》2011年第11期。

[212] 一评:《一部具有内在魅力的现实主义力作——路遥长篇小说〈平凡的世界〉(第一部)讨论会纪要》,《小说评论》1987年第2期。

[213] 尤西林:《学术的源与流——当代中国学术现时代定位的根本问题》,《中国高校社会科学》2019年第6期。

[214] 尤西林:《学术生命根基于时代感应》,《人文杂志》2017年第11期。

[215] 尤西林《现实审美与艺术审美——以"旭日阳刚演唱"为个案》,《文艺理论研究》2011年第6期。

[216] 岳雯:《安魂——读阿来长篇小说〈云中记〉》,《中国当代文学研究》2019年第2期。

[217] 张定浩:《爱和怜悯的小说学——以黄永玉〈无愁河的浪荡汉子·朱雀城〉为例》,《南方文坛》2014年第5期。

[218] 张惠:《发现中国古典文论的现代价值——西方汉学家重论中国古代小说的独特结构的启示》,《中山大学学报》(社会科学版)2012年第3期。

[219] 张江:《当代西方文论若干问题辨识——兼及中国文论重建》,《中国社会科学》2014年第5期。

[220] 张江:《强制阐释论》,《文学评论》2014年第6期。

[221] 张均:《"十七年文学"研究的分歧、陷阱与重建》,《文艺争鸣》2015年第2期。

[222] 张均:《〈创业史〉"新人"梁生宝考论》,《武汉大学学报》(哲学社会科学版)2019年第1期。

[223] 张均:《当代文学研究中的"纯文学"问题》,《首都师范大学学报》(哲学社会科学版)2017年第2期。

[224] 张均:《当代文学应暂缓写史》,《当代文坛》2019年第1期。

[225] 张均:《革命、叙事与当代文艺的内在问题——小说〈暴风骤雨〉和记录电影〈暴风骤雨〉对读札记》,《学术研究》2012年第6期。

[226] 张均:《我所接触的1950—1970年代文学研究》,《当代作家评论》2018年第5期。

[227] 张均:《小说〈暴风骤雨〉的史实考释》,《文学评论》2012年第5期。

[228] 张均:《怎样"塑造人民"——小说〈保卫延安〉人物本事研究》,《文艺争鸣》2014年第5期。

[229] 张均:《重估社会主义文学"遗产"》,《文学评论》2016年第5期。

[230] 张隆溪:《从中西文学艺术看人与自然之关系》,《文艺研究》2020年第8期。

[231] 张柠:《废名的小说及其观念世界》,《文艺争鸣》2015年第7期。

[232] 张柠:《庄子"浑沌"寓言故事解析——兼及文与思之关系》,《小说评论》2021年第2期。

[233] 张汝伦:《巫与哲学》,《复旦学报》(社会科学版)2016年第2期。

[234] 张文江:《道近乎技——〈庄子〉中的几个匠人》,《上海文化》2016年第9期。

[235] 张文江:《读〈桃花源记〉一得》,《学术月刊》1989年第11期。

[236] 张文江:《论〈故事新编〉的象数文化结构及其在鲁迅创作中的意义》,《社会科学》1993年第10期。

[237] 张文江:《世界在颠覆时开启,从古学到玄幻——观读黄永砅》,《中国美术学院学报》2020年第10期。

[238] 张新颖:《〈从文自传〉:得其"自"而为将来准备好一个自我》,《文艺争鸣》2005年第4期。

[239] 张新颖:《见证一个人的成长——金理〈同时代人的见证〉序》,《当代作家评论》2013年第4期。

[240] 张新颖:《沈从文与二十世纪中国》,《当代作家评论》2012年第6期。

[241] 张新颖:《死亡的诱惑,求生的挣扎——沈从文作为"绝笔"的〈一点记录——给几个熟人〉》,《东吴学术》2015年第1期。

[242] 张新颖:《一说再说〈无愁河的浪荡汉子〉》,《东吴学术》2014年第2期。

[243] 张新颖:《与谁说这么多话——黄永玉〈无愁河的浪荡汉子〉》,《书城》2014 年第 2 期。
[244] 张新颖:《这些话里的意思——再谈黄永玉〈无愁河的浪荡汉子〉》,《长城》2014 年第 2 期。
[245] 张新颖:《中国当代文学中沈从文传统的回响——〈活着〉、〈秦腔〉、〈天香〉和这个传统不同部分的对话》,《南方文坛》2011 年第 6 期。
[246] 张兴无:《〈我来了〉是革命"两结合"的典范作品吗?》,《安阳师专学报》1981 年第 1 期。
[247] 张旭东、朱羽:《从"现代主义"到"文化政治"——张旭东教授访谈录》,《现代中文学刊》2010 年第 3 期。
[248] 张旭东:《"革命机器"与"普遍的启蒙"——〈在延安文艺座谈会上的讲话〉的历史语境及政治哲学内涵再思考》,《中国现代文学研究丛刊》2018 年第 4 期。
[249] 张志扬:《归根复命——古典学的民族文化种性》,《海南大学学报》(人文社会科学版)2013 年第 1 期。
[250] 张自慧、闵明:《中华民族的"天下观"与"天下情怀"》,《哲学分析》2020 年第 5 期。
[251] 赵汀阳、张文江:《渔樵与历史 2019 第七届"艺术长沙"展览系列讲座》,《上海文化》2020 年第 9 期。
[252] 赵汀阳:《历史、山水及渔樵》,《哲学研究》2018 年第 1 期。
[253] 赵汀阳:《渔樵与历史哲学》,《人文杂志》2018 年第 11 期。
[254] 赵依:《习近平生态文明思想与新时代自然诗学》,《诗刊》2021 年第 5 期。
[255] 郑敏:《世纪末的回顾:汉语语言变革与中国新诗创作》,《文学评论》1993 年第 3 期。
[256] 郑敏:《中国诗歌的古典与现代》,《文学评论》1995 年第 6 期。
[257] 周昌义:《记得当年毁路遥》,《文艺理论与批评》2007 年第 6 期。
[258] 周宪:《文学理论的创新问题》,《中国社会科学》2015 年第 4 期。
[259] 周裕锴:《从工艺的文章到自然的文章——关于宋代两则谚语的另类解读》,《文学遗产》2014 年第 1 期。
[260] 周展安、蔡翔:《探索中国当代文学中的"难题"与"意义"——蔡翔教授访谈录》,《长江文艺评论》2018 年第 2 期。
[261] 朱航满:《孙郁先生二三事》,《山西文学》2018 年第 8 期。
[262] 朱盛昌:《秦兆阳在〈当代〉(日记摘录)》,《新文学史料》2015 年第

3期。

[263] 朱羽:《"社会主义风景"的文学表征及其历史意味——从〈山乡巨变〉谈起》,《文学评论》2014年第6期。

[264] 朱羽:《自然历史的"接生员"——周立波1940—1950年代短篇小说"风格"政治刍议》,《中国现代文学研究丛刊》2021年第4期。

[265] 朱寨:《优美的山乡在继续巨变着——读〈山乡巨变〉续篇》,《读书》1960年第7期。

后　记

　　从动笔至阶段性完成（此书虽以"陕西经验"指称当代陕西文学在现实主义传统的延续，古典传统的现代转换两种路径上探索的重要经验，却涉及当代文学"通三统"的重要议题，故而项目虽曰"完结"，但论题仍具朝向未来的未定开放性，因之只可名之为"阶段性完成"），此书耗时近十年，而若干篇章的动念和写作的准备，则还需上推数年。书中核心内容的思考和写作，不仅出自文学史和学术史的观念考量，也是个人生命实感经验的自然结果。因此，是否可以审慎地认为，此书所关涉之议题，从根本上而言，也是时代和现实的议题？

　　2009年秋冬之际，因突然意识到路遥逝世二十周年将近，坊间却无一部系统、完整的"路遥传"[1]，故而动念欲为之努力。其时，由王西平、李星、李国平撰写的《路遥评传》已出版多年，但该书"评"多于"传"。作为学术研究的参考价值极大，但于热爱路遥作品的普通读者而言，却颇有些难度。宗元所著《路遥论》中，对路遥生平行状也有较为细致的描述，但并非全书重心，因之对意图深入了解路遥生平的读者而言，仍意犹未尽。在通读（绝大多数作品是重读）路遥"全部作品"及相关回忆和研究文章之后，我编撰了《路遥年谱简编》，以便于日后写作时查考。这样的案头工作持续了近一年，虽然琐碎，但收获极大。一年后，我觉得资料文献的阅读工作应该告一段落，下一步的重心，应该转到实地走访上。是年8月，在充分考虑各种因素后，我列了一份详细的实地考察计划。考察的第一站，是去延安，拜访曹谷溪先生。

　　至今犹记2010年8月的延安，酷热难当，凤凰山上绿树虽多，却连蝉鸣也无，空气似乎凝滞，人也约略有些恍惚。然而在曹谷溪先生的住所，我却从他关于路遥的生平写作等的详细讲述中知晓他人难以尽知的路遥的精神和心理经历，大受震撼，也使我对即将展开的写作有了新的认识和考

---

[1] 梁向阳、张艳茜的《路遥传》皆出版于数年后。

虑。此行更为重要的收获还不止于此,曹老师对他所藏重要史料的毫无保留,让我有幸也极为惊喜地读到《人生》发表前后路遥与曹谷溪的书信数通。其时,这些书信并未公开,其间所涉之具体人事,足以为读解此一时期路遥作品的重要参照,自然叫人惊喜万分。惜乎其时我并无"史料意识",也未觉得以之为基础拓展研究思路的意义,自然也未有论文写作的动念。所幸三年后,这数通书信经路遥研究专家梁向阳先生疏解后公之于众①。让我更觉始料不及的重要收获,得之于接下来的延川之行中。辞别曹老师,继而在梁向阳先生的带领下参观位于延安大学的路遥文学馆,也特意登上文汇山拜谒路遥墓后,我们联系到了曹老师介绍的延川作协的诗人白琳。在白琳的带领下,我们从延川县政协的一位工作人员处拿到了《延川县志》,也去路遥学习过的延川中学体会多年以前青年路遥隐微的心迹。而当置身路遥位于延川县前郭家沟的故居时,我更为深切地意会到20世纪70年代初期路遥何以在作为知识青年返乡之后痛感其青年时代的光荣与梦想就此式微,也进而明白促使他不息地奋斗的动力究竟何在。是日晚间,在延川县一家十分简陋的宾馆中翻阅县志,回想下午从郭家沟一位早年与路遥交往甚厚的老人口中得知的路遥少年时期的若干故事,不禁感慨万千!

此后年余,我陆续走访了路遥的出生地清涧县石咀驿、路遥写作《人生》和最后完成《平凡的世界》的甘泉县宾馆,以及写作《平凡的世界》第一部时所居之榆林宾馆、路遥在榆林写作时为休息而短暂游玩过的神木县尔林兔等地。至于他长期工作和居住的陕西省作家协会,更是去过多次。反复酝酿调整构思的过程中,个人身在乡间的生活和生命经验空前被激发。在近两年的准备过程中,计划中的《路遥传》逐渐由模糊到清晰甚至于呼之欲出了。

孰料就在一切准备就绪,只待提笔写作之际,受一位朋友的邀约,参加曲江出版传媒集团策划的"大道楼观"系列丛书的写作。这个任务有些临时救急的意思,出版社原拟定的写作人选因嫌相关资料稀少而退出。这个光荣而艰巨的写作任务就猝不及防地落到我头上了。如今回想起来,也不能说毫无来由。自少年时起,我便对中国古典传统及其所持存开显之生命境界心向往之,高中时便反复阅读《道德经》几近成诵,后来虽在西方文艺理论的研习上用力甚多,但始终持续关注古典文学及文论的研究状况,尤其对道家思想用心颇多。差不多十年后,在为《南方文坛》写作"我的批评

---

① 梁向阳:《新发现的路遥1980年前后致曹谷溪的六封信》,《新文学史料》2013年第3期。

观"时,首先跃现于脑海的,便是当时在道教及道家思想虚心涵咏上所作的工夫,以及其时断无法料及的对自己的观念长久的影响:

> 因缘际会,转事文学批评之前,我做过一段时间的道教研究。其时早已对昔年用力甚勤的理论研习深感厌倦,心里渴望投入广阔无边的生活世界,却苦于不得其门而入。犹记当年细读《历世真仙体道通鉴》《甘水仙源录》《西山群仙会真记》及皇皇四十九大卷《中华道藏》所载之道门玄秘时所意会的精神的震撼。也曾在终南山古楼观、户县大重阳宫、佳县白云观等洞天福地摩挲古碑、徘徊流连,遥想历世仙真于各自时代精神证成而至于凭虚御风、纵浪大化的超迈风姿,当此之际,约略也能体味目击道存的大寂寞大欢喜。再有《中华道藏》收入儒、释典籍且将之融汇入自家法度的博大的精神融通之境,在多重意义上影响甚至形塑了我的文化观念。不自设藩篱,有会通之意,常在"我"上做工夫,向内勉力拓展精神的疆域,向外则完成"物""我"的辩证的互动,不断向"传统"和无边的生活世界敞开。此番努力,论表象似近乎儒家所论之"为己之学",究其实当归入道门"天""我"关系之调适工夫。①

事后回想起来,上述理解似乎自然而然、水到渠成,但当时却付出了极大的工夫。就外部而言,为搜集资料,便颇费了一番功夫;而就内在观念而言,如果仍在现代以降之观念中理解道门仙真生平行状,又如何可以明了其修其行之现实和精神价值?故而做观念的自我调适分外紧要。此前因个人性情所使,我对与"逻各斯"并行的"秘索思"思想心有戚戚,故而用心甚多。而细读道家文献,于楼观台、重阳宫、白云观等地寻觅仙真遗踪,自不难意会灵性生命之超迈境界。而不以现代以降之观念成规唐突古人的思路,大致就在某一日身在白云观文昌阁外遥望黄河远上、大地苍茫之际顿然成形。这当然也有政治哲人利奥·施特劳斯以古人的方式理解古人的思路影响的痕迹。有了这个想法做底子,后来的写作出乎意外的顺利。计划中的十五万字变成了二十五万字,仍然觉得意犹未尽。当时的感觉,真如打开了水库的堤坝,思绪纷纷如水涌出不可遏制……如果不是编辑及时"叫停",这一部小书估计会有五十万字左右的篇幅——其时所作的资

---

① 杨辉:《"向内"和"向外"的批评》,《南方文坛》2022年第2期。

料的准备工作颇为扎实,至全书完成时,也不过使用了十之四五。这一部主述终南山古楼观历世真仙体道经验的小书《终南有仙真》,叙述时间起自春秋战国,结束于明末清初。所写虽集中于道教人物,却不可避免地需要涉及千余年间儒道释三教关系的复杂论题。因此机缘,我用心读了些三教的核心典籍,时日既久,约略也有些心得。原计划在《终南有仙真》完稿后,再写一部《终南有仙真续编》,但仍是临时插入的写作任务,中断了其时已然准备充分的计划。

2012年秋冬之际,受生活·读书·新知三联书店之约,我有了一个编选《贾平凹文论集》的机会。我读贾平凹,始自90年代初,算来已三十余年矣。大学一年级时,几乎读完了能够见到的贾平凹的所有作品,包括孙见喜先生所著之两卷本《鬼才贾平凹》等资料,也读过一些研究文章,但并未有惯常所谓的"研究"的计划。只是喜欢,别无他图,也便读得随性,读得自由。这样漫无目的的阅读"坏处"当然很明显——难以简单地窥得作家写作的整体面貌;"好处"也同样显明——不受约束,个人的心得感受便多。其时既有"文论集"编选的机缘,我便想通过编选的工作,将自己多年间阅读贾平凹作品的心得灌注其间,不独将其类乎"文论"的作品编辑成书而已。此后又两年余,我几乎没有再做别的工作,全力以赴地投入编选的工作。说来惭愧,此前我从未受过专业的文献史料的学术训练,所能依凭的,不过是为《终南有仙真》做写作的准备过程中"上穷碧落下黄泉"的尽可能"穷尽"史料的些许经验。当然也悉心阅读前辈学者的史料整理的观念和方法,其时对己启发甚大的是王风先生自述其编辑《废名集》的思考的文章《现代文本的文献学问题——〈废名集〉整理的文与言》。在编选《贾平凹文论集》的过程中,此文打印稿常置案头,随时翻阅,获益良多。既然不愿所编"文论集"不过是作家类乎"文论"的文章的简单合集,也便需要有新的思考,要能显现出编者自身对所收文章价值的整体考量。搜集文章的辛苦无须多论,"文论集"编选真正的难度,主要即在此处。

或是潜在得益于《终南有仙真》写作过程中观念的自然变化所致之阅读作品重心的转移,此番再读贾平凹作品及相关序跋、书信等自述写作经验的文章,我更为注意的是其间所彰显出的贾平凹赓续中国古典传统的努力,及其之于自家作品境界和审美表达方式拓展的意义。这种意义当然不局限于贾平凹一人,由之上溯,可知孙犁、汪曾祺、沈从文、废名,甚至包括鲁迅、周作人等作家作品与中国古典传统间之承续关系。如孙郁先生所言,"五四"一代人服膺近乎"全盘反传统"观念者居多,但要以此为圭臬概而论之,却也并非文学史事实①。若注目于此,或能打开读解"五四"以降新文学的新进路也未可知。也是机缘巧合,就在我为编选原则而颇费思量之际,王德威先生应邀来陕讲学,在陕西师范大学逸夫科技楼北报告厅中,王德威以"史诗时代的抒情声音"为题,作了极为精彩的报告。其以"抒情"二字在中国古典传统之意义流变为切入点,广泛论及"抒情传统"在中国文学(不拘于古典文学)中因应时代的不同变化。而在现代以来百年中国文学中,"抒情传统"则以沈从文始,以贾平凹终。此种宏阔思考,让我为之一震。原本关于编选原则的犹疑不定顿然消隐。我决定以古典传统赓续的显隐为核心,编辑这一套书。

又一年后,"贾平凹文论集"分《关于小说》《关于散文》《访谈》三卷出版,也基本贯穿了打通古典传统和现当代传统的思路。三卷编讫,仍觉未能充分体现贾平凹融通古典传统的多样面目,于是再编《贾平凹书画论集》(未刊)。编辑这四卷文集过程中一些未必成熟的想法,差不多都写进《从"史料"到"文献"——以贾平凹〈文论集〉〈书画论集〉的编选为例》②中了。也因有了全面、系统地阅读贾平凹文论文章的机会,一些原本模糊和不自觉的想法,渐渐如一颗种子发芽、生长一般,变得清晰和自觉起来。而有了一定的自觉意识,"嘤其鸣矣,求其友声",我便在前辈和同代学者中寻找观念的"同道"。古典文学及文论界会心于此者颇多,故而后来的数年间,我在阅读古典作品及相关研究文章上用力甚多。如此数年,尝试性打通中国古典传统和现当代传统的"大文学史观"③的想法逐渐发生。后来发现,这一种自己劳心费力甚多所获之体悟并非"空谷足音",在港台及海外汉学家那里,早已有较为成熟的形态。如王德威以陈世骧所论之"抒情传统"说打开重解现代文学的新路,浦安迪以中国古典文论之核心概念、范畴和术语读解"四大奇书"的阐释方式,以及台湾古典文学研究界柯庆明、颜昆阳、郑毓瑜等学者"重解"古典传统的努力等等,虽未以"大文学史观"名之,却确实在做着古今、中西融通的探索,成果也堪称斐然。以他们的研究为引导,我随之有计划地阅读古典文论的重要典籍,虽未必全然弄通,收获却是极大。当此之际,真如令狐冲在华山后山偶遇前辈高人

---

① 参见孙郁:《文体家的小说与小说家的文体》(《文艺争鸣》2012年第11期)《我们应如何运用古代文论的遗产》(《文艺争鸣》2015年第8期)《鲁迅的暗功夫》(《文艺争鸣》2015年第5期)等文章。

② 杨辉:《从"史料"到"文献"——以贾平凹〈文论集〉〈书画论集〉的编选为例》,《文艺争鸣》2016年第8期。

③ 对此问题的详细阐述,可参见杨辉:《"大文学史观"与贾平凹的评价问题》,《小说评论》2015年第6期。

风清扬,得受有醍醐灌顶、振聋发聩之效的提点,胸怀因之大畅,眼前现出"一个生平所未见、连做梦也想不到的新天地"。

此"天地"之新,不独方法的转换,更含思路的调适。有此做底子,再得机缘谈《创业史》《平凡的世界》及柳青、路遥的文学观念问题,想法自然与前不同。古典传统与现当代传统的融通当然重要,"延安文艺"与新中国文学的贯通也不可不察。更何况此前为"路遥传"的写作做准备的过程中,已感"延安文艺""十七年"与"新时期文学""断裂"的思路的局限。仅以路遥论,其创作起步于六七十年代之交,发展于70年代至80年代初,"集大成"于80年代中后期,其间虽与当代文学史的数个分期"合拍",思路和方法却并不相同。概而言之,当代文学史叙述中的"新时期文学"与"十七年"甚或"延安文艺"的超克关系,在路遥的写作中并未发生。换言之,即便身在西方现代主义、后现代主义影响力几乎无远弗届的80年代,路遥的写作,仍然扎根于柳青传统的观念和审美方式之中。由此,在《讲话》以降文学观念的连续性意义上读解柳青、路遥的写作,其意义便不止于陕西文学,而是可能打开理解当代文学的路径。即便自谓以"剥离"柳青影响而完成《白鹿原》的写作的陈忠实,其人其作仍可放入柳青传统的延长线上去理解。其他如贾平凹、陈彦,早期写作也皆受以柳青为代表的陕西文学的现实主义传统的影响,即便此后有基于自身心性、才情的进一步发挥,仍可归入现实主义因应时代和现实之变的自然调适。颇具意味的是,柳青、路遥作品对中国古典传统的"不见",在陈忠实、贾平凹、陈彦作品中得到了路径不同却大义相通的发挥。由《蓝袍先生》至《白鹿原》,儒家传统在现代语境中的渐次式微并不能简单地视为一曲"挽歌"而不做进一步的反思;贾平凹《废都》《古炉》《老生》《山本》及新作《秦岭记》将中国古典思想和审美传统大加发挥,遂开当代小说以中国思维书写中国经验的重要一维,其意义也不局限于文学资源的个人选择,乃是有表征当代文学整体经验的重要意义。陈彦先以现代戏名世,其"西京三部曲"影响遍及大江南北,转事小说写作后,《装台》《主角》《喜剧》及新作《星空与半棵树》不仅表明其融通自身此前生活和写作经验的努力,亦呈现出会通以柳青、路遥为代表的陕西文学的现实主义传统,以及打通中国古典传统的多元统合以开出新境的努力。至此,融通中国古典传统、"五四"以降之新文学传统及《讲话》以来的社会主义文学传统的思路几乎水到渠成、自然而然地形成了。如不以这一种更具包容性和概括力的文学史思路读解作家作品,则虽有"洞见","盲见"和"不见"更为突出。数部当代文学史在柳青、路遥、贾平凹评价上的"困难",原因盖出于此①。

如此不厌其烦地叙述此书核心内容写作的心理和现实动因,用意非在介绍书中内容的"出处",而是希望借此重新梳理此书所涉之数个论题从创生到发展的基本过程,说明其所关涉之"问题",并非仅举学术意义,而是在多个层面上,涉及更为广阔的时代议题。此属现实主义的世界关切要义之一,亦是古典传统所述之文化"因革损益"观念的基础。进而言之,无论《创业史》《平凡的世界》《白鹿原》《山本》《暂坐》,还是《主角》《喜剧》《星空与半棵树》及《太阳深处的火焰》《少女萨吾尔登》所影托之世界和精神论题,哪一个又是可在单纯的文学范围内得到"解决"呢?有此感受,或许还是施特劳斯观念的潜在影响使然。学术与广阔的生活世界的交相互动,也因此必然开出儒家"内圣外王"的论题。

行文至此,已从多个层面述及此书所涉议题的产生及尝试性"解决"的路径和方法。如是思考,最后仍需落实到当代文学史的观念问题上。时至今日,简单地持守"当代文学不宜写史"之说未必合宜,但当代文学史撰写过程中所面临的"问题性",也日渐显明。如张均所论,当代文学之所以应"暂缓写史",重要也难解的问题之一,是"源自'五四'时代'人的文学'的启蒙文学史观对当代文学的宰制与遮蔽"虽"久遭诟病",但"如何调校启蒙史观"以"有效兼容'人民文艺'","恐怕是需要20年才能切实解决的理论难题"②。罗岗对此亦有论说:"在新形势下重提'人民文艺'与20世纪中国文学的历史经验,并非要重构'人的文学'与'人民文艺'的二元对立,也不是简单地为'延安文艺'直至'共和国前三十年文学'争取文学史地位,更关键在于,是否能够在'现代中国'与'革命中国'相互交织的大历史背景下,重新回到文学的'人民性'高度,在'人民文艺'与'人的文学'相互缠绕、彼此涵纳、前后转换、时有冲突的复杂关联中,描绘出一幅完整全面的20世纪中国文学图景:既突破'人的文学'的'纯文学'想象,也打开'人民文艺'的艺术空间;既拓展'人民文艺'的'人民'内涵,也避免'人的文学'的'人'的抽象化……从而召唤出'人民文艺'与'人的文学'在更高层次上的辩证统一,'五四文学'与'延安文艺'在历史叙述上的前后贯通,共和国文学'前三十年'与'后三十年'在转折意义上的重新统合。"③

本书以"通三统"的视野读解当代陕西作家作品,并将之视为"陕西经

---

① 对此问题的详细申论,可参见本书绪论,或杨辉:《总体性与社会主义文学传统》,《中国现代文学研究丛刊》2019年第10期。
② 张均:《当代文学应暂缓写史》,《当代文坛》2019年第1期。
③ 罗岗:《"人民文艺"的历史构成与现实境遇》,《文学评论》2018年第4期。

验"之重要部分,尝试打开中国当代史的新路径的方式,应该可以视为回应上述问题的努力之一种吧?

感谢五位评审专家宝贵的意见和建议,使得我可以从不同角度思考和深化论题。本书第三章补写了谈陈忠实《蓝袍先生》《白鹿原》与儒家"内圣外王"思想的现代境遇间之复杂关系的部分,便是得益于一位专家的提点。而原稿中对"陕西经验"的定义略嫌宽泛,共包含以下数种论题:一为当代陕西作家对"延安文艺"以降具有内在质的规定性的现实主义传统的创化;一为当代陕西作家充分感应陕西厚重的历史文化,融通中国古典思想和审美传统所开出的文学写作的新的境界;一为当代陕西小说家打通文学与艺术的界限,借鉴书画、戏曲(以秦腔为代表之地方戏)艺术表达方式,拓展小说表现力的种种经验;一为当代陕西作家融通陕西地域文化与其他地域文化经验,拓展并调适思想和审美观念的努力(以红柯打通"关中"—"天山"文化的努力为典范)。此四种论题,对理解当代陕西作家的重要贡献自有意义,但放在中国当代文学的总体视野中观之,则第四种议题的典范性即不再明显。加之融通文学与书画、戏曲传统的努力,亦可归入古典传统的创化问题中一并讨论,故此,做大幅调整后的"陕西经验"重心遂在前两个议题。这既是理解柳青、路遥、陈忠实、贾平凹、陈彦、红柯等陕西作家不能回避的重要问题,也蕴含着重解和打开更具包容性和概括力的当代文学史观念的重要内容。如此书绪论所言,深度感应时代的观念之变,则融通中国古典传统、"五四"以降之新文学传统及《讲话》以来的社会主义文学传统(当然也包括融通域外文学传统),乃是具有时代意涵的文学史的新的"通三统"。这差不多可以视作回应张均所论之当代文学史观念"局限"的尝试之一种,也包含着将罗岗所言之文学观念贯通落实的意思。

需要特别说明的是,书中核心议题,自是"陕西经验"无疑,但"陕西经验"之说,不过如禅家所言之"话头",由此入手,是希望进而打开理解中国当代文学的可能性进路。故此,本书内容可与笔者论余华、李洱、孙郁等人的文章参照阅读,以进一步明了关于"陕西经验"的研究进路,如何可以打开读解当代文学和批评新的方法。

书中的部分内容,曾以单篇文章的形式刊发于《文学评论》《中国现代文学研究丛刊》《文艺争鸣》《中国当代文学研究》《南方文坛》《当代作家评论》《当代文坛》《小说评论》《西北大学学报》(哲学社会科学版)等刊物上,感谢为之费心的诸位师友。没有你们的支持和鼓励,我可能不会写下这些文章,即便写了,也很难呈现出如今的样貌。

虽费时费力费心极多,但限于学识和才力,此书对核心议题的探讨,必然还存在着未尽之意和未竟之思,故而只能是尝试之作。"通三统"的文学史观念的尝试性思考,也需要在更为宽广的文学视野中不断调适。因为,就多重意义而言,这都是一个具有延展性的议题,必然会随着时代观念的变化而变化。最后,因所涉观念和理论资源颇多,疏漏之处定然难免,还乞诸位方家不吝赐教,以便日后择机补充完善。

杨　辉
2022 年 8 月 28 日